HYBRID VERLAG

HYBRID VERLAG
Vollständige Hardcoverausgabe
10/2020

Westring 1
66424 Homburg

Umschlaggestaltung: © 2020 by Hygin Graphix
Lektorat: Paul Lung, Milena Reinecke
Korrektorat: Petra Schütze
Buchsatz: Paul Lung
Autorenfoto: studioline Photostudios GmbH

Coverbild ›X-Farnhams Legende‹
© 2020 by tab visuelle kommunikation, Stuttgart,
& Creativ Work Design, Homburg
Coverbild ›Weltenwacht‹
© 2019 by Creativ Work Design, Homburg
Coverbild ›Myzel‹
© 2018 by Creativ Work Design, Homburg
Coverbild ›Remoment‹
© 2019 by Creativ Work Design, Homburg

ISBN 978-3-96741-055-6

www.hybridverlag.de
www.hybridverlagshop.de

Bibliografische Informationen der Deutschen Nationalbibliothek: Die Deutsche Nationalbibliothek verzeichnet diese Publikation in der Deutschen Nationalbibliografie; detaillierte bibliografische Daten sind im Internet über http://dnb.de abrufbar.

Printed in Germany

Jill H. Heinrichs

Prefix of Death

Roman

Ihr seht und sagt: *Warum?*
Aber ich träume und sage: *Warum nicht?*

George Bernard Shaw

Vorwort

›Prefix of Death‹ ist ein in Korea entwickeltes Free-to-play-MOBA. ›Glamorous Games‹ landete im Jahr 2008 damit einen Welterfolg. Weltweit wird ›Prefix of Death‹ von mehr als 80 Millionen Spielern gespielt und zählt zu den beliebtesten Computerspielen der Gaming-Geschichte.

Da dieser Roman diverse Begriffe aus dem Bereich des E-Sports enthält, die möglicherweise nicht geläufig sind, befindet sich auf den letzten Seiten ein Noobikon. Als Wortneuschöpfung aus *Noob** und *Lexikon* ist es eine Erläuterung für Menschen, die sich nicht auf dem Gebiet des Computerspielens auskennen.

Sollte dir ein *Begriff** also einmal unbekannt sein, scheue dich nicht, am Ende des Buches nach der Erklärung zu schauen.

Prolog

TamBear: Wenn mein Leben ein Buch wäre, würde der Titel ›Prefix of Death‹ lauten. Es würde über mein Schicksal berichten; und davon, wie die Begegnungen, die ich machte, mein Leben für immer veränderten.

Das Fell des riesigen, braunen Bären wölbt sich auf und ab, während er zwischen den langen Schilfhalmen auf seine Beute wartet. Aus seinem Maul strömt weißer Dunst und von seinen Lefzen tropft angedickter Speichel.

Da ist sie! Die großgewachsene, schwarze Katze stolziert vor dem Gebüsch, unwissend, dass er sich hier verbirgt.

Zack! Alles verlangsamt sich. Der Honigtopf zerbirst am Boden. Eine dichte Rauchwolke versperrt der Katze die Sicht. Ihre Pfoten kleben in der goldgelben Flüssigkeit, es gibt keine Möglichkeit mehr, dem Bären zu entfliehen. Er springt auf sie zu und raubt ihr Stück für Stück, Schlag für Schlag ihre Lebensenergie, bis sie in sich zusammensackt.

1

»Und wie war dein Tag?« Mum pickt in ihrem Erbsensalat herum. Sie schafft es, je drei Erbsen auf eine der vier Gabelspitzen zu stapeln und sie dann durch ihre fettreduzierte Möchtegernsahnesauce zu ziehen.

Ich sehe mit flehendem Blick auf die große Wanduhr über dem Esstisch. Gleich kann ich hier weg. Gleich sind die quälenden, oberflächlichen Fragen meiner Familie vorbei und ich kann in meine Welt flüchten. Glockenschläge von unserer alten Küchenuhr hallen durch das Zimmer.

»Ich bin oben, ja?«, rufe ich Mum zu, die frustriert aufseufzt. Sie bereut ihre neue Regelung, dass meine Schwester und ich ab 7:00 Uhr selbst entscheiden dürfen, ob wir bei unseren Eltern in der Küche oder in unseren Zimmern weiter essen wollen. Dass das positive Auswirkungen auf unsere Persönlichkeitsbildung haben soll, hat sie in irgendeinem Erziehungsratgeber gelesen. Doch mittlerweile ist sie nicht mehr besonders begeistert davon. Ehrlich gesagt ist mir das ziemlich schnuppe. Ich wäre so oder so nach oben geflüchtet, ob mit oder ohne Essen.

In meinem Zimmer angekommen, suchen meine Finger hastig den Lichtschalter und betätigen ihn. Ich stolpere über eine leere Coca-Cola-Flasche, die ich in die Ecke zu dem restlichen Leergut werfe. Dann betrete ich den kleinen Anbau und inspiziere stolz mein prachtvolles Domizil. Da ist es, mein Portal in eine andere Welt.

Als ich den Computer einschalte, leuchtet das hellgrüne Neonlicht am Lüfter auf. Das komplexe Getriebe surrt. Ein unvergleichliches Gefühl von Zufriedenheit durchströmt meinen Körper. Das Windowssymbol erscheint auf dem Desktop mit der typischen Eingangsmelodie und gibt dann die Sicht auf all meine Programme, Dateien und auf dem Desktop zwischengelagerte Bilder frei.

Ich klicke eilig und doppelt auf das Abbild eines Miniaturzauberbuchs. Den Icon* habe ich extra mitten auf dem Hintergrundbild positioniert, das mein Frettchen Rocky darstellt. Unsere Familie hat eigentlich drei Frettchen. Aber den schwarzen

Wildfang habe ich eigenhändig aus dem Tierheim gerettet, weswegen uns eine besondere Freundschaft verbindet.

>Prefix of Death< leuchtet in großen Buchstaben auf dem Bildschirm auf und der Titelsong – eine Mischung aus Xylophontönen und Heavy Metal – erklingt. Der Rhythmus der Musik steht im Vordergrund. Er ist hart, pulsierend. Die Bässe, die aus den Boxen tönen, ergreifen förmlich meinen Körper. Sie durchströmen ihn, lassen ihn in kurzzeitigen Abständen vibrieren. Meine Armhaare stellen sich auf. Eine Gänsehaut überzieht meinen Körper. Ein freudiger Schauer. In meinen Fingerspitzen kribbelt es.

»Spiel starten«, flüstere ich aufgeregt und drücke den rotbraunen Button auf der oberen Bildschirmhälfte. Beim Anwählen aller Tastenfelder ertönt der metallische Schlag zweier Schwerter. Der Mauszeiger wird zu einem Hybrid aus dem Buchstaben P für ›Prefix‹ und einem Dolch mit ledernem Griff.

Ein Timer, der mir meine Wartezeit auf die anderen Mitspieler bestimmt, zählt nach und nach runter.

>Spiel wurde gefunden – Bestätigen Sie jetzt<

Ich bestätige, so schnell ich kann. An manchen Tagen, wenn die Server überlastet sind, dauert es ewig, ein Team zu finden. Furchtbare Minuten, in denen ich mir Youtube- Videos von Menschen ansehe, die irgendein Game zocken. Doch heute habe ich das Glück auf meiner Seite.

Die Auswahl der Champions wird mit einer bunten Animation eingeleitet, in welcher sich jedes Mal zwei zufällig ausgewählte Tiere im Mangastil bekämpfen, bis eines am Boden liegt. Der Bildschirm gibt dann den Blick auf alle spielbaren Charaktere* frei. Ich wähle TumbleBear, einen riesigen Bären mit dem klassischen Honigtopf in der Hand – mein Favorit. Er ist ein unglaublich starker Supporter*.

Das Spiel beginnt. Ich bin schon so erfahren darin, dass ich es wie im Schlaf beherrsche. ›Prefix of Death‹ ist im Moment die beliebteste Multiplayer-Online-Battle-Arena, die es auf dem Markt gibt. Und die einzige, in der man individuelle Charaktere aus First-Person-Perspektive* spielen kann.

Mit einem lauten Zischgeräusch erscheint TumbleBear auf der Startplattform. Ein Bannring verhindert, dass unser Team –

bestehend aus fünf Mitgliedern – direkt in das Spielgeschehen starten kann.

Noch drei, zwei, eins. Der Bannring verschwindet und wir begeben uns auf das Spielfeld. Wenige Minuten später erhalten wir den ersten Kill*. Es läuft ausgezeichnet für mich. Nach einem erfolgreichen 52-Minuten-Game blinkt ein neues Chatfenster auf. Ich tanke meine real-live-Energie mit chemisch duftendem Taurindrink auf und klicke auf das Briefsymbol.

PhoenixHeaven: >Hallo TamBear, ich habe dich während deines Spiels beobachtet. Beantworte mir bitte eine Frage<

TamBear ist mein Username. Tam von Tamara, meinem echten Vornamen, und Bear wegen TumbleBear, meinem Lieblingscharakter in ›Prefix of Death‹.

Ja, ich weiß. Es klingt bescheuert, aber das Problem war, dass – wie so oft – die Usernamen Tamara, Tam, Tammy oder Mara bereits vergeben waren. Und zu allem Überfluss habe ich meinen Usernamen, als TumbleBear auf den Markt kam, von Kampfbanane kostenpflichtig auf TamBear geändert. Klingt einfach seriöser, dachte ich mir damals. Andererseits weiß jetzt jeder Gegner sofort, wen ich spielen werde.

TamBear: >Was gibt’s?< Ich hoffe, nicht schon wieder die Antwort zu erhalten, die ich so oft hören muss.

PhoenixHeaven: >m oder w?<

Wütend klicke ich die Nachricht weg. Immer diese obszöne Frage. Wenn man *m* für männlich schreibt, wird man sofort ignoriert, höchstens noch zu einem oder zwei Spielen eingeladen. Aber wenn man *w* für weiblich schreibt, bekommt man die standardisierte Freundschaftsanfrage und widerliche, sexistische Fragen gestellt. Die letzten Male wollte mir ein User* mit dem Namen TonkTonk unbedingt sein bestes Stück mit der Webcam präsentieren. Dabei versteht keiner, dass das hier keine schmutzige Partnerbörse wie Tinder ist, sondern ein Onlinespiel.

>??<, blinkt es wieder fordernd auf.

PhoenixHeaven ist ziemlich aufdringlich, denke ich mir, und schreibe >m<, wie ich es immer tue, wenn mir jemand diese Frage stellt und auf Ignorieren nicht anspringt.

PhoenixHeaven: >Sehr gut, klick bitte auf diesen Link.< Im Anhang der Nachricht erscheint ein Hyperlink.

TamBear: >Bleib mir mit deinen Viren vom Hals!< Ich beende das Programm und werfe mich aufs Bett. Der Ton meines Messengers erklingt. *Was ist denn nun schon wieder?*

Myc, mein bester Freund, fragt mich nach einer Runde ›Prefix‹. *Egal, der Typ von eben ist bestimmt schon offline, weil seine billige Anmache und versuchte Virusinfiltration nicht gezogen haben.*

Ich öffne erneut das Spiel und lade Myc in meine Gruppe ein. Dann schließe ich kurzzeitig das Prefixfenster und öffne eine Musikplattform, um mich mit Macklemore zu beschallen. Im Augenwinkel sehe ich bereits, wie das Prefixsymbol aufblinkt. Es will mich darauf hinweisen, dass in der Software* etwas geschehen ist. Ich switche* zurück. Leuchtend blinkt eine Freundschaftsanfrage auf.

>PhoenixHeaven möchte mit dir befreundet sein< Genervt verneine ich die Anfrage. Kurz darauf erscheint erneut das Chatsymbol.

PhoenixHeaven: >Bitte klicke auf den Link, TamBear! Du verpasst sonst eine einmalige Chance!<

Pf, nicht zu fassen. Wie armselig ist der denn.

>Myc ruft an<, steht auf meinem Bildschirm und der Ton des online-Telefondienstes Skype* dudelt lautstark vor sich hin.

Ich versuche, auf >Anruf annehmen< zu drücken, doch mein Arbeitsspeicher gibt mal wieder den Geist auf. »Komm schon«, fauche ich und klicke wie verrückt auf den Annahmebutton. Plötzlich öffnen sich das Telefonfenster und gleichzeitig ein Internetbrowser.

»Scheiße!« Ich habe aus Versehen auch den Link unter dem Anrufannahmebutton aktiviert. Von unten klopft Mum gegen die Zimmerdecke. »Ja, ja«, rufe ich ihr hinunter, während ich die Website inspiziere.

>Heroes of the Prefix< steht in großen Buchstaben über einer Internetseite.

»Tammy, alles in Ordnung bei dir? Ist dein PC wieder down*?«, meldet sich Myc durch meine Kopfhörer zu Wort.

Ich nehme das ganze Headset von der Tastatur und lege es mir um. »Myc, warte mal kurz«, sage ich und lese mir die Page weiter durch.

>Sollten Sie von uns eine individuelle Einladung erhalten, können Sie mit dieser am Samstag, dem 14. November dieses Jahres an einem Casting teilnehmen, welches wir veranstalten, weil wir ein neues aktives Gruppenmitglied suchen. Wir befinden uns bereits in der Season* und benötigen Auswechselspieler – insbesondere Supporter – für die kommenden Matches. Deswegen sind die bevorstehenden Castings wichtig und sollten von den eingeladenen Spielern unbedingt wahrgenommen werden. Bitte beachten Sie, dass wir Sie ohne eine individuelle Codierung nicht an dem Spielercasting teilnehmen lassen können. Nähere Informationen zu Ort und Zeit sowie Ihr persönlicher Identifizierungscode befinden sich in Ihrer Einladung. Aufgrund einer enorm großen Anfrage ist die Anzahl an Einladungen streng limitiert. Bitte verstehen Sie daher, dass nicht jeder zu dem Casting erscheinen darf und Ort und Zeit nicht an Dritte weitergegeben werden dürfen. Im Falle eines Regelbruchs werden Sie automatisch für das Casting disqualifiziert.

Mit freundlichen Grüßen, die Heroes of the Prefix<

TamBear: >Was soll ich mit dem Castingquatsch?<

>PhoenixHeaven lädt ein Dokument hoch<, teilt mir das Chatfenster mit. *Sollte das wirklich …?*

PhoenixHeaven: >Wir sehen uns Samstag<

Ich klicke wie eine Wilde auf den Anhang ein. Es öffnet sich eine weiße Seite, auf der oben steht: >lade Inhalte<.

»Lad schneller«, kreische ich halb genervt, halb hysterisch.

Myc scheint mich stummgeschaltet zu haben oder auf der Toilette zu sein, zumindest reagiert er nicht auf mein Geschrei. Es öffnet sich ein Dokument. >Einladung zum Spielercasting< lautet die Überschrift.

Ich glaube, ich falle vom Stuhl. *Ja,* ich falle vom Stuhl. Als ich auf dem Boden sitze, fange ich an, lauter zu quieken als ein abgestochenes Schwein auf der Schlachtbank. An einem Spielercasting teilzunehmen, war immer schon ein Hirngespinst von Myc und mir. Es gibt zwar in Deutschland eine Menge Prefixteams, aber wir haben uns immer für zu schlecht empfunden.

Einfach so eingeladen zu werden, und das zum Casting einer der erfolgreichsten Prefixgruppen, ist der Wahnsinn.

»Ruhe«, höre ich es dumpf von Mum, die wohl beim Abwasch gestört wurde. Ich klopfe als Erwiderung zweimal auf den bereits mitgenommenen Holzboden meines Zimmers und rapple mich dann wieder auf. Mir kommt in den Sinn, dass alles bloß ein böser Scherz sein könnte. Ich überprüfe die Einladung. Oben in der linken Ecke steht ein seriös aussehender Code. Und unterschrieben hat James Farck, einer der Manager und zugleich der beste Spieler des Teams – der wahrscheinlich beste Spieler der gesamten Prefixgemeinschaft, wenn man der Werbung im Prefixportal glauben darf. Ich überfliege die Städte, in denen das Casting angeboten wird.

Bitte ein Ort, der nicht zu weit weg ist.

Fast am Ende der Liste angekommen, schwindet meine Hoffnung. Doch dann lese ich: Am 14. November in der Schubertstraße 23, Regensburg. Mein Wohnort Schwarzenfeld ist keine Dreiviertelstunde von Regensburg entfernt. In meinem Magen kribbelt es, als hätte ich einen Löffel Würmer hinuntergeschluckt. Mir wird warm und ich spüre mein Gesicht anschwellen.

Nicht zu fassen! Ich will PhoenixHeaven schreiben und ihm weitere Fragen stellen, doch er ist bereits offline.

»Was ist los?«, fragt Myc. »Ich war mir Essen machen und meine Mum wirft mit Kuchen durch die Gegend. Sie und Billy haben wieder …«

»Myc«, unterbreche ich ihn. »Ich bin zu einem Casting für Heroes of the Prefix eingeladen. Am Samstag!«

»Nie im Leben«, antwortet er.

»Doch, ich meine es ernst. Mein Spielername steht in der Einladung.« Ich tippe auf die Stelle in dem Dokument, wo TamBear eingetragen ist. Ein fettiger Abdruck meiner Fingerkuppe markiert das Bildschirmglas.

»Wo hast du die denn her?«

»In einem Regulargame* wurde ich angeschrieben und über den Prefixchat hat er sie hochgeladen!« Meine Worte überschlagen sich und die letzten Silben gehen in meinem Redefluss unter.

»Die sind mega krass, Tammy, und füllen Arenen bei ihren Matches. Warum sollten die dich einladen? Sowas kann man richtig leicht faken*!«

Ich schnaufe verächtlich auf. War ja klar, dass Myc – der Pessimist – mal wieder die Hoffnung zerstören muss, anstatt sie aufzubauen und anzufachen.

»Und selbst, wenn du bei denen eingeladen sein solltest«, fügt er hinzu. »Ich würde da an deiner Stelle nicht rein wollen. Die sollen zehn Stunden täglich trainieren. Und …«

Ich meine, Eifersucht aus seiner Stimme herauszuhören. Eifersucht und Misstrauen, ob ich ihn nicht doch verarsche. »Macht mir nichts aus«, sage ich schnell, denn ich bin immer noch überwältigt von meinen Gefühlen. Immerhin habe ich den Beweis vor mir. »Ich kann Prefix von mir aus den ganzen Tag spielen!«

»Ich hab noch nicht zu Ende geredet, Tammy. Unterbrich mich nicht immer.«

»Ja, ja. Mach dir mal nicht direkt ins Hemd.«

»Toll, jetzt hab ich den Faden verloren.«

Er hält inne und ich höre, wie er mit seinen Fingerspitzen auf die Tischplatte vor seinem Rechner trommelt. Der grüne Lack an dieser Stelle ist schon abgeplatzt, das Holz abgenutzt, und gibt einen ganz anderen Klang wieder als der Rest des Tisches.

»Dann kann es auch nicht wichtig gewesen sein«, sage ich und verschränke die Arme.

»Ah, jetzt hab ich's wieder! Moment, hier irgendwo müsste …«

»Was denn?«

»Warte mal kurz, ja? Ich muss meine Anschuldigungen auch untermauern.« Sein Name Mycroft passt wie Schokoladeneis zu Banane, wie TumbleBear zu mir, wie Essig zu Öl, schlichtweg einfach richtig gut. Er steht für Mycroft Holmes, den Bruder des wohl berühmtesten Kombinatorikers Sherlock Holmes, wobei Mycroft seinem Bruder in nichts nachgestanden haben soll. Mein Mycroft lässt auch liebend gerne Skandale auffliegen und liest sich Berichte, News und Artikel zu allem möglichen Scheiß durch. Ich höre, wie Myc etwas eintippt und mit der Mouse scrollt. Dabei murmelt er die ganze Zeit etwas Unverständliches vor sich hin.

»Wusste ich's doch!«, ruft er mit einem Mal und schlägt, wie er es immer tut, wenn er Recht behalten hat, auf irgendetwas ein, sodass ich ein lautes Knacken durch mein Headset vernehme.

»Was wusstest du?«

»Die haben ordentlich Dreck am Stecken. Das Management von denen ist ganz schön antifeministisch.«

»Wie bitte?«

»Gegen Frauen.«

»So ein Schwachsinn.«

»Erinnerst du dich nicht an den Beitrag letztens? Den ich dir vorgelesen habe?«

»Keinen Schimmer«, gestehe ich. Wenn Myc mir etwas vorliest, höre ich meistens nicht zu. Es sind immer irgendwelche Forenchats oder andere spekulative Artikel, in denen alles dramatisiert wird, als stünde der Weltuntergang unmittelbar bevor.

»Das hat vor einer Season angefangen. Die Security hat bei jedem ihrer Castings reihenweise Frauen aussortiert. Bestätigt haben sie es nie, aber wer bestätigt auch schon, dass er Frauen von Castings fernhalten möchte. Es gab letztens erst einen Artikel über Sexismus in der Computerspielbranche. Die kamen nicht gut weg.« Myc räuspert sich. Seine Stimme bekommt einen mahnenden Unterton. »Letzte Season ist einiges bei denen vorgefallen. Warum dich überhaupt irgendwer einlädt, verstehe ich nicht. Warum die sich überhaupt Regulargames ansehen und nicht versuchen, Profis abzuwerben, noch weniger. Und wenn das mit der antifeministischen Haltung stimmt, dann bin ich mir beinahe sicher, dass es ein Fake sein *muss.«*

Ich überlege. »Nein, es kann kein Fake sein. Nur, weil die ein paar Frauen aussortiert haben, ist das noch lange kein Beweis für eine Frauenfeindlichkeit. Viele Frauen sind bei Online Games halt nicht so gut wie Männer.« Ich hebe lehrend den Zeigefinger, obgleich Myc mich nicht sehen kann.

»Ein paar Frauen? Du bist gut. Es waren alle! Die haben sogar Amanda Raskopi abgelehnt.«

»Die Profifrau?«

»Ja, die Profifrau! Als Weibchen hast du keine Chance. Die können dich faktisch nicht eingeladen haben. Außer …«

»Außer was?«

»Außer sie wissen nicht, wer sich hinter deinem Usernamen verbirgt. Aber ich bin mir sicher, dass die sowas zuerst checken, weil die Gruppe allem Anschein nach darauf einen großen Wert legt, wenn nicht sogar den größten. Schlag dir deine *Einladung* aus dem Kopf, Mädchen.«

Sollte die Frage nach meinem Geschlecht das erste Mal einen tieferen Sinn gehabt haben? »Warum hab ich immer so ein Pech?« Frustriert schüttle ich den Kopf und erinnere mich jetzt doch vage an den Post, den Myc mir vor einiger Zeit vorgelesen hat. Es ging um Frauen als Gamer und ihre Chancen in dieser Branche. Mir war es sowas von schnuppe, dass die HothP* kritisiert wurden. Ich schaue mir ab und an ihre Games an, um mir ein paar Spieltechniken von ihnen anzueignen, aber die Spieler als Personen interessieren mich im Allgemeinen so viel wie eine Kiste Tomaten. Dazu ist zu erwähnen, dass ich Tomaten hasse und eine, wenn auch hypochondrisch geprägte, Allergie gegen sie hege. Abgesehen davon habe ich seit einiger Zeit nicht mehr ihre Matches verfolgt. Der Grund ist ganz einfach: Die HothP betreiben einen Premiumchannel und der ist total überteuert. Deswegen habe ich James Farck auch noch nie in Aktion sehen können. Das Prefixportal schaltet aber andauernd Werbung, in der sein und Amanda Raskopis Name erwähnt und von ihren Fähigkeiten geschwärmt wird.

Vielleicht hätte dort auch bald mein Name gestanden.

»Lies dir das mal durch.« Myc schickt mir einen Hyperlink. Ich klicke ihn an. Ein Forum öffnet sich.

>Einmal Heroes of the Prefix, dann nie wieder!<, lautet die Überschrift einer Userin*. Weiter heißt es: >Ich war bei der Gamescom an ihrem Stand. Sie hatten eine mega geile Show mit Lasern und Promo-Matches! Bin extra nach Deutschland gereist, um mir von dem Team eine Unterschrift zu holen. Große Gamingevents in Schweden bleiben leider immer noch aus. *lach* Als mich mein Cousin, ein Arbeiter am Heroes of the Prefix Stand, zu ihnen schleuste, konnte ich mit anhören, wie einer der Securitys von HothP lauthals mit einer Frau diskutierte. Er sagte ihr, sie solle aufhören, Prefix zu spielen, weil Frauen viel zu schlecht seien. Ein anderer Mann hat ihm auch noch zwinkernd zugestimmt! Heroes of the Prefix? Nie wieder! Der Rest des Teams hat einfach gelacht!!! *unfassbar*<

Eine andere Userin namens LilacFlower schreibt unter dem Post: >Den Frauenhass des Teams habe ich auch zu spüren bekommen. In der Öffentlichkeit sind sie charming, aber wenn es darum geht, dass eine Frau Prefix spielt, sind sie Arschlöcher! Dabei haben Frauen einiges drauf. Das Ganze muss publik gemacht werden, damit sie ihre Fangemeinde – bestehend aus einer Menge liebestoller Frauen – endlich verlieren. Heroes of the Prefix hat einen richtigen Boygroupstatus bekommen *würg*. Hoffe, die DeathNote schlagen sie diese Season. I love Amanda!<

Unter diesem Post hat ein anonymer User* einen Kommentar in einem aggressiven Rotton verfasst: >Das neue Management von HothP – James Farck und sein Prefix-Talent in allen Ehren – hat eine gewaltige Macke!<

Ich kann mir zwar denken, dass das Chatforum namens Kriegerwalküre hauptsächlich von Frauen besucht und manchmal aus einer Mücke ein Elefant gemacht wird, aber trotzdem glaube ich ihren Beiträgen. Ich kann den Hass auf die professionellen Spieler, die sogenannten ›Heroes of the Prefix‹, förmlich schmecken. Mein Mund ist mit einem Mal so trocken wie nach einem Toastbrotesswettbewerb mit Myc.

»Nur Männer«, wiederhole ich leise und jegliche noch vorhandene Farbe weicht aus meinem Gesicht. »Myc, ich *muss* aber zu diesem Casting«, sage ich und Myc lacht erneut.

Er denkt, ich scherze. Er denkt, ich habe keine Einladung erhalten. Dass ich mich als Mann ausgegeben habe, gestehe ich ihm noch nicht. Er soll mir erst die Echtheit des Formulars beweisen, bevor ich wie ein Volldepp dastehe. Ich screenshotte den Desktop, hole einen USB-Stick aus der Nachttischschublade und ziehe die Bilder und die *Einladung* von PhoenixHeaven darauf. Dann hetze ich damit aus dem Zimmer. Mum redet auf mich ein, ich solle meine Hausaufgaben erledigen. Die letzte Zeit in der Oberstufe sei *so* maßgebend und richtungsweisend. Aber im Moment ist mir nur eines wichtig: ›Prefix of Death‹.

Und das wüsste sie auch, würde sie mir mal zuhören, wenn es um mich und meine Hobbys geht. Eigentlich müsste sie schon bei meinen Weihnachtsgeschenken – die sich ausschließlich auf Tuningmaterial für meinen Rechner beschränken – wissen, wofür ich mich interessiere. Dass dem nicht so ist, macht mich unfassbar wütend.

Auf der gegenüberliegenden Straßenseite klingle ich an Mycs Haustür. Ich höre seinen Bruder Billy fluchen und seine Mum schreien. Seitdem Bill seine Passion für Motorräder und Frauen entdeckt hat, sind die beiden wie zwei Hähne in einer Kampfarena: immer auf einen blutigen Streit aus.

Myc öffnet keuchend die Tür. »Tamara? Du warst auf einmal offline.«

»Myc, ich *muss* zu diesem Casting!«, wiederhole ich entnervt. Die ganze Situation kotzt mich jetzt schon an. Wieso muss alles so kompliziert sein und ich gelange an das einzige Team, das keinerlei Frauenquote besitzt?

Myc bittet mich hinein. Ich kenne den Weg zu seinem Zimmer und gehe einfach vor, während er noch Getränke und ein halbes Stück Kuchen – das ziemlich zermatscht aussieht – aus der Küche holt. Oben riecht es nach Qualm. Seit neustem möchte Myc rauchen. Rauchen, sagt er, fördere seine Konzentration beim Spielen.

So ein Schwachsinn! Mit TumbleBear mache ich ihn alle Male platt, ob Raucher oder nicht.

Sein Lieblingschampion ist SilverDrage, was man unschwer in seinem Zimmer erkennt: Die Wände sind plakatiert mit Abbildern des silbernen Drachen mit dem langen eisblauen Bart und den starken Frostattacken*. Ich habe immer noch die Wette mit ihm laufen, dass ein Chinese SilverDrage entworfen hat. Er hingegen meint, ein übermotivierter Amerikaner mit Hang zu chinesischem Essen sei der Designer. Aber was davon stimmt, werden wir wohl nie herausfinden. Ich werfe mich aufs Bett und dem ins Zimmer kommenden Myc den Stick zu.

»Schau es dir selbst an!«, rufe ich und nehme ihm eine Flasche Fanta ab, die droht, aus seiner Hand zu rutschen. Myc lädt die Dateien auf seinen Desktop und beäugt sie einige Zeit über skeptisch. »Und? Was sagst du?«

Er kratzt sich am Kopf. »Ich weiß nicht, Tammy. So eine Einladung und der Code sind leicht nachzumachen. Warum sollten die gerade *dich* einladen?« Ich schnaube einmal wütend auf und reibe mir entnervt die Schläfen. »Versteh mich nicht falsch, du bist großartig und hast es manchmal echt drauf, aber das sind Vollprofis, die auf ganz anderem Niveau Mitglieder suchen.

Wir sind immer noch im Crystalrang und werden wahrscheinlich niemals zu Goldspielern aufsteigen, geschweige denn zu Fighting-Spirits. In diesem Metier wird bei den Profis aber gesucht. Wer weiß, vielleicht steckt hinter der Nachricht ein Vergewaltiger, der dich bloß nach Regensburg locken möchte, um dich …«

»Quatsch«, verteidige ich meine letzte Hoffnung, eine echte Einladung erhalten zu haben. »Mein Gehirnfrost war im letzten Match zur richtigen Zeit am richtigen Ort. Ich habe das Gefühl, dass er immer stärker wird. Ich konnte die Bildwechsel erkennen, Myc. Ich sah die verdammten, sich auswechselnden Bilder! Du kannst dir nicht vorstellen, was das für ein Flash war, als alles wieder Geschwindigkeit aufgenommen hat und ich wieder im normalen Tempo sehen konnte. Ich habe das Gefühl, dass sich meine Fähigkeiten in Prefix immer mehr ausbauen. Der Gehirnfrost ist zu meinem Partner geworden. Mit ihm kann ich …«

»Hör mal zu, erstens bin immer noch *ich* dein Prefix-Partner und zweitens: Nur, weil du durch deinen Gehirnfrost für ein paar Sekunden alles in Zeitlupe sehen kannst, heißt das nicht, dass du damit direkt zum Vollprofi wirst.«

Zu Beginn war der Gehirnfrost wahrlich nicht mehr als ein Fünkchen, das mir über die Schläfen in den Kopf schoss. Er hat mir für kurze Zeit meine Sinne benebelt. Doch, der Gehirnfrost kam häufiger. Er wurde stärker und von meiner Sucht nach ›Prefix‹ genährt. Trotzdem überlege ich. Myc hat Ahnung von gefakten Dokumenten. Er hat selbst schon auf Anraten von mir die eine oder andere Entschuldigung für uns erstellt, sodass wir anstelle des langweiligen Unterrichts zur Eisdiele konnten.

»Bist du sicher? Sicher, dass das leicht zu faken ist?«

»Überzeug dich selbst.« Myc weist mit seiner Hand auf den grell leuchtenden Desktop. >Myc ist der Größte<, steht als Überschrift über einem Dokument. Ich scrolle nach unten. >Myc ist toll, toller, am tollsten.< Darunter die Unterschrift von James Farck und in der oberen rechten Ecke steht ein zwölfstelliger Code.

»Irgendwer hat bestimmt rausgekriegt, dass du gerne zockst, Tam. Als Nächstes will er dann deine Kontodaten.« Er hält inne, als er meine traurige Miene bemerkt.

»Wir können zu einem Casting einer anderen Gruppe gehen, wenn du darauf so Bock hast. Immerhin ...«

»Ist ja gut! Ich dachte nur ... Ach, ist doch egal«, falle ich ihm ins Wort. Der Ballon, der sich mit all meinen Hoffnungen und Träumen gefüllt hat, platzt mit einem lauten Knall.

»Ach komm, unser Zweimannteam ist doch auch nicht schlecht.« Er lacht und streicht sich über sein mit Chipskrümeln bestreutes Shirt, das seinen schmächtigen Oberkörper kleidet.

Enttäuscht schlurfe ich zurück nach Hause. Das hatte ich mir anders vorgestellt. Wie dumm war ich, anzunehmen, dass mich jemand in ein Computerspielteam aufnehmen will, ich vom einen auf den anderen Tag berühmt werde und hier weg kann?

Die hätten mich als Frau eh nicht genommen. Zum Glück weiß Myc nichts von meiner Lüge. Er hätte mich als verrückt erklärt. Womöglich war es bloß wieder ein Perverser, der mich tatsächlich nach Regensburg locken wollte. Vielleicht hat Myc recht und ich sollte einfach zu einem offenen Casting eines anderen Teams.

Zuhause höre ich mir Mums Vorwürfe an, provoziere sie mit wahllosen Beleidigungen und schlage die Tür zu meinem Zimmer ins Schloss. Vom Boden lese ich ein paar verstreute Mangas auf und lege sie neben meine Animesammlung in das Regal. *Jetzt kann Mum wenigstens nicht mehr behaupten, dass ich nicht aufgeräumt hätte.*

Ich starte meinen Rechner und im Anschluss ›Prefix‹. Wehmütig lese ich mir den Chatverlauf von PhoenixHeaven und mir noch einmal durch.

»Wir sehen uns Samstag«, wiederhole ich leise und Wut keimt in mir auf. »Tun wir nicht!«, rufe ich dem Desktop entgegen und schreibe in großen Buchstaben >NEIN< zurück.

>PhoenixHeaven ist jetzt online<

Mist, Mist, Mist. Hektisch schließe ich den Chat wieder.

>PhoenixHeaven lädt dich zu einem Spiel ein<

Was soll das denn? Der Annahmebutton blinkt bedrohlich. *Soll ich?* Ich verneine die Anfrage und starte ein neues Match.

>Sie haben einen Beobachter<

Langsam nervt mich dieser PhoenixHeaven. Myc hat definitiv recht. Ein Mitglied der berühmten ›Heroes of the Prefix‹ würde niemals einem Regularplayer so viel Aufmerksamkeit schenken.

Ich wähle TumbleBear an und starte in der Anfangsarea*. Die richtigen Items* sind schnell gekauft und ab geht's auf die Botlane*. Mit mir macht sich ScretchingFerret in die untere Region der Spielmap auf. TumbleBear ist etwas langsamer als das Frettchen und ich komme einige Sekunden verzögert am unteren Tower* an. In der Mitte hält BitingHorse die Stellung und oben hat sich MuscleRhino neben unserem Tower positioniert. ScretchingFerret beginnt, die Skeletons – kleine computergesteuerte Kämpfer, die die Spielmap* ablaufen – anzuhitten und so Gold für Gegenstände zu sammeln. Er macht das mit einer solchen Präzision, dass ich es in Erwägung ziehe, für uns ein Überraschungsmanöver einzuleiten. Von unseren Gegnern fehlt momentan noch jegliche Spur. Ich bin gerade dabei, mich in den Jungle* zu begeben, als ein Teammitglied >Top und Mid fehlt< in das Chatfenster schreibt. Aus dem eben noch so sicher scheinenden Kartenbereich, der den eigenen Charakter für Botlane*, Midlane* und Toplane* unsichtbar macht, kommen vier Gegner auf mich zu.

BUMM – ein stechender Schmerz zieht durch meinen Kopf und drückt an die Schläfen: Gehirnfrost. Mein Blickwinkel scheint sich zu verschieben. Es gibt nur noch die Bildschirmfläche meines Computers vor mir. Alles verlangsamt sich. Ich spüre meine Finger zucken. Der Bildschirm flackert, stockt, bis die einzelnen Bilder auf dem Monitor erscheinen, die normalerweise nicht für das menschliche Auge sichtbar sind. Erster Bildwechsel.

Ein kurzer Moment der Schwärze. KamikazeCat von rechts. Zweiter Bildwechsel. Der Flug des Honigtopfes erinnert mich an ein Kaugummi, das an einer Schuhsohle nach oben gezogen wird. Zäh und langsam bewegt sich das Wurfgeschoss. Seine Flugbahn leitet den dritten und vierten Bildwechsel ein. Der Honigtopf trifft KamikazeCat am Kopf und der darin enthaltene Brotaufstrich explodiert. Fünfter Bildwechsel. Die gelbe Rauchwolke behindert DeadDog. Er ist ein guter Champion, der ebenfalls in der Funktion als Supporter eingesetzt werden kann. Es handelt sich um einen untoten Dackel, dessen Körper durchsetzt ist mit knochigen Auswucherungen. Löcher in seinem Gesicht und seinem Hinterteil lassen seine Organe durchschimmern.

Sechster Bildwechsel. Ich aktiviere die Fähigkeit *Bärentatze* und mit meinen langen Klauen zerstückle ich den auferstandenen Hund in drei Hälften, die kreuz und quer zu Boden fallen. Siebter Bildwechsel. EatingShrimp wirft eine Gabel nach mir. Ein Schmunzeln breitet sich auf meinen Lippen aus, als ich den rosafarbenen Kerl angehüpft kommen sehe. Dabei darf man ihn nicht unterschätzen. Die Gabel trifft mich beinahe von hinten, doch ich kann ihr ausweichen. Nach nur wenigen Sekunden, die sich viel länger anfühlen, ist der Gehirnfrost vorbei und alle vier Gegner tot. Schwindel erfasst mich, als die Bildwechsel schneller werden und schließlich wieder alles unfassbar rasant vor meinen Augen abläuft. Ich teleportiere mich mit zitternden Fingern zur Anfangsarea auf unsere Startplattform, um mein geschwächtes Leben wieder aufzufüllen.

>Krass!<, schreibt ein Teammate*. Ich lächle und atme tief durch. Mit ein paar Schlucken aus einer Colaflasche verfliegt das schwindelige Gefühl. Zurück bleibt nur eine gewisse Müdigkeit.

Nach 46 Minuten haben wir gewonnen. In den letzten 20 hat Mum immer wieder gegen die Zimmertür geklopft, um mich zum Schlafen zu bewegen.

Ich tue ihr den Gefallen und warte in meinem Bett auf den wohl langweiligsten Sonntag überhaupt. Hoffentlich hat Mycroft morgen Zeit.

2

Die Sonne weckt mich, aber ich will noch nicht aufstehen.

»Tamara! Es gibt Frühstück!«, ruft Mum aus dem Erdgeschoss nach oben.

»Lass mich einfach mal in Ruhe«, kreische ich in mein Kissen, um einen weiteren Familienstreit mit Mum zu verhindern. Als ich meinen Kopf wieder vom Kissen löse, klebt eine Daune an meiner Lippe. Sie kitzelt mich bei jedem Atemzug. Ich puste einmal heftig, um sie loszuwerden.

Müde schleppe ich mich zum Bad, mache mich fertig und setze mich an den mit Detoxtee und Gemüse beladenen Frühstückstisch. *Low carb* lautet die neue Devise von Mum. Ich bin froh, dass sie mir wenigstens meine Cornflakes lässt.

Meine Schwester ist natürlich schon lange wach und sitzt gestylt als Klon von Mum mit einer Tasse Tee in der Hand neben mir. Als wäre ihre bloße, *perfekte* Anwesenheit nicht schon genug, zwitschert sie die ganze Zeit Lobpreisungen ihres neuen Arbeitgebers vor sich hin. Mum huldigt ihr selbstredend mit Komplimenten für den *tollen* Job.

Ich schlage derweil mit meinem Löffel Wellen in die Milch meiner Frühstücksflakes. Ein Schwung Milch schwappt über den Schüsselrand und rinnt am Porzellan nach unten. Im selben Moment stolpert Dad mit seiner Krawatte in Händen die Treppe herunter.

»Hallo, meine bezaubernden Damen«, säuselt er, während er sich Mappen unter den Arm schiebt, die jeden Moment drohen, auf den Boden zu fallen. Seine Krawatte rutscht ihm vom Hals. Er versucht sie mit seinem Fuß aufzufangen, aber sein Gleichgewichtssinn reicht nicht für Mappen *und* Krawatte.

»Hallo, mein Schatz«, entgegnet Mum mit einem breiten Lächeln auf den Lippen. Sie sammelt die verstreuten Papiere, Kladden und Arbeitsschriften ein, drückt Dad einen Kuss auf die Wange und krault seinen Nacken. Die beiden sind nach all den Jahren noch immer verliebt. *Eklig!*

»Musst du etwa wieder arbeiten? Ich hatte gehofft, dass wir diesen Sonntag mehr Zeit für uns hätten.«

»Ich *muss*. Frank hat mit den Unterlagen für Frau Schneider ein gewaltiges Chaos angerichtet, das es nun zu beseitigen gilt.«

Mum stöhnt, bis sie ihr Lächeln, eingemeißelt in ihrem Gesicht wie in hartem Beton, wiedererlangt. »Erwartest du zufällig einen wichtigen Brief?«, trällert sie, bindet beiläufig seine Krawatte und schwebt zurück zum Tisch.

»Nein, wieso? Heute ist doch Sonntag.« Dad bedient die Kaffeemaschine. Mit einem Zischen tropft braune Flüssigkeit in seine BESTERVATER-DER-WELT-Tasse, die meine Schwester ihm letztes Jahr zum Geburtstag geschenkt hat.

»Ja, ich weiß, aber heute Morgen lag ein Brief im Flur. Vielleicht habe ich ihn gestern übersehen, als ich die Post geholt habe. Ein Absender steht nicht drauf.«

Mum steht wieder auf und holt von der kleinen hellbraunen Holzkommode im Flur einen weißen Umschlag. *Herr Carlmeyer* steht in verschnörkelter Handschrift darauf und ist ausschlaggebendes Indiz für mich, dass der Brief von Dads gestriegelten Arbeitskollegen kommen muss: Die einzigen Menschen auf der Welt, deren Handschrift aussieht, als hätte man die Schriftart Edwardian Script am PC verwendet.

»Zeig mal her!« Dad nimmt das Papier und reißt es auf. Mum schaut ihn dabei böse an, weil er keinen Brieföffner benutzt.

»Was ist denn das? Wieder eine Werbung. Für Computerspiele bin ich nun wirklich zu alt.« Er zerknüllt das Blatt und wirft es neben mich in den Mülleimer.

»Das wäre doch was für dich gewesen, Tamara«, hüstelt meine Schwester gehässig. Sie weiß genau, dass sie damit den Hass von Mum auf meine alltägliche *Spielerei* noch verschärft.

»Entschuldigt mich«, knurre ich und stehe auf. Ich will wieder zurück in mein Zimmer und meine Ruhe.

»Nicht so schnell! Deine Schüssel in die Spüle und den Müll bringst du auch noch raus!«, herrscht Mum.

Ich stöhne. Missmutig knalle ich die Schüssel ins Spülbecken und packe mir den Küchenmüll. *Das stinkt!*

Seufzend betrete ich unseren Vorgarten. Mum's Illexansammlung ist unter Perfektion geformt und ersetzt die Buchsbäume, die letzten Sommer von gefräßigen Schädlingen dahingerafft worden sind. Ich gehe zu unserer Einfahrt und beobachte eine dicke Schmalzfliege, die sich aus dem Restmüll quetscht. Ihre Augen schimmern im Sonnenlicht wie lilafarbenes Metallpapier.

Als ich den Kücheneimer draußen entleere, fällt das zerknüllte Papier zu Boden. Mit einem Windzug wiegt es sich hin und her. Es nimmt dabei grüne Pigmente von Moosresten auf, die sich, wie bei einer Walze, auf dem Papierrücken verteilen. Ich kann einige Wortfetzen erkennen.

Einladung zum Spieler … Identifizierungs … Regensburg …

Das kann doch nicht wahr sein, oder? Ich falte es auf und drücke es auf den Pflastersteinen in unserer Einfahrt platt, um den ganzen Text lesen zu können. Es ist dieselbe Einladung, die ich gestern erhalten habe. Nur, dass bei dieser die Unterschrift mit Tinte gesetzt wurde. Und auch der Identifizierungscode ist per Hand geschrieben.

Den Mülleimer lasse ich einfach liegen und renne rüber zu Myc. Ich klopfe und klingele Sturm. Seine Mutter ist nicht zuhause. Dafür öffnet mir sein Bruder Billy die Tür.

Auch nicht gerade besser.

Er zieht einen Mundwinkel nach oben und streicht sich mit der flachen Hand über den kreuz und quer wachsenden Dreitagebart. Bevor er einen seiner blöden Scherze machen kann, stehe ich schon in Mycs Zimmer.

»Tammy?«, fragt er und schreckt auf, als er mich keuchen hört. Klackernd versucht er, eine glänzende Füllfeder zurück in ihren Deckel zu befördern. Auf dem Blatt Papier vor ihm prangen ein paar kunstvoll angefertigte Wörter und Herzen in roter Tinte.

»Ich … ich …«

»Hol erst mal Luft.« Myc bietet mir seinen quietschenden Schreibtischstuhl an.

Ich lehne ab und lege das zerknitterte Papier auf seinen Nachttisch. »Schau es dir an! Glaubst du es jetzt?«

»Was ist denn so eilig? Ich …« Myc hält mitten im Satz inne und betrachtet mit offenem Mund das Papier. »Tammy, woher hast du das?«

»Das wurde heute in unseren Briefschlitz geworfen.«

»Ist nicht wahr.« Myc fährt mit seinem Zeigefinger den Identifizierungscode und die Unterschrift von James Farck nach.

»Warte mal!« Er geht zu seinem Kleiderschrank und schiebt seine Hemden beiseite. Seine angehäufte Kleidung wirkt wie ein bunter Zirkus: ein Aufgebot an Farben. Dabei ist jedes Teil im Einzelnen schlicht. Auf einem Brett hinter seiner Kleiderstange steht ein kleiner Pappkarton. »So, dann schauen wir mal.« Myc öffnet den Karton und holt ein Blatt heraus.

»Wo hast du das denn her?« Ein Hauch von Neid schwingt in meiner Frage mit. Myc hält ein Bild von SilverDrage in seinen Händen. Darauf prangt die Unterschrift von James Farck.

»Bill hat es mir zu meinem Geburtstag ersteigert. Eigentlich wollte ich es dir zu Weihnachten …«

»Und? Ist sie echt?«

Myc hält das Bild neben das zerknitterte Blatt Papier. »Die muss echt sein, Tammy. Siehst du den Bogen über dem F?«

»Ja«, rufe ich freudig. »Ja, da ist ein Bogen!« Grinsend fahre ich das F von Farck nach. Für einen Moment habe ich das Gefühl, als würde James Farck persönlich vor mir stehen.

Myc inspiziert derzeit die Umschlagfetzen, die ich vorsichtshalber ebenfalls eingesteckt hatte. »Ähm … Tammy?«

»Ja?«

»Warum ist der Brief denn an *Herrn* Carlmeyer adressiert? Meinst du, die denken vielleicht wirklich, dass du ein Mann …?«

Mist. Jetzt ist es an der Zeit, Myc zu beichten, was der Inhalt von PhoenixHeavens und meinem gestrigen Chat war. Ich hatte gehofft, dass es nicht an diesem zumindest für mich unbedeutsamen Detail liegt, dass ich diese Einladung in Händen halte. Nein, eigentlich hoffe ich es zu diesem Zeitpunkt immer noch.

»Ich habe PhoenixHeaven gestern eventuell …« Ich schlucke laut. »Also aus Versehen geschrieben, dass ich männlich bin«.

»Warum das denn, Tammy? Und ich rede mir den Mund fusselig, dass das Ding gefakt sein muss, weil die nichts von Frauen halten. Du hättest ruhig mal sagen können, dass du dich für einen Typen ausgegeben hast.«

»Ich hab vermutet, dass das wieder ein Verrückter ist, der sich besser auf die Suche nach einer billigen Partnerbörse machen sollte, wenn er bloß Teenagerinnen angraben will. Deswegen hab ich geschrieben, dass ich ein Mann bin. Du kennst doch meine Abwehrmethoden.«

Myc schüttelt wieder und wieder den Kopf.

»Ach komm, Myc. Es muss doch eine Lösung für das Dilemma geben, oder?« Ich ziehe einen Schmollmund. »Oder?«

»Jetzt schau mich nicht so an!« Er wiegt seinen Kopf hin und her. »Na ja. Du hast wenigstens eine Einladung bekommen. Die Lösung wird sein ...«

»Ja? Spuck aus!« Ich knuffe seine Schulter.

»Wenn du da als Frau nicht reinkommst, gehe ich einfach für dich hin.« Er streckt mir die Zunge raus.

»Du hast sie wohl nicht mehr alle. Die Chance, mit Prefix Geld zu verdienen, lasse ich mir nicht entgehen«, sage ich ernst und muss an das Preisgeld der letzten Season denken. Es ging in die Millionenhöhe.

Die letzten drei Seasons haben ›Heroes of the Prefix‹ immer gewonnen, weswegen ihr Hass gegen Frauen den Anhängern wohl auch egal ist. Ruhm zählt mehr als Charakter. Im Moment sogar für mich, die ich in ein Team möchte, das zu 99,9 Prozent nicht von meinem Geschlecht begeistert sein wird. Eine traurige Feststellung, dass man des Geldes wegen Rassismus oder Vorurteile ignoriert. Na ja. Die Anhänger von den ›Heroes of the Prefix‹ haben bloß ein einziges Mal der Gruppe wirklich abgeschworen. Und das, bevor Farck mit dem neuen Management und den neuen Investoren die Leitung übernommen hat.

Ich stöhne lauthals. »So ein Mist. Immer passiert mir sowas!«

»Jetzt krieg keinen Nervenzusammenbruch«, sagt Myc und tätschelt mir die Schulter. »Die Season hat ja auch schon begonnen. Selbst wenn du da genommen worden wärst, dann nur für die letzten drei Championmatches, und ob du da gegen einen erfahrenen Teamspieler eingetauscht wirst, bezweifle ich. Ich meine, Heroes of the Prefix besteht aus dreizehn Mann.«

»Es scheinen einige Spieler ausgestiegen zu sein. Zumindest steht auf der Website, man soll das Casting *dringend* wahrnehmen und sie suchen bevorzugt einen Supporter. Rate mal, was ich seit einigen Wochen nur noch zocke?« Ich stöhne wieder. »Ich wurde persönlich eingeladen, Mycroft!«

Ich weiß, wie sehr er es hasst, Mycroft genannt zu werden.

Den Namen haben ihm seine Eltern gegeben, nachdem sie in ihrem Buchclub alle Sherlock Holmes Bücher behandelt hatten.

Dabei sind die ursprünglich irischen Einwanderer eigentlich Amerika-Fans und halten nicht viel von Großbritannien. Ihr Wohnzimmer und die Küche sind mit Route66-Schildern regelrecht geflutet und zu Weihnachten lässt es sich Mycs Dad nicht nehmen, eine imposante Festtagsbeleuchtung aufzubauen. Der riesenhafte Santa verpasst dem einen oder anderen Kind zwar einen gewaltigen Alptraum, aber für Mycs Eltern ist er die Verkörperung des amerikanischen Traums. Aus ihrer Liebe zum amerikanischen Vaterland entsprang wohl auch die Namensidee für ihren Erstgeborenen.

»Hast du nicht die Chatbeiträge gelesen? Frauen sind es nicht wert, Prefix zu spielen«, patzt Myc, sichtlich beleidigt über meinen Angriff.

»Ach, halt doch die Klappe, du Idiot!«, blaffe ich zurück.

Myc zuckt, sein Gesichtsausdruck wird milder. »Die sind auch total wählerisch. Hab mal gehört, die haben bei einem Casting von fünfzig Spielern nur einen einzigen Mann genommen. Farck soll sich seine Spieler immer schon vorher ausgucken. Und sein Username ist nicht PhoenixHeaven, sondern Farcknator, so viel steht fest, Tam.«

»Wer soll PhoenixHeaven *denn* sein? Und wie ist er an die Unterschrift gekommen?«, frage ich und überlege. Ich hatte mir ausgemalt, wie Farck vor seinem teuren Gamer-PC sitzt und mich beobachtet. Mich, als TamBear.

»Von mir aus, vielleicht ist PhoenixHeaven jemand, der im Namen von den HothP Spieler in Regulargames beobachtet und einlädt. Aber selbst dann sind deine Chancen gleich null, weil du kein Fighting-Spirit bist, sondern Tamara Carlmeyer aus Schwarzenfeld im Crystalrang.«

›Prefix of Death‹ unterteilt Spieler in verschiedene Kategorien, damit Anfänger mit Anfängern spielen und Fortgeschrittene je nach ihrem Können Gegner desselben Ranges bekommen. So gibt es in aufsteigender Reihenfolge Ruby, Opal, Emerald, Crystal und Gold. Der Sprung von Crystal auf Gold gelingt nur den wenigsten Spielern. Wenn man ihn geschafft hat, dann gehört man zur Zocker*elite. Diejenigen, die ›Prefix of Death‹ professionell spielen, erlangen zusätzlich zu dem Goldstatus den Titel *Fighting-Spirit*. Die Ränge werden nach den Siegen, der Siegbeteiligung, den Toden und Tötungen berechnet. Ich bin mir beinahe sicher, noch ein paar Wochen mehr und der Gehirnfrost – kombiniert mit intensivem Zocktraining – würde mich dem Goldrang zumindest näher bringen.

»Aber wieso kriege ich dann diese persönliche Einladung? Der Code und die Unterschrift sind handschriftlich. Vielleicht ist PhoenixHeaven einer der anderen Manager! Dann ist er ein wichtiger Part des Teams und kann für mich ein gutes Wort einlegen. Das muss es ...«

»Nein, keiner von denen spielt noch Prefix, das sind alles Geschäftsleute, bis auf Farck. Und hast du dir überhaupt mal überlegt, wie stalkerhaft das ist, dass du diese Einladung bekommen hast? Die haben deine Adresse herausbekommen und den Brief hier höchstpersönlich, ohne Poststempel, eingeworfen.«

»Ja, aber dann muss ihnen doch etwas an mir liegen.«

»Probieren kannst du es. Ich schätze mal, wenn die deine Adresse haben, finden sie auch bald heraus, wer noch bei euch wohnt. Die erfahren schneller, als dir lieb ist, was für ein Geschlecht du hast. Und ich bin gespannt, wie viel ihnen noch an dir liegt, wenn sie wissen, dass du eine Frau bist.«

»Der Brief war an Herrn Carlmeyer adressiert und nicht an Frau. Ergo: Sie wissen es nicht! Es muss doch ...«

Der nervige Ton eines Skype-Anrufes erklingt und Myc wendet sich zum Desktop. »Es ist Rosemarie«, sagt er mit einem fast schon entschuldigenden Blick.

Rosemarie ist Mycs neue Flamme. Seine alte war ich. Es passt mir nicht recht in den Kram, dass Myc mit Rosemarie flirtet. Aber ich kann keine Ansprüche an ihn stellen. Immerhin habe ich mit ihm Schluss gemacht. Das hat unsere Freundschaft ziemlich belastet, aber es ist auch schon einige Zeit her. Ich nicke Myc zu. Er bestätigt den Anruf.

»Hallo Süße, was gibt's?«, säuselt er dem starren Profilbild von ihr entgegen. Rosemarie kichert und ich spüre förmlich, wie sie rot wird.

»Mir geht's gut, aber du sollst mich doch nicht immer Süße nennen«, lacht sie, bedacht darauf, kindlich-naiv zu klingen. So richtig offiziell ist es bei den beiden anscheinend noch nicht. Ich muss grinsen.

»Kann ich zu dir kommen?«, fragt sie.

Myc zögert. »Ja, aber …«

»Schon gut«, flüstere ich ihm zu. »Wir reden morgen in der Schule weiter.« Myc macht eine dankende Geste und verspricht mir, morgen eine Lösung parat zu haben.

Meine Socken sind mit trockenen Kuchenstücken übersät – letzte Überbleibsel von der gestrigen Mutter–Sohn–Schlacht, als ich sie in meine Schuhe stecke. Myc bleibt oben und redet mit Rosemarie.

Ich verlasse sein Haus und vertiefe meine Hände in meinen Jackentaschen. Dieser Winter verspricht kälter zu werden als die letzten. Meine Überlegungen kreisen um einen Spaziergang, um den Kopf zu entleeren. Doch ich entscheide mich dafür, mich sofort Mum zu stellen, die mich wegen meines Aufstandes eben zur Rechenschaft ziehen wird. Besser, man bringt die unangenehmen Momente hinter sich, als vor ihnen zu flüchten. *Vor Mum zu flüchten, wäre so oder so ausweglos.* Ich ziehe den Pelzkragen meiner Jacke nach oben und schnappe mir den umgestoßenen Mülleimer, der in der Einfahrt liegt. Ich seufze. Eine kühle Brise lässt das Laub auf der Straße rascheln. *War da jemand?* Ich meine, einen Schatten gesehen zu haben, doch niemand ist da. Ich bin ganz alleine.

Mit einem prüfenden Blick betrete ich unseren Hausflur. Mum ist nirgends zu sehen. Mein Vorteil. Ich lasse die Schuhe an und schleiche zur Treppe. *Was ist das?* Ich erkenne die Handschrift sofort wieder. Auf unserer Kommode im Flur liegen fünf weitere Briefe, alle adressiert an Herrn Carlmeyer. Ich schnappe sie mir und betrete die erste Stufe. Sie knarrt bedrohlich auf. *Fuck.*

»Tamara?«, erklingt es aus der Küche.

»Mist«, fluche ich leise.

»Hast du deine Hausaufgaben für morgen schon erledigt?« Ich höre Mum ungeduldig mit ihrer Fußspitze auftippen.

»Lass das meine Sorge sein. Ich bin gerade in einer sehr schwierigen Phase, Mum«, sage ich so genervt, wie ich nur kann, und husche nach oben.

»Such dir endlich mal Arbeit, anstatt im Anbau oder bei Mycroft zu hocken!«

Ich verschwinde in meinem Zimmer. Demonstrativ knalle ich die Tür ins Schloss. Sie soll mich in Ruhe lassen. Immer liegt sie mir mit ihrer Arbeit in den Ohren. *Als ob ›Prefix‹ keine Arbeit wäre!*

Einen Moment lang starre ich die Briefe an. Plötzlich schießt mir durch den Kopf: *Vielleicht wird ja ›Prefix‹ bald meine Arbeit sein!*

Ich öffne die Tür zu dem kleinen Nebenraum. Die Türklinke lässt sich nur schwer drücken und klackt bei jeder Betätigung laut. Eigentlich verbirgt sich hinter der gelb getünchten Holztür ein begehbares Ankleidungszimmer, aber wozu sollte ich so etwas brauchen? Ein begehbares Computerzimmer ist um einiges cooler. Ich sauge mit meiner Nase den Geruch nach abgestandener Cola und muffigem Elektrosmog ein.

»Scheiße, der PC!« Das grüne Licht am Lüfter brennt noch immer und ein surrendes Geräusch teilt mir mit, dass ich ihn gestern nicht ausgeschaltet habe. Durch ein Wischen der Maus leuchtet der Desktop auf. ›Prefix‹ ist noch immer geöffnet. Mahnend blinkt das Programm auf: Drei neue Chatbeiträge von PhoenixHeaven.

Nachricht Nummer eins: >Was ich noch sagen wollte …<

Nachricht Nummer zwei: >Du hast sehr gut gespielt!<

Nachricht Nummer drei: >Nein, fantastisch!;)<

Ich merke, wie Hitze in mein Gesicht steigt. Wer auch immer hinter PhoenixHeaven steckt, er scheint in mir etwas zu sehen, das ich selbst nicht mit *fantastisch* bezeichnen würde. Ich beherrsche ›Prefix‹ zwar. Aber ich bin in manchen Spielen genauso fehl am Platz wie andere Noobs*. Ich fahre den PC herunter und schaue auf meinen Schreibtisch. Dabei fällt er auf meine Hausaufgaben, aber ich entscheide mich bewusst, sie nicht zu machen und werfe mich aufs Bett.

Diese Nacht werde ich nur von ›Prefix‹ träumen, das weiß ich.

3

Die Schulglocke klingelt. Ich renne die letzten Stufen der langen Steintreppe nach oben. Keuchend halte ich mich an einem Pfeiler fest. *Nur noch ein paar Meter*, sage ich mir und raffe mich wieder auf.

In der Klasse wartet schon ein wütender Herr Richter. Er steht vor einer befleckten Wand. Die gelben und roten Striemen sind unserer Klasse und dem nahegelegenen Fast-Food-Imbiss geschuldet. Kaum jemand kann die sauren Gurken auf den Cheeseburgern ausstehen, weswegen sie in regelmäßigen Abständen an der Tapete unseres Klassenraumes landen.

»Fräulein Carlmeyer? Sie sind zu spät.« Herr Richter klopft auf seine Armbanduhr und weist mich ungeduldigen Blickes auf meinen Platz.

»Entschuldigen Sie«, keuche ich und schmeiße meinen Rucksack unter mein Pult. Myc schielt zu mir rüber.

»Pass auf, heute ist mit dem nicht zu scherzen.«

Herr Richter hört Mycs Stimme, so leise er auch gesprochen hat, und wirft ein Stück Kreide auf seinen Schulordner. Myc zuckt zusammen.

Ich grinse schadenfroh, während Myc mit seinem Ärmel versucht, den weißen Staub von seinen Unterlagen zu wischen.

»Ruhe jetzt, verdammt!«, ruft Herr Richter und spuckt dabei die Schüler auf den vorderen Plätzen an. Als er sich zur Tafel wendet und beginnt, die Verben aufzuschreiben, die wir für eine Analyse von Homo Faber verwenden sollen, rutscht Myc näher zu mir.

»Ich hab eine Lösung«, sagt er.

Ich werde hellhörig. »Spuck schon aus!«, zische ich ihm zu, während er ein zerknittertes Blatt Papier aus seiner Hosentasche holt. Darauf ist ein Strichmännchen mit überdimensional großen Brüsten aufgemalt.

»Sehr witzig, du Dumpfbacke! Ich lasse mir keine Brustimplantate einsetzen. Das ist es mir nicht wert. Und was soll das überhaupt bringen?« Ich verschränke die Arme. Dann überlege ich und schmunzle. »Obwohl«, sage ich, nachdem ich Riesenbrüste und eine Menge Geld gegen kleine Brüste und keinen Cent abgewogen habe.

Myc schlägt mir auf den Hinterkopf. »Du Idiot, warte doch ab!«

»Aua«, erwidere ich wütend und reibe mir den Nacken.

Im selben Moment bricht Herrn Richter ein Stück Kreide ab. Fluchend versucht er, die Schublade seines Lehrerpults zu öffnen, wo der Kreidevorrat liegt. Als Myc sich versichert hat, dass Herr Richter abgelenkt ist, dreht er das Papier um. Auf der Rückseite ist ein Strichmännchen mit Krawatte und Hut zu sehen.

»Was willst du mir damit sagen?«, frage ich.

Myc hebt seinen Zeigefinger hoch. Darunter kommt ein Pfeil zum Vorschein, an dessen Ende *Tammy* steht. Ich zucke verständnislos mit den Schultern.

»Du wirst zum Mann, Mensch!«, flüstert Myc mir zu und wendet das Blatt erneut hin und her.

»Herr Richter? Tamara und Mycroft tauschen Zettel!«

Ruby, die miese Klassenschlampe, eigentlich gestraft mit dem Namen Rubine Schmidt, schnipst mit ihrem Finger und zeigt auf Myc und mich. Dabei zwinkert sie uns selbstgefällig zu. *So eine blöde Kuh!*

»Verdammt nochmal! Ruhe jetzt!«, ruft Herr Richter und kommt unserem Pult gefährlich nah. »Ihr beide, raus!« Er weist mit seiner Hand auf die Tür.

Ich beschwichtige ihn im Gegenzug mit einer Geste meiner Hand. Na gut, ich zeige ihm den Mittelfinger. Wenn wir schon zum Direktor müssen, dann bitte mit triftigem Grund und nicht, weil wir getuschelt haben. Ruby zeige ich ihn direkt mit, was sie empört schnaufen lässt. *Yes, 1-1.*

Herr Richter läuft puterrot an. Er zermalmt einen imaginären Knochen zwischen seinem Ober- und Unterkiefer. Seine Zähne schaben knirschend aufeinander.

Ich ducke mich und gehe gespielt in Deckung. Unsere Klassenkameraden lachen, was Herrn Richter überhaupt nicht gefällt, und worunter jetzt auch noch die Kreide in seinen Fingern leiden muss. Wutentbrannt zieht er sein uraltes Kastenhandy unter einem Ordner hervor, um die Sekretärin anzurufen. Durch vier knappe Worte weiß sie alles Nötige, um sich auf unser Ankommen vorzubereiten: Tamara, Mycroft, fahrlässige Ruhestörung. Die Klassentür schließt sich hinter uns.

»Ruhe jetzt! Ich kann so nicht arbeiten!«, höre ich Herrn Richter noch gedämpft, als wir bereits ein gutes Stück den breiten Flur der Schule entlang gegangen sind. Myc und ich müssen beide losprusten.

»Den hättest du nicht mehr provozieren dürfen«, lacht Myc.

Ich zucke mit den Achseln. *Hat Herr Richter verdient*, denke ich mir. Wir setzen uns auf zwei mitgenommene Holzstühle vor das Zimmer des Rektors. Die Sekretärin nickt mir grüßend zu. Sie kennt mich schon durch einige andere *fahrlässige Ruhestörungen* in Herrn Richters Unterricht. Ich mag es nun mal nicht, wenn man mich anbrüllt, und Ruby erwischt Myc und mich öfter beim Reden, als mir lieb ist. Ich muss schmunzeln und fühle mich rebellisch.

»Also, nochmal zu meiner Idee«, sagt Myc.

»Vergiss es«, unterbreche ich ihn. »Ich hab auch kurz darüber nachgedacht. Aber es ist bescheuert. Nein, unmöglich. Ich kann kein Mann werden!«

»Du *kannst*, Tammy!«, entgegnet Myc begeistert. »Es ist so leicht. Es gibt so viele Filme, in denen das thematisiert wird.« Er klopft mit seinem Zeigefinger auf das Sitzbrett des Holzstuhls und streicht dann seine Haare glatt.

»Myc, Filme sind Filme. Wir leben nun mal in keinem Film und niemand ist dämlich genug, das nicht zu bemerken. Leonie aus der Zehnten siehst du auch an, dass sie kein Mann ist.«

»Ey, die ist ja auch ’ne Lesbe und will nicht ganz wie ein Mann aussehen.« Er stöhnt und ich rolle mit den Augen.

»Guck mal. Kurzhaarschnitt, Männerlook – so einfach geht das. Und Brüste hast du eh keine.« Er lacht. Ich schlage ihm gegen den Arm. Das Lachen vergeht ihm sofort. Er reibt sich die schmerzende Stelle.

»Fräulein Carlmeyer? Bitte eintreten!« Die Sekretärin – Frau Vogt – öffnet mir die Tür. Als ich ins Büro des Direktors eintrete, flüstert sie mir *Toi, Toi, Toi* in mein Ohr. Dabei streicht sie mir mehrmals meinen Arm, als ob sie kalte Bratensauce an ihm abwischen wollen würde. Mycroft bleibt mit einem wehleidigen Schnaufen zurück und wartet darauf, bis er dran ist.

»Fräulein Carlmeyer«, Direktor Braun wendet seinen Drehstuhl zur Tür, »das dritte Mal diesen Monat. Wollen Sie Herrn Richter in die Klapsmühle bringen?«

Ich überlege.

»Das war eine rhetorische Frage.« Er lacht und stützt sich auf dem Tisch auf, um von seinem lederüberzogenen Sitz hochzukommen. »Du musst versuchen, ihn zu verstehen, der Lehrerjob ist anstrengend.«

»Der Schülerjob auch«, witzle ich.

Ich weiß, dass er mich mag. Und dass Herr Richter selbst unter den Lehrern nicht sonderlich beliebt ist. Direktor Braun entwischt ein kurzes Lächeln, ehe er wieder seine ernsthafte Miene zurückerlangt.

»Ach, Tamara. Jetzt geh mal wieder in den Unterricht und sag Mycroft, er muss nicht zu mir kommen. Der Arme hat immer solche Angst vor mir.« Er zuckt verständnislos mit den Schultern und widmet sich einem Brief, der sich tiefschwarz von den anderen auf seinem Schreibtisch abhebt. Ein Schauer erfasst meine Arme. Ich fühle mich diesem Einzelexemplar verbunden. »Und sag Herrn Richter, ihr hättet Sonderaufgaben von mir erhalten, sonst habe ich ihn nachher auf der Matte stehen.« Er zwinkert mir zu.

Ich muss schmunzeln. Wir haben echt großes Glück mit unserem Direktor. Ich wünsche ihm noch einen schönen Tag und gehe wieder zu Myc.

»Und?«, fragt er mit zittriger Stimme, als ich mein *am Boden zerstört*-Gesicht aufsetze.

»Wir bekommen eine Suspension von zwei Wochen.« Ich stütze mein Gesicht in die Hände und fange an zu schluchzen. Dabei luge ich durch die kleine Lücke zwischen meinen Fingern. Myc wird kreidebleich und schluckt laut.

»Das kann ich Mum nicht erklären, dann geht sie auf mich los. Und bei meinem Glück nimmt sie keinen Kuchen.« Er fasst sich mit der Hand an den Kopf und reißt an seinen Haarspitzen.

»Ja, sie hat mir gestern gesagt, sie wollte Suppe kochen.« Ich lache laut auf.

»Du Sau, verarsch mich nicht immer!« Myc bekommt wieder Farbe im Gesicht.

»Noch fünf Tage bis Samstag, bis dahin brauche ich eine realistische Lösung«, sage ich und bin wieder entmutigt. Ich muss in dieses Team. ›Prefix‹ ist eine durchaus realistischere Zukunftsperspektive, als mit meinen grottenschlechten Noten einen Platz an einer renommierten Universität zu bekommen.

»Ich finde meine Idee ja gut«, erwidert Myc.

»Spinner!«

Es ist Donnerstagmorgen. Die letzten Tage haben keine Lösung ergeben. Unzufrieden rolle ich mich in meinem Bett hin und her. *Warum ist das Leben entweder öde oder scheißkompliziert? Kann es nicht etwas dazwischen geben?* Ich habe zur zweiten Stunde, doch trotzdem bin ich jetzt schon wach. Müde reibe ich meine Augen und muss an die Worte von PhoenixHeaven denken.

»Ich war fantastisch«, wiederhole ich. Aber ich werde mich nicht beweisen können. Die letzten Nächte habe ich damit verbracht, tausende Beiträge von wütenden Frauen zu lesen. Sogar Männer kritisieren den Frauenhass. Wenn ich das Management der Gruppe google, taucht immer wieder nur der Name von James Farck auf. Die anderen Mitglieder der Gruppenspitze werden nicht genannt. Nirgends gibt es einen Namen oder Bilder von ihnen.

Ich frage mich, ob Farck derjenige ist, der für den Frauenhass im Team verantwortlich ist. Der fing nämlich an, als er Teil des Managements wurde und das Team übernahm. Prompt wurde Zara, die Auswechselsupporterin, rausgeschmissen. Im Internet wird er dafür oft beschuldigt und zur Rechenschaft gezogen.

Dieser James Farck scheint ein richtiger Widerling zu sein. *Was könnte er denn bloß gegen Frauen haben?* Einige munkeln, Farck wurde von seiner Mutter geschlagen und deswegen könne er heute nicht mit Frauen zusammenarbeiten, andere vergleichen ihn sogar mit dem Diyu Mörder, der im Moment die Schlagzeilen füllt. Den Vergleich zwischen einem frauenhassenden Management und einem Serienkiller, der es auf Frauen abgesehen hat und sie mit Ritualen aus der chinesischen Unterwelt foltert, finde ich dann aber doch etwas zu makaber.

Ich schaue nochmal auf die Uhr und mache mich auf ins Bad. Duschen, frühstücken, mit Mum über meine nicht gemachten Hausaufgaben diskutieren, das Rad zur Schule nehmen. Alles so, wie jeden Morgen. Herr Richter versucht, mit uns Lieder für die Weihnachtsfeier nächsten Monat einzuüben. Ich schlafe halb. Ruby hält mich mit ihrem quietschenden Sing-Sang wach. Wenigstens zu etwas ist die blonde Trulla gut. Myc ist heute nicht zur Schule gekommen. Er hatte gestern Krach mit Rosemarie. Das macht den Schulalltag noch unspektakulärer als sonst. Ich trödle auf dem Nachhauseweg und fahre mit dem Rad noch eine Schleife über den Dorfplatz. Die Langeweile zieht sich über den Nachmittag hin. Das Mittagessen ist eine aufgewärmte Kartoffelsuppe. Dem Rumoren meines Magens zu urteilen, war sie nicht mehr ganz frisch. Ich gehe in mein Zimmer und starte ›Prefix‹, aber niemand ist online. Alleine habe ich keine Lust.

»Pst! Tamara, hier drüben.«

»Was?« Ich drehe meinen Drehstuhl mit so einer Wucht, dass ich beinahe zur Seite wegkippe. »Mum?« Keine Antwort. Niemand ist im Raum*. Die Langeweile verpasst mir schon Wahnvorstellungen.*

Ich widme mich wieder meinem Bildschirm und google abermals James Farck. Leider gibt es bis auf einige verpixelte Bilder von der Gamescom oder anderen Zockerevents kein Foto von ihm. Seine Setcard ist auch nicht öffentlich. Jedes Mal, wenn ich mir ein Game, bei dem er mitgespielt hat, anschauen möchte, werde ich mit derselben Floskel abgespeist:

>Wollen Sie James Farck und die anderen Mitglieder des HothP-Teams näher kennenlernen, ihre Spiele und ihre Fertigkeiten bewundern? Dann holen sie sich für nur 13 Dollar monatlich den exklusiven Zugang zum HothP-Premiumchannel, auf dem alle Spiele mit James Farck zu sehen sind.<

Wie viel sind denn 13 Dollar in Euro umgerechnet? Dieser Channel ist gar nicht mal unerschwinglich. Ich überlege kurz, ob es eine Chance gibt, an Mums Kreditkarte zu kommen, aber vertreibe diesen Gedanken augenblicklich, als ich an meinen letzten gähnend langweiligen Hausarrest denken muss. Mum hatte sogar mein Computerzimmer abgeschlossen und den Schlüssel versteckt.

Was soll so besonders an diesem James Farck sein, dass er nur auf einem beknackten Premiumkanal zu sehen ist?

Vielleicht ist er einfach so nerdig, dass er sich lieber nicht im gesamten Worldwideweb präsentieren will. Ich muss grinsen, als ich mir einen dicken Jungen mit pickeliger Stirn und Hornbrille vorstelle. *Der Boss der Zocker.*

Ich werfe mich aufs Bett und starre an die Decke. Die Bretter an der Dachschräge sind etwas schief, vielleicht sieht es aber auch von hier unten nur so aus. Ich gähne und drehe mich auf die Seite. Mit meiner Hand taste ich unter die Matratze. Ich habe gefunden, wonach ich suche. Die kleine Truhe öffnet sich mit einem knarrenden Geräusch. In ihr liegt eine Liste.

Dinge, die ich vor meinem 18. Lebensjahr getan haben will, von Tamara Carlmeyer, lautet die Überschrift. Ich habe sie schon seit meinem sechsten Lebensjahr und mittlerweile sind etliche Punkte – neben dem Kauf eines Einhorn-Kuscheltiers – dazu gekommen.

Viele Dinge darauf sind aber auch schon durchgestrichen. Nur, *einen Jungen im Regen küssen* – der Standardwunsch eines jeden Mädchens – und *für Computerspielen Geld bekommen* ist noch offen.

Ich hole einen Stift aus der Nachttischschublade und schreibe einen neuen Punkt dazu. *Sex haben* lautet dieser. Ich wollte ihn schon oft hinzufügen, aber die Angst, in einem Jahr keinen Mann zu finden, der es mit mir tun will, war allgegenwärtig. Nein, *ist* allgegenwärtig. *Time flies …*

Ich schweife nochmal über Punkt 34, das *für Computerspielen Geld bekommen* steht direkt unter *salziges Popcorn essen* und über *betrunken sein.* Ich zücke erneut den Stift und füge Punkt 47 hinzu: *kein langweiliges Leben haben.*

Wie ein Blitz rast dieser Wunsch durch meine Gedanken und ich unterstreiche ihn zweimal fett. Ich betrachte mich im Spiegel an der gegenüberliegenden Zimmerwand. Meine großen Augen tragen dunkle Ringe. Die aschblonden Strähnen, durchsetzt mit braunen Nuancen, hängen schlaff von meinem Kopf bis zu meinen Brüsten. Als ich sie hinter mein Ohr streife, betrachte ich mein dünnes Handgelenk, an dem der Knochen durchschimmert. Mein Leben *ist* langweilig. Meine Haare, mein Aussehen, mein Zimmer und meine Familie, alles ist langweilig. Ich habe langweilige Freunde und unternehme langweilige Dinge. Jetzt, jetzt, wo etwas dermaßen Spektakuläres passiert, spiele ich mit dem Gedanken, bei der kleinsten Hürde aufzugeben? *Nein.*

Ich raffe mich auf und gehe entschlossen auf einen Internetstreamingdienst. Ich suche nebenbei auf meinem Smartphone >Filme, in denen Frauen zu Männern werden<.

Es tut sich eine Liste mit sehr skurrilen Titeln auf. Es gibt aber auch einige, die mir bekannt vorkommen. Drei davon gibt es bei dem Streamingdienst. Also Licht aus, Film an, Papier und Stift in die Hand und los geht die Recherche. Auch wenn alles auffliegen würde – es ist die einzige realistische Chance, die ich habe. Denn mal eben hingehen und nachfragen, ob ich als Frau in das Team darf, das wird nicht funktionieren. Das *kann* nicht funktionieren.

Nach mehreren Stunden intensiver Beschäftigung mit der männlichen Psyche kann ich festhalten, dass Männer wohl ziemlich simpel gestrickt sind. Wenn man sie mit den weiblichen Protagonisten vergleicht, besitzen sie kaum Tiefe. Sie sind ab und an enttäuscht über fehlgeschlagene Pläne der Frauen und ziehen sich dann zurück, um sich am Ende doch noch für ein Friede, Freude, Eierkuchen-Happy End zu entscheiden. Mycs Einfall wird dadurch immer realistischer und seine Umsetzung wohl unproblematischer, als ich es annahm. Mein Faible für Listen brachte auch aus dieser Idee eine To-Do-Liste hervor. Sie ist überraschenderweise nicht sonderlich lang:

1. Frisur verändern
2. Neue Kleidung zulegen
3. Darauf achten, dass Mum davon nichts mitbekommt
4. 3. ist überlebenswichtig

Mum ist nämlich unfassbar stolz, dass sie zwei Töchter geboren hat und das lässt sie bei jeder Gelegenheit raushängen. Leider entsprach ich nie so ganz ihrer Vorstellung, weswegen sie meinen Werdegang auf Familienfesten nicht gerne zur Schau stellt. Aber eine Tochter zu haben, die nicht nur männliche Vorlieben hat, sondern sich zusätzlich auch wie ein Mann kleidet, die ließe sie niemals aus dem Haus. Das muss ich aber, um unauffällig das Casting abzuhandeln. Sobald ich dort genommen worden bin, spiele ich Mum Zuhause die liebe Tamara vor und für das Team gibt's die männliche Version meiner selbst. *Genial!*

Samstagmorgen. Ich bin schon seit vier Stunden auf den Beinen. Myc kam gestern wieder nicht zum Unterricht, weswegen ich seine Idee alleine realisieren musste.

»Myc, mach auf!«, rufe ich der Glastür entgegen.

Ein verschlafener Mycroft öffnet die Tür. Er ist ein Langschläfer. Ich eigentlich auch, aber seit meinem neuen Plan sehe ich es nicht ein, wertvolle Zeit zu verschlafen. Mum hat sich über den plötzlichen Sinneswandel, was vergeudete Zeit angeht, ziemlich gefreut. *Wenn sie wüsste …* Auf einmal setzt mein Herz für einen Schlag aus und meine Gedanken überschlagen sich. Ich muss an Mums enttäuschtes Gesicht denken, an Mums Bestrafungen, an Hausarrest und Prefixverbot. Dann muss ich grinsen. Zumindest für heute bin ich vor ihrem Zorn sicher. Sie kann mir zum jetzigen Zeitpunkt nichts anhaben.

»Was, wer?« Myc erschrickt und geht einige Schritte rückwärts, bis er mich erkennt. »Was ist denn mit dir passiert?«, fragt er lachend.

»Ich bin TamBear«, sage ich stolz und rücke die Socke zwischen meinen Beinen zurecht.

»Du bist scheiße hässlich.« Er prustet laut los.

Ich rolle mit den Augen und drücke ihn beiseite, um in den Spiegel zu schauen. »Gar nicht!«, verteidige ich meine frisch geschnittene Kurzhaarfrisur und das Hip Hop Outfit, das ich mir nach dem Film *Step up* herausgesucht habe. *Ja, ich weiß, in Step up geht es nicht gerade um die Wandlung von Mann zu Frau, aber ich hatte gestern noch Lust auf den Film.*

»Du siehst aus wie ein Gangsterrapper.« Er zieht an meinem weiten Shirt und an der übergroßen Hose. »Aber die Frisur ist klasse! Das sieht echt geil aus. Deine Augenbrauen müssen noch was buschiger werden. Warte mal!«

Er verschwindet im Badezimmer. Ich gehe hoch in sein Zimmer und setze mich auf das frisch bezogene Bett. *Hat es hier schon immer nach Veilchen gerochen?*

Ich schaue mich um. SilverDrage wurde größtenteils abgehangen. Ein Foto von Rosemarie steht neben dem Nachttisch. *Jedem das seine*, denke ich mir und ärgere mich, dass sie Punkt 46 und Punkt 3 auf meiner Liste wohl noch vor mir bekommen wird. Obwohl Punkt 3 entweder in Schnee umgewandelt werden muss oder sie wartet auf den Frühling.

Myc betritt mit dem Schminkkoffer seiner Mutter das Zimmer und holt einen Kohlekajal heraus. Er hockt sich vor mich. Ich versuche, flach zu atmen, und gehe im Kopf mein Frühstück durch. Ich kann mich an nichts Knoblauchlastiges erinnern, dabei ist es gar nicht so einfach, dem Zwiebelgewächs und dessen beißendem Geruch aus dem Weg zu gehen. Mums Devise: Knoblauch ist ein Allheilmittel. Drei Zehen am Tag verlängern das Leben um *mindestens* sechs Jahre. Ich atme tief durch. In diesem Atemzug liegt nicht weniger Erleichterung über meinen cleanen Mundgeruch als auch ein Seufzer über meine komplizierte Mutter. Myc drückt den Kajal an meine Augenbraue und macht kleine Bewegungen. Ich schaue in den Spiegel. Meine Augenbrauen wurden nach oben hin erweitert. Sie sehen fast aus wie seine. *Männlich.* Als er versucht, sie zu einer Monobraue zu zeichnen, drücke ich seinen Arm weg und umarme ihn.

»Mega«, rufe ich ihm zu. »So kann es bleiben!«

»Und jetzt dein Outfit und die Minibrüste«, sagt Myc mit einem skeptischen Blick auf die Wölbungen, die unter dem weiten T-Shirt hervorgucken.

»Minibrüste?«, frage ich wütend.

Myc lacht. Er holt einen Schal hervor und hält ihn mir hin. Ich nehme ihn an, kann es aber nicht lassen, ihn skeptisch zu mustern. Die Wolle ist bereits verschlissen. Ich tippe darauf, dass es der einzige ist, den Myc besitzt. Zwei Mottenlöcher zieren den Mittelteil. Myc verschwindet in seinem Kleiderschrank. »Zieh das Ding an«, sagt er, als ich mich nicht rege.

Ich hebe mein Oberteil und binde mir den Schal um den Oberkörper. Es drückt, geht aber.

»Noch fester!«, weist Myc an, als er mit T-Shirts und Hosen beladen zurückkommt. Er packt die Enden des Schals, die unter dem T-Shirt hervorlugen, und zieht an ihnen. Ich huste einmal laut auf und betrachte mich dann im Spiegel. *Ja, das ist besser.*

»Nimm das!« Er wirft mir ein blaues Shirt zu, auf dem SilverDrage zu sehen ist. »Das brauche ich eh nicht mehr.« Er lacht und ich meine, Wehmut in seiner Stimme zu hören.

»Warum nicht?«, frage ich und ziehe mir mein Oberteil und die Hose aus.

Myc hält sich die Hand vor die Augen. »Nicht vor mir, Tammy!« Wie geblendet taumelt er zurück und hangelt sich an der Wand entlang.

»Jetzt komm mal runter! Ist das wegen Rosemarie? Vorher hat es dich doch auch nicht gestört, ganz im Gegenteil …«

Ich muss mich an einen sehr peinlichen Abend erinnern. Wir haben beim Computerspielen Alkohol getrunken, den uns Mycs Bruder Billy besorgt hatte, weil wir wissen wollten, wie es ist, betrunken zu sein. Und weil ich, ganz uneigennützig, diesen Punkt auf meiner Liste streichen wollte.

Dabei kam er irgendwann auf mich zu und hat mir mein Oberteil ausgezogen. Ich habe mich auch an seiner Hose versucht, bin aber kläglich gescheitert. Der Wunsch, zur Toilette zu laufen und mich meiner alkoholverschuldeten Übelkeit hinzugeben, hatte in diesem Moment überhandgewonnen.

»Ich bin jetzt ein anderer Mann«, sagt er und öffnet die Augen wieder, als ich »Du kannst!« rufe.

»Jetzt braucht sich Rosemarie keine Sorgen mehr zu machen, denn ich bin jetzt auch ein ganz neuer Mann«, erwidere ich lachend und betrachte mich erneut im Spiegel.

»Klasse«, gibt Myc zu und stellt sich neben mich.

»Ich sehe wirklich aus wie ein Mann, oder?« Ich bereue diesen Schritt noch nicht, aber ich weiß, dass ich es spätestens dann tun werde, wenn ich auf Mum treffe.

»Ja, und reden tust du eh schon wie einer.«

Ich schlage ihm wieder gegen den Arm.

»Und verhalten tust du dich auch so«, grummelt er wütend.

»Willst du noch eine?«

Er schüttelt den Kopf. Ich grinse. So können wir fahren.

4

»Nein, ich komme heute Abend zu dir ... Es geht um ein Vorstellungsgespräch, Rose, wirklich, vertrau mir ... Nein, ich bin alleine, ja, es geht schnell. Ich melde mich danach. Kuss.«

Ich mache Würggeräusche, als das Telefonat vorbei ist.

»Mund halten«, bellt Myc und biegt auf die Hauptstraße ein.

Er ist ein Jahr älter als ich. Ich würde auch gerne Autofahren können, aber Mum hielt es bis jetzt für zu gefährlich. Mega peinlich, dass sie deswegen so ein Drama schiebt. *Wozu gibt es denn das begleitete Fahren mit 17?* Sie sagt, wenn ich älter bin, werde ich einmal genauso handeln wie sie. Ich hoffe, das werde ich niemals. Na ja, die andere Frage wäre aber auch, ob ich überhaupt von Mum beim Fahren begleitet werden will. Außerdem sieht sie es nicht ein, alleine die Kosten für den Führerschein zu übernehmen, weil ich zu faul bin, um neben der Schule noch Geld zu erwirtschaften.

Ich lege meine Füße auf das Armaturenbrett und schaue in den Rückspiegel. So schnell wird man also zum Mann. Myc dreht die Musik auf und wir singen lauthals zu einem meiner Lieblingssongs von der Band Salt 'n' Pepa – *Whatta Man* – mit.

In meinem Kopf gehe ich die erweiterte To-do-Liste, die ich mit Myc vor der Abfahrt ergänzt habe, nochmals durch. Punkt eins und zwei wurden von mir gedanklich durchgestrichen, einige neue Punkte ergänzt. Punkt Nummer fünf: Männlich reden. Punkt sechs: Männliche Gestik und Mimik verwenden. Tipp von Myc: Die Gangster aus dem Wilden Westen gelten zwar als Inbegriff der Männlichkeit, aber in einen Becher zu spucken und beim Sprechen ein Auge zuzukneifen, sollte ich nach Möglichkeit vermeiden. Punkt sieben: Alles, was ich aus dem Film *Step up* gelernt habe, muss aus meinem Gedächtnis verbannt werden. Der abschließende achte Punkt – wir hatten nicht mehr sonderlich viel Zeit – lautet: Nicht übertreiben. Wir haben beide einstimmig entschieden, dass dieser Punkt der essenziellste auf der Liste ist, obwohl er in einer harten Konkurrenz zu Punkt drei und vier vom Vortag steht. Ich will wie ein waschechter junger Mann auftreten und nicht wirken, als hätte ich eine Vollmeise.

Mum muss ich fürs Erste aus meinen Gedanken fernhalten. Myc meint, dass sie mich nicht bestrafen könne, dass ich mit siebzehn meine eigenen Entscheidungen über mein Aussehen treffen dürfe. Ich bin da anderer Meinung.

»Da vorne muss es sein«, rufe ich, als ich einen Wegweiser mit der Aufschrift *20-32* an einer Laterne hängen sehe.

Plötzlich fällt mir das Atmen schwer. Der Schal fühlt sich an wie ein Korsett, das mir jegliche Luft aus den Lungen presst. Myc biegt auf einen kleinen Parkplatz vor einer Reihe an Wohngebäuden ein. Die Nummer 23 hängt neben einer weiß getünchten Eingangstür, vor der bereits einige Jugendliche stehen.

»Komisch, mitten im Wohnviertel?«, sagt Myc und schluckt einmal hörbar. Auch ich bekomme ein mulmiges Gefühl in der Magengegend. Dabei kenne ich mich mit Castingterminen nicht aus. Es könnte durchaus der Regelfall sein, dass sich die Computerspielbranche in Wohnhäusern einmietet. Myc dreht die Musik leise und schaltet den Motor aus.

Ich öffne die Beifahrertür und merke, wie mein Körper streikt. Meine Hand zittert und meine Beine geben nach. Ich habe Angst. *Wovor? Dass ich auffliege? Dass sie wütend werden, wenn sie merken, dass ich sie verarschen will?* Ich kenne diese Menschen nicht. Es gibt also keinen Grund dazu, dass ich mich schlecht fühle. Sie sollten sich lieber dafür schämen, dass ich zu so abgedrehten Mitteln greifen muss!

»Du schaffst das schon, Tammy!« Myc lächelt mir aufmunternd zu. Dann steigt er aus, kommt zu mir und hilft mir aus dem Auto.

Ich klopfe mir die Hose zurecht, die mir Myc zusätzlich zu dem Oberteil geborgt hat. Durch sie – und ihren schmaleren Schnitt – erhalte ich sicher nicht den Titel eines Gangstars, dafür muss ich mir bei dem männlichen Genitalbereich aushelfen. Wichtig ist, dass die Socke, alias mein Penis, nicht herunterrutscht und plötzlich aus meiner Hose herauskommt.

Mein Blick huscht zu dem Eingang des Gebäudes. Einige der Jugendlichen vor der Tür rauchen, andere würden wohl gerne, sind aber noch viel zu jung. Einer muss gerade mal dreizehn Jahre alt sein. Kein Problem für die Computerspielbranche, wohl aber für die Veranstalter, die mit den jungen Erwachsenen auch spätabends noch Livestreams senden wollen.

»Nur Männer«, flüstert Myc mir zu. »Die Chatforen haben nicht gelogen.«

Ich gehe die Reihen der Jugendlichen ab. »Was ist mir ihr?« Eine Frau kann ich erkennen. Sie ist nicht gerade schick gekleidet, müsste in meinem Alter sein. Ihre Haare sind türkisblau gesträhnt und stehen zu allen Seiten ab. Hoffnung keimt in mir auf, dass es sich bei dem Hass auf Frauen doch bloß um ein Gerücht handelt. Myc zuckt mit den Schultern. An seinem Hals tritt die Hauptschlagader wie ein dicker Wurm hervor. Beinah unmerklich bewegt sich der wurmähnliche Strang. Ich wende meinen Blick ab und schaue auf die verkratzte Uhr, die von Bill in das Armaturenbrett eingelassen wurde. Jeden Moment beginnt das Casting.

Ein Mann erscheint hinter der Tür. Ich kann seine Umrisse durch das milchige Glas erkennen, das in viereckigen Platten das Holz dekoriert und wie kleine Fenster wirkt. Er kommt nach draußen und schaut durch seine Sonnenbrille in die Runde. Ein Security-Mann schätze ich – *oder einer von den Men in black.* Ich grinse. Als ob es etwas umsonst gäbe, stürmen alle hinein. Sie halten die Einladung in Händen und drücken sie dem Security-Typ unter die Nase.

Mit einem Mal werde ich kreidebleich. »Scheiße, Myc, die Einladung! Ich hab sie Zuhause liegen lassen.«

Ich taumle einige Schritte zurück. *Ein Zeichen, das muss ein Zeichen sein!* Unsicher klammere ich mich an Mycs Rücken und beobachte die Frau, wie sie versucht an der Security vorbeizukommen. Der große Mann sieht sie entschuldigend an und weist ihr den Weg nach draußen. Plötzlich ertönt hinter ihm eine schrille Stimme.

»War das Vicotor oder TamBear?«

Ich werde hellhörig. Myc ebenfalls, er ruft: »Nein, TamBear ist hier!« Dabei zeigt er wie wild auf mich. Ich habe das Gefühl, zu schrumpfen und der Drang, einfach wegzulaufen, wird fast übermächtig.

Ein jugendlich aussehender Typ im dunkelblauen Smoking kommt hinter der Security zum Vorschein. Die Haare hat er glatt nach hinten gegelt. Ich kann sein neues IPhone in der Hosentasche aufblinken sehen. Eine zitronenfarbene Apple-Watch ziert sein Handgelenk.

Er kommt mit schnellen Schritten auf uns zu und streckt Myc grüßend die Hand entgegen. Dabei nimmt er mit der freien Hand eine Sonnenbrille aus der Hemdtasche und setzt sie sich auf. *Eindeutig sind die beiden Männer Men in black!*

»Sehr grelles Licht heute«, sagt er, als er bemerkt, wie ich die schwarze Brille mustere. Ich schaue skeptisch in den grauen Winterhimmel und dann zu ihm. Er zwinkert Myc durch die dunklen Gläser zu und fährt sich einmal durch die perfekt gestylten Haare. Auf der Oberlippe sehe ich ein einzelnes blondes Haar, das offensichtlich der Rasur standgehalten hat.

»Lionel, mein Name ist Lionel McKinley, Toplaner von Heroes of the Prefix.«

Er ist also ein Teammitglied. Der berühmte Lionel, alias Pandagin, steht vor mir. *Im Internet*, denke ich mir, *sieht er bodenständiger aus*. Er hat im Web eine lupenreine Setcard – mit einem freundlichen Blick, einem Teamanzug, auf den Sponsorenapplikationen gestickt sind, und einer siegessicheren Pose.

»Nicht ich bin TamBear, sondern sie … ähm, ich meine, er.« Myc hustet und zeigt erneut auf mich. Ich weiß nicht, was ich sagen soll. Lionel zieht mich an der Schulter zu sich heran und beginnt dann, mich von oben bis unten mit seinem Blick zu scannen. »Komisch«, sagt er.

»Wie bitte?« Ich schaue ihn fragend an. Meine Haut errötet. *Merkt er es?*

»Nichts, nichts. Deine Einladung?«, erwidert er.

Ich muss passen. »Ähm …«

»Ich habe sie im Auto vergessen, aber der Identifikationscode lautet 1423687bg78«, sagt Myc schnell.

Ich kann es nicht fassen. *Hat er sich den echt gemerkt?* Myc zwinkert mir zu. Lionel zieht ein Blatt aus der Tasche seines Smokings und geht die Zahlenreihe ab. Dann nickt er und murmelt: »Wird schon gehen.«

»Freak«, flüstere ich Myc zu und lächle dankend. Myc grinst zurück, der blaue Wurm am Hals scheint für einen Augenblick zu tanzen. Mit jedem von Mycs Atemzügen tut er einen weiteren Tanzschritt.

»Der Boss hat großen Wert auf deine Anwesenheit gelegt. Als ich deinen PC geha ..., ähm ..., ich meine gehört habe, dass du bei den anderen Standorten nicht bist, habe ich dich hier vermutet. Dachte mir, dass du herkommen musst.« Lionel lacht laut auf.

Sicher kann ich mir nicht sein, aber es klingt gekünstelt. Ich zucke mit den Schultern. *Nerds eben.* Dabei sieht er nicht aus wie ein typischer Nerd. Seine weißen Zähne blitzen mir entgegen. Sie blenden mich fast.

Ich frage mich, weswegen man besonderen Wert auf meine Anwesenheit legen sollte, wo doch solch eine Fülle von potenziellen Topspielern hergekommen ist.

»Die Einladung kannst du später holen, jetzt komm erst mal mit. Das Casting beginnt bald. Ich will nicht, dass er wütend wird, wenn wir zu spät kommen.« Lionel drückt mich durch die Tür. *Wütend? Wer wird wütend?* »Obwohl er dafür, weiß Gott, keinen Grund hätte. Immerhin habe ich ... Oh, du musst leider draußen bleiben«, entschuldigt er sich bei Myc. Der verzieht daraufhin erst das Gesicht, drückt mir aber dann die Daumen und ruft: »Du schaffst das!«

Hoffentlich.

An der Decke leuchtet ein schwaches Licht, das den Blick auf einen Hausflur freigibt. Die Wände sind schlüsselblumengelb gestrichen und an einigen Stellen ist die Raufasertapete aufgeplatzt. Putz bröckelt zu Boden. Eine Kommode steht neben der Treppe. Sie ist bereits verstaubt. Ebenso wie eine kleine Vase mit verwelkten Blumen, die wie hilflose Leichen aus dem Porzellanhals ragen. Es riecht modrig, wie abgestandenes Tümpelwasser. Meine Sneaker geben kratzende Geräusche wieder, während ich über den Teppichboden schlurfe. Er ist durch den Putzkrümel stellenweise weiß eingefärbt. Es sieht beinahe aus wie ein Schimmelpilz.

»Warte kurz«, gibt Lionel mir zu verstehen und verschwindet durch eine hölzerne Seitentür, bevor ich auch nur ansatzweise zustimmend nicken kann. Ich stehe mutterseelenalleine im Hausflur. *Wo wohl der Rest ist?* Dumpf höre ich ein paar Stimmen durch die schmalen Türbretter und ein leichter Bass dröhnt in regelmäßigen Abständen, wie ein elektrischer Puls, durch die Wand hindurch.

»Hey, Tamara, hey!«

»Hmh?« Ich gehe ein paar Schritte rückwärts. *War da gerade jemand auf der Treppe? Ist Myc mir gefolgt?* Hysterisch schaue ich zu allen Seiten. »Myc?«

»TamBear? Alles in Ordnung?« Lionel ist zurück, er grinst erst breit und zieht dann seine Stirn in Falten.

»Ja, alles bestens.«

Lionel nickt daraufhin zögerlich und murmelt: »Bitte, bitte nicht noch einen Chaoten.« Dabei geht er zielstrebig auf eine Flügeltür am anderen Ende des Flures zu. Sie schwankt mehrmals nach vorn und zurück. Ich halte mir schützend die Hand vors Gesicht, als ich durch sie hindurch wanke.

Was sind das bloß für Lampen? Meine Augen tränen von der Helligkeit. Ein riesiges Leuchtschild mit einem Slogan darauf hängt an der Decke. »Seien wir realistisch, versuchen wir das Unmögliche«, blinkt in kurzen, beinah nicht wahrnehmbaren Abständen auf. Daneben hängen Banner, auf denen Prefix-Charaktere zu sehen sind. Die Accessoires passen bei weitem nicht so gut in das Gesamtbild des Reihenhauses wie die vertrockneten Blüten im Flur. Jedoch scheint sich jemand die größte Mühe gegeben zu haben, die Tatsache, dass das hier kein High-Tech-Palast für Gamer ist, zu vertuschen.

Unter dem Schild stehen Gamingsessel. Der Geruch der Lederpolitur übertüncht den modrigen Geruch nach Alt. Auf den glänzenden Sofapolstern spiegeln sich die Lichter von Bildschirmen, die durch dicke Kabelknoten an der Rückseite mit dem Stromnetz und dem restlichen Computersystem verbunden wurden. *Wo bin ich hier nur rein geraten?*

»Cool, oder? Das Schild war meine Idee.«

»Ja, echt … faszinierend«, lüge ich und versuche, die blauen, grauen und violetten Punkte aus meinem verzerrten Blick zu blinzeln.

Die Rechner, die unter langgezogenen Tischreihen positioniert wurden, sind von einer teuren Marke: ›Drakeshor‹. Lange PC-Reihen sind gespiegelt aufgebaut, sodass sich je ein Spieler gegenüber einem weiteren befindet. Zehn Plätze zähle ich insgesamt. Ein Headset hängt über jedem Bildschirm. Die Mikrofone, an dünnen Drahtkabeln befestigt, vibrieren kaum merklich. Sie nehmen die Schwingungen vom Tisch auf, die durch die hölzerne Platte über die Bildschirme transportiert werden. Die jungen Menschen, die bereits vor mir hineingestürmt sind, sitzen auf einigen der Sessel oder stehen noch daneben, um sich zu unterhalten. *Sind es nicht viel weniger als eben? Zwei, vier, sechs, acht …*

»Ihr werdet hintereinander begutachtet«, erklärt Lionel beiläufig, als ob er meine stumme Frage gehört hätte.

Ich lächle verkniffen als Erwiderung. Insgeheim fühle ich mich wie der Teil einer Theaterkulisse. Als ob Lionel mich durch den Flur zur Bühne geführt hätte und das szenische Spiel nun beginnen würde. Er bringt mich zu einem Platz am äußersten Rand. Eine Person auf der gegenüberliegenden Seite fehlt.

Das war bestimmt der Platz von der Frau.

»Ihr seid Team Alpha«, sagt er zu mir und den Vieren, die neben mir sitzen. Durch einen Lautsprecher dröhnt eine blecherne Stimme.

»Team Alpha!«, ruft sie. Ich schaue mich um. Nirgends kann ich jemanden mit Mikrophon entdecken. Ein schrilles Quietschen hallt in meinem Gehörgang nach. Ich gehe mir mit meinem Finger über die Ohrmuschel, um es wegzuwischen.

Ein Mann beugt sich von rechts zu mir und streckt mir begrüßend die Hand entgegen. Er hat eine krumme Nase, die zur linken Seite gebeugt ist. Ich vermute, sie ist gebrochen. Seine dunklen Bartstoppeln lassen seine Wangenknochen und die harten Gesichtszüge noch deutlicher zum Vorschein treten. Er trägt eine Sonnenbrille mit schwarz getönten Gläsern. *Zum Spielen? Will er die nicht abnehmen?*

Um seinen Hals liegt eine braune Kette. Ein hölzernes Kreuz ziert die schlichten reihenartig angeordneten Kugeln dieser als Anhänger. Interessiert mustere ich die Gravur. Gerade, als ich dabei bin, einen Buchstaben zu entziffern, nimmt er das Kreuz und steckt es zurück in seinen Hemdkragen.

»Ich bin Thomas und du?« Dabei zieht er seine Augenbraue nach oben und seine Augen – ich sehe sie schwach durch das getönte Glas – mustern mich skeptisch.

Ich schlucke und kratze mir viel zu fest meinen Hinterkopf, sodass es schmerzt. Über den Namen haben Myc und ich uns keinerlei Gedanken gemacht. »Ich bin TamBear«, erwidere ich einfach und Thomas lacht. *Mensch, der kann lachen.*

»Schön dich kennenzulernen, mein Ingamename ist ThomasCrank.«

Ich lache auch, dann huste ich, weil ich Angst habe, zu weiblich zu klingen. Thomas scheint nichts bemerkt zu haben und widmet sich wieder seinem Desktop. Ich habe das seltsame Gefühl, dass mich alle hier Anwesenden beobachten. *Das bildest du dir ein, Tamara. Das bildest du dir ganz sicher ein. Ruhe bewahren!*

Lionel ist fertig damit, alles zu inspizieren und betätigt einen Schalter. Die Rechner fahren automatisch hoch und das helle Desktopblau des Standbymodus bekommt Leben eingehaucht. Als Hintergrundschoner wechseln sich die Portraits von Prefixcharakteren mit dem Bild eines Mannes ab, der, laut der Backgroundstory, ›Prefix of Death‹ überhaupt erst möglich gemacht hat.

Die Geschichte hinter ›Prefix‹ ist schnell erzählt: Ein suspendierter Arzt machte sich nach seiner Entlassung daran, ein Heilmittel gegen den Tod zu finden. Um dieses Mittel zu testen, sucht er auf den Straßen angefahrene Wildtiere, die, beinahe tot, versuchten, den Kampf um ihr Leben zu gewinnen. Er führte einige Tests mit ihnen durch. Die Tiere starben zwar nicht, mutierten aber zu aggressiven Kreaturen, die auf ihren jeweilig prägnantesten Eigenschaften basieren.

TumbleBear war zum Beispiel ein tollpatschiger Kodiak, der ursprünglich an der Südküste Alaskas lebte. EatingShrimp wurde von dem Arzt an einer Strandpromenade auf Hawaii gefunden und ScretchingFerret in einem Waldgebiet in Dänemark. So hat jeder Charakter seine individuelle Biographie.

»Startet bitte alle die Software«, weist uns Lionel an.

Mit einem Wisch der Mouse öffne ich, wie bei einer Schatzkiste, den eigentlichen Inhalt des Rechners. Ich klicke auf den Prefix-Icon. Es handelt sich um ein Zauberbuch, auf dem das P für ›Prefix‹ in Form eines Dolchs abgebildet ist. Die Software startet. Der Rechner surrt.

»Sobald ihr das Spiel beginnt, werdet ihr automatisch mit eurem Gegenüber gematched und seid im Team mit den Vieren, die sich neben euch befinden. Da leider jemand gehen musste und Team Beta deswegen nur zu viert ist, werde ich an dieser Stelle spielen. Für die Wertung spielt dies keinerlei Rolle. Wir wissen alle, dass ich ein Topspieler bin. Viel Glück!«

Thomas neben mir rollt sarkastisch mit seinen Augen und zieht einen Mundwinkel nach oben. *Was hat er denn?*

Lionel setzt sich neben einen kindlich aussehenden Jungen. Der Junge schaut ihn ehrfürchtig an. Lionel tätschelt ihm die Schulter, woraufhin er beinahe vom Stuhl fällt. Das finde ich übertrieben. Wenn ich Fan von einer Prefixgruppe bin, dann von ihren ingame Leistungen, nicht von ihnen als realen Personen. Wäre ja noch schöner, wenn ich, wie ein liebestoller Teenie, meine Wände mit den Gesichtern der Prefixspieler plakatieren würde. *Mum würde mich umbringen!*

Dasselbe denkt wohl auch Thomas, auf dessen Stirn sich klar eine fragende – *vielleicht sogar wütende?* – Falte abzeichnet. Ohne, dass ich eine Erklärung dafür habe, hat er eine einschüchternde Wirkung auf mich.

Ich drücke auf >Spiel starten<. Sofort beginnt die Championauswahl. Da ist TumbleBear. Er ist meine Chance, bei diesem Casting Eindruck zu schinden. Ich wähle ihn an, aber nichts passiert. Ich klicke erneut.

Doch was ist das? Tumblebear wurde ausgegraut. Egal wie oft ich versuchen werde, ihn anzuwählen, er wird mir für das jetzige Match nicht zur Verfügung stehen. Jemand anderes hat ihn bereits gewählt …

Ich gucke mich etwas hilflos um und sehe, wie TumbleBear auf Thomas' Bildschirm erscheint. Er nickt mir lächelnd zu. Seine Gesichtszüge sind wieder gestrafft.

»So ein Arsch«, flüstere ich. Die Zeit für die Championauswahl läuft nach und nach ab. Ich gerate in Panik und wäge meine Chancen. Ich schaue, was die anderen gewählt haben. Wir haben bereits einen ADC*, einen Supporter – mit Thomas und *TumbleBear* – und LazyCrow geht hundertprozentig jungeln. Also wähle ich KamikazeCat. Eine Nahkämpferin, die vor allem auf Toplane und Midlane gespielt wird. Egal, was der letzte Teamspieler auswählt, ich bin flexibel.

Thomas schielt unter den dunklen Gläsern zu mir rüber.

»Was gibt's da zu glotzen?«, patze ich ihn an. Er wusste genau, dass TumbleBear mein Mainplayer ist. Ich Idiot muss es ihm natürlich auch vorher unter die Nase reiben.

Hi Thomas, ich heiße TamBear. Rate mal, welchen Charakter ich spielen werde, hmh, vielleicht den einzigen Bären in ganz ›Prefix‹? Hier herrscht bitterer Konkurrenzkampf …

Thomas lacht und hebt wieder spöttisch eine Braue.

»Hast du's nicht verstanden, Mann?«, blaffe ich, von dem Adrenalin meiner Panikattacke getrieben. Das Lachen vergeht ihm nicht, mündet aber in einem selbstzufriedenen Lächeln, als er sich wieder seinem Bildschirm zuwendet.

Das Spiel geht los. Wir starten in der Anfangsarea.

Ich kaufe mir einen Ward*. Zu Beginn besitzt man ein kleines Startkapital. Es handelt sich um einige wenige Goldmünzen, nicht der Rede wert, aber für den Anfang ganz nett. Den Ward kann ich gleich direkt einsetzen. Das dicke Gold kriegt man dann mit Kills.

Ich setze das Headset auf und sage: »Ich geh Mid!«

Thomas neben mir lacht auf. »Mit KamikazeCat? Sicher?«

»Sicher!«, sage ich entschlossen und beiße mir vor Wut über dieses Arschloch auf die Unterlippe.

Ein metallischer Geschmack strömt in meinen Mund. *Fuck, ich blute.* Dieser Mistkerl macht mich fertig!

Denk positiv, Tam! Positiv! Ich bemerke, dass die Kurzhaarfrisur durchaus praktisch ist. Die langen Haare sind mir sonst immer über die Ohren ins Headset gerutscht. Das kann mir jetzt nicht mehr passieren. Dieser Gedanke beruhigt mich, während ich mit KamikazeCat in Richtung Midlane renne. Meinen Ward setze ich auf dem Weg dahin im Jungle ab, sodass ich gegnerische Champions, die im Umkreis von ihm ihr Unwesen treiben, sehen kann. So schaffe ich es hoffentlich, sie rechtzeitig zu beseitigen. Eigentlich ist das Aufgabe des Junglers, aber der hat auf der ganzen Spielmap weitaus mehr zu erledigen, als bloß der Midlane zu helfen. Der Jungler streift durch den Jungle, um den Gegner in passenden Situationen zu überraschen. Während er sich dort aufhält, tötet er einige NPC's*, um Gold zu bekommen und sich hochzuleveln*.

»Was soll der Scheiß?«, fluche ich lauthals, als ich TumbleBear auf meiner Lane stehen sehe.

»Thomas, verpiss dich, die Skeletons kommen gleich«, rufe ich. Wenn er nicht den ersten Skeletonspawn* auf seiner Lane abfängt und erledigt, verpasst er die Chance auf einen Haufen Gold und damit die Möglichkeit, gute Items zu kaufen. »Willst du eigentlich überhaupt den Deathtouch von Team Beta zerstören oder lieber dabei zusehen, wie sie unseren vernichten?«

»Redest du immer so viel, anstatt zu zocken?«, erwidert Thomas mit einer kühlen Bestimmtheit.

Ich presse meine Lippen aufeinander und gebe ein Geräusch von mir, das ich bisher nicht kannte. Es ist eine Mischung aus einem möglichst männlichen Grunzen und einem pfeifenden Zischgeräusch.

Ziel einer Runde ›Prefix‹ ist es nun mal, lieber Thomas, die gegnerischen Türme zu zerstören und zum Schluss den Deathtouch in der Basis der Gegner zu vernichten. Zumindest wäre es mir neu, dass es darin besteht, anderen Teammates die Lanes vor der Nase wegzuschnappen und seine eigene mutterseelenalleine zu lassen. Das Portal in die Unterwelt kann man nur mit Teamplay vernichten. *Und Thomas macht gerade genau das Gegenteil!*

Ich merke, wie sich meine Hand verkrampft. Die anderen Teammitglieder regen sich überhaupt nicht auf. Das macht mich nur noch wütender.

»Geh bot«, lacht Thomas in sein Headset.

»Ich bin kein Supporter, verdammt!«

»Mir doch egal, hier bist du fehl am Platz«, zischt Thomas mir zu.

Er gibt zu allem Überfluss auch noch den Befehl >/laugh< in sein Chatfenster ein, woraufhin TumbleBear hämisch zu lachen beginnt. *Nun gut,* denke ich mir. Den Sieg kann ich mir mit diesem scheiß Team eh abschminken. Ich gehe durch den Jungle nach unten auf die Botlane. Hier unten ist niemand. Der ADC fehlt und der Supporter ist auf der Midlane.

Na toll, alleine Bot, ohne Unterstützung, als offensiver Spieler und ohne großartige Verteidigung. Ich sehe meine Gegner vor mir auftauchen. Plötzlich ertönt ein schriller Ton und die mechanische Stimme teilt mir mit: »Ihr Team hat die erste Tötung!« *Yes!* Wir haben einen Gegner erlegt.

Das Bild von demjenigen, der den Kill geholt hat, erscheint am Bildschirmrand in goldenem Rahmen. *TumbleBear … Nicht sein Ernst, wie hat er das …?* Bevor ich weiter darüber nachdenken kann, werde ich angegriffen. Ich schaffe es, auszuweichen, und komme gerade noch so davon. Als nächstes will ich zurück in unsere Base, aber Thomas gibt mir mit Pings* – rot aufleuchtenden Kreisen auf der Karte, verbunden mit einem akustischen Signal – zu verstehen, ich solle noch warten. Man kriegt schnell ein Gespür dafür, was die anderen mit ihren Pings wollen. Und es geht um einiges schneller, als zu sprechen.

Ich tue, was Thomas von mir verlangt. TumbleBear kommt aus dem Jungle und treibt zwei Gegner zu mir. Sie visieren mich an. Meine Finger schwitzen und kleben an der bunt leuchtenden Gamermouse wie auf einer Fliegenfalle. Ich schließe für einen Moment die Augen.

»Lass mich nicht im Stich«, flüstere ich mir zu und BUMM – der Gehirnfrost setzt ein. Ich schlage in Slow-Motion meine Augenlieder auf. Durch einen Spalt zwischen Lid und unterem Wimpernkranz erspähe ich das Spielfeld. Mein Kopf arbeitet noch immer in rasantem Tempo und gibt einen gewaltigen Packen Information an meine Hände weiter.

Die *Katzenkratz*-Fähigkeit ist aktiviert. Mein Fokus liegt auf dem Gegner mit weniger Leben, in diesem Fall EatingShrimp. Mein *Haarballballer* folgt. Ein Haarball nach dem nächsten schießt aus KamikazeCats Mund und killt Gegner Nummer zwei, während ich seinen Fähigkeiten ausweiche – natürlich ohne Probleme.

Ich lache, als die beiden am Rand für tot erklärt werden und ich als ihr Vernichter in goldenem Rahmen erscheine. Mein Lachen dröhnt wie durch eine dicke Puddingschicht an meine

Ohren. Ich höre es unterdrückt, langgezogen, bis ich wieder bei normaler Geschwindigkeit ankomme. Mein Gelächter ist um einiges lauter als geplant. Ich schüttle mit meinem Kopf den aufkommenden Schwindel weg und setze meinen Fokus wieder auf das Match.

»Gut gemacht«, sagt Thomas über das Headset und wirft einen kurzen Blick zu mir herüber. Sein Lob kaufe ich ihm nicht ab.

»Kümmere dich um deinen Kram«, fauche ich und er zuckt ein gutes Stück zurück. *Denkt er, ich bemerke nicht, dass er ständig gafft?*

»TamBear, pass auf!«, ruft ein Teammate in sein Headset.

»TamBear fehlt die Konzentration, starrt ständig zu mir rüber«, knurrt Thomas.

Bevor ich ihm eine ordentliche Standpauke über sein Benehmen halten kann, muss ich meinen Fokus wiederfinden. Mein Leben ist niedrig, die restlichen Gegner haben sich von der Seite angeschlichen, als ich zu sehr mit dem Genuss meines Erfolgs beschäftigt war.

BUMM – ein weiterer Gehirnfrost schießt über meine Schläfen in meinen Kopf hinein. Ich kille zuerst MuscleRhino mit der *Katzenkratz*-Fähigkeit. Dann visiere ich BitingHorse an. Ich schaffe es, sein Leben zu halbieren und treffe ihn dann mit dem *Katzenauge.* Diese Fähigkeit vergiftet den Gegner, ähnlich wie TumbleBears *Gifttatzen*-Skill*, sodass ihm zehn Sekunden lang ein kleiner Teil Leben abgezogen wird. Und außerdem markiert dieser Angriff den Gegner und er ist 15 Sekunden lang auch im Jungle für alle anderen sichtbar. BitingHorse siecht dahin und stirbt.

Zuletzt schaffe ich es noch, zwei Skeletons durch meinen *Haarballballer* anzuhitten und vernichte dabei einen von ihnen. Der dritte und letzte Gegner des Teams wird durch die wild umher fliegenden Haarbälle zwar auch verletzt, gibt mir aber meinen Lasthit* und ich sterbe. Zum Glück wird mein Charakter in 20 Sekunden wiederbelebt. Die Wiederbelebungszeit bleibt immer gleich. Damit wird verhindert, dass man direkt wieder lospreschen kann, um sein Team zu verteidigen.

Das Spiel geht insgesamt 30 Minuten. Wir sind den Gegnern haushoch überlegen. Am Ende haben wir 40 Champions gekillt, während sie nur sieben getötet haben. 11 Kills haben wir mir zu verdanken. Thomas ist für 16 verantwortlich, aber auch nur, weil er die gesamte Zeit von dem einen oder anderen Teammate supportet wurde. *Was für lausige Spieler wurden dieses Mal rekrutiert …*

In großen Buchstaben erscheint >Gewonnen< auf dem Bildschirm. Eine Sirene ertönt und die blecherne Stimme wiederholt: »Team Alpha, Team Alpha, Team Alpha!« In meinem Gehörgang macht sich erneut der schrille Quietschton breit. Während ich meine Ohrmuscheln massiere, steht das gegnerische Team auf.

Was ist los? Sie gehen. Ich schaue mich verwirrt um. Thomas nimmt sich seine roten Haare vom Kopf – eine Perücke – und zieht seine Sonnenbrille ab. *Was ist das für ein Blick?* Die eisblaue Iris pulsiert, während er mich anlacht. Seine Augen sind wie die raue See im Winter: Kalt und fordernd, während sich an dem Rand der Regenbogenhaut ein brauner Streifen tapfer hält. Diese braun eingefärbten Flächen rechts und links von der Pupille lassen mich an die Wärme glauben, die von der eisblauen Farbe, von der sie eingerahmt sind, wieder genommen wird. Heterochromie in der Fachsprache, für mich sind es Huskeyaugen. Doch dass dieser Hund mir gutmütig und tapfer gegenübersteht, bezweifle ich.

»Was soll das?«, blaffe ich.

»Gestatten, James Farck.« Er streckt mir seine Hand entgegen. Einer seiner Mundwinkel zuckt belustigt immer wieder höher als der andere.

»Was? Wie?« Vor lauter Aufregung habe ich mir den nun schwarzhaarigen, jungen Mann nicht genauer angesehen. Doch so oder so hätte ich ihn niemals erkannt. Ich dachte, James Farck wäre ein Nerd, ein mit Hornbrille bestücktes Männchen, das Tag und Nacht vor seinem Rechner hockt. *Warum zum Teufel sind keine Bilder von ihm online? Schämen muss er sich ja nicht gerade …*

Mit offenem Mund mustere ich ihn wieder und wieder. Er steht selbstsicher vor mir. Seine Körpersprache strotzt nur so vor Selbstbewusstsein. »Endlich lernen wir uns persönlich kennen, TamBear.«

Ich schlucke und gebe ihm die Hand. Seine Finger sind kühl und so groß, dass sie meine Hand einmal ganz umfassen können. Ich traue mich erst nicht, etwas zu sagen, habe ich ihn doch eben noch angeblafft. *Peinlich.* Sein Lachen wird breiter und seine schwarzen Strähnen fallen wild in sein Gesicht. Das dunkle, kehlige Geräusch versetzt mir einen Schauer.

Ich schaffe es, nach einiger Zeit der Stille, eine Frage zwischen meinem steifen Ober- und Unterkiefer hinaus zu pressen. »Warum gehen alle?« Dabei beobachte ich schockiert, wie auch der Rest meines Teams ihre Perücken vom Kopf nimmt. Ich stehe vor einem Teil der ›Heroes of the Prefix‹. Die anderen kenne ich wahrscheinlich erst, wenn sie mir ihre wirklichen Usernames verraten und nicht den ihrer Smurfs* von gerade.

Wieso habe ich mich nicht auf das gesamte Team konzentriert beim Googlen? *Mist.* Lionel stellt sich neben mich und klopft mir auf die Schulter.

»So jemanden haben wir gebraucht. Spontan, konzentriert, unterstützend. Ein wahrer Supporter. Gute Leistung, TamBear! Und wie du die Stresssituation gemeistert hast, sagenhaft! Da kann sich unser alter Supp noch eine Scheibe abschneiden!«

Farck hebt sarkastisch eine Braue und Lionel hört auf, mich zu tätscheln.

»Die anderen waren bloß Laiendarsteller mit hobbymäßiger Erfahrung von Prefix. Sie haben sich alle im Crystalbereich bewegt«, erklärt Lionel deutlich nüchterner. Ich kaue nervös auf meiner Unterlippe. »Er ist auch bloß crystal«, spricht Farck aus, was mir soeben durch den Kopf geht, spitzt die Lippen und verengt seine Augen.

»Wieso haben wir …?«, beginnt Lionel, doch Farck unterbricht ihn mit einem lauten Seufzen, bevor er zum Reden ansetzt.

»Egal! Übrigens, dieser Junge neben dir, Lionel, der war scheiße! Den engagieren wir nicht nochmal. Der wäre beinah aus den Latschen gekippt. So stand das nicht im Skript!«, faucht er Lionel an.

»Ich fand es auch zu übertrieben«, gibt Lionel zu. »Das Skript wurde wieder geändert. Hier steht: Sobald Lionel McKinley dich berührt, sollst du in eine freudige Trance versinken«, liest er von einem Bogen Papier vor. Dann zückt er sein iPhone. »Soll ich den Autor kontaktieren?«

»Ja, bitte«, sagt Farck.

»Alles klar.« Lionel tippt auf dem Bildschirm herum, dabei wendet er sich soweit von mir und den anderen ab, dass niemand seine verfasste Nachricht einsehen kann.

Farck widmet sich währenddessen wieder mir. »Wir wollten wissen, wie die Interaktion zwischen dir und dem Team ist …« Er atmet scharf aus. »Und ob alle Daten korrekt sind, die wir von dir aufgenommen haben.« Er hält inne, als ob er auf irgendetwas warten würde. Niemand regt sich. Er zieht Luft zwischen seinen Zähnen ein. Ein Schauer läuft meinen Rücken hinunter. »Außerdem ist es für uns sehr wichtig, dass wir dich in Ausnahmesituationen testen. Ich hatte zwei Spieler zum heutigen Casting eingeladen.«

»Bloß zwei? Und bei den anderen Castingterminen?« Ich unterbreche Farck, doch er scheint es nicht unhöflich zu finden. Er ist eher amüsiert über meine vielen Fragen und mein wohl kreidebleiches Gesicht.

»Es musste nach einem großen Casting aussehen, damit ihr euch sicher fühlt und wir euch im Spiel beobachten können. Ich habe anhand eurer IP erkannt, dass ihr beide in der Nähe von Regensburg wohnt«, fährt Farck fort.

Lionel räuspert sich und lässt sein Telefon in seine Brusttasche gleiten.

»Na gut, Lionel hat erkannt, dass ihr beide in der Nähe von Regensburg wohnt«, gibt er lachend zu.

»Na ja, eigentlich hat Stefano mir die wichtigsten Informationen zukommen lassen. James, ich …«

»Ihr habt meine IP gescannt?«, unterbreche ich Lionel.

»Ja, wir brauchten diese Information. Meinst du, ich lasse Lionel an allen Standorten so eine Leuchtreklame aufbauen?« Farck verzieht seine Mundwinkel zu einem breiten Grinsen und Lionel verschränkt die Arme. »Außerdem brauchten wir deine Adresse, du warst eine hart zu knackende Nuss. Normalerweise glauben die meisten direkt, dass sie eine echte Einladung vor sich haben, wenn sie meine Unterschrift auf dem online Formular sehen.«

»Ich ähm … Ich dachte, vielleicht ist die Unterschrift gefälscht, weil … Photoshop und sowas …«

»Schon in Ordnung. Ich nehme es dir nicht übel. Ich weiß selbst, was man alles mit Photoshop anrichten kann.« Er lacht. Dabei bilden sich kleine Falten neben seinen Augen und ein Grübchen auf der Wange wird sichtbar.

»Und wer war der andere Spieler?«, frage ich und schaue mich suchend nach noch jemandem um. Die Frau kommt mir wieder in den Sinn.

»Eine Frau mit männlichem Username. Sie dachte ehrlich, sie könne an unserem Casting teilnehmen. Wer nennt sich als Frau bitte xXVicotorXx? Sie hat uns weiß machen wollen, sie sei ein Mann. Ich glaube, unsere Smurfnamen gehen rum. Na ja … Alex, unser Security-Mann hat sie rechtzeitig, nennen wir es, entsorgt. Und ich bin froh, dass er dich nicht auch rausschmeißen musste.« Er klopft mir auf den Rücken.

Scheiße, denke ich mir und überprüfe in dem schwach leuchtenden Desktop meine Frisur und die Augenbrauen.

»Denk bitte nicht, dass wir etwas gegen Frauen haben«, sagt Lionel, woraufhin sich Farck laut räuspert. Er spricht Lionels Satz zu Ende:

»Sie sind nur einfach nicht kompetent genug für unser Team.«

Er atmet scharf aus. Dann entspannt sich sein Gesicht wieder. Farck scheint tatsächlich der Motor zu sein, der in diesem Team gegen Frauen arbeitet. Der veranlasst hat, das Zara gefeuert und die Frauen, die zu den Castings kommen, rausgeworfen werden. *Shit*, ich hatte gedacht, nein *gehofft*, vielleicht ist es ein *entbehrlicher* Teil des Managements und nicht Manager und Topspieler in einem.

»Wir sind bereit, dich in Heroes of the Prefix aufzunehmen. Die Season hat bereits begonnen und für die wichtigen Matches der Championships brauchen wir noch ein paar Ersatzspieler. Vor allem einen guten Supporter.«

Championships, wiederhole ich in Gedanken. Ich habe die Chance, Geld mit ›Prefix‹ zu verdienen und nach Köln zu reisen, wo dieses Jahr an einem gesonderten Termin die Championshipspiele stattfinden werden. Dazu ist zu erwähnen, dass die letzten Matches sonst immer die Gamescom als Austragungsort hatten, doch seit diesem Jahr hat ›Glamorous Games‹ entschieden, ein separater Termin wäre zum Anlocken von mehr Fans sinnvoller. Vorher war es lediglich ein *Nebenbei*-Event der Kölner Zockermesse. Ich selbst war noch nie als Gast auf der Gamescom, die alljährlich in Köln zu Ehren des Zockens veranstaltet wird, geschweige denn jemals in Köln oder bei einem Championshipmatch dabei.

»Der Vertrag kann morgen mit der Bürgschaft eines Elternteils unterzeichnet werden.«

Da ich immer noch in meinen Gedanken über die Championshipmatches schwelge, realisiere ich nicht sofort, was Lionel gerade gesagt hat.

»Ich bin 20«, lüge ich schnell.

»Das ist egal. Es ist wichtig, dass du nicht auf einmal keine Lust mehr auf Prefix hast oder das Team wechseln willst – so wie Tobias, der heute das letzte Mal mit uns gespielt hat«, erwidert Farck.

Verlegen winkt mir ein Junge mit Sommersprossen zu. *Einen Vertrag unterschreiben? Mit meinen Eltern? Morgen?* Das wird nicht gut gehen. *Das kann nicht gut gehen.*

»Hast du Probleme mit deinen Eltern?«, fragt Lionel.

»Nein, das nicht, aber … Obwohl, do …«

»Dann ist ja gut«, sagt Farck. »Bis morgen. Deine Adresse kennen wir ja.« Farck gibt mir die Hand zum Abschied, die anderen Teammitglieder nicken mir zu. Allesamt verschwinden sie durch die Tür.

Ich bleibe zurück. *So ein Scheiß.*

5

Myc fährt mich zurück. Wir reden nicht viel, dafür bin ich noch zu nervös. Als wir ankommen, wartet eine wütende Rosemarie vor Mycs Haus und schreit ihn an. Ich steige schnell aus und gehe, ohne mich zu verabschieden, nach Hause. Wie gerne würde ich Rosemarie die Meinung geigen, aber das fällt leider aus meinem Aufgabenbereich und darüber hinaus habe ich Angst, dass Myc im Zweifelsfall zu ihr halten könnte.

Mum mustert entgeistert meine neue Frisur und die Kleidung. *Shit*, das hatte ich völlig vergessen. *Ich sehe aus wie ein Mann!*

»Wieso?«, fragt sie und hält sich die Hand an die Stirn. Die Enttäuschung über mich als Tochter steht ihr deutlich ins Gesicht geschrieben. Ich ignoriere sie und laufe nach oben in mein Zimmer. »Ist das deine Phase?«, brüllt sie mir hinterher. »Such dir gefälligst einen Job oder mach deine Hausaufgaben! Herr Richter hat mich wieder zum Elternabend bestellt!«

»Du weißt, dass er mich hasst!«, belle ich in Richtung des Untergeschosses. Ich höre, wie Mum daraufhin mit trampelnden Schritten, die ihren tyrannischen Modus bestätigen, die Treppe hochhetzt.

»Du erhebst nicht die Stimme gegen deine Mutter!«, weist sie mich streng an, und zwar deutlich lauter als ich eben.

»Dann hörst du auf, mich zu behandeln, als könntest du mit mir alles machen!«

»Seit du in die Pubertät gekommen bist, kann man mit dir kein wichtiges Wort mehr wechseln. Wenn du dich wieder normal anziehst, können wir Klartext sprechen. Vorher kann dich doch niemand ernst nehmen! Wieso trägst du überhaupt solche Kleidung? Und wieso musstest du dir die Haare schneiden?«

Meine Gedanken überschlagen sich und ich suche nach einer Beleidigung, irgendeiner Bemerkung, die Mum in diesem Moment verletzen könnte.

»Ich fühle mich wie ein Mann, Mum!« Diesen spontanen Einfall hätte ich besser nicht geäußert. Augenblicklich hält sie inne.

Dad kommt aus seinem Arbeitszimmer im ersten Stock. »Was ist denn hier los?«

»Deine Tochter … Tamara, sie fühlt sich … Tamara scheint sich zu fühlen wie ein Mann.«

Dad zieht seine Augenbrauen zusammen. »Tamara, wir hatten keine Ahnung …«

»Ach, wann hattet ihr die denn schon!« Ich knalle hinter mir die Tür ins Schloss und frage mich im selben Zug, wie ich sie überzeugen soll, für mich eine Bürgschaft zu übernehmen, geschweige denn, mich mitten in der Schulzeit nach Köln reisen zu lassen. Es sind zwar bald Ferien, aber das Argument, dass die letzten Wochen davor kaum relevanter Stoff durchgenommen wird, zieht bei ihnen seit der Oberstufe nicht mehr. Wenn sie doch nur einmal Herrn Richters vorweihnachtlichen Unterricht sehen könnten … *Wie Dad eben geschaut hat. Als ob es ihm leidtäte, dass er sich nicht mehr mit mir beschäftigt …* Vor Mum hingegen muss ich mich in Acht nehmen. Sie war zwar für kurze Zeit überrascht und außer Gefecht gesetzt, aber das war nur die Ruhe vor dem Sturm.

Ich schlafe ein, werde aber kurze Zeit später von dem Klingeln meines Mobiltelefons geweckt. Im Halbschlaf nehme ich an. »Ja?«

»Rosemarie hat Schluss gemacht«, schluchzt Myc aus der anderen Leitung.

Ich versuche, ihm zu erklären, dass Rosemarie nicht die einzige Frau auf Erden ist und er nicht traurig sein soll. Aber er bleibt traurig. 67 Minuten lang, bis wir auflegen und ich weiterschlafen kann.

Ich träume von ›Prefix‹ und von Farck, der mir den Schal, der meine Brüste verdeckt, herunterreißt. Seine Huskeyaugen schauen mich an und er lacht. Dabei verzieht er sein Gesicht zu einer schaurigen Grimasse. Auf einmal greifen seine Hände nach mir. Ich probiere, mich loszukämpfen, doch Lionel hält mich von hinten fest und flüstert in mein Ohr: »Frauen sind inkompetent und schwach. Sie sind zu nichts zu gebrauchen!«

»Sind wir wohl«, brülle ich und werde aus dem Schlaf gerissen. Wieder ertönt der durchdringende Klingelton meines Smartphones. Ich merke, wie ich wütend werde, aber ich beherrsche mich. Immerhin hat Myc Probleme.

»Was ist?«, fauche ich, so beherrscht ich kann, in mein Mobiltelefon hinein.

»TamBear?«, fragt eine dunkle Männerstimme.

»Farck? Ich meine, Herr Farck?« Ich schrecke auf und stoße dabei meinen Kopf an der Dachschräge. Aus der anderen Leitung ertönt bloß ein leises Lachen. »Was gibt es denn?«, frage ich hastig.

»Hast du Lust zu matchen?«

»Um diese Uhrzeit?« Es ist mitten in der Nacht. Mein Wecker zeigt 3:47 Uhr an.

»Warum nicht?« Ich schaue mich im Zimmer um und suche meine Klamotten. »Aber wenn du nicht willst, dann schlaf eben weiter. Ach, und weswegen ich eigentlich anrufe: Der Vertrag morgen fällt erst mal flach. Wir haben einen dringenden Geschäftstermin.«

Bevor ich etwas erwidern kann, legt er auf. Ich sitze senkrecht in meinem Bett und schaue entgeistert auf mein Handydisplay.

>Unbekannt hat aufgelegt<

Woher zum Teufel kennt der meine Nummer? *Was weiß er noch über mich?* Und viel wichtiger: Was kann er alles über mich herausfinden?

»Scheiße, scheiße, scheiße«, brülle ich. Der Vertrag morgen fällt flach, nur, weil ich um 3:00 Uhr morgens schon schlafe und keine Lust habe zu spielen? Ich weiß ganz genau, dass Farck bloß eine billige Ausrede gesucht hat, damit ich den Vertrag nicht unterschreiben kann. Womöglich haben sie bereits ein besseres Teammitglied gefunden und müssen mich jetzt entsorgen.

Arschloch, mieses Arschloch …

Der nächste Morgen beginnt schwermütig. Sonnenstrahlen brechen durch die grauen Wolken und erhellen mein Zimmer. Sie tanzen an der Dachschräge und scheinen mich motivieren zu wollen, mit frischer Lebensenergie in den Tag zu starten. Ich schleppe mich hinunter zum Frühstück. Meine Schwester lacht mich aus, Mum legt mir stumm ein Heft mit dem Titel: *Wie erkenne ich mein wahres Geschlecht?* hin und Dad ist bei einer Besprechung.

Aus dem Augenwinkel erkenne ich, wie Mum einen Artikel zu Aids bei Minderjährigen aus einer Zeitung reißt. Darunter türmen sich Berichte über Frauen im falschen Körper und Operationen zum anderen Geschlecht.

Mir platzt gleich der Kragen. Zugegeben, ich wollte sie mit meinem neuen Look und dem Ausspruch von gestern gerne etwas provozieren, aber sie muss es wieder auf die Spitze treiben.

»Mum? Ist das dein Ernst?«, rufe ich ihr zu. Ich will meine Müslischale mit Flakes befüllen, bis mir auffällt, dass Mum mir die rote Schale hingestellt hat. Ich greife mir die nahegelegene Gurkenschüssel und fülle Gurkenscheibe für Gurkenscheibe um, sodass ich mein Frühstück aus weniger diabolisch wirkendem Porzellan essen kann.

Mum fährt währenddessen mit einer Mischung aus Hilflosigkeit und Schock umher, als habe sie nicht im Entferntesten damit gerechnet, ich könne sprechen.

»Ich habe mich nur etwas informiert, daran ist nichts Verwerfliches, Tamara.«

Die Wut über sie als Mutter ballt sich in meinem Hals zu einem dicken Kloß zusammen. *Warum macht sie aus allem direkt ein Drama? Ich wusste, der Gegenschlag würde nicht lange auf sich warten lassen.* Sie versucht, mich mit einem Überengagement daran zu hindern, an der Idee der Geschlechtsumwandlung weiter zu spinnen. Der Kloß in meiner Speiseröhre lässt erst nicht zu, dass ich etwas erwidern kann. Sowieso kann ich überhaupt keinen klaren Gedanken fassen.

»Meinst du, du wirst vor Weihnachten wieder normal?«, fragt meine Schwester.

Das ist der Auslöser dafür, dass mir der Kloß den Rachen hinabrutscht, als hätte ich einen halben Liter Öl nachgekippt. Auf einmal fühle ich mich stark. Ich fühle mich im Recht. Gewissermaßen sehe ich mich als Avantgarde im Kampf um Genderindividualität. »Für die kommende Zeit will ich behandelt werden wie ein Mann. Ist das klar, Mum? Ich fühle mich wie einer, ich bin einer, warum also noch dieses *Tamara*? Sonderlich gut informiert über meine *Phase* kannst du dich mit deinen tausend Zeitungsausschnitten nicht haben, wenn du mich nennst wie eine Frau! Ich empfehle dir, das Thema *Transgender* zu googlen.«

»Wie soll ich dich sonst nennen? Du heißt nun mal Tamara! Was soll dieser Quatsch?« Mum wirkt plötzlich auf eine seltsame Art und Weise hilflos.

»Tibor, nenn mich Tibor.« Ich verkünde meinen neuen Namen mit weitaus mehr Stolz, als ich es vor ein paar Tagen noch erwartet hätte.

Dass ich im Moment meiner spontanen Namensgebung an mein Lieblingspokemon Bibor gedacht habe, muss Mum ja nicht wissen.

»Tibor?«, lacht meine Schwester. »Tibor klingt, als wären Mum und Dad bei deiner Namensgebung bescheuert gewesen.«

»Tibor repräsentiert um einiges genauer meine zerrissene Brust, als es Tamara tut.« *Okay*, ich schweife gerade ins Theatralische. Beim Ausdruck *zerrissen* klärt sich Mums Blick für einen Moment auf. Sie scheint Hoffnung zu haben, dass ich einen Sinneswandel erlebe. *Die wird sich noch wundern.* Denn Sturheit gehört definitiv zu meinen Stärken.

»Tibor also«, sagt sie mit weniger Furor, als ich es erwartet hätte. »In Ordnung, von mir aus. Ich werde deinen Vater auf der Arbeit anrufen und ihm mitteilen, dass dein Entschluss längerfristiger Natur ist.« Sie will also Dad mit reinziehen, mir so symbolisieren, dass es danach kein Zurück gibt.

Aber dieses Mal, Mum, ja, dieses eine Mal werde ich nicht einknicken. Das *Ich petze Daddy alles und er weiß dann, was du mir hier antust*, hätte mich gestern vielleicht aufhalten können. Heute braucht es weitaus mehr.

Sie verschwindet mit einem Packen an Zeitungen aus dem Raum. Dabei segelt der Artikel über Aids zu Boden.

»Das macht sie nie im Leben«, prustet meine Schwester los. Das Lachen vergeht ihr, als sie Mum aus dem angrenzenden Flur sprechen hört.

»Liebling? Ja ... Ich weiß ... Hast du ein paar Minuten? Es geht um die Sache von gestern Abend. Versichere dich, dass niemand in der Nähe ist.« Mums Stimme wird leiser. Dem Klang ihrer Schritte zufolge ist sie irgendwo im oberen Stockwerk verschwunden.

»Du bist komisch«, blafft meine Schwester und verzieht sich vom Frühstückstisch mit einem missgönnenden Schnauben. So viel Trubel um meine Person – da bleibt sie sichtlich auf der Strecke.

Ich atme scharf aus und esse lustlos meine Cornflakes. Dabei versuche ich, mich geistig darauf vorzubereiten, dass ich nie wieder etwas von ›Heroes of the Prefix‹ hören werde. Der Triumph über Mum, die wohl hofft, dass ich noch nach oben stürme, um sie aufzuhalten, heitert mich weniger auf, als ich es angenommen habe.

Es klingelt an der Tür. Mum kommt die Treppe hinunter und verschwindet im Wohnzimmer. Sie scheint das Klingeln nicht gehört zu haben.

»Mum, das ist bestimmt der Postbote«, stöhne ich, gehe im Schlafanzug zur Tür und schaue durch den Spion.

»Scheiße«, fluche ich so laut, dass Mum augenblicklich zu mir stürmt. So urplötzlich, wie sie auftaucht, könnte man meinen, ein Piranha schnappte nach seiner Beute.

»Immer diese Schimpfwörter. Du kannst nicht meine Tochter …« Sie stockt. »Mein Sohn, ach, was auch sonst sein«, beschwert sie sich und schlägt sich mal wieder die Hand gegen die Stirn.

»Mum, Tibor! Nenn mich schlicht und einfach Tibor! Wenn du mir diesen Gefallen tust, werde ich an kein Schimpfwort mehr denken. Versprochen! Versuch, dich in mich hineinzuversetzen! Ich mache das alles nicht, um dich zu verarschen.«

Mum schaut mich verstört an, dann grinst sie. »Sind dir diese Personen hinter der Tür wichtig? Sind sie diejenigen, die dich dazu getrieben haben, diese Masche durchzuführen?«

Dreck! Wehe, sie erzählt ihnen irgendetwas. Ich muss auf der Hut sein. Sobald Mum herausfindet, woher der Wind weht, lässt sie die ganze Sache auffliegen. »Es ist wichtig! Wichtig für meine Selbstfindungsphase und es hat nichts mit denen zu tun, die ich kenne. Ich mache das für mich, um herauszufinden, was ich brauche und will.« Verzweifelt nehme ich das Heft vom Frühstückstisch und schlage eine wahllose Seite auf, in der Hoffnung, sie hat sie noch nicht gelesen. Es klingelt erneut.

Mum ist jetzt diejenige, deren Brust zerrissen ist und die damit kämpft, ihre Tochter in der Öffentlichkeit als Mann darzustellen. Doch sie nickt langsam. *Vertraut sie mir etwa?* Ich frage mich, ob ich ihr nicht doch Unrecht tue.

»Öffne die Tür. Ich bin gleich zurück«, rufe ich ihr mit einem Fuß auf der Treppe zu.

Mum öffnet und ein freudiger James Farck betritt unseren Eingangsbereich. Ich merke an der Art, wie Mum redet, dass sie direkt hin und weg von ihm ist. *Sieht sie seine gruseligen Augen nicht? Seine Aura ist anders als die der anderen. Er wirkt wie ein Mann, der schon einiges im Leben durchgemacht hat.*

Ich ziehe mich an. Zu meinem Beschämen muss ich dasselbe anziehen wie gestern. Ich besitze nicht mehr Männerzeug, was im Grunde zu entschuldigen ist, denn ich bin ja eigenlich kein Mann.

Der Schal sitzt etwas locker, aber es geht. Ich betrete den Flur. Hinter Farck taucht Lionel auf. Und, als wäre das nicht schon genug, haben sie noch einen Typen mitgebracht. Zuerst sehe ich nur die schwarzen, stachelig hochgegelten Haarspitzen, weil er nach unten blickt, um unsere Sonnenblumenfußmatte zu bewundern. Erst als er hochschaut, kann ich ihn identifizieren. Es ist der ADC Player des Teams Tsuyoshi Aburame. *Warum zum Teufel sind sie hier? Sie sollten nicht herkommen.* Sie wollten mich doch nicht mehr dabei haben. Der Vertrag falle flach, hat Farck zumindest gesagt …

»Ah Tibor, da bist du ja!« Mum lächelt mir freudig zu. Ihr schauspielerisches Talent war mir bisher nicht bekannt. Ich werfe ihr einen dankenden Blick zu. Bis jetzt macht sie es spitze. Aber ich weiß genau, nach dieser Szene hier wird es wohl erst einmal eine Therapiesitzung bei unserem Hauspsychologen Herrn Bachmeier geben.

»Diese Herren sind für deinen Arbeitsvertrag hier, Tibor Schätzchen.« *Jetzt übertreibt sie es ein wenig.* »Ich wusste gar nicht, dass du dir endlich Arbeit gesucht hast«, fügt sie breit grinsend hinzu. Jetzt verstehe ich langsam. Ihre Freude wird mehr und mehr echt. Ich habe auf der Ebene der perfektionistischen Frauenrolle versagt, schaffe es aber, in der Arbeitswelt Fuß zu fassen. Für Mum allem Anschein nach ein würdiger Ausgleich.

Ich nicke den Dreien zu. Farck will mir die Hand geben, aber ich sehe es zu spät und vergrabe meine Hände schon in den Hosentaschen. *Peinlich.*

Wir gehen zusammen in die Küche. Mum fragt, ob jemand Tee oder Kaffee möchte. Farck will schwarzen Kaffee und Lionel einen Erdbeertee. Tsuyoshi bedankt sich und holt eine Flasche Energy-Drink und eine E-Zigarette aus seiner Manteltasche.

»Nicht hier«, warnt Mum Tsuyoshi, als dieser ein kleines Fläschchen mit Liquid neben sich stellt.

»Ich muss nur nachfüllen«, entgegnet er und leckt sich bei dem Anblick der E-Zigarette gierig über seine spröden Lippen. Sie sind an ein paar Stellen aufgeplatzt. Blut schimmert unter den tiefen Rissen durch. Tsuyoshi füllt die klare Flüssigkeit in die eckige Apparatur, aus der das Mundstück wie eine Antenne heraussteht. Dann öffnet er mit einem Zischen die Flasche Energy-Drink. Der künstliche Geruch des Getränks macht mich noch nervöser, als ich es ohnehin schon bin.

»Sollte der Vertrag nicht flach fallen?«, quietsche ich, während ich mir meine Socke zwischen den Beinen zurechtrücke.

»Wir haben gedacht, wir machen den Vertrag einfach heute Morgen. Hat alles einen Sinn.«

»Was für einen Sinn, Tsuyo…«

»Nenn mich Yoshi.« Er zwinkert mir zu, während er die Plastikflasche in seiner Hand mit wenigen Schlucken leert. Yoshi hat asiatische Züge. Seine Augen liegen flach am Kopf, fast als sei sein Gesicht nicht dimensional. Die Lider sind nicht in Höhlen, sondern liegen als wulstige kleine Vorhöfe über seinem Augapfel an. Seine Größe, die ich auf 1,65 m schätzen würde, überragt mich nicht. Damit bleibt er aber auch der einzige aus dem HothP-Team, der kleiner ist als ich. Außerdem sieht er mit seinem bulligen Äußeren auch keinesfalls wie der typische Computerspieler aus.

Aber wer von ihnen passt schon in das Bild eines wirklichen Standard-Nerds? Lionel mit seinem perfekt gestylten Aussehen, der blonden Haartolle und den hellen Koteletten? Nein. *Oder Farck?* Farck mit diesen seltsamen Augen? Mit seiner kühlen Aura? Mit dem Talent, alle für sich einzunehmen, sobald er einen Raum betritt? Mir kann er nichts vormachen. So gut, wie er Mum behandelt, würde er sie nie behandeln, wenn es nicht um etwas ginge. Keiner von ihnen ist ein klassischer Nerd. Sie sind allesamt besonders oder, besser gesagt, eigenartig.

Ich werde von Yoshi aus meinen Gedanken gerissen, der dabei ist, die Luft aus der geleerten Flasche zu pressen und sie in ihrem zerdrückten Zustand wieder zu verschließen.

»Worum geht es denn eigentlich genau, Tamm … ähm … ich meine, Tibby?« Gekünstelt lächelt Mum in die Runde. Sie hat sich selbst einen Kaffee aus der Maschine zubereitet und nimmt ihn aus der Vorrichtung. Dann stellt sie sich vor einen der Küchenstühle.

»Ich werde in ein Computerspielteam aufgenommen und kann …«

»Computerspielteam? Natürlich, was auch sonst.« Sie stößt einen Schwall Luft durch ihre Nase aus und schürzt dabei ihre Lippen zu einer seitlich geneigten Spitze.

»Er kann damit in wenigen Wochen mehrere Tausend verdienen«, sagt Farck und strahlt dabei meine Mum an. Er zeigt ihr Bilanztabellen auf seinem iPad, die sie zwar nicht versteht, die aber offensichtlich beeindruckend auf sie wirken.

Ihr Kopf nickt eifrig auf und ab, während Farck ihr einige Daten vorliest. Farck hat die Eigenschaft, einen direkt um den Finger zu wickeln. Doch Mum war nie besonders skeptisch bei seriös wirkenden Verträgen. Sie hat einige Male mit Onlineshopping hunderte Euro in den Sand gesetzt. Wahrscheinlich denkt sie, ich wäre genau so dämlich und will deswegen, dass ich mir einen Job suche. *Nur wer Geld hat, kann sich alles leisten.*

Lionel nippt an seinem Tee und redet mit mir über ›Prefix‹, während Farck Mum weiter bearbeitet.

»Köln?« Erschrocken zeigt Mum auf das Blatt vor sich. »Tibor kann nicht nach Köln. Er hat noch Verpflichtungen hier und ich lasse mein Kind nicht mit irgendwelchen wildfremden Menschen so weit weg reisen! Arbeit hin oder her!«

Köln und die Tatsache, dass sie während meiner Abwesenheit nicht mehr ihre Krallen in mich hauen kann, haben sie tatsächlich wieder umgestimmt. Sie schnappt nach Luft und stellt ihre volle Tasse mit einem scheppernden Geräusch ins Spülbecken.

Ich tippe mit meinen Fingerkuppen auf den Esstisch. Die wild gemusterte Blumenvase auf der Tischplatte schwingt mit meinem imaginären Morsecode mit. *Fast hätte es funktioniert.* Aber es war ehrlich gesagt zu schön, um wahr zu sein, dass Mum mich beruflich Computer spielen lässt. »Mum, du weißt, wie sehr ich dieses Spiel liebe. Erinnerst du dich, wie ich es dir zeigen wollte?« Verzweiflung klingt in meiner Stimme mit.

»Kommt nicht in Frage! Du wirst bestimmt nicht mit einer Gruppe Fremder meilenweit weg unterwegs sein.«

»Für mich sind es keine Fremden!« Meine Aussage wird von einem unterdrückten Lachen seitens Yoshi begleitet.

»Dein Vater bringt mich um, wenn er erfährt, dass ich dich mit ...«, fährt Mum fort.

»Was ist mit Ihrer Verwandtschaft?«, fällt Farck ihr ins Wort.

»Ver ...Ver ... Verwandtschaft?« Mum schaut irritiert.

»Die Eltern Ihres Mannes leben doch noch in Köln, Frau Carlmeyer, oder?«

»Ja, wieso?«

»Bei ihnen könnte ihr Sohn doch unterkommen, solange wir uns dort aufhalten, dann brauchen sie sich keine Gedanken um ihn zu machen.«

Ich brauche mich nicht lange zu fragen, ob es stimmt, was Farck behauptet. Mums Ausdruck spricht Bände. Ich strahle über das ganze Gesicht. Sie hingegen beißt nervös auf ihre Unterlippe. Eine der wenigen Eigenschaften, die wir gemeinsam haben. Ich wollte Granny und Grandpa immer schon kennenlernen, doch Mum meinte immer, sie würden zu weit weg leben, hätten kein Interesse an Kontakt und Telefonate seien ohnehin zwecklos. Ich hab die Fragerei gelassen. Vermissen tut man nichts, was man nicht kennt. Doch wenn es nun wirklich die Chance gäbe, bei ihnen unterzukommen, wäre das ziemlich cool.

»Stimmt das, Mum? Könnte ich bei ihnen wohnen? Wie alt sind sie jetzt? Und wie heißen sie nochmal? Du musst mir alles über sie erzählen, wenn ich ...«

Mum wühlt durch ihre Frisur. »Moment mal! Also, ich ... ich weiß nicht ... Nein! Sie wohnen nur nahe Köln, das heißt ...«

»Erstklassig«, sagt Farck. Seine Mundwinkel umspielen ein süffisantes Lächeln. »Um in die Innenstadt zu gelangen, gibt es beste Verbindungen.«

»Die beiden sind aber schon sehr alt und verwirrt. Sie können sich nicht um einen so jungen *Mann* kümmern, Tibor. Einen *jungen Mann.*« Ich verstehe, worauf sie hinaus will.

»Mum, ich kann doch einfach …« Bevor ich aussprechen kann, unterbricht Farck mich.

»Lasst ihr uns einen Augenblick alleine?« Er steht auf und macht eine auffordernde Geste Richtung Tür. Yoshi und Lionel springen sofort auf und gehen. Ich zögere. *Was will er alleine mit meiner Mum besprechen?*

»Tibor?« Farck lehnt sich zu mir, legt seine Hand auf meine Schulter und drückt sanft seinen Daumen in meinen Rücken. Mit der freien Hand streicht er sich einmal durch seinen leichten Bart. Ich spüre den Saum seines Hemdes im Rücken, wie er so über mich gebeugt steht. Ich wage einen Blick nach oben und sehe die hölzerne Kette, die eingeschlossen unter dem weißen Shirt, mit Hilfe der Schwerkraft gegen ihr Gefängnis drückt. Ein Schauer läuft mir über den Rücken.

Ich stehe auf und geselle mich zu Lionel und Yoshi, die sich im Flur unsere Familienfotos anschauen. Farck schließt hinter mir die Tür und ich versuche hektisch, die beiden von den Fotos abzulenken. Doch sie bewundern eh nur meine Schwester. Das einzige Bild, auf dem ich zu sehen bin, kann ich unbemerkt entfernen.

Sowieso bin meistens ich die Fotografin, weil Mum es nie einsah, Geld für einen Profi zu bezahlen und ich ohnehin nicht mit aufs Foto möchte. Man kann es Mum nämlich nie recht machen. Es ist ganz egal, wie man steht oder wie man gerade aussieht. Alles muss ständig geändert werden.

Ich versuche, etwas durch die grau getünchte Küchentür zu verstehen, aber Lionel redet so laut über seinen letzten Auftritt, dass ich kein Wort verstehe. Ich nicke ihm halbherzig zu und versuche, näher an die Tür heranzukommen. Kein Mucks. *Was reden die bloß?*

»Hallo?« Meine Schwester kommt aus dem oberen Stockwerk und mustert verwirrt meine Begleitung.

»Schwesterherz, wie geht's dir? Ich, dein kleiner Bruder *Tibor Carlmeyer,* kriege endlich mal einen Arbeitsplatz, kannst du dir das vorstellen? Dein einziger *Bruder.*«

Ich lache hysterisch und betone Tibor, so stark ich kann, mit aufgerissenen Augen. Lionel und Yoshi strecken gleichzeitig die Hand aus, um meine Schwester zu begrüßen.

»Ach ja, ähm … na dann viel Glück, Tibor, mein *Bruder.*« Sie hält inne und überlegt. »Wie wäre es, wenn du deiner einzigen *Schwester* heute Abend einen Cheeseburger kaufst?« Sie macht einen Kussmund und schaut zu mir, während sie beiläufig die beiden anderen begrüßt.

»Ja, *den kriegst du«*, zische ich. *Glück gehabt.* Ein lausiger Cheeseburger, um sie mundtot zu machen? Wenn sie gewusst hätte, dass ich weitaus mehr dafür getan hätte, damit sie dicht hält.

Mit einem Mal wird die Tür aufgerissen und Farck steht vor mir. Er hat ein breites Grinsen auf den Lippen. Mum steht hinter ihm und wischt sich mit einem Stück Küchenrolle über ihre von Stressflecken gezierten Wangen.

»Guten Tag! Ich wusste gar nicht, dass du eine Schwester hast, Tibor.« Farck geht auf sie zu und streckt ihr ebenfalls die Hand entgegen. Sie nimmt sie an und grinst blöde, während sie ihn von oben bis unten mustert. *Was ist denn auf einmal mit seinem Frauenhass passiert?* Ich hätte gedacht, dass er sie nicht begrüßt, sondern ignoriert. Ein Teil von mir hätte es sich sogar inständig gewünscht. Mit Mum tratscht er seelenruhig in der Küche und mit meiner Schwester hält er jetzt intensiven Blickkontakt? Vielleicht ist sein Frauenhass bloßer PR-Gag oder nur auf ›Prefix‹ spielende Frauen bezogen?

Sie sind einfach nicht kompetent genug, wiederhole ich Farcks Aussage beim gestrigen Casting in meinen Gedanken. *Wenn der wüsste …*

»Ich muss leider los, vielleicht sieht man sich nochmal, Herr …«

»Farck, James Farck. Hat mich gefreut.« Er zwinkert ihr zu.

»Hat mich auch gefreut, Herr Farck. Und denk dran, Bruder, einen Cheeseburger – wehe, du kommst mit dieser Veggieburger-Scheiße an, die du sonst immer isst!«

»Du magst das Zeug auch?«, fragt Yoshi und schüttelt ungläubig den Kopf.

»Ja, ich bin zwar kein Vegetarier, aber Veggieburger mit Ketchup ist das Grundnahrungsmittel Nummer eins bei einer LAN*«, verteidige ich die gepressten Gemüsebuletten, die so verdammt herrlich duften. Beim bloßen Gedanken daran läuft mir das Wasser im Mund zusammen.

»Na Boss, dann hast du ja jemanden, mit dem du demnächst essen gehen kannst«, wendet sich Yoshi nun an Farck, der eine Augenbraue nach oben gezogen hat und mich mustert.

»Was auch immer«, ruft meine Schwester mit einem letzten schwermütigen Blick auf Farck und verschwindet aus der Haustür.

Ich atme erleichtert aus. Zum Glück muss sie gehen und hat keine Chance, Sticheleien in die Runde zu werfen. Nachher wäre sie noch auf die Idee gekommen, mir mehr Schmiergeld abzuverlangen. Oder sie hätte Mum aufgezählt, was ich auf Reisen alles falsch machen könnte. Denn natürlich wird meine Schwester eifersüchtig sein, wenn es funktioniert. Damit sie selbst nach München fahren durfte, hat es schon alleine eine Woche Mumbearbeitungszeit in Anspruch genommen. Noch bin ich aber nicht optimistisch. Farck scheinbar schon, denn er reibt sich fröhlich die Hände.

Zurück in der Küche willigt Mum tatsächlich ein, die Bürgschaft zu unterzeichnen, allerdings unter der Bedingung, dass Dad sich den Vertrag – als gut informierter Steuerberater – noch einmal vorher durchliest. Ich hätte mir nie träumen lassen, dass sie das echt für mich macht. Sie hasst Computerspiele und ebenso die Menschen, die Computerspiele unterstützen. Doch angesichts meiner Selbstfindungsphase sieht sie es wohl als Teil ihrer pädagogischen Pflicht, mich zu bestärken.

Über was haben sie und Farck eben bloß gesprochen? Noch immer wirkt Mum ungewöhnlich angespannt. Vielleicht ist sie aber auch nur froh, dass ich jetzt Geld verdiene. Auf eigenen Füßen zu stehen, ist meiner Schwester nie schwergefallen. Daher hat Mum immer erwartet, dass ich genauso eine Leuchte bin. War ich aber leider nicht, und werde ich wohl auch nie sein.

Farck schaut auf seine Armbanduhr. »Wie lange sagten sie, würde ihr Mann noch brauchen?«

»Bestimmt nicht allzu lange. Er müsste eigentlich schon da sein.« Mum lacht hysterisch. Und als hätte er es gehört, öffnet Dad in diesem Moment die Tür.

»Liebes? Ich bin wieder da.« Er betritt den Hausflur mit einigen Mappen im Mund und unter den Arm geklemmt, während er seine Aktentasche auf die Kommode hievt. Farck geht auf ihn zu, nimmt ihm die Akten ab und legt sie fein säuberlich neben die Tasche. Dann bietet er auch ihm die Hand als Begrüßung an.

»James Farck, freut mich sie kennenzulernen, Herr Carlmeyer.«

Dad mustert ihn und anschließend seine zwei Begleiter verwirrt. »Freut mich auch. Was ist denn hier los? Hat das mit deinem Anruf eben zu tun, Abigail?« Er schaut erst zu Mum und dann zu mir. Dann beginnt Farck, ihm die wichtigsten Details im Schnelldurchlauf zu erklären. Ich hätte es nicht für möglich gehalten, dass Farck während seiner Erläuterungen einen solchen Körpereinsatz zeigt: Unentwegt fuchtelt er mit den Händen herum und malt imaginäre Erfolgskurven in die Luft, um seine Worte zu unterstützen. Es ist genau die Gestik, die Dad bestens versteht. Er scheint erst begeistert, aber als Farck bei dem Teil ankommt, der Dads Eltern, Köln und seinen frischgebackenen Sohn mit einbezieht, stutzt er.

»Mein *Sohn* soll zu meinen Eltern?«

»Entschuldigung, Schatz, nach der Arbeit bist du immer so müde, unser Sohn *Tibor«*, Mum zeigt energisch auf mich und malt Penisse mit ihrem Zeigefinger in die Luft.

»Mum!«, zische ich, bevor sie weiter reden kann. Sie zuckt zusammen und fährt ohne weiteres Skizzieren von Genitalien fort. »Tibor soll bei deinen Eltern in Köln unterkommen.«

»Verstehe«, sagt er und fixiert mich dabei mit seinem Blick. »Deine Mutter hat also recht, die Sache von gestern ist dir ernst.«

Ich finde, Dad gibt sich große Mühe, professionell mit meinem Outing umzugehen. Dennoch springt mir, sobald er es erwähnt, das Herz beinah aus der Brust.

»Ja!«, sage ich schnell und nicke.

»Und was ist mit meinen Eltern?«

Niemand ist gewillt, ihm zu antworten. Mum streicht sich mit Daumen und Zeigefinger über ihre Kinnspitze und zieht ihre Augenbrauen beinah lückenlos zusammen. Dad tut mir wirklich ein bisschen leid – wie er da sitzt und versucht, sich einigermaßen unauffällig alles zusammenzureimen. Die hysterische Mum und die als Mann verkleidete Tochter machen es ihm ganz bestimmt nicht leichter. Einige Sekunden ist er beinahe reglos, bloß sein Blick huscht zwischen allen Personen im Raum umher und bleibt immer wieder an mir hängen. Ich kann sehen, wie sein Gehirn arbeitet.

»Was ist nun, Herr Carlmeyer? Werden Sie sich den Vertrag ansehen? Wir haben nicht das nötige Kontingent an Zeit, um es Ihnen ausführlicher zu präsentieren, aber wie gesagt, Sie können uns vertrauen«, sagt Farck in einem ruhigen und bestimmten Ton.

»Ich werde ihn mir ansehen«, verspricht Dad und ich falle ihm – als zugegeben unprofessionelle Spontanreaktion – um den Hals.

»Danke!«, rufe ich zu allem Überfluss laut aus.

Dad streicht einmal über mein kurzes Haar und drückt dann sanft meinen Kopf knapp neben seinen Mund. »Ist Mum auf die Idee mit meinen Eltern gekommen?« Er wirkt plötzlich angespannt, beinah nervöser als ich.

»Nein, sie hat es von …«

»Tibor? Können wir weitermachen?« Farck tippt mir auf die Schulter. Der hat Nerven. *Das hätte ich mal bei ihm machen sollen.* Wütend funkle ich ihn an, weil er den Moment inniger Vater-Tochter oder wohl eher Vater-Sohn-Liebe zerstört hat. Er ignoriert mich und fokussiert Dad.

»Also, Herr Carlmeyer. Tibor soll bei Ihren Eltern unterkommen. Wie finden Sie das? Wären Sie damit einverstanden? Ihre Frau sieht es als einzige Chance, dass Ihr Sohn mitkommen darf, da er alleine unter uns *Fremden* nicht gut genug aufgehoben sei.«

»Ja, Schatz, er soll bei deinen Eltern wohnen. Ich wusste, dass dir das nicht recht sein würde. Ich habe es Ihnen ja gesagt, Herr Farck. Also, Tibor, das mit Köln wird wohl nichts werden.«

»Nein, nein, meine Liebe, ganz im Gegenteil. Es würde sie bestimmt sehr freuen, der Kontakt ist nach unserem Streit damals doch schon etwas eingerostet. Ich erinnere mich schon gar nicht mehr an das letzte Gespräch mit den beiden.«

»Ich schon«, zischt Mum von der Seite und erntet einen strengen Blick von Dad.

»Trotzdem wäre der Kontakt zu ihnen nicht verkehrt. Sie werden nicht jünger und können jedes Jahr von uns treten.«

»Bist du dir ganz sicher, Eberhard? Denk daran, was sie damals alles gesagt haben. Streit kommt nicht von ungefähr und Kontaktabbruch erst recht nicht.« Farck wechselt einen Blick mit Mum, woraufhin sie verkniffen lächelt und hinzufügt: »Wobei ich persönlich natürlich nichts dagegen habe!«

»Abigail, mach dir keine Sorgen darüber. Du weißt, dass meine Eltern damals eine schwere Zeit durchgemacht haben und deswegen …«

»Was, wenn sie immer noch nicht darüber hinweg sind?«, äußert Mum deutlich leiser als zuvor.

»Worüber?«, frage ich. Mum und Dad tauschen einen mir völlig unbekannten Blick aus: Dad zieht seine gezupften Brauen zusammen, sodass in der Mitte seines Gesichts, kurz über dem Nasenrücken, eine tiefe Falte entsteht. Mum weitet als Erwiderung ihre Augen.

»Ich würde gerne den Kontakt mit den beiden wieder aufbauen. Und ein weiteres Enkelkind könnte ihn knüpfen«, sagt Dad nach einer längeren Überlegpause.

»Ja, ein *Enkelsohn*«, das Wort *Sohn* betont Mum so ausdrücklich, dass ich sie mit einem bösen Blick strafen muss. Aber sie hat recht. *Was, wenn meine Großeltern die Situation nicht verstehen?* Ich bin mir noch nicht mal sicher, ob Dad die Situation und das Ausmaß wirklich versteht. Er stutzt.

Nein, scheiße, ihm wird bewusst, dass ich als Mann verkleidet auf keinen Fall mit nach Köln und zu meinen Großeltern reisen kann. Ich versuche, seinen Blick einzufangen. *Dad, komm schon, schau mich an! Siehst du denn nicht, wie verzweifelt ich bin? Ich will nach Köln, als Mann, als Tibor. Ich muss …*

»Falls es Ihnen hilft, Herr Carlmeyer«, wendet sich nun Farck an Dad. »Ich habe, wie bereits bei Frau Carlmeyer angesprochen,

Kontakt zu ihren Eltern aufgenommen und sie sind von der Nachricht über einen Enkelsohn durchweg begeistert. Dass sie nichts von ihm wussten, ist keine Hürde, sondern eher ein Gewinn. Die beiden freuen sich riesig.«

»Das kann ich mir vorstellen«, sagt Dad und schluckt laut, als würde er einen riesigen Salamiball den Hals hinunter würgen. »Na, dann wird es wohl so sein. Jetzt, wo sie von Tibor wissen, werden sie nicht ruhen, ehe sie ihn kennenlernen dürfen«, fügt er nach einer Minute der Stille hinzu, in welcher Mum immer und immer wieder ihren Kopf geschüttelt hat. Farck legt währenddessen einige Blätter auf dem Küchentisch zurecht und schiebt sie in Dads Richtung. Dieser nimmt einen Stift aus der Brusttasche seines Hemdes und beugt sich über die Unterlagen.

»Wir müssen es zulassen«, flüstert Mum als Reaktion auf Dads letzten fragenden Blick. Schließlich setzt er brav seine Unterschrift unter das Dokument.

Als er fertig ist, beginnt Farck, ihn sofort in eine Diskussion über die Trainingszeiten zu verwickeln, bei denen Dad noch eine Stunde weniger pro Tag aushandelt. Auch ich setze jetzt meine Unterschrift auf das Papier und fülle alle Lücken aus, in die meine Daten eingetragen werden müssen.

Unter anderem: *Tibor Carlmeyer stimmt hiermit zu, an allen Veranstaltungen teilzunehmen, die seiner Anwesenheit bedürfen.*

»So, wunderbar«, erklärt Farck anschließend und schaut mich dabei durchdringend an.

»Was ist mit der zweiten Seite? Da klemmt noch ein Fähnchen, muss ich da nicht unterschreiben?« Ich zeige auf das blaue Papier, das mir anzeigen soll, wo ich unterschreiben muss.

»Nein, alles geregelt«, versichert Farck und nickt mir zu. »Dann nehmen wir dich jetzt mal mit zu deinem ersten Auftritt. Du kannst dich bei Lionel bedanken. Es war seine Idee, dich direkt mitzunehmen.«

Ich schaue mich um und merke, wie sich Schweißperlen auf meiner Stirn bilden. *Ein Auftritt? Jetzt?* Mit einem Schal um meine Brust und alten Anziehsachen und ohne, dass ich jemals vorher einen Auftritt gehabt habe? Das Theatervorspiel von Dornröschen in der zweiten Klasse zählt dabei nicht.

Hoffentlich merkt Farck mir meine Nervosität nicht an. Er beobachtet skeptisch, wie ich auf meiner Unterlippe herum kaue.

»Du kannst ja nochmal hochgehen und dich der Situation angemessen anziehen«, entgegnet Lionel, der sich über seine Haare streicht und dabei sein typisches Zahnpastalächeln aufsetzt. Yoshi mustert mit hochgezogenen Augenbrauen die Schweißringe unter meinen Achseln. Ich nicke schnell und renne von Scham getrieben nach oben. Irgendwie muss ich zu Myc und mir neue Kleidung besorgen.

In meinem Zimmer angekommen, öffne ich das Fenster und überlege. Es gibt nicht viel, was mir zur Verfügung steht. Da wäre ein Baum, der mit seinem knochigen Geäst schon die ein oder andere sommerliche Hitze überstanden hat. Und unten im Vorgarten steht noch eine mit Eiskristallen benetzte Gartenliege. Davor baumelt eine Hängematte, die an einem Drahtgestell befestigt ist.

Ich wäge meine Chancen ab. Ich könnte einfach über das Dachfenster nach draußen, auf den Baum und dann runter klettern. Das haben schon ganz viele in Filmen gemacht.

Du schaffst das, Tamara!

Ich stelle mich auf mein Bett und drücke das Dachfenster auf. Es ist kleiner als das Fenster über meinem Schreibtisch, aber breit genug, sodass ich mich an seinem Rand ins Freie hieven kann. Keuchend lande ich auf unseren zimtfarbenen Dachziegeln. Vorsichtig robbe ich mich Stück für Stück vor und kriege eine Auswucherung vom Baum zu fassen. Das ist doch schwindelerregender als angenommen. Mit meinem zitternden Bein suche ich Halt im Geäst. Endlich finde ich ein Astloch, das stabil wirkt. Das Holz knirscht zwar bedrohlich, aber es hält, solange bis ich mich an dem dicken Stamm nach unten hangeln kann. Mit einem Satz lande ich auf der Wiese. Schweiß rinnt an meiner Stirn hinunter. Die salzigen Tropfen verfangen sich in meinen Augenbrauen. Geduckt renne ich unter unserem Wohnzimmerfenster entlang und quer über die Straße zu Mycs Haus. Ich klingle sturm.

Mycs Mutter öffnet mir erbost die Tür. Ich ignoriere ihre Standpauke und quetsche mich an ihr vorbei, hoch in Mycs

Zimmer. Er schläft, die Decke hat er über den Kopf gezogen. Etliche Taschentücher liegen vor seinem Bett und über der Fotografie von Rosemarie ist mit Edding ein dickes zerbrochenes Herz gemalt. *Meine Güte, ist der bescheuert.* So einen Aufstand hat er bei mir damals nicht gemacht. Ich rolle mit den Augen und beginne, an ihm zu rütteln. Langsam rührt er sich und wacht auf. *Warum hat er denn so lange Ha…?*

»Was machst du denn hier?«, faucht Rosemarie, als sie mich sieht. Ihre Augenringe liegen schwer unter den getuschten Wimpernreihen. Sie setzt sich auf und hält dabei mit ihrem linken Arm die Bettdecke fest umschlungen. *Als wollte ich ihr etwas weggucken.*

»Ähm, ich brauche Mycs Hilfe«, sage ich und blicke mich suchend im Zimmer um.

»Hat er also recht, du bist lesbisch, was?«

Eine passende Antwort liegt mir auf der Zunge, aber ich schlucke meine Wut hinunter und suche Bad und Kleiderschrank ab. Plötzlich steht Myc mit einem Tablett Essen in der Tür. Neben Pancakes in Herzform und zwei Tassen Kaffee steht ein Blumenstrauß in einer kleinen Vase. Ich unterdrücke die Würgegeräusche.

»Tamara?«, fragt er mit einer Mischung aus Irritation und Fassungslosigkeit in der Stimme.

»Hilf mir!«, flehe ich und versuche, aus seinen entgleisten Gesichtszügen irgendetwas herauszulesen. »Ich brauche was schickes Männliches zum Anziehen. Farck sitzt drüben in meinem Esszimmer. Sie wollen mich direkt mitnehmen. Mum spielt mit, aber wer weiß, wie lange noch. Und Dad ist, glaube ich, mit den Nerven am Ende.«

Rosemarie steht auf und zieht dabei die Bettdecke hinter sich her. Sie will sich mit ihr umhüllen, doch ihre hellblaue Spitzenunterhose ist zu deutlich sichtbar, als dass sie tatsächlich daran gedacht haben könnte, sie vor mir verbergen zu wollen. Wohl jeder hätte sie sehen können, weil Rosemarie bloß ihre Vorderseite verdeckt hält. Sie hängt sich demonstrativ an Mycs Hals.

»Wenn sie wirklich lesbisch ist«, sie wendet sich nur zu Myc. »Was ich jetzt nicht mehr bezweifle«, sie lacht, »dann darfst du ihr helfen«, sagt sie und macht eine gütige Geste mit der Hand.

»Danke, Schatz«, sagt Myc und stellt das Tablett ab. Dann verschwindet er im Kleiderschrank.

»Hier, nimm meinen Anzug. Ich hoffe, er passt dir, Tam.«

Er gibt mir einen Kleidersack und dreht sich um. Ich ziehe den darin enthaltenen Anzug an, während Rosemarie mit einem triumphierenden Lächeln den Schal um meinen Oberkörper begutachtet. Der Anzug passt, ist etwas zu groß, aber na ja. Zum Glück ist Myc so dünn. Rosemarie schaut erst skeptisch, wünscht mir dann aber zu meiner Verwunderung viel Erfolg bei, ich zitiere, *was auch immer*.

Ich renne zurück auf die andere Straßenseite und klettere den Baum hoch. Die ersten Versuche scheitern kläglich, doch mit ein bisschen Anlauf und einer ungeschickten Hangeltechnik kriege ich auf einem der oberen Äste mit einem Fuß Grip. Gerade als ich dabei bin, das Fenster wieder zu schließen, betritt Farck mein Zimmer.

»Was dauert so lange, Tib? Ich darf dich doch Tib nennen, oder?«

Erschrocken wende ich mich zu ihm und klopfe einige Blätter von meiner Hose.

»Schönes Zimmer und eine beeindruckende Sammlung.« Er inspiziert meine Mangas und Animes. Ich rühre mich nicht und versuche, möglichst flach zu atmen. Sport ist nicht mein Ding und in Rekordtempo einen Baum hochzuklettern, bringt mich an die Grenze meiner Fähigkeiten. Farck zieht einige Exemplare meiner Animes heraus, um ihre Cover zu betrachten. Ausgerechnet Ranma ½ wiegt er hin und her, als ob es ihn besonders in seinen Bann ziehen würde. Er atmet fast unmerklich aus, schiebt den Manga zurück an seinen Platz und wendet sich dann wieder zu mir.

»Wie sieht's eigentlich aus? Hast du noch ein zweites Standbein?«

»Wie meinst du das?«

»Na ja, mit zwanzig Jahren im Hotel Mama.« Er lacht.

»Ich, ja, ich, ich arbeite in einer Bäckerei ganz hier um die Ecke. Und bin kurz vor dem Umzug. Erst mal etwas Geld sparen. Du weißt ja, wie das ist«, erwidere ich und hoffe schwer, dass sie mein tatsächliches Alter niemals herausfinden werden.

»Eigentlich weiß ich das nicht. Ich bin schon seit längerem Zuhause raus, aber jedem das seine. Hast du denn noch genug Urlaubstage oder hast du vor, die Arbeit sausen zu lassen?«

»Hmh?« Ich stehe auf dem Schlauch.

»Wenn wir nach Köln fahren, kannst du sicherlich keine Brötchen backen.«

»Oh«, sage ich und fange an zu schwitzen. *Fuck.* Wie soll ich mir denn mitten in der Schulzeit freinehmen?

»Keine Sorge. Ich stelle dir eine überzeugende Arbeitsbefreiung aus.« Er zwinkert mir zu und mustert mich dann einen Moment länger als mir lieb ist. »Du hast da etwas«, sagt er und kommt mir bedrohlich nah. Geschickt zupft er einen kleinen Ast aus meinen Haaren. Er sieht ihn erst einige Zeit über an, dann atmet er scharf aus. Der Geruch von Pfefferminz strömt zu mir hinüber. Er hält inne. Zieht dann eine Braue nach oben und kommt mir näher. *Oh Gott, was macht er?*

In Panik schließe ich die Augen.

»Willst du da Wurzeln schlagen?«

»Was, wie?«

Er wollte bloß an mir vorbei zu meinem Mülleimer. Wie ein Basketballspieler wirft er ein zerknittertes Kaugummipapier und das Ästchen hinein. *Und ich hatte gedacht … na ja … egal …*

»Benutzt du etwa einen Augenbrauenstift?«, ruft er mir lachend aus der anderen Ecke meines Zimmers zu.

»Ähm …«

»Keine Sorge, Lionel benutzt den auch ständig.« Farck lacht erneut laut auf. Als ich nichts weiter sage, hustet er verlegen und verlässt den Raum wieder nach unten. Mein Körper ist angespannt wie ein Brett. *Puh, das war knapp.*

»Memo an mich, keinen Augenbrauenstift mehr benutzen!«, flüstere ich mir selbst zu, ehe ich auch wieder nach unten gehe.

Ich verabschiede mich von Mum und Dad. Mum drückt mir noch das Heft vom Frühstück in die Hand. »Für alle Fälle.« Als ich es aufschlage, fällt mir fast ein Kondom entgegen.

Ich bedanke mich höflich und stecke das Heft inklusive Empfängnisverhütung in meine Jackentasche.

Mum ist so peinlich. Versteht sie etwa immer noch nicht, was ich ihr die ganze Zeit über versuche zu sagen? Versteht sie nicht, was ich mit meinem Umstyling erreichen will? Ich will keine Frau mehr sein. Das klingt zwar hart, aber ich tue es für ›Prefix‹ und für ein neues Leben. *Abgesehen davon könnte ich bei niemandem aus dem Team landen. Punkt 46 meiner Liste ist in weiter Ferne. Zuerst einmal werden jetzt die Punkte 34 und 47 bearbeitet.*

Auf der gegenüberliegenden Straßenseite parkt Farck mit seinem Cabrio. *Ein Cabrio im Winter?* Unwillkürlich ziehe ich den Reißverschluss meiner Jacke höher und gehe zu ihm. Er lässt mich auf dem Beifahrersitz Platz nehmen. Lionel und Yoshi bedanken sich bei Mum für die Gastfreundschaft und steigen dann auf die Rückbank. Ich muss Mum und Dad auf jeden Fall etwas dafür besorgen, dass sie mitgespielt haben. Vielleicht erledige ich heute Abend zur Abwechslung auch mal meine Hausaufgaben.

Ich schaue hoch zu Mycs Zimmer. Rosemarie steht am Fenster und mustert interessiert meine Begleitung.

Wahrscheinlich bereut sie es, Myc genommen zu haben und nicht einen von den Männern, die jetzt bei mir im Auto sitzen. Ich lächle selbstgefällig, während Farck sich in den Verkehr einfädelt. Zum Glück weiß sie nicht, dass es sich um einen eingeschworenen Haufen von Frauenhassern mit eindeutigem Hang zum Exzentrischen handelt.

6

»Wo fahren wir hin?«, frage ich Farck. Er lächelt.

Lionel beugt sich nach vorne und antwortet mir: »Eine chinesische Computerfirma will uns zum Promoten ihres neuen Rechners spielen lassen.«

»Und wo?« Interessiert schaue ich mir die unrealistisch kurze Zeitangabe auf dem Navidisplay an.

»Auf einer Messe in Warschau, nur für Insider«, erwidert Lionel.

Ich überlege, ob ich jemals etwas von einer Computermesse in Warschau gehört habe, aber ich erinnere mich an nichts. *Moment mal, Warschau?* Erst jetzt fällt mir auf, dass Warschau gute achteinhalb Stunden Fahrt weit weg ist.

»Ihr wisst, dass Schwarzenfeld nicht gerade in der Nähe von Warschau ist, oder?«

Farck lacht laut auf. *Macht er sich etwa über mich lustig?*

»Wir fliegen ja auch«, erklärt Lionel mir wie selbstverständlich.

Fliegen? »Nein, fliegen geht nicht!«, sage ich und presse meine Hände verkrampft in den Sitz.

»Wieso nicht?«, fragt Yoshi, während er erneut einen Energy-Drink aus der Jackentasche zieht. Mit einem Zischen öffnet sich der Verschluss. Der Geruch, der der Dose entweicht, erinnert mich an den Wodka-E von Mycs Bruder und damit an all die schlaflosen LAN-Partys.

»Ich habe Flugangst«, gestehe ich den Dreien.

Und zwar eine ziemlich ausgeprägte. Mein Gehirn setzt aus, sobald es in einen Flieger geht und ich nutze jede Chance, die sich mir bietet, zur Flucht.

»Du weißt aber schon, dass wir in dieser Season schon in England und Amerika unterwegs waren? Hast du gedacht, wir nehmen das Schiff?« Yoshi lacht. Und auch Farcks Grinsen wird immer breiter.

»Nein, ich ...«

»Und nach Köln werden wir diesmal auch keine Busreise mehr unternehmen. Das letzte Mal standen wir in einem ellenlangen Stau. Da kamen wir zwar aus Richtung Dresden, weil wir uns bei Christian und Yoshi eingemietet hatten, aber ich betrete diesen stickigen Bus nur noch, um zu einem Airport zu fahren«, unterbricht mich Lionel und verschränkt demonstrativ seine Arme. *Scheiße.*

»Ich find's gut, dass wir immer alle beisammen sind«, grinst Yoshi. »Ein Training, ohne euch um mich zu haben, wäre nur halb so lustig.«

»Das würde ich auch niemals zulassen«, zischt Lionel. »Ich weiß doch, was ihr dann vor euren Rechnern tätet. Chips essen, Beine hochlegen und ein bisschen auf der Mouse rumklicken.«

Yoshi zwinkert mir zu. Ich presse meinen Mund zu einem Lächeln. Yoshis belustigtem Blick nach zu urteilen, sehe ich momentan nicht besonders sympathisch aus. Farck parkt nicht unweit vom Terminal. Ich steige nicht aus.

»Komm schon, Tib. Nicht dein Ernst, oder? Wir werden noch sehr oft zusammen fliegen müssen«, sagt Lionel und rüttelt an meiner Schulter.

Ich verkrampfe nur noch mehr. Mein Kopf fühlt sich taub an. Angst.

»Na toll«, stöhnt Farck, der überhaupt nicht mehr amüsiert scheint, und drückt Yoshi missmutig seine Sonnenbrille in die Hand. Er öffnet die Beifahrertür und packt mich.

»Nein!«, schreie ich, doch es ist ihm egal. Er hebt mich einfach über seine Schulter und bringt mich zu einem der Flughafenschalter.

»Du bist gar nicht so schwer, wie ich dachte«, bemerkt er verwundert. Ich trommle währenddessen wie eine Wilde mit meinen Fäusten gegen seinen Rücken. *Nur, weil ich kleiner bin, als die anderen und nicht so stämmig, denkt er, er könnte alles mit mir machen.*

Die Frau hinter dem Schalter kennt Farck und die anderen bereits. *Woraus ich das schlussfolgere?* Sie ist kein Stück skeptisch darüber, was Farck mit mir anstellt und kneift begrüßend ihre Augen zusammen, um sie danach freudig aufzureißen.

»Ich brauche eure Ausweise, Jungs«, sagt sie und bekommt von Lionel ohne Umschweife seine Reiseunterlagen in die Hand gedrückt. Farck zieht sich sein Portemonnaie aus der hinteren

Hosentasche und überreicht es Yoshi, sodass dieser Farcks Ausweis mit seinem zusammen aushändigen kann. »Und von ihm?«, fragt die Frau und Farck setzt mich ab.

Ich schwitze. Unter meinen Armen bilden sich wieder deutlich spürbare Schweißringe. *Was jetzt?* Ich ziehe vorsichtig – skeptisch beäugt von allen – meine Brieftasche aus der Innenseite von Mycs Anzug.

»Etwas schneller, der Flug raubt uns schon genug Zeit«, stöhnt Farck. Ich nicke und kaue auf meiner Unterlippe. Sie fängt an zu schmerzen.

»James, dein Telefon«, ruft Lionel. Aus Farcks Richtung tönt ein Standardklingelton.

»Entschuldigt mich. Lionel? Kommst du mal kurz?«, sagt er und wendet sich von uns ab. Lionel folgt ihm. Etwas abseits bleiben die beiden stehen. Yoshi geht Farck und Lionel nach. In kurzen Tippelschritten rückt er immer näher zu den beiden, um die Wortfetzen, die zu uns rüberschallen, auffangen zu können.

Ich reiße in Windeseile mein Portemonnaie auf und ziehe meinen Ausweis mit einem Zucken hervor, das dem eines epileptischen Anfalls ähnelt. Dann reiche ich ihn der Frau. Sie trägt mich auf einer Liste ein und verzieht keine Miene. Wahrscheinlich ist sie sogar peinlich berührt, dass sie mich eben als Mann deklariert hat. Lächelnd gibt sie mir meinen Ausweis zurück. Diese Hürde ist genommen, doch die weitaus gewaltigere wartet auf dem Startfeld des Airports. In kurzen, unregelmäßigen Atemschüben ziehe ich Luft ein und aus. Mein Puls rast. Ich kann in einer der vielen Glasscheiben einen kurzen Blick auf mich erhaschen. Auf meinem Gesicht breiten sich rote Flecken aus, als sei ich in einen Brennesselbusch gefallen. Hinter meinem Spiegelbild sehe ich ein Flugzeug starten. *Shit.* Ich wende mich von der Frau ab und versichere mich, dass Lionel und Farck noch immer telefonieren. Yoshi versucht weiterhin, so unauffällig wie möglich an dem Gespräch teilzuhaben. Keiner von ihnen scheint an mir interessiert.

In mir keimt Panik auf. Meine Muskeln verkrampfen für einen Augenblick, bis ich mich fange. Ich muss meine Chance nutzen.

Mit schnellen Schritten verschwinde ich in Richtung des Ausgangs. Die Frau vom Schalter ruft mir noch irgendwas von einem bald startenden Flug zu und dass ich ja nicht zu weit weggehen sollte, aber ich ignoriere sie. Mein Blick ist fokussiert auf das grün leuchtende Schild mit dem weißen Männchen darauf. *Schneller, Tamara!*

»Wo willst du denn hin?« Jemand packt mich von hinten. Es ist Farck, der mich zu sich umdreht. »Wir machen jetzt eine kleine Schocktherapie. Du wirst uns irgendwann dankbar sein. Wenn du nie fliegst, wirst du es auch nicht lernen.«

Er wirft mich wieder über seine Schulter und geht zurück zu dem Flughafenschalter. Im Gegensatz zu vorhin wehre ich mich nicht. Alles ist dumpf in meinem Kopf. Ich sehe nur, wie das rettende, grüne Ausgangssymbol kleiner wird. Alles in meinem Körper fühlt sich steif an. Ich kann mich nicht rühren. Mein Herz pocht mit einer Frequenz, die mir nicht gefällt.

»Alles eingetragen?«, höre ich Farck fragen.

»Ihr müsst nur noch durch den Scanner«, sagt die Frau vom Schalter.

Farck geht noch ein paar Schritte mit mir und stellt mich in einer Art Torbogen ab. Auf dem Boden prangt ein dickes X.

»Hast du einen Gürtel an?«, fragt Farck kühl.

Ich schüttle meinen Kopf. Er streift seine Uhr vom Handgelenk ab und wirft sie in eine graue Plastikschale. Dazu gesellen sich sein Gürtel und sein Mobiltelefon sowie ein schmales Tablet, das er aus der Innentasche seines Jacketts zieht. Ich rühre mich keinen Millimeter. Jeder Schritt, den ich nach vorne machen würde, brächte mich weiter zu den Flugzeugen. Jeder Schritt, den ich nach hinten machen würde, brächte mich näher zu Farck und ich weiß gerade nicht, was das kleinere Übel wäre.

Farck schiebt mich aus der Konstruktion, lässt sich ebenfalls durchchecken und nimmt beim Rausgehen seine Utensilien wieder aus der Plastikschale. Er packt mich erneut, um mit mir das Gate zu passieren. Seinen Gürtel hält er wie eine Waffe in seiner freien Hand. Ein Sicherheitsbeamter steht neben dem Scanner und beobachtet das Schauspiel unbeeindruckt.

Ich frage mich kurz, ob er merkt, dass ich gegen meinen Willen mitgenommen werde. Doch als ich ihm »Retten sie mich!« zurufe, nickt er nur und lächelt.

Trotzdem fühlt Lionel, der neben mir läuft, sich wohl verpflichtet, die Situation etwas zu erklären, denn er wendet sich mit einem Wort an den Beamten:

»Flugangst.«

Meine Augen fühlen sich feucht an. *Ich will nicht! Ich kann nicht! Ich hasse fliegen!* Durch die Glasfassade sehe ich die stählernen Vögel starten und landen. Einige sind noch geparkt und warten auf ihre menschliche Füllung. Mich schaudert es. Das Bild erinnert mich atmosphärisch an den Parkplatz vor unserem Supermarkt. Voll und unübersichtlich. Laut und drückend.

Farck schleppt mich weiter. Durch eine Schleuse bringt er mich in ein furchtbar enges Flugzeug mit nur wenigen Sitzplätzen.

Ich stelle mir vor, wie die restlichen Passagiere stehen müssen, sobald der Flug beginnt. Fantasien von Abstürzen und Triebwerkverlust machen sich in meinen Gedanken breit. KRACH! KNALL! Das Flugzeug stürzt in eine Wohnsiedlung. Schreiende und weinende Massen an Menschen stürmen zu dem Wrack. Vor meinem inneren Auge sehe ich mich, wie ich leblos am Boden liege. Lionels Kopf liegt mit aufgerissenen Augen neben meiner Hüfte. Seine untere Körperhälfte ist abgetrennt.

Meine Arme erschlaffen, diesmal im Hier und Jetzt. Farck wirft mich auf einen Sitz und schnallt mich fest. Ich wehre mich nur sporadisch mit Händen und Füßen, denn zwischendurch überlege ich, ob ich sie mir nicht lieber zum Schutz an den Kopf halten sollte. Aus Versehen kratze ich Farck im Gesicht. Er spannt einmal seinen Kiefer an, zieht ein strahlend weißes Taschentuch aus seiner Hosentasche und streicht sich damit über die Wunde. Dann nimmt er den Platz neben mir ein. Noch immer hält er mich auf meinem Sitz fest. Die Triebwerke beginnen zu rumoren, die Türen der Maschine schließen sich. Ich drücke mir, so fest ich kann, die Hände auf die Ohren. Ich werde sterben, das ist die Strafe für meine Lügen.

Da! Was ist das?

»Wir sterben«, rufe ich. »Wir werden alle sterben! Seht ihr das nicht?«

»Ich glaube, wir haben einen richtigen Optimisten ins Team bekommen«, sagt Farck und rollt mit den Augen. Dabei schlägt er mit der einen Hand die Zeitung auf und hält mich mit der anderen weiter im Sitz. *Denkt er tatsächlich, ich würde mich abschnallen wollen?* Momentan muss ich alles daran setzen, meinen Kopf zu schützen. Fest umklammere ich meine Stirn. *Wie sollte ich mich überhaupt aus dem Sitz befreien? Nein*, eine Flucht ist unmöglich.

»Was meinst du?«, fragt Yoshi.

»Da, das rote Papier! Rot ist die Farbe des Untergangs!«

»Das hier?« Yoshi hält belustigt das Papier hoch, das auf seinem Schoß liegt, und riecht daran. »Von den Bonbons hab ich auf dem letzten Flug Unmengen verdrückt und bis auf die Bauchschmerzen, die ich danach hatte, gab es keinen *Untergang.*«

Wenn er wüsste! Ich bin der festen Überzeugung, dass rote Gegenstände, die rein zufällig an bestimmten Orten auftauchen, nichts Gutes verheißen. Nennt mich ruhig abergläubisch, aber unsere schwarze Katze kostete es das Leben, dass sie am Freitag, dem 13., einem roten Ball hinterher gesprungen ist. Und auf der Beerdigung meiner Cousine – eine leidenschaftliche Künstlerin – waren ihre Werke ausgestellt. Allesamt in verschiedenen Rottönen gehalten. *Rot bedeutet Tod!*

»Fliegen ist nicht gefährlicher als Autofahren«, versucht Lionel mich zu beruhigen.

»Ja, das stimmt«, pflichtet Yoshi ihm bei. »Sogar weniger gefährlich als Autofahren!«

»Wo sind denn die anderen Passagiere«, frage ich mit zittriger Tonlage, die auf einmal viel zu laut klingt. Alle anderen Stimmen hingegen höre ich nur gedämpft durch meine Hände, die immer noch über meinen Ohrmuscheln liegen. Meine Stirn ist nass geschwitzt, nachdem ich alle Todesfälle, die in Verbindung mit roten Gegenständen standen, den Momenten gegenübergestellt habe, in der die rote Farbe etwas Positives bedeutet hat. *Es gab sie nicht! Es gab keinen einzigen Moment, in dem die Farbe positiv war!* Selbst mein geliebtes Erdbeereis ist rosa und nicht rot, ergo kein Gegenbeweis.

»Es gibt keine anderen Passagiere. Alle tot. Von dem Bonbonpapier ermordet«, sagt Farck, ohne von seiner Zeitung aufzusehen, und erntet von Lionel und Yoshi einen amüsierten Blick. Ich kneife die Augen zusammen. Sie werden feucht. Ich darf jetzt unter keinen Umständen weinen!

»Das ist der Privatjet von James. Die restlichen Teammitglieder haben einen Flug früher genommen, weswegen wir mit dem Jet nachkommen. Wir mussten ja noch deinen Vertrag abschließen«, erklärt mir Lionel und holt sich eine Schlafbrille aus seiner Sitztasche.

»Es ist nicht *mein* Privatjet, Lionel«, faucht Farck.

»Dann eben der Privatjet deiner Familie, was ist da der Unterschied?«

»In der einen Variante habe ich ihn mir selbst erwirtschaftet, in der anderen waren es meine Verwandten«, erwidert Farck.

Lionel äußert sich daraufhin nicht mehr, zieht seine Schlafbrille zurecht und schmiegt sich an die gepolsterte Sitzlehne. Yoshi und Farck diskutieren einen Moment lang über Kosten und Nutzen eines Jets, halten aber inne, als der Pilot sich für eine nuschelnde Durchsage meldet.

»Sehr geehrter Herr Farck, liebe Gäste der Familie, wir sind bereit zum Start.« Mit einem Knacken verstummt die Männerstimme aus den Lautsprechern.

Ich schlucke. Das Flugzeug beschleunigt bereits. Die Erschütterungen vom Boden übertragen sich auf meinen Körper. Ich richte meinen Blick auf die Safety Card in der Sitztasche vor mir. Durch die Lüfter an der Decke strömt ein Schwall kalter Luft. Ein Rumoren wächst zu einem tosenden Rauschen an. Wir heben ab. Ein seltsames Kribbeln rauscht durch meine Magengegend. Ich wage es nicht, aus dem ovalen Guckloch zu schauen. Ängstlich klammere ich mich an Farcks Arm, als die Rollen nicht mehr auf dem Startfeld sind. Ich weiß, das sollte ich nicht tun. Ich sollte mich seriös verhalten, stark sein. Aber meine Flugangst ist stärker.

Farck mustert meine Hände und streift sie dann mit seiner ab, schlägt die Zeitung wieder auf und liest weiter. Yoshi knufft mir die Schulter. Lionel bietet mir einen Tomatensaft und Kaugummi als Beruhigung an.

Ich merke, wie Farck neben mir wieder seinen Kiefer anspannt. Sein Blick richtet sich auf die Sitztasche vor ihm. *Liest er die Zeitung überhaupt?*

»So ’ne Angst ist echt doof«, sagt Yoshi, als ich Lionels rot-verpacktes Kaugummi mit wedelnden Händen ablehne. »Du müsstest mich mal erleben, wenn jemand meinen geliebten Wagen unter diesen Bäumen parkt, die ihn in kürzester Zeit vollsauen. Davor hab ich Schiss!«

»Und das nicht zu knapp«, erwidert Lionel neckisch.

»Hört auf«, sagt Farck, während er eine Seite umschlägt. Er rümpft für einen Moment seine zur Seite gebeugte Nase und zieht seine Unterlippe zwischen seine Zähne.

»Womit?«, verwirrt schaut Lionel zu Yoshi und zuckt dann mit den Schultern.

»Hört auf, ihn beruhigen zu wollen. Angst bewältigt man alleine. Und wer nicht darüber nachdenkt, dass wir fliegen müssen und werden, der hat seine Strafe verdient.«

Wie bitte? »Was … Hast du sie nicht mehr alle? Wir können sterben, abstürzen, zerschellen an irgendeinem Hochhaus, wir können …«

»Alles *kann* passieren, das heißt nicht, dass es auch passieren muss.« Farck holt unter seinem Hemd den hölzernen Kreuzanhänger hervor und drückt ihn beiläufig zwischen seinen Fingerkuppen, während er den Blick in der Zeitung versenkt.

»So, und nun kriegt euch alle wieder ein! Ich brauche etwas Schönheitsschlaf«, sagt Lionel und schmiert sich sein gesamtes Gesicht mit einer weiß-gelben Creme ein, die widerlich nach alten Pastinaken riecht. »Will noch jemand?«, fragt er.

»Geh mir mit dem Zeug weg!«, faucht Yoshi, den Lionel versucht einzucremen.

Den restlichen Flug male ich mir verschiedene Absturzszenarien aus. Lionel schläft perfekt aufgerichtet und mit einem beunruhigend regelmäßigen Atem. Yoshi liest währenddessen Gamingzeitschriften. Irgendwann schließen sich meine Augen.

»Bist du in Ordnung?«, höre ich es dumpf, während eine Ente in unser Triebwerk fliegt und wir mit einem knatternden Geräusch in die Tiefe stürzen.

»Hey, Tib, bist du in Ordnung?« Wieder diese Frage. Diesmal sitzt ein Terrorist an Bord und möchte das Flugzeug übernehmen. Ich werde sanft geschüttelt.

Als ich meine Augen aufreiße, blinkt der Satz *Bitte die Sicherheitsgurte anlegen* mahnend auf.

»Warum müssen wir uns anschnallen?«, quietsche ich. »Was ist passiert?« Panisch suche ich mit meinem Blick den Gang nach einem Mann mit Sprengsatz ab.

»Gut, er ist nicht ohnmächtig, nur etwas benommen. Ich hab's euch doch gesagt, kein Grund zur Panik!«, erklärt Farck Lionel, der dabei ist, den Notversorgungskasten von der Wand des Fliegers zu nehmen.

Ich merke, wie meine Unterlippe zittert und mein Herz nicht mehr aufhört zu rasen. Jedes Mal, sobald der Satz über meinem Sitz aufleuchtet und mich zum Anschnallen bewegen will, versetzt es mir einen Schlag in die Magengegend.

»Keine Sorge, wir landen nur«, lacht Farck, den meine Angst auf einmal wieder köstlich zu amüsieren scheint.

»Ist ja schön, dass du es so lustig findest, dass ich Fliegen nicht ausstehen kann! Und dass du Angst für überflüssig hältst und glaubst, sie wäre zu bewältigen! Angst ist aber da, sie geht nicht einfach weg. Sie ist da und bleibt!«, belle ich ihn an.

»Beruhig dich«, erwidert er patzig.

Lionel, der hinter mir sitzt, holt einen Gurt von der Seite hervor und schnallt ihn mir um. Dabei rückt er mit seinem Mund an mein Ohr heran. »So hat noch niemand mit ihm geredet und so sollte auch niemand mit ihm reden. Er ist immer noch dein Vorgesetzter, vergiss das nicht.«

»Ja«, flüstere ich, selbst peinlich berührt von meinem kurzen Aussetzer.

Lionel nickt und lehnt sich zurück in seinen Sitz. Das Flugzeug befindet sich in leichter Schräglage, als es unsanft auf dem Boden aufsetzt. Der Ruck erschrickt mich und ich quieke einmal lautstark. Ich versuche, mich, während das Flugzeug einlenkt, auf meine Sitztasche zu konzentrieren. Farck würdigt mich keines Blickes mehr. Seine Augen heftet er erst auf den Hinterkopf von Yoshi – dessen schwarzes, stachlig gegeltes Haar über den Sitz hinausragt, dann wieder auf die Zeitung. Er spannt seinen Kiefer an, als würde er etwas dazwischen zermahlen wollen, während er weiter die Artikel überfliegt. Das braune Stück Regenbogenhaut in seinen Augen scheint zu glühen. Sein Blick richtet sich auf einen der Zeitungsartikel, doch so sehr ich mich auch anstrenge, ich kann nicht erkennen, worum es darin geht.

Der Pilot bedankt sich für die gemeinsame Reise und wünscht uns einen schönen Tag, als das Flugzeug zum Stehen gekommen ist. Wir betreten gemeinsam den Zielflughafen. Lionel fragt mich mehrmals, ob bei mir alles klar sei. Ich bejahe, doch als ich mich unbeobachtet fühle, übergebe ich mich in einen Flughafenmülleimer. Ich bilde mir zumindest ein, dass niemand es bemerkt hat.

Wir mieten ein Leihauto. Farck setzt sich hinter das Steuer.

»Nicht mehr lang«, ruft er fröhlich und setzt das Auto, einen Toyota Camry, in Bewegung. *Diese plötzlichen Sinneswandlungen von ihm gefallen mir nicht.* Sie kommen unvorbereitet und erwischen einen eiskalt wie das Messer eines Freundes im Rücken.

Farck parkt vor einem riesigen Firmengebäude, um welches sich bereits eine Schar Asiaten und eine beträchtlich kleinere Gruppe an Polen mit ihren CANON-Kameras getummelt hat. Sie begrüßen uns mit einem Blitzlichtgewitter. In Japan und Korea sind ›Heroes of the Prefix‹ mehr als Stars. Wir sind dort Superhelden, die High-Society von heute. Die östlichen Länder lieben den Trubel um die e-gaming Branche ebenso sehr wie die USA. *Wenn nicht sogar noch mehr.* Nicht zu fassen, dass dort beinahe jedes Spiel im Fernsehen übertragen wird. Ich merke, wie die Übelkeit von vorhin wieder aufkommt.

Mist, hier kann ich mich schlecht übergeben. Ich unterdrücke den Reiz, versuche es zumindest. Farck steigt aus und lächelt verkniffen. Er zieht sein Jackett gerade und geht an den Menschen vorbei, ohne sie zu beachten. Jeder weibliche Fan versucht, ein Bild von ihm zu erhaschen. Meine Augen brennen von den Blitzlichtern, die alles in ein gleißend silbernes Licht tauchen.

Warum gibt es im Internet kein einziges Abbild von Farck, wenn ihn hier Hunderte ablichten? James Farck ist und bleibt ein Mysterium für sich.

Lionel beginnt, neben mir zu posen und Yoshi lächelt wie kein Zweiter. Jetzt verstehe ich auch, warum sie nach den Genderskandalen überhaupt noch weibliche Fans haben. ›Heroes of the Prefix‹ besteht aus Männern, die wohl jeder Teenager gerne an seiner Wand hängen haben würde. Ihre Anti-Haltung gegenüber Frauen macht sie zu Rebellen. *Zugegeben, gutaussehenden Rebellen.*

Ich stehe neben Yoshi und beobachte Farck, wie er geschickt an der Menschenansammlung vorbeihuscht. Wie eine Ameise sucht er sich flink den schnellsten Weg, um zum Eingang des Baus zu gelangen.

»Aua!«, beschwere ich mich, als Yoshi mir seinen Ellenbogen in die Rippen rammt.

»Du musst glücklich aussehen, wenn du gut ankommen willst«, zischt er mir zu und ich gebe mein Bestes, glücklich auszusehen. *Die denken bestimmt, ich bin ein Volldepp.*

Für einen kurzen Moment wünsche ich mir, bei Myc zu sein und mit ihm auf der Couch seines Wohnzimmers einen Avengers-Film zu schauen. Ich bilde mir ein, das frische Popcorn zu riechen, das Bill uns in einem großen Stahl-Wok zubereitet, wenn wir eine Movie-Night machen.

Doch leider bleibt mir nicht mehr Zeit, um in solchen Szenarien zu schwelgen. Ich muss winkende Armbewegungen mit steifem Dauergrinsen und selbstsicherem Nicken verbinden. Das beansprucht all meine Aufmerksamkeit. Lionel gibt, im Gegensatz zu mir, eine mega Show ab. Schon beim Aussteigen aus dem Auto hat er einen Stift gezückt und unterschreibt damit alles, was ihm zwischen die Finger kommt.

Ich lasse meinen Blick über die Masse an Menschen schweifen. Ein Mann hält seinen Sohn in die Luft. Lionel geht zu dem etwa dreijährigen Kind hin und unterschreibt auf dessen Arm.

Ich wende mich fremdschämend ab und mustere die Fassade des Gebäudes. Eine Glaswand erstreckt sich in den Himmel. *Doch wer ist das?*

Auf einer Plattform im zweiten Stockwerk steht jemand am Fenster. Sein Gesicht ist im Licht der Sonne verspiegelt. Nur seine Hände kann ich sehen. Seine geballten Fäuste. Ein kalter Schauer läuft mir über den Rücken.

»Komm, wir gehen rein«, ruft Lionel mir zu und schiebt mich nach vorne.

Als wir das Gebäude betreten, kommt ein kleiner Mann auf uns zu. Ich schätze – dem Cowboyhut nach zu urteilen – ein exzentrischer Mann, dem die Urahnenforschung Hinweise auf amerikanische Gefilde geliefert hat. Er hält ein Tablett mit Kaffee in der Hand. Ich nehme dankend einen. Als ich den ersten Schluck nehme, mustert der Mann mich skeptisch. Ich merke, wie meine Finger schwitzen. Bestimmt fliegt spätestens jetzt die ganze Lüge auf.

»Das ist unser Neuer, Kacper«, sagt Lionel, der dabei ist, mit einem Kamm seine Haare zu glätten. Der Mann, der offensichtlich Kacper heißt, nickt und wirkt zufriedengestellt.

»Freut mich, freut mich«, sagt er. »Und wo ist Herr Brandao?«

»Stefano? Da müssen sie James fragen.«

Er nickt. »Ich hab schon gedacht, sie hätten ihn durch diesen jungen Mann ersetzt.«

»Ich glaube, Stefano kann man kaum ersetzen.« Lionel beginnt, glockenhell zu lachen. Ich atme erleichtert aus. Lionel gibt sich etwas Gel in die Hände und fährt sich durch die blonden Haare und über die angedeuteten Koteletten. Er ist echt eitel. Bereits auf der Fahrt hierher hat er zwanzig Minuten lang seine Zähne untersucht und seinen Haaren mit einem seltsamen Stift Highlights gegeben. Aber immerhin ist er nett. Ich hoffe, der Rest der ›Heroes of the Prefix‹ ist auch in Ordnung. Diese Season sind einige Neue im Team.

Ich kneife mich einmal unauffällig. *Nein*, ich träume keinesfalls. Ich bin Teil von ›Heroes of the Prefix‹. *Hoffentlich bin ich ihren Ansprüchen auch gewachsen.*

»Werden wir heute noch das gesamte Team kennenlernen? Sind alle hier?«, frage ich Lionel. Lionel zählt an seinen Fingern Namen ab, von denen ich keinen zuordnen kann. »Also, nicht alle«, sagt er dann. »Aber du wirst sie mit der Zeit kennenlernen.«

»Ist denn das ganze Management hier?«

»Ach Gott, nein. Das sind sowieso überwiegend Investoren, die sich zusammengeschlossen haben. Vielleicht besuchen sie uns bei den letzten Spielen der Championships. Stefano, der Hauptaktionär von Heroes of the Prefix, organisiert uns zusammen mit James sehr solide. Der Rest ist bloß für Geldspenden, wenn du verstehst.« Lionel lacht.

Ich versuche, in das Lachen mit einzusteigen, aber verschlucke mich, weil ich gleichzeitig versuche, mit Lionel Schritt zu halten. »Also werden wir von Stefano und Farck geleitet? Wieso sind die anderen denn dann auch als Manager ausgezeichnet und nicht als bloße Investoren?« Ich frage mich, wer dieser Stefano überhaupt ist.

»Sie haben schon etwas mehr zu sagen, aber die grundlegenden Entscheidungen treffen die beiden, James und Stefano.«

Ich nicke, aber Lionel hat wohl gar nicht erwartet, dass ich auf seine Aussage reagiere, denn er beschleunigt erneut seinen Schritt. Farck wartet bereits auf uns und führt uns einen hell ausgeleuchteten Gang hinunter.

Eine kleine chinesisch aussehende Frau steht vor einem Raum und bittet uns hinein. Dort sind Schminktische aufgebaut. In die Rahmungen wurden seitlich Glühbirnen eingelassen, die wie glänzende Dracheneier aussehen. Die Frau schließt hinter uns die Tür und verneigt sich.

Ich nicke ihr kurz zu. Sie hat unfassbar viel Rouge auf den Wangen. Ansonsten sieht sie klasse aus. Eine Traumfigur. Die langen schwarzen Haare sind zu einem Knoten am Kopf gesteckt, aus dem ein gelbes Stäbchen ragt.

Farck nimmt auf einem hölzernen Stuhl Platz. Eine unregelmäßige Maserung ziert die Armlehnen. Die Tür wird erneut geöffnet und zwei schlaksige Jungen meines Alters treten ein.

Ich reibe mir die Augen, weil die beiden sich so ähnlich sehen, wie ich es erst selten erlebt habe. Beide haben sie kupferfarbenes Haar, das in raspelkurzen Strähnen aus ihrer Kopfhaut ragt. Ihre Augen sind grün, ihre Haut hat einen rötlichen Teint. Beide besitzen dasselbe Grübchen auf der linken Wangenhälfte und ihre weißen, zu groß geratenen Ohren sind so dünn, dass man meint, es handelte sich um Fettpapier. Das identische Äußere der beiden Männer wird durch die schwarzen Lederjacken und die dunklen Jeanshosen, die sie in gekonnter Lässigkeit tragen, perfektioniert.

»Keine Sorge, du siehst nicht doppelt. Das sind Samuel und Damian Theis, unsere Zwillinge«, entgegnet Yoshi, als er bemerkt, wie irritiert ich bin.

Einer von beiden kommt auf mich zu und zieht seine Stirn zusammen. Erst jetzt fällt mir auf, dass er oberhalb und unterhalb der Braue einen Einstich hat. Das dazugehörige Piercing fehlt. Er sieht nicht sehr begeistert von mir aus. Dann beginnt er, ohne Vorwarnung zu lächeln.

»So ein schöner junger Mann, wo habt ihr den denn aufgetrieben?«

Meint er das sarkastisch?

»Das ist Samuel«, flüstert mir Lionel zu.

»Nicht zu verachten«, erwidert der, der Damian sein muss, in Richtung seines Bruders und ich werde rot.

»Wo ist Stefano?«, fügt er hinzu und wendet sich mit einem fragenden Blick an Lionel. Der zuckt bloß mit den Schultern.

»Reißt euch zusammen! Samuel, geh auf deinen Platz!«, bellt Farck die beiden Zwillinge an. Er selbst sitzt an einem der Schminktische und bekommt gerade von der Stylistin das Gesicht gepudert.

»Ach so, verstehe, wieder eine Trophäe in deiner Sammlung?« Samuel kneift mit seiner Hand in meine Wange und mustert dann die Stelle, an die er gefasst hat. Als ich in einen der vielen Spiegel auf der Seite blicke, sehe ich die aufkommende Röte auf der linken Wangenhälfte und den zufriedenen, sich beinahe daran ergötzenden Blick von Samuel. Ich kann keinen Ton von mir geben. *Was ist das für ein komischer Typ? Berührungsängste kennt er wohl keine.*

»Finger weg!« Plötzlich wirkt Farck wütend. Er steht auf, wobei der Stuhl nach hinten umfällt. Die Stylistin schrickt zurück.

»Alles klar, Boss«, faucht Samuel. Damian zwinkert mir zu.

Ich stehe zwischen den Dreien und blicke zwischen ihnen hin und her. Die Zwillinge bilden die Hypotenuse unseres Dreiecks. Farck zeigt sich als erhabene Spitze. Die Situation entspannt sich langsam wieder. Damian und Samuel nehmen auf der gegenüberliegenden Seite Platz und Farck lässt sich brav weiter pudern, als wäre nichts gewesen.

Hinter den Zwillingen hängen alte Bandposter. Die Ecke von einem der Poster, das für eine längst nicht mehr populäre Popband wirbt, hängt schlaff wie ein Hundeohr hinunter. Meine Wange schmerzt. Ich gebe mir Mühe, nicht weiter zu reiben. Zum ersten Mal frage ich mich, ob ich es vielleicht bereue, in diesem Team zu sein.

Bisher lief nichts wie geplant: Der Flug war der Horror und meine Teammates sind nicht nur eigenartig, sie sind abgedreht. Doch ich entscheide mich, dass es trotzdem gut war, den Vertrag zu unterzeichnen. Das Geld überzeugt mich am meisten und vor allem, dass ich es durch das coolste Spiel der Welt verdienen werde. Da kann man auch über seine verrückten Teamkameraden hinwegsehen.

Wahre Genies sind immer ein bisschen neben der Spur. Noch dazu kommt, dass Mum mir endlich nicht mehr wegen ihrer *Arbeit* in den Ohren liegen kann. Jetzt kann auch ich mich nach der Schule zurücklehnen. Meine Schwester ist nach ihrer Arbeit nämlich immer *so* geschafft, dass sie keine Zeit mehr für Hausarbeiten findet. *Ist klar …*

Die Chinesin nimmt sich, als sie mit Farck fertig ist, auch mich vor. Farck scheint nervös zu sein, pausenlos vibriert sein schwarzes Black Berry. Es verlangt nach Antworten. Irgendwann platzt ihm der Kragen. Er packt den vibrierenden Gegenstand und wirft ihn mit Schwung gegen die Wand. Als das demolierte Telefon zu Boden fällt, gibt es einen letzten gequälten Ton von sich.

»Scheiß Teil«, flucht er. Damian wendet sich ihm zu.

»Ich gebe ein neues in Auftrag. Neue Nummer, oder?« Er lacht. Samuel beginnt ebenfalls zu lachen, doch Yoshi verkneift es sich. Lionel ist der einzige, der sich schockierten Blickes in Bewegung setzt, ein paar Teile vom Display aufsammelt und das gesamte Telefon, wie bei einem Totenmarsch, zum Mülleimer bringt.

»Ja, sag denen, ich brauche etwas Kompliziertes. Diese langweiligen Nummern öden mich an und die ständigen Anrufe nerven zum Himmel!« Farck setzt sich auf einen separaten Sessel an der Wand und schlägt die Beine übereinander. Dabei legt er seinen Kopf schief und sieht mich an.

»Langweilige Nummer?«, frage ich ahnungslos und versuche dabei, Farcks Blick auszuweichen. *Vergebens.*

»Seine letzte hatte die Ziffern 01211111111«, sagt Yoshi. »Viele rufen diese Nummern an, um Telefonscherze zu machen.«

»Wie kriegt man sowas?«, forsche ich weiter, denn ich hoffe, den komplizierten Zahlencode, den mir ein Verkäufer verpasst hat, loszuwerden.

»Das kostet«, erwidert Yoshi.

Lionel fährt sich durch die blonden Strähnen. »Wir haben's ja.«

»Wir noch nicht«, entgegnet Damian.

»Auch das erste Mal dabei?«, frage ich interessiert. Die Namen der beiden kommen mir nicht bekannt vor und auch an Zwillinge im Team erinnere ich mich nicht.

»Ja, zumindest ich. Mein Bruder war die letzte Season schon gecastet, aber ihn hat's kurz vorher erwischt«, erzählt er weiter.

»Krankheit?«, frage ich neugierig.

»Kann man so nennen«, entgegnet Damian und ich merke ihm an, dass er nicht gerne über dieses Thema reden will.

»Sei still, Damian!«, fauchen Samuel und Farck gleichzeitig.

»Ja, kein Stress«, beschwichtigt er die beiden.

Ich nippe am Rest meines bereits erkalteten Kaffees. Als ich das wässrig-krümlige Getränk hinunterschlucke, fühlt es sich an, als hätte ich versucht, ein zu großes Kuchenstück in meinen Magen zu quetschen. Ich beschließe, den Rest des Kaffees für einen Mülleimer zu verwahren. Farck ist inzwischen aufgestanden, tauscht einen Blick mit Samuel und bedeutet mir, dass ich ihm folgen soll. Wir verlassen den Raum durch eine seitlich eingelassene Tür und betreten eine Bühne, die direkt dahinter liegt. Der Vorhang ist zugezogen und schirmt uns damit von der Welt dahinter ab. Die einzelnen Spielerplätze sind mit roten und grünen Laserstrahlen voneinander abgetrennt. Wie Gitterstäbe fallen sie von der Decke auf den Boden. Die Sitze sind überzogen mit schwarzem Leder, ebenso tiefschwarz wie der Tisch, auf dem die Bildschirme stehen. LED-Leisten umrahmen den Tisch und wechseln unentwegt die Farbe.

Ich stelle meinen Kaffeerest vor einen der aufgebauten Bildschirme der Marke ›MitsuMotoGear‹. Die sind wirklich fantastisch, was die Herstellung von Gaming PCs angeht. Farck bewegt sich währenddessen auf einen Mann zu, der neben seinen Krücken an der Wand lehnt. Bis jetzt habe ich ihn gar nicht bemerkt. Er trägt einen roten Strickpullover, kombiniert mit einer dunklen Cordhose, und schaut interessiert zu mir.

»Warum gehst du nicht ran?«, richtet er sich an Farck, während er immer noch mich fixiert und von oben bis unten mustert.

»Ich kann nicht ständig ans Telefon, Brian …« Sie sprechen auf Englisch miteinander. Ich meine, bei ihm einen amerikanischen Akzent herauszuhören. Der Fremde schaut etwas verletzt, dann klärt sich sein Blick wieder und er lächelt.

»Ich wollte dich nicht nerven, sondern eigentlich nur fragen, was für eine Neuigkeit du mir mitteilen wolltest. Ich hab die Mail erst nach dem Flug lesen können. Geht es wieder um deine Bedenken? Mach dir nicht zu viele, dafür ist das Leben zu kurz.«

»Nicht jetzt«, knurrt Farck und räuspert sich.

»Klar, sorry. Wie leben sich denn die Neuen ein?«, fragt der Fremde und Farcks Lippen kräuseln sich zu einem schwachen Lächeln.

»Die Neuen übertreiben mal wieder maßlos. Brandao meinte, du hättest die Korrespondenten überzeugt?«

»Ja, keine leichte Sache.« Er lacht. »Und mit Übertreiben kannst du nur die Zwillinge meinen, oder? Tja Brüderchen, mit denen musst du dich jetzt abfinden. Ich wusste gar nicht, dass du Sam böse sein kannst. Wenigstens sind es zwei Männer mit guten Werten.« Er streckt Farck die Zunge raus.

»Du findest Sams und Dams Werte gut? Du überraschst mich immer wieder«, sagt Farck und verzieht seine Mundwinkel.

»Gleicher Glaube, gleiche Werte, gute Werte«, erwidert der Fremde und sein Lachen wird noch breiter.

»Du weißt, ich bin kein Fan davon, dass du die Seiten gewechselt hast.«

Mit einem Mal wirkt die vorher noch so lockere Stimmung angespannt. Ich tippe darauf, dass es die Vergangenheit ist, die dafür verantwortlich ist, und wende meinen Blick ab. Es ist ein ebenso unangenehmer Moment, wie wenn man an der Kasse steht und jemand gut sichtbar seinen PIN-Code eingibt. Man sollte nicht hinschauen. Und eigentlich will man auch nicht.

»Seitenwechsel klingt sehr hart, Bruder. Ich kann dich demnächst gerne mitnehmen und dir zeigen, weswegen ich mich dort wohlfühle.«

»Vielen Dank, aber ich bleibe mir treu.«

Ich sehe im Augenwinkel, wie der Fremde mit den Schultern zuckt und seinen Blick wieder mir widmet. »Und wer ist das?

Auch ein Neuer?« Ein weiterer skeptischer Blick fährt an meinem Körper entlang. Ich reibe mir schüchtern über meinen Nacken.

»Ja, das ist TamBear, hab dir von ihm erzählt, erinnerst du dich?«

»Ach, das ist unser neuer Supp, mit der außergewöhnlichen ...?«

»Ja.«

»Verstehe, verstehe.« Mit Supp meint er Supporter. »Dann spielt er also auch gleich?«

Ich fühle mich fehl am Platz. Sie reden über mich, als wäre ich nicht da, als wäre ich Luft.

»Ja, Sam und Damian auch.«

»Gute Idee? Die beiden Zwillinge zusammen? Oh, Achtung, du hast da eine Spinne.« Der Mann lehnt sich zu Farck und pflückt geschickt das winzige Insekt von seinem Anzug, um es zwei Schritte weiter hinter einer Holzverkleidung freizulassen.

Farck streicht seine Krawatte glatt. »Wird schon schief gehen mit den beiden. Die Sponsoren kriegen wir auf alle Fälle.«

»Sponsoren? MitsuMotoGear soll uns sponsern?«, frage ich entgeistert.

›MitsuMotoGear‹ ist eine der größten und berühmtesten Computerfirmen weltweit. Und denjenigen, den sie sponsern, der bekommt *alles*. Computer, Mousepads, Mouses, Profitastaturen mit LED's und Headsets.

»Ja, und du musst sie uns einbringen«, lacht der vermeintliche Bruder von Farck.

Sie sehen sich kein Stück ähnlich. Diese Version von Farck hat strähniges, langes Haar, das an seiner Stirn klebt. Seine Augen sind traurig, viel zu weit in den tiefen Höhlen, und seine Statur stämmig, geradezu rundlich.

»Entschuldige, dass wir über dich hinweg geredet haben. Ich bin Brian Farck, James' Bruder.« Er hat ins Deutsche gewechselt. Man könnte meinen, er besäße zwei Muttersprachen. Auch Deutsch spricht er fließend und sogar aktzentfrei.

»Freut mich, Herr Farck«, sage ich und strecke ihm die Hand entgegen.

»Wie lange bist du schon dabei?«

»Um ehrlich zu sein, seit heute Morgen.« Ich werde rot. Brian lacht erst, dann, als Farck sich den aufgebauten Rechnern widmet, versteift sich seine Miene und er kneift seine Augen zu Schlitzen.

»Wer hat uns vorher gesponsert?«

»Wie bitte?« Ich überlege. *Meint er das ernst? Was soll die Frage?* Keine Ahnung, wer sie vorher gesponsert hat. *Was interessiert mich ihr Sponsor?* »Ich weiß nicht, ich ...«

»Hast du dich vorher überhaupt über unser Team informiert? Hat er mit dir kein Einstellungsgespräch geführt?« Brian zieht seine Augenbraue nach oben. Er sieht fordernd aus, wütend.

»Ich ... ähm ...«

Brian nimmt meine Hand – die ich ihm immer noch entgegengestreckt halte – und beugt sich in meine Richtung. Leise und deutlich flüstert er mir ins Ohr: »Du glaubst doch nicht ehrlich, dass du damit durchkommst.« Sein Händedruck wird fester. Ich versuche, meine Hand wegzuziehen. Keine Chance.

So, wie er mich jetzt anschaut, weiß ich, dass er nicht meine Unkenntnisse über ›Heroes of the Prefix‹ meinen kann.

»Was tuschelt ihr denn da?«, fragt Farck, während er die Rechner inspiziert.

»Ich hab mit ihm über den Wechsel unserer Sponsoren diskutiert. Hier hast du jemanden, der sich gut über unser Team und unsere Sponsoren informiert hat.« Brian starrt mich an und packt meine Schulter. Dabei drückt er seine Fingerkuppen in meinen Anzug. Ich bin vollkommen versteift.

»Kommt lieber her!«

Farck fährt die Computer hoch. Im Türrahmen taucht ein dicker Asiate auf.

Brian lässt mich los und nimmt die Krücken von der Wand. Er humpelt zu ihm. Sie beginnen, sich auf Chinesisch miteinander zu unterhalten. *Was sie sagen? Keine Ahnung.* Aber was ich weiß, ist: Brian macht mir Angst. Ich muss besser aufpassen. Ich muss aufpassen, dass er nicht mehr in meine Nähe kommt. *Ahnt er es? Weiß er es?* Ich hoffe nicht. Sonst hätte es Farck nämlich bestimmt direkt erzählt.

»Was ist mit ihm passiert? Warum humpelt er?«, frage ich Farck.

Er zögert. »Autounfall«, antwortet er dann und weist mir einen Platz zu.

Als ich mich setzen will, hält er mich zurück. »Wegen eben … Ich verstehe deine Flugangst. Tut mir leid, dass ich so grob war.«

»Schon vergessen.«

»Danke.« Farck verzieht seine Mundwinkel zu einem schwachen Lächeln, wendet seinen Blick kurz ab, um dann den meinen wieder einzufangen. »Darf ich dich etwas fragen, Tibor?«

»Ja«, sage ich und merke, wie die Nervosität in mir wieder anschwillt.

»Warum nennst du dich ingame TamBear? Wäre TiBear oder TibBear nicht logischer?«

»Ich … das ist, weil …« *Scheiße.* »Also das T steht für Tibor, das a für always und das m für mine.«

»Tibor ist immer meins?« Farck zieht seine Augenbrauen beinah bis zum Haaransatz.

»Ja, ich werde bis zu meinem Tod Tibor heißen. Der Name begleitet mich, egal was passieren wird.« Ich beobachte Farcks Gesicht. Ein Mundwinkel zuckt belustigt nach oben, aber er scheint mit der Antwort zufriedengestellt. Er nickt kaum merklich, während er seine Lippen schürzt. »Darf ich dich jetzt auch etwas fragen?«, erkundige ich mich.

»Nur zu.« Farck verschränkt die Arme.

»Was meinte Brian eben mit den Bedenken, die du dir machst?« Ich weiß nicht mal, ob ich ihm überhaupt Fragen stellen sollte, immerhin ist er mein *Vorgesetzter.* Doch in dieser Situation scheint mir meine Neugier erstmals weniger unangebracht als sonst.

»Ich habe manchmal Sorge, dass ich nicht in diese Branche passe. Ich wollte schon oft aussteigen.«

Mit dieser Ehrlichkeit hätte ich nicht gerechnet. *Fuck, was sage ich denn jetzt?* Schweigen? Ignorieren? Das Gespräch ganz und gar umlenken? Ich entscheide mich dazu, den Vollprofi zu motivieren.

»Aber du bist doch der Beste«, quietsche ich.

»Nicht mehr«, entgegnet er und zwinkert mir zu.

»Hallo und ein herzliches Willkommen zu unserem Promotiongame, in der 8. Season Prefix of Death. Für das heutige Spiel hat MitsuMotoGear nicht gezögert und uns den brandheißen TonicCurver300i zur Verfügung gestellt. Es handelt sich um ein galvanisiertes Stahlgehäuse mit eingebauten LED's für ein perfektes und individualisiertes Spielerlebnis Zuhause. In diesem Gehäuse ist der neuste Intelcore Prozessor verbaut sowie die topaktuelle NVIDIAGrafikkarte, die erst seit drei Tagen im Handel erhältlich ist. Dazu kommen 32 GB RAM. Aber sie werden heute nicht nur den TonicCurver300i bestaunen können, sondern auch die einzigartigen Heroes of the Prefix mit ihren neuen Teammitgliedern. Sie spielen gegen die Newcomer dieser Championships, DangerousePrefer, die extra für uns aus New York angereist sind. Die Gewinner dieses Matches bekommen die volle Unterstützung von MitsuMotoGear für die kommenden finalen Championshipspiele. Und jetzt schalte ich rüber zu Lucas und Smiet, die uns das Spiel über begleiten werden. Viel Spaß!«

Die Wörter der elektronischen Stimme hallen in meinem Kopf nach. Sie werden mir über ein Headset übersetzt.

In echt steht irgendwo auf der anderen Seite des Vorhangs ein Mann mit Mikrofon und brüllt sie auf Chinesisch, dann auf Koreanisch und am Ende auf Japanisch in das Metallgerät hinein. Der Klang dieser Sprachen erinnert mich an die Animeserien, die ich seit meinen Kindertagen liebe. Manche Animes gibt es nämlich nur im Original, sodass ich sie mir mit englischen Untertiteln anschauen muss. Irgendwann kann man einige Wörter oder Wortfetzen, aber ich werde niemals das gesamte Ausmaß der asiatischen Sprachen erlernen können. Wenigstens habe ich sie unterscheiden gelernt.

Ein Teil des Vorhangs wird in die Höhe gezogen. Eine rechts von uns befindliche Nebenbühne kommt zum Vorschein. Wir, die Spieler, sind immer noch verdeckt.

»Hallo Lucas!«, ruft ein Mann, der auf der Nebenbühne vor den applaudierenden Fans sitzt.

»Hallo Smiet. Das wird heute ein aufregendes Match zwischen erstklassigen Teams der e-gaming Branche, hab ich recht?« Lucas und Smiet sind zwei amerikanische Moderatoren, die die wichtigsten und interessantesten Matches der Prefix-Community kommentierend begleiten.

»Oh ja, das hast du!«, ruft Smiet und die Menge tobt.

»Wir befinden uns gerade in Warschau und werden gleich Zeuge davon, wen MitsuMotoGear für die Championships übernehmen wird.«

»Los geht's«, flüstert Farck mehr zu sich selbst und rückt sich die Krawatte gerade. Dann schaut er zu mir und zwinkert, bevor er durch eine Tür von der Bühne verschwindet.

Ich muss gewinnen, sonst bekommt niemand von uns den Sponsor. Das Licht wird gedimmt. Ich höre Rufe und Applaus hinter dem Vorhang anschwellen. Immer wieder mischen sich die Stimmen der Moderatoren darunter. Meine Fingerspitzen trommeln nervös neben der Tastatur den Rhythmus eines Kinderliedes. Ich atme scharf aus und versuche, mich zu konzentrieren. Damian sitzt neben mir und nickt mir aufmunternd zu. Dann bannt er seinen Blick auf den Monitor.

»Scheiße nochmal!«, fluche ich und zucke zusammen. Jemand hat mich an den Schultern gepackt. Ich wende mich mit einem Schwung um. Doch niemand ist zu sehen. Als ich mich mit meinem Stuhl zurückdrehe, sehe ich in Zeitlupe, wie sich braune Flüssigkeit auf meiner Tastatur ausbreitet.

Oh nein! Hab ich den verdammten Kaffeebecher mit meinem Arm erwischt? Fuck!

»Verdammte Scheiße!« Mit den Ärmeln des Anzugs versuche ich, alles aufzuwischen, aber ein Großteil ist bereits in den Ritzen der viereckigen Tastenfelder verschwunden.

Ich wende mich erneut um, kann aus dem Augenwinkel Brian sehen, wie er hinter einer Tür verschwindet. *War er das? Oder ist Farck noch einmal zurückgekommen?*

Der Vorhang wird in die Höhe gezogen. Hunderte, nein, Tausende sind gekommen, um sich das Spiel zwischen ›Heroes of the Prefix‹ und ›DangerousePrefer‹ anzusehen. Es ist eine brodelnde Masse aus Geräuschen und Gerüchen, die sich knapp hinter der Bühne auftut. Eine Schwenkkamera huscht durch den riesenhaften Raum. Hinter uns fährt von der Decke ein gewaltiger Bildschirm nach unten. Auf ihm wechseln die Portraits von Prefixcharakteren und Spontanaufnahmen früherer

Prefix-Matches. Als er am Boden angekommen ist, zeigt er die tobenden Massen mit ihren aufgeblasenen Klatschstäben.

Wir spielen heute in neuer Formation. Hinter einer Sichtbarriere befinden sich vermutlich unsere Gegner. Ich kenne DangerousePrefer. Ihr Kürzel ist *Danger*. Myc schwört, dass er in einem Regulargame auf einen von ihnen gestoßen ist. Höchst unwahrscheinlich, dass er mit einem von ihnen gematched wurde. Doch ich hab mir meinen Sarkasmus über diese Behauptung gespart. Wer weiß, die Profispieler sind halt auch nur Spieler, die nach dem Training ihre Hobbys verfolgen. Und ihre Hobbys sind zocken, und zwar Prefix. Da kann es schon mal vorkommen, dass man als professioneller Spieler mit fremden Teammates eine echte Pechsträhne erlebt und dadurch bloß im Crystalrang Mitspieler findet.

Die Software startet und ›Prefix‹ gleich mit. Ich bete, dass die Tastatur funktioniert. Bei der Championauswahl kann und muss alles mit der Mouse gesteuert werden. Erst im Spiel wird die Tastatur essenziell wichtig. Doch noch kann ich nicht testen, ob die Tastenfelder Schaden genommen haben. Wir kommen in die Anfangsarea. Ich versuche, meine Fähigkeiten zu verwenden. Doch die Tastatur streikt. Ich versuche, ingame zu laufen, doch TumbleBear bewegt sich keinen Millimeter.

Das heißt, ich muss alles auf die Mouse umstellen. Ich gehe in die Optionen und lege alle Fähigkeiten auf die kleinen Tasten an der Gamermouse. Laufen muss ich durch Klicken auf die Karte und ein paar Features werde ich nicht einsetzen können. Ich habe so noch nie gespielt und dementsprechend Angst.

>Die Skeletons kommen<, erscheint in Großbuchstaben auf dem Desktop. Jetzt muss ich mich beeilen. Der erste Skeletonspawn bewegt sich auf die drei Lanes. Die kleinen computergesteuerten Skelette tragen schweres Geschütz mit sich, mit dem sie die gegnerischen Champions angreifen können. Ich gehe auf die Botlane. Mein ADC Samuel steht bereits im unsichtbaren Teil der Karte und wartet darauf, die Gegner zu überraschen. Ich stelle mich zu ihm, denn als Supporter muss ich ihn im Jungle beschützen. Er spielt ScratchingFerret. Mit den Fähigkeiten von dem Frettchen mit der Augenklappe und dem Holzbein kenne ich mich zum Glück gut aus.

»Tibor, du weißt, was zu tun ist?«, fragt mich Samuel über das Headset. Ich antworte: »Klar!« und wandere in Seelenruhe aus dem unsichtbaren Bereich auf unsere Gegner zu. Sie halten mich für leichte Beute. DeadDog zieht mich mit seiner Zombiefaden-Fähigkeit an sich heran. Er verlängert seinen Körper in Sekunden zum Dreifachen seiner eigentlichen Größe und erhascht seine Beute durch einen gekonnten Biss.

Ich lasse es mit mir machen. Die Gegner prügeln auf mich ein. Ich mache ihnen wenig Schaden, aber sie mir auch, denn ich habe mir zu Beginn viele Items gekauft, die meine Verteidigung erhöhen.

Samuel kommt aus dem Jungle und rast auf DeadDog zu. Der ADC der Gegner, MuscleRhino, ist bereits abgehauen.

»Euer Team hat die erste Tötung«, ertönt es von der mechanischen Frauenstimme aus dem Prefixuniversum.

»Gut gemacht!«, lobt Damian seinen Bruder und ich stimme ihm nickend zu, obgleich es niemand sieht. Plötzlich kommt der ADC der Gegner aus einem Busch. Er hat sich versteckt, gewartet, bis wir uns sicher genug fühlen und uns DeadDog, den Lockvogel, schnappen. Im Grunde haben sie dieselbe Taktik wie wir, mit dem Unterschied, dass unser Team das stärkere ist. Ich lächle, weil ich eine Fähigkeit habe, die MuscleRhino verlangsamen wird. *Zäher Honig* heißt die Attacke, bei der TumbleBear seinen Honigtopf vor das Zielobjekt kippt, sodass dieses darin gefangen wird. Ich drücke auf die Taste an der Tastatur, drücke wieder und wieder. *Scheiße, stimmt ja, die Tastatur funktioniert nicht.* BUMM – der Gehirnfrost setzt ein. Ich sehe das Spiel in Zeitlupe vor mir ablaufen. Ich versuche, mit den kleinen Tasten an der Mouse meine Fähigkeit auszulösen, immerhin habe ich dafür genügend Zeit. Doch ich wähle zuerst die falsche Fähigkeit aus. Jetzt habe ich zu wenig Mana* für die richtige.

»Scheiße, scheiße, scheiße!«, brülle ich. Dröhnender Kopfschmerz breitet sich aus. Das Mana füllt sich zu langsam. Eine Variable, die ich nicht mit meinem Gehirnfrost beeinflussen kann.

Samuel ruft: »Tib, dein Einsatz!«, doch es nützt nichts mehr. MuscleRhino erwischt uns beide mit seiner Wutfähigkeit und wir werden am Rand als tot aufgelistet. Diesmal konnte mich mein Gehirnfrost nicht retten. *Das ist noch nie vorgekommen, obgleich er vor einigen Monaten nicht so lange angedauert hat wie seit den letzten Wochen.* Zuvor war er eher dieses kleine Fünkchen, nicht länger als eine Sekunde. Zu dieser Zeit litt ich an extremen Migräneanfällen, die in kurzen Schüben über meine Schläfen jagten.

Noch 14 Sekunden, bis wir wieder in das Spiel einsteigen dürfen, und dann müssen wir noch den ganzen Weg runter auf die Botlane laufen. In der Zeit hat MuscleRhino unseren Tower alle Male zerstört. Samuel nimmt sein Headset vom Kopf und wirft es gegen den Desktop. Ich versinke vor Scham im Boden.

Die elektronische Stimme macht uns klar, dass unser Tower nur noch 30 Prozent Energie hat. Ich will wegschauen, aber dann steht auf dem Bildschirm: >Euer Team hat einen Gegner getötet< und das Bild von Lionels LazyCrow erscheint im goldenen Rahmen.

»Geil«, rufe ich ins Headset.

»Das ändert nichts an deinem Fehler, Tibor«, faucht Lionel mir zu. Es macht mir Angst, den sonst so freundlichen Lionel wütend zu erleben.

Samuel ist wiederbelebt und kurz darauf auch ich. Wir spielen noch als Team, aber wahrscheinlich erst einmal nicht als Freunde.

»Zwycięzcy są Heroes of the Prefix«, ruft der chinesische Mann auf polnisch in sein Mikrofon. Es bedeutet so viel wie: ›Heroes of the Prefix‹ sind die heutigen Gewinner. Zumindest übersetzt uns das der Dolmetscher über unser Headset.

Ich bin erleichtert, habe aber auch Schiss, was jetzt auf mich zukommt. Im Laufe des Spiels habe ich noch einen gravierenden Fehler gemacht, weil die scheiß-Steuerung nicht wollte. Ich habe mich nicht rechtzeitig im Jungle verstecken können und so die Gegner zu mir und Lionel gelockt. *Shit!*

Die Menschen applaudieren, der Vorhang geht nach unten. Samuel steht auf und stößt dabei seinen Drehstuhl nach hinten.

»Verdammt nochmal, was bist du für ein grottenschlechter Spieler?«, faucht er.

Sobald der schwere blaue Saum den Bühnenboden berührt hat, stürmt Farck durch eine Tür auf uns zu.

»Dasselbe kann ich dich fragen, Sam!«, ruft er.

»Was, wieso mich?« Samuel fährt verwirrt umher und fixiert dann den knallroten James Farck.

»Du wusstest, dass seine Tastatur den Geist aufgegeben hat, nachdem du seinen Kaffee umgestoßen hattest!«

Entgeistert schaue ich Samuel an. *Er hat den Kaffee umgekippt und nicht ich?*

»Ich habe mir die Wiederholung von den Spielvorbereitungen angesehen, nachdem Tibor diesen Fehler gemacht und zu Beginn alles auf seine Mouse umgestellt hat. Ich ahnte, dass etwas nicht stimmen kann. Du bist draußen, Sam. Hast du gehört?«

Samuel nimmt das Headset vom Tisch und wirft es in Farcks Richtung. Der fängt es gekonnt auf und starrt Samuel mit bebenden Nasenlöchern an.

»Ihr seid alles Idioten! Auf dein und Stefanos Spielchen kann ich gut verzichten! Noch nicht einmal *ein* Training macht ihr mit ihm, bevor ihr ihn spielen lasst. Warum? Ist er etwa etwas Besseres als wir, die du tagtäglich bis zum Umfallen trainieren lässt? Immer müssen wir überall hin mitziehen. Glück gehabt, dass Dan und ich aus Regensburg kommen, sonst hätten wir wieder Stunden unseres Lebens in dem furchtbaren Tourbus ausharren müssen, während du um die Welt jettest.«

»Ich habe dir eine zweite Chance gegeben nach deinem Rückfall. Ich habe alles dafür getan, dass du dich integrierst, habe sogar deinen Bruder auf deinen Wunsch hin ins Team gelassen und so dankst du mir?« Mit einem Knacken zerdrückt Farck das Headset. Plastikpartikel fallen klirrend zu Boden.

Damian steht auf und packt seinen Bruder. Samuel wehrt sich nicht gegen seinen Griff. Im Gegenteil, es sieht aus, als sei er dankbar, dass Damian sich seiner annimmt. Er versackt in dem Griff seines Bruders. Man könnte meinen, sie würden sich umarmen. Doch dann beginnt Damian, Samuel zu schütteln. Er reißt ihm mit seinen Fingerspitzen ein Auge auf. *Was macht er da?* Damian inspiziert die Regenbogenhaut, als wäre es Kaffeesatz und beinhaltete Informationen.

»Er hat es wieder getan«, ruft Damian und ich merke ihm an, dass er den Tränen nahe ist.

»Wann?«, bellt Farck.

»Das kann dir doch egal sein! «, meldet sich Samuel zu Wort. »Dir ist alles egal, was ich tue!«

»Ist es mir nicht! Du gehörst zum Team!«

»Team?« Der Sarkasmus in Samuels Stimme ist nicht zu überhören. Zu allem Überfluss spuckt er auf den Boden.

»Weis ihn ein, Damian, alleine wird er es nicht schaffen«, sagt Lionel, der jetzt hilft, Samuel festzuhalten. Farck wendet sich enttäuscht ab.

»Drogen«, wird es mir schlagartig klar. Deswegen konnte er die letzte Season nicht mehr mitspielen. Er ist süchtig. *Aber warum hat er den Kaffeebecher über meine Tastatur gestoßen?*

Farck kommt zu mir, wirft das demolierte Headset in eine Ecke und beugt sich über mich. »Entschuldige, normalerweise passiert so etwas nicht.« Entnervt streicht er seine schwarzen Strähnen glatt. Erst jetzt sehe ich, dass sie rötlich schimmern.

»Ist nicht schlimm«, sage ich und starre auf Samuel, der von einem Security Mann abgeführt wird. Dabei ruft er immer noch James' Namen und reißt an dem dicken Jackenstoff, der die bulligen Arme der Sicherheitskraft kleidet. Ein zweiter Sicherheitsbeamter kommt und schirmt das Spektakel von uns ab.

Lionel zieht Luft durch seine Nase ein und stößt sie mit einem ungläubigen Kopfschütteln wieder aus. »So eine Scheiße!«, flucht er und verschwindet hinter der Security. Damian folgt ihm. Farck wendet sich erneut an mich.

»Du hast gut gespielt, dafür, dass du nur die Mouse hattest.« Farck lacht gekünstelt und lehnt sich an den Tisch, auf dem die Rechner stehen. Er holt aus seiner Hosentasche eine Klammer mit Geldscheinen. Ein paar davon blättert er auf und zählt eintausend Euro ab.

Wie viel Geld trägt er mit sich herum? Mit großen Augen schaue ich das zusammengeheftete Päckchen an.

»Das ist das Preisgeld. Keine Sorge, so viel Geld habe ich nicht immer bei mir.« Er drückt mir die abgezählte Summe in die Hand. »Das ist dein Anteil am Sieg.«

»Danke«, sage ich. Ich bin immer noch vollkommen verwirrt.

7

Die Rückfahrt verlief ohne Probleme. Selbst der Flug war nicht mehr so schlimm wie auf dem Hinweg. Gut, ich gebe zu, ich musste mich zweimal auf der Bordtoilette übergeben. Yoshi hatte die komplizierte Aufgabe, mich wieder vom Klo runterzuholen und dabei meinen depressiven *Wir werden alle sterben*-Trip zu beenden.

Farck war während des ganzen Fluges sehr schweigsam. Irgendetwas schien ihn zu beschäftigen. Vielleicht überlegte er, ob er jetzt, nach dem Zwischenfall mit Sam, noch ein neues Teammitglied braucht. Aber auch 13 Teammitglieder anstelle von 14 dürften genug sein. Acht Auswechselspieler werden selten benötigt. Klar, je mehr Spieler man hat, desto mehr unterschiedliche Talente und Fähigkeiten gibt es. Aber sowieso steht noch gar nicht fest, ob Samuel endgültig aus dem Team ist.

Farck hat die ganze Zeit über die Zeitung vom Hinflug weitergelesen. Nachdem ich meinen Magen entleert hatte, habe ich von der Seite einige Artikel überflogen. Eine Frau hat den größten Kürbis der Welt im Winter gezüchtet, der Diyu Mörder hat wieder eine Frau ermordet und das transatlantische Handelsabkommen ist immer noch nicht abgeschlossen. Also nicht viel Neues auf der Welt.

Farck setzt Yoshi und Lionel an einem teuren Hotel in der Nähe von Nürnberg ab und fährt mich dann nach Hause. Wir reden keinen Ton miteinander. Die leisen Geräusche aus dem Radio sind das einzige, was die Stille im Auto bricht. Ab und an, wenn Farck an einer Ampel hält, schaut er mich an. Das sehe ich zwar nicht direkt, weil ich meinen Blick bewusst nicht vom rechten Fenster wegrichte, aber ich kann es spüren. Ein Schauer erfasst meinen Körper.

Als wir endlich vor meinem Haus halten, lehnt Farck sich zu mir, während er den Motor abstellt. »Tib?«

»Hmh?«

»Ich hoffe, ich habe mich richtig entschieden.«

»Was meinst du?«

Er antwortet nicht. Ich steige aus und gehe ohne ein Wort des Abschieds. *Was meint er bloß damit?* Vielleicht überlegt er, ob es gut war, mich zu engagieren, weil Samuel meinen Kaffee umgestoßen hat und deswegen alles aus dem Ruder lief. Ich fühle mich schuldig, will Farcks Blicke suchen, um meinen Verdacht zu widerlegen, doch er hat sich bereits wieder in den Verkehr eingegliedert. Das Letzte, was ich sehe, sind die rot leuchtenden Rücklichter des Wagens, wie sie um die nächste Straßenecke verschwinden.

Ich atme tief aus und krame den Hausschlüssel aus meiner Tasche. Dad steht im Flur, über eine Akte gebeugt und studiert deren Inhalt. Der Geruch seines Aftershaves schlägt mir ins Gesicht und gibt mir augenblicklich das Gefühl von Heimat.

»Dad? Können wir vielleicht kurz reden?« Ich schaue ihn erwartungsvoll an.

Er hat eine Erklärung verdient. Dad würde mich niemals zur Rechenschaft ziehen, dafür bin ich ihm mehr als dankbar. Dennoch weiß ich, dass er sich eine genaue Erläuterung der vergangenen Vorkommnisse von mir wünscht. Vor allem aber kann ich mir nicht sicher sein, was Mum ihm erzählt, wenn ich mich schweigend in mein Zimmer begebe. Ich will nicht, dass er die ganze Sache in den falschen Hals bekommt. Er zieht seine Brille ab, reibt sich die geröteten Augen und wendet seinen Blick zu mir. Dann nickt er.

»Worüber denn?«, tönt es aus der Küche und ich sehe Mum vor beschmutzten Knethaken stehen. Sie füllt eine zähe Masse in eine Kuchenform. *Um die Uhrzeit …*

»Ich will mit Dad alleine reden, wenn das okay ist.«

Mum hält inne und legt die teigbeschmierte Schüssel in das Spülbecken. Mehr kommt von ihrer Seite nicht als Reaktion.

»Bitte, Mum«, beteure ich.

Sie krallt sich an der Edelstahlablage fest und kneift die Augen zusammen. »Worüber denn?«, fragt sie erneut.

»Worüber wohl«, zische ich ihr zu und zeige auf mich.

Mum scheint verstanden zu haben und verlässt die Küche. Sie geht an uns vorbei – dabei tätschelt sie einmal Dads Oberarm – und verschwindet über die Treppe nach oben.

»Was ist eigentlich los, Tibor?«, fragt Dad.

Ich ziehe ihn in die Küche und schließe die Tür hinter uns. »Dad, hör mir zu. Ich bin in einer Phase meines Lebens, in der vieles nicht einfach ist. Ihr Erwachsenen nennt es Pubertät und ich nenne es Identitätshölle.« Ich versuche bewusst, pädagogische Stilelemente einzubauen. Dad hat von unserer Kindheit nicht viel mitbekommen. In Erziehungsfragen wurde immer Mum angesprochen. Dad hat dafür versucht, uns mit materialistischen Dingen zu verwöhnen und auf anderen Wegen die verlorene Zeit nachzuholen. »Es ist so, dass ich mich neu entdecken möchte. Das hat nichts mit meiner neuen Arbeitsgelegenheit zu tun, sondern viel mehr mit mir als Person. Du weißt, meine Interessen gingen immer schon hin zu männlichen Spielen und nicht zu den typischen Frauenaktivitäten.«

Dad nickt. »Das mit deiner Frisur und dem Outfit ist ja in Ordnung, aber deinen Namen ändern? Wozu?«

»Es ist nur eine Phase, Dad. Ich muss versuchen, mich jetzt zu finden. Es gibt nur diese eine Chance!« Langsam fange ich an, mir meine eigenen Lügen zu glauben.

Dad stöhnt und fährt sich durch seine aschblonden Haare, deren graue Strähnen sein Alter erahnen lassen. »Ich vertraue dir, Tibor.«

Schäme ich mich, als ich ihm zunicke? Nein, ich bin irgendwo stolz, dass Mum und Dad mich langsam, aber sicher zu tolerieren beginnen. Sie tolerieren nun den, der ich sein möchte, wer immer das auch ist.

Als ich zu Bett gehe, rekapituliere ich den Tag. Ich denke an den seltsamen Brian und an Samuel, wie er versucht hat, mich zu manipulieren. Ich habe Angst, dass jemand ahnt, wer ich wirklich bin. *Weiß Brian es?* Ich schüttle den Kopf. Er hätte es Farck doch sofort gesagt. *Oder will er mich irgendwann damit erpressen?* Nein, nein, *oder doch?*

Sein Blick geht mir nicht mehr aus dem Kopf. Womöglich ging es ihm aber doch nur darum, dass ich mich besser über HothP hätte informieren sollen. *Oder?*

»Wer weiß«, tönt es von meinem Schlafzimmerfenster.

»Wie bitte? Mum?«

»Nein.«

Ich setze mich auf. »Myc, das ist nicht komisch!«

Zaghaft gehe ich zu dem Fenster hinüber und streiche die Vorhänge beiseite. Nichts ist zu sehen – bis auf den knöchrigen Baum, dessen Äste durch die Straßenlaterne angeleuchtet werden und so in einem schmutzigen Braun aus dem dunklen Grau der Nacht herausstechen. Eine Katze kreischt auf der gegenüberliegenden Straßenseite.

»Hast du etwa mit mir gesprochen?«, frage ich sie mit einem Grinsen und streiche über die Scheibe.

Für einen Moment beobachte ich die menschenleere Fahrbahn und das weiße Kätzchen, dann wende ich mich wieder ab und lege mich zurück in mein Bett, wo sich meine quälenden Gedanken im Schlaf in fantastische, traumhafte Bilder verwandeln. Irgendwann, ich weiß nicht genau wann, mischt sich Farcks Gesicht in meine Träume.

Der neue Morgen beginnt mit Motivation. Ich habe beschlossen, dass ich selbst, wenn jemand merkt, dass ich eine Frau bin, genug Geld haben werde, um selbstständig aus dem Team auszusteigen. Dann würde mir Farcks strafender Blick erspart bleiben – und meinen Profit kann mir dann auch niemand mehr nehmen. *Und Brian?* Wenn er Probleme macht, wird es dann an der Zeit sein, sie zu lösen, nicht jetzt, wo ich noch nicht einmal weiß, was er zu wissen glaubt.

Mum erwartet mich schon mit Dad in der Küche. Er sitzt am runden Küchentisch, sie steht hinter ihm und hat ihre Hand auf seine Schulter gelegt. Mum erinnert mich an eine Puppenspielerin, die ihre unselbstständige Marionette vor sich positioniert hat. Es wirkt, als könne sie Dad jeden Augenblick tanzen lassen. Er würde alles für sie tun.

»Was ist denn hier los?«, frage ich scherzhaft. Ich befürchte, dass Mum wegen des gestrigen Abends unglücklich ist. Sie hätte gerne an dem Gespräch mit Dad teilgenommen und am liebsten sogar die Hauptrolle gespielt.

»Du weißt, dass dein Vater eine Phase in seinem Leben hatte, wo er sich sehr … Wie sage ich das nur? Er war weiblichen Aktivitäten sehr zugetan.« Ich schaue sie verstört an. *Wo soll dieses Thema hinführen?*

»Nein, da weiß ich nichts von«, antworte ich wahrheitsgetreu.

»Es ist so …«, beginnt sie. »Wir alle haben eine Zeit, in der wir nicht wissen, wer wir wirklich sind.«

Ich rolle mit den Augen und wende mich an Dad. »Ist das dein Ernst?«

Dad öffnet entschuldigend die gefalteten Hände und verzieht seinen Mund.

»Eberhard, jetzt erzähl ihr davon!« Mum bekommt einen schnippischen Tonfall. Die Angst davor, dass ihre Puppe ein Eigenleben entwickelt, steht ihr deutlich ins Gesicht geschrieben. Eine Augenbraue von ihr zuckt kaum merklich in Richtung ihres Haaransatzes.

»Ich habe als Kind gerne mit Barbies gespielt«, gibt Dad zu und zuckt mit den Schultern.

»Und trotz alledem ist aus deinem Vater ein Mann geworden«, fügt Mum hinzu.

»Prefix ist mit keiner Barbie dieser Welt zu vergleichen«, entgegne ich. Dabei schiebe ich mir einen von Mums selbstgebackenen Bananenriegeln in den Mund. »Ich glaube übrigens, irgendwo habe ich ein Bild von Cousine Carolin in einem blauen Transformers-Shirt gesehen. Meinst du, sie will vielleicht auch ein Mann sein?«, sage ich sarkastisch und erfreue mich an Mums Sprachlosigkeit.

Sie zieht ihre Augenbrauen zusammen und stößt Luft in kurzen Intervallen aus ihrer Nase. Dad grinst. Ohne Mum hätte er diese schwachsinnigen Umpolarisierungsmaßnahmen wahrscheinlich gelassen. Aber ich weiß, dass Mum nicht aufgeben wird, ehe wir nicht wieder eine stinknormale Vorstadtfamilie sind. Und um das zu schaffen, muss auch Dad seinen Kopf hinhalten, ob er mich ernstnimmt oder nicht. Ich esse, so schnell ich kann, einen weiteren Riegel, um nicht sprechen zu müssen. Doch dann kommt mir noch etwas in den Sinn, was sie provozieren könnte, und ich würge schnell die Masse aus Haferflocken und Obst die Speiseröhre hinunter.

»Ich bin ein Mann, Mum! Ich bin in einem falschen Körper geboren. Meine zerrissene Brust schließt sich langsam, aber sicher. Sie schließt sich als Mann!« Ich glaube selbst kaum, welchen Schwachsinn ich erzählen kann.

Mum sieht auf die Tischplatte und flüstert vor sich hin. »Nur eine Phase, das ist alles nur eine Phase, und wird sicher bald, nach dem Besuch in Köln, vorbei sein.«

Ihre Worte erinnern an eine Beschwörungsformel aus Mittelerde. Ihre Einstellung ist steifer, als ich es annahm. Aber dass Mum mich zu Grandpa und Grandma reisen lässt – wenn auch, nachdem ich ihr einige Eingeständnisse in Sachen Schule und Haushalt machen musste – finde ich cool. Vor allem hätte ich es nicht erwartet. Das beweist eigentlich, dass sie doch gar nicht so kompromisslos ist, wie ich es immer vermutet habe.

Ich verlasse schnellstmöglich die Küche und ziehe mir meine Sneaker an. Dad folgt mir und beginnt ungefragt, Kindheitsgeschichten von sich zu erzählen. Mum bleibt in der Küche zurück. Das ist auch besser so, denn sie hätte direkt versucht, das Gespräch wieder auf mich umzulenken. Mum versucht ständig, Dads Redseligkeit zu quittieren und bewusst andere Themen anzusprechen.

Ich frage mich inständig, warum sie bei der ganzen Sache überhaupt mitspielt, warum sie dafür ist, Dads Eltern zu belügen. Rund 20 Jahre keinerlei Kontakt und jetzt mit einer fetten Lüge? *Ob das gut geht?* Ich zucke mit den Schultern. *Wird schon schief gehen.*

Wenigstens sind sie beide – mehr oder weniger einstimmig – auf meine Arbeit stolz und den Fakt, dass ich endlich Geld verdiene. Ich verlasse mit Dad zusammen das Haus. Er fährt zur Arbeit, ich zur Schule. Myc ist wieder nicht gekommen. Langsam mache ich mir echt Sorgen, dass er die Schule – nein, dass er *mich* – wegen Rosemarie vernachlässigt.

Angekommen in der Klasse werde ich von meinen hämisch grinsenden Mitschülern empfangen. Ein Glück ist Tuscheln vorerst das einzige, das sie unternehmen, um meinen neuen Look zu würdigen, dann kann ich mich setzen.

»Holt bitte eure Postmappen raus. Es gibt einen Elternbrief wegen des Tags der offenen Tür nächsten Monat!«, ruft Herr Richter uns zu, nachdem er grußlos den Klassenraum betreten hat. Er nimmt einen Schluck aus seiner Kaffeetasse, auf der dick sein kommendes Rentenjahr datiert ist.

Ach ja, das Schreiben. Ich krame das Dokument mit der dreiwöchigen *Arbeitsbefreiung* aus der gelben Mappe in meinem

Schulrucksack. *Verrückt,* es geht bald nach Köln! Ich nehme wirklich an den kommenden Spielen der World Championships in ›Prefix‹ teil. Alles geht so wahnsinnig schnell. Ich wurde in etwas hineingeworfen, nein, ich *wollte* hineingeworfen werden in etwas, von dem ich jetzt erst die Ausmaße begreife.

Als ich mit dem Dokument zu Herrn Richter gehe, ruft er: »Danke, lieber Gott!«

Die Stelle, an der Tibor Carlmeyer steht, habe ich mit Tipp-Ex bearbeitet, um Tamara dort hineinzuschreiben. Aber das fällt Herrn Richter sowieso nicht auf. Ihm fällt noch nicht mal auf, dass es sich um eine *Arbeitsbefreiung* und nicht um eine *Schulbefreiung* handelt. Farck und die anderen wissen ja nicht, dass ich noch zur Schule gehe. Ich habe ihnen schließlich vorgegaukelt, 20 Jahre alt zu sein. *Ich Idiot, 18 hätte es auch getan, und das wäre weitaus weniger kompliziert gewesen.* Ich kneife, wütend über mich selbst, die Augen zusammen. Noch dazu habe ich Farck gesagt, dass ich in dieser Bäckerei arbeiten würde. *Wie dumm kann man sein?* Ich habe ein ganz schön großes Netz aus Lügen gesponnen, das bereits ausgeworfen über meinem Leben hängt.

Na ja. Herr Richter ist einfach unfassbar glücklich, mich für drei Wochen los zu sein, und auch Direktor Braun wird nichts dagegen haben.

In der Pause fragen mich ein paar meiner Klassenkameraden, ob ich lesbisch sei. Ich antworte ihnen mit einem bösen Blick, kann ihnen die Frage aber auch nicht verübeln bei dem übergroßen Männerpulli, den ich mir von Dad geliehen habe, und der weiten Hiphop-Jeans, dem Fehlkauf vom Castingtag. Diese weiten Anziehsachen sind zumindest viel bequemer als die engen Presswursttops, die mir Mum in regelmäßigen Abständen in den Kleiderschrank gemogelt hat, bevor ich zum Mann wurde.

Ich glaube, meine Klassenkameraden sind bloß neidisch, dass ich für drei Wochen nicht an dem langweiligen Unterricht teilnehmen muss. Weswegen, habe ich ihnen natürlich verschwiegen. Muss ja niemand wissen, dass es um ein Computerspiel geht. Sie malen sich jetzt die verrücktesten Szenarien aus.

Vor allem Ruby scheint es zu nerven, dass ich auf einmal im Mittelpunkt unseres Deutschkurses stehe. Als die Schulglocke klingelt, zischt sie mir zu: »Viel Spaß, du Mannsweib!«

Darüber kann ich nur lachen. Ich verabschiede mich mit einem breiten Grinsen und schlage den Weg zum Fahrradparkplatz ein, bis mir das Grinsen mit einem Mal wieder vergeht.

»Wer ist denn das?« Ruby steht neben mir und gafft mit offenem Mund rüber zu dem schwarzen Land Rover, aus dem ein Mann aussteigt. Er zieht seine Sonnenbrille ab und streicht sich einmal durch die wilden Strähnen. Seine Augen sind wie die Farbsprenkel auf einer weißen Leinwand. Ich schaue schnell zu Boden, denn ich laufe wahrscheinlich gerade knallrot an: Es ist Farck. *Was will er hier?*

Eine Schar Teenagerinnen stürmt auf ihn zu. Es sind keine Geringeren als die Organisatoren des Weihnachtsballs und die Mitglieder des Cheerleader-Teams, die gerade ihr Training beendet haben. Ihre Kleidung strahlt in den Schulfarben, rot und weiß, die raschelnden Pompons hängen wie Turnschuhe zusammengeknotet über ihren Schultern. Für einen Moment könnte man meinen, Ruby und ich befänden uns irgendwo im Amerika der 60er-Jahre und würden den Girlies und den coolen Boys einer High-School-Szene zusehen. Farck kräuselt seine Lippen zu einem Lächeln und unterhält sich mit ihnen. Er hat eine verdammt gute Selbstbeherrschung. Etwas in mir weiß, dass er diese Frauen ebenso wenig ausstehen kann wie Mum oder meine Schwester. Bei diesen nervigen Exemplaren, die vor ihm auf und ab hüpfen, teile ich seine Meinung sogar. *Hoffentlich hat er mich noch nicht gesehen.* Ich verstecke mich hinter einer Ansammlung an Jugendlichen und gehe mit ihnen zusammen an Farck vorbei.

Ich schlucke. Trotz seines angeregten Gesprächs mit dem Tussenvorsitz unserer Schule fühle ich mich von seinen Augen beobachtet. *Das bildest du dir ein, Tamara. Er kann dich nicht sehen.* Sein Blick in meine Richtung ist fragend. Er zieht seine Augenbraue nach oben, dann nickt er, entschuldigt sich bei den schweißdurchnässten Mädchen, steigt ins Auto ein und fährt weg. *Zum Glück.*

Ich atme erleichtert aus, als ich die Rücklichter hinter einer Kurve verschwinden sehe. Was wäre bloß passiert, hätte Ruby uns zusammen gesehen? Sie hätte ihm direkt erzählt, dass ich eigentlich eine Frau bin. Ich musste Farck einfach ignorieren, obwohl ich zu gerne gewusst hätte, was er hier wollte.

»War es klug, deinen Chef vor den Kopf zu stoßen?«

»Wie bitte? Kennen wir uns?« An einem Fahrradständer lehnt ein Mann von Ende 30 und verschränkt seine Arme. Seine schwarzen Haare sind streng zurückgegelt und mittig durch einen breiten Scheitel geteilt. Er trägt eine dunkel umrahmte Brille, durch die er mich belustigt beäugt.

»Nicht unbedingt. Clark Wayne ist mein Name.« Er redet, als hätte er eine Kröte verschluckt. Irgendwie erinnert mich seine Stimme an etwas.

»Freut mich, Clark«, blaffe ich und fange dann an, an meinem Fahrradschloss herum zu montieren. *Was fällt dem ein, sich in meine Angelegenheiten einzumischen? Woher will er überhaupt wissen, dass Farck mein Chef ist?*

»Nicht direkt wütend werden.«

Jetzt weiß ich es! »Waren Sie das gestern Nacht?«

»Ich hab dich ein bisschen beobachtet, das Casting war durchaus eine spannende Situation und dein erstes Promotiongame …«

»Wie bitte? Sie haben mich beobachtet? Das ist krank!«

»Aber ich dachte, du freust dich, wenn sich jemand mit dir beschäftigt.«

»Da haben Sie falsch gedacht! Ich muss nach Hause!«

»Tamara, jetzt sei doch nicht gleich so zickig. Solltest du dich weiter so verhalten, dann wechsle ich vielleicht die Seiten. James zum Beispiel. Er ist ein interessanter Typ. Ich hätte ihm einiges zu erzählen.«

»Tamara?« Ich halte inne. Obgleich mein Schloss bereits offen ist, vermag ich nicht loszufahren. Ich sehe momentan keinesfalls aus wie eine Frau.

Er muss auch die Gespräche mit meinen Eltern belauscht haben. Was für ein Irrer!

»Sind Sie Lehrer an dieser Schule? Kennen Sie Herrn Richter oder Frau Voigt? Ich habe Sie hier noch nie gesehen. Sie müssen sich irren.«

»Keine Sorge, dein Geheimnis ist bei mir sicher. Ich bin auf deiner Seite.« Er setzt sich auf einen der Fahrradsättel und überkreuzt seine Beine.

»Was wollen sie? Ich gebe ihnen alles, alles was Sie …«

»Hab ich nicht gerade gesagt, dass dein Geheimnis bei mir sicher ist?« Er atmet einmal laut aus und schaut enttäuscht zwischen seine Hände. Ich will nur ab und an mit dir reden, verstehst du? Ein paar Informationen sammeln über dich. Ich hab schon viel erfahren können.« Er grinst breit und tätschelt sich mit einer Hand selbst die Schulter. Damit meint er sicherlich mein Gender-Geheimnis. »Du bist für mich ein Star, Tamara.«

»Star? Ich bin kein Star! Sie verwechseln mich bestimmt mit irgendjemandem.«

»Tamara, nach dem Promotiongame in Warschau kennen dich viele. Sie sind vielleicht nicht ganz so überzeugt von dir, wie ich es bin, aber das wird noch kommen.« Er grinst noch breiter.

»Also ich, ich weiß nicht ... Herr Wayne, es liegt bestimmt ein Irrtum vor.« Ich kenne diesen Mann kaum und er weiß scheinbar jetzt schon mehr von mir als Mum.

»Also dann, wir sehen uns. Grüß James.« Er zwinkert mir zu, springt von dem Fahrradsattel und beginnt zu rennen. Die leichten Absätze seiner schwarzen Lederschuhe klackern auf dem Asphalt.

»Warten Sie«, versuche ich ihn zurückzurufen, doch er ist bereits an derselben Kurve verschwunden, wie zuvor Farck mit seinem Land Rover. Ein verrückter Fan ist das letzte, was ich jetzt noch gebrauchen kann. Sollte er irgendwo auftauchen, lasse ich ihn direkt von Alex abführen. Sogar Farck muss dann, egal was er ihm erzählt, zugeben, dass dieser Clark nicht alle Tassen im Schrank hat.

Zuhause angekommen, begrüßt Mum mich.

»Hat er dich gefunden?«

»Wer?«

»James Farck war hier, um dich irgendwohin mitzunehmen. Der hat Manieren, hier einfach aufzutauchen und meine Tochter während ihrer wertvollen Schulzeit verschleppen zu wollen.«

»Er war hier?«

»Ich meine natürlich meinen Sohn.«

»Mum, war er hier? Alleine?«

»Ja, ich hab ihm gesagt, wo du bist. Er hat mich zig Mal gefragt, ob ich sicher sei, dass du gerade in der Schule bist.«

»Mum! Wieso hast du ihm das gesagt?« *Scheiße.* »Er soll nicht wissen, dass ich eine Frau bin! Und dann schickst du ihn einfach zu meiner Schule? Meine Selbstfindungsphase könnte darunter leid …« Ich habe langsam das Gefühl, dass sie die ganze Sache weitaus weniger ernst nimmt, als noch vor ein paar Tagen.

»Warum sollen sie eigentlich nicht wissen, dass du eine Frau bist? Klar, du hast uns mehr als deutlich gemacht, dass du dich als Mann fühlst. Aber du warst, du bist so eine wunderschöne junge Dame und diese Männer, sie sind …«

»Mum!« Ich rolle genervt mit den Augen.

»Fühlst du dich *so* wirklich besser? Fühlst du dich als Mann stark? Du *bist* stark, mein Kind!«

»Meine Selbstfindungsphase, Mum, und nichts weiter!« Ich klopfe eindringlich mit meiner Fußspitze auf den Boden. Mum schaut resigniert zur Seite.

»Verstehe«, antwortet sie knapp, dann klart ihr Gesichtsausdruck wieder auf. »Ich hab ihm nicht gesagt, dass du eine Frau bist, falls dich das beruhigt. Dein Dad und ich nehmen Tibor Carlmeyer an, das haben wir dir versichert.«

»Jetzt hätte er es beinahe selbst herausgefunden. Danke für deine Redseligkeit!« Ich rolle erneut mit den Augen und gehe hoch in mein Zimmer.

»Rede nicht in so einem Ton mit mir, sonst erfährt dieser James Farck die Wahrheit früher, als dir lieb ist!«, ruft Mum mir nach. *Wie soll ich ihr im einen Moment vertrauen, wenn sie mich im nächsten wieder erpressen will?*

Ich stampfe als Antwort auf meinem Zimmerboden umher und lasse meinen Blick über eine Kinderzeichnung schweifen, die das einzige ist, was mich hier als Frau ausgezeichnet hätte. Auf ihr ist nämlich die Feenprinzessin zu sehen, die meine Kindheitsfreundin Mirabelle und ich erfunden haben. Leider musste sie in der dritten Klasse wegziehen. Doch davor haben wir zusammen einiges an *Mädchenhaftem* unternommen und von uns als Ballerinas geträumt. Ich glaube, wäre sie länger geblieben, dann wäre ich jetzt vielleicht die perfekte Tochter, doch kurz darauf lernte ich Myc kennen und die Pferde-Feen-Welt war dahin.

Ich schüttle Mirabelle und ihren rosafarbenen Einfluss ab und widme mich wieder meinen Ursprungsgedanken. *Was wollte Farck hier? Mich abholen zu noch einem Event?*

Ich schaue auf mein Mobiltelefon. Keine neuen Nachrichten. Dann kann es auch nicht so wichtig gewesen sein. Nachdem ich bestimmt tausend Mal die Situation durchgegangen bin, komme ich zu dem endgültigen Entschluss, dass ich richtig gehandelt habe. Wenn Ruby gesehen hätte, dass ich zu ihm gehöre, wäre alles noch katastrophaler verlaufen.

Bevor es zu spät wird und die Läden zumachen, gehe ich in unserem Einkaufsviertel shoppen. Ich muss mir neue Männerhosen und T-Shirts besorgen. Bei der Gelegenheit gebe ich auch Mycs Anzug in die Reinigung. Die Kaffeeflecken darauf sind schon sehr prägnant.

Zurück zu Hause packe ich meine Koffer. Mum taucht mit einigen Reiseutensilien im Türrahmen auf. Ich glaube, sie hat ein schlechtes Gewissen, weil sie einfach nicht weiß, wie sie mit der ganzen Sache umgehen soll. Wir wechseln ein paar Worte. Sie sagt, sie freut sich für mich, dass ich Köln sehen werde, und hilft mir, meine Klamotten in dem kleinen Stauraum einzuschließen.

Es wird eine lustige, dennoch zugleich stressige Mutter-TochterAktion, in der ich Mum erklären muss, dass ich einen Großteil ihrer bereitgelegten Gegenstände nicht benötige. Von den tausend Euro, die Farck mir gestern gegeben hat, sind nach einem ausgiebigen und erfolgreichen Besuch der quer über Schwarzenfeld verteilten Einkaufsgeschäfte nur noch vierhundert Euro übrig.

Ich beschließe, zu Myc zu gehen und ihm alles zu erzählen. Ich will ihm das restliche Geld schenken, um ihm zu danken für seine Unterstützung.

Als ich die Haustür öffne und zu Mycs Zimmer hochschaue, wird mir schlecht. Die nackte Rosemarie posiert vorm Fenster. Also wieder zurück. In meinem Zimmer überlege ich, was nun zu tun ist. Ich ziehe mich an. Etwas Lässiges. In einem Einkaufsladen für reife Damen – wie der Besitzer ihn selbst betitelt – habe ich eine Art *Bauchwegunterhose* gefunden. Zu meiner Verteidigung: Es ist der einzige Shop in der Umgebung, der überhaupt Unterwäsche führt. Ich habe die Hose in einer der kleineren Größen gekauft und sie so zurechtgeschnitten, dass ich sie jetzt gut anstelle des Schals als Brust-weg-Unterhose benutzen kann. *Wirklich, viel praktischer.* Mein Mobiltelefon klingelt. Auf dem Display steht unbekannte Nummer. Ich atme einmal scharf aus. Es ist bestimmt Farck, der mir sagen will, warum er heute Mittag da war. Ich nehme ab und – zu meiner Enttäuschung – erklingt Yoshis Stimme am anderen Ende.

»Hey Champ!«

»Woher zum Teufel habt ihr meine Nummer?«

Yoshi lacht. »Ist doch egal. Heute hat der Boss seinen Ehrentag, viel wichtiger!«

»Ehrentag?« Ich stehe auf dem Schlauch.

»Geburtstag.« Ich kann Yoshis Augenrollen förmlich heraushören. *Farck hat heute Geburtstag? Fuck!*

»Ach echt? Kannst du mir seine Nummer geben, dann kann ich ihm gratulieren.« Nervös beiße ich mir auf die Unterlippe. *Warum war er an seinem Geburtstag bei mir? Warum war er an der Schule?*

»Besser Tib, gleich ist seine Party. Du kommst doch, oder?«

»Ich hab gar kein Geschenk.«

»Farck hat eh alles. Aber wir schenken ihm einen Gutschein für sein Lieblingsgeschäft, kannst ja mitschenken.«

Ich nicke, bis ich merke, dass mich Yoshi nicht sieht. »Ja, machen wir so«, rufe ich schnell und füge hinzu: »Aber ich kann doch nicht einfach zu einer Party, zu der ich nicht eingeladen bin. Das ist mir unangenehm.«

»Unangenehm? Bist du ein Mädchen?«

Ich schlucke laut. »Nein, wie kommst du denn darauf?«

»Sei mal lockerer, wenn das Team eingeladen ist, bist du auch dabei. Gehörst doch jetzt dazu. Ich hol dich nachher ab.«

»Hast du meine Adresse?«

»Wir haben alle deine Adresse, außerdem war ich schon bei dir«, lacht Yoshi und legt auf.

Ich bin wütend, dass sie sich gegenseitig meine Kontaktdaten umherschicken, ich aber von ihnen nicht mal eine Nummer besitze. *Ob sie irgendwann checken, wer hier wohnt und dass Tibor eigentlich Tamara heißt?* Ein Schauer läuft mir den Rücken hinunter und ich schüttle unwillkürlich den Kopf. Es ist gar nicht so leicht, wie ich dachte, alles geheim zu halten und alle Details zu beachten.

Wann fängt diese Party denn an? Und was soll ich anziehen?

Genug Auswahl habe ich jetzt ja, aber es muss auch für eine richtige Party angemessen sein. Wild, aber zugleich stilvoll. So würde ich auch Farck beschreiben. Ich suche mir ein blaues Hemd heraus, ziehe darüber ein ärmelloses Sakko mit Zierknopfloch am Revers und kombiniere dazu eine schwarze Stoffhose. Myc wäre verdammt stolz auf mein männliches Modebewusstsein. Obwohl er mein weibliches immer spöttisch beäugt hat.

Meine Gedanken schweifen ab zu unseren Einkaufseskapaden: Wir gingen mit zu viel Geld los und kamen mit zu vielen unnützen Gegenständen zurück, die man nicht im Entferntesten hätte anziehen können. Ich wuschle einmal durch meine Haare und fixiere sie dann mit Haarspray. Sobald die Wolke aus Parfüm und klebrigem Dunst verschwunden ist, klingelt es an der Tür.

Mum öffnet und lacht wie ein Schulmädchen. Yoshi ist da. Er kommt hinauf in mein Zimmer. Mit einem hektischen Blick versichere ich mich, dass nichts mehr auf mein Leben als Frau hinweist. Das Bild der Feenprinzessin landet noch schnell im Mülleimer. Dann öffne ich meine Zimmertür.

»Bist du soweit?«, begrüßt mich Yoshi freundlich. Auch er trägt einen Smoking. Unter seinem weißen Hemd schimmern schwarze Schlieren hindurch, die sich von seiner hellen Haut abheben.

»Sind das Tattoos?« Interessiert versuche ich, die Formen zu einem Bild zu ergänzen.

Sein Lachen wird breiter. »Ja, sogar einige. Hast du auch eins?«

»Nein, nein, kein einziges.« Ich muss auch lachen, weil ich daran denke, was Mum von einer männlichen, tätowierten, Computer spielenden Tochter hielte.

»Dann wird es aber langsam Zeit«, erwidert Yoshi.

»Wenn ich das richtige Motiv finde, vielleicht. Für mich bräuchte ein Tattoo immer eine konkrete Idee dahinter. Haben deine eine Bedeutung?«, frage ich und mustere seinen Brustkorb.

Ist das eine Frau auf seiner linken Brusthälfte? Ich kann deutlich lange Haare und einen dunklen Kussmund erkennen. Yoshi streckt mir die Zunge heraus. »Und ob«, gibt er zu. Dann kratzt er sich am Kopf und grinst schelmisch. »Erzähl ich dir aber ein anderes Mal, wir müssen uns etwas beeilen.«

»Ok! Es kann losgehen.«

Ich folge ihm. Wir verlassen das Haus. Als ich zurückschaue, steht Mum im Fenster und beobachtet uns. Sie hat sich wohl immer gewünscht zu sehen, wie ihre Tochter von einem Gentleman abgeholt wird. Leider war in ihrer Fantasie kein Platz für eine als Mann verkleidete Tochter. Wenn sie nur wüsste. Ich muss schmunzeln. *Bald erzähle ich dir alles, Mum, bald, wenn die Zeit reif ist.*

»Wie geht's Sam?«, frage ich Yoshi, als die Autotüren geschlossen sind. Er legt den ersten Gang ein und schaut bedrückt aufs Lenkrad.

»Es ist hart für uns und hart für Farck.«

Hart für Farck? Warum finden es alle so schlimm, dass ihm ein Spieler fehlt?

»Wir haben doch noch genug Ersatz. Farck soll nicht so eine Panik schieben …«

Yoshi grinst. »Du weißt es nicht, was?«

»Was weiß ich nicht?«

»Lange Geschichte«, sagt Yoshi und fügt hinzu: »Irgendwann wird er es dir erzählen. Ich hoffe, Sam wird clean.«

»Ich auch.« Eine Pause entsteht, während der ich mir größte Mühe gebe, die japanische Frau im Radio zu ignorieren, die seit drei Minuten ununterbrochen in mein Ohr quiekt. Ich lasse meinen Blick im Auto umherschweifen und muss feststellen, dass es im Innenraum sauberer ist als in Mums Arbeitszimmer. Dazu ist zu erwähnen, dass Mums Arbeitszimmer nur von ihr betreten werden darf und dort dementsprechend der einzige Ort im Haus ist, wo überhaupt Ordnung herrscht.

»Wie kamen Sam und Damian eigentlich in das Team?«

»Samuel hat regelrecht gefleht. Seit Farck unser Manager wurde, wollte er unter allen Umständen zu Heroes of the Prefix.

Dabei war er noch kein Profispieler. Innerhalb kürzester Zeit, hat uns Damian erzählt, lernte er das Spiel wie ein Besessener. Am Anfang hatten wir noch offene Castings und rate Mal, wer überall zur Stelle war. James bewunderte seinen Ehrgeiz und nahm ihn deshalb auf. Es konnte ja niemand wissen, dass es einmal so enden würde. Letzte Season mussten wir ihn deswegen auch schon sperren. Samuel hatte es nie leicht. Sein und Damians Vater ist gestorben, als die beiden fünf Jahre alt waren.«

»Das ist ja schrecklich!«

»Na ja, sie reden zwar nicht viel darüber, aber nach dem, was ich gehört habe, war es besser so. Er war ein Methjunk und Crack war sein Frühstück.« Yoshi schüttelt den Kopf. »Echt, diese Kindheit will ich nicht haben. Damian wurde dann von Sam nachgezogen. Der hat einiges auf dem Kasten, muss wohl in der Familie liegen. Aber genauso liegt wohl auch das in der Familie, worüber wir zuvor gesprochen haben.«

»Aber jetzt bessert sich Samuel vielleicht.«

»Soll ich dir was sagen?« Ich nicke. »Süchtige ändern sich nie!«

»Da kannst du Recht haben, aber die Hoffnung stirbt zuletzt«, erwidere ich.

»Ja, hoffen wir es.« Yoshi lächelt und biegt um eine Kurve. Der Duftbaum – Geruchsnote Neuwagen – der am Rückspiegel hängt, bewegt sich ein kleines bisschen in meine Richtung.

»Pessimist«, sage ich und strecke ihm die Zunge raus. Sein Lächeln wird nur noch breiter. Er lehnt sich ein Stück zur Seite und dreht das Radio leiser, aus dem momentan ein japanischer Nachrichtensprecher die News des Tages wiedergibt.

»Kannst du das alles verstehen?«, frage ich, während ich versuche, angestrengt dem Mann zuzuhören. Doch was er sagt, ist zu komplex, zu schnell, als dass ich es im Entferntesten mit meinem Anime-Japanisch abgleichen könnte.

»Ja. Ist halt meine Muttersprache.« Er zuckt mit den Schultern. »Eben ging's mal wieder um unseren Diyu-Freund. Verständlich, die Asiaten sind ziemlich sauer, dass er chinesische Zeichen verwendet und deswegen alle Welt denkt, er sei ein Chinese. Und gerade wird über eine politische Debatte geredet, nichts Spannendes.«

»Voll cool, dass du das kannst! Ich würde auch gerne noch eine andere Sprache können.«

»Manchmal ist es aber auch nervig, wenn wir auf Events sind und sie einen Text immer in mehrere Sprachen übersetzen und ich ihn zum fünften Mal hören muss.«

»Fünften Mal? Wie viele Sprachen sprichst du denn?«

»Sechs.«

»Was? Respekt!« Ich muss daran denken, dass ich noch nicht einmal Deutsch perfekt beherrsche.

»Na ja, die asiatischen Sprachen sind alle ähnlich. Unser James spricht sieben flüssig. Ich arbeite noch daran, ihn zu schlagen.« Jetzt ist er es, der mir die Zunge rausstreckt.

»Die Familie von ihm hat wohl viel Wert auf Sprachkenntnisse gelegt, was?« Ich verziehe meinen Mund zu einem sarkastischen Grinsen. *Sieben Sprachen ... Mir fallen auf Anhieb noch nicht einmal sieben Sprachen ein.*

»Hat er sich alle selbst beigebracht, in der Zeit, als er vom Vorsitz einer der Familienfirmen zurücktrat und sich bei Heroes of the Prefix als Vorstand beworben hat. Der Junge hatte wohl eindeutig Langeweile.«

»Was schenken wir ihm eigentlich für einen Gutschein?«

»Für einen Comicbuchladen in seiner Heimat.«

»Einen Comicbuchladen? Er sieht nicht aus, als würde er sich darüber freuen«, gestehe ich und lächle bei dem Gedanken, ihn mit Basecap und Fanshirt auf der Comiccon anzutreffen.

»James steht ziemlich auf so ein verrücktes Zeug. Ich kann das nicht ganz nachvollziehen, aber ein Großteil des Teams eifert auch hinter diesen Heftchen her.«

»Dann bin ich ja in das richtige Team geraten«, sage ich und lächle breit.

»Was? Du auch? Dann werde ich wohl ein richtiger Einzelgänger, was?«

»Worauf stehst du denn?«

»Autos.« Er streicht über das Lenkrad seines Wagens. Der ledrige Stoff glänzt. An den oft gegriffenen Stellen haben sich fettige Spuren gebildet.

»Autos sind öde«, witzle ich und frage mich augenblicklich, ob ich nicht in ein Fettnäpfchen getreten bin, denn er scheint empört.

Schnell wechsle ich das Thema. »Danke übrigens, dass ihr mich zu euch geholt habt. Ich hätte mir kein besseres Team vorstellen können.« Yoshi lächelt. »Was gibt's da zu grinsen?«, knurre ich spielerisch.

»Ich frage mich gerade, wie du es mit uns Chaoten aushältst.« Eine Pause entsteht, in der wir beide herzhaft lachen müssen. Nachdem wir uns beruhigt haben, schlägt die Atmosphäre im Auto um. Ich kann es nicht erklären. Der lockere Frohsinn ist einem angespannten Beisammensein gewichen. Yoshi leckt einige Male über seine ramponierten Lippen. Ich wende mich zum Beifahrerfenster.

»Wie bist du eigentlich ins Team gekommen?«, frage ich, während ich mir die vorbeizischenden Fassaden unterschiedlichster Gebäude anschaue.

»Normal«, sagt er und ich sehe aus meinen Augenwinkeln, wie er anfängt, mit seiner freien Hand an seinem Hemd herum zu zupfen.

»Klingt echt spannend.« Ich lache während meiner Worte, aber Yoshi lacht nicht mehr mit.

Den Rest der Fahrt unterhalten wir uns über Fußball. Ich habe nur wenig Ahnung, aber immer wieder Brocken und Spielergebnisse von meinem Dad aufgeschnappt, die reichen, um Yoshi davon zu überzeugen, dass ich Fan des FC Bayern München bin. Wir biegen auf dem Flughafenterminal ein.

»Was sollen wir hier?«, krächze ich. Mir schwant nichts Gutes.

»Na, wir wollen doch zu Farck. Der ist heute Morgen zu seiner restlichen Familie geflogen.«

»Heute Morgen?« Eine Hitzewelle erfasst meinen Körper, als ich an Farck denke, wie er vor dem Schulgebäude auf mich gewartet hat. *Wenn er wusste, dass er danach fliegen wird, wieso wollte er mich dann sehen?*

»Ist nicht weit. Wie man es betrachtet, dauert der Hinflug nicht so lange wie der Rückflug.«

»Wieso das?«

»Zeitverschiebung. Wir fliegen Nonstop nach Stansted.«

»Stansted?«

»Jetzt mach nicht so ein Gesicht. Das sind knapp zwei Stunden Flug. Wir können froh sein, dass James auf seinem inoffiziellen

Zweitwohnsitz feiert und nicht in seiner Kinderstube. Dann wären wir locker mehr als neun Stunden unterwegs. Wir müssen nun mal zum Geburtstagskind und du bist quasi die Überraschung.« Er lacht, dann fügt er leise hinzu: »Hoffentlich eine Gute.«

»Wie bitte?«, frage ich.

»Nichts, nichts.« Yoshi schiebt mich durch das Flughafengebäude zu einem der Schalter.

»Check schon mal ein. Hier ist Geld für dein Ticket. Um diese Uhrzeit haben sie bestimmt noch einen Sitz frei. Ich bin mich eben erleichtern.« Er zwinkert mir zu und drückt mir einen Batzen Geld in die Hand. »Ach, warte.« Er kommt noch einmal zurück. »Hier ist mein Flugticket. Frag mal nach, ob sie in dem Flug noch etwas frei haben. Wäre schon geil, wenn wir im selben Flieger säßen, nicht?« Yoshi lacht und schlägt mir kumpelhaft auf den Rücken.

»Du hast das nicht organisiert?« Einem Teil von mir fällt ein Stein vom Herzen, dass ich unauffällig einchecken kann, ein anderer ist scheiße wütend, dass Yoshi nicht mal sicher ist, dass wir im selben Flugzeug sitzen werden.

»Das wird schon. Glaub mir, ich bin schon so oft geflogen. Meistens auf den letzten Drücker. Es war immer noch was frei. Bis gleich.« Er lässt mich mit einer dürren Frau zurück, die meine Personalien aufnehmen will. Ich gebe ihr meinen Pass und hoffe inständig, dass Yoshi ein großes Geschäft verrichtet, damit er nicht frühzeitig zurück ist.

»Geht das nicht auch schneller?«, rufe ich der Frau zu, deren lange Finger wie Spinnenbeine jede Taste einzeln betätigen.

»Geduld ist eine Tugend, junge Lady«, sagt sie und inspiziert mich durch ihre rahmenlosen Brillengläser, hinter denen ihre Augen riesenhaft vergrößert wirken.

»Scheiß auf die Tugend«, blaffe ich leise.

»Wie bitte?« Sie hält inne.

»Nichts, nichts. Machen sie ruhig weiter.« Nervös tippe ich mit meiner Schuhspitze auf den Boden. Getrocknete Erdteile fallen von meinen Sneakern auf die gebohnerten Fliesen. Ich versuche, sie zu zerteilen, richte dabei aber bloß einen noch größeren Schaden an.

»Und?«, ruft Yoshi mir zu. Er ist fast bei mir.

»Sind sie fertig?«, frage ich die Frau und strecke fordernd meine Hand heraus. »Kommen sie schon. Sie müssen doch …«

»Fertig, Fräulein …«

»Yoshi! Wir müssen uns beeilen!« Ich greife mir das Ticket und meinen Pass, ziehe Yoshi durch die Gatingarea bis hin zum Wartebereich. Der Flug geht in einer Viertelstunde. Ich keuche. Zum Glück ist die dürre Frau weit weg. *Das war mal wieder haarscharf, Tamara.*

»Mensch, du kannst ganz schön fix sein, wenn du willst«, sagt Yoshi und mustert anerkennend meinen Körper.

»Hier, dein Wechselgeld.« Ich reiche Yoshi das restliche Geld, das die Frau mir mit ihren Spinnenfingern gereicht hatte, und ziehe mein Portemonnaie hervor, um meinen Pass wegzustecken. »Das Geld für das Ticket kriegst du auch noch wieder. Im Moment habe ich nur nichts bar«, versichere ich Yoshi.

Der winkt ab und lächelt. »Das hab nicht ich bezahlt. Mir wurde viel zu viel Geld überwiesen für diesen Flug. Zweimal Economy lohnt sich mehr als einmal erste Klasse, oder?«

Ich nicke dankend. Wir passieren die Sicherheitskontrollen ohne weitere Probleme. Glücklicherweise trägt die Erleichterung über die reibungslose Registrierung dazu bei, dass ich alleine und ohne Hilfe den Anweisungen der Security Folge leisten kann.

»Dann wollen wir mal«, sagt Yoshi, nachdem wir die grauen Kästen mit unseren persönlichen Gegenständen entleert haben, und nimmt mich in den Schwitzkasten. Wir gehen zu unserem Gate. Eine Reihe an Menschen steht schon bereit. Sie alle wollen als erste im Flugzeug sitzen.

»Bitte halten Sie Ihre Pässe und Ihre Flugtickets bereit. Sollten Sie einen Barcode haben, öffnen Sie diesen auf ihrem mobilen Gerät oder falten Sie das Papier, auf dem der Barcode steht, so, dass der Barcode für unseren Scanner zu lesen ist.« Ein Mann in Stewarduniform weist auf einen Scanner neben einer Frau, die beginnt, geistesabwesend die Tickets einzuscannen. Der Mann, dessen lange braune Haare im Nacken mit einem gelben Band zusammengehalten werden, kontrolliert die Übereinstimmung der Daten auf Pass und Ticket. *Na toll, schon wieder eine Gefahrensituation.*

»Mist, ich hab was hinten beim Check-in liegen lassen, Yoshi«, lüge ich und versuche, so verärgert wie möglich auszusehen.

»Dann geh schnell. Ich warte hier auf dich«, sagt er.

»Nein«, entgegne ich und schlucke laut. Das, was ich jetzt sagen werde, werde ich wahrscheinlich direkt wieder bereuen. »Geh schon vor. Ich bin sofort zurück.« Meine Lippen zittern bei diesen Worten. Ich weiß nicht, ob ich es schaffe, alleine in ein Flugzeug zu steigen, alleine durch die nach Teppichreiniger riechende Schleuse zu gehen und auf die metallisch glänzende Plattform vor dem Flieger zu treten, die bei jedem Schritt ein wenig nachgibt.

»In Ordnung, bis gleich!« Yoshi holt seinen Pass heraus und ich erkenne aus dem Augenwinkel, dass er anscheinend noch eine weitere Staatsbürgerschaft hat.

Ich warte unweit vor dem Boarding, bis ich Yoshi in die Schleuse treten sehe. Dann gehe ich zurück und reihe mich am hintersten Ende der Schlange ein.

Ich zeige meinen Pass und mein Ticket vor, das von der geistesabwesenden Frau lustlos gescannt wird. Dann stehe ich vor dem Eingang in die Schleuse. Augen zu und durch, lautet die Devise. Ich verziehe mein Gesicht, kneife den Mund zu und gehe ein Stück. *Nein, ich kann das nicht.* Automatisch weiche ich wieder ein Stück zurück. *Doch, ich kann das! Für Yoshi und für Farck.*

»Entschuldigen Sie? Sie haben bereits geboarded, das heißt, Sie müssen auch in das Flugzeug.«

Verdammt, auf einmal ist die geistesabwesende Frau hellwach. Gerade jetzt, wo ich mich aus der Schleuse zurück in das Gebäude schleichen will. »Ich hab etwas vergessen«, lüge ich erneut. Vielleicht zieht die Masche ein weiteres Mal.

»Es tut mir leid, aber ich kann nicht zulassen, dass Sie nicht in das Flugzeug steigen.« Sie steht auf und kommt auf mich zu. Schweißperlen bilden sich auf meiner Stirn.

»Tibor? Was machst du noch hier draußen? Die warten da alle auf dich!« Yoshi drückt sich an der Stewardess vorbei und nimmt meinen Arm. Dann schiebt er mich mit einer ungeheuren Wucht zum Flieger. Wenn er wüsste, wie dankbar ich ihm für diesen Schubser noch einmal sein werde.

Aber erst einmal hilft alles nichts. Diese Flüge bringen mich in Gefahr. Nicht nur wegen meiner Flugangst, auch, weil ich immer wieder meinen Pass vorzeigen muss. Es hätte nicht viel gefehlt und Yoshi hätte ihn auch gesehen. Das nächste Mal muss ich mich vorher informieren, wo wir hin wollen und ob wir den Privatjet nehmen, damit ich sicher sein kann, dass ich solch einer Gefahr nicht noch einmal ausgesetzt bin. Ich brauche für den nächsten Flug dringend einen Plan.

Im Flugzeug versuche ich mich abzulenken, aber sobald das Innere der Triebwerke beginnt, ächzend seine Kreise zu drehen, werde ich aus meinen ablenkenden Gedanken gerissen. Gerissen in eine Fantasie von Tod, Unglück und Verderben.

8

Wir landen und ich muss mich sofort übergeben. Zu meiner Scham genau neben Yoshis Füße. Die Flugbegleitung versichert mir, es sei kein Problem, sie würde es alles wieder reinigen. Aber ich lasse es mir nicht nehmen, selbst mit ein paar Papiertaschentüchern nachzuhelfen. Zum Glück ist nur Yoshi hier und nicht Farck, der mich jetzt wahrscheinlich mit seinem strengen Blick gestraft hätte. Lieber zehn Flüge als einmal diesen Blick. Als einmal die sarkastisch hochgezogene Braue oder die fordernden Augen, die sich förmlich an mich heften.

»Wenigstens ist unseren Klamotten nichts passiert, als du dich erleichtert hast. Ich hab Deo dabei. Du hast einen ziemlichen Angstschweiß da oben entwickelt.« Yoshi rümpft die Nase und ich schubse ihn spielerisch beiseite. Sein Deo nehme ich aber dankend an.

»Zum Glück hab ich dich«, grinse ich.

Er schlägt mir kumpelhaft auf den Rücken. »Dann wollen wir mal ein Taxi nehmen.«

Yoshi winkt eines der schwarzen Autos zu uns und wir steigen ein. Die Adresse, die er genannt hat, führt uns zu einem Anwesen. *Kann man das noch Anwesen nennen oder fällt es schon unter die Kategorie Schloss?* Mit offenem Mund starren der Taxifahrer und ich die beleuchtete Einfahrt empor. Es ist ein helles Backsteingebäude, das rund herum von Scheinwerfern angestrahlt wird. *Stil?* Keine Ahnung. Ich würde es *todschick* mit einem Hauch von *wahnsinnsgeil* nennen. Nachdem ich einen Blick mit dem Fahrer gewechselt habe, der jetzt wohl auf ein ordentliches Trinkgeld hofft, steige ich aus dem Auto.

»Kommst du?«, fragt Yoshi, als ich zögernd den Weg aus Pflastersteinen betrete.

»Ja, ich komme!«, versichere ich, doch es kostet eine Menge Überwindung, mit meinen dreckigen Sneakern auf den hellen Steinboden zu treten, wo ich sofort eine Spur aus kleinen Erdbrocken hinterlasse.

Hier ist weniger Schmutz als auf unserem Wohnzimmerboden zuhause. *Ich hätte mir besser neue Schuhe gekauft.* Oder mir welche von Dad geschnappt, die mir mit einem Klumpen Klopapier an der Fußspitze bestimmt gepasst hätten. Aber in Anbetracht dessen, was sich momentan vor mir befindet, wären sogar Dads Anzugschuhe underdressed.

Am Wegrand stehen lauter sattgrüne Buchsbäume. Sie sind zu Skulpturen gestutzt. Ein Amor steht neben einem beleuchteten Brunnen. Er hat seine Pfeilspitze auf mich gerichtet. Ich schlucke. Es wirkt auf mich, als würde er mich jeden Moment abschießen. Das schlechte Gewissen über meine Lüge hängt über mir wie eine dunkle Regenwolke.

Mein Mobiltelefon vibriert. Ich ziehe es aus meiner Hosentasche und sehe auf den Bildschirm.

Myc: >Wo bist du?<

Ich hole das Mobiltelefon ganz hervor und antworte.

Me: >Kann gerade nicht schreiben, bin in London auf einer Party<

Myc: >London?!<

So schnell hat Myc noch nie geantwortet.

Me: >Lass uns morgen reden<

Myc: >...<

Myc verhält sich wie eine Frau, die ihre Tage hat. Ich habe das Gefühl, seitdem ich mich zum Mann gewandelt habe, haben sich auch alle um mich herum um 180 Grad gedreht.

»Hier lang«, ruft Yoshi und klopft gegen die Flügeltür.

Ein Mann im Frack öffnet uns. Er verbeugt sich einmal – sein Rücken bleibt dabei kerzengerade – und stellt sich dann als Hugo vor. Wir folgen ihm in eine Eingangshalle.

Aus einem entfernten Raum kann ich leise Musik vernehmen, die sich zu dem klackernden Geräusch ihrer Schuhe auf dem gebohnerten Boden mischt. An den Seiten des Raumes stehen zwei schmale und mit Schnörkeln verzierte Beistelltische, auf denen ein gewaltiges Aufgebot an Geschenkkartons und Grußkarten liegt. Ein übergroßer Plüschbär lacht mir entgegen. Er trägt ein strassbesetztes Halsband, an dem ein Origamischwan hinunter hängt.

Farck müsste man sein.

Durch eine hölzerne Tür betreten wir den Raum, aus dem die Musik kommt. Das hier ist keine Party im klassischen Sinne. Obwohl. *Klassischer Sinn* trifft es eigentlich ganz gut: Ein großer Kronleuchter prangt an der Decke und beleuchtet eine Ansammlung an Menschen. Ich kenne kaum ein Gesicht, aber die Gruppe da hinten – bestehend aus den Prefix-Teammitgliedern – die ist mir nun größtenteils vertraut.

»Yoshi, da bist du ja! Und Tibo …« Damian kommt auf uns zu. Ich traue mich nicht, ihn nach Sam zu fragen. Etwas Seltsames liegt in seinem Blick, als er mich sieht. Einer seiner Mundwinkel zuckt nach oben.

»Yoshi? Können wir sprechen?« Er zieht Yoshi beiseite und sie verschwinden im Flur.

Ich stehe erst verloren umher, bis ich Lionel an der anderen Seite des Raumes neben einer golden glänzenden Schale mit Bowle entdecke. Er mustert mich. *Was hat er denn?* Ich sehe an mir hinunter und hoffe inständig, dass man mein Erbrochenes nirgends sehen kann. Aber da ist nichts. Es hätte mich auch gewundert. Ich gehe bemüht selbstbewusst auf ihn zu. »Lionel, wie geht's dir? Ist Farck hier irgendwo? Ich wollte ihm gratulieren.«

»Schön, dass du hier bist, Tibor. James ist gerade eben verschwunden.«

»Alles ok bei dir?« Irgendetwas an Lionels Verhalten gefällt mir nicht.

»Ja, wieso auch nicht?«, lacht Lionel. Aber er lacht nicht herzlich, er lacht nervös. Das Gespräch von uns ist wie eingefroren. *Komisch.* Ich nutze die Gelegenheit und schaue mich um. Butler mit Häppchen irren zwischen den Menschen umher und schwenken ihnen die Köstlichkeiten unter die Nase. Es gibt sogar einen Turm aus Sektgläsern, welcher die Extravaganz des Raumes nochmals steigert.

»Du entschuldigst mich?«, fragt Lionel.

Ich nicke. Er stellt sein volles Glas ab und bewegt sich ebenfalls Richtung Flur. Als das letzte bisschen Lionel verschwunden ist, beschließe ich, mich etwas umzusehen. Das hier ist, so Yoshi, eines von Farcks Häusern. An den Wänden hängen Ölgemälde in roten Samtrahmen, auf denen feine Herrschaften abgebildet sind. S*ein Vater? Sein Urgroßvater?*

Ich meine, die kleine Stressfalte auf der Stirn ist bei ihnen allen zu sehen. Bestimmt Geschäftsmänner wie er. Aber diese strähnigen langen Haare und die spitze Nase zeigen eher Brians Züge, obwohl ich nicht wissen kann, wie Farcks wohl mehrmals gebrochene Nase ursprünglich ausgesehen hat. Unwillkürlich muss ich grinsen.

»Was ist denn so witzig? Nervosität?« Ich schaue mich nach dieser Stimme um. Eine Frau steht neben mir und spricht mich in perfektem Englisch an. Erst jetzt fällt mir auf, dass hier beinah nur Männer sind. Nur Männer, bis auf einige Einzelexemplare.

»Nein, ich habe mir die Gemälde angesehen«, antworte ich wahrheitsgetreu in meinem Schulenglisch, das sich – gemischt mit dem Englisch, das ich von Animeuntertiteln gelernt habe – gar nicht schlecht anhören muss.

»So, so …«, erwidert sie und rückt ein Stück näher an mich heran, um ebenfalls die Gemälde zu untersuchen. Ich bin skeptisch, was ich von der Frau halten soll. Sie hat kurzes, kastanienbraunes gefärbtes Haar. Auf ihre Naturhaarfarbe, ein helles Blond, lässt der schmale Ansatz an der Kopfhaut schließen. Sie trägt eine dunkelgrüne Brille und scheint um die dreißig Jahre alt zu sein. Lachfalten umspielen ihre Augenpartie, was sie sympathisch macht, aber ihre dürre Figur gefällt mir nicht.

»Ich dachte nur, den meisten Menschen steigt die Nervosität zu Kopf, wenn sie das erste Mal bei jemandem sind.«

»Wer sagt Ihnen, dass ich das erste Mal hier bin?«

»Deine Haltung spricht Bände.«

»Sie kennen sich ja aus«, zische ich sarkastisch, den Blick zum Boden gewandt.

»Sollte man meinen als Psychologin.«

»Psychologin? Interessant. Sind Sie von der väterlichen Seite oder mütterlichen Seite?«

»Von keiner, ich bin Psychologin.« Sie lacht, als hätte ich das wissen müssen.

»Von wem sind Sie denn die Psychologin?«

»Ich will nicht unhöflich wirken, aber das geht dich, glaube ich zumindest, nichts an. Verschwiegenheitspflicht. Obwohl der Großteil der Gesellschaft es womöglich eh schon weiß. Na ja …«

Sie tippt sich mit der Fingerspitze auf ihre Lippen. Ich nicke. »Willst du auch was?« Sie hält mir ein Glas mit der Bowle hin.

Ich nicke wieder. Sie schüchtert mich ein. *Nicht, dass sie mich enttarnen kann.* Aber da sie mit der Nervosität auch falsch lag, bin ich zuversichtlich, dass das nicht passiert. *Oder bin ich doch nervös?* Ich bemerke, wie meine linke Fußspitze anfängt, im Takt der Musik auf den Boden zu klopfen.

»Wie ist denn dein Name?«, fragt sie, nachdem sie das Glas auf ex in ihren Hals gekippt hat.

»Tibor Carlmeyer.«

»Gwendolyn Goodman, freut mich, Tibor.« Sie runzelt die Stirn.

»Ist irgendetwas?«

»Ich hätte schwören können, dass du anders heißt. Tibor passt gar nicht zu dir.«

»Wie meinst du das?« Ich beginne, nervös zu kichern. *Hör auf zu kichern, Tamara!*

»Es gibt eine Studie von Professor Buttom, die besagt, dass wir uns je nach unserem Namen entwickeln und sich unser Äußeres formt. Du siehst einfach nicht aus wie ein Tibor. Aber was kann ich nach einem Wochenendseminar darüber schon wissen, oder?« Sie lacht herzhaft und nimmt sich das zweite Glas. Dann begibt sie sich zum Sektturm und beginnt, mit einigen stocksteifen Männern zu reden.

Ich bin erleichtert, dass ich Gwendolyn los bin, und überlege, wie ich Farck finden kann. Ich kann ja schlecht durch das Anwesen spazieren und ihn suchen. *Oder soll ich?*

»Entschuldigung?«

Ich fahre erschrocken herum. Eine junge Frau steht vor mir, die mich fragend und irgendwie unsicher ansieht. Das muss sie meiner Meinung nach gar nicht sein, denn vom Äußeren her fügt sie sich perfekt in diese Gesellschaft: Ein rotes, eng anliegendes Kleid betont ihre weibliche Figur und lange, gelockte, rot-braune Haare umrahmen ein fein geschnittenes Gesicht. Bevor ich aber darüber nachdenken kann, lächelt sie mir zu und deutet mit einem dezenten Wink hinter mich.

»Darf ich ein Glas Bowle haben?«

»Ja, natürlich, Entschuldigung!« Ich hatte mich unachtsam vor die Gläser gestellt, mache aber sofort Platz und beobachte sie, wie sie sich geschickt eine Erdbeere aus dem prickelnden Weingemisch fischt.

»Freut mich, Mera, Mera Ciorcalo.«

»Oh, Italienerin?«, frage ich und mustere ihre mandelförmigen dunklen Augen.

»Ja, mein Vater kommt aus Italien. Meine Mutter ist Amerikanerin.« Sie lacht, dabei streicht sie sich einmal durchs Haar und schüttet sich dann gerade so viel Bowle in den Mund, dass die Erdbeere mit hineingespült wird. Sie fängt sie mit ihren Zähnen auf und beißt ein Stück ab. Ihr roter Lippenstift verschmiert keinen Millimeter.

»Und du?« Sie mustert mich, während sie ihr Glas schwenkt.

»Ich komme aus Deutschland und meine Eltern gewissermaßen auch. Tibor Carlmeyer.«

»Ah, du bist dieser neue Supporter.« Sie lächelt. Ich erwidere mit einem schüchternen Nicken. »Hat deine Familie ihre Wurzeln denn noch woanders? Oder weswegen kommen sie nur *gewissermaßen* aus Deutschland?«

»Mein Dad ist in einem anderen Land aufgewachsen. Meine Großeltern väterlicherseits kamen aus den Niederlanden und haben sich dann anscheinend irgendwann in der Nähe von Köln niedergelassen.«

»Anscheinend? Du sprichst in Rätseln.« Sie legt ihren Kopf schief und schürzt die Lippen.

»Ich habe erst vor kurzem davon erfahren, dass sie dort leben. Meine Eltern hatten zu ihnen keinen Kontakt mehr.«

»Dann kennst du sie nicht, obwohl sie noch leben? Das ist ja furchtbar! Meine Großeltern sind früh gestorben. Großeltern sind ein wirklich wertvolles Gut. Ich hoffe, dass du die verlorene Zeit nachholen wirst. Aber, wenn ihr jetzt dorthin reist, wegen der Finalspiele, kannst du sie bestimmt besuchen.«

»Ich werde sogar bei ihnen wohnen.«

»Ach Gott, dann beten wir, dass sie nett sein werden.« Sie lächelt erneut. Ich nicke unmerklich und hoffe, dass das Gespräch nicht weiter über meine Großeltern gehen wird. Ich habe so schon genug Schiss vor ihnen. Mera scheint verstanden zu haben, denn sie wechselt sofort das Thema. »Weißt du? Ich liebe Deutschland! Die Kultur und das Essen sind herrlich!

Nirgends fühlt man sich so frei wie in einem der deutschen Wälder.«

Ich nicke als Antwort. Mera ist wirklich nett.

»Vielleicht geht meine Hochzeitsreise bald dorthin«, sagt sie stolz und spitzt spielerisch ihre Lippen.

»Bist du verlobt? Herzlichen Glückwunsch!«

»Noch nicht.« Ihr Gesichtsausdruck wird traurig. Sie atmet einmal tief ein.

»Hey, nicht den Kopf hängen lassen! Eine bezaubernde Frau, wie du es bist, bekommt ihren Antrag!« Ich bin gefesselt von ihren strahlenden Augen.

Sie zuckt mit den Schultern und wendet sich von mir weg und der Gesellschaft zu. Von diesem Zeitpunkt an stehe ich eine geschlagene Ewigkeit lang neben der Bowleschale und versuche, eine Gruppe an Menschen zu finden, bei denen ich mich eingliedern kann.

Es müsste nicht für tiefgründige Gespräche sein, ein einfaches belangloses Geplänkel würde mir reichen. Ich seufze und nippe an dem Glas Bowle, das ich jetzt schon zum dritten Mal nachfülle, um wenigstens etwas Beschäftigung zu haben.

»He Tiborbee, komm wir tanzen!«, ruft plötzlich jemand. Fräulein Goodman torkelt quer durch den Raum.

»Aufpassen«, rufe ich und eile zu ihr, denn sie versucht, ein Sektglas aus dem riesenhaften Turm zu fassen.

»Warte, ich komme!« Ich kann gerade so eine Katastrophe verhindern. »Hast du nicht schon genug?«

»Genug?« Gwendolyn stößt auf. »Man kann nie genug intus haben, Tiborbee!«

»Tibor.«

»Ja, ja …«

Es nützt nichts, sie vom Trinken abzuhalten. Innerhalb kürzester Zeit ist sie so voll wie Onkel Herbert an Weihnachten. Ich hingegen nippe ab und an am Rand meines Glases und suche Farck. Ich muss ihm immerhin gratulieren und will wissen, was er heute Mittag bei mir wollte. Danach – hoffe ich inständig – kann ich wieder zurück. Mum wird sicher bald anfangen, sich Sorgen zu machen. Und sie kurz vor Köln zu provozieren ist keine gute Idee.

Der Rest des Teams steht direkt neben einem kunstvoll geschmückten Stehtisch um einen Teller Häppchen herum. Sie tuscheln. *Doch nicht über mich, oder?*

»Die reden über dich, mein Guter«, lallt mir Gwendolyn in mein Ohr. Der Geruch von Alkohol und Magensäure steigt mir in die Nase.

»Woran machst du das fest?«, frage ich sie und beobachte weiterhin die Gruppe.

»Lionel …« Sie zeigt auf ihn. Ich reiße ihren Arm nach unten, woraufhin sie nur laut loslacht. »Also, dieser Lionel da, der guckt dich nicht an. Schaut die ganze Zeit zu der kleinen Heulsuse. Die ist neu, oder?« Ich zucke mit den Achseln. Wirklich Zeit, die anderen kennen zu lernen und mich mit ihnen zu beschäftigen, hatte ich ja noch nicht. Anstelle dessen stehe ich hier mit einer betrunkenen Möchtegern-Psychologin. »Auf jeden Fall, die sprechen über dich.«

Gwendolyn fällt zurück und klammert sich am Tisch fest, woraufhin die Bowlenschale bedrohlich wackelt.

»Komm!« Ich fasse ihre Hand.

»Du liebe Güte, so forsch«, provozierend leckt sie mit ihrer Zungenspitze über ihre Oberlippe. Dabei entfährt ihr ein leises Hicksen. *Schöne Psychologin ist das.* Ich ziehe sie zu einer Bedienung.

»Haben Sie zufällig Wasser und einen Stuhl?«

Der Kellner zeigt auf die Tür und beschreibt mir den Weg in das Herrenzimmer. *Herrenzimmer?* Ich habe keine Ahnung, was ein Herrenzimmer ist, aber ich schleppe das betrunkene Fräulein Goodman trotzdem dort hin. Es scheint meine einzige Chance, Schlimmeres zu verhindern.

»Herrenzimmer, pah«, spotte ich, als ich den Raum betrete. Hier stehen eine Bar mit verschiedenen Schnapsflaschen, ein Billardtisch und eine Kommode, auf der einige Zigarrenverpackungen ordentlich nebeneinander aufgereiht sind.

Ich werfe Gwendolyn auf das Sofa und suche neben den Alkoholflaschen irgendeine Art von Softdrink. Auf meiner Suche stoße ich auf einen Schrank, der über und über mit Animeserien und Mangas gefüllt ist. *Vielleicht ist dieses Herrenzimmer doch gar nicht so verkehrt, wie ich dachte.*

»Gefunden«, triumphiere ich und nehme eine Wasserflasche aus einer Installation neben dem Schrank, um sie Fräulein Goodman zu reichen. Sie setzt sie dankend an den Mund und trinkt einige Schlucke. Dann hickst sie zufrieden und zieht ihre Schuhe aus.

»Hier war ich noch nie, Tibor«, sagt sie und lächelt verträumt. Ihre grauen Augen wirken trotz alledem wie der kanadische Sturm im Winter – unruhig und leer. »Nein, hier war ich in all den Jahren noch nie.« Wehmut klingt plötzlich in ihrer Stimme mit. Sie atmet einmal scharf aus. »Was soll's, dann war er mit mir eben noch nicht hier.« Sie schlägt die Beine übereinander und verschränkt die Handflächen unter ihrem Kopf. »Findest du ihn nicht auch scharf?«

»Wie bitte?« Schockiert schaue ich sie an.

Sie kaut an ihrer Unterlippe und schaut verträumt an die Decke. *Kann es sein, dass Gwendolyn vielleicht selbst einen Psychologen braucht?*

»Hätte er nur nicht diesen Hass auf Frauen. Diese ganze Masche ist doch Schwachsinn und nur wegen damals.« Sie schüttelt den Kopf. »Nur wegen diesem ...« Sie hickst.

»Wegen was?«

»Ist doch egal!«, schreit sie plötzlich. Sie bäumt sich auf und schaut mir mit zornigen Augen ins Gesicht. »Dieser Frauenhass geht mir auf die Nerven! Aber was will man als Psychologin schon sagen? Ich kann ihm kaum eine klatschen, wenn er mir davon erzählt, wie er nur Männer mag. Furchtbar, Tibor, furchtbar.« Sie fasst sich genervt an den Kopf. Diese Beschreibung passt bloß auf einen Menschen, den ich kenne. *Sie muss die Psychologin von Farck sein.*

»Warum hasst er dich nicht?« Eine Frage, die mich – in Anbetracht meiner neugewonnenen Erkenntnis – brennend interessiert.

»Mich?« Sie lacht. »Ich bin in dieser verkorksten Familie, seit ich denken kann. Der kleine Jamy kannte mich schon, noch bevor das alles passiert ist. Dieser Hassfirlefanz kommt ja nicht von ungefähr und ich, ich bin in seinen Augen keines dieser Hassobjekte, genauso wenig wie Großmütterchen Augustine und Großtante Gertrud.« Sie lacht wieder. »Verstehst du? Es geht darum, *was* er hasst, nicht *wen* er hasst. Und vor allem geht es darum, wen er vorher kannte, wer zu seinem schönen Bilderbuch-Leben gehörte und wer erst dazu gekommen ist, als alles zu spät war. Bei manchen Frauen gibt er sich zugegeben große Mühe, sie zu mögen, obwohl er mir erzählt, was er wirklich fühlt und denkt. Ich wurde schon vorher hier eingeschleust, musst du wissen, Tibor. Tante Irmgard und diese hochnäsige Großtante sind …« Ein lautes Rülpsen entfährt ihr und der Geruch nach vergorenem Mageninhalt kehrt zurück. »Wie hieß sie noch gleich? Diese Großtante mit dem Hut.« Sie schließt die Augen und ihre Stimme wird fast unkenntlich.

»Was meinst du damit?«

»Sie ist so steif und erzählt immer von ihrem vielen Geld«, lallt Gwendolyn auf dem Sofa langsam. »Furchtbare Frau!«

»Das meine ich nicht. Ich meine das davo…« Ein leises Schnarchen ertönt von der Couch. *Unfassbar.*

Ich lasse sie liegen und mache mich auf die Suche nach einem Badezimmer. Ich muss dringend aufs Klo. Doch danach will ich sie wecken, um sie weiter zu löchern. Das Mysterium James Farck interessiert mich immer mehr. Es ist mein Glück, dass der Alkohol sie so überraschend schnell ihre Verschwiegenheitspflicht vergessen lässt. Mit unserem Hauspsychologen hat diese Frau rein gar nichts gemein. Der straft meine Schwester schon mit einem bösen Blick, wenn sie in Mums Sitzung platzt, um zu fragen, ob sie etwas zu Mittag essen möchte.

Noch dazu scheut Herr Bachmeier jegliche Konversation mit uns außerhalb von Sitzungen und würde niemals einen Schluck Alkohol zu sich nehmen. *Wahrscheinlich noch nicht einmal daran riechen.*

Ich gehe den Gang entlang. An einer Tür bleibe ich abrupt stehen. Laute Stimmen tönen mir entgegen.

»Es tut mir leid. Es kommt nicht wieder vor. Aber wie du ihn angesehen hast! Wie kannst du nur?«

Ist das Samuel? Sollte der nicht schon längst in Behandlung sein?

»Du und deine Eifersucht. Die Drogen sind keine Hilfe. Warum redest du nicht mit mir?« *Farck?*

»Ich hasse ihn. Ich hasse alle, die du so anschaust!«

»Morgen lässt du dich einweisen oder ich …«

»Sag es nicht!«

Stille. *Sollte ich klopfen? Nein.* Ich schüttle den Kopf. Es wird schon alles in Ordnung sein.

Ich gehe in einen Raum, auf dessen Tür ein Schild mit der Aufschrift *WC* hängt, und um das hunderte goldene Blütenblätter befestigt sind. Auf dem Flur höre ich Geräusche, aber messe diesen keine große Bedeutung bei. Als ich fertig bin und die Tür zum Herrenzimmer öffne, beschleicht mich ein seltsames Gefühl. Die Luft ist erhitzt und ich fühle, wie die Hitze mich erröten lässt. Doch wenn sie es nicht täte, würde ich jetzt so oder so knallrot anlaufen. Fräulein Goodman ist weg. Stattdessen liegt Samuel oberkörperfrei auf dem Sofa, während Farck sich über ihn beugt. Samuel zieht an Farcks Hemd. Farck knöpft es auf und streift es langsam ab. Er spannt seine Muskeln an. *Fuck. Raus hier!*

Ich versuche hektisch, die Tür wieder zu schließen. Dabei reiße ich die Klinke überschwänglich nach unten. Ein Knacken erfüllt den Raum. Farck schreckt auf.

»Entschuldigung«, quietsche ich und gehe ein paar Schritte rückwärts.

Samuels Augen füllen sich mit Hass. Farck steht auf und kommt mir entgegen.

»Was machst du hier?«, bellt er. Samuel presst sich an ihm vorbei und holt aus.

»Nicht«, rufe ich in meiner Verzweiflung.

Farck packt Samuel am Handgelenk.

»Danke«, flüstere ich mit hochrotem Kopf. Als Erwiderung bekomme ich nur *diesen Blick. Oh Gott, es ist der Blick des Todes. Warum macht es mir so viel aus, wenn er von Farck kommt? Wenn Mum so schaut, verspotte ich sie bloß.*

Samuel keucht. Das Tattoo, das über dem Bund seiner Jeans sichtbar wird, wölbt sich im Takt seines heißen Atems auf und ab.

»Beobachtest du gerne andere Menschen?« Farck lässt mir keine Zeit, die rhetorische Frage zu beantworten und zieht ihn in das Zimmer zurück. Ehe er die Tür schließt, wendet er sich noch einmal zu mir. Langsam, ganz langsam fährt er sich mit den Fingern durch sein wildes Haar. *Das gibt Ärger, Tamara.* Dann fällt die Tür vor meiner Nase ins Schloss.

Ich höre Sam schreien und Farck kläffen. Doch ich verstehe kein Wort. Der Klang ihrer Stimmen dringt dumpf durch das Holz der Tür hindurch.

»Was ist hier los?« Lionel kommt auf mich zu und fügt, mehr zu sich selbst, hinzu: »Dieser Idiot Yoshi.«

»Wieso, was hat er gemacht?«, frage ich.

»Er hat *dich* eingeladen.« Ein Stich fährt durch meinen Magen. Nach und nach kommen auch Yoshi, Damian und der mir unbekannte Rest des Teams. Sie stellen sich lauschend neben den Türrahmen.

»Da hast du den Salat«, brüllt Damian. »Ich habe es gesagt! Ich habe es euch allen gesagt und gerade dich gewarnt, Yoshi!«

Yoshi schluckt hörbar. »Ist immerhin auch ein Teamtreff hier, warum soll er nicht auch kommen dürfen?« Seine Stimme wird immer leiser.

»Du wusstest doch, was Samuel sich einbildet!«

Was Samuel sich einbildet, würde Tamara alias Tibor, auch zu gerne wissen.

»Ja, hab's kapiert«, schreit Yoshi und haut mit seiner Faust gegen die Wand. Im selben Moment öffnet sich die Tür und Farck stürmt heraus und an uns allen vorbei. Sein offenes Hemd weht, durch die Schnelligkeit seiner Schritte getrieben, und gibt den Blick auf seinen Oberkörper frei, auf den in regelmäßigen, fast ryhthmischen Abständen die hölzerne Kette mit dem Kreuz einschlägt. Damian stürzt auf seinen Bruder zu, der mit hochrotem Kopf im Zimmer zurückgeblieben ist.

»Ich mache den Entzug für dich, James«, schluchzt Samuel. »Hörst du? Ich tue es!«

Lionel schließt die Tür hinter ihnen. »Privat«, sagt er, als er meinen gaffenden Blick bemerkt. Ich nicke, auch wenn ich zu gerne gewusst hätte, was hier wirklich vor sich geht.

Wir gehen alle wieder zurück. Der Rest der Gäste hat nichts bemerkt. Fräulein Goodman ist wie vom Erdboden verschluckt. *Nicht, dass ihr etwas zugestoßen ist.* Farck ist auch nirgends zu sehen. Das war's wohl mit dem Gratulieren.

»Tibor?« Ich fahre erschrocken herum. Farcks Stimme verpasst mir eine Gänsehaut. »Können wir kurz reden?«

»Ja klar, gerne.« Nervös zupfe ich an meinen Haaren herum. Er führt mich in einen schlicht eingerichteten Nebenraum. »Tut mir leid.« Er räuspert sich. Seine eisblauen Augen schauen direkt in meine. Die braunen Stellen neben der Pupille scheinen abermals zu glühen. Ich halte seinem Blick nicht stand und lasse meinen daher willkürlich durch den Raum gleiten.

»Muss dir nicht leid tun«, entgegne ich rasch, während ich die Deckenbeleuchtung inspiziere.

»Doch, das waren keine schönen ersten Momente in dem Heroes of the Prefix-Team.« Auf einmal bemerkt er meinen abgeschweiften Blick. »Entschuldige, Tibor? Hier bin ich!« Er fängt ihn wieder ein und ich meine, dass er schmunzelt.

»Ist alles schon vergessen. Alles Gute zum Geburtstag!«, erwidere ich.

Ich bin verwirrt und hätte schwören können, dass ich mich bei ihm entschuldigen muss und nicht andersherum.

»Danke«, sagt er und hält mir eine Hand hin. Ich schüttle sie zögerlich. Sie ist warm und weich. Meine Fingerspitzen kribbeln aufgeregt wie vor einem Prefixspiel, als er sanft meine Handfläche drückt.

»Weswegen warst du heute, also, ich hab dich zu spät gesehen und ähm …«, fange ich an.

»Schon in Ordnung. Ich wollte dich mit hierhin nehmen.«

»Wieso?«

»Ich glaube, wir könnten gute Freunde werden. Dass hier so viel Trubel ist, damit hätte ich nicht gerechnet. Meine Verwandtschaft weiß wohl langsam, dass ich mich hierhin zurückziehe, wenn ich Geburtstag habe.« Er räuspert sich. »Volljährig scheinst du aber nicht zu sein. Denn ich nehme nicht an, dass du an dieser Schule in einem höheren Posten arbeitest.« Er lacht.

»Ich, ähm …«

»Nicht schlimm, ich wurde schon weitaus dreister belogen.«

Ich werde mit einem Mal knallrot. Ich wollte ihn doch nicht belügen, es war mehr eine Notlüge. Mein ganzer Look ist eine Notlüge.

»Ich bin auf jeden Fall froh, dass ich mich habe überreden lassen, was dich angeht.«

»Überreden?«

»Ja, eine lange Geschichte. Du bist auf jeden Fall nicht wegen mir hier.« Seine Augen verengen sich leicht, als er zu lachen beginnt. Doch seine Augenbrauen bleiben starr.

»Stimmt, sondern wegen Yoshi«, sage ich und hoffe, dass es bei ihm so scherzhaft ankommt, wie es gemeint ist.

»Ich meine im Team«, erwidert er kühl. Eine bedrückende Pause erfüllt den Raum.

Farck wollte mich nicht im Team haben? Findet er mich nicht gut genug?

»Dann lass uns mal wieder zurück zu den anderen«, sagt er schließlich, als er meinen betrübten Gesichtsausdruck bemerkt. Ich versuche ein Lächeln.

»Jetzt bin ich aber froh, dich hier zu haben«, fügt er noch hinzu. »Auch wenn du alles etwas aus der Bahn wirfst.«

Damit kann er nur den unangenehmen Zwischenfall mit Samuel meinen.

»Was hat Sam gegen mich?«

»Er ist eifersüchtig.« Farck räuspert sich.

Eifersüchtig worauf?

»Er bildet sich ein, ich könnte dich interessanter finden als ihn. Unsinn, aber er glaubt es.« Farck zieht seine Mundwinkel zu einem Strich und schüttelt unmerklich seinen Kopf.

»Wieso?«, frage ich. Ich kann mir kaum denken, dass jemand auf *mich* eifersüchtig sein könnte. Zumal ich nicht im Geringsten mit Samuel vergleichbar bin.

»Mach dir keinen Kopf über Sam. Er ist ein sehr eifersüchtiger Mensch. Manchmal denke ich, ich hätte ihn besser nicht ausführen sollen, aber na ja …«

»Ausführen?« Ich muss lachen. Er wirkt so alt, wenn er beim Reden diese großelterlichen Floskeln benutzt, obwohl er kaum älter als Mitte zwanzig sein dürfte.

»Was?«, fragt er sichtlich verwirrt.

»Nichts, nichts. Ich hätte *daten* gesagt, das ist alles.«

Farck nickt. Seine Lippen presst er dabei noch stärker zusammen, als wolle er sie zerdrücken. Spaß versteht er anscheinend nicht. Um nicht in Erklärungsnot zu gelangen, gehe ich nicht weiter auf seine Wortwahl ein und wechsle das Thema.

»Warum gibt es eigentlich im *Herrenzimmer* Animeserien? Stehen deine Eltern auf sowas? Ist das nicht eher Kinderkram?« Mit Kindern schließe ich mich selbst ein. Sofort spüre ich, wie ich leicht rot werde.

Farck verzieht seine Mundwinkel zu einem Lächeln. »Nein, du hast mein Geheimversteck entdeckt. Hier muss man vorsichtig sein, wenn man seinen *Kinderkram* behalten möchte. Die Familie der Farcks tauscht untereinander ihre Immobilien gerne aus. Hier haben auch mal andere Farcks gelebt. Unsere Familie reist viel umher. Durch die ganzen Geschäftsabschlüsse und Firmentermine bleibt uns auch nichts anderes übrig. Über die Jahre haben sich in allen Teilen der Welt Farcks etabliert, sodass andere Familienmitglieder von den Unterkünften dort profitieren konnten. Dieses Haus hier ist zwar inzwischen dauerhaft meines, aber es ist eine alte Angewohnheit, mein Hab und Gut vor dem Rest der Farcks in Sicherheit zu bringen.«

»Warum?«

»Damit sie sich nicht über meinen *Kinderkram* amüsieren.«

»Verstehe«, entgegne ich. Die Luft wird zum Schneiden dick. Das Gespräch zwischen uns flacht immer wieder ab, wird dann jedoch gänzlich von seiner Ernsthaftigkeit blockiert. »Ich schaue auch Animes«, gestehe ich, um die Stimmung wieder aufzulockern, werde dabei allerdings noch röter. »Also, wenn du mal ein paar geliehen haben willst, sag einfach Bescheid.«

Er nickt und beginnt zu grinsen.

»Wie alt bist du eigentlich geworden?«, lenke ich unser Gespräch um.

»Tib, über Alter spricht man nicht.« Er lacht erneut. Sein Lachen ist klar und ehrlich. Er lehnt sich an die Wand. Neben seinem Kopf stecken bunte Reißzwecken in der Tapete.

Ich nicke, kann mich aber selbst nicht davon abhalten, noch eine der Fragen zu stellen, die mir bezüglich seiner Person auf den Nägeln brennen. »Weswegen gibt es keine Bilder von dir im Internet?«

»Weil ich darauf keine Lust habe. Ganz einfach.«

»Und wieso? Es muss doch Bilder von dir geben. Du wurdest vor der Messe in Warschau so oft abgelichtet.«

»Es gibt Mittel und Wege, es zu verhindern«, sagt er und lächelt kaum sichtbar. Seine Augen verengen sich erneut.

»Ist das nicht schlecht fürs Image?«, frage ich geraderaus.

Er runzelt die Stirn. »Kennst du nicht den HothP- Channel?«

»Diese Abzocke von euch für 13 Dollar im Monat? Ja, die kenne ich.«

»Eine Vorkehrung, die ich dem restlichen Management zugestehen musste, damit sie mich mit ihrem *Imagekram* in Ruhe lassen. Die Fans wollten meine Spiele unbedingt auch noch nach dem offiziellen Sendetermin im Fernsehen sehen.« Er atmet scharf aus. »Es ist eine grauenvolle Vorstellung, dass man ständig verfolgt wird, damit die Menschen Fotos von einem kriegen. Langsam haben die Paparazzi raus, dass sie bei mir keine Chance haben.«

Er streicht sich durch die Haare und verschränkt dann seine Arme. »Aber klar, du hast schon recht, wenn du sagst, dass dieses Verhalten meinem Image gegenüber den Fans schadet. Wenn ich mit dem Team unterwegs bin, lasse ich von mir Fotos schießen, die aber bloß in Gamingzeitschriften erscheinen dürfen. Privat will ich nichts damit zu tun haben und auch die Gamingzeitschriften dürfen die Bilder nicht online stellen. Generell soll niemand wissen, wo ich wohne, was ich tue oder wann ich es tue.«

Er schaut mir direkt in meine Augen. Diesmal kann ich mit meinem Blick nicht fliehen. Farcks eisblaue Iris pulsiert. Es ist ein kaltes, starres Blau, das seine Pupille umfasst. »Außerdem ist man vorm Swatting sicher, wenn niemand deine Adresse kennt«, sagt er und grinst breit.

»Swatting?«

»Glaub mir, du willst gar nicht wissen, was das Bescheuertes ist.« Er lacht und wendet sich zur Tür.

»Doch, ich will.« Überraschenderweise hält er inne und bleibt stehen.

»Swatting ist, wenn Verrückte – und meist sehr schlechte Verlierer – bei der Polizei anrufen und ihnen erzählen, dass bei ihren Gegnern gerade eine Geiselnahme stattfindet. Dann rückt ein SWAT-Team aus und stürmt deine Wohnung. Natürlich kannst du dann nicht mehr weiterspielen und der eigentliche Verlierer gewinnt ganz plötzlich.«

»Sowas gibt es?«

»Glaub mir, einem Menschen ist jedes Mittel recht, um sein Ziel zu erreichen. Man kann einen Menschen mit einem starken Willen nicht aufhalten.«

»Doch«, sage ich. Er schaut mich fragend an. »Indem man einen stärkeren Willen hat als diese Person.«

Es entsteht erneut eine Pause. Die Atmosphäre ist mit einem Mal wieder umgeschlagen. Ich schlucke. Auch er scheint es zu bemerken, denn er trommelt nervös mit seinen Fingerspitzen auf einen Beistelltisch ein.

»Dann wollen wir mal wieder«, sagt Farck. Er nickt der Tür zu und wir gehen wieder zurück zu den anderen. Der restliche Abend verläuft ohne weitere Vorfälle. Farck ist wie ausgewechselt und redet viel mit Lionel. Yoshi und ich unterhalten uns über Spielstrategien, während die anderen ebenfalls in munteres Geplänkel verfallen. Leider kommt niemand auf die Idee, mich den restlichen Teammitgliedern vorzustellen und umgekehrt scheinen auch die unbekannten Gesichter nicht daran interessiert, sich mit mir bekannt zu machen.

Damian und Samuel sind nicht wieder aufgetaucht. Sie haben anscheinend eine Menge zu bereden.

»Wo ist Brian, James?«, ruft ein Mann, der sich aus dem Sektturm ein Glas nimmt. Er nimmt es von der untersten Stufe, als ob er darauf gehofft hatte, dass der Turm in sich zusammenbricht. Doch er bleibt bestehen, ohne dass sich ein weiteres Glas rührt.

»Er ist heute Abend verhindert. Geschäftstermin.«

»Verstehe. Ich werde ihn nachher kontaktieren.«

»Er ist in einem Meeting. Ich bezweifle, dass du zu ihm durchkommen wirst.«

»Der Junge soll nicht ständig als dein Handlanger arbeiten, immerhin ist er ein gebürtiger Farck. Er ist für Größeres bestimmt.«

Ich merke, wie Farck seinen Kiefer anspannt. Seine Augen beginnen zu glühen und seine Pupille wächst um einen halben Millimeter.

»Das hätte er nicht sagen dürfen«, zischt mir Yoshi zu.

»Wieso nicht?«, frage ich ahnungslos.

Farck geht mit harten Schritten auf den Mann zu. »Was meinst du damit, Onkel?«, zischt er.

»Nichts James, beruhige dich bitte! Contenance!« Sein Onkel hebt den Kopf, um mit selbstbewusstem Blick auf ihn hinab zu schauen.

»Immer diese Spitzen von dir! Ich habe endgültig genug davon!« Farck holt aus und schlägt mit voller Wucht auf die auf der untersten Stufe stehenden Sektgläser ein.

Der Turm zerfällt klirrend in seine Einzelteile. Sein Onkel hält schützend die Hand über seinen Kopf.

»Du schaffst es einfach nicht, dich zu benehmen wie ein Farck. Wenn du so weiter machst, riskierst du deine hohe Position, mein Junge!«, ruft er und tupft sich mit einem roten Taschentuch über die Stirn. Mein Blick huscht über die roten Samtrahmen der Ölgemälde. Dabei identifiziere ich den Mann auf einem der Bilder. Dann kehrt mein Blick zu dem roten Taschentuch in seiner Hand zurück.

Rot bedeutet in bestimmten Szenarien einfach nichts Gutes. Jetzt weiß ich, von wem ich mich fernhalten muss.

Die Musik hat für einen Moment ausgesetzt und beginnt nun wieder zu spielen. Plötzlich verschwindet Farck durch eine Seitentür. Lionel folgt ihm sofort. Ein Haushälter und der Butler versuchen, die Scherben zu beseitigen.

Der Rest der Gesellschaft tut währenddessen so, als sei nichts vorgefallen. Selbst der Onkel beginnt wieder lautstark, mit einer Gruppe von dickbäuchigen Alten zu reden.

»Was war das denn?« Verdutzt gehe ich ein paar Schritte zurück. Auf einmal muss ich daran denken, was wohl passieren würde, wenn ich aufflöge. *Dann wird es kein Sektturm sein, den Farck zertrümmert.*

»James ist ein angeheirateter Farck«, erklärt mir Yoshi mit einem Lächeln auf den Lippen. »Sohn einer Frau aus der Mittelschicht. Seine hochwohlgeborene Verwandtschaft sieht das gar nicht gerne. Doch die will ihn nur provozieren, nichts weiter. Sie müssten wissen, dass Brian es ohne Farcks Leitung zu nicht viel bringen würde.«

»Also James ist das Kind mütterlicherseits«, fasse ich zusammen. »Und Brian? Er ist der Sohn von James' Vater? Wo ist sein Vater überhaupt?« Es fühlt sich komisch an, Farck James zu nennen. Aber in Anbetracht der ganzen Farcks hebt es seine Identität immerhin ab.

»Ja, Brian ist aus erster Ehe. Die erste Ehefrau seines Vaters starb bei einem Brand im Bürogebäude.«

»Das ist ja schrecklich!«

»Schon, aber alle haben sich irgendwie damit arrangiert.«

»Auf welchem Geschäftstermin ist Brian denn?«

»Irgendwo in Asien.« Yoshi nimmt sich ein halbes Ei mit einer dicken Lage Kaviar von einem golden glänzenden Tablett.

»An dem Geburtstag seines Bruders? Ist das nicht irgendwie schade?«

»Ach Tibor, Geburtstage gibt es jedes Jahr, aber dass er als unser Auslandskorrespondent denen da drüben auf dem anderen Kontinent mal Feuer unterm Hintern macht, diese Chance kommt vielleicht nur einmal. Ich will auch noch in Zukunft ein paar Promotiongames spielen können.« Yoshi streckt mir die Zunge heraus. An ihr kleben bereits Reste eines zerkauten Sesamgemischs. Ich schmunzle.

»Und ich meine, trotz der Hasstiraden seines Onkel Richard über James sind die beiden Patchwork-Brüder sich sehr nahe. Und Richard, so reich er auch sein mag, ist nicht reicher als unser James, vor allem jetzt, wo die Firma von ihm kurz vor dem Ruin stand.«

Yoshi schluckt das Ei in einem hinunter. »Ohne James hätte hier womöglich niemand mehr Kohle für so eine Party. Obwohl sich Richards Firma gerade erholen soll. Irgendein Juniorpartner der Konkurrenzfirma ist ausgestiegen oder sowas ähnliches.« Yoshi rollt mit den Augen.

»Wie reich ist Farck denn?« Mein Hals ist auf einmal trocken. Ich war noch niemals mit jemandem befreundet, der mehr als 50 Euro Taschengeld im Monat bekommt.

»Keine Ahnung. So genau weiß es niemand. Aber Richard meinte auf der Beerdigung seines Großvaters – Gott hab ihn selig – dass er James als Neffen nicht mehr akzeptieren würde, wenn er weniger verdiene, als er es tut.«

»Das nenne ich einen guten Onkel.« Ich versuche, so sarkastisch wie nur irgend möglich zu klingen.

Yoshi nickt. »Ja, seine Verwandtschaft mag keine Zweitehen – und dann auch noch mit einer Frau aus einfachen Verhältnissen. Das wird bei den Farcks nicht gerne gesehen. Doch sollten sie James irgendwann erfolgreich rausekeln, verlieren sie ihren wohl talentiertesten Mann. Keine Ahnung, was James bei ihnen hält. Ich hätte mein Vermögen genommen und wäre abgehauen.« Yoshi hält inne, um ein weiteres Ei in seinen Rachen zu schieben, und redet dann mit vollem Mund weiter: »Aber echt geil hier. Außer Lionel war noch nie jemand auf dem farckschen Anwesen. Du kannst dir jetzt wohl auch denken, wieso.«

»Nur Lionel? Dabei bist du doch fast genauso lange dabei wie Lionel, oder?«

»Er hasst es einfach, Menschen hierhin einzuladen, geschweige denn zu den farkschen Anwesen in Amerika. Wir waren letzte Season oft in Amerika unterwegs, aber kein Mal auch nur in der Nähe seines Wohnhauses. Die Einladung für heute kam auch nicht von James, sondern von seinem Onkel. James wusste gar nichts von dieser Party.«

»Er wusste nichts hiervon? Ich dachte, niemand hat so viel Geld? Und das Haus gehört doch Farck.«

»James hatte keinen blassen Schimmer, obwohl er sie wahrscheinlich sogar bezahlt und sie bei ihm stattfindet. Für leerstehende Häuser der Familie Farck haben, soweit ich weiß, alle Farcks einen Zugang.«

»Ich glaube, zu diesem hier nicht mehr«, entgegne ich, denn ich erinnere mich an Farcks Worte.

Yoshi zuckt mit den Schultern. »Irgendwie müssen sie ja reingekommen sein.« Er lacht. »Das Ganze hier wird auf alle Fälle teuer, wenn ich mir die Champagnerkästen vor der Küche ansehe.« Yoshi verschluckt sich und hustet dann einen Teil des Kaviars aus. *Wieso wollte Farck mich heute Mittag hierhin mitnehmen? Er dachte, wir könnten Freunde werden,* wiederhole ich in meinen Gedanken. *Was bedeutet das?*

»Aber jetzt zu den schönen Dingen, zu Prefix. Erzähl mir mal, wie du das mit der Mouse gemeistert hast.«

Ich schildere ihm meine Panik, als der Kaffee über die Tastatur lief, und er lacht herzhaft darüber.

Der weitere Abend verläuft wie zuvor. Niemand schert sich darum, dass Farck an seinem Geburtstag so mies behandelt wurde. Es wird geredet, gelacht, ein bisschen getanzt. Farck kommt nicht mehr zurück, Lionel schon. Er will kein Wort darüber verlieren, was er noch mit Farck beredet hat. Sein gutes Recht.

Um 23:00 Uhr kommen Yoshi, Lionel und ich am Flughafen von Nürnberg an. Ich muss an Mum denken und verziehe automatisch das Gesicht. Ich habe ihr zwar gesagt, dass ich auf einem Geburtstag bin, aber auch, dass es nicht lange dauern wird. Zu allem Überfluss ist der Akku meines Mobiltelefons leer.

Wie erwartet, wettert sie los, sobald ich einen Fuß durch die Haustür getan habe.

»Pass bloß auf, dass ich deinen Kölntrip nicht platzen lasse!«

»Entschuldige, ich hatte keine Chance, dich zu erreichen«, sage ich wahrheitsgetreu. Ich weiß selber, dass es klüger gewesen wäre, Mum kurz vor der Reise nach Köln und nach meinem fake-Outing mit Samthandschuhen anzufassen, aber das gab die Situation eben nicht her.

»Du musst einfach nur unsere Rufnummer im Telefonbuch nachschlagen, dann hast du sie, und erzähl mir nicht, dass es auf diesem Geburtstag keine Telefone gab!«

»Es tut mir doch leid!«, wiederhole ich und stampfe ins Obergeschoss.

»Wer soll dir das glauben, *Tibor?«,* ruft sie mir nach. Sie zischt noch etwas hinterher, irgendeine Spitze, die ich nicht ganz verstehe.

Ihre Wut wird definitiv bis morgen anhalten. Ich erzähle ihr besser erst kurzfristig, dass ich wieder mit dem Team unterwegs sein werde. Es soll nämlich etwas Besonderes sein, was sie mit mir vorhaben. Ich bin gespannt. Hoffentlich ist Farck auch dabei.

9

Als ich aufwache und mich an jedes Detail meines Traumes erinnere, merke ich erst, wie verrückt mein Leben im Moment ist. Fräulein Goodman, Samuel, Farck und Yoshi, sie alle haben mich in meinem Traum besucht. Es waren quälende Stunden, in denen ich den gestrigen Abend rekapituliert habe.

Wer hat mich in das Team eingeladen, wenn Farck mich nicht dabei haben wollte? Was meint er damit, dass wir beide Freunde werden könnten? Und warum hat sein Onkel eine Party für ihn geschmissen, wenn die beiden sich kaum ausstehen können? Fragen über Fragen. Seufzend rolle ich mich aus dem Bett. Es ist komisch, keine Schule zu haben. Eigentlich sollten wir nämlich heute schon fliegen, aber Farck hat den Flugtermin gestern verschoben. Er sprach von einer *besonderen* Angelegenheit, doch mehr konnte ich niemandem aus der Nase ziehen. Von sich aus teilt mir eh keiner etwas mit.

Na ja, dafür erlebe ich an wenigen Tagen, was andere ihr Leben lang nicht erfahren können. Ich schaue auf die Uhr. Es ist 12:10 Uhr. Meine Güte, ich habe viel zu lange geschlafen. *Warum hat Mum mich nicht schon längst geweckt? Stimmt ja*, heute ist ihr Friseurtermin. Ich erinnere mich vage an die Modezeitschriften, die sie mir gezeigt hat, bevor ich von Yoshi abgeholt wurde, und aus denen ich die schönste Frisur raussuchen sollte. Sie will mich wieder zu einer Frau machen, möglichst unauffällig, versteht sich. Doch ich durchschaue sie sofort. Der pinkfarbene Lipgloss, den sie *rein zufällig* vor meine Zimmertür gelegt hat, und das Modemagazin, das gleich danach unter der Tür durchrutschte, lassen Mum nicht gerade wie eine undercover Agentin wirken.

Ich muss mich fertig machen, bevor sie zurück ist und bemerkt, dass ich noch im Pyjama bin. Schnell putze ich mir die Zähne, dusche mich und ziehe mich um. Gerade, als ich meine zweite Socke über den Fuß streife, höre ich den Schlüssel im Schloss. Mum ist zurück. Sie kommt ins obere Stockwerk. Ihre Haare sind zu einer perfekten Frisur gestylt.

»Ulala«, rufe ich ihr entgegen und pfeife. Zum Glück scheint sie nicht mehr sauer auf mich. Wir unterhalten uns eine ganze Weile. Demonstrativ verrichte ich vor Mum die Übungen, die mir Herr Richter mitgegeben hat, um nachzuholen, was ich während meiner schulfreien Tage verpassen werde. Die Aufgaben erinnern eher an unlösbare Rätsel, aber ich krakle trotzdem einige Lösungsansätze aufs Blatt. Mum ist darüber überglücklich. Mit einem Blick auf die Uhr frage ich mich, wann nun das *besondere* Ereignis stattfinden soll.

»Tam … Mist, entschuldige, Tibor?« Mum kommt zu mir ins Wohnzimmer und hält mir den Hörer hin. Mit der freien Hand streicht sie über meine Schulter, als wollte sie sie warmreiben. Abermals sagt sie »Entschuldigung, die alte Gewohnheit.«

»Kein Problem, das passiert«, flüstere ich. Ich bin ziemlich stolz, dass Mum sich Mühe gibt, meinen neuen Ansprüchen gerecht zu werden, und es auf einmal doch wieder weniger einer Taktik, mich umzupolen, ähnelt.

»Myc ist am Telefon«, entgegnet sie mit einem dankbaren Blick.

»Hey Myc, was gibt's?« Erst jetzt erinnere ich mich, dass ich ihn bei Farcks Geburtstagsfeier auf heute vertröstet habe.

»Du hast mich gestern ja ganz schön abgespeist.«

»Von dir hat man, abgesehen von deiner SMS, aber auch lange nichts gehört. Aber ich kann mir schon denken, weswegen oder viel mehr, wegen *wem*«, sage ich und versuche, es eher witzelnd klingen zu lassen, obgleich mir die Myc-Rosemarie-Kombi nicht wirklich gefällt.

»Das hatte nichts mit Rosemarie zu tun. Was hast du denn eigentlich in London gesucht? Welche Party …«

Ein Auto hupt laut. Ich schaue aus dem Fenster und sehe Farck und Lionel darin sitzen.

»Myc, sorry, aber ich muss leider los. Wir hören später voneinander. Gerade passiert echt eine Menge.« Ich seufze ironisch und kichere dann.

»Tammy, warte, ich …« Bevor Myc zu Ende sprechen kann, habe ich bereits aufgelegt. Ich war zu euphorisch über die Ankunft von den beiden anderen. *Soll ich Myc nochmal anrufen und mich entschuldigen?* Ach nein, er versteht das. Und immerhin hat er sich vor seiner SMS gestern auch eine ganze Weile nicht bei mir gemeldet. Mum lächelt mich an und nimmt den Telefonhörer wieder an sich, als wolle sie meine Entscheidung untermauern, Myc nicht zurückzurufen.

»Geh nur«, sagt sie, während ich, ganz in meinen Gedanken versunken, wie gebannt auf die Straße starre. Für einen kurzen Moment sind meine Gedanken noch bei Myc, doch dann steigen Nervosität und Neugier in mir auf und überlagern Mycroft und seine Rosemarie-Lovestory.

Ich renne hinunter. Dann zögere ich. Vorsichtig öffne ich die Haustür, streiche einmal über meine Kleidung und stolziere den beiden entgegen. Mum wünscht mir viel Spaß. Sie ist seit meinem *Outing* wie ausgewechselt und beschäftigt sich um einiges öfter mit mir als zuvor. Wahrscheinlich hat sie ihren Beschützerinstinkt über die Tatsache verloren, dass ich kein kleines Mädchen mehr bin, sondern mich zu einem jungen *Mann* entwickelt habe.

Farck lächelt mir aus einem Tesla entgegen. Er hat eine Hand am Lenkrad, in der anderen wirbelt er ein glänzendes BlackBerry wie einen Fidget-Spinner umher. *Hoffentlich hält dieses neue Exemplar seinem Gemüt länger stand als das alte.* Ein Schauer läuft mir über den Rücken.

»Komm Tibor, wir haben nicht viel Zeit. Es geht nach Lugano«, ruft mir Lionel vom Beifahrersitz aus zu. *Lugano? Das Lugano in der Schweiz?* Das bedeutet noch einen Flug.

Ich nehme auf der Rückbank Platz. Farck trägt einen dunkelblauen Strickpullover. Seine Haare sind gegelt und wirken noch schwärzer als sonst. Auf der Fahrt zu dem *Besonderen* wirkt er wie ein anderer Mensch. Er scheint den gestrigen Abend, Samuels Ausfall und die Beleidigungen von Seiten seines Onkels vergessen zu haben. Farck lacht mit mir, scherzt mit Lionel und versucht sogar, mich vor dem Flug zu beruhigen.

Als wir die Sicherheitsschleuse passieren, lächeln die Frauen am Schalter brav und nicken Farck zu. Ich muss nur kurz meinen Pass hinhalten, während eine der beiden Frauen unsere Namen schneller auf einer Liste einträgt, als ich auch nur einen Buchstaben zu Papier bringen würde. Wir fliegen demnach wieder mit dem farkschen Privatjet.

Dabei habe ich mir so einen guten Notfallplan überlegt, zu dem mir die Idee durch meine Erfahrungen bei dem Flug nach Stansted gekommen ist. Man könnte ihn auch idiotensicher nennen. Kurz vor dem Einchecken wäre ich einfach aufs Klo gegangen und hätte ihnen versichert, dass sie schon vor zum Flieger gehen können. Dann hätte ich einfach später in Seelenruhe als Tamara eingecheckt. Lionel hat mir nämlich erklärt, dass man sich vor einem Flug mit dem Privatjet nur als Teil der fliegenden Gruppe registrieren muss. Diese Registrierung läuft vor Ort ab und zeitgleich mit der eben stattgefundenen Passkontrolle. Bei einem regulären Kurz- oder Langstreckenflug hingegen werden im Terminal Tickets für das Team ausgestellt. Dafür wird der Pass um einige Zeit länger benötigt als beim Reisen mit dem Jet.

Ich gebe mir die größte Mühe, während des Fluges nicht zu jammern. Farck würdigt dieses Verhalten, indem er sich immer wieder ehrlich besorgt nach meinem Wohlbefinden erkundigt.

Als wir auf dem Lugano-Agno International Airport ankommen, spüre ich, wie sich die Luft verändert hat. Ich schwitze trotz des kühlen Windes und der Tatsache, dass ich meine Jacke wegen der künstlichen Hitze im Innenraum des Jets bereits ausgezogen habe.

»So, und jetzt auf zu unserem Shooting«, trällert Lionel.

»Du solltest ihm doch nichts sagen.« Farck rammt ihm eine Faust in die Seite.

»Stimmt, sorry!«

Ich schlucke.

Farck lacht. »Ich wusste, dass dir das nicht gefallen wird. Hab ich's dir nicht gesagt, Lionel?«

»Man kann doch aber so viel aus dir machen!«, erwidert Lionel und streicht mein Hemd glatt. Dabei kommt er meiner Bauchwegunterhose oder – in diesem Fall – *Brust*wegunterhose bedrohlich nah. Ich weiche ihm aus. Er scheint nichts bemerkt zu haben. *Glück gehabt.*

Ein Flughafenbus steht vor dem Jet bereit, um uns in das Flughafengebäude zu bringen.

»Wartet, ich habe meine Jacke vergessen!«, rufe ich, als ich bereits im Innenraum des Fahrzeuges Platz genommen habe.

»Kein Problem. Es ist zwar kalt, aber wir fahren vom Flughafen direkt weiter und du wirst kein Outdoor-Shooting bekommen. Versprochen«, erwidert Farck und Lionel stimmt ihm nickend zu.

Wir steigen in ein Leihauto. Ich bin müde vom Flug, aber beherrsche mich, nicht allzu auffällig zu gähnen. Als wir an einem Fotostudio ankommen und durch die offene Tür in den leeren Eingangsbereich treten, klingelt eine Glocke.

»Wartet hier, ich hole ihn.« Bevor ich etwas sagen kann, verschwindet Farck in einem Hinterzimmer. Lionel und ich bleiben zurück. Ich nutze die Gelegenheit, um mich geistig auf das *Fotografiertwerden* einzustellen, aber als ich die ganzen Fotos von bildhübschen Models an der Wand sehe, bekomme ich Panik.

Mein Blick bleibt an einer besonderen Fotografie hängen. Sie zeigt eine Frau mit langen, braunen Locken und dunkelbraunen, mandelförmigen Augen, die unter einer venezianischen Maske hervorlugen. Es scheint, als wolle sie jeden Mann im Raum verführen. Sie liegt auf einer roten Chaiselongue, die über und über mit schwarzen Rosen bedeckt ist. Dazu passend trägt das Model einen roten Spitzen-BH, der gnädig die intimsten Körperteile bedeckt.

»Die Frau kenne ich, Lionel!«

Lionel folgt meinen Blicken und nickt. Dabei fährt er sich durch die blonde Tolle. Seine Augen funkeln mit einem Mal wie die eines verliebten Teenies.

»Mera ist der Wahnsinn, alle sind ziemlich neidisch auf James. Hätte ich doch nur so ein Glück ...« Er atmet scharf aus. »... und James tritt es mit Füßen.« Lionel schüttelt den Kopf. Dann schreckt er auf. »Das bleibt aber unter uns, Tibor, in Ordnung? Also, dass ich James kritisiert habe. Das war nicht meine Absicht. In Anbetracht seiner Vorgeschichte ist sein Verhalten vollkommen legitim!«

»Sie ist seine Freundin? Seine *feste* Freundin? Aber ...«

»Ja, sie ist seine *offizielle* Freundin, schon lange, bald zwei Jahre.« Perplex mustere ich ihre perfekten Züge. Meras Körper könnte von DaVinci entworfen sein.

Sie meinte doch, sie erwartet einen Antrag. Sie erwartet also einen Antrag von Farck? Dem Farck, der Frauen kaum ausstehen kann? Dem Farck, der launisch ist wie kein Zweiter? Von dem Farck, der allem Anschein nach mit Samuel zusammen ist? Dem James Farck, der …

»Hallihallo, mein lieber Schwan, trés chique.« Ein Mann in lilafarbenem Kostüm und Pumps kommt auf uns zugestakst. Seine aschblonden Haare kleben an seinem Kopf. Dem beißenden Geruch nach zu urteilen, segnete bei seinem Styling nicht nur eine Haarspraydose das Zeitliche. Ich verstecke mich hinter Lionel, aber der Mann zeigt wie wild auf mich.

»Na, na, na, da ist ja der Neue«, ruft er erfreut.

»So ein hübscher Kerl, dich bringen wir in Pose.«

Er posiert wie ein Topmodel und geht einmal den Gang auf und ab. Dann kommt er auf mich zu, zieht mich hinter Lionel hervor und mustert mich. Farck kommt aus dem Hinterzimmer und schließt die Tür. Dann lehnt er sich gegen die Wand, verschränkt seine Arme vor der Brust und beobachtet uns mit einem Lächeln auf den Lippen.

»Wirklich hübsch, aber …« Der Fotograf überlegt.

»Was denn?«, frage ich ängstlich.

»Du hast so große Augenringe, nicht schön, no, no«, sagt er und hebt mahnend den Zeigefinger.

»Die Fotos müssen nicht perfekt werden, Manuel, aber sie müssen unseren Gegnern Angst machen. Er muss aussehen wie der beste Spieler der Welt«, erklärt Lionel.

»Je sais, je sais, Jungs. Die Vier von letzter Woche hab ich doch auch perfekt abgelichtet, oder?«

Manuel scheint angesäuert. Er tippt nervös mit der Spitze seiner Krokodillederpumps auf den Parkettboden des Studios.

»James, wann darf ich dich eigentlich endlich verewigen? Du hast es so oft versprochen! Deine Augen sind fantastisch. Ich kann nicht anders, als in ihnen etwas Besonderes zu sehen! Du wärst das *perfekte* Model!« Da muss ich Manuel recht geben. James Farck ist eindeutig ein Schönling, ein Mann aus gutem Hause, der einen ziemlich genialen Gencocktail abbekommen hat. Selbst die schiefe Nase verleiht seinem Gesicht nur noch mehr Charakter, als er ohnehin schon durch die Huskeyaugen und die kantigen Züge hat.

Farck lacht bloß und deutet mit dem Finger auf seine Stirn.

Manuel stöhnt verächtlich auf und wendet sich wieder mir zu. »Auf jeden Fall ein neues Outfit«, entscheidet er mit einem skeptischen Blick auf mein Hemd und weist auf eine Tür. »Auf, auf! Husch, husch! Ihr beiden wartet draußen. Geht ein bisschen in Lugano shoppen. Die neuesten Trends aus Mailand schwappen gerade zu uns rüber.«

Ich schaue zu Farck. Er zuckt mit den Schultern. »Wir warten im Jet auf dich, der Flughafen ist nicht weit. Wenn was ist, sag Bescheid.«

Farck winkt mir zu und verlässt dann mit Lionel das Studio. Das kleine Glöckchen an der Tür schellt zum Abschied.

Sehr witzig, Herr Farck. »Wenn was ist, sag Bescheid.« Wie denn in Gottes Namen? »Scheiße«, fluche ich.

»Scheiße?« Empört mustert Manuel mich.

»Ich habe bloß laut gedacht«, sage ich kleinlaut, während Manuels forsche Augen jedes Stückchen meines Körpers inspizieren.

»Hör mal, Junge, sowas will ich hier nicht mehr hören! Unter keinen Umständen, klar?« Er wedelt mit seinem Zeigefinger in der Luft, greift dann an meinen Rücken und schiebt mich ein Stück.

»Ohnehin, gegen deine dunkle Aura müssen wir etwas unternehmen. Die Augenringe gehen nicht, no!«

Er zieht im Vorbeigehen die Schublade eines Beistelltisches auf und kramt eine silbrig glänzende Dose hervor. Mitten in dem angrenzenden Nebenraum stellt er mich ab und klappt die Dose auf. In die Oberseite ist ein kreisrunder Spiegel eingelassen, in dem sich die Deckenlampe so spiegelt, dass sie mich blendet. Als ich wieder richtig sehen kann, wird mir bereits mit einem Schwamm eine braune Tinktur ins Gesicht gerieben.

»So, jetzt aber husch, husch, kleiner Prinz«, ruft er mir zu. Dann geht er zügig an mir vorbei und stakst von einer Wand zur anderen, um in jeder Ecke Teile seiner Kamera einzusammeln.

Ich befinde mich in einem rosa getünchten Raum. An den Wänden hängen verschiedenfarbige Leinwände. Eine zeigt einen Strand mit Palmen, eine andere bildet viele verschiedene Blüten ab. Daneben hängen Rollen mit weißem und schwarzem Papier. In der Mitte stehen Geräte, Blenden, Fotoapparate und Stative.

Es ist nicht zu vergleichen mit dem Fotostudio unseres Familienfotografen, der gestellte Fotos zu Wucherpreisen von uns gemacht hat. Wir haben seine Dienste danach auch nicht mehr in Anspruch genommen. Meine Mutter hat sich so darüber geärgert, dass sie angeblich wie eine Ratte mit Hakennase aussah, dass sie den Fotografen angeschrien hat, ihm die Kamera aus der Hand genommen und mir gegeben hat. Ich, die ich damals zehn Jahre alt war, sollte seinen Job übernehmen und die Fotos machen.

Mums Lieblingsmotiv war natürlich sie selbst mit meiner Schwester. Natürlich nicht mit mir. Es ist eine traurige Feststellung, das Schattenkind in unserer Familie zu sein.

Manuel ist verschwunden, kommt aber kurze Zeit später zurück. Mit ihm rollte eine Kleiderstange mit verschiedenen Trainingsanzügen herein. Es sind die berühmten Heroes of the Prefix-Anzüge, auf denen Sponsorennamen und Namen von Auszeichnungen stehen.

»Nimm erst mal den türkisen Survêtement«, weist Manuel mich an. Sein schweizerischer Akzent lässt mich die französischen Fachbegriffe noch weniger verstehen, als ich es ohnehin tat.

»Survet was?« *Vielleicht hätte ich besser Französisch anstatt Latein in der Schule wählen sollen.*

»Einen Anzug, was sonst?« Er schüttelt den Kopf über meine Unwissenheit, was französische Wörter angeht. Dann geht er zu einem Koffer, macht mit einem Klacken die Schnallen auf und holt eine weiße Kamera mit langem Objektiv hervor.

Ich will hier weg. Ich nehme den türkisen Zweiteiler von der Stange und ziehe das Oberteil über mein Hemd.

»No, no, kleiner Prinz! Ausziehen, sonst bauscht alles furchtbar und du siehst fett aus.« Manuel setzt sein Dauergrinsen wieder auf, dabei deutet er mit seinen Händen eine Rundung am Bauch an. *Fett?* Empört mustere ich meine Figur.

»Na los, na los, wir haben nicht ewig Zeit.« Manuel wird ungeduldig und rollt die Augen.

»Ist es dir vor mir zu peinlich? Nicht dein Ernst, oder? Nur, weil ich schwul bin?« Manuel lacht – mit Kopfstimme – genervt auf und stellt dann widerwillig eine Trennwand zwischen ihn und mich.

»Da kannst du's machen«, säuselt er. Ich nicke ihm zu und ziehe den Anzug an. Als ich hinter der Trennwand hervor komme, applaudiert Manuel. »So ein hübscher Kerl«, wiederholt er immer und immer wieder, während er Fotos von mir schießt. Manuel erfüllt tatsächlich alle Kriterien eines Klischee-Schwulen. Angefangen bei seiner Stimmlage bis hin zu dem extravaganten Äußeren. Auf den meisten Bildern lächle ich verlegen. Auf einigen beiße ich – weil Manuel es so will – die Zähne zusammen und balle die Faust. Auf anderen soll ich keinerlei Emotion zeigen. Ich beschließe nach diesem Fototermin, dass ich Fotoshootings hasse. Ständig zupft Manuel grob an mir herum und streicht durch meine Haare und mein Gesicht. Einmal will er meinen Anzug öffnen und meinen blanken Oberkörper ablichten. Doch ich weigere mich und erzähle ihm, dass ich eine große Narbe am Bauch habe, sodass er die Fragerei seinlässt. Während ich mich wieder umziehe, geht er die Fotografien durch.

»Wir haben's, kleiner Prinz. Definitiv, wir haben's. Oui, oui, oui! Ich bearbeite die Fotos noch und schicke sie dann deinem Maestro zu.« Er grinst und tippt auf das Glasdisplay der Spiegelreflexkamera. Dann legt er sie ab und kommt auf mich zu. »Also dann, au revoir!«, sagt er noch und beginnt, mich mit einer Mischung aus Winken und Kusshänden aus dem Studio zu schieben. Unmittelbar hinter mir schließt er die Tür. Draußen geht die Sonne gerade unter.

Toll, ich habe mein Mobiltelefon in meiner Jacke gelassen und die wiederum im Jet ausgezogen. Keine Ahnung, wie ich jetzt zum Flughafen komme. Ohnehin habe ich die Nummern der beiden gar nicht.

Ich gehe die Straße entlang. Kein Mensch weit und breit. Das Studio liegt in einer Art Gewerbegebiet.

»Na Tamara, wie geht es dir?« Hinter einer Mülltonne kommt Clark hervor und nimmt meinen Schritt auf.

»Oh Gott! Clark, Sie haben mich fast zu Tode erschreckt. Was wollen Sie?« Er trägt eine pechschwarze Aktentasche bei sich, die das Bild der untergehenden Sonne reflektiert.

»Nichts Besonderes. Ich wollte nur hören, was es Neues gibt. Bedrückt dich etwas? Brauchst du Hilfe, Tamara?«

»Von Ihnen brauche ich ganz sicher keine Hilfe!«

»Du kannst mich ruhig duzen.« Clark lächelt und streicht sich über seine glatten, nach hinten gelegten Haare.

»Na gut, von *dir* brauche ich ganz sicher keine Hilfe. Aber willst du vielleicht ein Hustenbonbon? Du klingst fürchterlich heiser.«

Clark räuspert sich lautstark. »T'schuldige«, erwidert er.

»Nicht schlimm. Sag mal, du meintest doch, Farck sei ein interessanter Typ, oder? Was weißt du eigentlich alles über ihn?«

»Über James? Nicht viel. Ich beobachte immerhin dich und nicht ihn.«

»Wusstest du, dass er eine Freundin hat?«

»Diese Mera? Ja, was ist mit ihr?«

»Ist das nicht komisch? Er will keine Frauen um sich haben, weil er sie für unfähig hält, und dann hat er eine Freundin? Sogar schon seit zwei Jahren.«

»Das beschäftigt dich also? Deswegen das missmutige Gesicht?«

»Das ist wohl eher, weil dieser Manuel eine Klatsche hat und meint, an mir herumgrabschen zu müssen.« Ich stöhne verächtlich auf. Clark scheint das zu amüsieren und er lacht höflich in seine Hand.

»Tamara, lass mich dir sagen, in dieser Welt ist vieles unverständlich.«

»Unerklärlich wohl eher.«

»Das glaube ich allerdings nicht«, erwidert Clark und zwinkert mir zu. Plötzlich kommt eine Gruppe junger Männer hinter einem Haus hervor.

»Oh«, ruft Clark. »Das wird Ärger geben.« Er fängt an zu rennen und lässt mich allein. *Feigling.*

»Wen haben wir denn da?«, fragt einer der Männer. Ich ignoriere sie alle und gehe weiter. Für einen Moment sind nur unsere Schritte auf dem Asphalt zu hören. Ein paar weitere Wildfremde sind das letzte, was ich jetzt noch gebrauchen kann. Clark reicht mir fürs Erste.

»Bleib stehen!«, brüllt mir ein anderer Mann nach. Ich halte nicht an. Zwanghaft muss ich mir ein Grinsen verkneifen, weil das Schweizerdeutsch für mich einen absurden Kontrast mit ihren bulligen Staturen bildet. Sie tragen abgewetzte Jeansjacken mit Lederapplikationen.

Plötzlich werde ich am Arm gepackt und umgedreht. Ich blicke in hämisch lachende Gesichter. Der Geruch von vergorenem Gemüse steigt mir in die Nase. Mein Puls steigt an, mein Herz rast.

»Was wollt ihr?«, frage ich wütend und reiße mich los.

»Wir wissen, wer dich hergebracht hat«, sagt einer von ihnen. »Und wir wollen es dir leicht machen.«

»Was wollt ihr mir leicht machen?«, frage ich und beschleunige meinen Schritt. Sie gehen neben mir her. Sie umringen mich. *Was haben die bloß für ein Problem?*

»Du musst nur verlieren«, ruft ein anderer. Alle lachen.

»Ich verliere gleich die Geduld«, zische ich wütend.

»Das nächste Match steht schon bevor. Wenn du dafür sorgst, dass die Heroes of the Prefix verlieren, dann gibt's einen Haufen Geld von unserem Auftraggeber«, sagt der andere. »Aber …« Er verzieht das Gesicht und wiegt seine Hand hin und her. »Wenn die Heroes of the Prefix gewinnen sollten, dann, na ja …« Er verweist auf einen Mann links neben mir, der mit einem Baseballschläger auf den Asphaltboden tippt. Sie wollen mich erpressen? *Geht's noch?*

»Sehe ich aus, als wäre ich käuflich?«, belle ich und fixiere dabei mit meinem Blick die Kreuzung, die sich vor mir auftut. *Hier muss doch irgendjemand sein.* Doch kein Mensch ist in Sicht. Ich taste meine Hosentaschen nach einem nützlichen Gegenstand ab. Außer einem gekauten und wiederverpackten Kaugummi stehen mir im Moment nur meine Fäuste zur Verfügung. Der Sprecher der Gruppe nimmt sich den Schläger von dem anderen Typen und packt mich erneut an der Schulter. Ich schaue ihm direkt in sein Gesicht. Ein rotes Bandana ziert seine Stirn. Die grelle Farbe blendet mich. *Das wird übel enden, Tamara.*

»Und? Was hältst du von dem großzügigen Angebot?«, fragt er mich.

Ich schüttle mit dem Kopf.

»Arschloch!«, ruft einer von weit hinten. Das scheint das Signal zu sein, um auf mich einzuprügeln. Der Sprecher geht einige

Schritte zurück, holt mit dem Schläger aus und erwischt mich an der Schläfe. Danach ist alles dunkel.

Ich wache auf und spüre einen stechenden Schmerz am Kopf. »Scheiße«, fluche ich und versuche, mich aufzusetzen. Ich liege auf der Rückbank eines Autos. Unter meinem Kopf spüre ich muskulöse Beine. Ich schaue nach oben und blicke in das Gesicht von Farck.

»Hier nach rechts«, weist er Lionel an, der das Auto fährt. Dann sieht er zu mir herunter. Er hat bemerkt, dass ich wach bin. Seine eisblauen Augen fangen meinen Blick ein. Ich versuche krampfhaft, mich auf den braunen, weniger beängstigenden Teil seiner Iris zu konzentrieren.

»Gleich sind wir im Krankenhaus, keine Sorge!«

»Nein«, rufe ich und setze mich mit einem Mal senkrecht auf.

»Mir geht es fantastisch. Bombe!« Nervös gehe ich meinen Oberkörper ab. Alles sitzt noch am rechten Fleck. Ich atme erleichtert aus.

»Warum hat dieser idiotische Manuel uns nicht Bescheid gegeben? Ich hätte ihm genauere Anweisungen geben sollen.« Farck scheint sich Vorwürfe zu machen. Ich schüttele mit dem Kopf.

»Ist alles in Ordnung, Farck, mir geht es gut. Lionel, wir können zum Flughafen.«

Farck reagiert nicht, sondern holt mein Handy aus seiner Hosentasche und hält es mir hin. Als ich versuche, danach zu greifen, zieht er es zurück.

»Erstens, ich mag es nicht, wenn du mich Farck nennst. Du kannst mich ruhig mit James ansprechen«, beginnt Farck, nein, beginnt *James* seinen Satz. Er wird von Lionel unterbrochen, der sich für einen Moment verschluckt zu haben scheint.

»Und zweitens: Ich war so frei und habe dein Mobiltelefon aus deiner Jacke im Jet geholt. Lionel hat versucht, dich anzurufen, da hat es ständig vibriert. Ich hoffe, das war in Ordnung.«

»Danke«, sage ich und lehne mich zurück. Lionel zögert und weiß scheinbar nicht, wohin er fahren soll.

»Ich hätte gerne, dass sich deine Wunde ein Fachmann ansieht«, sagt Farck, nachdem er einige Zeit überlegt hat. Er tastet die Kruste an meiner Stirn ab, die noch nicht ganz getrocknet ist, als hätte er Ahnung von Kopfverletzungen.

»Wie habt ihr mich überhaupt gefunden?«, frage ich und versuche, die anderen von meinem noch immer schmerzenden Kopf abzulenken.

»Wir wollten dich abholen. Du bist zum Glück in die richtige Richtung gelaufen, sonst wärst du wahrscheinlich jetzt nicht mehr am Leben«, erklärt James. Dabei verzieht er das Gesicht.

Macht er sich ernstlich Sorgen? Um mich?

»Du kannst froh sein, dass James die Typen fertig gemacht hat«, sagt Lionel und fährt sich mit den Fingerspitzen durch sein Haar. Ich schaue mir Farcks Hände an. Seine Knöchel sind blau und blutunterlaufen.

»Tut das weh?«, frage ich ihn.

»Es geht«, erwidert er und zieht seine Lippen zu einem schmalen Strich.

Das einzige, was ich jetzt herausbekomme, ist ein leises »Entschuldige.« James nickt bloß und richtet seinen Blick auf den Sonnenschutz des Beifahrersitzes, der heruntergezogen ist, obwohl es gar keinen Beifahrer gibt.

»Was waren das bloß für Menschen?« Lionel spricht mehr zu sich als zu uns, aber ich muss ihm darauf eine Antwort geben, denn diese Art von Menschen gefährdet eventuell das ganze Team.

»Sie wollten mich erpressen«, entgegne ich Lionel, der überhaupt nicht überrascht scheint. Er fährt ohne eine Regung weiter.

»Schon wieder eine Gruppierung«, flüstert James und schüttelt den Kopf.

»Ihr habt öfter damit zu tun?«

»Viel öfter, als uns allen lieb ist. Die meisten Leute glauben, beim e-Sport geht's nur um gaming. Aber da steckt viel mehr dahinter. Und je mehr Geld im Spiel ist, desto schlimmer wird es«, erwidert Lionel.

»Mach dir keine Sorgen mehr darum.« James wendet sich an mich. »Ich informiere Brandao, der wird den Kopf hinter dem Schlägertrupp ausfindig machen und eine erneute Erpressung verhindern. Ich werde nächstes Mal dafür sorgen, dass Alex dabei ist.«

Ich nicke und werde im selben Moment ein Stück nach vorne befördert. Das Auto hält abrupt vor einem blinkenden Kreuz. Es sieht so aus, als stehen wir vor einem Krankenhaus.

»Nein, bitte nicht. Ich brauche keinen Arzt, echt nicht!«, beteuere ich. Farck mustert mich skeptisch.

»Zwingen können wir dich natürlich nicht.«

»Hast du keine Krankenversicherung? Liegt es daran? Wenn ja, ich habe genug Geld dabei, um alle Unkosten zu bezahlen«, erwidert Lionel hastig.

»Nein, um Gottes Willen, das ist es nicht.« Ich habe zwar keine Ahnung, wie das System in der Schweiz funktioniert, aber Mum meinte mal, dass ich mit meiner Versicherungskarte aus der Familienversicherung überall zum Arzt gehen kann.

»Lionel, die Schweiz ist nicht Amerika«, spottet James und wendet sich dann erneut meiner Wunde zu. Vorsichtig streicht er über die Kruste.

Ich rolle entnervt mit den Augen und spüre daraufhin einen stechenden Schmerz. Der Schmerz hält an und zieht sich durch meinen Kopf den Rücken hinunter.

»Na gut, ich geh kurz rein. Ihr könnt hier warten«, sage ich und steige aus. Lionel steigt sofort mit aus und kommt zu mir, um mich zu stützen.

Kurz vor dem Eingang wimmle ich ihn ab und versichere ihm, dass ich es alleine schaffen werde. Er gibt zögernd nach und setzt sich wieder hinter das Steuer. Ich atme tief aus und will gerade durch die Schiebetür gehen, als ich erneut das Geräusch der sich öffnenden Autotür höre.

»Lionel, mir geht es gut, wirklich! Ich ...«

»Ich würde gerne mit dir reden.«

»Worüber?«

»Ich will wissen, ob du genauso fühlst wie ich.«

James steht hinter mir. Ich schaue ihm über meine Schulter tief in seine Augen, während meine Füße wie automatisiert über die Schwelle in das Hospital gleiten. Mein Körper prickelt. Mit einem Zischen schließt sich hinter mir die elektrische Schiebetür und James verschwindet hinter der Glasfassade.

Was hat er bloß gemeint?

10

Der Arzt tastet die Wunde ab und schmiert übelriechende Paste darauf. »Alles in Ordnung, Fräulein Carlmeyer. Da haben Sie nochmal Glück gehabt. Ich würde Sie aber gerne noch hier behalten, um Sie zu röntgen. Dann können wir uns sicher sein.«

»Nein, ich fühle mich schon viel besser!«

»Bestimmt?«

»Bestimmt«, versichere ich schnell und springe von der quietschenden Lederliege auf.

»Gut, wenn Sie das nächste Mal gedenken, eine Treppe hinunter zu gehen, schön am Geländer festhalten«, sagt er und drückt mir ein Rezept für ein Medikament gegen Kopfschmerzen in die Hand. Dabei zwinkert er mir zu.

Ich laufe rot an und bedanke mich bei ihm. Als ich wieder bei Farck und dem ziemlich nervös wirkenden Lionel ankomme, sind gerade mal eine Stunde und zwanzig Minuten vergangen.

Lionel kommt direkt auf mich zugestürmt. »Und, was hat er gesagt?«

»Ich muss sterben«, scherze ich, aber Lionel findet das gar nicht komisch. Er lacht hysterisch auf und mustert mich mit bestürztem Blick.

James schüttelt den Kopf und lächelt dabei. Er erkennt den Schwindel sofort, als er das Rezept in meiner Hand sieht. Wahrscheinlich hätte jeder normale Mensch den Schwindel erkannt. Lionel ist eben etwas eigen. Er hält mir die Tür auf und ich setze mich auf den Beifahrersitz.

Ich lache ihn an und sage: »Keine Sorge, so schnell werdet ihr mich nicht los. Alles in Ordnung, wie ich gesagt habe.«

Lionel ist erst wütend, kriegt sich aber schnell wieder ein. In der Mittelkonsole des Wagens liegt ein Heft. Auf der Rückseite ist eine Werbung für Zahnpasta. Ich schaue mir die fröhlichen Gesichter der Menschen darauf an, während der Wagen anfährt.

Wir setzen Lionel nach dem Flug bei seinem Hotel ab. Während wir neben dem Wagen stehen und beobachten, wie Lionel die Treppen des Backsteinhauses hinaufgeht, verändert sich

Farcks Miene schlagartig. »Hast du Lust, noch mit zu mir zu kommen? Ich würde dir gerne einige Fragen stellen.« Er öffnet mir die Beifahrertür.

Ich zögere. »Einige?« Ich versuche, scherzhaft zu klingen, obgleich ich bis zum Bersten angespannt bin. »Dann muss ich dir aber auch *einige* Fragen stellen«, witzle ich weiter und steige in das Auto. Er schließt die Türe mit einem leisen Klacken und geht um den Wagen herum zur Fahrerseite.

»Ich beantworte nicht gerne Fragen«, sagt er, als er einsteigt, und kräuselt seine Lippen.

»Wer sagt dir denn, dass ich gerne Fragen beantworte?« Ich verschränke die Arme.

Farck verzieht seinen Mund zu einem schwachen Grinsen. In seiner Kindheit wurde ihm wohl zu oft *ja* gesagt. *Reichen-Ego.* Selbst keine Eingeständnisse machen wollen, aber sie von allen anderen verlangen? *Nicht mit mir!* Ich merke, wie er etwas überlegt. Er wiegt seinen Kopf hin und her, bis sein Blick sich wieder festigt. »Gut, ich werde dir nur eine Frage stellen. Du darfst im Gegenzug aber auch nicht mehr als bloß eine einzige fragen«, sagt James und das schwache Grinsen wird etwas breiter.

Ich versuche krampfhaft, aus den vielen Fragen, die ich an ihn habe, die Wichtigste herauszufiltern. Aber jede einzelne von ihnen ist für mich so ungeheuer wichtig.

Weswegen glaubt er, wir könnten Freunde werden? Was ist noch alles nach der Geburtstagsfeier von ihm geschehen? Wodurch entstand sein Hass gegen Frauen? Wie fühlt er sich als Teil der Familie Farck? Denkt James darüber nach, sich mit Mera zu verloben? Und was ist dann mit Samuel?

Er biegt nach einiger Zeit auf einen Parkplatz ein. Sein Hotel ist hell beleuchtet, obwohl es schon spät ist. Grüne Ranken schlängeln sich an der Fassade empor und ein Springbrunnen schießt Wasserstrahlen im Takt von klassischer Musik. Er wird von Lampen angeleuchtet, die in einem ständigen Farbwechsel das Wasser wie einen Regenbogen wirken lassen.

Ein Mann kommt und nimmt Farck die Autoschlüssel ab. Wir betreten das Foyer. *Was soll ich Mum nur erzählen, wenn ich wieder zu spät komme?* Eine Sofagarnitur mit goldener Umrandung und silbern gestreiften Sitzkissen steht im Eingangsbereich. Dahinter ist eine Theke, in die lateinische Wörter eingraviert sind. Die Empfangsdame beäugt die wenigen Gäste mit einem angestrengten Blick.

Das gehobene Ambiente und die Frau, die einen Stock verschluckt haben muss, verunsichern mich. *Wie verhält man sich hier am besten?* Ich war noch nie mit jemandem zusammen, der wie James ist. Seine Art würde ich Mitgliedern eines Privatclubs zuschreiben, die um ihre Besonderheit wissen und sie stets taktisch einsetzen.

Er scheint zu bemerken, dass ich mich unwohl fühle, denn er lächelt verlegen und fährt sich andauernd durch sein Haar.

»Entschuldige, ich habe mir dieses Hotel nicht ausgesucht. Gwendolyn hat es mir empfohlen.«

Ich lache. »Du und Gwendolyn, ihr versteht euch sehr gut, oder?«

Seine Miene versteift sich urplötzlich und er kneift die Augen zusammen. »Sagen wir es so, sie versteht mich.«

Was soll das nun wieder heißen? Ich werde aus James und seinen Aussagen einfach nicht schlau. Er bittet mich in einen Aufzug und drückt den Knopf mit der höchsten Zahl. *Stockwerk 15.*

»Penthaus«, sagt er und ich meine, er schämt sich dafür.

»Geil«, entgegne ich und bin hin und weg von dem riesigen Zimmer: Der Wohnbereich ist ausgestattet mit der neuesten Technik, einen Raum mit Computer gibt es auch, das Schlafzimmer mit Himmelbett nicht zu vergessen. Hier lässt es sich leben.

Ich setze mich auf ein Sofa und James bietet mir Whiskey an. Eigentlich hasse ich Whiskey, aber ich wollte schon immer mal einen hochpreisigen probieren. Bei dieser Atmosphäre – die förmlich nach Reichtum riecht – vermute ich einfach mal, dass es ein teurer Whiskey sein muss. Auf dem Etikett steht *Bowmore.*

Hmh, noch nie gehört. Aber so wie das Etikett aussieht, gibt es den wahrscheinlich nicht in unserem Supermarkt um die Ecke zu kaufen. Es glänzt in Braun- und Goldtönen. Die Jahreszahl, nach der der Whiskey vierzig Jahre alt sein muss, bestätigt meinen Verdacht. James hält mir das kleine Glas hin. Ich trinke es mit einem Schluck leer. Das brennt.

»Ein Genießer bist du nicht, was?«, fragt Farck. Seinen Mund umspielt ein Grinsen.

Ich huste. Das scheint ihm als Antwort zu genügen. *Widerliches Zeug.* »War das schon deine Frage?« Ich versuche dabei, betont cool zu wirken. Das verspielte Lächeln, das ich mir für diese Situation gewünscht hätte, misslingt leider, weil der bittere Geschmack des Whiskeys noch immer meine Mimik lenkt.

Er schmunzelt, geht zu einer Kommode neben dem unberührten Kissenhaufen, der perfekt getürmt auf dem riesigen Bett liegt, und holt eine Brille heraus. Dann setzt er sie sich auf, geht zum Schreibtisch, nimmt einen Stapel Briefe und schaut sie nacheinander durch.

»Du trägst eine Brille?«

James schaut mich an, legt den Kopf schief und lächelt. »Ja, war das etwa schon deine Frage?«

»Nein, das war ja mehr eine Feststellung.«

Er lacht, öffnet einen der Umschläge, liest das darin enthaltene Dokument und legt dann alles fein säuberlich zur Seite, um sich wieder mir zu widmen. »Weswegen ich mit dir reden wollte, Tibor …«, beginnt er und lehnt sich vor mich an die Wand. »Es ist so, als ich dieses Heft gesehen habe, wusste ich es. Ich habe es bereits vermutet, aber geradeheraus fragen kann man ja leider nicht.« Er stellt das Glas auf einen Beistelltisch, faltet seine Hände und versucht ein Lächeln.

»Wovon redest du?«, frage ich ahnungslos. *Heft? Welches He …? Oh nein, heilige Scheiße*, denke ich mir. Ich werde kreidebleich und ahne, was jetzt kommt. Farck holt den gefalteten Ratgeber aus seiner Hosentasche und hält ihn mir hin.

»Wie erkenne ich mein wahres Geschlecht?«, wiederhole ich den Titel und mir fällt es wie Schuppen von den Augen. Zu allem Überfluss rutscht das knallgrüne Kondom heraus und fällt mit einem leisen Knistern zu Boden.

»Als ich dein Handy herausgeholt habe, hab ich auch das hier entdeckt. Verzeih mir meine Neugier.«

»Nicht schlimm, hat das denn etwas mit deiner Frage zu tun?« Hysterisch versuche ich, mit meiner Fußspitze das Kondom zu verdecken. James schielt zu meinem zuckenden Fuß, nickt und fährt fort. »Ich habe es seit meiner Kindheit nur wenigen anvertraut und oft wurde dieses Wissen über mich missbraucht. Und ich dachte, wenn du dasselbe durchmachst wie ich, dann wäre es nur fair, wenn ich dir die Chance geben würde, dass du mit mir darüber reden kannst. Denn alles, was du sagst, ist bei mir sicher. Mir kannst du vertrauen.« James räuspert sich verlegen und schaut erst zur Seite und dann entschlossen zu mir.

»Ich weiß nicht, wovon du sprichst«, lüge ich ihm vor.

Er räuspert sich erneut und druckst etwas herum. Dabei schaut er auf den Boden, auf dem kein einziges Staubkorn zu sehen ist. »Also, mein Team weiß es. Sie wissen, dass ich Neigungen zu Männern habe. Du hast es nach meinem Geburtstag wohl auch schon vermutet. Aber meine restliche Familie weiß es nicht und das Team kennt auch nicht alle Einzelheiten. Gott bewahre, wenn ich mit Yoshi darüber geredet hätte.« Er streicht sich einige Male die wild abstehenden Strähnen glatt.

»Dann war es ziemlich unvorsichtig, an einer Familienfeier mit Samuel etwas zu …« Ich huste verlegen. »… zu machen, oder?«

James sieht belustigt aus. Seine Augen biegen sich beim Lächeln zu zwei Halbmonden. In kurzen Abständen stößt er Luft durch seine Nase aus. »Nicht wirklich, meine Familie hätte sich niemals in das Herrenzimmer verirrt. Das ist nur dir passiert.«

»Und was ist dann mit Mera?«

»Woher weißt du von ihr?« Seine Augen verengen sich und sein breites Grinsen ist dahin. *Er tut so, als ob niemand etwas von seiner Freundin wissen dürfte.*

»Ich hab sie auf deinem Geburtstag kennengelernt.«

»PR!«

»PR?«

»Mein Onkel, ach … ist eine lange Geschichte. Sie tut auf jeden Fall nichts weiter zur Sache.«

Ich überlege, ob Mera das auch so sieht. Und entscheide mich für nein. Ich erinnere mich an ihre funkelnden Augen, als sie von dem Antrag sprach. *Das war real.* Das waren echte Gefühle.

»Darf ich dir also jetzt meine Frage stellen?« Er schluckt laut und schaut mich erwartungsvoll an.

»Ja, klar«, sage ich und beobachte, wie er mit seiner Zunge mehrmals über seine Lippenbögen fährt, um sie zu befeuchten.

»Bist du dir sicher, wen du liebst oder weißt du es nicht? Hast du dich schon entschieden? Oder entscheidest du dich ständig um?«

Er streicht sich über die Stirn. »Also, ich meine, was das Geschlecht angeht.«

»Ähm … ich … das sind jetzt aber drei Fragen, die du mir gestellt hast, oder nicht?«

Er ignoriert meinen Kommentar und schaut mich weiter fordernd an. Der große James Farck. Wie ein Tiger, der seine Beute beobachtet, fixiert er mich mit seinen Huskeyaugen. *Nein, im Moment sind es nicht die Augen eines Hundes, es sind die eines Wolfes. Eines Alphatieres.* Ein kalter Schauer läuft mir über den Rücken.

»Also, ich … ja, ich …«

»Ist es wie bei mir?«, fordernd zeigt er mit dem Finger auf sich und funkelt mich mit den eisigen Augen an. *Was hätte ich schon anderes tun können?* Ich nicke. *War ich überzeugend genug?* James entspannt seinen Gesichtsausdruck und lächelt brüderlich.

»Ich hab's gewusst. Es ist wie ein Kampf. Manchmal sind meine Gefühle so und am anderen Tag so. Ich hatte, weiß Gott, keine leichte Kindheit, und diese Tatsache kam zu alledem noch erschwerend hinzu.«

»Wem hast du es denn anvertraut, der dein Vertrauen missbraucht hat?«

»Sie hieß Loreley. Eigentlich spreche ich nicht mehr von ihr.«

»Verstehe.« Ich räuspere mich. »Aber du kannst mir auch vertrauen.« Erst nachdem ich meine Worte ausgesprochen habe, realisiere ich, dass ich sein Vertrauen just in diesem Moment missbrauche, indem ich als Tibor und nicht als Tamara vor ihm sitze.

James fährt sich mit den Fingerkuppen einmal über seinen Nasenrücken und mustert mich dann, als ob er an meinem Körper überprüfen könnte, ob ich vertrauenswürdig bin.

»Nun gut, du hast mir vertraut, dann vertraue ich auch dir.« Starr schaut er mich an, während er spricht: »Sie war meine beste Freundin. Seit ich in die Familie der Farcks aufgenommen wurde, waren wir wie ein Teil desselben Puzzles. Ich habe sie auf einem Familienfest kennengelernt.« Seine Mundwinkel zucken nach oben. »Wir haben alles miteinander geteilt. Unsere Eltern haben unsere Beziehung arrangiert, aber das war für uns am Anfang nur Glück. Bis ich begann, mich umzuentscheiden.«

»Beziehung arrangiert? So wie bei Mera jetzt?«

»Unter reichen Geschäftsleuten kommt das ab und an vor. Sie kam aus gutem Haus und mein Onkel war froh, dass ich so nützlich für das Familienwohl war. Und dann hat sie mich so hintergangen, als ich ihr von dem größten meiner Geheimnisse erzählt habe. Es ist also nicht ganz wie heute bei Mera, aber das liegt wohl auch daran, dass ich jetzt vorbereitet bin auf *diese Art von Menschen.*«

»War Loreley nicht wütend, wenn ihr euch schon fast *versprochen* wart und du dich dann umentschieden hast?«

»Ich war jung, sehr jung, und dumm. Habe bloße Vermutungen angestellt, mich ausprobiert. Noch dazu setzte ich alles daran, gegen meinen Onkel zu rebellieren. Doch ich spürte, je mehr ich mich in die andere Richtung bewegte, desto ehrlicher wurde ich zu mir selbst. Natürlich war Loreley wütend, aber sie war meine beste Freundin und hätte mich verstehen müssen.« James atmet scharf aus.

Für einen kurzen Augenblick muss ich an Myc denken. Myc, der mich bei allem unterstützt, was ich auch tue, dem ich alles anvertrauen kann und der alles über mich weiß. Es wäre nicht auszudenken, wenn er mich hintergehen würde. Ich kann auf eine beängstigende Art und Weise nachvollziehen, was James gerade erzählt.

»Loreley hat mich auch verstanden, hat zumindest so getan, als ob. Ich kann doch niemanden heiraten, den ich nicht liebe.« Er schluckt. Sein Blick verhärtet sich merklich. »Frauen sind einfach zu nichts zu gebrauchen! Sie hintergehen einen bei der ersten Gelegenheit. Nicht einmal den Mumm, es zuzugeben, hatte Loreley.« Er lässt sich neben mich aufs Sofa fallen.

»Und deine Eltern? Waren sie wütend?«, hake ich weiter nach. Ich kann es nicht glauben. Er will mit mir über alles reden. Er vertraut sich mir an, doch ich habe das seltsame Gefühl, ihn zu betrügen. Es steigt immer weiter in mir auf, je mehr er mir erzählt. Es schnürt mir beinahe die Kehle zu. *Tamara, reiß dich zusammen!*

»Dad war so wütend auf mich, dass er an diesem Abend einen Unfall provoziert hat.«

»Unfall?« Das schlechte Gewissen wird immer stärker. *Scheiße.*

»Du hast Brian doch gesehen. Seit dem Tag ist sein Bein demoliert. Eine Frau ist falsch abgebogen und auf der verkehrten Straßenseite gefahren. Mein Vater fuhr zu schnell, sagt Brian, weil er wütend war. Wütend auf mich und meine Neigungen, und hat dann, als er die Falschfahrerin bemerkte, auch noch beschleunigt.«

»Aber es ist doch nicht deine Schuld. Auch wenn er schneller gefahren ist, die Frau ist auf der falschen Spur gewesen. Ich würde mit deinen Eltern nochmal darüber reden», sage ich und bin dabei, aufzustehen. Ich will schnellstmöglich hier weg.

»Diese beiden Frauen haben mein Leben ruiniert! Die Falschfahrerin und Loreley ...« Erst schaut er eine Weile auf den feingestrickten Teppichboden, dann steht auch er auf und geht zurück zu dem Whiskey. Er spannt seine Hände an. Ich höre, wie er seine Zähne aufeinander presst. Ein knirschender Laut erfüllt die Stille im Raum. Plötzlich ergreift er eine Vase.

»Sie haben es einfach so ruiniert!« Er zertrümmert das veilchenblaue Gefäß an der Wand. Eine Explosion aus Porzellan und frisch gepflückten Blumen. Der Geruch nach abgestandenem Wasser und Haltbarkeitsgranulat breitet sich aus. Meine Flucht scheint unmöglich. Ich setze mich wieder. Ich darf jetzt nichts Falsches sagen oder tun.

»Wenn noch eine Frau in mein Leben tritt und es weiter zerstört, bringe ich sie um! Ich schwöre es!«

Ich kann die Wut in seinen Augen sehen. Sie funkeln, nein, sie glühen vor Hass. Er macht mir Angst. Jetzt weiß ich wenigstens, weswegen er gegen Frauen in seinem Team ist. Das Gefühl von eben wandelt sich in blanke Panik. Meine Finger schwitzen. Er wendet sich wieder zu mir. Sein Gesicht klart auf und der sanfte James kehrt zurück. Er schaut zermürbt und kräuselt seine Nase. Dabei stößt er leise Luft durch sie hindurch.

»Tut mir leid. Ich wollte nicht so hart klingen. Es ist nicht so, dass ich Frauen verabscheue. Viele Frauen haben auch einen Teil Anerkennung verdient. Aber die meisten sind bloß redselig, inkompetent und unbrauchbar.«

Schweigen erfüllt den Raum. Ich schaue zu Boden. Die Lüge drückt auf meine Brust und ich denke, im Moment bin ich tatsächlich eine dieser Frauen, die das Leben von ihm bloß komplizierter machen, als es ohnehin schon ist.

»Es ist meine Schuld. Ich bin schuld, weil ich damals nicht wusste, was es auslöst. Meine Gefühle sind an all dem schuld, *und* der Mensch, dem ich davon erzählt habe. Wir, Loreley und ich, sind es also gleichermaßen.« Er stöhnt leise und nippt dann erneut an seinem Whiskey. »Samuel ist ständig eifersüchtig, versteht nicht eine Sekunde, was ich wirklich empfinde. Ich kann es ihm nicht verübeln, immerhin vertraue ich ihm nicht alles an und bin ihm einmal fremdgegangen.«

»Fremdgegangen? Mit einem Mann?«

»Nein, mit einer Frau, zu etwas sind sie doch gut nütze.« James lacht. Ich finde diesen Witz gar nicht komisch. Er merkt es und räuspert sich verlegen, während er immer wieder eine rebellische Haarsträhne hinter sein Ohr legt.

»Er hat uns in meinem Hotelzimmer erwischt«, sagt James resigniert und beißt sich verlegen auf seine Unterlippe. Ich schaue zum Bett. »Nein, nicht hier, sondern bei einem Auftrag in Berlin, zu dem ich Sam mitgenommen hatte.«

»Und warum machst du das, wenn du mit ihm zusammen bist?«

»Ich wusste nicht mal, dass ich mit ihm zusammen bin.« Er lacht. »Aber es hat sich alles geklärt, wie du ja vielleicht gesehen hast, und ich habe mich sogar mit einem Strauß Rosen bei ihm entschuldigt.«

»Oh, na ja, dann ist ja gut …«

»Aber ist ja auch egal.« Farck schüttet sich Whiskey nach und trinkt. »Ich bin eh kein Fan von Beziehungen. Sie sagen nichts darüber aus, ob man eine Person liebt oder nicht.«

»Wie meinst du das?«

»Es gibt so viele Menschen, die hoffnungslos verliebt sind. Liebe geht anscheinend über die Grenze der Beziehung hinaus. Und ich führe seit zwei Jahren eine arrangierte Beziehung zu Mera, trotzdem fehlen die Gefühle.«

Ich nicke und muss mir vorstellen, was Mera sagen würde, wenn sie unser Gespräch mithören würde.

»Seitdem ich dich getroffen habe, Tib. Ich kann es dir nicht erklären. Mein schlechtes Gewissen über meine Neigung ist bei dir wie verflogen! Ich könnte damit leben, wenn meine gesamte Familie davon weiß! Vielleicht liegt es daran, weil du dasselbe fühlst wie ich.« Seine Gesichtsmuskeln entspannen sich wieder und er lächelt. Mit seinem Daumen streicht er in kreisenden Bewegungen über den Rand des Whiskeyglases. Es entsteht ein surrendes Geräusch.

»Aber es ändert nichts daran, dass ich immer noch nicht zu hundert Prozent weiß, wen ich lieben soll. Zum Verrücktwerden. Vielleicht habe ich einfach noch nicht die eine Frau oder diesen einen Mann gefunden, der mich in allen Bereichen ausfüllt.« Er streckt mir nach seinem Wortwitz die Zunge raus. Ich muss lächeln, obwohl mir eigentlich nicht danach zumute ist. James Farck verwirrt mich immer mehr.

»Wie schaffst du das, Tib?«

»Was meinst du?«

»Es auszuhalten, nicht zu wissen, was du wirklich willst. Alle in meiner Familie wissen, was sie wollen. Sie sind Farcks und ich bin der einzige, der es nicht weiß.«

»Du bist ja auch kein Farck, oder?« Ich bereue die Aussage sofort. James' Augen scheinen wieder zu brodeln.

»Was meinst du damit?«, faucht er.

»Ich meinte das nicht böse. Es ist nur so, die Farcks wirken sehr zielstrebig und krankhaft ehrgeizig. Das musst du doch gar nicht sein. Yoshi hat mir erzählt, dass du aus erster Ehe deiner Mutter stammst. Ich meinte damit nur, dass du andere Gene, andere Fähigkeiten besitzt.«

»Aus erster Ehe meiner Mutter?« James lacht. »Meine Mutter hatte keine *erste Ehe.* So sehr sie sich das als gutherzige, gläubige Frau auch gewünscht hätte.« Er streicht sein Hemd glatt. Dann verhärtet sich sein Gesichtsausdruck erneut. »Hör mir gut zu, Tibor. Auch, wenn ich dir heute viel anvertraut habe ...« Er bricht ab und starrt für einen Moment auf den Boden. Dann sieht er mir wieder in die Augen und zuckt mit den Schultern. Er wirkt auf einmal verletzlich, zerbrechlich. »Ich weiß selbst nicht, warum ich dir das alles erzähle. Vielleicht, weil du mir ähnlich bist. Wie auch immer. Aber das Kapitel meiner Mutter möchte ich nicht öffnen. Es bleibt verschlossen, für alle – auch für dich.«

Ich nicke zaghaft.

»Also? Zurück zum Thema?«, fragt er und hebt seine dunkle Augenbraue. Erneut bekommt er bloß ein Nicken von mir. James' Haltung ist mit einem Mal wieder aufrecht, er wirkt selbstsicher. »Ich würde gerne noch wissen, wie du es aushältst, nicht zu wissen, wen du liebst. Also, ich meine, welches Geschlecht du lieben sollst.«

»Ich ... ja ... Ich mache das so. Ich bin mit demjenigen zusammen, den ich liebe. Ob Mann oder Frau, ist doch dann total egal. Ich verliebe mich in einen Menschen, nicht in ein Geschlecht.«

James spannt für kurze Zeit den Kiefer an und schaut dann zu mir. »Ich glaube, ich habe noch nie geliebt.«

»Noch nie?«

»Noch nie.« Er räuspert sich. »Tut mir leid. Ich habe ganz schön viel von mir erzählt, oder?«

Ich nicke, und verbinde dieses Zeichen der Zustimmung noch mit einem Schmunzeln.

»Ich mag es, dich um mich zu haben. Und ich würde gerne, dass du zu meinen Freunden zählst.«

»Wir sind doch schon längst Freunde.«

Er faltet seine Hände und schließt seine Augen. »Ich bin aber, glaube ich, nicht der, für den du mich hältst, Tib.«

Dieser Satz kommt völlig unerwartet. Und im Moment gibt es für mich auch nur eine logische Antwort darauf: »Ich bin auch nicht der, für den du mich hältst.« Ich versuche ein Lächeln, doch scheitere daran, meine zitternden Mundwinkel nach oben zu ziehen.

»Bitte geh jetzt.« Farck macht keine Anstalten, mich zur Tür zu begleiten. Als ich im Türrahmen stehe, halte ich inne.

»Warte, ich habe meine Frage noch nicht gestellt«, sage ich und schaue erwartungsvoll zu ihm hinüber. Er ist über sein Whiskeyglas gebeugt und dreht sich zu mir. Auffordernd hebt er eine Braue.

»Was bedeutet die Kette?« Ich zeige auf sein Hemd, unter dem kaum merklich der Abdruck des Kreuzes sichtbar wird.

»Sie ist mein Glücksbringer«, sagt er lächelnd und streicht darüber.

»Und was ist in das Kreuz eingraviert?«

»Das sind zwei Fragen, Tibor.«

Ich halte inne und warte ab. Es kommt keine Antwort. *Will er mich eigentlich komplett verarschen?* James widmet sich einigen Formularen neben der Bar und würdigt mich keines Blickes mehr.

Ich rolle mit den Augen und stöhne leise auf, während ich beleidigt und genervt über seine betont gleichgültige Haltung das Zimmer verlasse. Der Aufzug bringt mich wieder nach unten ins Foyer. Von meinen letzten 50 Euro nehme ich mir ein Taxi. Das Hotel ist nicht weit von Schwarzenfeld. Ich fahre aus Geldmangel nur bis zum Ortseingang und gehe von da aus zu Fuß nach Hause. Ich horche in mich hinein, ob ich nach dem Angriff der Männer Angst habe, alleine abends durch die Straßen zu gehen. Aber mir macht es nichts aus.

»Hallo, meine Liebe!«

Ich zucke zusammen. Mein Herz rast. *Vielleicht macht es mir doch etwas aus.* Ich gehe sofort in Kampfposition, als ich Clark auf einer Mauer balancieren sehe. »Komm da runter! Du brichst dir noch was!«

»Du machst dir Sorgen um mich? Das gibt dir einen Fanbonus!«

»Ich brauche keinen Fanbonus! Du kriegst einen Starminuspunkt von mir, dafür, dass du einfach abgehauen bist. Was hast du dir dabei gedacht? Ich hätte deine Hilfe gegen diese Typen dringend gebrauchen können. Meintest du nicht, du bist auf meiner Seite?«

»Ja, klar bin ich das! Du meintest, du brauchst keine Hilfe mehr von mir, schon vergessen? Manche Sachen sind einfach eine Nummer zu groß für mich. Warum bist du nicht weggelaufen?«

»Keine Ahnung.«

»Bist ganz schön mutig, was?« Ich grinse. Irgendwie hab ich mich an Clarks spontane Überraschungsbesuche gewöhnt. Auch, wenn er zu den unmöglichsten Momenten aufkreuzt.

»Was gibt's denn Neues?«

»James denkt, ich sei schwul.«

Clark beginnt, laut loszulachen. »Na, das hat dir gerade noch gefehlt. Eine Frau, die sich als Mann verkleidet und schwul sein soll.«

»Ich weiß nicht, Clark. James vertraut mir und ich belüge ihn bloß.«

»Na ja, jetzt krieg dich mal ein, würdest du nicht lügen, hätten wir uns nie getroffen.« Clark zwinkert mir zu, springt von der Mauer in einen Vorgarten und verschwindet in der Dunkelheit. Er hat recht, ich sollte nicht ständig darüber nachdenken, dass ich irgendwen belüge. Notlügen sind manchmal angebracht und können sogar Menschen helfen.

Mein Mobiltelefon vibriert und eine SMS erscheint auf meinem Display.

01211111112: >Entschuldige, dass ich so viel von mir erzählt habe und zwischendurch die Beherrschung verloren hab.< Ich grinse. Da hat Damian aber eine gute Nummer für ihn besorgt.

Me: >Ist okay. Manchmal muss die Wut raus. Ich weiß auch gerade nicht, was ich fühle.< Es stimmt. Ich bin verwirrt, habe Schuldgefühle, und am schlimmsten ist das Gefühl, dass James mich mag.

01211111112: >Wieso?<

Ich überlege, was ich antworten soll. Ich darf ihm keine falsche Hoffnung machen. Ich bin nicht das, was er sich erhofft. Ich bin nicht sein Kumpel, bin nicht sein Freund, der so fühlt wie er, so gerne ich das im Moment auch wäre.

Me: >Ich belüge jemanden, den ich sehr gerne habe:-/<

Ich schreibe diese Worte entgegen Clarks Rat, es bei der Lüge zu belassen, und merke sogleich, wie mir Adrenalin in den Körper schießt.

01211111112: >Er wird dir bestimmt verzeihen. Mach dir darüber keine Gedanken, Tib:-)<

Ich schreibe nichts mehr zurück, weil ich genau weiß, Farck wird mir nicht verzeihen. Er wird mich hassen. Ich bin die nächste Frau, die sein Leben ruinieren wird. Zuhause angekommen, werfe ich mich direkt in mein Bett. Für einige Augenblicke beobachte ich noch ein Blatt, das sich im Rahmen des kleinen Dachfensters über mir verfangen hat. Es bemüht sich, kämpft gegen sein Gefängnis, doch gegen den Druck der rauen Außenwelt hat es keine Chance. Aus irgendeinem Grund macht mich das Schauspiel traurig. Ich wende mich auf die Seite und schlafe kurz darauf in meinen Klamotten ein. Diese Nacht träume ich von einem wütenden Farck. Einem Farck, der mich umbringen will.

11

Auf meinem Nachttisch vibriert mein Mobiltelefon. Schlaftrunken greife ich danach und schaffe es nach mehreren Fehlversuchen, ranzugehen. »Ja?«

»Tibor? Training!«, ruft Lionel mir durch die Leitung entgegen.

»Was? Um diese Uhrzeit?«

»Es ist 1:00 Uhr mittags!«

Erschrocken schieße ich aus dem Bett hoch. Ein Blick auf meinen Wecker verrät mir, dass Lionel nicht gescherzt hat. *Warum weiß ich nichts von einem Training?* Ich werfe die Decke zurück und schlüpfe in frische Anziehsachen.

»Entschuldigt, ich komme sofort!«

»Ich warte draußen, beeil dich!«

Mit ein paar Bissen vertilge ich ein halbes Käsebrötchen, das bereits auf meinem Schreibtisch vor sich hin trocknete, und verlasse das Haus. Mum ist nicht da. Wahrscheinlich ist sie einkaufen. Lionel sitzt in einem dunkelgrün schimmernden Auto mit schwarzem Verdeck und tippt genervt auf das Armaturenbrett, als ich die Tür öffne und in den Wagen steige.

»Hat James vergessen, dir zu sagen, dass wir dich heute einspielen wollen?«

Ich überlege, ob James mir etwas in dieser Richtung gesagt hat. Nein, er hat mir nur seine Frage gestellt. *Und meine nicht im Entferntesten befriedigend beantwortet. Ich hätte nach seiner Frage jede neue Frage mit* Das sind jetzt aber zwei Fragen *abtun sollen.* Schmollend verschränke ich die Arme.

»Typisch«, entgegnet er. Sein Kopf spiegelt sich in der Fensterscheibe. Er öffnet sie einen Spalt breit. Luft strömt hinein.

»Herr Farck denkt wahrscheinlich, ich würde alle seine Termine planen. Er ist nicht der einzige, der viel zu tun hat«, zischt Lionel in den Luftzug. Im Hintergrund läuft das Radio. Gerade verkündet die leitende Mitarbeiterin der psychiatrischen Einrichtung Berlins, Frau Dr. Wolf-Bergbeck, ihr Statement zum mutmaßlichen Wesen des Diyu-Mörders.

Man kann kaum ein Wort verstehen, doch ich kann heraushören, dass es offenbar schon wieder ein Opfer gab. Diesmal sogar in Deutschland. Doch die Details und auch die anschließenden Top-Hits werden vom Winterwind übertönt.

Während der Fahrt reden Lionel und ich nur sporadisch. Er fragt mich, ob ich seit gestern noch Probleme mit dem Kopf hätte. Ich verneine und betone immer wieder, dass es nicht so schlimm gewesen sei, wie er denkt.

»Und was hat deine Mutter gesagt, als du heimkamst? Hat sie sich bei der Wunde am Kopf erschreckt?«

»Nein.« Ich lache. »Nachdem ich von James weg war, war es schon so spät, dass sie geschlafen hat. Zum Glück, denn …«

»Du warst bei James?«

»Ja, wieso?«

»James hasst es, etwas mit einem von uns alleine zu unternehmen. Schon die Autofahrten mit mir und Yoshi oder mit mir allein, als wir dich zum Shooting abgeholt haben, hat er kaum ausgehalten.«

»Echt?«

»Er ist nicht der geselligste Typ.« Lionels Mundwinkel zucken zu einem schwachen Lächeln.

Was er sagt, kann ich kaum glauben. James hatte bisher den Eindruck in mir geweckt, dass er ein Profi darin ist, mit den unterschiedlichsten Menschen angemessen umzugehen. Er weiß, wie er erreichen kann, was er will. Und, wie er jeden manipulieren kann.

Wir halten vor einem Bürokomplex, dessen Fassade aus verspiegeltem Glas und schwarz-grauen Metallträgern besteht. Ich müsste mich langsam an die ausgefallenen Schauplätze gewöhnt haben, aber sie schaffen es immer wieder, mich aus der Bahn zu werfen. Es ist ein geradezu einschüchternd gigantisches Gebäude.

»So, wir sind da.« Mit einem letzten prüfenden Blick untersucht Lionel seinen Look im Rückspiegel, dann steigt er aus. »Ich hab uns für unsere Trainingseinheiten die Tagungsräume angemietet. Schick, nicht wahr?«

Es erinnert mich unwillkürlich an das Ferienhaus der Farcks und an James selbst. Vor einigen der riesenhaften Fenster sind weiß getünchte Balkone vorgebaut. Sie heben sich in einem starken Kontrast von dem dunklen Gebäude ab. »Du weißt, wie man Stil mit Zocken verbindet«, lache ich, und Lionel nickt zufrieden. Der weiße Kies unter unseren Füßen knirscht. Ich sehe an der Fassade hinauf und komme mir furchtbar klein vor.

»Na komm, die anderen warten schon!«

Ich schlucke und löse den Blick von den Balkonen. Wir betreten das Foyer, in dessen Mitte sich eine Treppe zu den oberen Stockwerken auftut. Daneben wurden, vermutlich für die ausgelaugten Geschäftsleute und Bürohengste, eine ganze Reihe an Aufzügen installiert. Der Boden ist geziert mit hellen Fliesen.

»Hier hinein. Hier ist der Computerraum«, sagt Lionel, während er seine Sonnenbrille in ein Etui packt und in seiner Brusttasche verschwinden lässt.

»Was? Lionel, das ist ja der Hammer!«

Lionels Computerraum ist ein Saal von der Größe einer ganzen Wohnung. Fünfzehn kreisförmig angeordnete Computerbildschirme mit Gamingstühlen davor nehmen das Zentrum des Raumes ein. Die meisten der Plätze sind besetzt. Gerade scheint ein Match zu laufen. Es spielen fünf Spieler gegen fünf. In der Mitte des Kreises hängt ein Quadrat aus vier Monitoren von der Decke. Sie zeigen unsere Spielernamen und dazugehörende Statistiken. Tode, Tötungen, gesammeltes Gold, die Reaktionszeit im Spiel und andere wichtige Daten. Eine Tabelle fasst alle Ergebnisse zusammen.

»Wie schafft ihr es eigentlich, die Reaktionszeit zu berechnen?«, frage ich neugierig und vergleiche die der verschiedenen Spieler in den Tabellenspalten. Lionel liegt im Durchschnitt knapp vor Yoshi. James' Daten wurden noch nicht erfasst, ebenso wie meine. *Ist er noch nicht hier?*

»Das funktioniert über die Webcams. Deine Pupillenweite wird mit deinen Mouseklicks und Tastaturanschlägen abgeglichen. Dann wird ein bisschen hier gerechnet, ein bisschen dort vermessen«, ertönt Yoshis Antwort von weiter hinten im Raum. Ich nicke ihm zur Begrüßung zu. Unwillkürlich suche ich den Raum nach Farck ab. Er ist tatsächlich nicht hier. Alle anwesenden Teammitglieder sind noch in dem Match. Ich ärgere mich, dass ich zu spät bin und hoffe, dass Lionel keinen falschen Eindruck von mir gewinnt.

»Dir sind doch beim Casting bestimmt die Webcams aufgefallen, oder?«, fährt Yoshi in seiner Erklärung fort. Nebenbei löst er eine Fähigkeit im Game durch eine Tastenkombination auf seiner Tastatur aus.

»Bei Lionels Dekoration hatte ich nicht wirklich die Chance, mich auf die Webcams zu fokussieren.« Ich lache. Lionel ignoriert meine Aussage. Ich vermute, vorsätzlich, denn obgleich ich ihn breit angrinse, verzieht er keine Miene. *Ob er mir meine Abwesenheit bei den ersten Matches sehr krumm nimmt?*

»Setz dich bitte!« Lionel verweist auf einen leeren Platz und ich tue, was er sagt, starte den Rechner, nehme das Headset vom Bildschirmrand und setze mich.

»James, na endlich!«

Ich zucke in die Höhe, während Lionel zur Tür geht und James empfängt.

»Entschuldige, ich wurde aufgehalten.« Seine Wangen sind gerötet und seine Haare liegen ihm in Strähnen im Gesicht. Mein Herz setzt einmal aus, als sich unsere Blicke treffen, während er seine Jacke an einem einsam im Raum stehenden Kleiderständer aufhängt. James schaut so schnell wieder weg, dass ich keine Chance habe, mich von seinem Blick fesseln zu lassen. Ich huste verlegen und starte ›Prefix‹. Die anderen haben das Match von gerade abgeschlossen und bereits einige Spielrunden hinter sich. Zumindest verraten das die gesammelten Daten des heutigen Tages. Sie haben zu Trainingszwecken zwei Gruppen erstellt. Die eine, *Buddhas Lieblinge,* hat in der letzten Runde gegen die andere, *die Vernichter,* gewonnen.

»Da hinten ist dein Platz«, weist Lionel James an und deutet neben mich.

»Ändere die Teamnamen, Lionel«, faucht James.

»Ja klar, das war nur ein Scherz von …«

»Ist mir egal.« James schaut sich im Raum um, als würde er sich versichern wollen, dass der wichtigste Teil des Publikums vor Ort ist. Dann räuspert er sich. »Hört mir alle kurz zu!« Seine Stimme übertönt jedes Geräusch im Raum. »Ich weiß, unser Team ist, was Glaubensrichtungen angeht, ein sehr bunter Mix. Diese Tatsache soll jedoch in keinerlei Hinsicht Einfluss auf Prefix nehmen. Ich will von euren privaten Vorlieben nichts weiter mitbekommen als das, was mit Prefix in Korrelation steht. Verstanden?«

Für einen Augenblick bleibt es totenstill. Dann regen sich alle wieder. Ich wusste gar nicht, dass wir ein religiöser Mischmasch sind. Mit mir werden sie keine Probleme haben. Ich bin ungläubig.

James hustet einmal und setzt sich dann neben mich. Ich starre auf den Bildschirm, auf dem das Prefixsymbol zu leuchten beginnt. Von der Seite bemerke ich James' Blick. Als ich zurückschaue, hat er seinen bereits von mir ab und zum Bildschirm gewendet. Mein Körper prickelt in seiner Anwesenheit, als flöße blubbernder Sekt durch meine Adern.

»Es geht los! Sind alle bereit?« Keiner sagt irgendetwas.

»Ob ihr alle bereit seid?« Lionel wedelt mit seiner Hand in der Luft umher.

Der weinerliche Junge mit der Hasenscharte, den ich auf der Party auch schon gesehen habe, ruft zaghaft »Ja«, woraufhin James sich zu Wort meldet.

»Lionel, lass die Animateurnummer und starte das Spiel!«

Ich muss grinsen und Yoshi beginnt lauthals loszulachen, als Lionel pikiert einige Tasten betätigt.

Die Championauswahl beginnt. Ich bin mit Yoshi, Lionel, Damian und BungaBert in einem Team. *Wer das wohl ist?* Ich schaue mich um und wünschte, dass mich Lionel an James' Geburtstag allen vorgestellt hätte.

Ich wähle TumbleBear, Yoshi wählt LazyCrow zum Jungeln, Lionel ScretchingFerret, seinen Maincharakter, und Damian nimmt KamikazeCat. BungaBert wählt EatingShrimp. Wir sind eine gute Kombination aus ADC, Jungler, Supporter, defensiven und offensiven Spielern.

Das Match beginnt. Wir starten in der Anfangsarea. Ich kaufe mir Items, um mein Leben zu erhöhen. Dann geht's ab zusammen mit Lionel – alias ScretchingFerret – auf die Botlane. Wir stellen uns in den Kartenbereich, der für die Gegner unsichtbar ist, hinter einen Wasserfall.

»Pass auf, Lionel!«, brülle ich, als Farcknator mit dem Charakter MuscleRhino das Frettchen erwischt und es über die halbe Map schleudert. Lionel ist fürs Erste aus dem Rennen.

»Shit, James schafft's immer wieder!«, flucht Lionel. Aus dem Augenwinkel sehe ich, wie James' Name an die oberste Spitze der Reaktionszeittabelle rutscht.

Jetzt sind nur noch ich und der Farcknator auf der Botlane. Meine anderen Teammates sind zu weit weg, als dass sie mir helfen könnten. MuscleRhino fokussiert mich.

Ich will ... BUMM – Gehirnfrost.

In Zeitlupe sehe ich, wie MuscleRhino *Rammbock* aktiviert. Eine Fähigkeit, die ihm für fünfzehn Sekunden einen Angriffsboost* und Angriffsgeschwindigkeit verleiht. Er prescht auf mich zu, um mich zu attackieren. Ich weiche aus und werfe im selben Zug meinen Honigtopf nach ihm. Er explodiert. Das kostet MuscleRhino sein halbes Leben.

SilverDrage, der gegnerische ADC, kommt MuscleRhino zu Hilfe und setzt seinen Frostatem ein, um mich zu vereisen, sodass ich mich fünf Sekunden nicht mehr bewegen kann. Ganz langsam sehe ich die weiße Substanz aus dem Mund des Drachen entweichen. Gerade noch rechtzeitig kann ich mich – dem Gehirnfrost sei Dank – zum Tower flüchten. Der Tower beginnt, MuscleRhino anzugreifen, der sich im Versuch, mich zu töten, zu weit vorgewagt hat.

Die Tower haben eine automatische Attacke. Sie beginnen, Gegner oder gegnerische Skelettons anzugreifen, sobald sie ihm zu nahe kommen. In einem geringen Umkreis werden glühende Magmabälle verschossen, die gegnerischen Charakteren ziemlich zusetzen. MuscleRhinos Leben wird immer geringer. Ich muss nur den richtigen Moment abwarten, bis ich die Fähigkeit *zäher Honig* aktivieren kann.

Jetzt! Ich kippe den Honig hinter mich. MuscleRhino läuft hinein. Für einen Moment lang ist er bewegungsunfähig. Der Tower erledigt den Rest. MuscleRhino alias Farcknator ist tot, der Gehirnfrost passé. Ich werfe meinen Kopf in den Nacken, um mich vor dem Schwindel zu retten.

»Das kann nicht sein! Wie hast du das gemacht?«, fragt Lionel ungläubig, während er mir auf der Map mit dicken roten Kreisen und dem dazugehörigen Ping-Geräusch signalisiert, dass ich, um mein Leben wieder aufzufüllen, zurück in die Safearea kommen soll.

»James wurde noch nie von einem von uns im Alleingang erledigt«, ruft Yoshi freudig, während er zusammen mit EatingShrimp einen Teil des Jungles säubert, um Angriffsbonusse zu erhalten. *Säubern* meint dabei, dass sie die NPCs töten, die sich im entsprechenden Kartenbereich verstecken.

»Es gibt immer ein erstes Mal«, sage ich stolz und spähe zu James hinüber.

Er nickt mit einem breiten Lächeln auf den Lippen.

»Das ist doch bestimmt gefaked, ruft ein Junge, den ich bis jetzt noch nicht bemerkt habe.

»Seht ihr seine Reaktionszeit?«, ruft ein anderer und zeigt auf die Tabelle, auf der nun mein Name über dem von James steht.

»Sag uns, wie du das machst! Es kann nicht sein, dass du deine Kampfstrategie für dich behältst, obwohl wir ein Team sind!«, erwidert jetzt wieder der Junge, der sich als erstes zu Wort gemeldet hat.

»Wie ich das mache? Ich spiele.« Wie selbstverständlich zucke ich mit den Schultern.

»Du spielst bloß? Dass ich nicht lache. Du hast in manchen Situationen Reflexe, die keiner von uns, so hart er auch trainiert, je haben wird.«

»Es reicht, Christian!«, ruft Farck dem Jungen zu und hebt mahnend die Hand. Dieser Christian funkelt mich böse an.

»Sei doch froh, dass wir ihn im Team haben«, lenkt Lionel ein und beendet damit die Diskussion.

Der Abend kommt schneller als gedacht. Und acht Stunden Training am Stück sind härter, als ich angenommen habe. Yoshi fragt mich, ob er mich mitnehmen soll. Ich nehme dankend an.

»Ich muss nur noch mein Zeug holen, Yoshi«, sage ich und schnappe mir meinen Pullover, den ich in Stunde vier des Trainings ausgezogen habe. James schaut zu mir rüber, doch er sagt nichts. Kein Wort des Abschiedes kommt über seine Lippen, als Yoshi und ich im Begriff sind, den Raum zu verlassen.

»Wo wollt ihr denn so schnell hin?« Lionel hält meinen Ellenbogen fest und zieht mich ein Stück zurück.

»Ihr glaubt doch nicht, ich miete einen Teil dieses Bürokomplexes, um bloß ein einziges Zimmer zu benutzen. Nein, hiergeblieben!« Ich schaue ihn verwirrt an. Lionel setzt ein süffisantes Lächeln auf und wendet sich an die Gruppe.

»Wir haben einige neue Teammitglieder. Aus diesem Grund werden wir nun alle ein Teamintensivtraining machen!«

»Heißt das nicht high intensive-Training?«, fragt Yoshi spöttisch und erntet einen bösen Blick von Lionel.

»Ich habe es zu meinen Zwecken umbenannt«, antwortet er schnippisch und schüttelt den Kopf. »Aber wenn ihr nicht wollt, nun gut, dann geht!« Einige machen sich daran, ihre Sachen zu holen und den Raum zu verlassen. Lionel schnappt empört nach Luft.

Ich komme ihm zur Hilfe. »Nein, Lionel«, sage ich. »Ich würde nur zu gerne ein Teamintensivtraining machen.«

Lionel reibt sich freudig die Hände und Yoshi stößt mir wütend in die Rippen. James unterdrückt ein Lachen. »Lionel, hör auf mit dem Quatsch«, sagt er dann und nimmt seine Jacke.

»Jetzt lass ihn doch!«, motze ich, denn ich finde, wir sollten Lionel mehr Respekt für seine Mühen zollen. Außerdem will ich die Chance nutzen, um endlich das Team besser kennenzulernen. James rollt mit den Augen, lässt zu meiner Verwunderung aber von seiner Jacke ab und stellt sich neben mich.

»Auf deine Verantwortung«, flüstert er mir zu und verschränkt die Arme.

»Sehr schön.« Lionel klatscht einmal in die Hände. »Folgen!«, befiehlt er dann und wir dackeln ihm alle im Gänsemarsch hinterher.

»Was hast du mit uns vor?«, fragt Damian und betrachtet skeptisch die bunten Yogamatten im Nachbarraum, die vor einer verspiegelten Wand liegen.

»Setzt euch bitte alle auf eine Matte«, sagt Lionel und nimmt auf einer grünen Matte Platz. Er zieht seinen grauen Cardigan aus, faltet ihn und legt ihn sorgfältig neben sich. »Na los!«, ruft er, als niemand sich regt. James ist der erste, der sich aus unseren Reihen löst. Er lächelt mir spöttisch zu, zieht im Gehen seinen Pullover aus und setzt sich auf eine blaue Matte. Die hölzerne Kette gibt ein dumpfes Geräusch von sich, als sie auf seine Brustmuskeln schlägt. Er trägt ein weißes Tanktop, unter dem seine Schulterblätter deutlich zum Vorschein kommen. Ein

Tattoo ziert das rechte Schulterblatt. Es ist ein Schriftzug, von hier aus kaum lesbar. Das einzige Wort, das ich entziffern kann, ist *Finsternis.* Wenn ich herausfinden will, was dort steht, muss ich definitiv näher ran. Ich gehe an dem schlurfenden Team vorbei – von denen in letzter Zeit bestimmt niemand einen Trainingsraum von innen gesehen hat, außer vielleicht Yoshi – und setze mich hinter James. Er wendet seinen Kopf zu mir und rollt abermals mit den Augen. Ich muss lachen. *Was steht da bloß? Farck, halt still!*

»So, jetzt alle herschauen!« Lionel drückt auf den Knöpfen einer kleinen Musikbox herum, bis ein Song erklingt. Die Musik hat etwas Lateinamerikanisches. Ich schätze, es ist ein Liebeslied.

Ich kann in regelmäßigen Abständen *querido* verstehen, was, zumindest meinen schlechten Spanischkenntnissen zufolge, mit Liebe zu tun hat.

»Alle legen sich auf den Rücken und machen sich lang wie ein Schilfhalm.« Er streckt das *a* von *lang* über drei Sekunden und macht uns die Übung vor. Ich lege mich auf den Rücken und strecke mich *laaang* wie von Lionel befohlen.

»Sehr gut«, sagt er, ballt seine Hände zu Fäusten und schüttelt sie freudig. »Und jetzt einatmen ... und ausatmen ... und wieder einatmen ... und wieder ausatmen.«

Ich schaue an die Decke und schließe die Augen. Am liebsten würde ich jetzt einschlafen und von den aufregenden letzten Tagen träumen, aber Lionel hat noch mehr auf Lager.

»Jetzt zieht eure Knie an euch heran, umfasst sie mit euren Armen, der Rücken rund und schaukelt euch hin und her.«

Einige meiner neuen *Teammates*, unter ihnen Christian, der Junge, der mich eben angeblafft hat, lachen. Ich muss zugeben, es muss affig aussehen, doch es entspannt tatsächlich. Was das aber mit Teamintensivtraining zu tun haben soll, keine Ahnung. *Ich will sie doch bloß alle kennenlernen, verdammt!*

»Hallo?«, ruft jemand von der anderen Seite des Raumes. Ich schrecke hoch bei dem Klang dieser nicht ganz unbekannten Stimme. Mir wird abwechselnd heiß und kalt.

»Brian? Schön, dass du es noch einrichten konntest«, ruft Lionel. Ich beobachte, auf die Seite gedreht, wie Brian mit zwei silbrig glänzenden Aluminiumkrücken durch die Tür humpelt, sich sein Sakko abstreift, James belustigt zunickt und sich dann auf eine Matte neben James setzt. Dabei packt er mit seiner rechten Hand das verwundete Bein und schlägt es über sein gesundes, um in den Schneidersitz zu kommen. *Was will er hier? Er gehört nicht zum Team!*

»Was veranstaltest du hier nur wieder, Lionel?«, fragt Brian und lacht.

»Das fragen wir uns alle«, zischt James ihm von der Seite zu.

»Ruhe! Es geht weiter!« Lionel lässt sich nicht beirren.

Die anderen befolgen brav seine Anweisungen und begeben sich zurück in die Position, in der er uns haben will. Auch Brian und James tun ihm diesen Gefallen mit einem breiten Grinsen auf ihren Gesichtern. Trotz ihres unterschiedlichen Aussehens harmonieren sie als Brüder.

»Der Rücken muss rund bleiben!«, ruft Lionel und versucht, die Gruppe an Chaoten im Zaum zu halten.

»Jetzt steht bitte auf und sucht euch einen Partner, am besten jemanden, den ihr noch nicht gut kennt!«

Es ist wie in der Schule: Natürlich suchen wir uns jemanden, den wir gut kennen, und so huscht Damian zu mir, bevor ich mich anders entscheiden kann. Ich gebe zu, so neugierig ich auf die anderen auch bin, sie scheinen mir einfach nicht so sympathisch wie Damian, Yoshi, Lionel oder James. Am ehesten freundlich wirkt der Junge mit dem blassen Gesicht, den langen blonden Haaren, die bis auf seine Schultern fallen, und den roten Flecken auf den Wangen. Es ist der Junge, den ich aufgrund des roten Striches, der von seiner Oberlippe bis zur Nase verläuft, liebevoll *Hasenscharte* getauft habe.

»Umfasst die Arme des anderen und lehnt euch zurück, lasst euch tief sinken, euer Teammitglied wird euch festhalten, ihr könnt ihm vertrauen. James? Würdest du mir helfen, die Übung zu zeigen?« James schüttelt den Kopf. Lionel geht nicht weiter darauf ein und wendet sich an Yoshi, der bereitwillig hilft. *James, dieser Spielverderber.*

Damian und ich versuchen, die Übung so gut es geht nachzumachen. Einmal tut Damian zum Scherz so, als wollte er mich loslassen. Aber ich falle nicht darauf herein.

»Und Partnerwechsel. James, du machst jetzt mit!« Lionel hebt mahnend den Finger und ich wiederhole die Geste, als sich James und meine Blicke treffen. Er steuert mich an und stellt sich neben mich.

»Ich hoffe, das hat bald ein Ende. Vielen Dank dafür, Tibor«, sagt er ironisch und schüttelt den Kopf. »Man darf Lionel in seinen Ideen nie zu sehr unterstützen, merk dir das für das nächste Mal.« Seine Mundwinkel zucken zu einem schwachen Lächeln.

»Ich finde es nicht schlecht«, entgegne ich und strecke ihm die Zunge raus. Sein breites Grinsen vergeht ihm auf einen Schlag und er hebt eine Braue. *Hab ich etwas Falsches gesagt?*

»Stellt euch vor eure Partner … ja … genau … sehr schön.« Lionel geht mit einem prüfenden Blick die Reihen ab. »Und jetzt lasst ihr euch fallen, euer Partner wird euch auffangen. Vertrauen, Vertrauen, Vertrauen! Das braucht ein Team!«

»Wir sind ein Computerspielteam. Wir brauchen kein physisches Training!«, sagt Christian und stöhnt. Lionel ignoriert ihn und klatscht in die Hände, um die Übung einzuläuten. Ich sehe mich skeptisch nach James um, er nickt. *Kann ich James vertrauen?* Ich lasse mich fallen, verschränke die Arme vor meinem Oberkörper, bis ich den dumpfen Ruck in meinem Körper spüre, als James meine Oberarme mit seinen Händen umfasst.

»Und jetzt wechseln«, ruft Lionel.

»Du bist dran, James«, sage ich, als er sich nicht rührt. Ich sehe, wie sich sein Kiefer anspannt. Seine Mundwinkel zucken minimal. Er stellt sich vor mich. Lionel klatscht in die Hände, doch James rührt sich nicht.

»Du kannst«, sage ich und versuche dabei, so vertrauenswürdig wie möglich zu klingen. Zugegeben, ich bin kleiner als er und besitze keinerlei Muskeln, aber ihn aufzufangen, das werde ich schon noch hinkriegen. James' Brust zuckt. Blaue Adern treten an den breiten Oberarmen hervor. Alle anderen werfen sich schon zum dritten Mal in die Arme ihres Teampartners. James regt sich nicht. Seine Arme stehen förmlich neben seinem Körper. Unsere Blicke treffen sich für einen Moment. Panik spiegelt sich in seinem wieder. Ich glaube, er hat lange keinem mehr Vertrauen geschenkt. Wenn er wüsste, dass er einer dieser *nutzlosen* Frauen vertraut, wenn er gleich fällt. Ich kichere. Ein Ruck fährt durch James Körper.

»Was ist los?«, fragt er mich.

»Nichts, ich habe nur an einen Witz geda…« Er verlässt den Raum, bevor ich ausreden kann. Immerhin kann ich jetzt die Schrift auf seinem Tattoo entziffern:

Ich bin das Licht der Welt.
Wer mir nachfolgt,
der wird nicht wandeln in der Finsternis,
sondern wird das Licht des Lebens haben.
Johannes 8,12

»Machen wir die nächste Übung zusammen?« Brian, dem James' plötzlicher Abgang nicht entgangen ist, steht vor mir und streckt mir die Hand entgegen. Ich zögere für einen Moment und schaue James hinterher, beobachte die Tür, wie sie zuschlägt, und spüre den kurzen Luftzug auf meinem Gesicht. Lionel macht schon den nächsten Teil des Teamintensivtrainings mit Damian vor.

»Tibor?«, fragt Brian fordernd.

Ich nicke ihm zu. »Ja, können wir machen«, sage ich und reiche ihm meine Hand.

Brians Finger sind eiskalt. Die Fingerspitzen sind weiß und wirken für einen Moment blutleer. Als sich unsere Hände berühren, zucke ich zusammen. Plötzlich scheint das Blut in sie zurückzuschießen und sie wieder rosa zu färben. Der Prozess erinnert mich an die Farbwechseleffekte meiner alten Barbiepuppe. Brian scheint mein Unbehagen zu bemerken.

»Entschuldige, dass ich bei dem Promotiongame so hart zu dir war. Es war nicht meine Absicht, dich fertigzumachen.«

Ich nicke bloß, bin allerdings noch skeptisch, wohin dieses Gespräch führen wird.

»Es ist nur so, mein Bruder und ich haben eine Menge durchgemacht und James wurde oft verletzt. Du weißt ja selbst, wie er zu Frauen steht, sonst würdest du diese Masche nicht durchziehen.«

Brian weiß es. Er weiß alles. Panisch reiße ich meine Augen auf. Flucht ist der einzige Gedanke, der durch meinen Kopf rast. Ich versuche, meine Hand vorsichtig von ihm zu lösen, doch er hält sie zu fest.

»Keine Angst«, entgegnet er und lächelt.

»Hey, fangt an, ihr beiden. Worauf wartet ihr? Eine zweite Einladung bekommt ihr nicht!« Lionel wedelt wütend mit der Hand und wir fangen an, uns mit den Schultern aneinander zu drücken, obgleich Brian mit seinem Bein sichtlich Schwierigkeiten hat, die Übung auszuführen. Ich fühle mich benommen und schaffe es kaum zu atmen. Gleichzeitig muss ich versuchen, auf dem glatten Boden nicht wegzurutschen. Meine Fußspitze schiebt eine der bunten Matten nach vorne. Sie bäumt sich auf und begräbt dann meinen Fuß unter sich.

»Hey, ich sage niemandem etwas. Ich liebe meinen Bruder, und solange du ihm damit nicht zu nahetrittst oder ihn behinderst, ist alles in Ordnung. Es ist besser, wenn er die *Wahrheit* nicht kennt.« Ich entgegne nichts, denn ich schaffe es kaum, meinen Mund zu öffnen. »Wirklich, keine Angst. Du hast bisher nichts Sündhaftes getan«, sagt er nochmal, bevor wir uns einen neuen Teampartner suchen müssen.

Nach weiteren Teamübungen, bei denen ich kaum jemanden kennenlerne, den ich vorher nicht gekannt habe, verlassen wir den Raum wieder. Lionel bedankt sich fürs Mitmachen und versichert, dass er mit dem nächsten Teamintensivtraining bis zur Season nach dem Jahreswechsel warten wird. Die ganze Angelegenheit war natürlich gut gemeint, doch zur Teambildung hat sie nicht beigetragen. Ich kenne immer noch nicht das gesamte Team. Zumindest die Namen habe ich nun weitestgehend drauf, obgleich ich mich nach dem Gespräch mit Brian kaum mehr konzentrieren konnte.

James steht im Foyer an das Treppengeländer gelehnt. Als er uns sieht, kommt er auf die Gruppe zu und verabschiedet sich von allen. Wenigstens kommt *er* mit allen klar. Ich glaube, die meisten haben ziemlichen Respekt vor ihm.

James bleibt bei seiner Runde an mir hängen. »Soll ich dich nicht besser nach Hause fahren?«, fragt er. Brian beobachtet uns.

»Nein, ist schon in Ordnung. Yoshi muss in meine Richtung«, entgegne ich.

James spannt seine Gesichtsmuskeln an. »In deine Richtung?«

»Ja«, sage ich und schürze die Lippen. *Was ist mit ihm los?*

»Dann bis demnächst«, sagt er und reicht mir die Hand. Ich nicke nur und gehe mit Yoshi mit. Ich weiß einfach nicht, wie ich mich ihm gegenüber verhalten soll. Dabei sind wir doch jetzt eigentlich Freunde.

»Ist es ok, wenn ich das Radio einschalte?«, frage ich, während Yoshi den Motor anlässt.

»Na klar«, sagt er und setzt ein breites Grinsen auf. Das Radio knackt und knirscht. »Warte, die Sender haben sich wieder verstellt. Immer dasselbe!« Er fummelt mit einer Hand an dem Radio herum, während er mit der anderen versucht zu lenken. »Hab's!«, ruft er stolz und die Stimme eines Radiomoderators ertönt.

»Er hat sein Opfer auf elektrische Herdplatten gelegt, um sie zu verbrennen. Die Taten weisen Parallelen zu mythologischen Ritualen der chinesischen Sagenwelt auf. Präziser, der Legende über die buddhistische Unterwelt. Der Tod der Frau trat einige Zeit …«

Yoshi stöhnt auf. »Kannst du umschalten?«

Ich tue ihm ohne Umschweife den Gefallen, denn ich habe im Moment genug Verrückte um mich. Da brauche ich sicherlich nicht noch ständig von einem hören. Doch Yoshi scheint zwar den Sender wechseln zu wollen, nicht aber das Thema der Sendung.

»Das ist doch lächerlich. Einfach nur lächerlich«, sagt er entnervt. »Die Medien sind voll von diesem Mörder und alle Welt stellt sich einen asiatischen Verbrecher vor.«

»Was glaubst *du* denn, wer der Diyu Mörder ist?« Ich habe einen Musiksender gefunden. Ein amerikanischer Popsong ertönt. Ich hoffe, dass er das Gespräch übertönt. Doch Yoshi lässt die Sängerin mit der Lautstärkeregelung an seinem Lenkrad verstummen.

»Wenn du mich fragst, dann ist der Diyu Mörder ein Teil der Polizei.« Yoshis Blick ist auf die Straße gerichtet. »Überleg mal, wie oft der Diyu Mörder schon davongekommen ist. Es gibt kaum Spuren und man findet auch keine Muster. Da ist ein Mensch am Werk, der Zugriff auf die Datenbanken dieser Welt haben muss. Anders kann ich mir die Ratlosigkeit der Justiz und der Exekutive nicht erklären.«

»Stimmt schon – oder aber, es ist ein asiatischer Assassine, der sich nur im Schatten bewegt.«

Yoshi muss schmunzeln. Meine Dankbarkeit darüber, dass er diesen Witz verstanden hat, äußere ich mit einem breiten Grinsen.

»Ich find übrigens richtig cool, dass du in unser Team gekommen bist. Vorher gab's immer ne Menge Reibereien.«

»Die gibt es jetzt nicht mehr?«

»Du hättest uns mal vorher erleben müssen. James hat uns schon ziemlich gut im Griff. Besser als der alte Coach.«

Ich lächle unwillkürlich, als er James als *Coach* bezeichnet. Darunter stelle ich mir automatisch einen Typen mit Cap und weiter Jogginghose vor, der am Rand eines Baseballfelds steht und seine Mannschaft anbrüllt. *So schlecht passt das gar nicht zu James.*

»James hat viel frischen Wind ins Team gebracht«, ergänzt Yoshi noch, während er um eine Kurve biegt.

»Findest du aber nicht, dass ein oder zwei Spielerfrauen dem Team gut tun würden? Es gibt einige, die viel auf dem Kasten haben.«

Yoshi schüttelt den Kopf. »Ich bin froh, dass James so denkt, wir sind uns einer Meinung. Ich finde, Frauen gehören nicht in ein Computerspielteam.«

Ich schlucke. »Ach so? Warum nicht?« Irgendetwas in mir will sich verteidigen.

»Sie sind einfach nicht gut genug. Oder sagen wir so, ich habe keine guten Erfahrungen mit Frauen gemacht.« Er beißt sich auf seine Lippe und öffnet das Fahrerfenster einen Spalt breit.

»Sag, wenn's dir zu kalt wird. Ich brauche frische Luft!«

Ich auch, denn Brians Worte schießen mir wieder ins Gedächtnis: *James wurde oft verletzt. Du weißt ja selbst, wie er zu Frauen steht.* »Ja, das weiß ich.«

»Hast du was gesagt, Tib?«

»Nein, nein. Sorry.«

»Wach auf, Tamara! Wach auf!« Ich blinzle Mum entgegen, die dabei ist, hektisch ein paar Flaschen Wasser in meinen Reiserucksack zu packen.

»Ihr fliegt heute. Ein Mann hat hier angerufen, dass er dich bald abholt. Die sind aber auch spontan auf deiner Arbeit. Ich hoffe, die nutzen dich nicht aus.« Mum bekommt einen besorgten Ausdruck im Gesicht, bis sie sich auf einmal über irgendetwas zu erschrecken scheint. »Ach Gott, Wasser darf man ja nicht mitnehmen in den Flieger, oder? Ach Mensch, nachher bekommst du noch Durst. Die Pralinen sind für deine Großeltern. Denk dran, sie sind schon sehr alt. Egal, was sie sagen, nimm es nicht allzu ernst. Wenn sie dir etwas antun, dann …«

Ich rolle mit den Augen. »Grandpa und Grandma werden mir doch nichts antun. Und das Team ist sehr seriös. Ich dachte, du hast dir den Vertrag genau durchgelesen. Verdursten werde ich auch nicht. Ich trinke vorher. Und wenn ich nicht so viel trinke, dann muss ich nicht so oft im Flieger aufs Klo. Und ja, ich weiß, wie ich mit Granny und Grandpa umzugehen habe. Die werden mich schon ordentlich behandeln, immerhin bin ich ihr Enkelsohn.« Ich lache.

Mum ist nicht zum Lachen zumute. Sie spitzt ihren Mund und verschränkt die Arme, bevor sie weiterspricht. »Nenn sie nicht immer Granny und Grandpa, wir sind hier doch nicht in Amerika!«, sagt sie und fährt sich einige Male durch die Haare.

»Wer sagt heutzutage denn noch Großvater und Großmutter? Mum, das ist das Eingeständnis für Uncoolness schlechthin!«

»Mum? Wie das klingt. Ich bin deine *Mutter* und keine amerikanische Hausfrau«, stöhnt sie.

Ich bin ziemlich verwundert, was sie alles aus dem Konzept werfen kann. Es sind die Kleinigkeiten, die sie an mir, ihrer Tochter, stören. Doch es sind eben auch genau diese Kleinigkeiten, die mich zu einem eigenständig denkenden Wesen machen.

Ich nicke ihr zu, obgleich ich meine Großeltern natürlich niemals *Großmutter* und *Großvater* nennen werde, geschweige denn Mum *Mutter*. Wir leben immerhin im einundzwanzigsten Jahrhundert.

Sie seufzt, dann wagt sie einen erneuten Versuch, unser Gespräch fortzuführen. »Den Vertrag habe ich mir natürlich genauestens durchgelesen. Alles war einwandfrei.« Sie nickt heftig, als könnte sie so alles Negative wegnicken.

Ich würde zu gerne wissen, wie Farck sie überredet hat. Und ich bin dermaßen gespannt auf meine Großeltern, dass ich für einen Moment sogar Brian verdrängt habe, der seit dem gestrigen Abend ständig in meinen Gedanken festsitzt. *Ob Granny und Grandpa wirklich so senil sind, wie Mum dauernd behauptet?* Na ja, dann bemerken sie wenigstens nicht, dass ich ihnen etwas vormache.

»Und mit dem Trinken …« Sie überlegt für einen Moment.

»Das Klo, Mum.«

»Ja, ja«, erwidert sie und befeuchtet ihre Lippen mit etwas Speichel.

Ich frage mich, ob James hier angerufen hat. Dann schüttele ich mit dem Kopf. *Nein, den hätte Mum unter allen Umständen wiedererkannt. Oder Brian?* Unwillkürlich zieht sich mein Magen zusammen. Es wird schon alles schief gehen, sagt mein Dad immer. *Ich hoffe, damit hat er diesmal nicht recht.*

Ich ziehe mich an und gehe mit meinem Gepäck nach unten. Mit Stolz betrachte ich den Avengerskoffer, den ich mir in einem Spielwarenladen gekauft habe. Der sieht wirklich nach Mann aus. Zufrieden nicke ich.

»Ich muss jetzt los, ich habe noch eine Verabredung, die ich unmöglich verschieben konnte«, sagt Mum, die mir auf Schritt und Tritt gefolgt ist, und schaut mich erwartungsvoll an. Wenn es etwas gibt, was Mum wichtiger ist als die Kontrolle über ihre Familie, dann, wie ihre Familie nach außen wirkt. Abgesagte Verabredungen kommen natürlich nicht in Frage.

»Mach's gut, Mum.« Ich strecke ihr meine Arme entgegen und sie stürmt augenblicklich auf mich zu und drückt mich an sich.

»Pass auf dich auf!«, ruft sie viel zu laut.

»Mach ich, versprochen!«

»Ich bin in diesen Zeiten beunruhigter denn je, wenn ich dich verreisen lasse«, fügt sie hinzu, während sie mir die letzte Luft aus den Lungen presst.

»Wie meinst du das?«, keuche ich. Im nächsten Moment ärgere ich mich, weil sie mir jetzt bestimmt eine Standpauke halten möchte, dass meine Selbstfindungsphase daran schuld sei, dass sie nachts nicht mehr schlafen kann. Doch zu meiner

Verwunderung entwickelt sich dieses Gespräch in eine ganz andere Richtung.

»Der Diyu Mörder hat wieder zugeschlagen. Diesmal in der Nähe von London, um genau zu sein, in Borough.« Ihre Miene wird ernst und sie drückt noch fester zu. »Die Frau, das letzte Opfer, wurde verbrannt.«

»Hab davon gehört.« Ich versuche, unbeeindruckt zu wirken.

»Ich will gar nicht daran denken! Grausam ist die Vorstellung. In den letzten Monaten sind es jetzt schon drei Opfer. Die Polizei sagt, das ist untypisch für ihn. Die Morde häufen sich und inzwischen treibt er auch in Deutschland sein Unwesen. Köln ist eine große Stadt, ebenso wie London.«

»Mum«, stöhne ich. »Wie lange macht er jetzt schon die Welt unsicher?« Ich rolle einmal mit den Augen, um meiner Frage noch mehr Ausdruck zu verleihen.

»Mehrere Jahre«, sagt sie und schluckt laut.

»Und ist mir schon irgendetwas passiert? Ich bin nicht gerade sein Beuteschema.« Mum nickt. Die Frauen, die dem Diyu Mörder zum Opfer fielen, waren allesamt schön, schlank und sicher nicht als Mann verkleidet.

»Trotzdem, es bereitet mir Unbehagen, dass die Polizei ihn nach so vielen Jahren immer noch nicht gefasst hat. Seine Art des Mordens ist abscheulich.«

»Abscheulich? Ekelhaft! Wie kommt man auf die Idee, jemanden auf Herdplatten zu verbrennen?« Ich erinnere mich an die Monotonie, mit der der Radiomoderator mir und Yoshi diese Information gestern präsentiert hat. Angewidert ziehe ich einen Mundwinkel nach oben.

Mum tut es mir nach, als habe sie in eine Limette gebissen, und atmet schwer aus. »Lass uns bitte nicht weiter darüber reden! Pass immer auf dich … Oh, schon so spät? Jetzt muss ich aber wirklich!« Sie schüttelt einmal ihren Kopf und richtet ihre Haare. Dann verschwindet Mum mit Knethaken und Teigrolle bewaffnet durch die Tür.

»Warte, Mum!« Ich stürme ihr hinterher und erwische sie, wie sie das Garagentor öffnet.

»Ja? Hast du noch was vergessen?«

»Haben sie gesagt, wann sie mich abholen wollen?«

»Jeden Augenblick.« Sie lächelt. Dann dreht sie sich nochmal um und drückt mich, bevor sie endgültig in der Garage verschwindet.

Ich gehe wieder nach drinnen, um mein Gepäck zu holen. Brav stelle ich mich an die Straße, damit sie diesmal nicht auf mich warten müssen. Doch niemand kommt. Mum fährt im Auto an mir vorbei. Ich schaue auf die Uhr.

10 Minuten vergehen, 15 Minuten vergehen, 20 Minuten vergehen. Ich habe mich bereits auf meinen Koffer gesetzt und zähle die hell gefärbten Blätter, die an mir vorbeiwehen, als ein Auto vorfährt. Ein schwarzer Geländewagen. Er hält direkt vor mir. Erwartungsvoll hoffe ich, Lionel oder Yoshi in ihm zu entdecken, aber zu meiner Enttäuschung steigt bloß ein Mann aus und stellt sich neben mich. Der Geländewagen fährt weg. Der Mann und ich stehen jetzt zusammen auf der ansonsten menschenleeren Straße und beobachten die Blätter, bis er seinen Blick auf mich richtet.

»Suchen Sie etwas?«, frage ich. Keine Antwort. *Was will dieser Typ hier? Warum geht er nicht rüber zur Bushaltestelle oder sonstwohin?* »Der Bus fährt da drüben ab und nicht hier. Ich warte auf jemanden, der mich abholt.«

Der Mann beginnt zu lächeln. »Ich weiß, auf wen du wartest.«

»Das bezweifle ich«, blaffe ich ihn an.

»Wieso?«

»Wieso, was?« Ich kann mir meine zornig bebende Lippe nicht verkneifen.

»Warum du es bezweifelst?«

»Ich kenne Sie nicht. Also kennen Sie mich auch nicht. So einfach ist das!«

Er schmunzelt. »Jetzt weiß ich, was er mit deinem Temperament meint.« Seine rote Narbe – höchstwahrscheinlich eine Rasierschnittstelle – über dem linken Wangenknochen bewegt sich mit jedem seiner Worte, als ob sie ihnen damit mehr Ausdruck verleihen wollte.

»Was meinen Sie?«

»Ach, nichts.« Eine Gesprächspause entsteht. Ich beschließe, den Mann zu ignorieren.

»Wo geht denn die Reise hin?« Er schielt zu mir rüber. Ignorieren unmöglich, denn er lässt nicht locker.

»Ich dachte, Sie wissen, wer mich abholt, dann wissen Sie ja bestimmt auch, wo ich hinfliegen werde, nicht wahr?«

Er versucht, sich ein Lachen zu verkneifen. »Ich wollte bloß höflich sein und ein bisschen Smalltalk mit dir führen.«

»Ich möchte keinen Smalltalk mit Ihnen!«

»Gut, dann gebe ich dir also keinen wichtigen Tipp, der dein Leben betrifft?«

»Was für einen Tipp?« Erst hat er mich ja an Clark erinnert. Das plötzliche Auftauchen, das Reden in Rätseln und das merkwürdige Interesse an mir. Doch im Gegensatz zu Clark hat dieser Mann eine arrogante, beinahe beängstigende Ausstrahlung. Seit ich mit den ›Heroes of the Prefix‹ zu tun habe, scheine ich verrückte Typen nur so anzuziehen.

»Es ist ein wahrlich grandioser Tipp.«

»Was soll das heißen?«

»Ich weiß, du hast den Erpressungsversuch in Lugano abgewehrt. Das beweist zwar kaum deine lückenlose Loyalität, jedoch ist es ein Schritt in die richtige Richtung. Mein Tipp: Behalte diese Richtung bei. Solltest du eine andere einschlagen und dich von der Konkurrenz locken lassen, dann wirst du weitaus mehr Schmerzen davontragen, als ein paar Schläge hervorrufen können.«

Bevor ich weiter nachhaken kann, fährt der schwarze Geländewagen wieder vor und der Mann steigt ein. Ich zeige ihm den Mittelfinger zum Abschied. Er lässt die Scheibe hinunter und winkt selbstgefällig. Ein verrückter Idiot am Morgen vertreibt Kummer und Sorgen. *Herrlich!* Darin, dass ich seinen Tipp befolgen werde, kann er sich sicher sein. Ich würde James, Lionel und Co. niemals hintergehen. *Zumindest nicht in Bezug auf ›Prefix‹.*

»Gruseliger Mensch.« Mit einem Mal steht Clark neben mir und klopft sich trockenes Gestrüpp von der Kleidung.

»Clark! Keine Überraschungen mehr, bitte. Du kannst auch einfach auf mich zukommen, sodass ich dich früher sehe und ich keinen Herzinfarkt bekomme!«

»Entschuldige.« Clark grinst und drückt sich das platte Haar enger an den Kopf. »Was wollte der Typ?«

»Keine Sorge, du bist und bleibst mein einziger Stalker. Der Typ hat sich viel zu geil gefühlt, als dass er irgendjemandes Fan sein könnte.«

Clark nickt zufriedengestellt. »Und gibt es sonst Neuigkeiten?«

»James will mit mir befreundet sein«, stöhne ich.

»Und du nicht?«

»Ich fühle mich komisch in seiner Gegenwart«, gebe ich zu.

»Du belügst ihn ja auch.«

»Danke, Clark, das sind aufmunternde Worte.«

»Soll ich ehrlich sein oder dich auch belügen?«

»Du hast schon recht.« Ich stöhne wieder und streiche eine meiner Haarspitzen nach hinten. »Noch dazu kommt Brian. Er weiß es auch.«

»Was weiß er?« Für einen kurzen Augenblick scheint Clark der einzige auf der Welt zu sein, der mich tatsächlich versteht.

»Dass ich eine Frau bin.«

»Und du glaubst, er will es verraten?« Clark richtet seine Brille und funkelt mich durch die Gläser interessiert an.

»Er hat gesagt, nein, aber das heißt nichts.«

»Wenn er *nein* sagt, dann würde ich ihm vertrauen.«

Ich atme scharf aus und hoffe inständig, Clark hat recht und ich brauche mir um Brian keine Gedanken mehr zu machen.

Clark deutet auf meinen Koffer und lacht mich an. »Cooler Koffer! Superhelden sind voll mein Ding.«

»Danke.« Ich lächle und streiche über den Gummiüberzug am Koffergriff. Clark wendet seinen Blick von mir ab und lässt ihn über die Häuser gleiten. »Na, dann schauen wir mal, wie sich das Ganze weiter entwickelt. Pass immer auf dich auf, Tamara Carlmeyer. Ich kann nicht immer für dich da sein.«

»Warst du doch auch noch nie.«

Clark lacht herzlich und beginnt dann – in alter Manier – wieder zu rennen, sodass er nach wenigen Sekunden verschwunden ist.

Keine Minute später holt Lionel mich ab.

Erleichtert atme ich aus. Für einen Moment hatte ich gezweifelt, ob noch irgendjemand auftaucht. Er fährt mit einem Kleinbus vor, auf dem im Graffiti-Stil *Heroes of the Prefix* steht. Ich freue mich auf die Reise, habe aber auch Angst, James wieder zu treffen. Als ich über die kleinen Treppenstufen in den Bus steige, bin ich nervös. Doch im Innenraum herrscht gähnende Leere. James ist nicht da.

Nach der Reihe holen wir alle anderen Teammitglieder ab. Die meisten haben sich in Hotels eingemietet. Zuerst halten wir aber vor dem Wohnhaus von Damian. Er lebt sowieso ganz in meiner Nähe, keine Stunde von mir entfernt, und das seit seiner Kindheit. Ich erkenne das Haus sofort wieder. Es ist das Haus, in dem das Casting stattgefunden hat. An die staubigen Einrichtungsgegenstände und das bereits in die Jahre gekommene Inventar erinnere ich mich genau.

Damian grüßt mich freudig, als er den Bus betritt, und setzt sich neben mich. Samuel, erzählt er mir während der Weiterfahrt, habe nach der Geburtstagsfeier einen Antrag auf Einweisung gestellt und werde heute in eine von James ausgesuchte Klinik fliegen. Er hoffe, dass er sich danach ein gemeinsames Leben mit James aufbauen könne, und dass dieser sich endlich vor seiner Familie outen würde.

Loreley hat ihn doch bereits vor seinen Eltern geoutet, reicht das nicht? Oder hab ich gestern etwas falsch verstanden? Ich habe ein seltsames Gefühl, als mir Damian von seinem Bruder und James erzählt. *Was ist das bloß, dass meine Kehle zuschnürt und mich nicht mehr klar denken lässt? Werde ich vielleicht krank?*

»Familie ist nicht einfach«, entgegne ich Damian.

»Wem sagst du das? Unser Vater hat uns im Stich gelassen, der drogenabhängige Bastard, und Samuel da auch noch mit reingezogen.«

»Das tut mir leid.« Wir schweigen uns einige Zeit lang an, dann komme ich auf die Idee, ihm von verschiedenen Streitigkeiten aus meiner Familie zu erzählen, um ihn aufzuheitern. Er ist nicht der einzige, der mit einem komplizierten Background groß geworden ist. Vor allem meine lebhaften Schilderungen über die Eigenarten meiner Mutter amüsieren ihn. Der Bus füllt sich währenddessen immer weiter. James holen wir nicht ab. Lionel sagt, er sei bereits mit seinem Bruder vorweg geflogen.

»Mit Brian?«, frage ich und schlucke.

»Ja, oder kennst du noch einen Farck-Spross? Zwei reichen!« Ich verziehe meinen Mund zu einem Lächeln. Der Gedanke an Brian schüchtert mich ebenso ein wie der Gedanke an James. Aber auf eine andere Art und Weise.

»So, jetzt fehlt nur noch eine Person«, ruft Lionel über seine Schulter ins Businnere und biegt in den Innenhof eines Hotels ein.

Ich erkenne es wieder. Es ist James' Hotel. »Holen wir James nun doch ab?« Verwirrt schaue ich in die Runde. Bevor mir einer von ihnen antworten kann, öffnen sich zischend die Bustüren und ich höre eine bekannte Stimme ein mir unbekanntes Lied trällern.

Yoshi springt sofort auf, um ihr mit dem Gepäck zu helfen.

»Danke, dass ihr mich mitnehmt. James musste schon so früh los.« Sie gähnt demonstrativ.

»Kein Problem, Mera, du weißt, das machen wir jederzeit gerne.«

Mera lächelt und steigt in den Bus. *War sie etwa die ganze Nacht bei James? Oder ist James geflogen, ehe sie zu ihm gekommen ist?*

»Hallo zusammen!«

»Hallo Mera«, rufen alle im Chor, woraufhin die schöne Italienerin ein quiekendes Geräusch von sich gibt. Wieder steigt das Gefühl des Unwohlseins in mir auf. *Vielleicht habe ich etwas Falsches gegessen?*

Wir fahren zum Flughafen und betreten das Gebäude. Lionel steuert einen Flughafenschalter an, um sich und die Gruppe für den Flug mit dem Jet anzumelden.

»Alle herhören. Ich habe unsere Gruppe registriert. Ihr müsst nun alle nacheinander vortreten, damit sie die Tickets drucken können. Verstanden?« Alle nicken mehr oder minder unbeteiligt, nur ich schwitze mit einem Mal wie nach einem Marathon.

»Lionel? Lionel, komm mal!«, quietsche ich.

»Ja? Was ist denn? Gibt's ein Problem?«

»Fliegen wir nicht mit dem Jet?«

»Nein, der gehört den Farcks. Immer können wir uns den nicht ausleihen.«

»Und müssen wir uns jetzt einzeln unsere Tickets abholen?«, frage ich.

»Was meinst du, weswegen wir hier in Reih und Glied stehen? Zum Spaß?« Lionel ist genervt. Er ist ein korrekter Mensch, der alles haargenau überprüft. *Eine beschissen gefährliche Situation für mich.*

Damian gibt seinen Pass ab und wird registriert, dann Christian, dann Yoshi. Ich rutsche Stück für Stück in der Schlange weiter nach vorne.

»Entschuldigen Sie? Ihren Pass bitte.« Die Frau hinter dem Schalter streckt fordernd die Hand aus. Dabei lächelt sie freundlich und rückt mit der freien Hand eine orangefarbene Lesebrille auf ihrer Nase gerade.

»Ja, natürlich, einen Moment.« Ich hole aus meinem Portemonnaie meinen Pass und werfe ihn mit einer schnellen Handbewegung hinter den Schalter. *Reiß dich zusammen, Tamara, auffälliger geht's ja wohl kaum.* Die Frau fängt ihn auf und mustert erstaunt meinen Namen, während sie die Daten geschickt in ihren Computer einliest.

»Alles fertig. Hier ist ihr Ticket«, sagt sie und reicht mir den Pass und das Flugticket. Gerade rechtzeitig, bevor Lionel beginnt, sich über ihr Arbeitstempo zu echauffieren. Wahrscheinlich hätte nur eine künstliche Intelligenz effizienter arbeiten können, aber Lionel braucht scheinbar etwas zu nörgeln, um seinen Stress abzubauen. Überflüssigerweise fängt er auch noch eine Diskussion mit der Frau an. Ich mache mich aus dem Staub und stelle mich neben Yoshi und Damian, die sich über die Bonusse im Jungle unterhalten.

»Prefix möchte bald ein Update rausbringen, um die Spider stärker zu machen«, sagt Damian.

»Echt? Shit, wenn ich dann junglen gehe, muss ich mir definitiv eine neue Reihenfolge der NPC's zurechtlegen. Ich komme so schon, wenn ich Lionels Plan befolge, kaum gegen sie an«, entgegnet Yoshi und saugt an seinen Wangen, sodass sie einfallen. »Ich hoffe, ich kann in den entscheidenden Matches wieder ADC spielen.«

»Macht euch lieber Sorgen um unsere Lasthit-Raten«, sage ich, um mich konstruktiv am Gespräch zu beteiligen.

»Hör mir auf!«, stöhnt Damian. »Ich habe mir unsere Gegner mal in Spielaufzeichnungen angesehen. Da sind welche dabei, die sind beinah unschlagbar.«

»Gerade am Anfang können wir auf den Haufen Gold nicht verzichten«, erwidere ich. »Da müssen wir noch dran arbeiten.«

»Ich weiß, ich weiß.«

»Schiebt keine Panik!«, ruft Christian von weiter hinten. Unser Gespräch verstummt und wir warten ab, was der nächste Schritt ist.

Als alle fertig sind, leitet Lionel die Gruppe quer durch das Flughafengebäude bis hin zum Kontrollbereich. Das Ticket habe ich zusammen mit meinem Pass in der Innentasche meiner Jacke verstaut. Ein Lächeln huscht über meine Lippen, als ich die Security sehe, die im Schnelldurchlauf Menschen durch die Sicherheitskontrolle winkt.

»Ich muss noch kurz zur Toilette«, sage ich zu Lionel.

Ich freue mich, endlich meinen genialen Plan in die Tat umsetzen zu können. Das Risiko, dass einer von ihnen auf meinen Pass schaut, ist damit minimal. Ich schlage bereits den Weg zum WC ein, als Lionel mich zurückhält.

»Kommt nicht in Frage!«, sagt er.

»Wie bitte?«

»Wir gehen erst durch die Kontrolle. Vorher verlässt niemand die Gruppe. Ich will keine Zeit verlieren!«

»Ich muss aber dringend«, beteuere ich, doch Lionel verzieht keine Miene. *Er kann ganz schön streng sein.*

»Halt ein, Tibor«, rät mir jetzt auch Yoshi.

Scheiße, das kam unerwartet. Plan B muss her. Während die anderen die Sicherheitsschleuse passieren, lasse ich mich nach hinten zurückfallen. Ich habe auf exakt den Moment gewartet, in dem Lionel von Yoshi abgelenkt ist, der wie üblich versucht, die Flüssigkeit für seine E-Zigarette im Handgepäck mit in den Flieger zu schmuggeln. Ich reihe mich in eine Gruppe älterer Herrschaften ein, die mich pikiert mustert.

»Tib?«, ruft Lionel von vorne. »Wieso zum Teufel bist du nicht mehr bei uns?« Er wird gerade von einem Sicherheitsbeamten abgetastet. Ich werfe ihm einen entschuldigenden Blick zu und zeige auf die Oma vor mir. Mit meinen Lippen forme ich stumm das Wort *gedrängelt*. Lionel verengt seine Augen zu Schlitzen. »Wir warten da hinten. Beeil dich!«

Ich nicke und lächle verkniffen, während ich meinen Pass herauskrame und ihn zusammen mit meinem Flugticket vorzeige.

Lionel beobachtet mich von der anderen Seite.

Piep, Piep, Piep. Der Metalldetektor schlägt aus.

»Weiblich«, flüstert der Kontrolleur, der meinen Pass gesehen hat, einer der Securityfrauen zu. Ich spüre Lionels prüfende Blicke, als ich von der Sicherheitsbeamtin abgetastet werde, weil ich vergessen habe, die Gürtelschnalle abzunehmen. *Mist!* Normalerweise werden Männer nicht von weiblichen Beamtinnen abgetastet und selbstverständlich auch nicht andersherum. Ich begebe mich schnell zu dem Haufen unserer Gruppe und beginne ein Gespräch mit Yoshi über sein E-Zigaretten-Liquid.

Wir steigen in das Flugzeug. Unser Team nimmt den gesamten hinteren Passagierbereich ein. Lionel will sich auf den Sitz vor mich setzen, doch hält kurz inne und wendet sich mit einem prüfenden Blick zu mir. »Warum hat dich denn eine Frau abgetastet, Tibor?«, fragt er und verengt seine Augen.

»Sie hatten Personalmangel, deswegen haben sie gefragt, ob es für mich in Ordnung ist, wenn die Beamtin es macht.« Lionel scheint mit meiner Antwort noch nicht befriedigt. Er streicht sich mit seinen Fingern übers Kinn und mustert mich.

»Mir macht das ja nichts aus, von einer Frau angefasst zu werden«, lache ich und Lionel steigt zu meiner Erleichterung mit ein. *Glück gehabt. Männer sind doch alle gleich.*

Während des Flugs male ich mir aus, wie James und Brian miteinander reden. Wie er ihm sagt, dass ich eine Frau bin und James mit seinem typischen wütenden Blick Dinge im Jet gegen die Wand wirft.

»Hey Tib, du hast ja gar keine Angst!«, ruft Yoshi mir aus den hinteren Reihen zu. Erst jetzt merke ich, dass wir schon fliegen. Sofort kehrt die Angst vor einem Absturz zurück. Sie ist aber tatsächlich nicht mehr so stark wie zu Beginn meines Prefix-Abenteuers. Immer wieder mischt sich das Bild von James und Brian zu meinen Absturzvisionen. Ich schließe meine Augen und versuche, mich in die Welt der Träume zu flüchten.

»Hey Lionel, Lionel, wach bitte auf!«, höre ich Mera einen Sitz weiter vorne flüstern. Ich öffne mein linkes Auge wieder ein paar Millimeter weit.

»Ja? Ich habe nicht geschlafen, was ist?«

»Ich muss einfach mit dir reden, Lionel.« Ich beobachte, wie Mera Lionel durch den Spalt zwischen den Flugzeugsitzen anlächelt.

»Okay, was ist los?«

»Glaubst du, James liebt mich?« Sie weiß anscheinend wirklich nicht, dass sie als PR-Masche missbraucht wird. »Manchmal habe ich das Gefühl, ich bin nur ein PR-Gag«, entgegnet sie, als hätte sie gehört, woran ich gedacht habe.

Ihre Frage scheint Lionel zu überrumpeln, denn er antwortet nicht gleich. »Ach was, das glaube ich nicht«, sagt er schließlich aufmunternd. Ich frage mich, wie viel er weiß. Lionel ist James' rechte Hand und für die innere Struktur des Teams zuständig, das habe ich schnell bemerkt, aber ist er auch im Alltag James' Vertrauter?

»Ich weiß nicht, aber wenn du das sagst. Ich habe das Gefühl, James vertraut dir.«

Lionel nickt ihr zu und ist im Begriff, sich von ihr abzuwenden, als sie ihn am Arm zurückhält. »Ach, und noch was. Dieser neue im Team, Tib.« Sie spricht unfassbar leise und ist darum für mich kaum hörbar. Während sie spricht, vergewissert sie sich, dass ich nicht zuhöre. Von außen sieht es wohl noch immer so aus, als schliefe ich.

»Was ist mit ihm?«, fragt Lionel.

»Findest du nicht auch, er ist James irgendwie ähnlich?«

»Ähnlich?« Lionel spricht meine Gedanken laut aus. *Wo sieht sie eine Ähnlichkeit zwischen James und mir?*

»Ja.« Sie lacht, dann wendet sie sich von Lionel ab und bestellt bei der Stewardess ein Getränk. *James und ich sind uns ähnlich?* Ich schaue an mir hinunter. Meine dürre Figur und die schneeweiße Haut beweisen eigentlich genau das Gegenteil.

Der Flug ist nicht sonderlich lang. Tsuyoshi ist direkt weggenickt und spricht jetzt Unverständliches im Schlaf, Lionel liest ein Buch, einige reden, machen Quatsch. Meine Gedanken springen kreuz und quer. *Wie meine Großeltern wohl sind? Wird James bald wieder bei uns sein?*

12

Wir landen am Kölner Flughafen. In Köln finden die letzten Seasonspiele und das Finale statt. Es ist eine Stadt, die einfach das Flair des Computerspielens verkörpert. Man muss sich vorstellen, dass zu Zeiten der Gamescom auch in den Straßen zusätzlich ein Festival stattfindet. Alle Menschen feiern ein paar Tage lang nur Games. Vielleicht stehen die Kölner dem Zocken gerade wegen ihrer verrückten, karnevalistischen Art so offen gegenüber. Auch ohne dass die Gamescom gerade stattfindet, wirkt die Stadt futuristisch und wie für Computernerds gemacht.

Am Terminal hole ich meinen Koffer von dem Gepäckband. Ich kann meine aufkommende Nervosität kaum verbergen und weiß nicht, wie ich auf die *neuen* Großeltern reagieren soll. Grandpa soll mich hier abholen.

»Tibor? Tibor Carlmeyer?«, fragt eine raue Stimme hinter mir. Sie klingt streng, zugleich aber auch zerbrechlich. Ich drehe mich mit einem viel zu heftigen Schwung um und habe Glück, dass ich dem Mann nicht mit dem Avengerskoffer sein Frühstück heraushole.

»He, aufgepasst!«

Er hat schütteres, weißes Haar, trägt eine goldene Brille und eine graue Regenjacke mit der Aufschrift *Jack Wolfskin*. Er hält ein Schild in der Hand, auf dem *Tibor Carlmeyer* steht.

»Grandpa?« Erstaunt mustere ich sein Gesicht und versuche, Ähnlichkeiten zu Dad zu finden. Die Nase ist eindeutig die eines Carlmeyers, ansonsten entdecke ich oberflächlich keine weiteren Merkmale, die auf meine Familie hindeuten.

»Wie hast du mich erkannt?«, ist die erste Frage, die mir in den Sinn kommt. Durch den Kopf schießt mir derweil noch eine weitere. *Ist es okay, ihn zu belügen?* Dass er jetzt einen Enkel*sohn* hat, kann man eigentlich als seine gerechte Strafe dafür auffassen, dass er sich niemals informiert, geschweige denn mir Geschenke zum Geburtstag oder zu Weihnachten gemacht hat. Er sieht auch ganz und gar nicht so zerbrechlich aus, wie ich ihn mir vorgestellt hatte und die Stimme vermuten ließ. Seine Arme sind noch breit und er ist keinesfalls abgemagert. Sein Gesicht ist markant und seine Wangenknochen treten leicht durch die dünne Haut hindurch. Die Haut seiner schmalen Lippen ist gespannt und verdeckt kaum die gelben Zähne, von denen einer der Eckzähne überkront ist.

»Ich habe vorhin mit deinem Vater telefoniert. Er hat dich gut beschrieben. Und ich kenne doch deine Begleitung.« *Was für eine Begleitung?* Er beginnt zu grinsen und erinnert mich dabei sehr an Dad.

»Herr Carlmeyer?« Ich zucke zusammen. Lionel steht mit einem Mal hinter mir.

»Ah, freut mich, freut mich außerordentlich!« Grandpa schüttelt ihm die Hand.

»Wir müssen Ihnen danken. Ohne Sie hätten wir unseren Supporter verloren.« Lionel lacht. Grandpa scheint von ihm begeistert. *Begeisterter als von mir?*

»Natürlich, was für eine Frage! Sowas mache ich doch gerne! Ohne euch hätte ich meinen Enkelsohn nicht kennengelernt.« Grandpa tut so, als hätte er keine Chance dazu gehabt, mit mir Kontakt aufzunehmen.

»Wo ist denn James?«, fragt er mit einem prüfenden Blick in Richtung der umherirrenden Menschen in der Flughafenhalle.

»James hat leider noch dringliche Verpflichtungen.«

»Toller Mann, wirklich toller Mann!«

Lionel nickt meinem Grandpa zu, knufft mich in die Schulter und verschwindet dann mit dem restlichen Team und der fröhlich singenden Mera vom Terminal. Ich bleibe zurück mit einem mir wildfremden Mann, der mit einem Mal eine ganz steife Miene bekommt.

»Na komm, du musst zuhause erst mal deinen Koffer auspacken, was?«

Ich nicke bloß.

Das Haus meiner Großeltern liegt etwas außerhalb von Köln. Auf der Fahrt banne ich meinen Blick auf den elektrischen Fensterheber. Grandpa und ich reden keinen Ton miteinander. Es läuft nicht mal das Radio. In diesem Moment hätte ich mich vielleicht sogar über Nachrichten von dem Diyu Mörder gefreut, um ein erstes Gesprächsthema zu haben.

Ich beobachte aus dem Fenster die Menschen in der Innenstadt. Zu meiner Enttäuschung muss ich feststellen, dass Köln nicht anders ist als Regensburg: Menschen, die hektisch durch die Straßen und zwischen den Hochhäusern hindurchlaufen, der gewohnte Geruch nach Abgasen in der staubigen Luft und enge Gassen, die ins Nirgendwo zu führen scheinen. Selbst der Vorort, in dem Grandpa und Grandma wohnen, sieht Schwarzfeld zum Verwechseln ähnlich. Die Häuser sind reihenartig angeordnet und in den Gärten davor spielen überall die gleichen Kinder. Klar, die Bauwerke sind vom Stil her vielleicht ein wenig anders, aber es ist im Großen und Ganzen eben auch nur ein Vorort.

Die Fassade von Grandpas und Grandmas Haus ist verschiefert und wirkt nicht gerade einladend. Ich atme tief ein, bevor ich aus dem Wagen aussteige.

»Worauf wartest du, Junge?«, herrscht Grandpa mich an, als ich mich nicht rege. Ich hole das gesamte Gepäck aus dem Kofferraum und schleppe es schwer keuchend in den Hausflur. »So ist es recht«, lacht er und schlägt mir auf den Rücken. Sein Lachen ergibt sich in einem röchelnden Hustenanfall. »Ein starker junger Kerl bist du, Tibor!«

»Mein Junge! Ist das unser Enkelsohn?« Aus der Küche kommt eine Frau mit schlaffer, Altersflecken übersäter Haut. Sie hat ein hellrot geblümtes Kleid an und darüber eine weiße Schürze gezogen. Auf ihrem Kopf trägt sie eine Dauerwelle. Als sie mich sieht, zögert sie. Sie geht einen Schritt zurück, bevor sie wieder auf mich zukommt. Dann küsst sie zaghaft meine Wange. Der süßlich-schwere Geruch von Altweiberparfüm steigt mir in die Nase.

»Wie war der Flug?«, fragt sie.

»Er war okay«, lüge ich und muss mich an meine Gedanken über Brian und James erinnern. Gleichzeitig versuche ich, in ihrer immer fester werdenden Umarmung nicht zu ersticken.

»Zum Glück bist du alleine gekommen«, flüstert sie mir ins Ohr. »Jetzt können wir endlich beisammen sein.«

»Wie meinst du das?«

Sie packt meine Schultern und schaut mich an. »Es ist so, dass ...«

»Aber Erna!«, ruft Grandpa ihr zu.

»Wie bitte?«, frage ich verwirrt, doch Erna winkt ab.

»Egal, darüber reden wir ein anderes Mal, mein Junge.« Grandpa schaut Erna finster an, dann wechseln sie einige Wörter auf Niederländisch, die ich nicht verstehe. Sie schießen wie beim Ping Pong abwechselnd aus ihren Mündern.

»Komm, ich zeige dir dein Zimmer, Tibor«, sagt Grandpa, noch viel zu laut von dem hitzigen Wortgefecht mit Grandma getrieben.

Ich nicke und folge Grandpa, der Grandma abermals einen strafenden Blick zu wirft. *Wer weiß, ob ich es hier schön finden werde.* Erste Fluchtpläne jagen mir durch den Kopf.

»Kannst du eigentlich Niederländisch?«, fragt er beiläufig, während wir uns einen Weg durch den Flur bahnen.

»Nein, kein Wort«, gestehe ich.

Grandpa scheint erleichtert, tut aber zerknirscht. »Schade«, sagt er.

Hätte ich es besser mal gelernt. Dad spricht es fließend, sah es aber nie als notwendig, meiner Schwester oder mir die Sprache seiner Eltern beizubringen.

Die alte Treppe knarzt bei jedem Schritt. Ich streiche einmal über die Wandteppiche. Alles riecht nach vermodertem Holz und dem Parfüm von Grandma. Der Flur ist mit Hirschgeweihen gespickt. Und aus der oberen Etage lacht mir ein Wildschweinkopf entgegen.

»Hier hinein!« Grandpa winkt mich zu sich und ich betrete einen kleinen Raum. Außer einem Bett aus massivem Holz, einer schmalen Kommode und einem Schreibtisch am Fenster ist er leer. Im Vergleich zum Flur sind die Wände hier eher kahl. Ein Ölgemälde, auf dem ein dick gebundener Strauß roter Rosen zu sehen ist, hängt über dem Bett. *Rot,* kein gutes Zeichen.

»Das war das Zimmer deines Vaters«, sagt Grandpa und klopft mir auf die Schulter. Ich kann den Schmerz in seiner Stimme hören.

»Das Bild«, Grandpa zeigt auf das großzügig bestrichene Papier, »das hat er selbst gemalt.« Er schmunzelt. Stolz färbt seine Stimme. »Er war schon immer besessen von Rosen. Und dieses wunderschöne Bild hat er auch gemalt«, fügt er hinzu und weist auf eine kleine Skizze, die eine Rosenblüte zeigt. Sie ist in einen schwarzen Rahmen eingefasst und steht auf der Kommode an der gegenüberliegenden Wand.

Ob Mum und Dad auch in so einem Ton über mich sprechen? Und dieses tolle Computerspiel zockt unsere Tochter. *Eher nicht.*

»Er ist heute noch fasziniert von diesen Blumen«, entgegne ich lächelnd und muss an die Bleistiftzeichnungen in Mum und Dads Schlafzimmer denken: Rosen aus allen möglichen Perspektiven. Meiner Meinung nach nicht besonders gut getroffen, aber wahrscheinlich ist das Geschmackssache.

»Zwanzig vergangene Jahre«, seufzt Grandpa auf einmal und lässt sich aufs Bett fallen. »Wie sollen wir das nur wieder gutmachen?«

Erwartet er jetzt eine Antwort? »Na ja, es wird schon wieder«, sagt er mehr zu sich selbst, steht wieder auf und klopft auf mein Schulterblatt, dann verschwindet er mit einem liebevollen Lächeln nach unten.

Während ich meinen Koffer auspacke, kochen die beiden etwas, was angeblich das Lieblingsessen von Dad sein soll.

Als ich nach unten komme, tun sie so, als wäre das Gespräch vorhin nie passiert. Auf dem Esstisch liegen akkurat drei Holzbrettchen nebeneinander. Brot befindet sich in einer Schale und Suppe steht in einem großen Stahltopf daneben. Erna schaufelt mir etwas von dem gelben Gemisch auf meinen Teller, in welchem in gleichmäßigen Abständen große, senfgelbe Blasen platzen. Es schmeckt süß und salzig zugleich. Vielleicht ist das dieser umami-Geschmack, über den wir in Biologie diskutiert haben. Oder aber Grandma ist einfach nicht die beste Köchin. Ich vermute Letzteres.

Beim Essen ist es totenstill. Ab und zu hustet einer der beiden in eine Papierserviette. Ich hoffe, dass ich bald hier weg kann. Ich wäre viel lieber mit den anderen Teammitgliedern ins Hotel gegangen. Hier ist es mir nicht geheuer.

»Hat dir deine Mutter eigentlich erzählt, weswegen wir so lange Zeit keine Gespräche geführt haben?«

»Erna! Das ist kein Thema beim Essen!«, ruft Grandpa sie zur Ordnung.

»Nein, ich weiß von nichts«, gebe ich zu. *Bitte, lieber Gott, hol mich hier raus, egal wie!*

»Es war so, unser Sohn ...«

Mein Mobiltelefon vibriert. *Zum Glück.* »Darf ich?«

Grandpa zögert. Erna hustet verlegen. Dann nickt sie.

›James Farck‹ steht auf dem Display.

Ich bin neugierig und habe auch Angst. Angst davor, dass Brian etwas gesagt haben könnte, und Angst davor, was dann passiert.

»Training um drei«, wiederhole ich den kargen Inhalt der SMS. Enttäuscht lasse ich das Telefon zurück in meine Hosentasche gleiten. Mit einem Blick auf die Uhr schwillt die Frustration weiter an. *Wie soll ich es bloß noch bis drei Uhr hier aushalten?* Im selben Moment klingelt es an der Tür.

»Machst du bitte auf, Tibor?«, ruft Erna.

Ich öffne die Wohnungstür.

Damian, Yoshi? Was macht ihr denn hier?

»Sollen wir den Boss auf die Palme bringen?«, fragt Yoshi. »Ich wollte unbedingt mal was von Köln sehen! Vor allem das Bier.« Er streckt mir die Zunge heraus. Ich schaue sie nur verwirrt an. »Wir sollen dich abholen«, erklärt Damian.

»Training ist doch erst um drei, oder?«

»Wir sind, sagen wir es, bewusst etwas früher.«

»Braucht ihr keine Pause vom Flug?«, frage ich und mustere Damians dunkle Augenringe.

»Ich hatte im Flieger schon genug Pause!«, entgegnet er.

»Grandpa? Grandma? Ich werde abgeholt zum Training.«

»Willst du nicht noch zu Ende essen?«, fragt Grandma und zeigt auf den halbvollen Suppenteller.

»Später vielleicht.« Ich drücke mich schnell aus der Tür. Hinter dem Türrahmen atme ich erleichtert aus. Ich freue mich, mit den beiden etwas zu unternehmen und damit vor den ständigen Reibereien meiner Großeltern zu flüchten. *Unverantwortlich?* Vielleicht. Aber ich brauche eine Pause von meinen Gedanken, meinem fremden Grandpa, meiner fremden Grandma, und eine Pause von meinen Träumen sowieso. Ich bin eh kein Mensch, der gerne Mittagsschlaf hält, obgleich ich müde bin. Aber wenn ich jetzt schliefe, würde es nur in einem Alptraum enden.

Damian und ich folgen Yoshi. »So, dann ab zur nächsten Kneipe, einen heben!«, ruft er und streckt die Hand in die Höhe wie ein Fremdenführer.

»Einen heben?«

»Oder saufen, um es für dich verständlich zu machen«, erwidert er mit einem schelmischen Grinsen.

Ich rolle mit den Augen und lache. Wir steigen in einen Mietwagen und parken nach zwanzig Minuten Fahrt an einem weitläufigen, mit Pflastersteinen ausgelegten Platz. Eine Skulptur ziert die Mitte. Um sie herum sind Steinbänke gebaut, auf denen einige Jugendliche Selfies schießen. Wir gehen über Bahnschienen, die sich am äußeren Rand entlang schlängeln zu einer Kneipe.

Es gibt Bier in Massen und deutsche Hausmannskost*. 1:0 für Köln.* Die Kölner haben Geschmack. Auch, wenn das Bier hier aussieht wie eine helle Weizensuppe, auf der eine weiße Krone aus Schaum liegt, so dick wie der Milchschaum in Mums Morgen-Latte. Die Kellner schenken unentwegt nach. Und erst nach dem fünften Bier erklärt mir einer von ihnen, dass ich einen Untersetzer auf das Glas legen muss, um nicht ständig neues zu bekommen.

Ich lege meinen Kopf auf die Tischplatte und schaue zur Wand. Köln ist schön, nur irgendwas fehlt. Irgendwas ist anders als sonst. *Vielleicht vermisse ich Myc?*

Yoshi haut mir auf den Rücken, sodass ich husten muss. »Komm, hier, noch eins. Du machst doch nicht schon schlapp, oder?«, ruft er mir zu und drückt mir das goldgelbe Getränk in die Hand. Ich trinke artig.

Mir wird schlecht. »Ich bin eben auf Toilette, Jungs, ok?« Sie singen gerade zu einem kölschen Volkslied mit, während ich mich zum Klo schleppe.

»Die Männertoilette ist nebenan!«, kreischt eine empörte Frau. Ich zucke mit den Achseln und gehe zum Waschbecken. Mit meiner Hand greife ich zweimal ins Leere, bevor ich es schaffe, den Hahn aufzudrehen. Die Frau stellt sich neben mich und tippt mich nervös an.

»Die Männertoilette ist nebenan!«, wiederholt sie hysterisch und weist mit einem forschen Finger zur Tür. Ich spucke einmal ins Waschbecken, nicke halbherzig und schwanke zum Männer-WC, wo ich mich neben ein Pissoir setze, um zu verschnaufen.

»Du hast ein bisschen zu viel getrunken, was?« Clark kommt aus einer der Kabinen und hockt sich neben mich.

»Clark, gerade kann ich wirklich nicht. Ich … Ich … Wo kommst du überhaupt …« Ein saurer Geschmack breitet sich auf meiner Zunge aus. Ich spucke einige Male in die Schüssel des Pissoirs. Der gelbe Toilettenstein bewegt sich jedes Mal mit, wenn ich einen weiteren Teil meines Mageninhalts hochwürge. Zäh läuft er am Inneren der Keramikschüssel herunter.

»Komm lieber mit an die frische Luft«, sagt Clark und weist zur Tür.

»Wieso … Was machst du hier?«

»Meinst du, ich scheue sechs Stunden Fahrt, Tamara?« Er schaut mich stolz an, steht auf und winkt dann mit rudernden Armbewegungen zur Tür.

»In Ordnung, ich komme kurz mit raus.« Ich torkle etwas verloren zum Ausgang und stelle mich dann neben ein paar Raucher, um mich an der Fassade anzulehnen.

»Was gibt's so …?« Mir steigt Magensäure in den Rachen und es brennt wie Feuer. »Was gibt's?«, verkürze ich meine Frage und versuche mit Mundübungen, den Geschmack der Säure zu vertreiben.

»Ist das nicht mein Part?«, erwidert Clark belustigt.

»Du siehst, ich bin gerade etwas an… angetrunken.« Wieder ein Schwung Magensäure, der sich den Weg bis in meine Mundhöhle sucht.

»Wie läuft's mit James?«, fragt Clark, während ich einen Teil meines Mageninhalts auf den Boden spucke.

»Er ist die ganze Zeit über nicht mehr aufgekreuzt.«

»Meinst du wegen Brian?«

»Hoffentlich nicht!« Ich versuche, meine Arme zu verschränken, scheitere jedoch kläglich. Sie sind schwer wie Blei geworden.

»Hmh, Hmh, Hmh«, äußert Clark und tippt sich mit einer Fingerspitze an die schmalen Lippen.

»Was?«

»Das klingt interessant. Du lieferst mir immer die besten Infos. Deswegen beobachte ich auch dich und nicht die Knallköpfe da drinnen. Die sind sowas von langweilig.« Clark lacht. Ich übergebe mich nun vollends auf die Pflastersteine.

»Vergiss Myc nicht«, höre ich dumpf von ihm. Als ich hochschaue, ist Clark weg und ich gehe – oder eher falle – zurück zu den anderen. Ein Stuhl steht mir im Weg, daher nehme ich ihn direkt mit an unseren Tisch.

Um kurz vor 3:00 Uhr nachmittags gehen wir zum Hotel der anderen. Es liegt unmittelbar an dem Platz, wo sich auch die Kneipe befindet und wir torkeln nur einige Meter bis dorthin. Im Foyer gesellen wir uns zu Lionel, der nervös auf und ab geht. Angewidert rümpfe ich meine Nase über Yoshis und Damians Körpergeruch. *Gut, dass ich nicht stinke.* Yoshi stellt sich neben mich und bleckt die Zähne.

»Wo wart ihr denn die ganze Zeit in drei Gottes Namen?«, fragt Lionel.

»Wir, ähm … Stadttour, am Dom, da, da hinten!« Damian malt mit seiner Hand verwirrende Muster in die Luft. Lionel rollt mit den Augen.

»Von mir aus«, zischt er. »Tib, wie wäre es mit Deo?«, fügt er hinzu und mustert mich einmal von oben bis unten.

»Das sind Damian und Yoshi«, beteure ich und wedle mit meiner Hand die Luft beiseite. Lionel kneift die Augen zu Schlitzen, während er einen Packen Bahntickets aus der Hosentasche holt. Damian packt danach und greift ins Leere. Lionel rümpft die Nase.

»Habt ihr etwa getrunken?«, fragt er und inspiziert uns aufmerksam.

Damian fällt einen Schritt zurück. »So kann man das nicht sagen, Bruder, wir haben bloß …«

»Ich bin nicht dein Bruder! Was fällt euch ein, vor einem wichtigen Training zu trinken?« Lionel fährt sich entnervt durch die Haare. Sein Gesicht bekommt weiße Flecken. *Unheimlich.* »Ihr seid verrückt! Wollt ihr überhaupt Champions werden diese Season?«

»Chill doch mal, wir können doch spielen«, sagt Yoshi und zeigt unentwegt auf sich. Damian macht komische Geräusche, die sich anhören wie die Specialeffects von ›Prefix‹. Lionel stöhnt auf und geht los, ohne uns weiter zu beachten. Alle folgen ihm artig.

»Wir nehmen die Linie 12 von hier, denn die Wagen, die uns abholen sollten, sind nicht gekommen«, ruft er uns zu, als wir, draußen angekommen vor den Bahnschienen stehen.

Wir betreten die Straßenbahn. Ich setze mich zwei Männern gegenüber. Zwei Taubstumme, wie ich kurz darauf feststellen muss. Sie machen verschiedene Gesten und ich weiß genau, sie machen sich in Gebärdensprache über meine Alkoholfahne lustig. Ein paar Zeichen kenne ich auch und sage ihnen mit meinen Händen: »Ihr seid Arschlöcher.« Die beiden Männer geben sich pikiert, aber sie hören auf, mit ihren Händen herum zu fuchteln.

»Eine Limo wäre mir lieber gewesen als das Geruckel in der Bahn!«, faucht Yoshi, als die Bahn um eine Kurve biegt und seinen Gleichgewichtssinn für kurze Zeit außer Kraft setzt.

»Ruhe, Yoshi! Die Limo kannst du ja das nächste Mal von deinem Gehalt bezahlen. Und ganz ehrlich: Wer saufen kann, der kann auch mit der Bahn fahren!« Lionels Gesichtsausdruck wird milder und ich meine, der alte Lionel kehrt zurück. »Wir sind eh viel schneller als mit dem Auto durch den Berufsverkehr, und der Bahnhof ist direkt vor dem Gebäude«, erklärt er und entschuldigt sich in Zeichensprache bei den zwei taubstummen Fahrgästen.

Ein paar Stationen später steigen wir aus und Lionel führt uns zu einem Bürogebäude. Ich schaue an der hohen Fassade nach oben. Ich kann keinen James am Fenster erkennen. Ich muss kichern, einfach so. Vielleicht war das letzte Bier etwas zu viel. Oder das davor.

13

Es ist ein furchtbares Training. James ist zum Glück nicht erschienen und Yoshi, Damian und ich sind noch stockbesoffen. Lionel wird in regelmäßigen Abständen wütend auf uns und schickt uns schließlich in einen anderen Raum, in dem wir von Alex Wasser und trockenes Brot bekommen. Erst jetzt merke ich, dass ich am Verhungern bin. Ich esse fast einen halben Laib, als Lionel durch die Tür hineinstürmt. Yoshi und Damian hängen halbtot auf einem Sofa und ich schlage mich wacker auf einem Drehstuhl.

»Ist das wirklich eure Vorstellung von Professionalität? Ich kann nicht fassen, dass ihr zur Stammaufstellung gehört«, faucht Lionel und seine Augen scheinen zu glühen.

»Jetzt krieg dich mal wieder ein. Ich bin das erste Mal in Köln«, versucht Yoshi Lionel zu beschwichtigen. »Letztes Mal, als ich die Grippe hatte, konnte ich nicht mit. Weißt du, wie scheiße das für mich war?«

Lionel fährt sich wieder und wieder durch die blonde Tolle. »Ihr seid manchmal solche … solche verdammten Kindsköpfe!« Er schließt die Augen. Auch wenn es nicht oft vorkommt: Wenn er mal die Fassung verliert, dann richtig. Er atmet einmal tief durch und entspannt sich dann wieder. »James lädt uns später in ein Restaurant in der Nähe ein. Ich hoffe, bis dahin seid ihr wieder *normal.*«

James lädt uns ein? Ein freudiges Kribbeln fährt durch meinen Körper, im gleichen Moment aber durchzuckt mich auch heiß die Erkenntnis: Ich bin immer noch stockbesoffen und stinke wohl wie eine Kneipe. Noch dazu kommt: Lionel wird ganz bestimmt petzen.

14

Nach einer kalten Dusche fühle ich mich schon viel besser. Grandma hat mir ein altgelbes Handtuch herausgelegt, das nach einer muffigen Mischung aus Bratensauce und Oregano riecht und mich in Atemnot versetzt, sobald ich mein Gesicht am Frottee reibe.

Ich hole meinen neuen Anzug aus einem Kleidersack und streife mir den blauen Satinstoff über. Ich freue mich auf das Essen mit allen. Das Team ist cool. Und Yoshi, Damian und Lionel zählen schon jetzt zu meinen Freunden. *Freunde? Oh fuck*, Myc.

Ich habe einige Zeit nichts von ihm gehört, geschweige denn ihn gesehen. Das letzte Mal, dass so eine Durststrecke vorkam, liegt etliche Jahre zurück und war Mums Frankreichurlaub geschuldet. Die ganze Familie *musste* campen und durfte ihr Smartphone nicht einmal ansehen. In dieser Zeit litt ich Höllenqualen an Mycentzug. Mir fehlten die LANs mit ihm, unsere Essenswettbewerbe – und sowieso auch noch mein Rechner.

Nicht, dass Myc sich Sorgen macht. Ich schalte mein Mobiltelefon ein, das ich für den Flug ausgeschaltet hatte. Keine neue Nachricht, aber sieben verpasste Anrufe. Ich gehe in meine Anrufliste.

»Mum, Mum, Dad, Mum, Mum, Mum und Überraschung, nochmal Mum«, zähle ich die Anrufer auf. Nichts von Myc zu sehen.

Hat er mich etwa vergessen? Ich nehme mir vor, mich heute nach dem Restaurantbesuch bei ihm zu melden.

Zuerst möchte ich aber Mum anrufen, damit sie sich keine Sorgen macht. Immerhin denkt sie sonst vielleicht, dass ich entführt wurde. Ich rolle mit den Augen, lächle aber auch über Mums Sorgen. Und frage mich, weswegen sie nicht einfach bei Grandma und Grandpa anrufen kann und nachfragt.

Das Telefon klingelt. »Tamara?«, fragt eine hörbar erleichterte Mum.

»Ja, hey. Hier ist alles so schön, Mum!«, rufe ich begeistert in mein Smartphone.

»Wirklich? Das ist toll, Schatz!« Mum scheint sich wirklich zu freuen. Seit ich in die Oberstufe gekommen bin, gab es nicht mehr viele Momente, in denen wir uns *beide* gleichzeitig gefreut haben. Eher haben wir uns angeschrien und regelrecht bekriegt. Ich kann schon gar nicht mehr mitzählen, wie oft ich die Tür zu meinem Zimmer ins Schloss geknallt oder ihr Essen verschmäht habe.

»Hat sein Vater dich am Flughafen auch direkt erkannt? Oder musstest du etwa lange warten?« Empörung klingt in ihrer Stimme mit.

»Ich hatte keine Minute, mich nach ihm umzusehen, da stand er schon hinter mir.« Ich lache. Mum steigt nicht mit ein. »Alles in Ordnung, Mum?«

»Ja, alles bestens. Denk dran, dass du sie nicht zu sehr mit Fragen löcherst. Die beiden sind schon alt und erinnern sich an vieles nicht mehr.«

»In Ordnung.« Eigentlich kamen sie mir nicht senil vor, aber ich bin davon überzeugt, dass Erna Streit stiften möchte. Sie will provozieren, das steht fest. *Zum Glück bist du alleine gekommen*, schallt es durch mein Gedächtnis. Und die Art, wie Grandpa sie zurechtweisen muss, wenn sie mit diesem gewissen alten Thema anfangen möchte. Ein Thema, das mich im Moment nicht im Geringsten interessiert. Das sollen die Erwachsenen unter sich ausmachen und mich nicht mit hineinziehen. Ich habe Wichtigeres zu tun.

»Sehr gut, und jetzt erzähl mal, wie war der Flug?«

Einige Minuten rede ich noch mit ihr und erkundige mich nach Myc, aber auch sie hat nichts von ihm gehört und ihn auch nicht mehr gesehen. Wir müssen kurz darauf auflegen, weil ich bald los muss und sie sich *natürlich* immer noch nicht um eine All-Net-Flat bemüht hat. Ich hätte sie auch einfach zurückrufen können, aber nein, wenn ein Anruf einmal gestartet ist, wird er bis zur Verabschiedung gnadenlos durchgezogen. Als ich gerade aufgelegt habe, klopft jemand gegen die Zimmertür.

»Ja?«

»Kommst du?«

»Yoshi?«, frage ich entgeistert. Ohne Umschweife betritt er das Zimmer.

»Du bist schon wieder zu früh! Wir haben 20:00 Uhr ausgemacht«, beschwere ich mich.

»Sorry«, entgegnet er und setzt sich auf den Drehstuhl, der vor dem Schreibtisch steht. So, wie Yoshi da sitzt und seine Beine an seinen Oberkörper heranzieht, wirkt er beinahe wie die Inszenierung eines Künstlers. Mit einem genüsslichen Schnauben sackt er in das weiche Polster des Stuhls ein. »Mach dich ruhig fertig. Ich habe gerade ohnehin nichts gegen eine Minute Ruhe von Lionels Stress.«

»Lionel stresst schon wieder?« Ich packe mein Mobiltelefon ganz nach unten in den Koffer, den ich zurück in den großen, müffelnden Eichenholzschrank stelle.

»Und wie! Seit dem Training lässt er Damian und mich keine Sekunde aus den Augen. Wir mussten ihn regelrecht aus unseren Hotelzimmern scheuchen.«

»Nimm's ihm nicht krumm, er ist aufgeregt.«

»Langsam müsste er doch wissen, dass wir die Championships meistern. Er benimmt sich wie unser Team-Paps.«

»Zum Glück haben wir einen«, erwidere ich mit einem Lächeln. »Sieh es ihm nach.«

Yoshis Gesichtsausdruck mildert sich. »Hast recht«, sagt er und streckt mir die Hand entgegen, sodass ich ihn hochziehen kann.

Wir gehen zusammen hinunter. Grandpa unterhält sich noch mit Yoshi über die Sehenswürdigkeiten in Köln, während Grandma mir Stullen einpackt. *Hat sie nicht mitbekommen, dass wir essen gehen?* Vielleicht ist sie doch seniler als gedacht.

Draußen wartet bereits ein Bus auf uns. Er sieht dem, mit dem ich in Schwarzenfeld abgeholt worden bin, zum Verwechseln ähnlich. In der kleinen Straße mit den vielen Wohnhäusern wirkt er geradezu gigantisch. James ist wieder nicht im Innenraum. *Ob er noch kommt?* Die Bustüren schließen sich mit einem Zischen und das Gefährt setzt sich in Bewegung. *Er kommt nicht mehr.*

Im Restaurant setzen wir uns alle um eine lange Tafel. Die beiden sich gegenüberliegenden Kopfenden sind unbesetzt.

»Der Boss lässt sich heute aber auch wirklich Zeit«, witzelt Yoshi, während er die Speisekarte inspiziert.

»Hör mir bloß auf mit James, im Moment ist er überhaupt nicht gut drauf. Seit gestern benimmt er sich, als hätte er in einen sauren Apfel gebissen«, erwidert Lionel und ich werde hellhörig.

»Warum?«, schießt es aus mir heraus, ohne, dass ich groß darüber nachdenke. »Ähm, also, warum meinst du benimmt er sich so? Ist doch gar nicht seine Art oder?«, ergänze ich schnell mit einem gespielten Lächeln.

»Wenn du ihn länger kennst, dann wird dir auffallen, dass es sehr wohl seine Art ist, ab und an ziemlich launisch zu sein«, sagt Lionel und seufzt.

Yoshi beugt sich zu mir. »Ziemlich, ziemlich launisch.«

Ich schlucke.

»Aber gestern war er schon ungewöhnlich gereizt.« Lionel wiegt seinen Kopf hin und her, als überlegte er.

»Und hat er gesagt, wieso?«, frage ich.

»Natürlich nicht. Im Grunde weiß nie irgendwer, was in ihm vorgeht. Kann alles sein«, sagt Yoshi und macht eine abwertende Geste mit der Hand. Lionel stimmt ihm nickend zu.

Wir haben bereits die Vorspeise bestellt, als Brian und James endlich kommen. Sie begrüßen den Kellner und setzen sich an die beiden freien Kopfenden. James trägt einen blauen Anzug mit dunklen Abnähern an den Seiten. Brian hingegen einen dunkelroten Pullunder, unter den er ein braunes Hemd gezogen hat, dessen Kragen hervorguckt.

»Entschuldigen Sie?« Brian winkt einen der Kellner zu sich heran.

»Ja?«

»Ich hätte gerne die Weinkarte, und vorne im Eingangsbereich sind zwei Fliegen. Wären Sie so freundlich und würden sie vorsichtig fangen, um sie nach draußen zu bringen?«

»Selbstverständlich«, entgegnet der Kellner und verzieht keine Miene.

»Und, wie lief das Training?«, fragt James Lionel forsch, ohne mich zu beachten. Er wirkt angespannt.

»Gut, es gab ein paar Aussetzer.« Lionel schaut in meine Richtung. Ich werde rot und erwarte jeden Moment den strafenden Blick von James, aber er reagiert nicht auf Lionels Andeutung. »Ansonsten verlief alles gut. Ich habe dir die Aufstellung für morgen Nachmittag zurechtgelegt.«

James nickt und weist den Kellner an, eine Flasche Wein zu bringen. Tabernus. Dann treffen sich kurz unsere Blicke. Ich sehe ihn an, er mich. Für ein paar Sekunden steht die Welt still. Doch dann spricht Damian ihn an und der Moment ist vorbei.

Ich schaue hinüber zu Brian, der im Gegensatz zu James nur zu mir schaut. Er durchbohrt mich mit seinem fordernden Blick. Brian weiß, dass ich mich verkleide. Er hat die Maskerade als einziger direkt durchschaut. *Haben die beiden miteinander geredet?* Ich vermute, ja. Es muss so gewesen sein, denn James würdigt mich keines Blickes mehr. *Schöne Freundschaft ist das, Herr Farck. Und Brian vertrauen?* Das kann man wohl auch knicken. *Ich bin James keineswegs mit diesem Geheimnis zu nahe getreten, lieber Brian.* Ich atme einmal scharf aus und lehne mich dann ein Stück zurück, damit der Kellner die Suppe auftischen kann. Sie ist sehr lecker, aber selbst der großartige Geschmack befriedigt mich nicht. Ich brauche etwas anderes. Verzweifelt überlege ich, was mir fehlt.

Vielleicht Sicherheit? Vielleicht Klarheit? Etwas, das ich niemals kriegen werde. Der Hauptgang kommt, das Gefühl der Leere bleibt. Ich kann kaum schlucken. Jedes Stück Fleisch bleibt in meinem Hals stecken. Ich merke, wie meine Augen feucht werden. Bevor ich anfange zu weinen, stehe ich auf und verlasse den Tisch. Ich gehe zur Toilette und spritze mir selbst kaltes Wasser entgegen.

»Mist, so ein verdammter Mist!«, rufe ich und trete gegen ein Pissoir, vergrabe den Kopf in meinen Händen und beginne zu schluchzen. Es ist mir alles zu viel. Viel zu viel. Die Lüge, die Spiele, das Training, die Männertoilette und James. *Ja, James ist mir einfach zu viel.* Ich rutsche an der gekachelten Wand hinunter zu Boden. Ein paar Minuten bleibe ich so sitzen, bis ich merke, dass sich kurz vor der Tür jemand regt. Ich stehe schnell auf, wische mir die restlichen Tränen aus dem Gesicht und verlasse das Männer WC. Ich schrecke auf. Gerade, als ich die Tür zu den Toiletten schließen will, rennt jemand gegen mich. Ich drehe mich um.

»James?«, frage ich verwirrt.

»Ich musste ...«, beginnt er. »Ich musste dich ... Ach scheiße, was soll's?« Er packt meinen Kopf und zieht ihn an seinen heran. Dann küsst er mich.

In mir kochen die Gefühle.

Was soll das? Warum macht er das? Ich stehe mit aufgerissenen Augen da und merke, wie ich langsam, aber sicher dabei bin, es zu genießen. Seine Zunge gleitet durch meine Lippen und er beißt sanft in sie hinein. Ich streiche mit meiner Zunge über seine und seine Bartstoppeln kitzeln mein Kinn. Ein angenehmer Duft von Pfefferminz strömt zu mir hinüber. Ich beobachte ihn. Seine Augen sind geschlossen, die Haut gerötet. Die markanten Wangenknochen bewegen sich unmerklich.

Ich schließe meine Augen. In derselben Sekunde hört er auf. Er löst sich von mir und geht in die Toilette hinein. Tamara Carlmeyer, alias Tibor, lässt er einfach davor stehen.

Was soll ich tun? Als sich nach einigen Minuten in der Toilette immer noch nichts regt, beschließe ich, zurück zu den anderen zu gehen. Ich lächle unwillkürlich. Ich lächle breiter als je zuvor. *Was macht James bloß mit mir?*

»Was bist du denn so glücklich?«, fragt mich Brian. Ich fühle mich ertappt.

»Ich ... ähm ... bald sind die Finalspiele und ich darf dabei sein!« Auch wenn ich deswegen nicht die Welt umarmen könnte, es klingt besser als: Meine Gefühle fahren Achterbahn wegen einem innigen, perfekten Kuss mit deinem Bruder.

Brian nickt bloß.

Nach seinem Toilettengang kehrt James nicht mehr zurück. Mein Lächeln vergeht so schnell, wie es gekommen ist. Bei jedem Mann, der die Toilette verlässt, hoffe ich, es könnte James sein. Irgendwann beginnt auch Lionel, sich Sorgen zu machen. Er ruft ihn an.

»Wo steckst du? ... Wieso das denn? ... Hoffentlich bekommst du nicht die Grippe, wir können uns deinen Ausfall nicht erlauben. Ach, okay, ja, ruh dich aus. Soll ich dir etwas mitbringen? Sicher? ... Mach's gut!«

Er legt auf. »James geht's nicht gut. Er ist schon zu Mera in sein Hotel gefahren. Wir sollen weiteressen. Er bezahlt die Rechnung.« *Scheiße*, ihm ist wahrscheinlich schlecht von unserem Kuss. *Er ist in sein Hotel gefahren zu Mera.* Entmutigt esse ich den Nachtisch. Mangosorbet mit Pralinenmousse. Prompt kehrt das Gefühl zu ersticken zurück. Dass mir das Essen nicht schmeckt, liegt sicherlich nicht an der seltsamen Mischung. Als wir gerade das Restaurant verlassen, winkt Brian mich zu sich. Er befindet sich etwas abseits von der Gruppe und wendet sich so, dass ich von ihm abgeschirmt werde.

»Was willst du?«, frage ich ihn geradeheraus, als er sich versichert hat, dass uns wirklich niemand sieht. Insgeheim weiß ich bereits, was er will. Jetzt bin ich James nämlich definitiv zu nahe getreten. *Viel zu nah.*

»Du hast meinen Bruder verführt und das trotz unserer Abmachung«, erklärt Brian mir trocken. »Es wäre mir egal gewesen, hättest du ohne weiteres dein Lügenspiel durchgezogen, aber du musstest James mit hineinziehen. Was habe ich jetzt für eine Chance?«

»Was meinst du, Brian?« *Welche Chance?*

»Das Problem ist, dass ich ihn einfach nicht wieder erkenne. Es ist nicht wie sonst, bei den anderen, mit denen er eine *Beziehung* eingeht.«

»Er ist mit mir keine *Beziehung* eingegangen«, zische ich wütend. Er ist soeben vor mir geflohen, das kann man kaum Beziehung nennen. Brians Nasenlöcher blähen sich beunruhigend. Er leckt sich über seine breiten Schneidezähne.

»Dann eben *eingehen* will. Du verstehst, was ich meine, oder?« Er hat eine einschüchternde Aura. Mit jedem Wort, das er sagt, fühle ich mich elender. Als ob ich einen Fehler begangen hätte. Ich nicke ihm zögernd zu.

»Mein Bruder und meine Familie bedeuten mir alles.« Er hält inne und beobachtet eine Spinne, wie sie auf ein Blatt klettert. Sie kriecht in einen Wassertropfen und versucht nun, mit zappelnden Bewegungen ihrem Schicksal zu entgehen. »Oh, pass bitte auf!« Brian beugt sich neben mir herunter, um die Spinne mit seinem Handrücken aufzunehmen. Geschickt setzt er sie auf ein sicheres Blatt. Dann schaut er sich um und atmet einmal scharf aus.

»Es hat Ausmaße angenommen, in die ich nicht mehr eingreifen darf oder kann, wenn ich James nicht verletzen möchte. Ich befinde mich in einem ziemlichen Dilemma.«

»Was meinst du damit?« Leicht hysterisch atme ich ein und aus. Mir wird warm und kalt gleichzeitig. James darf nichts von meinem *wahren Ich* wissen.

»Sag ihm bitte, dass du nichts von ihm willst. Sag ihm, dass du nichts für ihn empfindest, dass du ihn nicht magst. Ich kann ihn nicht verletzen! Nicht noch einmal ... Aber wenn du es nicht tust, dann muss ich es ihm sagen. Dann bin ich derjenige, der seine Welt zerstören muss. Glaub nicht, dass du deswegen sicher wärest vor der Wahrheit, nur, weil ich ihn nicht verletzen möchte. Du wärst nur sicher, wenn du ab jetzt von ihm Abstand hältst. So profitieren wir beide. James wird weder von mir noch von dir gravierend verletzt und du bist sicher vor seinem Hass.«

»Ich verstehe nicht ...«

»Das kannst und wirst du auch nie. Ich bitte dich nur darum. Mein Bruder hat in seinem Leben viel einstecken müssen. Mera und er, sie sind füreinander bestimmt. Du wärst niemals die erste Wahl für ihn und wenn du dir das bewusst machst, fällt es dir leichter, meiner Bitte Folge zu leisten.« Brian lächelt kurz und schaut dann auf seine Hände. Ich merke, wie angespannt er ist.

»Ich hätte nicht mit ihm reden dürfen, dann wüsste ich nichts von seinen Gefühlen. Aber dann wärst du damit durchgekommen.«, flüstert Brian in den kalten Abendwind.

»Tibor, kommst du? Brian, fährst du auch mit?«, ruft Lionel uns zu. Brian dreht sich erschrocken zu ihm um und schüttelt den Kopf. Ich nutze den Moment und will zu den anderen zurücklaufen. Brian hält mich am Arm fest.

»Wenn du ihm sagst, dass du ihn nicht liebst, dann werde ich ihm dein Geheimnis nicht verraten. So kannst du zumindest im Team bleiben. Willst du riskieren, dass dein Traum von Prefix platzt?« Ich reiße mich los. *Wie konnte er bloß mit einem Blick erkennen, dass ich eine Frau bin?*

»Wir wären Verbündete!«, ruft er.

Shit!

Der Bus hält vor dem Wohnhaus meiner Großeltern. Ich steige aus und verabschiede mich von allen. So langsam wie möglich kraxle ich die Treppe hoch ins obere Stockwerk. In meinem Zimmer angekommen, werfe ich mich aufs Bett und zücke mein Mobiltelefon. Zwei verpasste Anrufe. Ich gehe auf die Anrufliste, obwohl ich genau weiß, dass es wieder Mum ist. Sie hat bestimmt vergessen, mir irgendetwas unglaublich Wichtiges zu sagen. Wahrscheinlich etwas wie: »Zieh dich auch immer warm an. Köln ist im November kalt«. Köln ist zwar kalt, aber nicht viel kälter als Schwarzenfeld. Ich gehe auf die Option >Verpasste Anrufe anzeigen<. >Myc< und >Myc<

Fluchend über meine Entscheidung, ihn erst nach dem Essen anrufen zu wollen, wähle ich seine Nummer. Ich komme nicht durch. Er hat sein Smartphone bestimmt schon wieder ausgeschaltet in irgendeiner Ecke liegen. Ich gehe wieder nach unten. Grandpa hat einen verstaubten, alten Rechner im Keller stehen, den ich benutzen darf. Darauf Skype zu installieren, wird schnell gehen. Sie haben hier in der Siedlung nämlich Glasfaserleitungen liegen. Ich schalte die Taschenlampenfunktion auf meinem Mobiltelefon ein und gehe vorsichtig nach unten in den Keller. An den Wänden ziehen sich Spinnweben entlang und beherbergen in kurzen Abständen dünne Hauswinkelspinnen.

Als ich den PC starte und Skype installiere, kann ich an nichts anderes denken als an das, was Myc mir alles erzählen wird. Ich bin so gespannt. Als die Installation nach zehn Minuten abgeschlossen ist, kann ich ihn endlich anrufen.

Doch auch nach drei Versuchen geht er nicht ran. Meine Vorfreude, ihn zu sehen, verwandelt sich in Verzweiflung. »Bitte Myc, ich muss dir von Brian erzählen! Ich brauche deinen Rat. Ich kann nicht weitermachen!«, schluchze ich.

Erst jetzt fällt mir auf, dass momentan Myc's Hauptzockzeit ist. Gerade, als ich versuche, ›Prefix‹ zu installieren, um ihn über den integrierten Chat anzuschreiben, blinkt der *eingehende Anruf-Button* auf. Ich gehe ran. Es ist Myc.

»Warum hast du dich nicht mehr gemeldet?«, tönt es aus dem Computerlautsprecher. »Wo ist mein Anzug?« Er sieht nicht sehr fröhlich aus. Das Bild seiner Webcam ist dauerhaft verwackelt und zeigt in kurzen Abständen Standbilder von ihm. Ich habe leider sowieso keine Webcam hier. Im Moment bin ich auch heilfroh darüber: Meine Augen sind aufgequollen und meine Lippen bluten, weil ich auf ihnen herumkaue, wie immer, wenn ich in Dauerstress gerate.

»Tut mir leid, du wusstest doch, dass ich nach Köln fliege. Dein Anzug, stimmt ja. Der ist in der Reinigung. Du weißt schon, in der kleinen, hinter der Pizzeria. Alles bezahlt. Ich muss dir unbedingt etwas erzä …«

»In der Reinigung? Ich brauch den morgen! Ich will mit Rosemarie schick essen gehen«, faucht er mich an.

»Ist irgendwas?«, frage ich. »Du warst auch lange nicht mehr in der Schule. Ich hätte es dir noch gesagt. Ich habe Kaffee auf …«

»Kaffee? Das war ein teurer Anzug! Was sag ich denn jetzt nur Rosemarie? Und lass die Schule gefälligst meine Sorge sein! Oder bist du meine Mutter?«

Myc verschränkt demonstrativ die Arme. Ich bin perplex. So hat er noch nie mit mir geredet.

»Sicher, dass alles okay ist?«, frage ich erneut. »Weißt du, ich bin gerade hier angekommen und dachte, du willst was über Köln wissen!«

»Nicht immer dreht es sich nur um dich, Tamara! Ich muss aufpassen, dass ich bei Rosemarie jetzt alles richtig mache.«

»Ist es denn die richtige Freundin, wenn du ihr erst mal alles recht machen musst?«, frage ich wütend.

Er legt auf. Er legt tatsächlich auf. Ich knalle die Mouse auf das Mousepad. *Mir doch egal.* Ich lasse den PC an und gehe zurück auf mein Zimmer. James findet mich abstoßend, flüchtet lieber zu seinem angeblichen PR-Gag, Myc hat auf einmal eine Macke und ich muss morgen drei Stunden auf einer Ersatzbank hocken und zusehen, wie ›Heroes of the Prefix‹ gewinnen. Noch dazu kommt Brian. Brian, der mir droht. *Scheiße, scheiße, scheiße.* Ich fange an zu weinen. *Na und*, dann ist halt niemand mehr für mich da. Mit Mum oder meinen Großeltern kann ich kaum über meine Probleme reden. Ich überlege, ob ich James schreiben sollte. Ich muss ihm sagen, dass ich nichts von ihm will. Dass ich es ihm überhaupt sagen muss, ist doch lächerlich. Er will nichts von mir, niemand will etwas von mir, außer Myc, und der hat jetzt eh Rosemarie. Der Kuss – ich halte in meinen Gedanken inne – der Kuss von James und mir, dieser Kuss war doch bestimmt nur ein Test. Dass James danach gegangen ist, zeigt mir, dass ich ihn nicht bestanden habe.

Warum also macht sich Brian solche Sorgen? Ich liebe James ja nicht. *Nein*, ich liebe James nicht. *Ich habe James verführt?* Was bildet sich dieser Brian eigentlich ein? *James liebt doch Samuel, oder?* Und selbst wenn nicht, dann wären da immer noch Mera und seine riesige, von paarungswütigen Weibchen dominierte Fangemeinde.

»Tibor? Ist alles in Ordnung?« Das Licht geht an. Grandma steht in einem rosafarbenen Morgenmantel in der Tür.

»Ja, alles bestens«, schluchze ich.

Sie kommt auf mich zu. Ihre kleinen Augen stieren in meine Richtung. Sie streicht über meinen Kopf.

»Du brauchst dich nicht zu schämen, dass du weinst. Auch Männer weinen mal. Willst du mir nicht erzählen, was los ist?«

»Ich kann nicht, Grandma.«

»Weißt du, Junge, du erinnerst mich an einen sehr starken, jungen Mann. An einen Mann, der vor langer Zeit starb. Er hatte dieselben ehrgeizigen Augen wie du.«

»Grandma, du kennst mich doch gar nicht. Du kannst nicht wissen, ob ich ehrgeizig bin.« Eine weitere Träne rinnt meine Wange hinunter.

Ernas Mund verengt sich zu einer Spitze. Ihre Augen kneifen sich zusammen.

»Und leider hast du auch die dunklen Züge einer Frau, die viel Hass und Leid in unser Haus gebracht hat.« Sie steht auf und klopft sich die Falten ihres Morgenmantels zurecht. »Aber wir waren dein ganzes Leben nicht für dich da. Ich kann dir also die Entscheidung nicht verübeln, dass du lieber für dich sein möchtest.« Abwechselnd tippt sie zuerst mit der linken Spitze ihres Pantoffels auf den Teppichboden, dann mit der rechten.

»Deswegen ist es nicht, Grandma.«

»Versuch zu schlafen, irgendwann wirst du uns vertrauen können.«

Sie geht. Ich wünschte, ich könnte irgendwem vertrauen. Nachdem sie die Tür geschlossen hat und der letzte Schimmer

Flurlicht aus dem Zimmer gewichen ist, starre ich an die Decke. Ein Kuss, was bedeutet ein Kuss? Ein Kuss zeigt Interesse, Wohlwollen, Mitgefühl, Liebe. *Liebe.* Vielleicht hat Brian doch recht und …

Mein Mobiltelefon vibriert. Ich hole es hervor und schaue auf das blau leuchtende Display.

>Tut mir leid wegen dem Kuss, es war nicht so gemeint, wie du vielleicht denkst. Es war ein Unfall.<

»Ein Unfall«, wiederhole ich den letzten Teil der Nachricht. Es war also ein *Unfall* und nichts weiter. Keine Liebe, sondern ein *Unfall.* Ich merke, wie sich Wut in mir anstaut. Aber ich kann ihm nicht wütend sein, ich habe immerhin mitgemacht. Vielleicht habe ich ihm falsche Signale gesendet, genauso wie Brian es gesagt hat, und habe ihn verwirrt. Aber lieben, lieben tut er mich garantiert nicht, so viel steht nun fest.

15

Ich sitze auf einem Sofa im Backstagebereich und schaue auf den großen Bildschirm, auf dem die Übertragung läuft. In der linken oberen Ecke zeigt eine Sonne mit bauschiger Wolke davor, dass es draußen bewölkt ist. Am unteren Bildschirm läuft ein Banner mit Kurzmitteilungen: >Flugzeugabsturz – 6 Tote und 15 Schwerverletzte/ Diyu Mörder nicht auffindbar – Morde verlagern sich auf den europäischen Kontinent/ Feldsalaternte von Schädling und ungewöhnlich kalten Temperaturen bedroht – Bauern fürchten um ihr Geld/ …<

Ich atme schwer aus und stemme meinen Kopf auf meine Handflächen. Wir dürfen nicht live dabei sein, weil das Publikum uns erkennen könnte. Dann wollen sie angeblich tausende Autogramme und Fotos, buhen uns aus oder bedrohen uns, weil sie Fans eines anderen Teams sind. *Schwachsinn,* aber deswegen bin ich in diesem stickigen Raum hinter der Bühne eingesperrt, vor dessen Eingang Alex auf Befehl von Farck hin mit einem beträchtlichen Aufgebot an weiteren Securitymännern seine Kreise zieht.

Lionel darf spielen. Christian auch. Damian, Yoshi und ich nicht. Ich verüble Lionel keinesfalls, dass er mich nicht mit aufgestellt hat. Wer sich vor dem Training besäuft, ist selber schuld. Nüchtern betrachtet war es total dämlich von uns. Aber ich brauchte diese Auszeit. Gespannt schaue ich auf die Uhr. Das Match muss jeden Augenblick beginnen. Ab diesem Spiel gilt das K.O.-Prinzip. Wer verliert, muss gehen und hat nicht mehr die Chance, Champion zu werden.

»Da, da sind sie!«, ruft Yoshi und winkt dem Bildschirm zu, als ob James und Lionel uns sehen könnten.

Sie sind die ersten, die die Bühne betreten. Während sie einlaufen, erscheint auf einem gewaltigen Monitor Lionels Bild. Ich erkenne den Hintergrund und die Pose von ihm wieder. Dieses Bild ist eindeutig Manuels Werk. Sekunden nach Lionels Setcard erscheint die von James. Bei wichtigen Spielen wird sie also doch gezeigt. Ich schmunzle. Sein Bild ist aber bestimmt nicht von dem extravaganten Schweizer Fotograf gemacht. Ihm fehlt nämlich die nötige Exzentrik. Die Setcard zeigt einen breit lächelnden James in einem blauen Nadelstreifenanzug. Einen fröhlichen unbekümmerten Mann, der wie auf einem Bewerbungsfoto leicht schräg in die Kamera und damit jetzt in die Menge an Zuschauern schaut. Der reale James wirkt weit weniger unbekümmert. Er lächelt nicht, winkt bloß halbherzig. Lionel hingegen winkt wie ein Verrückter. Seine Wangen sind gespannt wie zwei Luftkissenboote und seine Zähne blitzen weiß im Licht der Scheinwerfer. Wenn man das Szenario mit ansieht, müsste zumindest den HothP-Mitgliedern schnell bewusst werden, dass dieser Moment Lionel und seinen stetigen Bemühungen gehört. Lionel hat sich den Trubel um seine Person nach all den qualvollen Stunden mit chaotischen Prefixspielern redlich verdient.

Lionel und James gehen zu ihren Rechnern und halten dahinter inne. Synchron legen sie ihre Hände auf den Lederrahmen des Drehstuhls. Der Rest unseres Teams kommt auf die Bühne. In Reih und Glied bewegen sie sich über den gebohnerten Bühnenboden zu ihren Rechnern. Für einen kurzen Augenblick erinnert es mich an eine Parade. Sobald sie bei den Rechnern ankommen, tun sie es James und Lionel gleich und legen ihre Hände auf den Stuhlrahmen. Durch ihr gleiches Grinsen sehen sie sich plötzlich sehr ähnlich.

Das gegnerische Team läuft ein. Es besteht aus einer verrückten Mischung von Teenagern. Einer hat einen Teddybärrucksack auf dem Rücken, ein anderer trägt eine schrille, neonpinke Brille. Alle Teammitglieder wirken extrem jung. Bei manchen meine ich sogar, offene Aknenarben zu erkennen.

Irgendwer hinter der Bühne muss ein Zeichen gegeben haben, denn alle Spieler lassen sich mit einem schmatzenden Geräusch auf dem schwarzen Leder ihrer Stühle nieder und setzen ihre Headsets auf, während ihre Setcards groß über ihrem Sitzplatz auf einem Monitor erscheinen. James Bild sticht aus denen der anderen hervor, ebenso, wie es sein ungewöhnlicher Charakter tut. Mit einem Posaunenton verschwinden ihre Bilder. Sie weichen einem blau leuchtenden Feld, auf dem der Champion, den sie wählen, erscheinen wird. Zwischen den beiden Teamareas beginnt eine Videoübertragung, die die Kommentatoren zeigt, welche ihre kleine Bühne zwischen den Zuschauern auf einer Empore haben. So können sie alles gut beobachten. Der Moderator des heutigen Spiels spricht erst etwas auf Deutsch, auf Chinesisch, dann auf Japanisch, bis er schlussendlich ins Englische wechselt. Er hat einen stark südamerikanischen Akzent.

Als er mit seiner Ansprache fertig ist, verzieht er sich hinter den Bühnenvorhang und überlässt die weitere Spielbegleitung den Kommentatoren.

»Warum hat James noch keinen Champion gewählt?«, fragt Damian.

»Was?« Ich schrecke auf. »Die Auswahlzeit müsste gleich rum sein!« Hektisch inspiziere ich die Abbilder der Champions über den Köpfen der anderen Mitspieler. Als ich das leere blaue Feld über James Sitzplatz sehe, werde ich schlagartig nervös. Farck scheint unentschlossen. Ich schaue auf die Uhr. Er hat keine fünf Sekunden mehr.

»Nimm doch was!«, schreie ich dem Fernseher entgegen.

Die Kommentatoren, bestehend aus Lucas und Smiet, die uns bereits beim Promotiongame in Warschau begleitet haben, werden nun auch darauf aufmerksam und prophezeien einen Failpick*. Das heißt, er wählt keinen Champion, oder entscheidet nicht rechtzeitig, sodass er willkürlich irgendeinen zugewiesen bekommt. Das kann die Spieldynamik zerstören, weil jeder Champion andere Fähigkeiten hat. Manche Fähigkeiten sind unbrauchbar bei bestimmten Gegnern, andere wiederum richtig gut. Jeder Champion hat einen Counterpick*.

Außerdem kann es sein, dass James eine Rolle zugewiesen bekommt, die im Team schon vergeben ist. Darüber hinaus sind einige Champions nur als Supporter nützlich, aber nicht als ADC, ebenso wie Jungler meistens nicht auf Top-, Mid- oder Botlane einsetzbar sind und Toplaner, Midlaner und Botlaner auch nicht auf anderen Lanes oder dem Jungle gebraucht werden können. Zumindest anfänglich. Im Endgame hat niemand mehr eine feste Position. Stattdessen streift man als Team über die Spielmap.

James schaut nach oben in die Kamera, die an seinem Desktop angebracht ist. Er weiß genau, dass jetzt darauf geschaltet wurde. Seine Mundwinkel zucken, seine Augen füllen sich mit einer Mischung aus Selbstsicherheit und Belustigung. Er drückt die linke Mousetaste. In letzter Sekunde erscheint TumbleBear über ihm und wird in einem schwarzen Rahmen eingefasst.

Er hat ihn bestätigt.

»Nicht sein Ernst. TumbleBear passt doch gar nicht in die Aufstellung«, sagt Yoshi und schlägt sich mit der Hand an den Kopf. Ich atme erleichtert aus. Ich kenne seine Spielart mit dem Riesenbär. Ich weiß, er kann es.

Das Spiel geht 47 Minuten. ›Heroes of the Prefix‹ verlieren. Doch bei den wichtigen Wettstreiten wird zum Glück drei Mal gespielt, damit der Sieg eines Teams nicht dem Zufall überlassen wird und sie ihr Können auch nach einem schlechten Match noch beweisen können.

Ich drücke meine Daumen so fest, dass meine Gelenke knacken und meine Knöchel weiß unter der Haut hervortreten. Yoshi verlässt den Raum, kommt aber kurze Zeit später in Begleitung einer Security wieder, weil Alex ihn nicht gehen lassen will.

»Das kann doch nicht wahr sein«, murmelt er dabei immer und immer wieder. Es lag an James' seltsamer Championauswahl, dass das erste Match zugunsten der Gegner ausfiel, glaubt er. Denn gut gespielt hat James schon.

»Lucas, was war da los?«, fragt Smiet und zieht Luft zwischen seinen Zähnen durch.

»Lieber Smiet, es könnte durchaus sein, dass einige Spieler unkonzentriert waren. Schauen wir uns die Szene in der 30. Spielminute noch einmal an. Hier sehen wir den Farcknator voraus stürmen, hinter ihm Pandagin und da … Oh … Oh … Oh …«

Auf dem Bildschirm sieht man, wie Lionel von einem Gegner getötet wird, der sich anschließend auf James stürzt.

»Ja, Lucas, Heroes of the Prefix hatten in diesem Spiel einige Probleme. Ich sehe gerade, dass die Auswahl der Champions für das zweite Match beginnt. Pandagin wählt wider Erwarten EatingShrimp. Heute überraschen mich die Heroes of the Prefix mit einer unkoordinierten Auswahl ihrer Champions. Jetzt bin ich gespannt, was der Farcknator wählen wird. Er scheint noch unentschlossen. Und er pickt KamikazeCat! Ich bin gespannt, was das geben wird.«

»Ich auch, lieber Smiet. Oh, die Zeit ist abgelaufen, das Spiel wird jeden Augenblick beginnen. Wir schalten mit fünf Minuten Verzögerung rein, wie immer, damit die Teams keine Tipps von uns bekommen können.«

»Wir haben das Ok, Lucas. Die Teams sind aus der Anfangsarea raus. Hier sehen wir einen Überblick, was sich wer von ihnen gekauft hat. KamikazeCat mit Verteidigungsitems! Wieder eine überraschende Handlung vom Farcknator. Der Mann ist nicht einzuschätzen.«

Wenn Smiet wüsste, wie recht er damit auch außerhalb von Prefix hat. Ich verdrehe die Augen und atme schwermütig aus.

»Schöner Start vom Farcknator. Er holt sich den Angriffsgeschwindigkeitsboost im Jungle, ohne dass ihm jemand helfen muss. Und jetzt bewegt er sich quer über die Map zur Botlane. Er läuft geradewegs auf einen Gegner zu. Es handelt sich um HighTekker, der einen grandiosen Start mit BitingHorse hingelegt hat. Er kommt dem Farcknator immer näher. Heißt das etwa, der erste Kill geht wieder an die Teddybärzocker?«

»Es sieht so aus, Lucas. Nein, Moment, der Farcknator setzt die Katzenkratzfähigkeit bei einem Skeleton ein und sprintet. Der Skeleton focused den gegnerischen Champ und macht ihm Kampfschaden. KamikazeCat kommt zurück. Haarballballer macht einen immensen Schaden am Gegner. Das Leben von ihm schrumpft weiter. Er versucht, sich zu healen*. Der Skeleton greift immer noch an und macht Damage*. Jetzt hat KamikazeCat den Gegner auf weniger als 10 Prozent Leben. Das ist der reine Wahnsinn.«

»Der erste Kill geht an den Farcknator. Unglaublich. Einfach nur unglaublich!«, ruft Lucas.

Das zweite Game gewinnen die ›Heroes of the Prefix‹ gegen die ›Teddybärzocker‹. Das stimmt mich optimistisch. Als sie das dritte Match auch gewinnen, juble ich wie eine Verrückte.

»Sie haben's, Damian! Sie haben's!« Ich springe auf dem Sofa auf und ab. Damian holt eine Flasche Bier, schüttelt sie und spritzt den Inhalt in den Raum. »Halbfinale, wir kommen!«, ruft er dabei. Beim heutigen Training werde ich mich mehr anstrengen. Ich will auch spielen. Die Lust an ›Prefix‹ ist zurückgekehrt.

16

Das zweite Training verläuft gut für mich. Unser Trainingsteam, bestehend aus Yoshi, Lionel, Damian, der Hasenscharte – die sich als Berthram East, Spielername BungaBert, herausstellt – und mir, gewinnt drei von fünf Malen. Lionel verspricht, mich für das Halbfinale als Supporter zu nominieren. Ich freue mich.

James ist schon wieder nicht zum Training erschienen. Er hatte einen Geschäftstermin, bestimmt mit einem der berühmten Spielhersteller hier aus Köln. Ich bin fast froh, dass James nicht hier ist, denn ich habe keine Ahnung, wie ich mit ihm umgehen soll nach diesem *Unfall*.

Ich warte einfach auf eine gute Gelegenheit, ihm mitzuteilen, was Brian möchte. Ich werde ihn bitten, den Kontakt bloß auf ›Prefix‹ zu beschränken. Und ihm sagen, dass ich weder Freundschaft noch sonst irgendwas von ihm will.

Erst recht keinen *Unfall* mehr.

17

Ich fahre mit dem Team zurück in ihr Hotel. Dort angekommen spielen Damian, Yoshi, Lionel und ich noch Karten. Wir pokern um Geld. Ich habe zwar nicht mehr viel, verwette aber bereits meinen Anteil vom heutigen Gewinn.

»Leute, ich habe kein Geld mehr dabei«, verkündet Yoshi und wirft seine Karten weg.

»Behalt deine Karten noch. Wenn du kein Geld mehr hast, musst du eben einen anderen Einsatz nehmen«, meint Damian. Lionel und ich pflichten ihm bei. Yoshi war diese Runde immerhin Big Blind.

»Na gut, Vorschläge?«

»Der, der diese Runde gewinnt, darf etwas von dir verlangen.«

»Gute Idee, Dam. Ich will einen Tag lang dein neues Auto leihen«, entgegnet Lionel. Er weiß ebenso gut wie wir alle, dass Yoshi sein neues Auto wie sein eigenes Kind behandelt.

»Ich will wissen, was deine Tattoos bedeuten. Wenn ich gewinne, musst du es mir sagen«, rufe ich und schaue neugierig auf das Bild der Frau, das durch sein weißes Hemd durchschimmert, und auf die nur teilweise von seinem Ärmel bedeckten Tribals.

Yoshi verzieht das Gesicht. Er schüttelt den Kopf, als wolle er die Tatsache, dass er uns über seine außergewöhnliche Motivauswahl aufklären muss, abschütteln wie eine lockere Fessel. Es klopft an der Tür.

»Zimmerservice«, sagt eine helle Stimme und schiebt etwas unter dem Türschlitz durch. Yoshi steht auf und kommt mit einem Umschlag zurück, auf dem in großen Buchstaben *Einladung für Tibor* steht. Er hält ihn mir hin.

»Ist dein Name, Tib«, sagt er und zuckt mit den Schultern. Ich reiße das weiße Papier auf. *Vielleicht ein Entschuldigungsbrief von Myc?* Nach einem Streit gab es bis jetzt immer einen. Doch er ist nicht mit einem Poststempel versehen. Und warum sollte er ihn hier abgeben und nicht bei meinen Großeltern?

»Lies vor, was steht da?«, fordert Damian mich auf. Ich räuspere mich. Doch bevor ich beginne, laut vorzulesen, überfliege ich den Inhalt. Ich werde rot und stecke den Brief zurück in den Umschlag.

»Da hat sich jemand vertan. Der ist nicht für mich. Ich werde sofort zur Rezeption gehen und ihn zurück …«

Yoshi unterbricht mich mit einem herzhaften Lachen.

»Niemals! Zeig her, Tib. Hast du ne Verehrerin in Köln gefunden?« Er reißt mir den Umschlag aus der Hand. Ich versuche, ihn zurück zu bekommen. Vergeblich. Yoshi liest vor.

»Tut mir leid, ich habe einen Fehler begangen, aber gibst du mir noch eine Chance als Freund? Wenn ja, heute Abend, 19:00 Uhr am Heumarkt. Zieh dir nichts zu Schickes an. Ich freue mich auf dich. J.«

»Du alter Prinz Charming. Kein Wort sagst du von der Braut. Wer könnte J. sein, Jungs? Julia? Jennifer? Jill? Hmh … Hast du die vom Flughafen? Oder aus der Kneipe, als du auf dem Klo warst? Spuck schon aus!«

»Gerade eine Verehrerin gefunden und schon Streit mit ihr.« Damian lacht. »Ich bin gespannt, wie sich die Dame entschuldigen will.« Er zwinkert mir zu und macht obszöne Gesten mit den Händen. Ich stöhne und verziehe meine Mundwinkel zu einem Lächeln.

Ich lüge ihnen etwas von einer zickigen Stewardess vor, die ihre letzten Abende hier in Köln verbringt und bloß Sex will. Ich tue so, als sei ich ein Aufreißer, als hätte ich diese Masche schon oft durchgezogen. Zu meiner Verwunderung glauben sie es. Und ich kann meinen Stolz kaum unterdrücken, dass ich anscheinend wie ein Frauenschwarm aussehe. Ich verspreche Damian, für ihn auch eine klar zu machen. Meine imaginäre Stewardess hat nämlich eine heiße Freundin, die noch jemanden für ein Techtelmechtel sucht.

Ich verabschiede mich und nehme ein Taxi zurück zu Grandpa und Grandma. Ich weiß genau, wer *J.* ist. Der Brief riecht nach seinem Aftershave und einer leichten Note von Pfefferminz. Ich schaue auf die Uhr. 18:15 Uhr. Verdammt, nur noch eine Dreiviertelstunde. Ich öffne die Haustür und stürme an der abwaschenden Erna und dem Zeitung lesenden Grandpa vorbei hoch in mein Zimmer. 18:25 Uhr. Ich krame einen Pullover und eine einfache blaue Jeans aus meinem Koffer. Darüber ziehe ich meine braune Winterjacke.

»Möchtest du mit uns zu Abend essen, Tibor?«, höre ich jemanden mit niederländischem Akzent sagen. Grandma steht in der Tür. Ihr gebrochenes Deutsch klingt, als sei sie selbst gebrochen.

»Nein, danke. Ich muss weg. Ich habe eine Verabredung.«

»Ach so.« Sie sieht traurig aus, doch ich habe keine Zeit, mich ihr zu widmen. Das Adrenalin in mir brodelt. 18:50 Uhr. Ich stopfe den Koffer zurück und bin erleichtert, als das bestellte Taxi bereits draußen steht.

Na toll, Berufsverkehr. Um 19:08 Uhr komme ich am Heumarkt an. Ich renne über die Bahnschienen. Dabei schaue ich immer hinter mich, weil ich Angst habe, dass Yoshi und Damian mich verfolgen könnten. Der Platz liegt genau vor ihrem Hotel.

Gott sei Dank kann ich keinen von ihnen sehen. Ich stelle mich hinter eine leere Holzbude und suche den Platz ab. Scheinbar wird hier gerade ein Markt auf- oder abgebaut: Überall auf dem Platz stehen ähnlich verlassene Holzbuden herum wie die, hinter der ich mich verstecke. *Vielleicht ein Weihnachtsmarkt?* Auf einem Plakat steht groß das Datum *23. November*. Mistelzweige, Tannenbäume und ein Rentier bestätigen meinen Verdacht. Ich überlege, wann das Endspiel ist und ob wir es noch schaffen werden, hier Glühwein zu trinken oder Bratäpfel zu essen. Aber das Endspiel ist am 22.11. Die Finalspiele kommen alle Schlag auf Schlag. Man will, dass die Teams ihre Taktiken nicht mehr umstellen. Die Gegner sollen nicht zu sehr analysiert werden, damit es spannend und unvorhersehbar bleibt. Ich seufze und schaue mich weiter auf dem Platz um. Niemand zu sehen.

War die Einladung nur ein Scherz von ihm? Oder ist er schon wieder gefahren? Ich spüre die Enttäuschung. *Mensch, Tamara, warum bist du enttäuscht? Denk an Brian.*

»Worüber denkst du nach?« Hinter einer Ansammlung an Jugendlichen taucht auf einmal ein Mann auf.

»Clark, du hast mich das erste Mal nicht erschreckt, Respekt!«

»Ich gebe mein Bestes!« Er lacht.

»Ich bin echt verzweifelt. James' Bruder denkt, ich würde James von seiner Arbeit abhalten, weil er …, weil er …«

»Weil James für dich mehr empfinden soll als für Samuel, Mera und die ganzen anderen, die er ständig um sich hat?«

»Ja. Dabei bin ich doch bloß ein Unfall.« Ich verschränke missmutig die Arme.

»Der Typ liebt eben seinen Bruder. Was würdest du an seiner Stelle tun? Ich hätte dich womöglich um genau dasselbe gebeten.«

»Ja, du hast schon recht. Es ist nicht fair, dass ich James anlüge und Brian dabei zusehen muss.«

»Tu ihm am besten seinen Gefallen, Tamara. Sonst schmeißen die dich aus dem Team. Und es ist echt nicht viel verlangt von ihm, damit er nichts ausplaudert.«

»Aber es ist doch banal. James und ich, da läuft nichts.«

»Warum bist du dann gerade hier?«

»Da bist du ja«, höre ich eine Stimme rufen und schrecke umher. Ich suche erwartungsvoll den Platz ab.

Na toll. Ein Mann begrüßt seine hochschwangere Freundin. *Wie dumm war ich anzunehmen, dass James mich hier treffen will?* Ich hole die Nachricht aus der Jackentasche, fliege noch einmal über den Text und bleibe bei der letzten Zeile hängen. »Ich freue mich auf dich«, wiederhole ich leise. Als ob er fest davon ausginge, dass ich ihm verzeihen würde, dass dieser *Unfall* überhaupt passiert ist, als ob ich auf jeden Fall kommen würde. Wut macht sich in meinem Körper und in meinen Gedanken breit.

»Clark, ich glaube, ich gehe wieder zurück. Er ist es nicht wert, Clark?« Clark ist schon wieder weg. *Noch nicht mal auf diesen Mann ist Verlass.* Ich wende mich zum Gehen.

Auf meinem Weg zurück stolpere ich in jemanden hinein. »Tut mir leid«, entschuldige ich mich bei dem Mann.

»Tibor?«, fragt er und ich bekomme einen Schock. Er ist es. James steht lächelnd vor mir. Er trägt einen grauen Kaschmir-Anzug, das Sakko ist offen, sein weißes Hemd spannt um seine Brustmuskeln. Über den Anzug hat er einen schwarzen Filzmantel gezogen. Die graublaue Krawatte um seinen Hals ergänzt seine forschen, eisigen Augen. Augenblicklich klärt sich mein Gefühlschaos.

»Entschuldige, es hat länger gedauert als gedacht.« Er zögert für einen Moment. *Macht nichts,* denke ich mir und lächle.

»Ich bin froh, dass du meiner Einladung gefolgt bist. Und ich wollte ... Ich wollte mich nochmal entschuldigen für die Nummer im Restaurant. Eine Kurzschlussreaktion.« Mein Lächeln vergeht mir und weicht einer Grimasse.

»Du meinst den *Unfall?«,* frage ich und kann den Sarkasmus kaum verbergen. James nickt und legt seinen Kopf schräg.

»Wahrscheinlich ist es passiert, weil du so anders bist als alle, die ich kenne.«

Ich bin anders? Natürlich bin ich anders, du Idiot, ich bin eine Frau.

Es folgt eine peinliche Stille zwischen uns. Er legt kumpelhaft den Arm um meine Schulter.

»Dann wollen wir mal, oder?«

Ich nicke. *Wie soll ich es ihm nur erklären? Will Brian, dass ich den Kontakt ganz abreche? Ich muss doch nichts beenden, was gar nicht existiert.* Ich schlucke. Mein Körper ist wie gelähmt und es ist mir auf einmal furchtbar unangenehm, dass er mich für einen Mann hält.

»Was ist mit Samuel?«, schießt es wie aus einer Pistole durch meine Lippen hervor. Ich verkrampfe am ganzen Körper. James' Miene trübt sich. Er kratzt sich verlegen am Hinterkopf.

»Samuel ... na, jetzt wo wir Freunde sind, muss ich es dir wohl erzählen, was?« Er wirkt erst angespannt, verzieht dann aber seinen Mund zu einem Lächeln. Ein kurzes, kehliges Lachen entfährt ihm.

»Ich habe nach dem Abend meines Geburtstages mit ihm Schluss gemacht. Es war schon einige Zeit nicht mehr dasselbe.«

Nicht mehr dasselbe? Der Gedanke an Samuel und James macht mich wieder wütend. *Warum nur?* Eigentlich habe ich keinen Grund, wütend zu sein.

»Ich habe eine Überraschung für dich«, sagt James, knufft wieder meinen Arm und setzt sich in Bewegung. Ich zucke zusammen. *Reiß dich am Riemen, Tamara!*

Durch einige Gassen, vorbei am riesigen Dom, dem Wahrzeichen der Stadt, gelangen wir zu einem Fluss.

»Was ist das für ein Fluss?«, frage ich ihn, als wir auf das Gewässer zusteuern.

»Du wohnst in der Nähe vom Oktoberfest, aber hast noch nie etwas vom Rhein gehört? Die Kölner singen sogar Lieder über den Rhein. Manche scheuen auch nicht davor, die Songs ganzjährig zu grölen.«

»Außerhalb der Oktoberfestzeit wird man wohl auch den einen oder anderen Bayern finden, der die Lieder von den Wiesen umher posaunt«, sage ich und erinnere mich an unzählige Versuche, meine Mum bettelnd davon zu überzeugen, dass unser Familienurlaub zur Zeit des Oktoberfestes nach München geht.

James lacht und stimmt nickend zu. Dabei vergräbt er seine Hände in den Hosentaschen. Sein rechter Mundwinkel zuckt nach oben und ein kleines, unscheinbares Grübchen malt sich auf seiner Wange ab. Mit einem Mal wirkt der große James Farck wie ein Schuljunge. Wie ein schüchternes Kind.

»Hier ist es«, sagt er, zieht seine Hände aus den Taschen und zeigt auf eine Anlegestelle für Schiffe. *Sea and River Cruises* steht auf einem Banner. Im Hintergrund kann man eine erleuchtete Bogenbrücke erkennen. Das Wasser schlägt in weichen Wogen an das Ufer. Das rauschende Geräusch, gemischt mit dem kalten Winterwind, entspannt meinen Körper.

»Es ist wahnsinnig schön hier«, muss ich zugeben, als ich den breiten Fluss entlang schaue.

»Warte nur ab.«

Eines der Schiffe geht an unserem Steg vor Anker und bestimmt 50 Mann steigen aus. Es ist ein großes Schiff mit zwei Etagen und einem verglasten Deck. *Loreley* steht in blauen Lettern an der Schiffswand. Meine Blicke rasen zu James, als ich den Namen lese. Er schaut zu mir und scheint davon unbeeindruckt.

»Wird noch umbenannt«, sagt er und geht den Steg hinab. *Wird noch umbenannt?* Der Mann spricht wieder in Rätseln.

»Herr Farck?«, fragt eine raue Männerstimme vom oberen Deck des Schiffes aus. Ein als Matrose verkleideter Mann schaut auf uns hinunter. Er hat eine der Glasplatten geöffnet, die sich über den Großteil des Decks ziehen.

»Ja, der bin ich«, erwidert James mit kühler Bestimmtheit.

Der Mann nickt uns zu und winkt uns heran. Ich bleibe skeptisch am Ende des Stegs stehen. Mit meinem linken Fuß schiebe ich einen lockeren Moosbrocken aus der Pflastersteinrille vor mir ins Wasser und beobachte, wie er im schwarzen Fluss versinkt. Bereits kurz unter der Wasseroberfläche ist nichts mehr von ihm zu sehen.

»Na, komm schon!« James ist bereits leichtfüßig über den kleinen Abgrund gesprungen, der uns vom Schiff trennt.

»Ich weiß nicht«, gestehe ich.

»Auch keine Schiffsfahrten?« James legt wieder seinen Kopf schräg und wiegt ihn einmal hin und her. Seine dunkle Stimme verpasst mir einen Schauer, der durch die eisblaue Iris und die nussbraunen Farbfetzen innerhalb der Regenbogenhaut verstärkt wird und sich bis in meinen Unterleib zieht. Der Matrose schließt das Glasfenster und kommt mit polternden Geräuschen hinunter zu uns. Er hat eine Aluminiumrampe dabei und wirft sie mit einem lauten Knall zu Boden. Vorsichtig steige ich über die silbrig schimmernde Vorrichtung.

»Danke.«

»Kein Problem. Das ist eigentlich nur für Frauen, aber bei dir Jungchen machen wir mal 'ne Ausnahme, was?«

Ich nicke und versuche, belustigt zu tun, während ich mir mit den Fingern die Haare zurechtlege.

Als wir die Treppe zum oberen Deck hinauf steigen, wendet James sich an mich. »Pass auf, das wird dir gefallen!«

»Ich glaube, der Typ von eben hält mich für ein Weichei«, gestehe ich und schaue vorsichtig über meine Schulter hinunter zu dem grimmig dreinblickenden Seefahrer.

»Ich hoffe nicht. Ich will ihn nicht feuern müssen.«

»Wieso feuern?«

»Seit heute Mittag gehört mir das Schiff.«

»Wie bitte?«

»Man muss offen sein und expandieren. Ich halte die Vergnügungsfahrten auf dem Rhein für profitabel.«

Er klingt wie Dad, wenn er Mum von seinem Tag auf der Arbeit erzählt. Seine Augen strahlen, wenn er beginnt, von seinen Geschäften zu reden. Er klingt gelöst und stolz, ganz anders als der Großteil der Menschen, die in der Arbeit keine Erfüllung sieht, sondern nur Stress und Leid.

Wir setzen uns auf eine Bank auf dem oberen Deck, die nicht von der Glaskuppel abgedeckt ist. Es ist kalt, aber die Atmosphäre wärmt. In der Wasserspiegelung schimmern gelbe Lichter. Es riecht nach Seetang. Ich schaue an der Reling hinunter und kann die kleinen Wellen am Rumpf brechen sehen. Das Wasser sieht aus wie eine bedrohliche, schwarze Masse, die versucht, unser Schiff zu verschlingen.

»Ich hoffe, du verkraftest die Schiffsfahrt. Ich konnte ja nicht wissen, dass du allgemein eher der bodenständige Typ bist. Ich dachte, Fliegen sei dein einziges Problem«, reißt Farcks Stimme mich aus meinen Gedanken. Ich schrecke hoch und schaue ihn an.

»Nein, also ich bin ehrlich gesagt noch nie Schiff gefahren«, muss ich zugeben. *Hoffentlich bekommt es mir besser als Fliegen, ansonsten gibt's gleich eine ordentliche Sauerei an Deck.*

»Na, dann wird es aber höchste Zeit!«

Das Schiff legt ab. »Kommen nicht noch mehr Leute?« Das über und über mit Seefahrerkitsch geschmückte Deck ist eindeutig für Ausflüge von Touristen gedacht. Vor uns sind noch etliche Bankreihen frei. Niemand ist hier oben. Außer uns.

»Nein, ich dachte mir, vielleicht ist es so cooler.«

Seine Augen weiten sich für einen Moment und er presst nervös die Lippen zu einem Päckchen zusammen. Dieses Lippenpäckchen zieht er von rechts nach links und dann wieder auf seine ursprüngliche Position zurück. Ich werde knallrot. Hier kann ich ihm nicht sagen, dass ich keine Freundschaft mit ihm will. Dass er sich von mir fernhalten soll und wir nur beim Training und auf Gruppenevents aufeinandertreffen sollten. James rückt näher an mich heran. Mein Atem geht unwillkürlich schneller. Er wirft Schleier in der ungewöhnlich kalten Novemberluft. Ich kriege eine Gänsehaut.

»James«, sage ich, bevor er noch näher kommt. Ich bin außer Atem, weiß aber nicht, wieso. Ich schwitze, obgleich es hier oben eiskalt ist.

»Was ist denn?«, fragt er und lehnt sich zurück in den Sitz. »Ich wollte dir meine Lieblingsplätze zeigen.« Er richtet seinen Blick gen Himmel.

Ich schlucke. Einige Minuten sitzen wir nur so da. Dann lacht er. Er lacht herzhaft und laut.

»Was ist so komisch?«

»Nichts, ich hab nur lange Zeit mit keinem mehr verbracht, der sich nicht sofort an mich rangeschmissen hat.«

»Wie?«

»Auch im freundschaftlichen Sinne. Normalerweise würdest du keine Chance verstreichen lassen, ein Gespräch mit mir zu führen und mich von deiner Person zu überzeugen.«

»Ich bin doch anders, hast du gesagt«

»Ja, das stimmt.«

»Ich kann mir nur zu gut vorstellen, wie sich die ganzen Frauen an dich ranschmeißen und dir Fanbriefe zuschicken.« Ich lächle. Gleichzeitig wird mir flau im Magen. Ich glaube, Schiffsfahrten sind wirklich nicht mein Ding.

Er räuspert sich. »Ich hab ja kaum persönliche Daten veröffentlicht, ergo kriege ich zum Glück beinahe keine Fanpost, und die, die ich kriege, beantwortet mir irgendein Mann, den Brian engagiert hat.«

»Aber du meintest doch, na ja, du seist an beiden Seiten interessiert, vielleicht könnte da ja jemand dabei sein.« Ich boxe ihm spielerisch in die Schulter.

»Dann sollte ich wohl auch in die Fanbriefbranche expandieren, wenn ich die wahre Liebe finden will.« Er verzieht seinen Mund zu einem schwachen Lächeln. Sein Blick gleitet einmal über das schwarze Wasser und bleibt dann erwartungsvoll an mir hängen. Ich habe immer noch keinen blassen Schimmer, was *expandieren* bedeutet. Aber was ich aus seinen Worten heraushöre, ist die Sehnsucht nach sicheren Gefühlen.

»Hattest du denn nochmal ein Date? Also so ein richtiges Date? Vielleicht ist das eher der Weg hin zur wahren Liebe, anstatt an Mera festzuhalten, die ja, wie du meintest, nicht dein Ding ist. Probieren geht ja bekanntlich über studieren.«

»Mera ist definitiv nicht mein Ding«, sagt er leise. »Ich hatte aber natürlich schon Dates.« Seine Worte sind auf einmal abgehackt. Er scheint seltsam getroffen von meiner Frage. Ich hätte erwartet, dass er jetzt, wo er mir alles gestanden hat, lockerer damit umgeht. Er nimmt seine Beine hoch und stellt die

Füße auf die Lehne des Vordersitzes. Sein Blick heftet sich fest auf die dunklen Wellen.

»Entschuldige, wenn ich eine falsche Frage gestellt habe, ich …«

»Nein, nein, hast du nicht.« Er seufzt. »Es ist nur so, dass das letzte richtige Date mit einer Frau kein gutes Ende nahm. Ich mochte sie, doch irgendwann ist sie nicht mehr aufgetaucht. Kam nicht mehr zu unseren Verabredungen und hat nicht auf meine Anrufe reagiert. Und dann kam Richard noch mit Mera an.«

»Das ist natürlich blöd.« Auch ich ziehe meine Beine nach oben und lege meine Füße auf die Lehne des Vordersitzes. Es ist ziemlich unbequem, weil ich um einiges kleiner bin als James.

Nach wenigen Augenblicken nehme ich die Füße wieder herunter und verharre in meiner ursprünglichen Position. James beobachtet mich von der Seite und legt kaum merklich seine Stirn in Falten, bevor er wieder zum Reden ansetzt.

»Man muss über sowas stehen. Beinahe hätte ich wegen ihr meine Karriere abgebrochen. Dann säße ich jetzt nicht mit dir hier, stell dir das vor.« Er lacht wieder.

Vielleicht wäre das gar nicht mal so übel gewesen. »Wie ist das eigentlich mit Mera entstanden? Dein Onkel hat sie ausgesucht, oder?«

»Die Ciorcalos sind alte Familienfreunde. Wie gesagt, es war ungefähr wie bei Loreley. Onkel Richard will unserer Familie zu mehr Ruhm verhelfen und ich bin sein Werkzeug.«

»Warum hast du nicht nein gesagt? Ein Werkzeug zu sein, klingt nicht gerade cool.«

»Er hat mich aufgenommen, mich akzeptiert, wie könnte ich da nicht dankbar sein?«

»Aber das kann doch nicht gut gehen. Meinst du, Mera wird nicht merken, dass ihr keine richtige Beziehung führt?«

Er hebt eine Augenbraue. Meine Worte scheinen sein Interesse geweckt zu haben. Ich erinnere mich an das, was Mera Lionel im Flieger gefragt hat. Dabei zieht sich eine Gänsehaut über meine Arme. »Ich glaube, sie liebt dich, James.«

»Sie liebt mich?« Er lacht. »Sie benutzt mich. Sie benutzt mein Geld. Sie benutzt mein Anwesen, alles, was ich erwirtschaftet habe. Und ich benutze sie, damit niemand denkt, ich würde Frauen verabscheuen.« Er zieht seine Mundwinkel zusammen und kraust seine Lippen.

»Was erwartest du denn, wo das Ganze hinführen wird?«

»Dazu, dass mir die Fans von Heroes of the Prefix keine antifeministische Haltung mehr vorwerfen können?« Er klingt sarkastisch, obwohl das Verbergen seiner Frauenfeindlichkeit ja allem Anschein nach wirklich seine Intention ist. James bleibt für mich ein unlösbares Rätsel.

Er räuspert sich laut und ich sehe ihm mit einem Mal eine unverkennbare Anspannung an.

»Sorry. Ich wollte dir nicht zu nahe treten.«

»Kein Problem. Du bist eben anders.«

Aus seinem Mund klingt es wie eine Beleidigung. Eine lange Pause entsteht. Irgendwann räuspert er sich und seine Gesichtszüge entspannen sich wieder. Als wäre nichts gewesen, beginnt er, mir die Sehenswürdigkeiten von Köln zu zeigen. Ich nehme den Faden unseres Gesprächs nicht wieder auf. Das letzte, was ich will, ist, ihn zu etwas zu drängen, was er nicht möchte.

James hat zu jedem Ort eine Anekdote und kennt alle historischen Hintergründe. Sein Allgemeinwissen ist gigantisch. Außerdem finde ich heraus, dass er hier in Köln schon mal Urlaub gemacht hat. Mit Mera. Ich schlucke das seltsame Gefühl, das sich in meinem Magen anbahnt, hinunter. Es ist komisch, James Farck als ganz gewöhnlichen jungen Mann kennen zu lernen, der gerne reist und die Welt sehen will.

Unser Schiff dreht und wir legen auf der gegenüberliegenden Rheinseite an. Meine Knie sind ganz weich, als wir aussteigen. Während James mir nun einige der Sehenswürdigkeiten von Nahem zeigt, könnte man als Außenstehender fast meinen, zwei Freunde gingen zusammen die Stadt erkunden. Aber irgendetwas liegt in der Luft. Irgendetwas, das mich die vier Worte nicht aussprechen lässt, die so dringend über meine Lippen kommen müssen. Ich *kann* es ihm nicht sagen. *Warum bloß? Es sind vier kleine Wörter. Ich mag dich nicht! Vier Wörter, die mir jedes Mal, wenn ich sie sagen will, im Hals stecken bleiben.*

Wir fahren mit dem Schiff zurück, gehen am Dom vorbei und kehren in eine Kneipe direkt an der Domplatte ein.

Halve Hahn heißt das Gericht, das ich bestelle, und ich muss feststellen, dass es weit weniger mit Hähnchen zu tun hat, als ich dachte. Aber es schmeckt. James isst nichts. Vielleicht sieht sein Körper deswegen so makellos aus. Er trinkt bloß seinen schwarzen Kaffee. Jedes Mal, wenn er die Tasse an seine Lippen führt, spüre ich, wie sich mein Unterleib einmal zusammenzieht.

»Alles in Ordnung?«, fragt er mich, weil ich es einfach nicht lassen kann, ihn anzustarren.

»Ja, ja, alles bestens. Lecker!«

»Ja«, lacht er und pustet in die dampfende Tasse, bevor er sie wieder an seinen Mund führt.

Meine erste Verabredung – Mycroft zählt nicht – habe ich also mit einem bisexuellen Frauenhasser. So hatte ich mir das nicht vorgestellt. Obwohl ich zu James' Verteidigung sagen muss, dass er sich größte Mühe gibt, mit Frauen auszukommen, trotz des Unfalls seiner Eltern und der Tatsache, dass seine früheren Freundinnen ihn hintergangen haben.

Er schaut mir direkt in die Augen. Seine Iris fängt meinen Blick ein. Ich schaffe es nicht, ihm zu widerstehen. *Hör auf zu starren, Tamara!*

»Bist du oft hier?«, frage ich betont lässig, während ich das letzte Stück des Käsebrötchens in mich hineinschiebe.

»Ich gehe nicht so oft auswärts essen. Nur wenn ich wegen Geschäften raus *muss*. Lieber koche ich etwas für Brian, Mera und mich.« Er hebt spielerisch seine Augenbraue.

»Nein, ich meine in Köln. Von einem einzigen Urlaub habe ich nie so viel mitgenommen, dass ich Fremdenführer spielen könnte, so wie du eben.«

»Ich bin oft hier wegen der Gamescom. Das ist, wie du ja weißt, ein Riesenevent für die Computerspielewelt. Um genau zu sein das größte. Und ich bin nicht gerne den ganzen Tag im Büro.« Er grinst. Dabei wird das Grübchen wieder sichtbar.

»Ich würde auch gerne mal auf die Gamescom«, gestehe ich.

»Wirst du bestimmt einmal können. Vor allem jetzt, wo wir Freunde sind.« Er zwinkert mir zu.

Was hat das zu bedeuten? Soll ich zurück zwinkern? Ich kneife unbeholfen mein linkes Auge zusammen. *Nein, nein, das lässt du besser, Tamara!* Jetzt wäre eigentlich ein perfekter Augenblick, um ihm zu sagen, dass ich keine Freundschaft will.

»James?«

»Ja?« James fasst nach meiner Hand und schaut mir tief in die Augen. Mein Herz rast. Seine Finger streichen über meine Knöchel.

»Ich …«

»Wszędzie ci gejowie … Tracę apetyt.« Ein Mann neben uns lässt seine Gabel klirrend auf die Tischplatte fallen.

James sitzt mit dem Rücken zu ihm, dreht sich jetzt aber langsam, ganz langsam um. Dabei röten sich seine Wangen. Er setzt seine Tasse ab.

»Co powiedziałeś?«, sagt James.

Der Mann schaut für einen Moment schockiert. Er hat anscheinend nicht damit gerechnet, dass James ihn versteht, geschweige denn, dass er ihm in seiner Sprache antworten kann. »Geje są obrzydliwi!«, erwidert er dann.

»Skąd wiesz, że jestem homoseksualistą?«

»Nie możesz mnie oszukać! Obrzydliwy!«

»Worüber redet ihr?«, frage ich ahnungslos. Die beiden unterhalten sich anscheinend über ein strittiges Thema. Ich verstehe kein Wort.

Irgendetwas muss James nicht gefallen. Er steht abrupt auf. Dabei kippt sein Stuhl nach hinten um.

»James!«, rufe ich ihn zur Ordnung, aber er ignoriert mich. Dann holt er aus und schlägt dem Mann mitten in sein Gesicht. Blut spritzt auf die Tischplatte. Eine Kellnerin kommt und versucht zu schlichten. Der Mann scheint halb bewusstlos.

»Komm, wir gehen!«, bellt Farck mir zu, zückt sein Portemonnaie und wirft der Bedienung zwei Scheine zu.

Ich vermute, ein mehr als hohes Trinkgeld. Ich nehme meine Jacke und folge ihm, ohne mich noch einmal umzuschauen. »Was war das?«

»Er hat mich beleidigt«, sagt James, während er mit einem Taschentuch versucht, seine Wunde zu reinigen.

»Und das ist ein Grund, ihn niederzuschlagen? Ich kann mir schon vorstellen, weswegen deine Nase so aussieht«, fauche ich und balle meine Fäuste vor Wut.

»Was ist dein Problem? Soll ich mich vor dir rechtfertigen?« James' Augen weiten sich. Eine Ader tritt dick an seiner Schläfe hervor und seine Nasenflügel beben.

»Nein, musst du nicht«, sage ich kleinlaut. Er schnauft einmal auf und tupft dann weiter mit seinem Taschentuch die Wunde ab.

»Gib her, du machst das falsch«, knurre ich, als er unter Schmerzen die Augen zusammenkneift.

Ich ziehe ihm das Taschentuch aus der gesunden Hand, befeuchte es mit etwas Speichel und gleite dann vorsichtig über die blutenden Stellen. James zuckt zusammen. Er stöhnt leise. Dieses Geräusch macht mich wahnsinnig. Mein Körper wird von Gefühlen durchzuckt. Es sind unsichere und zugleich seltsam euphorische Gefühle. Meine Fingerspitzen zittern nervös.

»Tibor, lass das!«

»Wieso?« Mein Puls springt in die Höhe. Es wird ihm zu viel, wenn ich ihn berühre. Er will mich. Und ich will ihn. Wir beide ...

»Es tut weh!« Er stößt mich ein kleines Stück nach hinten und drückt ein neues Taschentuch auf den blutenden Riss.

Wir gehen zusammen zurück. Er hat seinen Wagen unweit vom Hotel der anderen geparkt.

»Warum wohnst du nicht auch hier?«, frage ich ihn. Die erste Frage, die unser Schweigen bricht. Mit einem leisen Surren entriegelt sich der Wagen. Ich öffne umgehend die Beifahrertür und falle in den niedriggelegenen Sitz. Er steigt auf der anderen Seite ein und fährt an. Es kommt keine Antwort.

»Tut mir leid wegen eben«, antwortet er nach einiger Zeit.

»Wenn ich in Rage bin, bin ich nicht anders«, sage ich lachend und erinnere mich an die Streitigkeiten mit Mum, in denen wir Schallwellen erzeugt haben, die beinahe unsere Fensterscheiben gesprengt hätten. »Nur zu den Fäusten greife ich tatsächlich nie«, füge ich trocken hinzu, als ich mich an das Bild des Mannes erinnere, der blutend am Boden lag.

»Du verstehst das nicht.«

»Versuchs mir doch zu erklären.«

»Warum muss ich dir immer alles erklären? Warum muss ich mich überhaupt entschuldigen? Dir ist doch nichts passiert!«, blafft er.

»Du hast dich doch von dir aus entschuldigt, Idiot!«

»Wie bitte? Was hast …« Plötzlich ist ein metallisches Kreischen zu hören. Mein Gesäß hebt sich für den Bruchteil einer Sekunde vom Autositz ab und kommt mit einem dumpfen Ruck ein paar Zentimeter tiefer wieder auf. Im Rückspiegel sehe ich Gummifetzen fliegen. James bremst abrupt ab und wir kommen auf dem weiß markierten Seitenstreifen neben der Autobahn zum Stehen. Aus den Seitentaschen des Innenraums kramt James eine hellgelbe und eine orangefarbene Warnweste hervor und reicht mir eine davon. »Zieh das an!«

Ich nehme die gelbe Weste und streife sie mir brav über. Meine Wut auf James ist aber noch längst nicht erloschen.

Er zieht sich die orangefarbene Weste an und steigt aus. Anschließend geht er zum Kofferraum und holt etwas daraus hervor. Mit einem Knall, der den Innenraum kurze Zeit vibrieren lässt, schlägt er die Tür des Kofferraums wieder zu. Dann entfernt er sich vom Wagen und geht auf dem seitlichen Streifen den rasenden Autos entgegen.

»Spinnst du?«, rufe ich, während ich die Beifahrertür öffne. Er bewegt sich stur weiter in die dunkle Nacht. Mein Ruf ist im Fahrlärm untergangen.

»Was soll das?«, brülle ich erneut und gehe ihm hinterher. Ich fasse seinen Arm. Er dreht sich erschrocken um.

»Bleib beim Wagen!«

»Warum gehst du auf die Autos zu? Weißt du, wie gefährlich das sein kann?«

»Ich muss das Warndreieck aufstellen«, erwidert er trocken. An uns rast haarscharf ein LKW vorbei und lässt James' schwarze Strähnen aufwirbeln. »Geh gefälligst zurück! Bleib hinter der Leitplanke«, bellt er und zeigt aufs Auto. Ich verschränke die Arme.

»Auf keinen Fall. Von dir lasse ich mir gar nichts sagen!«, zische ich.

So gerne ich auch zurück und hinter die sichere Leitplanke geklettert wäre, ich muss meiner Unsicherheit und der Wut auf James diesmal mit Gegenwehr Luft machen.

Er starrt mich finster an. Seine Iris pulsiert, seine Lippen krausen sich für einen Moment. *Das kann ich auch, Herr Farck.* Ich starre mit zu Schlitzen verengten Augen zurück.

Er kommt einen Schritt auf mich zu und lässt das Warndreieck fallen. Dann packt er meine Hüfte. Er zieht mich an sich. Etwas durchzuckt meinen Körper. Die Gefühle von vorhin kommen plötzlich zurück. Er beugt sich neben mein Ohr. »Warum bist du nur so stur?«

»Ich bin anders«, sage ich wie betäubt, als James' Nase durch mein kurzes Haar streicht.

»Zum Glück«, erwidert er und bückt sich, um das Warndreieck wieder aufzunehmen und es ein paar Schritte weiter aufzustellen. Dann geht er einfach an mir vorbei zum Auto zurück. *Was war das denn? Was sollte das?* Ich klettere hinter die Leitplanke, beobachte, wie James den Kofferraum wieder öffnet, eine Werkzeugkiste aus dem Boden des Stauraumes nimmt und sie neben sich abstellt. Dann holt er einen Reifen hervor und rollt ihn behände neben das zerfetzte alte Exemplar, das uns in Schieflage gebracht hat. *Wenn wir da nicht schon vorher angekommen waren.* Er nimmt einige Werkzeuge aus dem abgestellten Werkzeugkoffer und beginnt mit einem Wagenheber, das Auto hochzustemmen.

Ich gehe zu ihm. »Kann ich dir helfen?«, rufe ich über die Leitplanke hinweg, als er mit einem hellsilbernen Radkreuz am neuen Reifen herumschraubt.

»Nein«, blafft er. Ich klettere über die Leitplanke zurück auf den Beifahrersitz.

»Nein!«, ruft James mit einem Mal.

»Ja, hab verstanden. Ich werde dir nicht helfen! Keine So ...«

Mit einem lauten Krachen bricht der Wagenheber ein und das Auto saust zu Boden, zwar nur einige Zentimeter, doch trotzdem huscht der Schreck einmal von oben bis unten durch mich hindurch.

»Entschuldige«, quieke ich. James schüttelt nur den Kopf und kriecht unter das Auto. Ich wage es nicht mehr, mich zu bewegen. Nach einer gefühlten Ewigkeit kommt er wieder zum Vorschein und kontrolliert mit einem Kreuzschraubendreher, ob alle Schrauben sitzen.

Er packt die Geräte wieder ein, verstaut alles im Kofferraum und nimmt auf dem Fahrersitz Platz. Erst jetzt im schwachen Licht der Deckenbeleuchtung sehe ich, dass seine Hände und sein Gesicht schwarz verschmiert sind. Er fährt den Wagen langsam an und nutzt eine Lücke im laufenden Verkehr, um sich wieder auf die Fahrspur zu begeben.

»Brian, Mera und ich haben uns etwas eigenes genommen, um deine Frage von eben zu beantworten«, sagt er nach einigen Minuten.

»Tut mir leid, ich wollte nicht, dass der Wagen kippt«, sage ich und schlucke laut.

James' Blick ist eisig. »Kann mal passieren«, antwortet er, doch ich weiß, dass er niemals einen Fehler macht. James Farck ist ein Perfektionist. »Vor allem dir«, ergänzt er.

»Was soll das heißen?«

»Ich weiß nicht. Du bist ein Tollpatsch.«

Meine Gesichtszüge entgleiten mir für einen Augenblick. Ich weiß selbst, dass ich nicht gerade begabt darin bin, alles richtig zu machen, aber es so direkt zu hören, ist hart. Ich verschränke trotzig die Arme.

»Warum habt ihr euch denn eine eigene Unterkunft genommen? Brauchtest du was Pompöseres als das Hotel des Teams?«, frage ich sarkastisch.

»Ganz im Gegenteil«, lacht er. »Ich hasse den Stress der Innenstadt und ich hasse diese Luft hier.« Er hält kurz inne, schaut mir einmal tief in die Augen und widmet sich dann wieder dem Verkehr. »Willst du mein Hotel sehen? Dann weißt du, welchen Unterschied ich meine.«

Ich zucke mit den Schultern. »Es ist um einiges besser als dieser Schuppen, auf den Lionel bestanden hat.«

Er lacht. Wenn er lacht, sind alle Sorgen um mich herum wie weggeblasen. Unser Streit von zuvor ist vergessen. Selbst mit dem Abriebschmutz hat sein Gesicht nichts von seiner faszinierenden Schönheit verloren. Ich würde ihm so gerne die Wahrheit sagen, wenn ich nicht wüsste, dass er mich dafür hassen würde.

Wir fahren zusammen zu seinem Hotel. Dabei halten wir ganz gewöhnlichen Smalltalk. Irgendwann fühle ich mich so sicher, dass ich die Musik laut aufdrehe, als einer meiner Lieblingssongs läuft. Ohne weiter darüber nachzudenken, singe ich einfach mit. »Just gonna stand there and watch me burn, but that's alright because I like the way it hurts. Just gonna stand there and hear me cry.«

James ist erst skeptisch. Dann fängt aber auch er an mitzusingen. »But that's alright because I love the way you lie! I love the way you lie!« Er trifft jeden Ton, als sei der Song sein eigener. Selbst rappen kann er und auch die deutschen Songs singt er in- und auswendig mit. Ich höre auf, weil es mir peinlich ist, wie eine heulende Katze zu kreischen, während er einen auf Stevie Wonder macht.

Das Navigationssystem teilt uns mit, dass wir am Zielort angekommen sind. Er hat nicht übertrieben. Sein Hotel ist wirklich urgemütlich. Es liegt etwas außerhalb von Köln. Efeuranken schmücken die Fassade und am Vordereingang brennen zwei kleine Laternen. Auf dem gelblich schimmernden Glas haben sich Eiskristalle abgesetzt und der Kies unter unseren Füßen ist zu Klumpen gefroren. Immer, wenn James ausatmet, bildet sich eine Wolke aus Dampf in der Luft.

Im Hotel angekommen, zeigt er mir, wo es zu den Kellerräumen geht, in denen man auch Zugang zur unterirdisch gelegenen Garage erhalten kann, präsentiert mir den Eingangsbereich mit etlichen Sitzgelegenheiten und führt mich schlussendlich in sein Zimmer. Brians Zimmer liege direkt gegenüber, erklärt er mir, aber sein Bruder würde wohl schon schlafen. Ich bin erleichtert. Hätte er mich hier angetroffen, wäre die Situation bestimmt eskaliert.

»Warum bist du an deinem Geburtstag eigentlich so wütend geworden? Ist es so schlimm, wenn dein Onkel sagt, dass Brian der bessere Sohn deines Vaters ist?«, frage ich James, der dabei ist, Musik einzuschalten.

Sobald es leise aus dem kleinen Radio tönt, holt er aus einem Kühlschrank eine Platte mit Häppchen.

Wusste er, dass ich mit hierher komme?

»Ja, ist es, das kannst du nicht verstehen, Tib. Ich habe immer um seine Anerkennung gebuhlt. Seit ich in dieser Familie bin, tat ich nichts anderes. Meine Mum war bei ihnen nicht gerne gesehen. Sie war keine reiche Geschäftsfrau und besaß auch nicht massenweise Immobilien. Sie kam von der Straße und arbeitete sich hoch. Mein Dad lernte sie an der Kasse unseres Supermarkts kennen. Richard schürte immer Hass gegen Mum. Er versuchte ständig, Brian gegen sie aufzuhetzen. Tja, und mich, mich wollte er unbedingt loswerden, bis er merkte, dass ich Geschäftssinn habe. Von da an wollte er Mum von mir isolieren, um das farcksche Familienimperium zu neuem Ruhm zu führen. Mum war gegen diese kalte Geschäftswelt.« James guckt mit schmerzvollem Blick weg. »Viele sind dagegen«, ergänzt er.

»Du nicht?«

»Ich glaube, jeder Mensch auf dieser Welt hat etwas, das ihn auszeichnet, ein Talent. Meines ist nun mal der Umgang mit Unternehmen, das Hochwirtschaften von Firmen und der Einsatz als Manager.« James zieht seine schmutzige Jacke aus und öffnet eine Tür, auf der mit metallischen Buchstaben *WC* steht. Er lässt sie offen stehen, während er sich ein weißes Handtuch nimmt, es mit Wasser und Seife befeuchtet und sich damit über das Gesicht wischt. Auf dem Baumwollstoff malen sich schwarze Schlieren ab.

»Hast du direkt mit Prefix angefangen?«

»Oh nein.« James lacht, schließt die WC-Tür wieder und geht zu einem Kleiderschrank. »Onkel Richard überließ mir eine heruntergewirtschaftete Firma, die Suppenkonserven vertrieb. Er hoffte wohl, dass ich mich in den Tod stürzen würde, so wie der vorherige Besitzer. Aber ich schaffte es, sie wieder auf den Markt zu bringen und am Ende habe ich sie profitabel verkauft.«

Er zieht sein Hemd aus. Er steht seitlich mit dem Oberkörper zu mir. Seine Rippenbögen stechen leicht unter der gebräunten Haut hervor. Am Rücken kann ich das schwarze Tattoo erahnen. James nimmt sich ein weißes Tanktop aus dem Kleiderschrank, zieht es an und stülpt sich einen weiß-braun gefärbten Pullover über.

»Was für eine Firma war das?«, frage ich neugierig.

»Suppenstar? Sagt dir das ...«

»Suppen hier und Suppen da, hol dir deinen Suppenstar«, singe ich den Jingle und James lacht noch breiter.

»Du bist nicht der beste Sänger, was?«

»Hey!«, rufe ich empört und verschränke die Arme.

»Keine Sorge. Ich mache mir nichts aus Musikern.« Er streckt mir die Zunge raus. »Obwohl mein Dad immer wollte, dass ich ein Instrument spielen lerne.«

»Kannst du eins spielen?«

»Drei.«

»Eins reicht wohl nicht, oder?«

»Eins hat meinem Dad gereicht, aber nicht meinem Onkel.«

James geht zu einer Kommode und nimmt einen eisernen Brieföffner zur Hand, auf dem ein F eingraviert ist.

»Was macht dein Dad eigentlich von Beruf?«, frage ich.

»Mein Dad war Unternehmer und meine Mum, nachdem sie geheiratet haben, Hausfrau. Sie war immer für mich da, für uns da. Sie hat sogar mal einen Preis für die beste Hausfrau des Jahres gewonnen.« Er hält inne und ein kurzes Lächeln huscht über sein Gesicht. »Warte!«, sagt er dann.

Mich rührt es, dass er immer wieder auf seine Mum zu sprechen kommt. Ich denke an meine eigene. *Was sie wohl gerade macht? Ob sie sich um mich sorgt?*

Er geht zu einem Schreibtisch am anderen Ende des Raumes und öffnet die oberste Schublade. Während ich mir eine Scheibe Pumpernickel mit Käsecreme von der Platte nehme und in den Mund stecke, holt James einen Packen Papier hervor.

»Nenn mich ruhig kitschig, aber die hab ich immer dabei.« Er lächelt.

Es sind Zeitungsausschnitte. Auf einem sieht man James als kleinen Jungen neben seiner Mutter und dem jugendlichen Brian stehen. Ich erkenne James sofort an den eisblauen Augen. Seine Mutter hält eine Trophäe in die Höhe. Ich streiche sanft über die Fotografie. Jemand ruft etwas auf dem Flur. Ich verstehe nicht genau, was die Stimme sagt, doch sie ruft immer und immer wieder nach James. Der ist plötzlich angespannt und dreht sich zur Tür.

»Entschuldige mich einen Moment«, sagt er und geht den Rufen entgegen.

Alleine in dem riesigen Zimmer ist mir nicht wohl zumute. Aus den Augenwinkeln sehe ich zwei große, rot geblümte Koffer, an denen ein Schild mit der Aufschrift *Mera Ciorcalo* hängt.

Daneben lehnen ein Boxsack und zwei dicke, rote Boxhandschuhe. Augenblicklich schnellen meine Blicke zum Bett.

Ich atme erleichtert aus, als ich den perfekt getürmten und für heute noch scheinbar unberührten Kissenhaufen sehe. *Sie wohnt also auch hier bei ihm, in seinem Zimmer.* Ich kneife die Augen zusammen, stelle mich mit dem Rücken zu dem Gepäck und dem Himmelbett, um mir weitere Gedanken an Mera zu ersparen. Lieber widme ich mich wieder den Zeitungsausschnitten. Auf einem ist ein Foto von James' Dads zu sehen. Die Überschrift lautet *Farcktastisch*.

Es tut mir ehrlich leid, dass James' Eltern es ihm übel nehmen, dass er unsicher in seinen Gefühlen ist. *Was sie wohl im Moment machen?* Ich blättere weiter und bereue meine Frage sogleich.

»Unternehmer Farck bei Autounfall gestorben«

Ich lese mir den Artikel durch.

Am Sonntagnachmittag kam der Unternehmer Nathaniel Farck auf dem Weg zu einer Spendengala ums Leben. Der Unfall wurde durch eine Falschabbiegerin verursacht. Laut der polizeilichen Untersuchungen hat Farck die Frau womöglich nicht sehen können. Es sind weder Bremsspuren noch Ausweichversuche zu verzeichnen. Neben Nathaniel Farck starb auch seine Frau. Der 14-jährige Sohn des Unternehmers wurde einige Meter vom Unfallort entfernt aufgefunden. Er soll beim Zusammenstoß aus dem Auto geschleudert worden sein. DNA-Spuren zufolge befand sich noch ein weiterer Insasse im Auto der Falschfahrerin. Nach ihm wird noch gefahndet.

Seine Eltern sind tot?

Ich schaue mir das Bild an, auf dem zwei ineinander gedrückte Autos zu erkennen sind. Ich blättere weiter. Es kommen noch etliche Artikel von Wohltätigkeitsveranstaltungen seiner Eltern und Festen, die sie gefeiert haben. Das ist mir alles viel zu privat. Ich will den Packen Papier gerade zurück in die Schublade legen, da bemerke ich eine umgedrehte Fotografie. Ich nehme sie auf und lasse vor Schreck die Zeitungsartikel fallen. Die Fotografie zeigt eine tote Frau. Es wirkt wie ein Bild aus der Gerichtsmedizin. *Agathe Farck* steht in großen Druckbuchstaben in der unteren, rechten Ecke.

Ich schaue mir ihre blutunterlaufenen Augen an. Mir wird schlagartig schlecht und ich muss mich am Tisch abstützen. *Reiß dich zusammen, Tamara.* Ihr Kopf ist an der einen Seite mit länglichen, blauen Flecken bedeckt. Ich tippe darauf, dass das die Todesursache war. Auch ihr linker Arm ist durch und durch mit Verfärbungen und Wunden gesäumt. Nur ihre Beine sind, abgesehen von einem riesigen Hämatom, unversehrt.

Obwohl … Was ist das? An ihrem rechten Bein fehlt ein Stück Haut. Es sieht aus wie … *nein, das kann nicht sein.*

»Der Yama, das habe ich auch erst gedacht«, sagt James. Er steht auf einmal hinter mir.

Ich zucke unwillkürlich zusammen. Vorsichtig lege ich die Fotografie zurück.

Erst jetzt fällt mir auf, dass die Schublade, so makellos sie von vorne auch zu sein scheint, im Inneren abgenutzt ist. Ein dunkler Riss zieht sich durch das helle Holz bis kurz vor den Knauf.

»Der *wer?«*

»Der Diyu Mörder. Er wird von vielen Buddhisten *Yama* genannt. Yama ist der Gott des Todes, der in der Diyu herrscht. Ich schätze, der Begriff *Diyu Mörder* ist dir geläufiger. Aber lass uns nicht darüber sprechen, es gibt weitaus Schöneres als …«

»Nein, mir macht es nichts. Erzähl mir ruhig, was passiert ist.« Ich bin neugierig und zum Bersten gespannt mit Gefühlen. James atmet einmal tief ein. »Nun gut.« Er holt das Foto wieder heraus, kommt zu mir und reicht es mir.

»Siehst du das?« James stellt eine Flasche Whiskey auf den gläsernen Couchtisch und nimmt mir die Fotografie wieder aus der Hand. Er deutet auf die Stelle, an der die Haut fehlt. Es ist kaum zu erkennen und doch ist es da: Die zwei Hautstreifen scheinen in feinster Kleinarbeit herausgeschnitten worden zu sein und bilden die Form eines Schriftzeichens.

»Als ich das einige Jahre nach ihrem Tod bemerkt habe, habe ich mich daran geklammert. Ich sagte mir, es muss der Diyu-Mörder gewesen sein. Er muss einfach. Es kann kein Unfall gewesen sein, der Schuld am Tod meiner Eltern war. *Ich* kann nicht schuld sein.«

»Du?«

»Ja, ich, durch meine Beziehung zu Männern und meinen unsicheren Gefühlen. Loreley hatte es Dad kurz zuvor gesagt. Er war wütend und wollte sich deswegen …«

»So ein Quatsch! Hat die Polizei in die Richtung des Diyu Mörders ermittelt? Das Zeichen sieht wirklich beinahe so aus wie bei den anderen Opfern, nur etwas kleiner.«

»Die Polizei hielt diese Information zurück. Für sie war es einfach ein fehlendes Stück Haut, wie es für mich heutzutage, auch nach all meinen Informationen, immer noch ist. Zu dieser Zeit existierte der Diyu Mörder auch noch nicht. Deswegen machte auch niemand Anstalten, nach ihm zu fahnden. Die andere Frau, die auf der falschen Spur fuhr, sie ist verbrannt und entstellt bis zur Unkenntlichkeit. Und Zeugen gab es auf dieser verlassenen Landstraße keinen einzigen. Siehst du die Autos? Und siehst du ihren Schädel? Da war kein Diyu Mörder am Werk.«

Er gibt mir das Foto von den Autos zurück, sodass ich es mir genauer betrachten kann. Aber je länger ich auf die Blutspuren schaue, desto schlechter wird mir. Ich lege das Bild beiseite. James holt noch eine Fotografie aus der Schublade. »Bist du sicher, dass du das sehen möchtest? Nicht, dass du mich für einen Freak hältst, der irgendwelche Fotografien von toten Menschen mit sich trägt.«

»Glaub mir, wenn mir so etwas passiert wäre, hätte ich genau dasselbe Gepäck dabei.«

James setzt ein schwaches Lächeln auf. Dann hält er mir das zweite Foto hin. Auf ihm ist etwas zu sehen, das ich als Mumie abtun würde. Ein brauner Körper, leere Augenhöhlen, die Lippen zu Strichen zusammengepresst. In der unteren Ecke steht *Unbekannt*.

»Das ist die Falschfahrerin. Mein Vater war auch kaum noch zu identifizieren, weil er im Autowrack eingeklemmt und fast gänzlich zerquetscht wurde.« James schluckt laut. Ich bekomme eine Gänsehaut.

»Tut mir leid. Ich sollte nicht mit dir darüber reden. Es muss sich schrecklich anhören.«

»Nein. Es ist zwar schrecklich, aber nicht, dass du es mir erzählst, sondern, dass es passiert ist.«

»Glaubst du an Gott, Tibor?«, flüstert James in mein Ohr. Ich überlege, was er hören möchte. Über diese Frage habe ich mir nie mehr als nötig Gedanken gemacht. Ich bin mit guten Argumenten schnell zu überzeugen, nur gab es kaum jemanden, der mir diese für die Existenz eines Gottes liefern konnte. Myc war der einzige, der immer mal wieder versuchte, eine Pro und Contra-Liste bezüglich dieses strittigen Themas zu erstellen. Ich erinnere mich zwar an eine nächtliche Diskussion mit ihm, aber das Ergebnis ist mir leider entfallen.

»Ich glaube nicht an *den einen* Gott«, gestehe ich. »Aber es ist so unbegreiflich, was passiert auf der Welt, dass ich manchmal gerne glauben würde. Doch dann sehe ich mir wieder uns Menschen an und es wird mir schlagartig bewusst: Wir sind bloß alles Affen, die versuchen, andere auszuschalten, um das ranghöchste Gruppentier zu werden. Gerechtigkeit durch eine höhere Macht sehe ich keine.« Ich muss an den Leistungsdruck in der Schule denken und an die Aufstiegschancen auf dem freien Arbeitsmarkt. Man wird kategorisiert nach seinen Fähigkeiten und aussortiert, wenn man nicht in das gesellschaftliche Normbild passt. »Und der Mensch hat nichts mehr denn das Vieh; denn es ist alles eitel«, zitiere ich einen Spruch aus unserem Religionsunterricht, der mir noch so prägnant im Gedächtnis geblieben ist wie keine Weisheit zuvor.

James nickt. »Du hast schon recht«, gibt er zu. »Ich glaube trotzdem an Gott«, sagt er dann und zieht seine Unterlippe zwischen die geraden Zahnreihen. Sie wirken wie mit dem Lineal gezogen und stehen im Kontrast zu der schiefen Nase.

»Aber nicht an Adam und Eva, oder?«, frage ich scherzhaft.

James verzieht kurz seinen Mund zu einem leichten Lächeln, bevor seine Augen einen strengen Ausdruck annehmen.

»Ich glaube an die Geschichten der Bibel. Sie haben uns allen viel Hoffnung gebracht.« *Was bedeutet das nun wieder? Kann er mir nicht wie ein normaler Mensch antworten?*

»Meine Mum und ich lebten, bevor Nathanial, Brians Vater, in unser Leben trat, nicht gerade im Reichenviertel. Wir aßen kaum anderes als Brot oder Bohnen. Einen Fernseher besaßen wir nicht und auch keine teuren Anziehsachen. Ich erinnere mich noch genau, wie ich vor Weihnachten durch die gefüllten

Einkaufsstraßen lief und die Eltern mit den riesigen Geschenkkartons beobachtet habe. Mum und ich haben uns immer auf eine Bank gesetzt, um zu erraten, was wohl in den Paketen, Tüten und Taschen der Leute sein könnte. Dass sie Nathaniel an einem so simplen Ort wie unserem Supermarkt kennenlernte, war für mich ein göttliches Zeichen, eine göttliche Bestimmung.« James' Augen schimmern feucht. »Es war der Moment, in dem auch ich glaubte, dass Gott mir wieder Beachtung schenkt.«

»Hast du deswegen das Tattoo auf deinem Rücken?« Ich erinnere mich an die kaum leserliche Unterschrift Johannes 8,12 und mir wird klar, wofür sie steht.

»Ja. Der Glaube an Gott hat mir nach dem Unfall Kraft gegeben.«

»Darf ich das Tattoo nochmal sehen?«

Was für eine dämliche Frage, Tamara.

Wie ein Kleinkind, das unbedingt die sündigen Striche auf dem Körper eines Erwachsenen sehen möchte, sitze ich da und beobachte James, wie er langsam seinen Pullover abstreift. Als er ihn nach oben zieht und ihn dann neben sich fallen lässt, kann ich meinen Blick kaum von seinen Muskeln abwenden, die sich unter dem weißen Stoff des Tanktops abzeichnen.

Er dreht sich mit dem Rücken zu mir, spannt seine Schulterblätter an, sagt keinen Ton. Ich mustere die schwarze Schrift.

»Du hast dich verletzt«, bemerke ich, als ich das verkrustete Blut an der Unterschrift Johannes bemerke.

»Der Mann eben in der Kneipe hat mich wohl dort erwischt.« Wie ertappt, wendet er sich wieder um. Er kräuselt seine Lippen. *Was hat er denn?*

»Tut mir leid. Die Reaktion in dem Lokal war wohl etwas heftig von mir. Aber er war wirklich ein böser Mensch«, sagt er, als ob er meine Frage gehört hätte. Eine Pause. Stille. Ein Seufzer von ihm. Ich breche das Schweigen und wechsle das Thema zurück auf unsere ursprüngliche Diskussion. Denn ganz bestimmt habe ich keine Lust, dass unser Gespräch wieder in einer Eskalation mündet. Die letzte hat mich ziemlich geschafft.

»Aber wieso denkst du, dass es Gott gibt, wenn er zulässt, dass deine Mum und Nathaniel sterben?« Blindes Vertrauen in eine höhere Macht, obwohl seine Mutter bei einem Unfall starb? Ich kann mir das Augenrollen kaum verkneifen.

»Du redest fast wie Brian. Er hat nach dem Unfall das Vertrauen in Gott verloren und den christlichen Glauben aufgegeben. Aber der Glaube an Gott bringt uns manchmal näher zu Gott, als man glauben möchte.« Er schaut mich eindringlich an, nimmt seinen Pullover wieder auf und zieht ihn über. Dieser Mann ist eine einzige Verwirrung.

»Wie meinst du das?«

»Manchmal fühle ich einfach, dass Gott bei mir ist. Seitdem ich in diese Familie kam, kann ich ihn spüren.«

»Du weißt aber schon, dass die Katholiken nicht sehr erfreut über Menschen sind, die, na ja, sich zu einem anderen Geschlecht hingezogen fühlen?«

»Ich glaube ja auch nicht an die Kirche. Ich glaube an Gott, aber eine Institution, die sich als die nächstmögliche, ja, als *die einzige* an Gottes Seite sieht, daran kann und will ich nicht glauben.« Wieder Stille. Dann räuspert er sich. »Meine Mutter glaubte auch immer an Gott. Ich bin mir sicher, sie ist irgendwo dort oben und wartet auf mich.«

Ich frage mich, was seiner Mum und ihm alles widerfahren sein muss, dass sie dachten, Gott würde sie erst mit dem Eintritt in die Familie der Farcks wieder beachten.

James seufzt und holt dann unter dem Tanktop die Kette hervor. »Lies«, befiehlt er sanft und hält mir den hölzernen Anhänger hin.

»Für meinen geliebten Sohn, möge Gott dich beschützen. Denk immer daran, alles Leben ist vergebens ohne die Liebe, deine Mum«, flüstere ich ihm und mir den eingravierten Text vor. Ein dicker Kloß bildet sich in meinem Hals. James Augen schimmern glasig. Ich kann seinen Schmerz fühlen, obgleich ich ihn nie ganz begreifen werde.

»Es tut mir leid«, sage ich.

James nickt bloß. Er schaut zu Boden, während ich meinen Blick durch das Zimmer schweifen lasse. Kurz fährt er über Meras Koffer. Ein Stich zuckt durch meine Brust. Dahin hätte ich besser nicht geschaut. Ich beginne unwillkürlich zu schwitzen. *Was machst du hier eigentlich, Tamara?* Du gehörst hier nicht hin!

»Ich glaube, ich sollte langsam …«

Innerhalb von weniger als einer Sekunde hat James mich fokussiert. Scharf atmet er aus. Seine Augen haben den glasigen Film verloren und wirken nun forsch, beinah herrisch. Es sieht aus, als sträube er sich gegen ein Nicken. Stattdessen macht er bloß eine Geste mit seiner Hand in Richtung der Tür. Stille breitet sich im Raum aus. Ich bin im Begriff, die Türklinke in die Hand zu nehmen. Bevor meine Fingerspitzen das Metall erreichen, halte ich einen Moment inne. James regt sich nicht. Meine Hand streicht über den Messinggriff und drückt ihn hinunter. *Ich bin feige.*

Meine Schritte tragen mich ein gutes Stück durch den Flur. Es riecht nach Teppichreiniger und schwach nach Chlor. Ja *Tamara, du bist feige.* James braucht dich in diesem Moment und du, du verschwindest einfach. Ich ziehe einen Schwall Luft durch meine Nase und blähe meine Lungenflügel damit auf. Sie scheinen durch den Druck beinah zu bersten. Mit der Luft strömt aber auch Selbstbewusstsein in meinen Körper zurück. Ich nehme meinen Mut zusammen. Am Ende des Flurs, kurz vor den Aufzügen, drehe ich mich um.

»Entschuldigen Sie«, platzt es aus mir heraus, als ich in einen Bediensteten hineinlaufe, der vor Schreck über meinen plötzlichen Sinneswandel bezüglich der Gangrichtung einen Koffer fallen gelassen hat. Mit einer beschwichtigenden Geste meiner Hand drücke ich mich zwischen ihm und dem Gepäckstück hindurch zu James' Zimmertür. Ich bin versucht zu klopfen, doch schaffe es nicht, mich zu überwinden.

Was, wenn er eigentlich froh ist, dass ich so abrupt gegangen bin? Bevor ich mir weiter Gedanken machen kann, wird die Tür geöffnet und James steht vor mir.

»Tib?«, fragt er verwundert. Sein Blick ist wieder klar und hat seine Bedrohlichkeit fast gänzlich verloren.

»Ich … mir ist noch was eingefallen«, lüge ich.

James zieht fragend eine Braue nach oben und öffnet die Tür ganz. *Mir ist noch was eingefallen,* wiederhole ich in meinen Gedanken. Dümmer hätte ich mein Comeback nicht begründen können. Er erwartet jetzt sicherlich einen genialen Coup von mir.

Mein Blick wandert im Raum umher. Die stille Hoffnung, etwas Brauchbares zu finden, lenkt ihn zu dem Schreibtisch mit den vielen Unterlagen, den Schubladenfächern darunter und lässt ihn an dem Zeitungsartikel von vorhin hängenbleiben.

James schließt die Tür und verschränkt die Arme vor seiner Brust. »Was ist dir eingefallen?«, fragt er und mustert mich dabei skeptisch.

Ich hoffe, dass ich durch meine Aktion nicht sein zuvor entgegengebrachtes Vertrauen gänzlich verloren habe. »Was ist denn mit dem anderen Insassen? Kann er nichts gesehen haben?«

»Es war ein Tramper, den man schon kurz darauf gefasst hat. Ein jugendlicher Typ, beinahe in Brians Alter, eventuell auch jünger zu der Zeit. Ein Kind ohne Zukunftsperspektive, das aus Angst floh. Die Polizei hat ihn oft verhört. Sie hat mir versichert, dass er für den Fall nicht weiter relevant ist.«

James stöhnt und lockert seine Armhaltung wieder.

»Wieso geht die Polizei dem Ganzen jetzt nicht nach? Jetzt, wo der Diyu Mörder schon so viele Opfer gefordert hat?«, frage ich.

»Es ist kein chinesisches Symbol. In unserer Fantasie kann es irgendein bösartiges Wort sein. Vielleicht steht dort *Kummer* oder *ewiger Hass*, es ist nicht zu deuten. Außerdem ist er, wenn er es war, nicht so ordentlich, so präzise nach den achtzehn Ebenen der Diyu vorgegangen, wie sonst.«

»Achtzehn Ebenen?« Im Radio haben sie immer bloß sporadisch Details zu den Morden gestreut und die Zeitungsartikel, in denen der Diyu Mörder erwähnt wurde, habe ich bloß überflogen. Bei Fernsehberichten schalte ich ohnehin immer weg, um mir auf einem Comedychannel etwas weniger Beängstigendes anzuschauen. Sowieso fand ich den Hype um diesen Mörder immer als zu groß, zu gewollt und als Motivation für das kranke Hirn, weiter zu machen. Obwohl ich dem Thema in letzter Zeit, seit die Morde vorwiegend in Europa passieren, mehr Beachtung geschenkt habe.

»Der Diyu Mörder denkt, er könne die Unterwelt aus der asiatischen Mythologie, aus dem Buddhismus, auf unserer Erde erschaffen, indem er seine Opfer für ihre Sünden straft, wie sie sonst nur in der Unterwelt gefoltert würden. Deshalb wird er von vielen auch Yama, Gott des Todes genannt. Der Yama überwacht die Ebenen in der Diyu, der buddhistischen Unterwelt, und sorgt dafür, dass Sünder bestraft werden.«

»Das ist ja krank! Was haben denn Herdplatten damit zu tun?«

Ich erinnere mich an den letzten Mordfall. Diese Erinnerung ist für mich notwendigerweise mit Myc verknüpft und mit unseren verzweifelten Würstchenkochversuchen. Diese resultierten aus dem Bedürfnis, etwas zu essen zu haben, auch wenn kein kochendes Elternteil zur Verfügung stand, weil es mal wieder mitten in der Nacht war. Wir haben die alte Campingherdplatte von Mycs Mum stibitzt und darauf in seinem Zimmer ein XXL-Pack Bockwürste zubereitet, bis auf einmal, weil wir nicht aufgepasst hatten, alles Wasser verdampft war und wir am Ende ein pechschwarzes Zeug hatten, das sich definitiv nicht mehr mit dem Wort *Würstchen* beschreiben ließ. Dass so etwas mit einem menschlichen Körper passieren könnte, hätte ich mir damals nie träumen lassen.

»Die Foltertechnik mit den Herdplatten ist im Grunde die Paolao-Tortur in einer abgewandelten Form. Die Opfer müssen dabei eigentlich einen großen Metallzylinder hochklettern, der von unten heiß gemacht wird. In diesem Fall wurden auf den vielen elektrischen Herdplatten metallische Gefäße erhitzt und die Frau auf ihnen befestigt. Die Schriftzeichen dienen dann laut Polizeipsychologen dazu, dass seine Taten noch mehr nach Ritualen aussehen und die angeblichen Sünderinnen weiter abgewertet werden.«

»Wo hat er denn die ganzen Herdplatten her?«

»Die bekommt man in jedem Shop für Campingbedarf«, entgegnet James kühl.

»Und er denkt, er könne was damit bezwecken?«

»Er will die Frauen wohl für ihre Sünden strafen, wie es sonst in der Diyu, der Hölle passiert wäre. Andere Opfer wurden beispielsweise mit Klingen durchstochen oder eines wurde in einem Becken voll Schweineblut ertränkt.«

»Das ist einfach nur grausam und ekelhaft!« Ich halte mir eine Hand vor den Mund. »Also, wenn es der Diyu Mörder gewesen sein sollte, dann hat er im Fall deiner Mutter aber nicht die Diyu nachgestellt, oder?«

James holt tief Luft. »Schriftzeichen hin oder her. Das Schriftzeichen, das er seinen Opfern einritzt, ist nur das I-Tüpfelchen seines Werks. Und selbst bei der Narbe, die meine Mutter hat, hast du gesagt, es wäre für dich *fast* eindeutig, dass der Diyu Mörder seine Finger im Spiel hat. Ganz eindeutig ist es eben nicht. Du hast den Artikel gelesen. Dad wollte sterben. Er hat sein Schicksal einfach so angenommen und ist nicht ausgewichen. Und weswegen? Wegen mir, weil Loreley ihm verraten hat, dass ich bisexuell bin. Das Thema Diyu Mörder ist für mich abgeschlossen. Es war eine falsche Hoffnung für mich.«

»Trotzdem, ich ...«

»Ich war da, Tibor. Ich habe gebettelt, dass sie sich den Fall noch einmal anschauen. Nach den darauffolgenden drei Morden des Diyu Mörders war es für mich sogar mehr als eindeutig. Das Zeichen auf ihrem Bein, als ich mich von ihr verabschiedet habe. Ich sehe es so deutlich wie noch nie vor mir. Aber es war ein Irrtum und du irrst dich jetzt auch. Er war es nicht. Es ist ein bösartiger Zufall, ein Streich, den Gott mir gespielt hat, dass dieses Stück Haut an ihrem Bein fehlt.«

»Und die Polizei?«, frage ich. »Du warst auf der Polizeiwache und sie haben nichts weiter dazu gesagt? Haben sie sich das nicht nochmal angesehen? Immerhin sieht es einem chinesischen Zeichen sehr ähnlich.«

»Was sie gesagt haben? Gelacht haben sie, wollten sich die Bilder gar nicht mehr anschauen. Der Fall sei abgeschlossen. Die Autos sind beseitigt und die Leichen vergraben. Sie gaben mir die Bilder und sagten, wenn ich etwas herausfinde, könne ich mich ja melden. Eine mehr als deutlich sarkastische Ansage.«

Ich bin mir unsicher, was ich sagen soll. Ich versuche, mir den Fall vor meinem inneren Auge bildlich vorzustellen, aber ich will mir keinen Mann, keinen Vater vorstellen, der absichtlich Frau und Sohn mit in den Tod reißen will, nur weil sein anderer, angeheirateter Sohn bisexuell ist oder sich zu Männern hingezogen fühlt.

»Ich brauchte eben etwas, an dem ich mich festhalten kann. Etwas, das mich hoffen ließ, dass es nicht meine Schuld war.

Dass es nicht Loreleys Redseligkeit war, die meine Eltern sterben ließ.«

»Deine Schuld? Loreleys Redseligkeit? Wenn du Männer liebst, dann ist das so! Und wenn dein Vater so darauf reagiert, wenn dein Vater beschleunigt, obwohl dort eine Falschfahrerin auf ihn zukommt, dann ist er … er ist …«

Ich laufe vor Zorn rot an. James ignoriert mich und redet einfach weiter. »Brian und ich sind den Fall oft durchgegangen. Er erinnert sich schwach an das, was geschah, bevor er aus dem Auto geschleudert wurde. Die Frau, die falsch abbog, habe laut Musik gehört, sagt Brian. Er habe klassische Töne vernommen. Wenige Sekunden danach habe Dad beschleunigt.« James schließt seine Augen. »Mum hat klassische Musik geliebt. Mein Dad hat ihr ermöglicht, dass sie das erste Mal auf eine Gala gehen konnte. Dort haben sie zu der Musik von Mozart getanzt.«

Meine Kehle schnürt sich zu und ich vermag kaum mehr zu tun, als in kurzen Stößen auszuatmen. Meine Augen werden wieder feucht.

»Noch nie hat sie einen schöneren Tag in ihrem Leben gehabt, hat sie mir erzählt. Sie war voller Hoffnung, dass das Elend von damals vorbei sein würde.«

»James, ich …« So habe ich ihn noch nie gesehen. Er schlägt die Augen wieder auf. Sie sind mit einem glasigen Schimmer überzogen, aber sie sind nicht nur von Tränen, sondern auch von Hass gefüllt. Sie funkeln, sie brodeln.

»Sie haben beide nicht gebremst. Verstehst du? Jeder normale Mensch bremst, wenn er einen Fahrer auf sich zurasen sieht. Dad wollte nicht mehr leben, nachdem er erfuhr, dass ich anders bin. Farcks sind nun mal nicht *anders*. Er hat extra beschleunigt, als er die Frau sah. Dass ich jetzt wieder diese Neigungen zulassen kann, verdanke ich bloß meiner Psychologin Mrs. Goodman. Aber glaube mir, mein schlechtes Gewissen wächst von Tag zu Tag.«

»Und wenn es wirklich kein Unfall war? Warum sollte die Frau beschleunigt haben?«, frage ich ihn.

»Wer weiß, vielleicht hat sie das Gaspedal mit der Bremse verwechselt. Die meisten Frauen sind doch einfach gestrickt, egozentrisch und unbrauchbar.«

Ich unterdrücke den Drang, eine profeministische Diskussion loszutreten, und spanne, um mich abzureagieren, meine Fäuste an. Die Knöchel knacken.

»Dein Dad hätte ausweichen können, aber er tat es nicht. Ich glaube, wenn du jemanden hassen willst, dann sollten es nicht die Frauen sein. Nicht Loreley, die doch bloß erzählt hat, was die Wahrheit ist. Es ist auch nicht die Falschfahrerin, die die Schilder übersehen hat, und erst recht nicht du, sondern es ist dein Vater, den du hassen solltest, weil er diese abartige Reaktion gezeigt hat!«

»Wie bitte?«

»Echte Väter tun so etwas nicht! Sie denken an ihre Familie und sind immer für sie da!«

James sagt kein Wort.

»Vielleicht hat Brian auch noch etwas übersehen.«

»Brian wurde bewusstlos, als die Frau in Mum und Dad hineinfuhr. Die Autos drehten sich, verhakten sich ineinander und überschlugen sich fast. Mum wurde von ihrem Sitz gedrückt, sodass sie bewusstlos wurde. Dad wurde im Innenraum eingequetscht. Ich bin froh, dass Brian nicht auch gestorben ist.« James sieht aus, als würde er zwischen seinen Backenzähnen ein Stück Fleisch zerkleinern. Ich höre, wie seine Kiefer aufeinander mahlen.

»Deswegen hasst du Frauen so sehr?«

»Ich hasse die Frauen und ich verabscheue mich.«

Die Wut in mir wird immer größer. Ich werde wütend wegen James' Vater und ebenso wegen James. »Wie kannst du nur denken, dass du daran schuld sein sollst? Niemand, so sauer er auch ist, James, tötet seine Frau und reißt seinen Sohn mit ins Verderben. Wenn er wirklich so ein Vater war, dann entschuldige, aber dann war er ein Arschloch und man sollte nicht um ihn trauern.« Ich gehe aus der Tür und knalle sie ins Schloss. James liegt garantiert falsch mit seiner Theorie. Eltern sind nicht so egoistisch! Ich muss an Mum denken, wie sie immer alles für mich getan hat. Wie sie immer für mich da war. Tränen schießen mir in die Augen. Ich biege in einen Flur ein.

Plötzlich steht Brian vor mir. Er hat einen rot gestreiften Pyjama an und hält ein Glas Scotch in der Hand.

»Was machst du hier?«, fragt er mich.

»Ich hab James meine Meinung gesagt«, rufe ich ihm zu. Bevor Brian etwas entgegnen kann, renne ich den Rest des Flurs hinunter. »Warte«, höre ich eine dumpfe Stimme hinter mir.

Mir doch egal, was Brian jetzt denkt. Die Lichter altertümlicher Flurlampen sausen an mir vorbei, ich höre den schnellen Takt meiner Schritte. Farck wird mich hassen. *Wie konnte ich nur seinen verstorbenen Vater schlechtreden?* Aber recht habe ich.

18

Ich rufe mir ein Taxi und warte auf den Fahrdienst ein gutes Stück von James' Hotel entfernt. Bei Grandpa und Grandma angekommen, begebe ich mich sofort ins Bett. In der Nacht schlafe ich unruhig.

Nachdem ich lange Zeit wachgelegen habe, stehe ich auf. Ich dusche mich und wechsle ein paar Worte mit Grandpa, der sich tatsächlich nach Prefix erkundigt.

Er gibt an der Stelle auf, Interesse zu heucheln, an dem die Skeletons Thema meiner Erläuterungen werden und ich ihm erklären muss, dass es auch Gegner gibt, die vom Computer gesteuert im Spiel agieren. Die kleinen Skelettdiener leisten dem Programmcode eines von ›Glamorous Games‹ angestellten Informatikers Folge. Ich bezweifle, dass Grandpa jemals etwas von Programmiersprache gehört hat. Er macht eine Art Kussmund und nickt in Slow Motion.

»Pass immer auf dich auf, Tibor«, rettet Grandma ihren Ehemann aus der Verwirrung um e-gaming, nachdem sie die Tageszeitung studiert hat. »Es passiert so viel Grausames auf der Welt!« Dabei streicht sie mit ihren Fingern über das Abbild eines Mannes, der vor ein paar Tagen ermordet in einer U-Bahn Station aufgefunden wurde*. Man sollte sich nicht dauernd mit den Toten beschäftigen, sondern lieber mit den Lebenden.*

Ich nicke Grandma stumm zu, lasse mir von ihr ein paar Stullen einpacken und mache mich dann auf zum Training. Wir trainieren acht Stunden lang. Es gibt bloß eine kleine Pause, in der ich die Käse- und Wurstbrote meiner Großmutter verteile.

James ist nicht da und ich bin froh darüber. Lionel lobt mich erneut und sagt, dass er jetzt die endgültige Liste für das Halbfinale hat und ich auf alle Fälle dabei sein werde. Ich freue mich nur kurz, denn ich bin einfach zu müde, um Luftsprünge zu machen. Am Abend wollen alle früh schlafen gehen. Ergo, ich muss früh zu Grandpa und Grandma zurück.

Eine gefühlte Ewigkeit liege ich oben im stickigen Zimmer in meinem knarrenden Bett wach. Ich beobachte eine zappelnde

Fliege im Netz einer haarigen Hausspinne. Durch die Versuche des schwarzzuckenden Körpers, dem sicheren Tod zu entfliehen, verstrickt sie sich nur noch mehr in ihrer Falle, bis sie sich, eingebettet in die weißen Fäden, nicht mehr zu rühren vermag. *Es nützt alles nichts.* Ich werde nicht schlafen können, also gehe ich nach unten und schaue mir mit Grandpa eine Serie an, in der Bauern neue Frauen beschafft werden.

Mein Abendessen? Chips und Orangensaft. Ich habe Granny vorgegaukelt, beim Training gegessen zu haben. Auf Linseneintopf habe ich nun wirklich keine Lust.

»Ich gehe wieder hoch, ja?«

»Hmh«, Grandpa öffnet ein Auge und macht ein grunzendes Geräusch, das ich als Zustimmung auffasse. Dabei dreht er sich auf die Seite und schiebt seinen Pullover ein gutes Stück nach oben, um sich an den seitlichen Speckrollen zu kratzen. Unter seiner Achsel ist ein Drache mit grün geschuppter Haut gezeichnet. Die Farbe des Tattoos ist schon ziemlich verblasst, er muss es sich vor langer Zeit stechen lassen haben. Als er meinen gaffenden Blick bemerkt, zieht er seinen Pullover nach unten. Er schiebt sich seine Handflächen unter seinen Kopf, um zusammengekauert in Fötus-Haltung dem Fernsehprogramm weiter Aufmerksamkeit zu schenken. Die braune Ledercouch knarzt bei jedem seiner Atemzüge.

Ich gehe zur Tür und die Treppe hinauf. Es ist stockfinster. Die Hirschgeweihe im oberen Flur scheinen mich aufspießen zu wollen. Ich taste nach einem Lichtschalter.

Mit Ekel ziehe ich meine Hand von der klebrigen Tapete. Ich öffne ein angrenzendes Zimmer, um darin nach dem rettenden Licht zu suchen. Das gleißende Hell, das aus dem Raum in den Flur fällt, verschafft mir Sicherheit, und die Angst vor den abartigen Kadaverköpfen schwindet. Ich nicke zufrieden, bis ich mich umdrehe und mir den Innenraum des Zimmers näher betrachte.

»Shit! Was ist denn das?« In dem Zimmer hängen keine Hirschgeweihe oder andere ausgestopfte Jagderfolge, sondern Fotografien. Die Wände sind über und über mit Fotos behängt. An manchen Stellen sind sie ordentlich sortiert und gerahmt, an anderen kreuz und quer geklebt.

Ich schaue sie mir an. Alle Fotos sind schwarz-weiß und zeigen Dad. Wahnsinn, wo er überall gewesen ist. Er war in L.A., in Frankreich und Russland. Man sieht ihn an Stränden, wo ein rauer Wind herrschen muss, vor Bauwerken, die mir unbekannt sind, oder auf Jahrmärkten vor Schießbuden. Ein Bild gefällt mir am besten. Mum ist auch darauf zu erkennen. Sie stehen lachend vor einem Leuchtturm. Ich stecke es ein und schiebe das seltsame Ambiente des mit hunderten Fotos zugekleisterten Zimmers auf den zwanzigjährigen Verlust ihres einzigen Sohnes.

19

Meine Güte, was bin ich nervös, als ich draußen die applaudierenden Massen höre. Sie rufen unsere Spielernamen. Irgendjemand grölt *TumbleBear*. Ich laufe rot an.

Ein Mann hinter der Bühne gibt uns Anweisungen. Unter seinem Arm klemmt ein schmaler Block, der mit Notizen vollgekritzelt ist. Er sagt uns, wie wir gehen sollen, wohin wir gehen sollen, wer sich wohin setzt. Dann drückt er mir ein kleines, viereckiges Elektronikkästchen mit einem Knopf in die Hand.

»Was ist das?«, frage ich ahnungslos.

»Falls etwas passiert, drückst du den roten Knopf und unsere Sicherheitskräfte werden informiert. Er hat eine Verbindung zu beinahe allen Polizeistationen.«

»Wieso brauche ich sowas? Ist denn schon mal etwas passiert?«

Der Mann schürzt seine Lippen. Scheinbar ist er nicht gewillt zu antworten. Stumm schiebt er mich vor sich her.

»Viel Glück!«, ruft er noch, als ich die Bühne betrete, und verschwindet dann. Die Scheinwerfer blenden mich. Als ich wieder klar sehen kann, bekomme ich weiche Knie und schwitze. Es ist fast so wie damals, als James mich geküsst hat, nur schlimmer. Ich halte mir meine Handflächen über die Augen, um mich vor dem gleißenden Licht zu schützen. Die Kamera richtet sich auf mich. Ich lächle verkniffen und gehe in Zeitlupe zu dem mir zugewiesenen Stuhl. Die Software ist schon gestartet. Ich atme tief ein und noch tiefer wieder aus. Vor mir befindet sich ein buntes Meer an tanzenden Effekten. Bevor ich mich setze, warte ich, wie es mir gesagt worden ist, auf das Zeichen eines rundlichen Mannes mit lichtem Haar, der hinter dem Bühnenvorhang steht. Den kleinen Knopf lege ich vorab vorsichtig und mit spitzen Fingern neben meine Tastatur. *Warum muss diese blöde Sicherheitsvorkehrung denn unbedingt rot sein?* Ich habe das seltsame Gefühl, dass ich sie irgendwann werde benutzen müssen. Mit einem heftigen Kopfschütteln vernichte ich das Bild einer Schießerei im

Saal aus meinen Gedanken. Dann kralle ich mich an der Stuhllehne fest. Sie gibt mir den nötigen Halt, damit ich nicht nach hinten umkippe.

Als alle bei ihren Plätzen stehen, rudert der Mann hinter der Bühne mit seinen Armen. Ich setze mich und klopfe auf die hölzerne Tischplatte. Bloß dreimal, versteht sich. Drei Klopfer sind die perfekte Anzahl, um Glück für das anstehende Match einzufordern. Jedes weitere Mal würde Unglück bedeuten. Ich klicke auf das Feld mit der Aufschrift >Spiel starten<.

Die Championauswahl öffnet sich. Laut unserer neuen Strategie soll ich erst einen anderen Champion auswählen, der nicht in die Aufstellung passt und dann, kurz vor Ende der Auswahlzeit, den Supporter nehmen, den ich für sinnvoll halte. Das dient dazu, die gegnerischen Spieler zu verwirren. Sie versuchen, sich auf uns abzustimmen, aber denken erst, ich würde KamikazeCat spielen wollen. Wir sehen nämlich auf unserem Bildschirm, was die Gegner wählen, doch eingeloggt wird der Champion erst, sobald die Auswahl bestätigt wurde. Dann zieht sich ein schwarzer Rahmen um den Champion. Momentan sind alle Rahmen der Gegner noch in dem üblichen blau-weiß umrandet. Das heißt, sie fahren dieselbe Schiene wie wir und wechseln auch unentwegt die Champions.

Kurz vor dem Ende der Auswahlzeit drücke ich auf einen Supporter namens LimpingTaurus und bestätige. Lionel hatte mir empfohlen, einen anderen Supporter zu spielen als TumbleBear, weil mein Spielername zu sehr auf den Bären hindeutet und ich ihn im letzten Game bereits gespielt habe. Und LimpingTaurus führt – falls die Gegner mich analysiert haben sollten – zusätzlich zu Verwirrung, weil sie mich ingame mit diesem Champion noch nicht kennen. Für dieses Manöver habe ich ihn gestern in einer Tour trainiert.

Farck sitzt ganz außen. Er hat mich weder begrüßt, noch überhaupt ein Wort mit mir gewechselt. *Mir egal. Ich will nichts mehr von ihm wissen.* Er ist feige genug, eine so lückenhafte Erklärung als Wahrheit anzusehen. Deshalb hat er mein Mitleid nicht verdient. Mir läuft ein Schauer über den Rücken, als ich mich an das Zeichen auf Agathes Haut erinnere. Dann schrecke ich auf. Ein lautes Signal ertönt.

Die Gegner, *Dancing true Lies*, sind ebenfalls fertig mit ihrer Auswahl. Der Countdown bis zum Spielbeginn zählt langsam herunter. Noch zehn, neun, acht. Ich bekomme eine Art Tunnelblick. Am Ende des Tunnels ist nur ›Prefix‹ zu sehen. Sieben, sechs, fünf, vier. *Ich kann es schaffen. Wir schaffen es.* Drei, zwei, eins, das Spiel beginnt.

In der Anfangsarea kaufe ich mir Items zur Lebenserhöhung und zur Steigerung der Abwehr. Dann gehe ich zu meiner Position auf der Botlane.

James macht eine Durchsage. »Alle zu mir! Die gegnerische Midlane will sich die Spider holen. Wir holen sie uns vorher!« Die Spider ist eine Spinne, ein NPC, der im Jungle lebt. Sie bringt Extragold und verleiht dem Team kurzzeitige Regeneration von Lebensenergie, das die riesenhafte Spinne zuerst erwischt. Wir verlassen alle unsere Lanes und laufen zu Farck in den Jungle.

»Vorsicht!«, rufe ich, als ich einen der Gegner vor der Riesenspinne stehen sehe. »Das ist eine Falle!« Aber der Rest ignoriert mich. Der Gegner muss ein Lockvogel sein. Alleine würde er sich die Spider nur in Notsituationen holen. Lionel prescht nach vorne und greift den gegnerischen Champion an. Alle Teammitglieder folgen ihm. Plötzlich kommt das gesamte gegnerische Team aus seinem Versteck. Die Spinne hat unser Team gefocust, weil wir alle vor ihr stehen wie leckere, kleine Häppchen. Das heißt, wir werden Kampfschaden von beiden Seiten kriegen. Von der Spinne und von den Gegnern.

»Ich bin raus«, sage ich und verstecke mich hinter einem Stein unmittelbar neben der Spider. Kurz darauf stirbt unser gesamtes Team. Nur ich bin noch übrig. Neben mir fluchen alle in ihre Headsets. *Dancing true Lies* ist währenddessen dabei, die Spinne zu töten. Sie hat immer und immer weniger Leben.

Soll ich es wagen? Dieses Manöver habe ich einmal aus Spaß mit Myc versucht.

»Tib, hau ab! Was machst du? Erst fehlt deine Unterstützung, dann versteckst du dich feige hinter dem Stein? Spinnst du? Die werden dich sehen!«, ruft Damian wütend ins Headset. Ich antworte nicht, denn ich bin voll konzentriert. *Ich mache es.*

Als die Spinne beinahe kein Leben mehr hat, springe ich hinter dem Stein hervor. Ich hoffe, mein Kopf lässt mich nicht im Stich.

BUMM – Gehirnfrost. Ich dränge mich durch die Reihen der Gegner und mache den letzten Hit: Mit meiner Kick-down-Fertigkeit raube ich der Spinne das letzte Leben. Sie stirbt und wird ›Heroes of the Prefix‹ angerechnet. Wir bekommen die Bonusse. Die Gegner sind wütend und wollen mich töten. So schnell ich kann, sprinte ich ein Stück mit der Torero-Tortur-Fähigkeit, bei der ein animierter Minitorero mit einer Peitsche auf das Hinterteil von LimpingTaurus einschlägt. Rechtzeitig schaffe ich es in die Safearea hinter einem unserer Tower. *Gehirnfrost sei Dank.*

Das Team jubelt und Lionel grölt ein »Stark, TamBear!«. Nur James schaut verbissen auf seinen Desktop. Ein stechender Kopfschmerz setzt ein. Brian hat das, was er wollte. Auch wenn ich James nicht gesagt habe, dass ich nichts für ihn empfinde, er hasst mich.

Ich lasse Luft in meine Lungen strömen, bis mein Brustkorb bis zum Anschlag gefüllt ist, und konzentriere mich dann wieder auf das Spiel. Wir gewinnen das erste Match, verlieren das zweite, aber gewinnen wieder das dritte. ›Heroes of the Prefix‹ stehen offiziell im Finale der achten Season.

Wir verbeugen uns in der Mitte der Bühne zwischen den beiden Teamareas. Die Stimme des Kommentators schallt durch den Raum. Jubelnde Pfiffe und Applaus mischen sich darunter. Die Menge ist aus dem Häuschen. Ein Glücksgefühl breitet sich in meinem Körper aus. Der Kopfschmerz bleibt.

20

Wir haben wenig Zeit, unseren Sieg zu feiern. Nach einer kurzen Essenspause hat sich die Party erledigt. Wir müssen weiter trainieren. In drei Tagen ist das Finale. In drei Tagen sind wir vielleicht die Champions oder wir müssen unseren Titel an unsere Gegner ›DeathNote‹ abtreten. Auch sie haben heute den Sieg eingeheimst. Eigentlich müsste ich sie wegen ihres Namens mögen. ›DeathNote‹ ist der Titel eines sehr berühmten Animes. Er zählt zu meinen absoluten Lieblingen. *Doch darf man seine Gegner mögen?* Ich schätze nein. Mit dem fabelhaften Werk von Tsugumi Ohba werden sie wahrscheinlich auch nicht viel gemein haben. *Ob sie feiern dürfen, anders als wir?* Na ja, für Selbstmitleid bleibt keine Zeit.

Nach weiteren sechs Stunden ›Prefix of Death‹ falle ich sofort in mein Bett. Einige sind im Trainingsgebäude geblieben, um noch weiter zum Spaß ›Prefix‹ zu spielen. Aber wenn ich jetzt noch einen Computerbildschirm sehe, können sie mich morgen zu Samuel einliefern. Ich gähne und schlafe ein.

Schlagartig werde ich wach. Es ist noch dunkel draußen. Ein Blick auf meinen Wecker verrät mir, dass wir 1:00 Uhr nachts haben. *Was hat mich geweckt?* Mein Mobiltelefon ertönt wieder und wieder. *Das muss es gewesen sein.* Ich hole den Koffer aus meinem Schrank und krame das schwarze Gerät hervor. *Hatte ich es nicht ausgeschaltet?* Jemand hat mir geschrieben. James Farck.

Nachricht Nummer eins: >Liebst du mich?<

Nachricht Nummer zwei: >Sag mir bitte die Wahrheit<

Nachricht Nummer drei: >Ich muss die Wahrheit wissen, bitte Tib.<

Nachricht Nummer vier: >Du weißt, dass es keine Zukunftsperspektive hat. Also vergiss es. Der Kuss im Restaurant, ich kann es nur noch einmal betonen, war ein Unfall. Zwischen uns ist nichts!<

Einige Zeit schaue ich auf die Nachrichten. Ich überlege zu antworten. Mein Magen rumort. Ich fühle mich wie betäubt. Mein Herz schlägt mir bis zum Hals. Mit meinen Lippen forme ich eine Rundung, durch die ich Luft einziehe. Mein Brustkorb hebt sich, dann senkt er sich wieder, sackt zusammen. Ich schalte das Mobiltelefon aus und gehe zurück zu meinem Bett. An Schlaf ist nicht mehr zu denken. *Der Kuss war ein Unfall?* Er hat ihn doch angefangen. Er wollte *mich* küssen, nicht ich ihn. *Zwischen uns ist nichts?* Was ist denn mit seiner Freundschaftsnummer?

Als ich aufwache, dämmert es draußen. Ich schleppe mich zum Bad. Heute ist wieder Training angesagt. Ich schalte das Mobiltelefon ein.

>Keine neuen Nachrichten<

Das Training beginnt direkt nach dem Frühstück. Heute ist Farck wieder nicht dabei. Es scheint niemanden zu stören. Ich frage mich, ob er einfach jedes Prefixmanöver beherrscht oder ob er nicht mitmachen muss, weil er der Boss ist. Am Abend haben wir ein Gespräch mit ›DeathNote‹ und den Entwicklern von ›Prefix‹, ›Glamorous Games‹. Sie reisen extra für die Championships aus Korea an.

Lionel vergleicht es mit einer Präsidentschaftswahl. Alle Anhänger von ›Prefix of Death‹ schauen heute Abend die Talkrunde.

Das sympathischste Team bekommt Fans. Fans bedeuten Sponsoren und Sponsoren bedeuten Geld und Ausstattung. Nach so einer Talkrunde wechseln Sponsoren oft noch einmal das Team, das sie im Finalkampf unterstützen. Im Moment haben wir den Sponsor ›MitsuMotoGear‹, aber nicht mehr lange, wenn wir uns nicht gut präsentieren. Show ist alles. Show braucht jedes Business. Wir trainieren sieben Stunden, danach schickt Lionel mich zu meinen Großeltern, um meinen Trainingsanzug anzuziehen. Grandpa und Grandma mustern skeptisch mein Outfit. Ich frage mich, ob dieser Trainingsanzug irgendwem außer Lionel und James steht.

Yoshi holt mich ab. Er wartet im Flur und wippt auf seinen Fußsohlen auf und ab. Erstaunlicherweise fängt er bei meinem

Anblick nicht an zu lachen. Wahrscheinlich, weil er in dem engen *Survetment* ebenso bescheuert aussieht.

»Aufgeregt?«, fragt er mich, als wir nach draußen gehen. Ich zucke mit den Schultern. »Geht, vor einem Match bin ich nervöser. Und du?«

Yoshi schüttelt den Kopf. »Nicht die Bohne. Ich bin die Auftritte und vor allem Lionels Hektik davor gewohnt. Was meinst du, warum ich dich abholen wollte?« Er setzt ein schelmisches Grinsen auf.

»Damit du mit dem geilen Leihauto fahren kannst?«, frage ich spöttisch und mustere den teuren Wagen.

»Du hast es erfasst!«, ruft er und steigt ein. Ich setze mich auf den Beifahrersitz. Dabei zerdrücke ich eine leere Dose Energy mit meinem Oberschenkel.

»Sorry, schmeiß die einfach nach hinten«, sagt Yoshi, und bevor ich sie nehmen kann, hat er sie bereits unter meinem Bein hervorgezogen und hinter uns geschleudert. Ein paar Spritzer Flüssigkeit benetzen die Gangschaltung. Yoshi holt ein Feuchttuch aus dem Handschuhfach und wischt damit alles weg.

»Hast du denn auch fleißig dein glückliches Gesicht geübt?«, fragt Yoshi scherzhaft.

»Na klar«, erwidre ich und setze ein gespieltes Grinsen auf.

»Perfekt, Lionel und James wären stolz auf dich.«

»Ach komm, wir haben ziemlich Glück mit unserer Leitung, findest du nicht? Es gibt Schlimmeres.«

»Ja, da hast du natürlich recht. Nur manchmal sind sie mir einfach etwas zu streng.«

»Damian und du, ihr seid aber auch zwei sehr lockere Teamkameraden.«

Yoshi fühlt sich eindeutig geehrt und streckt belustigt ein Stück seiner Zunge zwischen den Zähnen heraus. »Und stolz drauf!«, ruft er, dreht das Radio laut und grölt einen Song mit.

Er fährt mich zu der schicken Unterkunft der anderen. Ein Makeup-Artist pudert uns im Flur des Hotels und gibt unseren Lippen etwas Farbe. *Ich hab ja prinzipiell nichts gegen Lippenstift. Aber warum zum Teufel brauchen Männer sowas?* Ich bin als erster fertig und mache mich auf in Richtung Foyer. Überall in dem stilvollen Hotel duftet es nach Neuwagen. Das Interieur ist in Pastellfarben gehalten. Hinter einer Glasfront tut sich der Vorplatz auf, wo bereits eine schwarze Limousine auf uns wartet. In hellen Leuchtfarben steht *Heroes of the Prefix* darauf. *Show, Show und nochmal Show.* Ich rolle mit den Augen.

»Geh schon vor, Tib. Wir kommen gleich«, sagt Lionel, dem die Make-Up Artistin ins Foyer gefolgt ist, um ihr Werk zu vollenden. »Aber wehe, du gehst irgendwohin, wo wir dich nicht mehr finden, oder lässt dich von alten Leuten wegschubsen!«, ruft er, als ich mich zum Ausgang wende. Ich schätze, er spielt auf den Flug nach Köln an.

Zugegeben, mein genialer Plan hatte Lücken, aber er brachte mich auch hier her. Ich bin folglich ein wahnsinniger Kopf, der momentan alle täuschen kann. Alle bis auf den eingeweihten Myc. Na ja, *und Brian.*

Ich will schon rausgehen, als Lionel mich noch einmal zurückruft.

»Ach Tib, du weißt, was du in dem Anfangsgespräch zu sagen hast?«, fragt er, während die Make-Up Artistin zufrieden über ihr Werk einen quiekenden Laut ausstößt.

Ich nicke Lionel zu.

»Sehr schön!«

Lionel hat mich heute beim Training beiseite genommen und mir einige Floskeln eingetrichtert. Ich soll sagen, dass wir hart trainieren, aber auch viele Pausen machen, dass wir alle Spaß miteinander haben und die besten Freunde sind. Ich könnte kotzen, wenn ich daran denke, zu schleimen und zu heucheln. Irgendwo stimmt es alles, aber schon alleine die Tatsache, dass Lionel mir Sätze vorgeben muss, ist doch albern.

Ich lasse mir von einem Chauffeur die Tür öffnen und klettere in den Innenraum der Limousine.

Scheiße, dort sitzt bereits jemand. *James.* Ich setze mich ihm gegenüber. Peinliches Schweigen erfüllt den Raum. James hustet einmal, als ob er etwas sagen wollte. Ich schaue zur Seite und tippe nervös mit meinen Fingern auf die Ledergarnitur.

»Wie geht es dir, Tib?«, fragt er dann ganz plötzlich. Ich zucke zusammen, als ich seine Stimme höre. Mein Zeigefinger rutscht am glatten Leder ab und hinterlässt einen hellgrauen Kratzer.

»Gut, und dir?«

Aber bevor er antworten kann, wird die Tür erneut geöffnet und Berthram, der unscheinbare Junge mit der Hasenscharte, steigt ein. Er lächelt mir schüchtern zu. Ich hätte nie vermutet, dass sich hinter diesem Lächeln ein Topspieler verbirgt. Er ist zwar nicht so gut wie Lionel oder Damian, aber er hat einiges auf dem Kasten. Hauptsächlich spielt er auf der Toplane.

»Die anderen kommen auch gleich«, sagt er und schluckt laut. Er zieht seine Unterlippe zwischen die Zähne und lässt sie wieder hinausgleiten. Farck schaut aus dem Fenster auf die Straße. Seine Augen huschen über den Asphalt. Ich versuche, seinen Blicken zu folgen, aber ich entdecke nichts Nennenswertes am Boden.

Nach und nach füllt sich die Limousine und wir fahren ab. Die Luft ist erfüllt von Deodorant und Puder. Ich bin heilfroh, als wir nach einer halben Stunde Fahrt aussteigen können und ich die frische Abendluft einatmen darf.

Wir stehen vor einem rechteckigen Fernsehstudio, das äußerlich einem überdimensionalen Würfel ähnelt. Als wir zusammen hineingehen, bleibt mein Blick an einem Riss in der Fassade hängen. Ich seufze und hoffe, dass meine Fassade aufrechterhalten bleibt.

In einem großen Raum angekommen werden wir so hingesetzt, dass das Licht perfekt auf uns fällt. Die Plätze für das Team ›DeathNote‹ sind noch frei. Mir ist keine Zeit mehr geblieben, um mich genauer über sie zu erkundigen. Doch ich weiß, dass sie vor Jahren Prefixchampion waren und momentan von Amanda Raskopi, einer der besten Prefixfrauen überhaupt, geleitet werden. Sie hat eine riesen Fangemeinde aus Computerspielerinnen und auch die Männer sind nicht abgeneigt von ihr.

Auf einmal kommt der Moderator herein, ein Mann im goldenen Anzug mit breiten roten Abnähern und Mikrofonpuschel am Revers, der sich mit einem Taschentuch über die Stirn tupft. James begrüßt den goldglänzenden Mann, der sich als Till vorstellt. Doch dieser Till scheint sich nicht recht für unseren Boss zu interessieren. Unentwegt schaut er zum Eingang. Selbst, während er sich in einen Sessel setzt, widmet er seinen Blick nicht eine Sekunde etwas anderem. Durch die graue

Eingangstür betritt nun eine Frau mit einem blonden Lockenkopf das Studio. Sie trägt ein hautenges Kleid und rote Pumps. Till steht augenblicklich von seinem Sessel auf und läuft ihr entgegen.

»Amanda, schön dich zu sehen«, ruft er der Blondine zu. »Schön, *dich* zu sehen, Till!« Sie redet mit gekünstelter, heller Stimme. Ich ahne, dass ich sie nicht werde ausstehen können.

»Hallihallo, wen haben wir denn da?« Amanda bemerkt James und tippelt auf ihn zu. Länger als nötig mustert sie seine Muskeln. Das macht mich wütend. James begrüßt sie zwar freundlich, aber ich merke ihm an, dass er sie ebenso wenig mag wie ich, und entspanne mich wieder.

»Das ist Amanda Raskopi alias Rainbowterminator, der Kopf von DeathNote«, flüstert mir Yoshi von rechts zu. Ich erinnere mich vage an Spiele mit ihr, die ich im Internet verfolgt habe.

Vor allem die weiblichen Prefixspieler lieben sie. Mich hat sie als Fan verloren. Sie ist eine unsympathische Person, sowas erkenne ich sofort.

»James, ich bin so froh, dass wir gegen dich im Finale antreten dürfen. Dann kann ich wenigstens mal gegen einen würdigen Gegner spielen. Hast du unsere Spiele zuvor verfolgt? Alle gewonnen, kein einziges Match verloren.« Amanda kichert. Hinter ihr tauchen sieben weitere Teammitglieder von ›DeathNote‹ auf. Alles Männer.

»Und ich bin froh, dass ich gegen die erfolgreichste Prefixfrau spielen darf, die es je gab«, entgegnet James kühl.

»Es ist schade, dass du nach meinem Beitritt zu DeathNote das Team gewechselt hast. Vielleicht hättest du den Fanvote besser nicht angeleiert.«

»Was ist ein Fanvote?«, zische ich Lionel zu, der die beiden ebenso gespannt beobachtet wie ich.

»DeathNote hat die Fans des Teams bestimmen lassen, wer ins Team kommt. Zur Auswahl standen Amanda und einige andere Topspieler.«

»Es war nicht meine Entscheidung.« James verengt seine Augen, sodass bloß noch das satte Nussbraun am äußersten Rand der Iris und ein schmaler eisblauer Streifen sichtbar sind.

»Natürlich ist es genauso schade, dass du mich bei Heroes of the Prefix nicht annehmen wolltest«, säuselt sie.

James verzieht keine Miene.

»Ist alles vergeben und vergessen«, trällert Amanda dann, als sie merkt, dass bei James keine Entschuldigung zu holen ist.

»Wenn ich das Finale gewinne, komme ich in das Guinnessbuch der Rekorde, wusstest du das? Dann bin ich die erste und wahrscheinlich einzige Frau, die jemals Prefixchampion war.« Sie lacht laut auf und wirft dabei den Kopf in den Nacken.

Meine Güte, wie die nervt. Ihre krausen Haare stehen zu allen Seiten ab. Sie hat ein hübsches Gesicht, aber ist nicht mein Geschmack. James beißt die Zähne zusammen. Dann entspannen sich seine Gesichtszüge wieder. Er gibt sich Mühe, ein freundliches Lächeln aufzulegen.

»Dass er damals bei DeathNote gespielt hat, wusste ich noch gar nicht«, wende ich mich an Yoshi, ohne Amanda und James nur eine Sekunde aus den Augen zu lassen.

»Unser Boss ist schon länger im Gewerbe, als man denkt«, erwidert er hinter vorgehaltener Hand.

Farck ist sechs Jahre älter als ich. Das habe ich von Lionel erfahren. Vor sechs Jahren habe ich mir die Championships noch nicht einmal angesehen. Bisher habe ich nur gewusst, dass James mal im Vorstand von ›Prefix‹ saß, aber dass er auch andere Teams gecoacht hat, ist mir neu.

»Das mit dem Guinnessbuch freut mich für dich, Amanda«, lügt Lionel. Er steht jetzt auch auf, zieht seinen Anzug zurecht und schüttelt ihr die Hand.

»Ich bin mal gespannt, wer von uns die Zuschauer am meisten verzaubert«, sagt Amanda. Sie dreht die blonden Locken zwischen ihren Fingerkuppen und schaut Lionel mit großen Augen an. *Sie wird also die kleine-unschuldige Mädchen-Nummer auspacken*, war ja klar. Amandas Oberweite ist unnatürlich üppig für die schmale Statur. Über ihrer Brust prangt ein hell lilafarbener Aufnäher: das Emblem von ›DeathNote‹, auf dem die Buchstaben *DN* stehen.

Der Moderator bittet alle, ihre Positionen einzunehmen. Er selbst lehnt sich in der Mitte der beiden Teams in den breiten, schwarzen Ledersessel zurück. James befindet sich zu seiner rechten, Amanda zu seiner linken. Wir anderen sitzen Stuhl an Stuhl in einer Reihe neben unseren Teamchefs.

»Wo sind die Entwickler?«, frage ich Lionel.

»Die kommen erst nach dem Teamgespräch«, entgegnet er, dann legt er seinen Zeigefinger auf den Mund und bedeutet mir damit, leise zu sein.

Das kleine, rote Lämpchen an der Kamera leuchtet mahnend auf. Es verhöhnt mich geradezu mit einem Schein aus gleißendem, tiefrotem Licht.

»Lionel? Lionel, siehst du das?«, zische ich ihm zu. Doch sein Fokus bleibt auf der Kamera. Ein kleines Stück lehnt er sich zu mir herüber und fragt: »Was?«

»Das rote Licht. Rot wie …« Ich bin im Begriff, auf das leuchtende Lämpchen zu zeigen.

»Tib, hör auf«, flüstert Lionel und zieht meine Hand nach unten. »Denk mal darüber nach, dass fast jedes Krankenhausschild rot ist und du ganz oft rote Kleidung trägst!«

Der Mann hinter der Kamera zählt mit seinen Fingern von drei herunter. Lionel hat recht. *Oder?* Ich atme tief durch.

»Jetzt«, wispert der Mund des Kameramanns.

»Herzlich willkommen zu unserem Prefix of Death-Special. Wir haben heute hier exklusiv für Sie die beiden Finalisten. Zu meiner Rechten Heroes of the Prefix.« Till deutet mit seiner Hand auf unsere Reihe. Wir winken alle synchron in die Kamera. Ich werde hochrot, je länger ich in die Kameralinse schaue. Aber ich muss Lionel zustimmen, bisher ist nichts Katastrophales geschehen. Ich entspanne mich etwas.

»Und zu meiner Linken die DeathNote!« Er betont ›DeathNote‹ eindringlicher als ›Heroes of the Prefix‹ und ich kann mir denken, wieso. Sobald Amanda Kusshände in die Kamera wirft, rückt sich der Moderator die Krawatte zurecht und scheint vor Erregung beinah zu ersticken.

»Amanda, dir gilt am heutigen Abend die erste Frage«, sagt er, als er sich die Krawatte um seinen dicken Hals erfolgreich gelockert hat.

»Gerne, Till«, sagt sie und bildet einen Schmollmund.

»Wie ist es, als erste Frau im Finale von Prefix zu spielen?«

»Wundervoll. Prefix ist nicht nur für die Männerwelt. Alle Frauen, die es spielen und sich von den Männern unterdrückt fühlen, bitte glaubt an euch. Und ihr Männer, unterstützt eure

Frauen dabei!« Sie zwinkert der Kamera zu. Ich muss fast würgen. Sie erinnert mich schlagartig an Rosemarie. Der Moderator applaudiert und wendet sich dann an James.

»Und nun zu dir. Wir haben gesehen, du hast einige Neuankömmlinge im Gepäck.«

James lacht gekünstelt und schaut zu mir. Ein Schauer läuft mir den Nacken hinunter und breitet sich auf meinem Rücken aus.

»Ja, wir haben uns diese Season Mühe gegeben, die Aussteiger aus der letzten zu ersetzen.«

»Ja, einen von James' Aussteigern haben wir hier drüben!«, ruft der Moderator, steht auf und geht zu einem Jungen auf der DeathNote-Seite. Sein Gesicht kommt mir bekannt vor.

»Weswegen hast du gewechselt, Tobias?«, fragt er ihn. Ich erinnere mich, dass ich ihn beim Casting gesehen habe. Damals hatte James seinen Ausstieg bereits angekündigt. Ich schaue zu James, dessen Nasenlöcher beherrscht beben.

»Ich habe zu der besten Teamchefin der Welt gewechselt. Sie haben ja die Erfolge gesehen, die sich nach ihrer Ernennung abgezeichnet haben. Sie ist fantastisch. Unbeschreiblich«, sagt Tobias und ich erkenne, wie eingeübt dieser Text sein muss. Ich werde das Gefühl nicht los, dass der Moderator uns schlecht dastehen lassen will. Er hat uns den Rücken zugewandt und grinst breit in Richtung der ›DeathNote‹.

»Ja, sie ist wirklich die Beste«, lacht Till zu allem Überfluss in sein Mikrofon hinein.

»Und nun wieder zu Heroes of the Prefix. Wir haben hier drüben einen jungen Mann, der sich innerhalb weniger Wochen zu einem Teil der Stammaufstellung gemausert hat. Tibor, richtig?« Der Moderator hält mir das Mikrophon unter die Nase. Mein Atem dröhnt aus ihm hinaus.

»Ja, ich … ähm …«

»Wie machst du das?«

»Was meinen Sie?«

»Du hast in einigen Situationen Reflexe, von denen andere nur träumen können. Spann uns also nicht auf die Folter. Was ist dein Geheimrezept?«

»Meine Reflexe? Meinen Sie den Gehirnfrost?«

»Gehirnfrost? Das ist ja herzallerliebst.« Alle lachen, bis auf James. »Das klingt wie die Beschreibung eines Fünfjährigen, nachdem er Slusheis getrunken hat«, ergänzt Till und die Teammitglieder von ›DeathNote‹ beginnen noch lauter zu prusten.

»Was macht denn dieser Gehirnfrost?«, fragt er weiter in einem deutlich sarkastischeren Tonfall als zuvor. Bei dem Wort *Gehirnfrost* zeichnet er zu allem Überfluss mit der freien Hand imaginäre Anführungszeichen in die Luft.

»Friert mein Gehirn ein«, sage ich kühl und kneife meine Augen zusammen. Am liebsten hätte ich ihn jetzt eingefroren. Till zuckt gleichgültig mit den Schultern, nimmt das Mikrofon weg und reicht es Lionel. »Habt ihr eure Siege gefeiert, Lionel?«

Lionel bekommt ein steifes Lächeln. »Wir trainieren hart, aber uns ist es sehr wichtig, den Spaß an Prefix of Death nicht zu verlieren. Deswegen machen wir auch einige Pausen, in denen wir unseren Zusammenhalt schulen.«

»Entschuldige Till, darf ich?« Amanda winkt dem Moderator zu. Er geht zu ihr und reicht ihr ohne zu zögern das Mikrofon.

»Wir bei DeathNote trainieren täglich hart. Nur das richtige Training schafft Professionalität! Und wir sind Profis.«

Der Moderator applaudiert ihr. »So ist es richtig!«, sagt er, während er wieder die Krawatte lockert.

»Welchen Sponsor habt ihr diese Season ans Land gezogen?«, fragt Till dann.

»Wir haben Drakeshor«, kommt es von Amanda. Ich schlucke. ›Drakeshor‹ ist nochmal einen ganzen Ticken größer als ›MitsuMotoGear‹. Die koreanische Firma beliefert die ganze Welt mit ihren Computern.

»Und ihr?«, fragt der Moderator dann James.

»MitsuMotoGear«, sagt er trocken.

»Na, das ist aber ein *großer* Fang«, lacht Till.

Darf ein Moderator überhaupt so sarkastisch sein?

»Hattet ihr nicht in den Auswahlspielen noch Drakeshor?«, fragt er und lächelt dabei hämisch.

»Ja, hatten wir«, zischt Lionel dem Moderator zu, der ihm das Mikrofon hin gehalten hat.

Till zieht empört über Lionels wütenden Unterton das Mikrofon zurück und ich muss grinsen. Wieder lockert er die Krawatte, schüttelt über uns den Kopf, setzt sich zurück auf seinen großen Sessel und überschlägt die Beine.

»Kommen wir jetzt zu unseren Zuschauerfragen!«, ruft Till und eine komische Musik erklingt. Sie erinnert mich an einen schlechten Horrorfilm: eine Mischung aus Glockenspiel und Kinderchor.

Ein Mann hinter der Kamera kommt ins Bild und bringt Till ein paar Zettel. Till faltet den ersten auf und räuspert sich.

»Hier haben wir einen Brief an Heroes of the Prefix. Lieber James Farck, bist du schwul?« Till reißt gespielt seine Augen auf und schüttelt die Hand, als habe er sich an dem Papier verbrannt. »Die Zuschauer haben wirklich ein Gespür für pikante Details.« Er lacht.

Ich merke, wie Lionel die Luft anhält und James seinen Kiefer anspannt. Seine Augen fixieren mich. *Was will er mir damit sagen?*

Ich platze gleich vor Wut über Till. James setzt ein Lächeln auf, hinter dem er seine geschockte Miene verbirgt.

»Nein, Unsinn«, beteuert er.

»Da hat uns Tobias aber etwas anderes erzählt«, hüstelt Amanda. James wird kreidebleich.

»Ups, sorry, hätte ich das nicht sagen dürfen?« Amanda legt ihren Kopf zur Seite und wickelt sich tatsächlich in Seelenruhe eine Haarsträhne um den Zeigefinger. *Miststück!*

Jetzt reicht's mir! Ich stehe auf.

»Kann ich auch nochmal etwas sagen?«, frage ich den Moderator, der James anstarrt und auf eine Antwort von ihm wartet. Er schaut kurz auf und schüttelt dann den Kopf.

»Setz dich!«, zischen Amanda und Lionel mir gleichzeitig zu. Der Kameramann schwenkt seine Kamera zu mir und von der Seite reicht mir eine Mitarbeiterin ein Mikrofon.

»Ähm, also, ich wollte sagen, dass unser Teamchef James Farck der beste Chef ist, den die Prefixwelt seit langer Zeit erlebt hat. Wir sind nicht so sehr auf Leistung fokussiert, vielleicht trainieren wir nicht ordentlich genug oder haben nicht den größten Sponsor. Doch eins kann ich euch sagen, ich habe Spaß in diesem Team und bin glücklich, in ihm zu sein und nicht in DeathNote. Wir sind eine Familie und keine

Leistungsproduktion. Und wen wir lieben, ob Mann, ob Frau, tut für unser Team nichts zu Sache. Ich bin davon überzeugt, dass Tobias unserem Ruf und James Farck schaden möchte, ebenso wie Amanda. Doch wir, Heroes of the Prefix, haben es nicht nötig, das gegnerische Team zu beleidigen. Wir haben keine Angst vor DeathNote!«

Ich bin selbst erstaunt über meine Worte und etwas beschämt, weil sie sich in natura kitschiger anhören als geplant.

Lionel fängt sich nach meinem Spontanauftritt als erster wieder und beginnt zu applaudieren. Die anderen tun es ihm gleich.

»Unser Teamname ist auch nicht von einem Anime geklaut!«, ruft Yoshi der verdutzten Amanda entgegen. Der Moderator braucht etwas länger, um sich über die Situation im Klaren zu werden. Danach versucht er, ›Heroes of the Prefix‹ im Zaum zu halten, doch vergeblich: Damian holt eine Wasserflasche, schüttelt sie und spritzt ihren Inhalt im Studio umher. Das ist vielleicht etwas zu viel, aber für die geschockten Gesichter des Kamerateams und das Haareraufen vom Moderator ist es das wert. Amanda schnappt wütend nach Luft.

»Wir unterbrechen kurz mit einer Werbepause«, sagt Till und kommt dann mit schnellen Schritten auf uns zu.

»Seid ihr verrückt geworden? Ihr benehmt euch wie …«

»Lassen sie mich das machen, ja?« James steht hinter ihm und drückt ihn beiseite.

»Ihr benehmt euch wie eine Horde Wildgewordener. Wie kannst du sagen, dass wir nicht den größten Sponsor an Land gezogen haben? Wenn das MitsuMotoGear-Chef Hajamuto Takawara sieht, haben wir gar keinen Sponsor mehr! Ich hatte echt mehr von euch erwartet! Mehr von *dir* erwartet, Tibor!«, brüllt uns James an. Sein Gesicht ist nur Zentimeter von meinem entfernt, als er seine Zähne aufeinander presst. Er mahlt mit den Kiefern. Das Geräusch versetzt mir einen Schauer. Ich schäme mich beinahe zu Tode.

»Aber Chef …«, versucht Lionel ihn zu beruhigen. Doch es funktioniert nicht. Sein Blick … Es ist der Blick, vor dem ich mich so sehr fürchte. Ich halte für einen kurzen Moment die Luft an, gerade solange, bis James Augen von mir ablassen.

Er setzt sich wieder und die Show geht weiter. Wir benehmen uns ab jetzt wie brave Kinder und antworten mit unseren vorher einstudierten Floskeln. Amanda wird weiter von dem Moderator in den Himmel gelobt, während wir als Nichtskönner dargestellt werden. Wenigstens hört Till auf, James nach seinen sexuellen Neigungen zu fragen.

Das Gespräch mit den Entwicklern von ›Prefix‹ entschärft die angespannte Situation etwas. Die Entwicklerin von SilverDrage ist als Designdirektorin mit dabei. Ich bin glücklich zu hören, dass sie wirklich eine Chinesin ist, auch wenn ›Glamorous Games‹ aus Korea stammt. Nach der Show darf ich sogar noch ein Foto mit ihr schießen. Auch wenn Myc und ich zerstritten sind, brauche ich den Beweis, falls wir uns noch einmal versöhnen. *Ich hoffe inständig, dass wir uns versöhnen.*

Als wir aus dem Studio treten, sind wir von Reportern umstellt. Sie fragen James, wie es ihm nach dem Auftritt gehe. James antwortet nicht und wir fahren alle peinlich berührt zurück zum Hotel. Als wir aus der Tiefgarage nach oben gehen und im Erdgeschoss, kurz vor der Lobby, aus dem Treppenhaus steigen, traue ich meinen Augen kaum: Vor dem Hotel steht eine gewaltige Menschenmasse. Sie schwenken Fahnen, auf denen laienhaft mit Edding *Heroes of the Prefix* geschrieben steht.

»Ist nicht wahr«, sagt Yoshi.

»Gut gemacht Tib!«, ruft mir Lionel zu.

Als wir in die Lobby des Hotels treten, sehen uns einige der Fans durch die verglaste Front und laufen auf uns zu.

Ich gebe das erste Mal in meinem Leben ein Autogramm. Unbeholfen setze ich eine hässliche Unterschrift auf ein Stück Papier. Der Mann, der es entgegennimmt, bedankt sich viel zu oft dafür.

Eine Frau will ein Foto von mir und James. Er legt seinen Arm brüderlich um mich herum und zieht mich zu sich. Ich werde rot und schaue verlegen in die Kamera, als der Blitz losgeht.

Die Frau freut sich wie verrückt. Wenn sie wüsste, dass ihr Bild, sollte sie es hochladen, direkt von James Handlangern eliminiert wird.

Allem Anschein nach habe ich etwas Gutes bei dem Interview erreicht, aber warum fühle ich mich dann nicht so?

Im Foyer klingelt James' Telefon. Es ist der Pressesprecher von ›Drakeshor‹. Die Firma wechselt zu uns und auch ›Mitsu-MotoGear‹ will uns weiterhin unterstützen. *Großartig!* Wir trinken zusammen an der Hotelbar und feiern den glorreichen Abend.

James schaut ab und an zu mir herüber. Ich kann seinen Gesichtsausdruck nicht deuten. *Ist er auch glücklich darüber?*

»Ich hab eine große Überraschung für dich, Boss!«, kündigt Damian an.

»Was denn?« James lächelt und legt den Kopf schief, als Damian sich selbstgefällig auf die schmächtige Brust klopft.

»Die gibt's erst morgen«, sagt er und nickt mit seinem Kopf hoch und runter, während er seine Lippen schürzt. »Schlaft gut!«, ergänzt Damian und wendet sich von uns ab, um im Aufzug zu verschwinden. Sein Barhocker dreht sich noch einige Sekunden weiter, als säße noch jemand auf ihm.

Nachdem die ersten gegangen sind, nimmt James den Platz neben mir ein und legt wieder kumpelhaft den Arm um mich. Mir ist das unangenehm.

Er soll aufhören damit, immerhin war der Kuss ein Unfall. Aber warum provoziert er dann immer und immer wieder Körperkontakt?

James scheint zu merken, was mich beschäftigt, und nimmt den Arm wieder zurück.

Er faltet seine Hände auf dem mit einer Glasplatte bedeckten Tresen, unter der eine hölzerne Lotusblume hindurchschimmert.

»Ich muss dann los. Grandma hat bestimmt schon Essen vorbereitet«, sage ich und schwelge in Gedanken bei einem Haufen Wurststullen und einer weiteren *Spezialsuppe*. James grinst und zwinkert mir zu, als ich die Bar verlasse. *Was hat er denn?* Ich nehme mir ein Taxi. Als ich das Haus betrete, riecht es nach Rouladen und Kartoffeln.

»Setz dich, setz dich! Unser Gast wird gleich hier sein!« Grandma tippelt mit Töpfen im Flur umher und scheucht mich ins Esszimmer.

»Was für ein Gast?«, frage ich ahnungslos.

Grandpa kommt die Treppe hinunter. Er ist in einen schicken Anzug gehüllt. *Habe ich etwas verpasst?*

Es klingelt.

»Das muss er sein. Tibor, öffnest du bitte die Tür?«

Ich gehe in den Flur und erkenne einen dunklen Umriss durch die milchigen Glasfenster. Mit einem Ruck öffne ich die Tür. Vor Schreck zucke ich einen halben Meter zurück.

»Was machst du hier?«, zische ich James zu.

»Deine Großeltern haben mich eingeladen.«

»Aber wieso?«

»Das musst du sie fragen.« James lacht und geht einfach an mir vorbei zu Grandpa. »Hallo, Herr Carlmeyer. Es ist schön, Sie wiederzusehen.«

»Mein Junge, es ist schön, *dich* endlich wiederzusehen. Du bist ein vielbeschäftigter Mann.« Grandpa schlägt James väterlich auf den Rücken. James würdigt diese Geste, indem er seinen Arm um Grandpa legt. Die beiden verschwinden ins Esszimmer.

»Granny?«, rufe ich quer durchs Haus.

»Ja?«

»Wieso habt ihr mich nicht gefragt, bevor ihr James eingeladen habt?«

»Wir dachten, es sei dir recht. Wir wollten uns bei ihm bedanken, dass er den Kontakt zu deiner Familie wieder hergestellt hat.« Grandma holt ein dampfendes Brot aus dem Backofen und schneidet es auf einem Holzbrettchen auf. Dabei verzieht sie kurz ihre Mundwinkel zu einer Grimasse. »Jetzt geh! Ich kann keinen Mann in der Küche gebrauchen«, sagt Grandma mit winkenden Handbewegungen. »Setz dich!«

Ich gehe in den Wohnbereich zurück und setze mich neben Grandpa an den rechteckigen Holztisch. Vier Plätze sind mit Essbesteck und einer dunkelgrünen Serviette gedeckt und unter jedem Teller liegt ein silberfarbenes Deckchen, das in keinster Weise zu dem gelben Tischläufer passt. James sitzt mir gegenüber. Nachdem Grandma ein Aufgebot an Töpfen gebracht hat, setzt sie sich neben James. Es ist eine unangenehme Stimmung, die zwischen mir und James herrscht, ihn aber nicht zu irritieren scheint. *Ganz im Gegenteil.* Er reißt einen Witz nach dem nächsten und unterhält sich mit meinen Großeltern wie mit alten Schulkameraden.

»Köstlich, Frau Carlmeyer«, sagt er, während er sich noch einen Löffel Soße über seine Kartoffeln gießt. Grandma wird rot.

»Danke«, sagt sie, holt aus ihrer Schürze ein grünkariertes Stückchen Stoff und tupft sich damit über die Stirn.

»Du hättest mich ruhig mitnehmen können, wenn du sowieso hierherfährst!«, zische ich James wütend zu.

Er hebt eine Augenbraue und grinst. »Du hättest mich doch auch fragen können, ob ich dich fahre.«

»Ich wusste doch nicht, wo du hinfährst«, knurre ich wütend.

»Selbe Richtung«, sagt James betont lässig. *Ehrlich, Herr Farck?* Eine Rachereaktion, weil Yoshi mich nach dem ersten Training mitgenommen hat und ich nicht mit ihm gefahren bin? *Lächerlich!*

»James, wie laufen die Geschäfte?«, unterbricht Grandpa uns.

»Großartig, Herr Carlmeyer.«

»Ich habe dir schon mehrmals gesagt, dass du mich Harald nennen sollst.«

»Natürlich. Ich habe mir hier zwei Schiffe gekauft, um in die Touristikbranche einzusteigen.«

»Sehr gute Idee, junger Mann! Ich sehe jeden Tag, wie sie sich alle damit eine goldene Nase verdienen.«

»*Ein paar* Schiffe?« Schockiert muss ich an das riesige Schiff denken, mit dem wir über den Rhein gefahren sind. *Wie viele davon kann er sich wohl leisten?*

James schaut belustigt in meine Richtung, unterhält sich aber weiter mit Grandpa über Firmen und Gehälter von Angestellten. Ich bekomme mit, dass auch Grandpa mal eine kleine Firma geleitet hat.

Trotzdem bin ich dabei, zwischen den aufgeweckten Gesprächen der Drei zu verschwinden. Niemand beachtet mich, bis mir ein Gesprächsthema einfällt. »Übrigens, das Zimmer oben rechts. Ich war aus Versehen darin und habe die Bilder von Dad entdeckt. Wirklich schön, etwas von ihm, von seiner Kindheit zu sehen.«

Mitten im Satz halten Grandpa und Grandma inne. James räuspert sich.

»Entschuldigt, wenn ich nicht hineindurfte«, füge ich schnell hinzu.

»Nein, nein«, sagt Grandma.

»Das ist nicht das Zimmer deines Dads, sondern das deines Onkels«, erklärt Grandpa.

»Meines Onkels?« Erschrocken zerdrücke ich ein Stück Roulade. »Seit wann habe ich denn einen Onkel?«

Sie scheinen wirklich senil zu sein, auf den Bildern war eindeutig Dad zu sehen, Dad und meine Mum.

Innerhalb von Sekunden quellen dicke Tränen aus Grandmas Augen. Sie versucht, sie aus ihrem Gesicht zu wischen, doch die salzigen Tropfen bahnen sich erbarmungslos auch ihren Weg durch die zittrigen Finger, fallen auf den Teller und mischen sich mit Grandmas Bratensauce.

»Aber hier auf der Fotografie, das ist doch Mum, oder?« Ich hole aus meinem Portemonnaie das Bild heraus, das ich mir vorsichtshalber eingesteckt hatte. Ich weiß, kitschig, aber irgendwie auch cool.

»Ja, das ist deine Mutter«, sagt Grandpa kühl.

»Hör auf mit der Fragerei, Tib«, weist James mich forsch an.

»Wieso sollte ich? Würde dich das nicht auch interessieren? Gerade du mit deinen …«

»Er ist tot.« Wie Regen an einer dicken, braunen Dachrinne bilden sich Schweißperlen an Grandpas Armen. Er wischt sich mehrmals mit einer Serviette über seinen Unterarm, zerknüllt dann das grüne Stück Papier und drückt es in seine Hosentasche. Ein bisschen grüne Farbe bleibt an der feuchten Haut hängen.

»Tot? Wieso tot? Was ist mit ihm passiert?«, frage ich. Ich verstehe die Welt nicht mehr.

»Er ist gestorben wegen deiner Mutter!«, ruft Grandma auf einmal und verlässt den Tisch.

»Was?« Wegen dieser Anschuldigungen hat Mum also den Kontakt nicht mehr gewollt. *Das ist ja wirklich unerhört!* Grandpa schaut bedrückt auf seine Roulade. Er rümpft die Nase. »Es ist eine lange Geschichte, mein Junge.«

Ich will aufstehen und Erna nachgehen. Doch Grandpa hält mich am Arm zurück.

»Ich glaube, es war doch keine gute Idee, den Kontakt wieder aufzubauen«, sagt er, während ich Erna in der Küche weinen höre. »Du erinnerst sie an die beiden.«

»Ich erinnere sie an wen?«

»An deinen Onkel und an deinen Vater zu gleichen Teilen.« Mit diesen Worten steht er auf und geht seiner Frau nach.

James und ich bleiben zurück.

Erst herrscht Totenstille, dann höre ich wieder Geräusche aus der Küche. »Ich kann ihn nicht mehr hier haben. *Ich kann nicht.* Er erinnert mich an meinen Sohn, an meine Söhne, aber auch an sie!«

James hustet, um die mich quälenden Stimmen zu übertönen, doch er schafft es nicht.

»Beruhige dich doch, Erna«, höre ich Grandpas Stimme.

»Ich kann mich nicht beruhigen. Ich will ihn nicht mehr sehen. Die ganze Zeit über habe ich mir so sehr Enkelkinder gewünscht, aber doch nicht von ihr. Nicht von dieser Frau!«

»Was hat sie gerade gesagt?« Perplex schaue ich James an, der im Begriff ist, aufzustehen.

»Also, wenn du magst, kannst du bei mir wohnen, solange ...«

»Kommt nicht in Frage«, sage ich und schiebe meinen Stuhl nach hinten. Bei James, Mera und Brian halte ich es keine fünf Minuten aus.

»Dann in das Hotel? HothP übernimmt natürlich alle Kosten, wie bei den anderen auch.«

Ich nicke und verlasse den Raum. Bevor ich die Treppe nach oben besteige, halte ich vor der Küchentür inne. Schluchzen tönt aus der Küche heraus. Ich schüttle den Kopf. Mum hatte recht. Sie wollte mich vor diesen Verrückten bewahren. Im Flur des oberen Stockwerks angekommen, schaue ich in Richtung der Tür, hinter der sich die unzähligen Fotografien verbergen. Vorsichtig öffne ich sie, doch bevor mein Blick auf eine der vielen Bilder treffen kann, schließe ich sie wieder.

Grandma und Grandpa sind verrückt, Tamara!

Ich beginne, in meinem Zimmer den Koffer zu packen. Nach wenigen Minuten steht James hinter mir im Türrahmen. Ich nehme aus dem Augenwinkel wahr, wie er mich für einen Augenblick beobachtet, bis er hineinkommt und eines meiner Oberteile aus dem Schrank fischt und mir hinhält.

»Ich helfe dir, in Ordnung?«, fragt er.

Ich antworte nicht und nicke auch nicht, doch trotzdem reicht er mir weiter meine Sachen aus dem Schrank. Bald muss ich ihm sagen, dass ich auf keinen Fall mehr etwas mit ihm zu tun haben möchte. Unser Kontakt soll sich nur noch aufs Geschäftliche beziehen. Das muss ich ihm sagen, ich muss es tun, wegen Brian. Ansonsten wäre es verheerend für meine Karriere und das ganze Team.

Unsere Hände berühren sich flüchtig, als ich einen Pullover in den Koffer lege und er ein paar Hosen dazu. Ich schaue zu ihm hoch. Er zu mir. Genau dieses verfluchte Knistern in der Luft ist es, weswegen ich nicht von ihm loskomme. Und genau diese Tatsache, dass ich mich einfach nicht von ihm lossagen kann, muss Brian mit *zu nahe treten* gemeint haben. Ich stöhne leise auf und ziehe meine Hand zurück. Er atmet scharf aus und presst dann seine Lippen aufeinander.

»Ich warte unten auf dich«, sagt James und verlässt das Zimmer.

Ich verabschiede mich nicht von meinen Großeltern, höre bloß Ernas Geschrei. *Wieso musste ich auch unbedingt in das mysteriöse Fotozimmer laufen?*

Als ich aus dem Haus trete, sehe ich James telefonieren, allem Anschein nach mit der Hotelverwaltung. Immer wieder nickt er zufrieden. Stumm zeige ich aufs Auto. James lächelt, holt die Schlüssel aus seiner Hosentasche und öffnet mir die Tür.

Ich setze mich in den schwarzen Land Rover. Der Geruch von frischer Pfefferminze schlägt mir entgegen und ich atme ihn ein wie eine Droge.

Als James fertig ist, steigt er zu mir ins Auto. Fast die gesamte Fahrt über schweigen wir uns an. Das Radio bleibt aus.

»Hast du davon gewusst?«, frage ich, bevor wir aussteigen.

»Wovon?«

»Davon, dass meine Großeltern meine Mum dafür verantwortlich machen, dass ihr zweiter Sohn, wer immer das sein mag, verstorben ist?«

James kraust seine Lippen.

»James?«

»Ja, ich wusste davon«, gibt er zu.

»Wieso hast du mir nichts gesagt?«

»Das hättest du gerne gehört?«

Ich schlucke und schüttle den Kopf. Dann steige ich aus. James schließt den Wagen und wir gehen in die Lobby.

Lionel sitzt noch an der Hotelbar. Wir nehmen neben ihm Platz.

»Ist alles in Ordnung bei dir, Tib?«, fragt er mit einem skeptischen Blick auf mein Gepäck.

»Tibor wird ab jetzt auch hier wohnen«, sagt James und rollt den Koffer unter den Tresen.

Lionel nickt bloß. *Zum Glück fragt er nicht weiter nach.*

Ich trinke eine Cola und mache mich dann auf nach oben zu meinem neuen Hotelzimmer. Es riecht nach frischbezogener Bettwäsche. Auf dem Kissen liegt eine kleine Schachtel Pralinen, von denen ich mir zwei in den Mund stecke, bevor ich Myc anrufe. Es klingelt, aber er hebt nicht ab.

»Myc, ich brauch dich jetzt!«, rufe ich dem Klingelton entgegen. »Nimm schon ab!«

»Tamara?«, fragt Myc und mir fällt ein Stein vom Herzen. Anstatt ihm von den haltlosen Anschuldigungen meiner Großeltern zu erzählen oder überhaupt von der Existenz meines Onkels, schaffe ich ihm nur eines zu sagen:

»Myc? Ich brauch deine Hilfe. Ich bin verliebt!«

21

Ich erzähle Myc haarklein von meinen Tagen in Köln und von James, lasse den Streit mit meinen Großeltern aber aus. Ich weiß ja nicht mal, ob es ein Streit war. *Unser* Streit ist jedenfalls vergessen. Myc und ich lachen zusammen wie früher. Er rät mir, mich zu outen.

»Ich soll ihm sagen, dass ich eine Frau bin?« Nervös über diesen Ratschlag von Myc ziehe ich meine Unterlippe zwischen die Zähne und kaue auf ihr herum, bis ein metallischer Geschmack nach Blut mich daran erinnert, dass es nicht der beste Weg zur Stressbewältigung ist.

»Wenn er dich liebt, Tamara, dann wird er dir verzeihen.«

»Aber er liebt mich nicht.«

»Für mich hört es sich aber stark danach an.«

»Selbst wenn, dann würde er bloß Tibor lieben und nicht mich!«

»Aber du bist doch Tibor, Dummkopf!«

»Myc ... Ich weiß, dass er mich nicht lieben würde, nicht lieben könnte, wenn ich ihm erzähle, was ich bin.« Ich verzweifle und drücke meinen Kopf in ein Kissen.

»Du tust so, als wärst du ein Ungeheuer.« Myc versucht, mich zu beruhigen und mir klar zu machen, dass James nicht der einzige Mann auf dieser Welt ist. Wenn er wüsste, dass er im Moment der einzige Mann für mich ist. Langsam verstehe ich Myc, was Rosemarie angeht.

»Was würde ich nur ohne dich machen, Myc?«

»Du wärst auf jeden Fall nicht so cool, wie du es bist!«

»Spinner!«

Myc lacht in das Telefon hinein, aber mir ist immer noch nicht recht nach Lachen zumute. »Was willst du denn jetzt machen?«, fragt er, als ich keinen Ton von mir gebe.

»Ich weiß nicht. Ich kann ihm nicht sagen, dass ich ihn liebe. Immerhin belüge ich ihn.«

»Aber du musst ihm irgendwann Rede und Antwort stehen.« Myc hält kurz inne. »Wenn du ihn liebst, darfst du ihn nicht weiter belügen. Er wird dir verzeihen!«

Es ist an der Zeit, Myc von Brian zu erzählen. Ich atme scharf aus und erkläre ihm dann, was Brian mir gesagt, wie er mir gedroht hat.

»Ach du Schande. Das macht die Sache komplizierter als gedacht. Willst du das Spiel von Brian mitspielen?«

»Wenn ich das Spiel nicht mitspiele, dann bin ich erstens James los und zweitens aus dem Team.«

»Aber wenn du mitspielst, verleugnest du deine Gefühle.«

»Myc, es sind Gefühle, die niemals, nicht in tausend Jahren erwidert werden würden.«

»Dann spiel mit.« Ich höre Myc ausatmen. »Du kannst dich auch noch nach dem Finale vor James outen. Ist vielleicht auch ein besserer Zeitpunkt, als ihm das jetzt reinzuknallen.«

»Ja, du hast recht, Myc.« Es ist doch auch absurd. James liebt mich nicht. Ich muss ihm sagen, dass ich ihn nicht mag und auch keine Freundschaft will. »Er hat ja selbst gesagt, das zwischen uns war bloß ein *Unfall.* Und ansonsten outet mich dieser blöde Brian, das könnte ich James nicht antun.« Das Wort *Unfall* versetzt mir einen tiefen Stich in die Magengegend, als ich es selbst ausspreche.

»So blöd ist dieser Brian nicht. Er liebt bloß seinen Bruder und ist in einer Zwickmühle, genauso wie du.«

Ich nicke, obgleich Myc mich nicht sieht. Dabei fahre ich mir durch die kurzen Strähnen. Er hört sich an wie Clark. Zumindest verteidigt er auch Brian. Auf eine seltsame Art und Weise vertraue ich den beiden mehr als meinem eigenen Kopf, der momentan von meinem Herz gelenkt wird.

»Dann geh jetzt, Tammy, vielleicht ist er noch da. Lass nicht zu, dass James von einem Dritten erfährt, dass du ihn belügst. Dann brich lieber den Kontakt ab, wenn du denkst, dass er eh nichts für dich empfindet. So bist du save vor Brian und kannst selbst entscheiden, wann du dich outest.«

»Jetzt gleich soll ich es ihm sagen?« Ich schlucke. Ich brauche doch noch Zeit, um mich vorzubereiten.

»Besser jetzt als nie!«

Ich nicke und lege auf.

James und Lionel sitzen noch an der Bar und reden miteinander. Ich beobachte sie von weitem. Dann atme ich tief ein und gehe auf sie zu. *Wie soll ich es ihm bloß sagen? Ist es nicht total lächerlich?*

Ich stehe hinter ihnen und schaue zu, wie James seinen Kopf auf seine Handfläche stützt. Er bestellt einen Drink und lacht über etwas, dass Lionel ihm gesagt hat. Lionel dreht sich auf seinem Barhocker hin und her. Bei etwa 180 Grad bemerkt er mich. Fragend schaut er mich an. Jetzt kehrt auch James mir nicht mehr den Rücken zu.

»James?«, frage ich kleinlaut. Seltsamerweise meine ich, Angst in seinem Blick zu lesen. »Kann ich mit dir reden?«

James legt seinen Kopf schief und hebt fragend eine Braue. Dann entschuldigt er sich bei Lionel. Wir gehen durch das Foyer, den Flur entlang und nach draußen vor das Hotel. James' Aftershave steigt mir in die Nase. Ab und an schielt er zu mir herüber. In meinem Bauch breitet sich ein unangenehmes Gefühl aus. Es fühlt sich an, als versuchte eine Masse quirliger Insekten, einen Ausweg aus meinen Gedärmen zu finden.

»Was willst du mir sagen?«, fragt er und streicht sich mit der Hand durch die wilden Haare. Ein schwaches Lächeln zeichnet sich auf seinem Gesicht ab. Er kaut auf seiner Unterlippe. Ich werde rot. In meinem Hals beginnt ein Kloß zu wachsen. Ich kann kaum ausatmen. *Das ist doch alles idiotisch.*

»Es ist so …«, beginne ich.

James nimmt die Hand herunter. »Was, was hast du? Ist es wegen den Nachrichten? Es tut mir leid, das war vielleicht hart gesagt. Aber …«, beginnt er, doch ich muss ihn unterbrechen.

»Ich liebe dich nicht!«, rufe ich und kneife meine Augen zusammen, um seine Reaktion nicht sehen zu müssen. »Ich liebe dich nicht und ich habe dich noch nie gemocht! Ich will nicht mit dir befreundet sein und auch nicht dein Unfall!«

Für einen Moment steht die Welt um mich herum still. Ich höre nichts und sehe nichts. Als ich die Augen wieder öffne, ist James weg. *Wo ist er nur hin? Was habe ich getan?* Am liebsten würde ich ihm hinterherrennen und ihm sagen, dass ich ihn liebe, dass ich ihn brauche, dass ich ihn will.

Tränen füllen meine Augen. Ich hätte nie gedacht, dass es so schmerzhaft sein kann, zu lügen.

Ich gehe zurück ins Foyer. *Vielleicht ist er noch da. Vielleicht hat er sich einfach wieder neben Lionel gesetzt und es macht ihm nichts aus.* Doch Lionel ist weg und von James fehlt auch jede Spur. Ich gehe nach oben und rufe Myc wieder an. »Ich hätte es ihm besser nicht gesagt.« Ich weine.

»Es war das Richtige, Tamara. Du hast dich immerhin eben dafür entschieden. Man darf niemals eine Entscheidung bereuen, die man einmal für richtig gehalten hat!«

»*Du* hast mir doch dazu geraten«, knurre ich.

»Jetzt gib nicht mir die Schuld. Ich meinte damit, dass wir eben darüber gesprochen haben und es die einzig plausible Lösung war und ist.«

»Warum fühle ich mich dann, als hätte ich den größten Fehler meines Lebens begangen?«

»Tja Tammy, so ist das mit der Liebe.«

Während wir reden, krame ich in meinem Koffer und suche meine Brieftasche. »Scheiße, wo ist sie?«

»Wo ist was? Beruhig dich erst mal, Tammy«, versucht Myc, mich zu beschwichtigen. Aber im Moment kann mich nichts und niemand beruhigen. Je länger meine Hand in den Männerklamotten wühlt, desto mehr verzweifle ich. Tränen strömen über meine Wangen. Ich dachte, dass jetzt der richtige Zeitpunkt ist, um mit Myc auch über die haltlosen Anschuldigungen meiner Großeltern zu sprechen. *Wo ist nur diese blöde Brieftasche?* Ich will Myc mit meinem Smartphone ein Foto des alten schwarz-weißen Bildes schicken, das erst zu der Eskalation führte, welche mich wiederum in das Hotel gebracht hat.

»Mist, Myc? Ich muss kurz auflegen, habe etwas Wichtiges bei Grandpa und Grandma vergessen!«

»Wohnst du nicht mehr bei ihnen?«

»Erkläre ich dir später.«

»Leg nicht auf«, ruft er mir schnell genug zu, ehe ich ihn wegdrücke.

»Wenn ich es jetzt nicht hole, werde ich später nicht mehr die Chance dazu haben«, entgegne ich.

»Lass uns lieber noch reden, bis du dich beruhigt …«

Ich lege auf und atme einmal tief ein. Der Kloß in meinem Hals erschwert meine Atmung, die gequollenen Augen brennen.

Ich merke, wie meine Hand zittert. *Tamara, du musst dich bewegen. Und reiß dich verdammt nochmal zusammen!* Ich verlasse das Hotel. Anders als Myc, schafft es der kalte Winterwind sofort, meine Tränen versiegen zu lassen und mich wieder etwas zu beruhigen. Ich nehme mir ein Taxi, bezahle es mit dem bisschen Bargeld, das ich vorsichtshalber in meinen Koffer gesteckt hatte, und bedanke mich bei dem Fahrer, als ich aussteige. Dann krame ich den Haustürschlüssel von Grandma und Grandpa aus meiner Jacke. Ich will ihn nach diesem letzten Besuch bei meinen Großeltern lassen. Ich habe momentan andere Probleme, als mich mit ihnen herumzuschlagen.

Vorsichtig schließe ich die Tür auf. Das Licht im Inneren ist erloschen. *Vielleicht schlafen sie schon?* Ich lausche, kann Grandpas Schnarchen aber nicht vernehmen. Dann betrete ich die Küche, schalte das Licht ein und schaue in Richtung der Einfahrt. Ihr Wagen ist weg.

Ich gehe ins Esszimmer und entdecke mein Portemonnaie auf dem Tisch. Die Fotografie von meinem vermeintlichen Onkel und Mum klemmt hinter dem rechteckigen Sichtfenster.

»Tib!«

Ich schrecke auf. Am anderen Ende des Zimmers sitzt James. Sein Gesicht ist dunkel überschattet und in seine Hände gestützt. Neben ihm steht eine Flasche Whiskey.

»Wie bist du hier reingekommen?«

»Tib! Ich muss mit dir reden!«

»James? Wieso bist du hier?«

»Dein Großvater hat mich angerufen. Ich solle dir sagen, dass deine Brieftasche noch hier ist.«

»Du wusstest, ich würde herkommen?«

»Ich muss noch mit dir reden!«, wiederholt er. Dabei streicht er seine Haare glatt nach hinten und steht auf. Er fällt ein Stück zurück, klammert sich an der Lehne des Sessels fest und stemmt sich dann wieder hoch.

»Ich kann nicht mit dir reden, James«, sage ich leise, damit der Kloß in meinem Hals nicht explodiert. Jedes Wort aus meinem Mund würde mich ebenso verletzen wie ihn. Ich gehe in den Flur. Ein Hirschkopf schaut mich aus seinen braunen Glasaugen an. Er ist Zeuge von dem, was in diesem Moment geschieht.

»Du bist mir Rede und Antwort schuldig!«, ruft James mir hinterher. Er nimmt sich die halbleere Flasche und folgt mir. Ich betrete, ohne meine Schuhe wieder anzuziehen, die Straße. Ein Kälteschauer zieht sich von meinen Füßen über meinen Rücken. Meine Socken nässen durch.

Leichter Schneeregen benetzt meine Haare. Ich eile zur anderen Straßenseite. Ich will nur noch hier weg.

»Bleib stehen«, brüllt James und wirft die Glasflasche in die Luft. Sie zerspringt klirrend am Boden. Ein Glassplitter rutscht zwischen meine Füße.

»Los! Bleib stehen!«, wiederholt er. Ich halte inne. In dem Nachbarhaus von Grandpa und Grandma wird Licht eingeschaltet. Eine Frau im Morgenrock steht wütend am Fenster und beobachtet das Szenario.

»Tib, ich ...«

»Was tust du da? Hör auf! Die Menschen hier schlafen alle!« Ich gehe zurück zu ihm.

»Tibor! Wieso bist du so anders?«, sagt er kühl und der Geruch von Whiskey strömt zu mir hinüber.

»Was meinst du?«

»Wieso bist du der einzige, der mich verletzen kann? Wieso muss ich mir jeden Tag meine Gefühle für dich eingestehen? Wieso muss ich dich mehr mögen als alle anderen Menschen auf dieser Welt? *Wieso?«*

Eine Träne rinnt über meine Wange. Ich wische sie weg. James wird morgen aufwachen und mir sagen, dass das alles ein Unfall gewesen sei. Jedes einzelne seiner Worte sei ein Unfall gewesen. Und dann wendet er sich wieder von mir ab und bietet mir seine Freundschaft an.

»Weißt du was? Ich habe dich auch nie gemocht. Ich nehme alles wieder zurück. Lionel und Stefano wollten, dass ich mit dir klar komme, dem Team zuliebe! Und dann sind wohl irgendwelche Birnen in meinem Kopf durchgebrannt«, brüllt er.

Der Dunst des Alkohols, den sein Atem in der kalten Luft verbreitet, benebelt meinen klaren Verstand. »James!«

»Du glaubst mir nicht? Meinst du ernsthaft, ich biete irgendjemandem meine Freundschaft an? Man muss sich Freundschaft erst verdienen!«

»Was?«

»VERSCHWINDE EINFACH! Verschwinde aus dem Team und aus meinem Leben!« James torkelt ein Stück zurück und ist im Begriff zu fallen.

Ich packe seinen Arm und halte ihn fest. »James!«, rufe ich erneut.

Er beugt sich nach vorne und berührt meine Lippen. Nur ganz kurz. Eine Sekunde. Dann schüttelt er seinen Kopf und drückt mich weg. Ich falle über einen losen Pflasterstein im Boden und lande unsanft mit dem Rücken nach unten auf der Straße.

James schaut mich an. Seine Augen sind feucht, seine Kleidung durchnässt. Ich stütze mich hoch. Er wendet sich zum Gehen und verschwindet in der Dunkelheit. Ich verharre einige Zeit an Ort und Stelle. Zu meiner Verwunderung rasen meine Gedanken nicht mehr. Sie hängen an einem Augenblick fest: Sie verweilen bei dem Kuss. Als ich spüre, wie meine Jacke die Feuchtigkeit vom Boden aufnimmt, richte ich mich auf. Ich gehe zurück zu der offenstehenden Haustür, hole meine Schuhe und laufe zum Briefkasten. Ich werfe den Schlüssel durch den Briefschlitz und mit ihm meine Zeit bei Granny und Grandpa weg. Dann rufe ich ein Taxi.

»Na, das war ja eine hammer Show!«

»Clark? Nicht jetzt, in Ordnung?«

»Ich will dich nicht nerven, aber ich glaube, du brauchst eine kleine Warnung«, erwidert er.

»Warnung wovor?«

»Du musst aufpassen, dass James nicht mitbekommt, dass du eine Frau bist. Denk daran, sonst schmeißt man dich aus dem Team, und ich habe das Gefühl, dass es ziemlich was anrichten könnte.«

»Vielen Dank für deine hilfreiche Warnung, Clark!« Ich rolle mit den Augen. »Du hast ja nicht mitbekommen, was hier gerade passiert ist, oder?«, sage ich in einem sarkastischen Tonfall.

»Doch, und genau das bereitet mir Sorgen. Ich glaube, du willst es ihm sagen, aber du darfst nicht! Sonst bist du aus dem Team, Tamara. Sonst ist deine Karriere beendet!« Das Taxi fährt vor. Ich fahre zurück zum Hotel. Es ist das erste Mal, dass ich Clark stehenlasse.

Der nächste Morgen beginnt. Ich schleppe mich hinunter zum Frühstücksbuffet. Grannys eintönige Butterstullen vermisse ich keine Sekunde. Doch auch Eier und Toast können mich nicht aufheitern. Eine unbekannte Nummer hat zwei Mal auf meinem Mobiltelefon angerufen. Es war nicht die von James, also habe ich den Anrufen keine Bedeutung beigemessen und sie ignoriert. *Ich will nach gestern niemanden mehr sprechen!*

Mein Rücken schmerzt. Ein großer, blauer Fleck von meinem Sturz zieht sich über meine Wirbelsäule. Schon gestern Nacht habe ich versucht, ihn mit einem nassen Lappen zu kühlen, doch dadurch wurde nur mein Bett nass.

Lionel und Damian kommen hinein. *Warum grinsen die denn so?*

»Du darfst nichts verraten, Tib!«, ruft mir Lionel zu.

»Was darf ich nicht verraten?«

»Wir haben eine Überraschung für den Boss!«, sagt Damian.

»Was ist es denn?« Ich schiebe mir missmutig eine Gabel Spiegelei in den Mund.

»Tadaaaa!«, rufen beide im Chor und hinter ihnen kommt jemand zum Vorschein: *Samuel.* Mein Magen dreht sich um. Ich muss an James' Geburtstag denken und spucke mein zerkautes Spiegelei auf den Tellerrand. Samuel kommt auf mich zu und kniet sich neben mich. Unwillkürlich rücke ich mit meinem Stuhl ein Stück von ihm weg.

»Hör mir zu, Tib. Ich würde gleich gerne mit dir reden, ist das in Ordnung?« Ich nicke zaghaft. Samuel lächelt zufrieden und geht zurück zu Damian, der eine Paketschleife aus seiner Hemdtasche holt und sie Samuel auf den Kopf klebt.

»Gibt es hier keinen Prosecco? Ah, Tibor, wie schön, dich zu sehen!« Ich drehe mich um. *Diese Stimme ...*

Mit einem kleinen Rollkoffer kommt Fräulein Goodman in den Frühstücksraum. Sie trägt eine schwarze Sonnenbrille und eine knallrosa Bluse. Ich nicke ihr zu. »Wirklich schön, dich wiederzusehen. Du warst einfach weg an Jamys Geburtstag«, säuselt sie, während sie das Buffet inspiziert.

»Dasselbe könnte ich von dir behaupten, Gwendolyn.« Ich lache. Fräulein Goodman setzt ihre Sonnenbrille ab und befestigt sie in ihrem Ausschnitt. Dann nimmt sie sich einen der vorgeheizten Teller.

»Was machst du überhaupt hier?«, frage ich.

»Ich arbeite nebenberuflich in einer Suchtklinik. Und als Lionel mich anrief, um das hier möglich zu machen, na rate, wer die erste war, die Samuel hierhin verfrachtete.« Sie kichert laut auf. Im Augenwinkel sehe ich Lionel, wie er mit Händen und Füßen abstreitet, Fräulein Goodman eingeladen zu haben. »Na, was haben wir denn hier. Ei, lecker. Eine Frau braucht viel Eiweiß.« Sie zwinkert mir zu und ich weiß nicht, ob ich lachen oder würgen soll.

Lionels Mobiltelefon vibriert. »Wie war die Morgenmesse? … Ja, du musst kommen, James! Es ist wichtig! … Ob du hier frühstückst oder in deinem Hotel, spielt doch keine Rolle. Wirst du krank? Deine Stimme hört sich so heiser an. Nein, nur ich bin hier.« Lionel hält die Hand auf das Display und kichert. »Ok, bis später.«

»Er ist gleich hier, jetzt versteckt euch schon!«, ruft er hysterisch und drückt Samuel hinter eine Gardine. *James kommt her? Wie geht es ihm wohl nach gestern Nacht?*

Egal, ich spiele das Spiel mit. Sie dürfen nicht wissen, was zwischen James und mir vorgefallen ist. Ich quetsche mich neben Samuel hinter die Gardine. Obgleich James bestimmt noch einige Minuten brauchen wird, sind wir schon mucksmäuschenstill. Ich sehe durch einen Schlitz im Vorhang, wie Damian sich auf der gegenüberliegenden Seite mit Yoshi versteckt. Fräulein Goodman tut sich seelenruhig Essen auf. Yoshi zischt ihr wütend etwas zu und zieht sie mitsamt ihrem Teller zu sich.

Warum kommen sie nicht zu uns? Ich will nicht mit Samuel alleine sein.

»Was ich dir sagen wollte, Tibor …«, beginnt er. Ich blicke starr geradeaus. »Es tut mir leid, dass ich eifersüchtig war. Es ist so, James ist mein erster richtiger Freund. Meine Familie hat viel durchmachen müssen. Mein Vater war nie für Damian und mich da. Er hat uns im Stich gelassen. Als ich James gesehen habe, da ging ein Ruck durch meinen Körper.« Seine Augen leuchten plötzlich auf. Unwillkürlich vergewissere ich mich, dass seine Pupillen eine normale Größe haben. Sie scheinen normal. Ich atme erleichtert aus.

»Ich liebe ihn ehrlich, aufrichtig und für immer!«, fügt er flüsternd, aber zugleich eindrücklich wie einen Ausruf hinzu.

Er liebt ihn? Ich liebe ihn doch auch. Ich kaue nervös auf meiner Unterlippe, um nicht in Tränen auszubrechen.

»Findest du es dann nicht bescheuert, dass du hier bist, obwohl er mit dir Schluss gemacht hat?«, fauche ich ihm entgegen.

»Schluss gemacht?« Samuel fährt verwirrt umher.

»Was gibt es so Dringendes?« Bei dem Klang von James' Stimme durchzuckt mich ein unerklärlicher Schmerz. Es fühlt sich an, als hätte mir jemand eine Spritze gegeben. Seine Stimme ist heiser und rau.

»Wir haben eine tolle Überraschung für dich«, säuselt Lionel.

»Wer ist wir?«, kläfft James. Samuel presst sich an mir vorbei, schleicht sich von hinten an ihn heran und hält ihm seine Hände auf die Augen. James schreckt auf.

»Sam?«, fragt er dann.

»Ja.« Samuel strahlt. Sie umarmen sich und er küsst ihn. *Nein*, sie küssen sich. Oh Gott, mir ist furchtbar schlecht. *Hat er doch nicht mit Samuel Schluss gemacht?*

Die alte Dame, die noch im Frühstücksraum isst, lächelt verträumt. Fräulein Goodman klatscht einmal in ihre Hände. Dann beißt sie herzhaft von ihrem dampfenden Toast mit Rührei ab.

»Was machst du hier?«, fragt James. *Klingt er verärgert über Samuels Besuch? Oder erfreut?*

»Ich habe sozusagen frei bekommen. Gwen babysittet mich.« Samuel lacht. James schaut zu der Psychologin, die mit vollgestopften Backen zustimmend nickend hinter der Gardine steht.

»Stefano lässt dich übrigens grüßen. Er hat mich kurz nach meiner Selbsteinweisung besucht«, fährt Sam fort. Seine roten Armhaare sind vor Erregung über den Kuss noch immer aufgestellt.

Ich komme hinter der Gardine hervor. James bemerkt mich und wendet sich von Samuel ab. *So ein verdammter Lügner!* Ich stampfe zu meinem Tisch, setze mich mit Schwung und steche mit der Gabel auf die Tischplatte ein. Er hat mir gesagt, sie hätten Schluss gemacht. *Warum hat er mich belogen?* Er wollte mich bloß ausnutzen. Wollte, dass ich ihm vertraue. Wahrscheinlich brauchte er jemanden, bei dem er sich ausheulen konnte, weil Sam in die Klinik musste. Als ein Kellner kommt und mich ermahnt, dass ich aus dem Frühstückssaal geschmissen werde, wenn ich noch einmal in den Tisch steche, platzt mir der Kragen.

»Ich will eh nicht in Ihrem scheiß Frühstückssaal sitzen!« Ich verlasse den Raum und renne zu einer der vielen Toiletten. Ich weine. Noch nie habe ich so oft geweint, wie seit ich James kennengelernt habe. Noch nie war ich so verzweifelt wie jetzt. Und noch nie wurde ich so dreist von einem Menschen belogen.

»Tibor? Ist alles in Ordnung?« Lionel klopft gegen die WC-Tür.

»Ja, alles wunderbar!«, lüge ich.

»Sicher? Du brauchst keine Angst mehr vor Sam zu haben. Er ist soweit clean und wird heute Abend sicherlich zurück in die Klinik fliegen. Er hat das damals nicht so gemeint. Eifersucht verändert einen.« *Ja, die Eifersucht, die gerade in mir brodelt, ist auch dabei, mich zu verändern.* Meine Unterlippe beginnt zu bluten. Ich muss mich abreagieren. In meiner Verzweiflung reiße ich ein paar Lagen Klopapier ab und zerdrücke sie in meiner Faust wie einen Stressball.

»Ach, dann ist ja alles gut!«, rufe ich und versuche Lionel davon zu überzeugen, dass er sich nicht um mich sorgen muss und alles in bester Ordnung ist. Aber er bleibt hartnäckig.

»Magst du nicht rauskommen? Wir wollen alle zusammen etwas mit Samuel unternehmen. Das Training ist erst einmal nach hinten verschoben. Wir haben in den letzten Tagen eh etwas übertrieben. Psychologen haben bewiesen, dass man sich einen Tag vor einer Prüfung sowieso nichts mehr merken kann. Warum sich also so kurz vorm Finale auspowern?« Er lacht. »Und das bessere Team sind wir alle Mal!«

Ich weiß, warum Lionel heute nicht mehr trainieren will. Die Fans haben uns für unsere Ansprache im Fernsehen gefeiert. Er hofft, dass sie uns jetzt auflauern und die ›Heroes of Prefix‹ anstelle von schweißtreibenden Einheiten am Computer als eine Art Familie beim Stadtbummel erleben.

Als ich nicht antworte, klopft er fordernd. Nachdem ich mir die Tränen aus dem Gesicht gewischt habe, öffne ich die Tür und folge ihm stumm. Er merkt nicht, dass ich geweint habe, aber er weiß, dass etwas mit mir nicht stimmt, denn er ist zurückhaltend. Zu zurückhaltend für Lionel.

Was wollen sie wohl unternehmen?

»Bowling«, antwortet Yoshi hinter uns, als ob er meine Gedanken gehört hätte. Er schüttelt mich an den Schultern. »Das wird geil«, ruft er dabei. »Ich war ewig nicht mehr bowlen.«

Während der Fahrt zur Bowlingbahn reden James und Samuel die ganze Zeit. Besser gesagt sie tuscheln. Samuel streicht dabei durch James' Haar.

Die Wut kocht wieder in mir auf. Er darf sein Haar berühren. Seine schwarzen Strähnen, die wild um seine Stirn spielen. Mein Unterleib zieht sich zusammen. Auf dem kurzen Fußweg vom Parkplatz zum Bowling nimmt Samuel James' Hand.

Während wir uns die Bowlingschuhe anziehen, scherzen die beiden über ein Thema aus ihrer gemeinsamen Vergangenheit, von dem niemand sonst eine Ahnung hat.

Anscheinend hatten sie einen missglückten Glampingtrip in den Niederlanden. *Wer geht denn auch schon in den Niederlanden campen? Und wie konnte Samuel James zum Glamping überreden?*

»Keine Sorge, du wirst das schon irgendwann schaffen!«, ruft mir Yoshi zu, als ich zum vierten Mal in die Rinne der Bowlingbahn werfe. In einer halben Stunde habe ich ganze fünf Punkte erspielt. Eine Frau vom Personal bietet mir an, die Rinne durch eine kleine Plastikmauer zu sperren, wie man es für Kinder normalerweise tut.

»Nicht nötig«, zische ich ihr zu und beobachte aus dem Augenwinkel Samuel, der sich von James zeigen lässt, wie man eine Bowlingkugel richtig wirft. Dafür stellt James sich hinter ihn und beugt sich gemeinsam mit Samuel nach vorne.

Beide umklammern dieselbe giftig grün schimmernde Kugel, die mit roten Sternen gesäumt ist. Samuel grinst blöde wie ein Kleinkind, als James ihm etwas in sein Ohr flüstert. Dann gehen sie zügig ein paar Schritte zusammen und lassen gleichzeitig die Kugel los, sodass sie in einem Schwung alle Pins abräumt.

Im Anschluss an das Bowling gehen wir zusammen am Rhein entlang. Samuel äußert die Idee, eine Schiffstour zu machen.

Meine Gedanken drehen sich die ganze Zeit im Kreis, während Samuel James anbettelt, mit einem seiner neuen Schiffe fahren zu dürfen. *Er weiß sogar von James' Kauf? Sie müssen in ständigem Kontakt gestanden haben. Doch was wäre ich für eine eifersüchtige Pute – oder eher ein Puter – wenn ich ihm jetzt eine Szene machen würde? Ich habe kein Anrecht mehr auf ihn.*

James organisiert uns eines seiner Schiffe. Er würdigt mich schon seit dem Morgen keines Blickes mehr. Ich fühle mich wie ein ausrangiertes Kleidungsstück. James' Verhalten wirkt auf mich wie purer Sarkasmus. Noch vor ein paar Stunden waren wir alleine in Grandpas und Grandmas Haus, wir waren uns so nah, und auf ein Mal bin ich für ihn Luft.

Lionel, Yoshi, Damian, Berthram, Gwendolyn und ich sitzen in der hintersten Reihe des Ausflugsschiffs, während Samuel vorne versucht, mit James eine Szene aus Titanic nachzuspielen. Ich könnte jetzt hier vor unser aller Füßen auf den Boden kotzen. *Was war das?*

James hat sich zu mir umgedreht. Für eine Sekunde treffen sich unsere Blicke. Doch dann wendet er sich wieder Samuel zu.

Jetzt reicht's mir. Was dieser Idiot kann, das kann ich schon lange. Ich schaue zu Fräulein Goodman. Einen Moment lang zögere ich, bis das eifersüchtige Kind in mir endgültig zum Leben erwacht.

»Gwen, möchtest du nicht etwas näher zu mir rücken?«, frage ich sie und Yoshi macht leise Würggeräusche. Ich ramme ihm meinen Arm in die Seite. Gwendolyn zieht ihre Sonnenbrille aus dem Ausschnitt und setzt sie sich auf. Dann hüstelt sie und beginnt süffisant zu lächeln.

»Tib? So fordernd? Du weißt, ich bin Psychologin. Ich durchschaue dein Spielchen.« Sie lächelt breiter. *Mein Spielchen? Weiß sie, dass ich in James …?* »Erst willst du, dass ich näher zu dir rücke, und heute Abend ziehst du mich aus. So seid ihr doch, ihr jungen Leute.«

Yoshi kann nicht mehr an sich halten und würgt wieder los. Jetzt ist es Fräulein Goodman, die ihm eine verpasst, bevor sie zu mir rutscht und sich mit ihrem Kopf an meinen Arm lehnt. Irgendetwas in mir will Gwendolyn wieder wegschieben, aber ich muss standhaft bleiben. Nicht mehr lange und … *Bingo!*

James hat uns bemerkt. Er schielt von den vorderen Plätzen zu uns herüber. Ich winke provokativ und lege meinen Kopf auf den von Fräulein Goodman.

Wird James etwa rot?

»Komm, wir setzen uns zu den anderen, Jamy«, ruft Samuel und nimmt neben seinem Zwillingsbruder Platz. Zwei Plätze von mir und Gwen entfernt. James' Gesicht zuckt und eine Falte auf seiner Stirn wird sichtbar, als er sich neben Lionel setzt. Betont lässig wende ich mich an Samuel.

»Hat dir der Flug hierher gefallen?«

»Ja, er war zwar anstrengend, aber der Gedanke an Köln und an James hat mich aufgeheitert.« Er befeuchtet seine rauen Lippenbögen, während er sich James zuneigt. »Schade nur, dass du heute Morgen noch beim Hochamt warst. Ich hätte dich auch noch früher überraschen können.« Er lacht ihn an.

»Du könntest ruhig mal mit in die Messe gehen«, sagt James mit einem spielerischen Lächeln auf den Lippen.

»Niemals«, ruft Damian von der Seite. »In einer zerrütteten Familie gibt der Buddhismus einem viel Halt.«

»Aber euer Vater war doch Christ, oder?«, fragt Yoshi und erntet einen bösen Blick von James.

»Was denn?« Ahnungslos zuckt Yoshi mit den Schultern.

»Deswegen sind wir konvertiert. Unser Vater …«, beginnt Samuel, »… war ein fanatischer Gottesanhänger, der zu Methoden griff, um uns zu erziehen, wie …«

»Es reicht«, greift James ein. Seine Stimme ist nicht laut, aber der Tonfall eindringlich. Für einen Moment breitet sich eine unangenehme Stille aus.

»Wusstet ihr, dass hier mehr Buddhisten als Christen an Deck sitzen?«, meldet sich Yoshi wieder zu Wort.

»Ihr seid alle Buddhisten?«, frage ich. Damian, Samuel, Yoshi und selbst Berthram nicken gleichzeitig. »Ich wusste gar nicht, dass dieser Glaube so verbreitet ist«, sage ich und weite anerkennend meine Augen.

»Es ist eine friedliche Glaubensrichtung«, erklärt Yoshi.

»Ja, und gerade Brian gibt sich eine Menge Mühe, Anhänger seiner Glaubensrichtung in das Team zu bringen.« James lacht sarkastisch auf. Ich merke ihm an, dass er den christlichen

Glauben gerne verteidigen würde, doch er hält sich zurück. Das Gesprächsthema wechselt zu Samuels Aufenthalt in der Klinik.

Nachdem das Schiff uns abgesetzt hat, schlägt Damian vor, etwas essen zu gehen. Fräulein Goodman besteht auf ein Restaurant, in dem es eine große Auswahl alkoholischer Getränke gibt. Wir finden eines unmittelbar am Ufer des Rheins und setzen uns an einen runden Tisch in der Mitte des Lokals. Gwendolyn setzt sich neben mich. James und Sam sind uns gegenüber.

Gwendolyn zitiert den Kellner zu sich und bestellt eine Runde Shots. Bis auf Yoshi lehnen wir alle dankend ab und sehen zu, wie Gwendolyn alleine die übrigen Tequilagläschen leert.

»Was wollt ihr essen? Ich zahle«, sagt James und schaut dabei nur mich an. *Glaubt er, er könnte mit seinem protzigen Gehabe punkten?* Meine Augen formen sich zu Schlitzen, aus denen ich ihn böse anfunkle. Währenddessen nimmt Fräulein Goodman unter dem Tisch meine Hand. *Moment mal.* Sie will gar nicht meine Hand, sondern wandert weiter nach innen. Ihre Fingerspitzen kommen Dads alter Tennissocke bedrohlich nah.

»Ähm, Gwen, lass uns das auf später verschieben«, entgegne ich ihr und zwinkere unbeholfen drauf los. Das hätte ich besser nicht getan, denn es scheint James endgültig zur Weißglut zu treiben. Er läuft beinah dunkelrot an und beißt sich auf die Unterlippe, genau wie ich zuvor. Fräulein Goodman nickt, legt ihren Kopf wieder auf meine Schulter und flüstert mir in mein Ohr. »Vielleicht haben wir zwei auch noch Zeit zu reden.« Ein leichter Alkoholdunst weht zu mir hinüber.

Wo bin ich hier nur hinein geraten? Egal, James hat es verdient!

Nachdem wir gegessen haben und Gwendolyn einiges getrunken hat, will Damian James und Samuel etwas Privatsphäre gönnen. Wir verabschieden uns und ich kann mir nicht verkneifen, lauthals zu verkünden, dass ich meiner Begleitung gerne mein Hotelzimmer zeigen möchte. James schaut mich zornig an und ich erwidere seinen Blick. *Hinterhältiger Lügner!* Eigentlich sollte ich mich freuen, dass er Samuel hat, sich auf Samuel fixiert und dass das mit mir vorüber ist. Eigentlich ... *Scheiße!*

Nachdem James und Samuel gegangen sind, werde ich mir erst meiner ausweglosen Lage bewusst. Gwen greift sich meine Hand und zieht mich in die Straßenbahn. Dass mir urplötzlich übel geworden ist und ich sowieso nach dem stressigen Morgen Ruhe brauche, kauft sie mir nicht ab. Wir fahren zurück. Yoshi schielt zu uns herüber und kichert unentwegt, während Lionel ihn mit bösen Blicken straft.

Zu allem Überfluss sagt Lionel diplomatisch »Jedem das seine!«, und ich laufe rot an.

Im Hotel angekommen, verabschieden sich alle so schnell, dass ich keine andere Wahl habe, als mit Gwendolyn nach oben zu gehen. In meinem Zimmer angekommen wirft sie sich auf mein Bett.

»Wie willst du mich?«

»Ähm, Gwen, ich glaube, du hast etwas ...«

»Was? Etwas falsch verstanden? Muss ich dich erst in Rage bringen, damit du mich nimmst, so wie James?«

»Wie bitte?«

»Nichts, erzähle ich dir ein anderes Mal. Jetzt komm her, du ...«

Ihre Stimme lallt etwas und ihr Blick ist unstet. Ich versuche, so viel Abstand wie möglich zwischen sie und mich zu bringen.

»Nein, was ist mit James?«

Sie stöhnt und verdreht die Augen. »James will nur mit mir schlafen, wenn er wieder wütend ist. Vor ein paar Tagen war er so sauer, dass er mich gleich dreimal hintereinander wollte.« Jegliches Blut scheint aus meinen Adern zu weichen. Urplötzlich überkommt mich ein Gefühl der Hilflosigkeit, das Sekunden später in blanken Hass umschlägt.

»Du hast dich mit James auch schnell angefreundet, oder?«, sagt sie und ihr Tonfall wird ernster. Ihre Lachfalten weichen einem starren, strengen Blick. »Weißt du zufällig etwas über ...«

»Tibor? Bist du hier?« Es klopft gegen meine Zimmertür.

Ich bin wie betäubt. *James hatte Sex mit Gwendolyn? Ich dachte, er ist auf der Suche nach der wahren Liebe. Ich dachte, er ist unsicher, hilflos und benötigt mich für meinen Rat.* Ich habe die ganze Zeit über angenommen, dass er mich wirklich braucht. *Was hat dieser Mann mir noch alles an Lügen erzählt?*

Wenn ich den Zeitungsartikel nicht gelesen hätte, würde ich in diesem Moment auch an dem Tod seiner Eltern zweifeln.

»Du störst, Lionel!«, ruft Gwendolyn der Tür zu.

Langsam fange ich mich wieder. »Nein, komm rein, Lionel. Was gibt's denn?«

Gwendolyn schnaubt auf.

Lionel betritt das Zimmer und schaut zu ihr, die sich auf meinem Bett räkelt. Dann wandert sein Blick zu mir. Dabei hebt er beide Augenbrauen und wirft seine Stirn in Falten.

»Ähm, ja, wie gesagt … Gwendolyn, das hier ist mein Zimmer und jetzt kannst du wieder gehen«, sage ich und bemühe mich, wie ein Fremdenführer zu klingen.

»Ich kann auch später wiederkommen, wenn ihr …«, beginnt Lionel, doch ich greife schnell ein, bevor Gwendolyn es tun kann.

»Nein, nein, nein, sie wollte sich hier nur kurz umschauen!«, beteuere ich. Gwendolyn sieht aus, als verstünde sie die Welt nicht mehr.

»Gut, wir müssen gleich doch noch trainieren. Ich habe neue Daten über DeathNote bekommen. Es ist also wirklich dringend!«

Ich bin heilfroh, dass Lionel gekommen ist. »Also Gwen, wir sehen uns!« Ich versuche, ihr verführerisch zuzuzwinkern.

»Ich werde auf dich warten, irgendwann wirst du für mich bereit sein. Ich muss auch unbedingt noch mit dir reden. Es ist wichtig. Es geht um James«, flüstert sie mir zu, reißt ihre Sonnenbrille herunter und zieht mich an sich. *Mann, ist die stark. Was sie über James sagen will, kann ich mir denken! Ich vögle ihn überall. Sex mit ihm ist geil. Ich liebe seinen Körper.* Mir wird schlecht. Sie presst ihre Lippen auf meine. *Fuck, igitt*, ich habe eine Frau geküsst. Sie leckt sich die Lippen und säuselt mir ins Ohr. »Bis bald, Großer!«

Warum, Tamara? Warum?

Wir trainieren hart und lange. Ich kann all meine Wut beim Spielen raus lassen. Anschließend nehmen Yoshi und Damian mich beiseite und wollen von mir wissen, weswegen ich mir ausgerechnet Gwendolyn ausgesucht habe. Ich zucke mit den

Schultern. Immerhin möchte Damian nicht mehr, dass ich ihn mit der heißen Stewardess bekannt mache. Er zweifelt an meinem Geschmack. Nachdem sie endlich aufgehört haben, mich zu löchern, beschließe ich, Myc anzurufen. Ich kann jetzt voll und ganz nachvollziehen, weswegen er mich nachts immer angerufen hat. Wenn man liebt, braucht man den besten Freund wie Pommes Majo und Ketchup.

Es klingelt. Aber niemand hebt ab. Ich versuche es erneut, wieder ohne Erfolg. Frustriert werfe ich mich rücklings aufs Bett und starre an die Decke. *Ich hasse Köln!*

Es klopft an der Tür. »Nein!«, rufe ich. Eine Chipkarte wird durch das Schloss gezogen und die Tür springt auf. »Ich habe *nein* gesagt und woher hast du meine Chip…?«

»Tibor! Sag mir jetzt die Wahrheit! Du kannst mir nicht weiß machen, dass du mich nicht liebst, dass du mich nie gemocht hast, wenn du so reagierst, wenn Sam in der Nähe ist!«

»Was gibt dir das Recht, hier einfach reinzukommen? Und was heißt hier *so reagierst?«*

»Wie du mit Gwendolyn umgegangen bist, das warst nicht du!«

»Ich finde sie nun mal scharf, na und? Du doch auch!«

»*Was?«* Er fährt sich durch die Haare und spannt seinen Kiefer an. *Ha, eins zu null für mich, ich habe ihn getroffen!*

»Was? Was? Ich vögle nicht Gwendolyn, habe einen Freund in den USA, eine beinah Verlobte und baggere trotzdem einen anderen Mann an! Ich glaube, du bist ernsthaft krank, James!«

Ich muss aufpassen, dass sich meine Stimme vor Wut nicht überschlägt.

»Wenigstens ist Gwendolyn nicht so eine Nervensäge! Sie entscheidet sich nicht ständig um und lässt mich meinen klaren Menschenverstand vergessen. Ich bin nicht schwach! *Ich bin ein Farck!*«, ruft James. Kleine Speicheltropfen schießen dabei aus seinem Mund.

»Du bist nichts als ein Haufen Scheiße, wenn du einer dieser hochnäsigen, Psychologen fickenden Farcks sein willst!«

Stille.

Farck starrt mich mit wilden Augen an. Seine schwarzen Strähnen stehen nach oben ab und sein Atem geht schnell und flach.

»Wo ist Samuel?«, keuche ich.

»Er ist auf dem Heimweg.«

Ich werfe ihm einen bösen Blick zu. »Du solltest deinem Geliebten jetzt zur Seite stehen!«

James spannt wieder den Kiefer an. Jetzt sieht er aus, als zermahle er seine Zähne in der Mundhöhle. »Ja, ich habe gelogen, was das angeht. Aber ich hatte es vor. Was hätte ich dir sagen sollen? Tibor, ich liebe dich, aber zuhause sitzt mein Freund in einer Entzugsklinik und wartet auf mich?«

Er liebt mich? Er liebt mich! Wieder sagt keiner von uns ein Wort. Er räuspert sich. »So war das nicht gemeint«, sagt er dann.

»Sowas in der Richtung wäre aber ziemlich geil gewesen! Aber wie wäre es mit, hey Tibor, zuhause warten mein Freund und meine Psychologin, die ich in allen Räumen meines Ferienhauses knalle!«

Die Wut kehrt zurück.

»Gwendolyn ist nicht von Bedeutung. Sie und ich, wir sind etwas eingegangen, das nicht leicht zu lösen ist. Vor allem, wenn ich wütend werde, ist sie die einzige, die mich versteht.«

»Vögelt man heutzutage jeden, der einen versteht? Dann müsste ich mit einer Menge Leute Sex haben, James, nicht zuletzt mit meinem Frettchen. Das ist doch krank!«

»Tib, ich kannte die Gefühle nicht, die ich zu dir hatte.« Er hält inne, wirft seinen Kopf in den Nacken und stöhnt. »Oder habe«, sagt er dann und verzieht seinen Mund. »Ich war wütend deswegen und wusste nicht weiter. Gwendolyn war da, sie versteht mich. Ich habe nichts Unrechtes getan. Wir sind und waren kein Paar. Ich bin dir keine Rechenschaft schuldig.« James' Nasenlöcher beben. Er kraust in unregelmäßigen Abständen seinen schiefen Nasenrücken.

»Vielleicht ist sie jetzt ja auch für dich da! Sie müsste noch irgendwo im Flur rumgeistern. Warte, ich rufe sie!«

Er legt seinen Kopf schief und kommt auf mich zu. Ein leises »Gwendolyn?« entfährt meinen Lippen, bevor sie von James versiegelt werden.

Der Kuss ist sanft. Seine Hände wühlen in meinem kurzen Haar. Für eine Sekunde ist vergessen, dass er mich angelogen hat, doch die Wut brodelt unter meinem Herzen, zerreißt meinen Magen, sobald seine Zunge aus seinem Mund gleitet. Ich stoße ihn weg.

»Ich hasse dich!« Der Gedanke an James und Gwen, James und Sam, James und Mera und all die anderen brennt sich immer tiefer in mein Gehirn.

»Wieso muss ich mich vor dir rechtfertigen? Du machst mich verrückt!«, brüllt er.

»Du bist doch hergekommen!«, krächze ich und werfe ein Kissen nach ihm.

»Du benimmst dich wie eine dumme Frau!«, keucht James, als er sich erfolgreich unter dem Wurfgeschoss weggeduckt hat, macht auf dem Absatz kehrt und verlässt mein Zimmer.

»Arschloch!«, rufe ich so laut ich kann in den Flur hinein und knalle die Tür ins Schloss. »Scheiße. Warum ist Köln so abgefuckt?«

Mein Telefon vibriert. Ich wage erst nicht, auf das Display zu schauen. Doch meine Neugier siegt. >Myc ruft an< steht darauf und ich bin erleichtert.

»Myc, es ist alles Mist!«

»Was ist los?« Ich erzähle ihm, was seither passiert ist. »Tammy, wieso hast du ihn denn nicht gelassen? Es wäre doch perfekt gewesen, wenn er mit Samuel zusammen ist.«

»Würdest du zulassen, dass Rosemarie mit jemand anderem zusammenkommt? Logik zählt in der Liebe nicht, Myc.«

»Ja, da hast du recht.«

Einige Zeit schweigen wir uns an.

»Was würde ich nur ohne dich machen. Ich bin so froh, dass du da bist, Myc! Ich vermisse dich furchtbar!«

»Renn ihm hinterher!«, ruft mir Myc mit einem Mal zu.

»Wie bitte?« Ich zögere.

»Sag ihm die Wahrheit, er hat sie verdient! Jetzt ist es eh aus, ob du es ihm sagst und er es akzeptiert – oder nicht und dich hasst, ist doch egal!«

»Ich kann doch nicht einfach ...«

»Du kannst! Du bist es ihm schuldig. Du kannst ihm nicht vorwerfen, dass er ein Lügner ist, während du ihm mit einer Lüge gegenüberstehst!«

Ich nicke und werfe das Telefon zur Seite, dann renne ich in den Flur.

»Warte, Tamara!« Clark taucht hinter einer Vase auf und stellt sich mir in den Weg.

»Was ist? Ich muss mich beeilen, Clark!«

»Tu das nicht! Sag ihm nicht, dass du eine Frau bist! Das bringt nur Unglück!«

»Du musst dir, wenn es schief geht, einfach einen neuen Star zum Stalken suchen. Und jetzt verschwinde!«

»Ich hab dich gewarnt, Tamara. Das wird nicht gut für dich enden, das kann nicht gut für dich enden. Und wenn du es sagst, werden wir uns nie wiedersehen.«

»Das Risiko muss ich eingehen.«

Clark macht mir Platz und ich renne an ihm vorbei. Weit und breit ist niemand zu sehen. Ich nehme den Aufzug ins Foyer. James ist nicht hier. Durch die Glasfassade des Hotels sehe ich seinen Leihwagen abfahren. Ich muss ihm nach, renne aus der Lobby auf den Vorplatz. Es ist kalt und dunkel. Die Straße heute Abend wie leer gefegt. Ich muss zu den Taxiständen. Ein rauer Wind zieht an mir vorbei. Ich kneife die Augen zusammen, als Schneeflocken mein Gesicht benetzen.

»Ey, du da! Bleib stehen!« Drei schemenhafte Gestalten kommen auf mich zu. Ich ignoriere die Stimmen mit dem kölschen Akzent einfach. Von weitem sehe ich bereits die gelben Taxen, als mich einer der drei an der Schulter packt. »Ich hab gesagt, bleib stehen!« Ein Mann mit schwarz-braunen Stumpen im Mund und widerlich fauligem Geruch schaut mir direkt in die Augen.

»Ich will aber nicht!«, quietsche ich ärgerlich, reiße meine Schulter los und renne ein Stück. Der Mann und seine zwei Freunde kommen mir hinterher. Als er mich eingeholt hat, stellt er sein Bein vor meine und ich stolpere. Unsanft schlage ich mit der linken Schulter auf. Ich sehe die Gesichter der beiden anderen. Sie mustern mich skeptisch.

»Hör auf!«, brülle ich den Mann an, der mich zu Fall gebracht hat.

»Ich find dich echt scharf.« Der Mann beugt sich über mich, packt mein T-Shirt und reißt daran.

»Aufhören!« Ich schlage mit beiden Fäusten nach ihm.

Er reagiert nicht. Seine beiden Kumpane halten meine Arme fest. In diesem Moment wünschte ich, den Selbstverteidigungskurs, den mir Dad immer andrehen wollte, gemacht zu haben.

»Wir haben einen anderen Auftrag bekommen«, knurrt einer von ihnen. »Müssen wir den schon wieder zu deinen Gunsten abändern?«

»Ruhe, ihr Ganoven, das Ganze zählt zu einer Bestrafung.« Er wendet sich an mich. »Wir haben gehört, Heroes of the Prefix haben einige Spiele gewonnen. Solltest du nicht den Einzug in das Finale verhindern?«

Durch die kölschen Wörter wirkt er bei weitem nicht so bedrohlich, wie es seine Gesten sind. Er leckt sich über die Lippen und eine übelriechende Wolke strömt aus seinem Mund in mein Gesicht. *James hat mir doch versichert, dieser Brandao würde sich um alles kümmern und mir diese Gruppe vom Hals halten.*

»Ich werde niemals extra verlieren, nur weil ihr es wollt«, kreische ich. Der Mann lacht laut, während er mein Shirt zerreißt. »Was ich im Moment will, ist etwas anderes. Glücklicherweise lässt unser Boss uns freie Hand, wie wir dir für dein Versagen einen Denkzettel verpassen.« Er schiebt mein Unterhemd nach oben.

»Was zum Teufel?« Irritiert blickt er auf das, was mich zum Mann macht. Er zieht an der umfunktionierten Bauchwegunterhose und zerreißt sie dabei, sodass meine Brüste zum Vorschein kommen. Ich versuche, nach ihm zu treten. Vergebens.

»Aufhören!«, flehe ich. Doch der Mann macht sich nun auch an meiner Hose zu schaffen.

Ich schließe die Augen und bete zu Gott – welchen auch immer ich erreichen mag –, dass ich zu James kann. Ich muss mit James reden, *James …*

Mit einem Mal lassen die Männer von mir ab. Eine schwarze Silhouette erscheint hinter meinen Angreifern.

»Was soll das? Was bist du …«, ruft der Mann mit dem fauligen Atem. Ein paar warme rote Tropfen spritzen auf mein Gesicht und rinnen an meiner Stirn hinunter.

Der eine Mann liegt neben mir am Boden, die anderen rennen davon. Ich blinzle in die Dunkelheit. Als ich mich aufrichte, sehe ich die Silhouette in der Nacht verschwinden. Das letzte, was ich von meinem Retter erkennen kann, ist eine schwarze Lederjacke, die das Licht einer Straßenlaterne reflektiert.

Ich lasse mich nicht weiter aufhalten und ziehe mir die noch heilen Kleidungsstücke wieder über. Dann renne ich zu den Taxen. Ich gebe einem Fahrer hundert Euro aus meiner durch die Siege des Teams gut gefüllten HothP-Kasse und bitte ihn, schneller zu fahren als sonst und die Blutspuren auf meinem Gesicht zu ignorieren. Ich muss zu James, ich muss mit ihm reden!

Hektisch suche ich nach einem Taschentuch und wische mir so gut es geht die Spritzer vom Gesicht. *Warum willst du das, Tamara?* Er macht doch selbst keinen Halt vor Gwen, Mera oder Sam, er spielt *mit ihrer aller Gefühle. Er spielt mit meinen* Gefühlen, nicht ich mit seinen. *Oder?*

»Ist es hier?«, fragt mich der Taxifahrer und ich nicke eifrig.

Ich bin zu nervös, um zu warten, bis der Wagen steht, springe einfach aus ihm hinaus, als er um den Brunnen fährt. Die kleinen Lampen an James' Unterkunft leuchten einladend und ich stürme durch den Eingangsbereich in den Fahrstuhl. Die Security des Hotels mustert mich skeptisch, lässt mich aber ohne weiteres passieren. Ich drücke wie eine Verrückte auf den Knopf zu seiner Etage. Plötzlich geht die Beleuchtung aus.

»Nicht dein Ernst!«, rufe ich nach oben. »Gott? Bitte, bitte, nicht jetzt. Ich habe doch gerade erst angefangen, an dich zu glauben.« Der Notschalter leuchtet auf und eine mechanische Stimme ertönt.

»Einen Moment bitte. Es handelt sich um ein technisches Versagen. Unsere Stromversorgungssysteme im Gebäudetrakt B sind ausgefallen. Entschuldigen Sie vielmals.«

»Machen Sie gefälligst, dass es wieder funktioniert!«

»Drücken Sie bitte erneut den Notfallschalter, der Fahrstuhl müsste sich von selbst wieder in Betrieb nehmen, das Stromnetzwerk wurde wieder aufgebaut.«

Ich haue auf den roten Knopf. Mit einem lauten Rumoren setzen sich die Triebwerke des Lifts wieder in Bewegung und das Licht an der Decke gibt flackernde Impulse. Die Fahrstuhltüren öffnen sich mit einem Quietschen. Ich quetsche mich durch den Schlitz, renne zu seinem Zimmer und hämmere mit meinen Fäusten gegen die Tür.

»James, mach auf! Bitte, mach auf!« Im Innenraum rührt sich nichts.

»Mach auf, James! Ich liebe dich!«, rufe ich so verzweifelt, wie ich bin.

Wieder keinerlei Reaktion. Ich setze mich auf den Boden und vergrabe meinen Kopf zwischen den Händen. Vielleicht sollte ich es aufgeben und morgen weiter versuchen. Vielleicht ist er auch gar nicht hier.

Gerade, als ich aufstehen und gehen will, wird die Tür einen Spalt breit geöffnet. Ich öffne sie ganz und betrete den schwach erleuchteten Raum. James hat sich auf sein Bett gesetzt. Neben ihm liegt eine leere Wodkaflasche. Ich hebe sie auf und stelle sie auf einen Nachttisch.

»James, hör mir zu …«, beginne ich.

»Sag nichts, sag einfach nichts!« Er stiert geradeaus und spricht langsam und schwerfällig. »Ich hätte auf Brian hören sollen. Er hat mir gesagt, ich soll bei dir vorsichtig sein. Er hat mich gewarnt und jetzt ist es zu spät.« Er atmet einmal schwer aus. »Was hat Stefano bloß in dir gesehen? Du bist Prefixdurchschnitt! Dein Rang war scheiße!«

James steht auf. Er riecht nach Alkohol und nach Zigaretten. *Ich wusste nicht, dass er raucht.* Er kommt auf mich zu. »Es ist zu spät, hörst du? Zu spät!« Er knallt mich gegen die Toilettentür und hält meine Hände fest.

»James, hör auf!«, schreie ich ihn an, doch er reagiert nicht. Er küsst mich auf den Mund. Ich presse meine Lippen aufeinander. Sein Speichel schmeckt wie purer Wodka. Er zieht an meiner Jacke und öffnet den Reißverschluss. *Nicht das Unterhemd, bitte nicht das Unterhemd!*

»Hör auf, James!«, brülle ich verzweifelt. Er darf es nicht so erfahren, er darf nicht! Der Alkohol benebelt ihm den Verstand. Ich versuche, mich zu wehren, schaffe es aber nicht. James zieht mir das Unterhemd nach oben und über meinen Kopf. Dann hält er inne. Schweigen erfüllt den Raum. Er lässt von mir ab. Mit meinen Händen zurre ich das Hemd von meinem Kopf zurück. Zum ersten Mal sehe ich James Farck hilflos.

Tränen schießen mir in die Augen. »Ich wollte es dir sagen«, schluchze ich. Es kommt keine Reaktion von ihm. »Es tut mir leid!«

Er schließt seine Augen und zieht Luft zwischen seinen Zähnen hindurch. Dann fährt er sich mit den Fingerkuppen durch das wilde, schwarze Haar.

»Du sagst mir, ich wäre krank? Du verurteilst mich für Dinge, die passiert sind, bevor ich dir meine Liebe in allen nur erdenklichen Formen gezeigt habe?«

»James? Du hast gesagt, zwischen uns bestünde nichts weiter als ein Unfall. Ich wollte doch nur …«

»Eigentlich warst und bist *du* die ganze Zeit über das kranke Schwein, das mich für sein Spiel benutzt hat.«

»Lass mich dir das erklären, James. James?«

Er winkt ab und verlässt das Zimmer. Ich versuche, mich anzuziehen. Meine Hände zittern. Ich höre einen Motor aufheulen und hetze zu dem offen stehenden Fenster in James' Zimmer. Sein Wagen biegt rasant auf die Straße ein. *Er fährt stockbesoffen davon.*

»Scheiße!«, brülle ich und trete gegen eine Kommode, von der ein Stapel Papiere und Zeitschriften mit einem dumpfen Schlag zu Boden fällt. Ich hebe sie auf und entdecke dabei ein interessantes Schriftstück. *Die chinesische Hölle* lautet der Aufmacher in einer alten Tageszeitung. Einige Stellen sind markiert: *Tortur der Zerkleinerung, wobei den Opfern einige Körperteile abgetrennt werden* und *Überfahren gilt als eine anerkannte Foltermethode für Sünderinnen.* Als letztes wurde unterstrichen: *Die Feuerqualen zeichnen eine Ebene der Diyu aus. So werden die Betroffenen bis zur Unkenntlichkeit verbrannt.*

Zerkleinert? Tod durch Überfahren? Verbrennung in Flammen? Meine Gedanken rasen zu dem Abend zurück, an dem James mir von dem Unfall seiner Eltern erzählt hat. Sein Vater wurde bei dem Unfall zerquetscht, seine Mutter starb, nachdem das Auto der fremden Frau in das von James' Vater raste, und die Falschfahrerin wurde durch die Flammen ihres Wagens getötet.

Der Diyu Mörder hat mit dem Unfall zu tun. James hat sich nicht mit der lückenhaften Wahrheit zufriedengegeben. Er forscht noch immer. Ich habe ihn zu Unrecht beschuldigt. In meiner Brust breitet sich Druck aus. Ich betrete den Flur und laufe ihn hinunter.

Was ist das?

Abrupt bleibe ich vor einer Tür stehen. Ich höre Stimmen. Die Tür ist einen winzigen Spalt breit geöffnet.

»James! Warum tust du das? Warum tust du es immer und immer wieder?«

Das ist Brian. James ist nicht weggefahren. Jemand anderes muss seinen Wagen genommen haben. *Vielleicht Mera?* Oder er wurde umgeparkt. Das muss es sein! Und James ist noch hier, redet mit seinem Bruder.

Ich klopfe nicht, sondern betrete einfach den dunklen Raum.

»James? Brian?« Vorsichtig taste ich mich an der Wand entlang ins Zimmer vor. In einer Steckdose steckt ein Nachtlicht und gibt den Blick auf ein Bett frei. Über diesem hängt ein gerahmtes Poster.

Die vier edlen Wahrheiten von Siddhartha Gautama

1. Alles ist Leiden

2. Der Ursprung allen Leidens ist das Begehren

3. Alles Leiden endet im Nirvana

4. Zum Nirvana gelangt man über den achtfachen Pfad

»James, ich muss dich beschützen. Ich muss, es ist meine Pflicht. Ich muss …« Es ist bloß Brian, der murmelt und sich unruhig in seinem Bett wälzt.

Mit einem Bein stoße ich gegen einen niedrigen Holzschrank. Eine Blumenvase fällt mit einem Klirren zu Boden.

»Mist«, zische ich und versuche, mit meinem Fuß die Blumen beiseitezuschieben. Brian schrickt aus seinem Schlaf hoch.

»Wer ist da?«

»Brian, entschuldige, ich dachte, James wäre hier.«

»Hast du es getan?«, fragt er. Ich nicke, obgleich ich nicht weiß, ob er es sehen kann.

»Kann ich mich darauf verlassen?«

Ich nicke erneut, beiße meine Zähne zusammen und wende mich zum Gehen.

»Sehr gut«, zischt Brian hinter mir. Er steht auf und kramt in seinem Nachttisch.

»Ich muss wieder«, sage ich hastig und stürme in den Flur. Mein Blick nimmt alles wahr, doch meine Gedanken kreisen bloß um James.

»Aua!«, rufe ich. Jemand packt mich von hinten.

»Was soll das?« Mir wird ein Taschentuch auf den Mund gedrückt. Es stinkt. Vor meinen Augen dreht sich alles. Das Letzte, was ich sehe, ist eine schwarze Lederjacke am Ende des Flurs, das Letzte, was ich sagen kann, »Brian«. Dann ist alles schwarz.

22

Ich öffne meine Augen, doch kann nichts sehen. Ein orangefarbener Schimmer tritt durch einen Stofffetzen hindurch, der über meine Stirn gespannt ist. Meine Wimpern schlagen in regelmäßigen Abständen an den Stoff, als ob sie sich gegen ihr Gefängnis wehren wollten. *Wo bin ich?* Ich kann mich nicht bewegen. Meine Arme und Beine sind gefesselt. Mir ist kalt. Ich bin nackt. Ein schwacher Luftzug streicht über meine Brust und lässt meine Brustwarzen zusammenziehen. Ich kauere mich zusammen. *Was ist passiert?* Ich winde meinen Kopf, doch schaffe es nicht, das Tuch abzustreifen, das scharf in die Haut über und unter meinen Schläfen einschneidet. Ich kann mich bloß auf mein Gehör und die sanften Umrisse verlassen, die durch den Stofffetzen schimmern. *Wie viel Uhr* ist es? Jetzt erinnere ich mich. Brian. *Wieso hat er das getan?*

Ich höre, wie sich eine Tür öffnet und jemand hereinkommt. Hinter dem Stofffetzen zeichnen sich schemenhaft farbige Elemente ab, die erahnen lassen, wo der Jemand sein muss. Er scheint einen Rucksack oder Beutel bei sich zu tragen, den er behutsam abzieht und zu Boden sinken lässt. Ein metallisches Scheppern ist zu hören.

»Hast du gut geschlafen?« Eine dunkle, verzerrt klingende Stimme röchelt mir entgegen. Sie wird durch irgendeine Maschinerie verändert, ist keinesfalls natürlich. Ich nehme an, durch einen Stimmverzerrer.

»Was hast du vor, Brian?«, huste ich und versuche, meinen entblößten Körper vor seinen Blicken zu verbergen.

»Beruhige dich«, sagt er. Seine Stimme nimmt durch das Verzerrgerät eine erschreckende Monotonie an. Er kniet sich zu mir. Ich spüre die leichte Vibration im Boden, als seine Knie neben meinem Ohr aufsetzen, und rieche den widerlichen Geruch von Gummihandschuhen, die er trägt. Er streicht einmal über mein Haar und reibt es zwischen seinen Fingerkuppen, sodass ein unangenehmes Knistern ertönt. Es mischt sich mit dem leisen Quietschen der Gummihandschuhe.

»Es ist nicht so, wie du denkst. Es geht um das Wohl meiner Familie, das musst du doch verstehen. Wir müssen alle Opfer bringen für unsere Familien.«

Ich höre, wie ein metallischer Gegenstand über den Boden streicht. »Brian, lass mich gehen!«

»Ich habe dir gesagt, beruhige dich!« Er wird wütend. Ich spüre, wie unruhig sein Körper sein muss, ohne ihn dafür sehen zu müssen. »Beruhige dich!«, wiederholt er und schlägt mit seiner flachen Hand auf den kahlen Boden ein.

»Nein!«, keuche ich und winde mich hin und her, immer und immer wieder von einer Seite zur anderen.

»Ich habe direkt erkannt, dass du eine dieser Frauen bist.«

»Was meinst du?«

»Du bist eine dieser Frauen, die mir meinen Bruder wegnehmen will. Eine dieser Frauen, die meine Familie zerstören will! Die James alles nehmen möchte. Alles, was ihm als Farck zusteht!«

Ich schüttle mit dem Kopf. *Das kann nicht sein.*

»Diese Gabe, die mir eine höhere Macht gab, diese Frauen aufzuspüren, brachte auch dich zu mir. Jeder in unserer Familie besitzt eine einzigartige Fähigkeit, und das ist meine!« Wiederholt schlägt Brian seine Hand auf den Boden. Dann hält er inne. »Es ist wichtig, dass du für deine Sünden bestraft wirst. Ich muss dich in die Unterwelt schicken, erst dort bekommst du das volle Ausmaß deines Schicksals zu spüren. Ich schicke dich jetzt in die Diyu!«

Ich sehe Umrisse seiner Hand, die einen blitzenden Gegenstand in Richtung Zimmerdecke reckt. *Ein Messer,* schießt es mir durch den Kopf.

»Dein Gott würde niemals zulassen, dass du irgendjemanden mit einem Messer verletzt. Er schaut auf dich und verabscheut dich!« Ich spucke, doch ich komme nicht weit. Mein Speichel tropft auf mein Gesicht zurück.

»Was hast du gesagt?« Er scheint schockiert. Dann kommt er nah an mein Ohr heran. Ich höre das elektrische Brummen des Verzerrgeräts, während er klar und deutlich mit einer fremden Stimme redet. »Ich glaube nicht an Gott, das müsstest du doch langsam verstehen. Du zeigst mit allem, was du sagst, wie gerechtfertigt das Urteil gegen dich ist.« Brian rutscht ein Stück zurück und verschwindet so aus meiner Wahrnehmung.

»Was tust du? Wo bist du?« Ich sehe den Schemen neben meinem Unterleib sitzen. Er beugt sich zu mir und setzt das Messer an meiner Hüfte an. Stechender Schmerz zieht sich bis in meine Brust. Ich will mich wegdrehen, doch Brian drückt mich mit solcher Kraft auf den Boden, dass ich mich nicht rühren kann. Tränen schießen mir in die Augen.

»Was tust du da?«, schreie ich panisch und heiser vor Anstrengung.

»Ich gebe dir etwas mit auf den Weg in die Hölle, in die Diyu!«

Mein Verstand ist getrübt von dem Schmerz, aber ich weiß, was er macht. Brian hat mir ein chinesisches Schriftzeichen neben den Hüftknochen geritzt. Blut fließt aus der Wunde. Ich spüre die warme Flüssigkeit an mir hinunterlaufen. Sie sickert langsam unter meinen Körper. Ich wende mich wieder, versuche erneut, mich den Qualen zu entziehen.

»Pass doch auf!«, brüllt er. Sein Stimmenverzerrer überschlägt sich für den Bruchteil einer Sekunde und gibt ein lautes Störsignal von sich. Das mechanische Kreischen bleibt in meinem Gehörgang als schrilles Fiepen zurück, das nach einem Moment verstummt. Brian ist wütend. Seine Mühen, möglichst präzise zu arbeiten, sind zwecklos, wenn ich mich bewege. Er nimmt sich etwas vom Hals – ich vermute, es ist der Stimmverzerrer – und legt ihn neben sich ab. Dann stemmt er ein Knie in meinen Bauch und setzt das andere auf meinen Oberschenkeln ab. Brian schneidet mir erneut in die Haut. Ich spüre das Metall über den Knochen gleiten, der Schmerz macht mich wahnsinnig. Ein heiserer Schrei entweicht meiner Kehle. Meine Handknöchel reiben an den Fesseln. Es brennt. Mein Körper steht in Flammen. Er nimmt das Verzerrgerät wieder auf, legt es sich um und spricht einige Worte auf Chinesisch. Es klingt wie eine Grabrede.

»Du bist verrückt, lass mich gehen! James wird nach mir suchen! Meine Mum wird nach mir suchen!« Eine weitere Welle des Schmerzes überrollt meinen Körper.

»Du wirst bis nach deinem Tod verflucht. *Ich* werde dich bis nach deinem Tod verfluchen, wie all die anderen, dass ihr auch dort nicht von James' Geld und James' Macht zehren könnt!« Abermals drückt sein Knie in meine Magengrube, sodass ich würgen muss. Ich schnappe nach Luft. Brian setzt das Messer wieder an und ritzt ein weiteres Schriftzeichen neben das erste. Blut läuft an mir hinunter und rinnt unter mein Gesäß. *Wie kann er nur so etwas tun?* Angewidert winde ich mich. Jede Bewegung zieht einen brennenden Schmerz nach sich.

Brian lässt plötzlich von mir ab, wendet sich zu dem Beutel, den er eben abgelegt hatte, und öffnet ihn. Er holt etwas, das für mich als schwarzes Rechteck sichtbar ist, heraus und legt es vor sich. Dann nimmt er einen schimmernden, runden Gegenstand und stellt ihn darauf.

»Was hast du vor?«

Er sagt kein Wort. Ich höre ihn schrauben und eine Flüssigkeit irgendwohin gießen. Das leise Plätschern klingt wie ein Regenschauer. Brian bewegt sich und holt mich so in die brutale Gegenwart zurück. All meine Sinne versuchen vorherzusehen, was sein nächster Schritt sein wird. Wärme schlägt deutlich in mein Gesicht. Brian scheint etwas neben mir zu erhitzen. Tränen schießen in meine Augen und tränken den Fetzen über ihnen.

»Hör auf zu heulen!« Wütend wendet er sich zu mir und gibt mir einen Schlag auf den Kopf. Dann schnaubt er auf. Er atmet einmal tief ein und aus.

»Entschuldige. Ich wollte dich nicht schlagen. Aber du willst dich nicht beruhigen. Dagegen muss ich etwas tun, verstehst du?«

»Du bist verrückt! Einfach nur verrückt!«

»Es ist meine Gabe! Respektiere das!« Er beugt sich wieder über mich, sodass ein Schatten auf mich fällt. »Ich konnte James seit seiner Kindheit von allen niederen Einflüssen befreien! Den Einflüssen, die sich bis in unsere Familie gefressen haben.«

»Du warst es«, rufe ich. »Du mieses Schwein hast deine eigenen Eltern ermordet! Es war kein Unfall!«

Brian lacht erst, dann hält er abrupt inne. Er murmelt einen weiteren Spruch vor sich hin und kommt mir nah. Der Schatten fällt jetzt genau über mein Gesicht. »Woher weißt du von dem Unfall? Hat er mit dir darüber geredet? So weit hast du ihn also schon gebracht?«

»Wieso hast du es getan?«

»Wieso? Sie hat ihn fast um seinen Namen, seine Stellung und seine Position gebracht. Wie hättest du gehandelt?«

»Du bist krank! Das ist kein Grund!« Ich ahne, was in der Nacht passiert sein muss. Er hat als einziger von seiner Familie überlebt. Mir hätte schon damals auffallen müssen, dass an dieser Story etwas faul sein muss. Brian war schon alt genug zum Fahren. Er fuhr in dieser Nacht und trieb sie alle in den Tod.

»Kein Grund? *Sie* wollte mir Jamy wegnehmen. Sie hat die ganze Zeit nur von ihm erzählt und wie toll er ist. *Sie war so stolz auf ihn.* Sie wollte ihn von den farckschen Geschäften fernhalten. Seine Mutter wollte nicht, dass er zu der Familie gehört. Selbst als Loreley ihr erzählt hat, dass er schwul ist, liebte sie ihn noch und wollte nicht, dass er Macht erhält. Das Geschäftsleben sei nichts für James. Auch Dad zog sich mehr und mehr wegen ihr zurück. Ich musste für das Familienwohl einen Schlussstrich ziehen. James war ein starker Junge. Er ist ein Farck!« Speichelfäden klatschen gegen mein Kinn und meinen Hals. Ich nehme wahr, wie Brian sich entfernt und stattdessen eine stickige, feuchte Wolke sich den Weg in meine Richtung bahnt. Sie erschwert mir zunehmend das Atmen. Brian hebt einen schimmernden Gegenstand an und kommt wieder auf mich zu.

»Du bist damals gefahren, hab ich recht?« Ich kann die Wörter bloß durch einen Spalt zwischen meinen Lippen pressen. Der Schmerz verzieht mein Gesicht.

»Ja, das hast du. Ich habe die Falschfahrerin gesehen und wusste, jetzt ist meine Chance, James' Mutter zu töten. Die dumme Frau auf der anderen Seite wollte ausweichen und hat beschleunigt. Wenn ich nicht auch beschleunigt hätte, wäre der Unfall nicht zustande gekommen. Seit diesem Tag ist in mir etwas erwacht. Ich kenne seither meine Bestimmung und weiß, was mein Lebensinhalt sein wird.«

Brian schluckt laut, als ob er es genösse, diese Geschichte zu erzählen. Als ob er sich damit brüstete und ihm das Wasser im

Mund zusammenliefe, sobald er sich daran erinnert. Sein Atem dröhnt aus dem Stimmverzerrer.

»Ich musste Dad nur nach vorne hieven und mich ins Gebüsch werfen. Mein Bein hab ich an den Flammen von dem anderen Auto verbrannt, damit ich nicht unversehrt bin und jemand Verdacht schöpft.«

Mit seinen freien, behandschuhten Fingern reibt er am Boden neben meiner Hüfte und streicht sich danach mit einem schmatzenden Geräusch über seinen Oberkörper. *Was macht er?* Beschmiert er sich mit meinem Blut?

Könnte ich doch nur mehr sehen. Könnte ich doch all meine Sinne auf eine Flucht vorbereiten. *Ich bin machtlos.*

»Es ist anders!«, ruft er. »Es fühlt sich nicht so an wie bei den anderen. Es fühlt sich an wie damals.« Er ringt nach Luft, taumelt einige Schritte zurück. »Nein, nein, nein. Ich habe seinen Hass gesehen. Er liebt sie nicht!« Ich stöhne laut. Ich kann nicht glauben, dass ein Junge seines damaligen Alters solch grauenvolle Taten vollbringen konnte. Brian kommt wieder auf mich zu und hält den Gegenstand mit der kochenden Flüssigkeit über mich. In einem Schwung gießt er sie auf meinen nackten Körper. Unsägliche Schmerzen zucken durch meinen Oberkörper, meinem Mund entweicht spitzes, hysterisches Geschrei. Meine Sinne setzen aus, alles konzentriert sich nur auf das Brennen. Ich wälze mich zur Seite und wimmere.

Brian hört plötzlich auf, setzt das Behältnis ab und stöhnt wütend.

»Verschwinde!«, brüllt er. »Du ruinierst mein Meisterwerk!« *Ist jemand im Raum?* Brian tritt einige Male auf den Boden ein.

»Hilfe!«, schreie ich, so laut ich kann, doch die Laute ersticken in Röcheln. »Hilfe!«, versuche ich es erneut. Brian schenkt mir keinerlei Beachtung, sondern streicht mit seinem Schuh über den Boden, als sei er in Kaugummi getreten.

»Du bist lächerlich, Brian«, rufe ich heiser und muss husten. »Diese Schriftzeichen sind lächerlich! Und deine Vorstellung einer Hölle!«

»Die Zeichen sollen ihren Träger bis in den Tod begleiten. Hass, Leid, Furcht, ewige Sünde. Du sollst auch noch in der Hölle leiden.«

»Wer sagt, dass ich in die Hölle komme? Da gehörst du hin, Mörder!«

»Ich befreie die Welt von all denen, die meine Familie bedrohen!«

Er nimmt das Behältnis mit der Flüssigkeit wieder auf. Dann setzt er sich direkt vor mich und beugt sich über mein Gesicht.

»Welcher Tag ist heute?«, keuche ich.

»Keiner macht sich Sorgen um dich, falls du das wissen willst. Sie müssen ihm alle egal sein. Jetzt ist es ihm egal. Er hasst dich. Er hat sich nie um dich geschert. Keiner, *keiner* sucht dich!«

»Glaubst du ehrlich, dass du ihn hiermit nicht verletzt? *Er liebt mich und ich liebe ihn!*«, rufe ich. Das Licht flackert.

»Er liebt dich nicht mehr. Ich weiß, wie er dich verabscheut.«

Brian lacht laut auf. Ich habe das Gefühl, mein Herz würde zerstochen. Es ist nicht Brians Messer, sondern die Erkenntnis, dass mich James nicht mehr liebt.

»Trink!«, befiehlt Brian und ich presse unwillkürlich meine Lippen aufeinander, als ich den Schwall der Hitze spüre. Die heiße Flüssigkeit trifft erbarmungslos auf meine Lippen. Ich schreie auf und öffne damit meinen Mund. Kochend heißes Wasser rinnt in ihn hinein, nicht viel, aber es reicht, um meinen Rachen in eine glühende Hölle zu verwandeln. Ich röchle und huste. Die Hitze in meinem Hals droht ihn zu zerfetzen. Plötzlich hört es auf. Ich spucke das letzte bisschen Spucke aus meinem Mund und schmecke das Blut, das sich darunter gemischt hat.

»Trink!«, befiehlt Brian erneut. Der heiße Edelstahlrand des Gefäßes verbrennt meine Lippen, als er ihn ansetzt. Er hält inne und ich meine, ohne dass ich ihn sehe, dass er in diesem Moment lächelt. Ein selbstgefälliges Stöhnen entfährt seinem Mund. Er hebt den Topf an. *Was tut er?* Er drückt sein Knie auf meine Hüfte und dreht mich so in seine Richtung. Ich will schreien, aber bekomme kaum einen Ton heraus. Ich versuche, mich zu wehren, mich zu bewegen, aber mich verlässt die Kraft. Die kochende Flüssigkeit trifft mich auf Magenhöhe. Wie ein Schlag, wie der Tritt eines mächtigen Pferdes spüre ich den Schmerz nach. Schüttelfrost überkommt meinen Körper und lässt ihn erbeben. Meine Zähne schlagen aufeinander wie Kastagnetten. Ich muss den Inhalt meines Magens erbrechen. Das warme Gemisch rinnt in kleinen Bächen über meinen Mundwinkel, während der letzte Rest auf meine Wangen abfällt. *Ich muss irgendwie Zeit gewinnen.*

»Warum … die anderen Frauen?«, huste ich.

»Um zu verhindern, dass sie ihn mir wegnehmen. Dass sie seinen Blick für das Wesentliche trüben.«

»Und das sollst … du sein?«

»Diese Huren haben ihm ihre Blicke zugeworfen. Blicke, die ihn um alles bringen wollen, was er hat!«

»Warum nicht … Goodman?«

»Goodman? Seine … Seine …« Brian verliert kurze Zeit die Fassung. »Ihr seid doch allesamt Lügnerinnen! Gwendolyn hilft ihm. Sie würde ihn niemals …«

Ein Mobiltelefon vibriert. Brian lässt vor Schreck mit einem lauten Scheppern den Topf fallen.

»*Fuck*, ich muss mich beeilen!«, flucht er. Als er die Hände um meinen Hals legt, will ich ihn packen, ihn wegdrängen, doch ich bin gnadenlos von den Fesseln umschlossen. Er drückt mir auf die Kehle und ich spüre, wie mir die Luft wegbleibt. Ich habe keine Kraft mehr, mich zu wehren. Meine Augen schließen sich und die letzte Luft dringt aus meiner Lunge.

Ich höre dumpf, wie Brian aufsteht und den Raum verlässt. Er scheint es eilig zu haben. Sein Telefon klingelt erneut. Ich höre die Vibration, während der Klingelton immer leiser wird.

Einige Zeit lang liege ich nur so da. Um mich herum nur Schwärze, bittere Dunkelheit, die nicht zulässt, dass ich Licht wahrnehme. Ich befinde mich in einem Zustand zwischen Bewusstlosigkeit und Empfinden. Mein Atem geht unregelmäßig und röchelnd. Jedes Mal, wenn Luft in meine Lunge strömen will, wird sie von einem Schwall Blut blockiert. Ich versuche, etwas zu sagen, doch kein Wort kommt über meine schweren Lippen. Meine Gedanken kreisen um meinen Körper. Ich versuche, die Linie des Schmerzes nachzuempfinden und so darauf zu schließen, wie das Schriftzeichen aussehen muss. Sekunden kommen mir vor wie Stunden und Minuten wie Endlosigkeiten.

Stimmen im Kellergewölbe. Sie kommen näher, befinden sich aber noch mit einigem Abstand zu meinem zukünftigen Grab.

»Was meinst du?«, höre ich Brian fragen.

»Die Nachricht von dir. Ist das dein Ernst? Ich weiß, du machst gerne deine Scherze, aber damit bist du eindeutig zu weit gegangen. Du weißt, dass sie gestern zurückgeflogen ist. Du hast die Nachricht, die sie mir hinterlassen hat, gelesen und trotzdem machst du das mit mir?« James klingt wütend, doch in seiner Stimme liegt noch etwas anderes als Hass. Brian knackt mit seinen Knöcheln. *Was macht James hier? Und was für eine Nachricht soll ich James geschrieben haben?*

»Tut mir leid, ich weiß nicht, was du meinst. Aber hör mir zu …«, sagt Brian.

»Das war nicht lustig, *das war überhaupt nicht komisch*!«, brüllt ihn James als prompte Erwiderung an.

»Ich muss noch etwas erledigen. Etwas *Wichtiges.* Fahr bitte zurück zum Finale. Du hast noch Zeit. Ihr könnt die beiden Matches noch gewinnen. Es war unverantwortlich, wegen so einer dummen Nachricht, womöglich einem Scherz von irgendjemandem, hierher zu kommen und das Finale zu riskieren. Jemand hat mein …« *Nein, geh nicht, James!* Brian wird forsch von James unterbrochen.

»Es war unverantwortlich von dir, so einen *Scherz* mit mir zu machen. Ich weiß, dass du es warst. Ich habe dir als einzigem von ihr erzählt. Ich hatte mit mehr Taktgefühl gerechnet.« James geht einige Schritte weit weg. Seine Stimme wird leiser.

Mit einem quietschenden Geräusch öffnen sich die Fahrstuhltüren der Kellerpassage. Als die Türen sich mit demselben erbarmungslosen Quietschen schließen wollen, ruft James noch durch sie hindurch.

»Ach und noch was, ich höre mit Prefix auf!«

Brian stottert undeutlich einige Worte, bis er sich wieder zu fangen scheint. »Das kannst du doch nicht!«, ruft er. »Es ist deine Leidenschaft! Jemand versucht, uns auseinander zu bringen.« Nach diesen Worten verliere ich endgültig mein Bewusstsein.

23

Ich keuche. Luft strömt wieder in meine Kehle. Mir wird die Augenbinde abgenommen. Brian steht vor mir. Er hält den Stofffetzen in der Hand und betrachtet zwei zertretene Weberknechte am Boden, die eine kurze dunkelrote Spur hinter sich gezogen haben. Er nimmt sie behutsam auf und legt sie in eine Ecke des Raumes, bevor er sich wieder an mich wendet. Die Tür hinter ihm ist geschlossen. Es gibt keinen Ausweg für mich.

Brian streckt seine Hand nach mir aus. Sein Arm bebt. Er legt seine Stirn in wellenartige Falten und zieht seine buschigen Brauen zusammen.

»Brian!«, ruft jemand aus dem Untergeschoss. Brian zuckt zusammen.

Ich spucke Blut auf den kahlen, weißen Kachelboden, während Brian sich mit zittrigen Fingern durch die Haare fährt.

»Wie geht es dir?«, fragt er mich und beugt sich über meinen Kopf. »Du musstest dasselbe durchmachen wie sie.«

Es klopft gegen die Tür. »Brian, hör auf! Brian, mach die Tür auf!«, ruft James.

»Ich wusste von Anfang an, du bist anders. Dass du eine starke Persönlichkeit bist«, sagt er in einer monotonen Tonlage.

»Brian, ich liebe sie!«, ruft James. Er hämmert gegen die Tür, doch Brian kümmert sich nicht um ihn, sondern zückt ein Taschentuch aus seiner Hose und wischt sich den Schweiß von der Stirn.

»Mörder«, zische ich ihm zu.

Er richtet sich auf und humpelt zur Tür. »James?«, sagt er. »James, ich …«

Ich höre ein leises Piepsen. *Was ist das?* Es hört auf.

»Es ist wie damals«, schluchzt Brian leise, kaum hörbar. »Ich hatte mir geschworen, dass es nicht mehr vorkommt. Ich wollte dich beschützen, James! Doch das Böse war schneller.« Brian kommt wieder auf mich zu. Die Lache aus Erbrochenem und Blut fließt langsam unter meinen Kopf. Mir wird schwarz vor

Augen. Ich höre ein ohrenbetäubendes Geräusch. *Scheiße, das war's. Das war's für immer.*

24

Ich kann meine Augen kaum öffnen. Mein Atem geht schwer und langsam. Ich höre dumpfe Geräusche. Meine Sicht ist erst verschwommen und klart nach und nach auf. Ich schaue einer weiß gestrichenen Zimmerwand entgegen. *Bin ich etwa immer noch in dem Keller? Oder habe ich Halluzinationen?* Ich will nicht mehr sein. Ich kann nicht mehr. Alles tut mir weh.

»Tamara?« Er ruft meinen Namen. Er kennt ihn. Ich lächle, obgleich es schmerzt. Er kommt zu mir und kniet sich vor mich. Wie schön ist es, ihn zu sehen. Ich versuche, einen Arm auszustrecken. Der Infusionsschlauch behindert mich.

»Geht es dir gut?«, fragt er. Erst jetzt nehme ich ihn ganz und gar wahr. Es ist Myc. *Was macht Myc hier?*

»Myc?«, frage ich und erkenne meine eigene Stimme nicht wieder.

»Wie geht es dir?« Ich huste und er reicht mir ein Glas Wasser.

»Wo sind wir? «, frage ich.

»Köln«, ist seine trockene Antwort.

»Wie kommst du hier her?« Meine Stimme ist mir so fremd, dass ich mich beinahe fürchte, zu sprechen. Ich fasse mir mit meiner freien Hand an die Kehle. Über ihr liegt ein dicker Verband. Ich erinnere mich an die Blutlache.

»Tamara? Liebling, komm her! Sie ist aus der Narkose erwacht!«

»Mum?« Sie drückt Myc beiseite, streicht mir über den Kopf und zieht ihre trockenen Lippen zu einem Lächeln. Hinter ihr kommt Dad zum Vorschein. Seine sonst so perfekten, pomadigen, grau-blonden Haare stehen zu allen Seiten ab. Zum ersten Mal sieht sein Gesicht für mich wirklich alt aus. Er hat Tränen in den Augen.

»Wir hätten dich nie mit ihnen reisen lassen dürfen. Dieses Spiel, dieses dumme Spiel«, sagt er immer und immer wieder.

»Nein, macht euch keine Vorwürfe. Ich habe das erste Mal in meinem Leben wirklich gelebt«, lache ich und spüre, wie auch in meine Augen Tränen steigen.

»Das hab ich mir gedacht«, sagt Myc und zückt ein zerknülltes Blatt Papier. Er lächelt, bis sein Blick feucht wird und ein kleiner Tropfen der salzigen Tränenflüssigkeit aus seinem Augenwinkel über die Wange rinnt.

»Als ich mit deiner Mum ein paar Sachen gepackt habe, hab ich sie gefunden.« Er hält mir die Liste vor mein Gesicht.

»Punkt 47, kein langweiliges Leben haben«, wiederhole ich.

»Den Punkt kannst du wohl endgültig abhaken.« Myc lacht.

Ich erinnere mich an das heiße, kochende Wasser und verziehe angewidert das Gesicht. Die Langeweile ist zwar dahin, aber um welchen Preis?

»Die Erfüllung dieses Punktes hatte ich mir irgendwie anders vorgestellt«, sage ich leise.

»Tut mir leid«, erwidert Myc und wird augenblicklich von Mum zur Seite gedrängt.

»Deine Schwester ist Zuhause geblieben«, sagt sie. Ihre Wörter überschlagen sich. Sie redet viel zu schnell. »Sie musste auf die Frettchen aufpassen.« Mycs Mum hat eine Frettchenhaarallergie, und es gibt niemand anderen sonst in der Nähe, der unsere drei Frettchen für ein paar Tage pflegen kann.

»Anstelle von deiner Schwester kam Myc mit. Aber auch, wenn er nicht mit uns geflogen wäre, säße er wohl jetzt hier und hätte einen anderen Weg gefunden, zu dir zu kommen«, entgegnet Dad mit einem breiten Grinsen und klopft Myc väterlich auf die Schulter.

»Ich habe Hunger«, krächze ich. Dann wende ich mich zu Myc. »Was ist mit dem Finale?«

»Lass doch einmal dieses furchtbare Spiel außer Acht!«, unterbricht Mum mich. Dann seufzt sie. Ich kann sehen, wie sehr sie gelitten haben muss. Ihre Augen sind aufgequollen und Stressflecken zieren ihre Wangenknochen. Ihre Haut ist so weiß, wie ich es noch nie erlebt habe. Bloß ihre neue Frisur sitzt noch wie an dem Tag, als sie vom Friseur kam. *Ob sie von dem Abend weiß, an dem ich bei Grandma und Grandpa ausgezogen bin?* Eine dumme Sorge angesichts der Umstände, doch für mich in diesem Moment durchaus berechtigt. »Wir gehen etwas zu Essen holen. Du darfst langsam anfangen mit etwas Suppe, haben die Ärzte gesagt. Bleibst du hier, Myc?«

Myc nickt meiner Mum zu und wendet sich dann an mich. »Das Finale wurde verschoben. Mittendrin kam die Nachricht von deiner Situation.« Er räuspert sich, als habe er trockene Kekskrümel im Rachen.

»Die haben das Finale wegen mir verschoben?«

Myc nickt. »Ja, sie meinten, angesichts der Umstände ... Wahrscheinlich ging es darum, dass die Nachrichtenkanäle und Liveticker denen die Einschaltquoten versaut haben. Deswegen wollen sie das nachholen.«

Ich nicke langsam. Tausende Gedanken schießen mir durch den Kopf. »Wie wurde ich gerettet?«, ist meine erste verbalisierte Überlegung.

Myc zuckt mit den Schultern. »Wir haben noch keine näheren Informationen, uns wurden bloß die Flugtickets zugemailt. Als wir hier ankamen, war niemand hier.«

»Niemand?« *Waren sie alle nicht gekommen? Was war bloß passiert?*

Nach einiger Zeit kommen Mum und Dad mit chinesischem Essen zurück. *Ironie des Schicksals.* Für mich gibt es lauwarm servierte Wan Tan Suppe ohne Wan Tan. Während wir essen, erzähle ich ihnen die ganze Wahrheit.

»Eigentlich wollte ich nie ein Junge sein«, beginne ich meine kurze Geschichte über die letzten Wochen.

»Wie meinst du das?«, hakt Mum sofort nach.

»Alles fing mit der Einladung von Heroes of the Prefix zu einem Casting für einen Spielerplatz an«, rede ich weiter. Ich erzähle ihnen alles über meine Lüge und dass ich nicht vorhabe, weiterhin als Tibor herumzulaufen.

»Was hast du dir nur dabei gedacht?«, fragt Mum mit einem Kopfschütteln. »Hättest du es nicht getan, dann würdest du nicht hier liegen.«

»Jetzt lasst uns die Vergangenheit vergangen sein lassen. Was passiert ist, ist passiert«, entgegnet Dad. »Ich meine, es hätte mir nichts ausgemacht, wenn du ein Junge geblieben wärst, aber ich bin doch froh, dass du wieder mein kleines Mädchen bist.«

»Ach Dad«, sage ich und lächle.

Auch Mum merkt man ihre Erleichterung an, dass ich nicht vorhabe, mich irgendwann einmal zu einem Mann umwandeln zu lassen. Sie macht mir zwar noch an der einen oder anderen Stelle den Vorwurf, warum ich nicht ehrlich zu ihnen war, aber sie hält sich ansonsten zurück.

»Und warum bist du bei meinen Eltern ausgezogen?« *Eine ganz ungünstige Frage, Dad.*

»Ich kann mir schon denken, wieso«, sagt Mum und fährt sich nervös durch die Haare.

»Ach, es hat mir dort einfach nicht so gut gefallen. Ich wollte lieber beim Team sein«, lüge ich.

Dad nickt. »Verstehe.«

Mum sieht sichtlich erleichtert aus.

Ich erzähle ihnen noch von den Spielen und von Brian. Verbotenerweise wickle ich dabei ein Stück des dicken, weißen Hüftverbands ab, um meinen Eltern und Myc meine Narbe zu zeigen. Die Zeichen bedeuten so viel wie *Leid.* Myc hat es im Internet nachgeschaut. Es ist nicht schön, so etwas an seinem Körper zu haben. Aber es macht mich stolz, in diesem Moment des Glücks gegen den Fluch zu arbeiten: Ich leide gerade ja nicht, *oder doch?*

Ich überlege, wo James ist, und wo der Rest des Teams. *Wie es ihnen wohl geht?* In meiner Vorstellung sitzt James Tag und Nacht an meinem Bett und das Team kommt zu mir und will sehen, wie es um mich steht.

»Und dann? Wie bist du überhaupt in das Kellergewölbe gekommen?«, hakt Myc weiter nach, als ich ihm die genauen Details erläutere.

»Ich glaube, ich wurde betäubt. Auf einmal war alles weg.«

»Wie?«

»Aufgewacht bin ich dann in dem Raum.«

»Oh Mann, echt heftig. Wir waren alle verwundert, weswegen Farck bei dem Finale aufspringt und wegläuft. Er hat bloß kurz auf sein Smartphone geschaut. Man spekulierte, ob er Lampenfieber bekommen habe, oder ob er an den Ereignissen rund um dich und Brian verwickelt sei. Es war schon seltsam, dass er so zielstrebig das Hotel und den Keller aufgesucht hat«, sagt Myc. Mum und Dad nicken.

»Nein, James hatte nichts damit zu tun! Er hat mich gerettet.« Das ist das einzige, was ich sicher weiß. Der Rest ist diffus.

Ich bin verwirrt. Mein Kopf schmerzt schon beim bloßen Gedanken an den Kellerraum.

»Lass uns nicht mehr darüber sprechen. Die Hauptsache ist, dass du jetzt hier bist und ich meine Prefixpartnerin zurück habe«, sagt Myc und lacht. Er streicht mir über mein kurzes Haar.

»Ja, du hast recht«, erwidere ich.

Wir essen auf.

Eine Krankenschwester bittet meine Eltern und Myc zu gehen. Sie verabschieden sich.

Die Visite kommt und erklärt mir, dass sie meinen Hals untersuchen wollen. Sollten die Wunden aber weiterhin so gut verheilen wie bisher, kann ich bald schon wieder heim. Ich lehne mich erleichtert zurück, als die Ansammlung an Ärzten den Raum verlässt. *Zu früh gefreut.* Ein Mann in einem weißen, offenen Kittel und einem auffällig geblümten Hawaiihemd betritt mein Krankenzimmer.

»Wer sind Sie?«, krächze ich.

Ich habe ihn vorher nicht bei der Visite gesehen, er wäre mir sofort aufgefallen. Seine Wangen sind bereits eingefallen, obgleich er ansonsten nicht alt wirkt, und er trägt eine Glatze.

»Ich bin Dr. Ulrich. Freut mich, dich kennenzulernen.« Er setzt sich auf einen Drehstuhl, rollt zu mir heran, indem er sich mit seinen Füßen nach vorne schiebt, und streckt mir die Hand entgegen.

»Freut mich auch«, heuchle ich und schüttle seine gewaltige Pranke.

»Ich bin gerade erst angekommen.«

»Von wo kommen Sie denn?«

»Aus der Schweiz.«

»Und warum sind Sie jetzt hier?«

»Wegen dir. Weißt du, was mit deinem Körper passiert ist, Tamara?«

Ich schüttle den Kopf. Er strahlt unheimliche Kompetenz aus. Irgendwie erinnert er mich an James.

»Das heiße Wasser ist hier hinuntergelaufen.« Er hält mir ein Bild von einem Hals hin und deutet mit einem Kugelschreiber auf die Stelle, wo sich die Speiseröhre befindet.

»Sie hat dein Halsgewebe beschädigt. Deshalb wurdest du in eine künstliche Narkose versetzt. Das ist nichts Schlimmes und hat dazu beigetragen, dass du heute wieder so fit bist, wie du es nun mal bist.«

»Fit?« Ich ziehe ironisch meine Mundwinkel nach unten und kneife die Augen zusammen.

»Glaub mir, ohne die Narkose würdest du heute keinen Ton rausbringen. Die Schleimhaut ist ein Gewebe, das sich Gott sei Dank schnell regeneriert. Doch bei einer Reizung durch Gespräche oder übermäßiges Schlucken heilt sie kaum ab.«

»Tamara?« Jemand hat die Tür geöffnet. Ich schrecke hoch. »James«, sage ich, und ohne es verhindern zu können, bahnen sich Tränen ihren Weg.

»Lassen Sie uns alleine, Dr. Ulrich?«, fragt er und kommt auf mich zu.

»Ich komme morgen noch einmal. Pass auf, dass sie sich nicht überanstrengt, Junge«, erwidert Dr. Ulrich und verzieht seinen Mund zu einem Strich. James nickt. Unbeholfen steht er im Türrahmen.

»Wein doch nicht. Alles ist gut«, sagt er dann und kommt mir näher, um sich auf die Bettkante zu setzen.

»Du hasst mich. Du hasst mich dafür, dass ich eine Frau bin. Und du liebst mich nicht mehr deswegen«, schluchze ich. Er schweigt. Es stimmt. Er liebt Männer und keine Frauen, die sich als Männer verkleiden.

»Du kannst wirklich froh darüber sein, dass Brian schlecht darin ist, falsche Fährten zu legen«, sagt er.

»Wie meinst du das?«

James wiegt seinen Kopf zur Seite und fokussiert einen unbedeutenden Punkt im Raum. »Er hat mir von seinem Mobiltelefon eine Nachricht zukommen lassen. Sie lautete: ›Bruder, ich brauche dich. Es geht um T‹.«

»Wieso hat er das gemacht?«, frage ich und überlege, was in Brian vorgegangen sein muss. *Was seine Maskerade wohl alles kostete?*

»Eigentlich sollte ich diese Nachricht erst nach dem Finale lesen. Davon gehe ich zumindest sehr stark aus, denn Brian konnte nicht damit rechnen, dass ich meine Messages während des Spiels checke.« Ich erinnere mich, wie James und Brian im Kellergewölbe diskutiert haben.

»Wieso bist du zurückgekommen, nachdem du den Keller verlassen hast?«, frage ich.

»Wann?«

»Ich habe euch dumpf wahrnehmen können. Dich und Brian. Du bist mit dem Fahrstuhl nach oben gefahren.«

»Ich war zu wütend, um mich weiter mit Brian zu befassen.«

»Aber du kamst zurück«, erwidere ich und erinnere mich an James' Worte, nachdem ich ein zweites Mal erwacht bin. Mein Magen fühlt sich an, als sei er gefüllt mit einem Hornissennest.

»Diese Tatsache hast du Brians lückenhaftem Wissen über dich zu verdanken«, sagt er.

»Wieso?« Die Ahnungslosigkeit liegt schwer auf meiner Brust. Mein Mund wird mit einem Mal trocken. Ich blähe die Flügel meiner Nase auf und spüre, wie verkrustet sie sein muss. Die Zeit in Narkose hat Spuren hinterlassen.

»Ich war so wütend über Brians mangelndes Einfühlungsvermögen, dass ich das Finale abgebrochen habe und zu ihm fuhr. Ich wusste, er würde irgendwo im Hotel sein. Er hatte während des Finales wegen einer von Richards Firmen ein Meeting mit einer koreanischen Firma. Ich fand ihn im Keller und stellte ihn zur Rede. Gerade, als ich aus dem Fahrstuhl stieg, las ich mir unseren Chatverlauf durch. Du hattest mit mir einen Tag vorher viel geschrieben, aber irgendetwas ließ mich plötzlich zweifeln, dass du es warst, mit der ich geschrieben habe.« James zieht sein BlackBerry aus der Hosentasche und hält mir einen SMS-Verlauf hin.

Ich ziehe scharf Luft zwischen meinen Zähnen ein, denn er hat mich noch immer als Tibor eingespeichert.

Tibor Carlmeyer: >James, bitte, du MUSST das Finale spielen. Ich bin auf dem Weg nach Australien, um dort eine Auszeit zu nehmen. Vergiss mich!<

James: >Australien? Warum muss es direkt ein anderer Kontinent sein? Was ist mit deinen Eltern?<

Tibor Carlmeyer: >Ich werde ihnen nichts davon verraten. Ich habe schon immer dieses Fernweh in mir. Es muss gestillt werden.<

James: >Deine Liebe zu Flügen ist mir bekannt.<

Tibor Carlmeyer: >Ohne das Gefühl, frei wie ein Vogel zu sein, würde ich es nicht aushalten. Danke, dass du es mir eine Zeit lang ermöglicht hast, aber jetzt muss ich weiterziehen. Ich brauche ein größeres Ziel!<

James' abschließende Nachricht lässt mein Herz für einen Moment aussetzen.

>Egoist< Mit diesen Worten quittiert er den weiteren Chatverlauf.

James räuspert sich. »Du hasst Fliegen mehr als alles andere. Brian war nie mit uns geflogen und ich hatte es nicht für nötig gehalten, ihm von deiner panischen Flugangst zu erzählen.« Er lächelt gequält. »Ich wusste, dass etwas nicht stimmen kann. Irgendetwas war an der ganzen Konstellation faul.«

Er beißt sich auf seine Unterlippe. *Ob er sich diese Geste von mir abgeschaut hat?* Sein Blick wandert zu Boden.

»Und wie hast du mich retten können?«

»Ich habe einen Notfallknopf in meiner Tasche gehabt. Vor dem Finale wurden sie an uns alle verteilt. Es ist Ironie des Schicksals, eigentlich fand ich diese Art der Sicherheitsvorkehrung immer albern.«

Ich erinnere mich an das Geräusch, bevor ich das Bewusstsein verloren habe. *Der Notfallknopf.*

»Was ist mit Brian? Wo ist er jetzt?«

»Er ist im Gefängnis.« James schweigt einige Zeit über.

»Hier?«, frage ich, um das Schweigen zu brechen.

Er schüttelt den Kopf. »In unserem Heimatland, in den USA.« Also wurde Brian an die amerikanischen Behörden übergeben. Ich weiß, was das bedeutet. *Todesstrafe.* »Er war tatsächlich das Monster aus den Medien, mein Bruder. Kennst du das Gefühl, wenn du etwas nicht fassen kannst?«

Ich nicke. »Er war es die gesamte Zeit über. Zugleich er immer noch seine Unschuld beteuert. Ich war so blind, es nicht zu bemerken. Auch heute kann ich mich nicht erinnern, wann etwas Auffälliges passiert ist, was mich hätte warnen können.«

»Er hat die Frauen getötet, damit sie dich nicht für sich einnehmen«, sage ich. Ich weiß nicht, ob er weiß, dass Brian seine Familie umgebracht hat.

»Es ist so absurd. Einige Frauen kannte ich nicht einmal, trotzdem sollen sie, in Brians Augen zumindest, für mich und meine Geschäfte eine Gefahr gewesen sein? Wieso?«

»Ich glaube, aus Logik hat er nicht gehandelt.«

»Es ist furchtbar. Aber es hat ein Ende. Wir können jetzt auf alle Fälle und mit Sicherheit sagen, dass der Diyu Mörder Mum und Dad nicht umgebracht hat.« Er lacht. Er klingt gelöst. Ich hingegen bin angespannt und bis zum Bersten gefüllt mit Gefühlen. Die Wahrheit schmerzt, *aber ist es deswegen gut, sie zu verbergen?* Ich schlucke.

»Was hast du?«, fragt er.

»Ich muss dir etwas sagen. Es geht um Brian«, beginne ich. Meine Finger schwitzen.

»Was denn?«, fragt er.

»Es ist so …«, beginne ich.

»Raus mit der Sprache!«

»Brian hat damals deine Eltern getötet. Er war es.« Ich halte kurz inne. James zeigt keinerlei Reaktion. Ich kneife meine Augen zusammen, damit ich seine Reaktion nicht sehen muss, und fahre fort. »Er hat deine Mum umgebracht, weil sie dich immer noch so sehr liebte, obwohl du bisexuell bist. Er wollte sie von dir isolieren, weil sie dich aus der Geschäftswelt fernhalten wollte. Ich glaube, es lag an deinem Onkel, weil er …«

»Nein«, sagt James und lacht. Er schaut kurz an die Decke und schüttelt dann den Kopf. »Nein, nein, nein. Sein Bein. Er ist verkrüppelt. Er hat nichts mit dem Unfall zu tun. Und er liebt mich zu sehr, um meine Mutter, um unsere Mutter zu töten!«

»Er ist gefahren und hat dann deinen Dad auf den Fahrersitz gesetzt. Da war er bereits tot.« Ich bereue, damit angefangen zu haben. Ich sehe den Schmerz in seinen Augen aufblitzen. *Wieso habe ich das getan?*

»Du weißt nicht, was du da sagst! Brian hat Mum genauso geliebt wie ich! Das kann nicht sein. Das kann einfach nicht …« Er hält mitten im Satz inne. Auf einmal scheint ihm klarzuwerden, dass Brian sehr wohl im Stande war, es zu tun. Er zieht Luft zwischen seinen Zähnen ein und fährt sich einige Male durchs Haar. Er sieht aus, als würde ihm übel werden. Mir fällt ein Spruch aus dem Korinther ein. Nicht, dass ich mich sonderlich gut in der Bibel auskennen würde, aber er kam in meiner Kommunionspredigt vor und hinterließ eine Mischung aus Erkenntnis und Ekel in mir. *Denn er selbst, der Satan, verstellt sich zum Engel des Lichtes.*

Brian hat James sein ganzes Leben bei den Farcks über nur hintergangen und betrogen.

»Warum tust du das immer wieder?«, fragt er und fährt sich langsam mit seiner Hand durch die Haare.

»Was meinst du?«

»Du solltest dich besser um deine Familie kümmern, als mir andauernd die Schwächen meiner vorzuhalten!«

Was meint er? Ist es in seinen Augen eine Schwäche, einen Mörder in der Familie zu haben?

»James, ich ... Das ist doch keine Schwäche und vor allen Dingen ...« Er verlässt schlagartig den Raum. Die Wahrheit tut weh. Aber ich musste es ihm sagen. Nach all den Jahren hat er sie verdient.

25

Einige TV-Moderatoren und Reporter wollen mich am darauffolgenden Tag interviewen. Meine Eltern waren dagegen, dass sie zu mir kommen, aber ich wollte mit ihnen sprechen. Ich will kein Mitleid. Ich will nur, dass die ganze Welt weiß, dass ich das letzte Opfer von Brian Farck war. Das hört sich rebellisch an. Es klingt entschlossen. Dabei bin ich im Moment alles andere. Sie denken immer noch, ich sei ein Mann. James hat dafür gesorgt, dass die Ärzte eine Verschwiegenheitspflicht unterschreiben. Man hat mir erklärt, dass ›Heroes of the Prefix‹ sonst eine Menge Fans und vielleicht die Sponsoren verlieren, wenn rauskommt, dass ich sie alle belogen habe. Mir macht es nichts aus. Ich war über eine Woche lang ein Mann, dann kann ich es in der Öffentlichkeit immer noch sein.

»Werden Sie übermorgen spielen?«, fragt mich eine junge Reporterin. Ihr Name ist Lisa.

»Was ist denn übermorgen?«, frage ich.

»Das Finalspiel, es wurde abgebrochen und für ungültig erklärt. Die Kommission hat den Termin auf den 28. November gelegt.«

Ich schüttle den Kopf. Niemand aus dem Team war mehr hier. Niemand hat sich nach mir erkundigt oder mich gefragt, ob ich spielen will. Ich kann in meinem Zustand wahrscheinlich eh nicht spielen. Dr. Ulrich meinte zwar, ich könne morgen wieder in mein Hotel, die Wunden seien gut verheilt, aber ich fühle mich schlecht.

Sind das vielleicht Depressionen? Habe ich eine Midlifecrisis? Ich bekomme Tränen in den Augen und Lisa wechselt peinlich berührt das Thema.

Am Abend schaue ich fern. Auf fast allen Nachrichtensendern wird von meinem Unglück berichtet. Mein Name lautet überall Tibor, dazu wird ein Bild von Manuels Shooting eingeblendet. *Ich wusste gar nicht, dass James so einen großen Einfluss hat.* Dass er es schafft, Bilder seiner Person von der Öffentlichkeit fernzuhalten, scheint mir noch irgendwie plausibel. Aber dass er es schafft, das Geschlecht eines Menschen und damit letztlich seine Identität zu ändern, Respekt! So ist Tamara Carlmeyer noch immer das Mädchen von nebenan, während Tibor Teil eines Computerspielteams und das Opfer eines Mörders wurde.

Ich überlege, was passiert, wenn Ruby die Nachrichten verfolgt und Wind davon bekommt, dass ich überall als Tibor auftrete. Höchstwahrscheinlich hat James auch für diesen Fall Vorkehrungen getroffen und wird meinem Umfeld zuhause eine Geschichte von einer Geschlechtsumwandlung aufgetischt haben.

»Herr Carlmeyer? Hier ist Besuch für Sie.« Ich nicke der Krankenschwester zu. Sofort zieht sich ein unangenehmes Brennen durch meinen Unterleib. *Ist James noch einmal zurückgekommen? Oder sind es Yoshi, Damian und Lionel, die mich endlich besuchen und mir Rede und Antwort stehen wollen?*

Hinter der weiß gekleideten Frau kommt Grandpa hervor. Ich atme scharf aus und habe mit einem Mal keinen Plan mehr, wie ich mich ihm gegenüber verhalten sollte. *Die Frage ist aber auch, ob ich diesen Plan jemals gehabt habe.* Er mustert mich zögernd, fährt sich mehrmals durch das graue Haar, bis er einen weiteren Schritt auf mich zukommt und zu sprechen beginnt. »Tibor.« Er schluckt laut und hält inne. Bestimmt wartet er auf eine Reaktion von mir. Ich huste in meine Faust, zu mehr bin ich nicht im Stande. »Erst einmal, es ist furchtbar, was passiert ist.« *Erwartet er eine Antwort?* »Und ich wollte mich bei dir entschuldigen für den Vorfall.«

Ich nicke und lasse meinen Blick durch das Zimmer huschen. *Sieh ihn bloß nicht an,* denke ich mir.

»Ich will dir gerne die ganze Wahrheit erzählen.« Nochmals lautes Schlucken seinerseits.

»Ich weiß nicht, ob ich sie hören will, weil ich nicht weiß, ob du die Wahrheit sagst«, entgegne ich scharf und starre die weiße Raufasertapete an, die definitiv schon bessere Tage gesehen hat.

»Ich verstehe, was du meinst. Dann will ich dir bloß unsere Sicht auf die Dinge erklären.«

Ich rege mich nicht. Aus dem Augenwinkel sehe ich, wie sich sein Mund zu einer schmalen Linie verzieht. Sein Blick wird traurig. »Bitte, ich will Eberhard nicht noch einmal verlieren.«

Ich ziehe hörbar Luft durch meine Zähne und klopfe dann auf meine Bettkante. Dankend nimmt er den Platz an. Ich meine, ein Lächeln huscht über Grandpas Gesicht.

»Es ist so, wir hatten einmal Zwillingssöhne. Deinen Dad und Niklas, seinen eine Minute älteren Bruder.«

»Warum hat mir niemand von einem Zwillingsbruder erzählt? Warum sollte Dad nicht mehr davon reden, wenn er einen hatte? Wieso sollte irgendjemand die Existenz meines Onkels verheimlichen?« Ich fühle mich wie Sherlock, der einem Täter auf der Spur ist. Unwillkürlich muss ich an Mycroft denken und lächle zaghaft. *Aufhören zu lächeln, Tamara, du überführst gerade deinen Grandpa!*

»Niklas war strebsam und bei den Frauen sehr beliebt, unwiderstehlich könnte man sagen, wohingegen Hardi eher zurückhaltend war und ein Spießer«, fährt Grandpa lachend fort, ohne auf mich einzugehen. Auch ich muss grinsen und an Dads langweiliges Steuerberaterleben denken. Dieser Punkt der Geschichte kann also durchaus stimmen.

»Auf alle Fälle schaffte es Eberhard trotz seiner Schwächen und seiner Introvertiertheit, eine Frau zu finden. Wir wohnten damals noch in den Niederlanden und Eberhard ging vor unserem gemeinsamen Umzug ein Jahr nach Deutschland. Dort lernte er sie kennen. Wir waren alle sehr glücklich. Bis Erna diese Frau, als sie hier zu Besuch war, zusammen mit Niklas in einer unschicklichen Position fand.«

»Mum?«

»Warte ab«, hustet Grandpa. Ich nicke.

»Nach diesem Schock zogen wir um. Wir richteten uns wegen meiner Arbeitsstelle hier in Köln ein. In dieser Zeit kam deine Mutter oft zu Besuch. Erna drohte ihr, sie solle die Finger von Niklas lassen und Eberhard nicht verletzen. Sie bot ihr sogar Geld an, damit sie ganz aus der Familie verschwindet. Aber sie lehnte ab und kehrte zu Hardi zurück.«

»Und was ist daran so schlimm, dass man den Kontakt abbrechen muss? Solange Mum und Dad sich lieben und zusammen sind, ist nichts einzuwenden. *Gar nichts!*« Ich verschränke die Arme und prüfe Grandpas Gesichtsausdruck. Mit einem Mal wirkt er getroffen und gleichzeitig nervös.

»Niklas hat das nicht verkraftet, weil auch er sie liebte, und nahm sich das Leben.«

»Wegen Mum?«

»Meine Frau, also deine Großmutter, erzählte Eberhard, was sie gesehen hatte. Doch Eberhard glaubte seiner Frau, deiner Mutter. Die versprach ihm, nichts Unrechtes mit Niklas getan zu haben, und brach den Kontakt zu uns ab. Zu allem Überfluss nahm sie deinen Vater mit nach Bayern und brachte dort unser erstes Enkelkind zur Welt, ohne dass wir daran teilhaben durften.«

»Das, das kann doch nicht wahr sein. Doch selbst wenn, Niklas hat sich selbst dazu entschieden zu sterben, das war nicht Mum.« Ich habe mit einem Mal das Gefühl, Mum vor den Anschuldigungen verteidigen zu müssen. *Grandpa spaziert hier einfach herein, um mir zu sagen, dass Mum angeblich seinen Sohn auf dem Gewissen hat?*

»Sie hat ihn dazu getrieben, mit harten, herzlosen Bemerkungen.«

»Es ist ein Entschluss, der gefasst wird von einem einzigen Menschen«, blaffe ich und muss an Brian denken. Brian, der den Entschluss fasste, James' Eltern zu töten. Brian, der den Entschluss fasste, einer Menge Frauen mit Familien das Leben zu nehmen.

»Du kannst selbst entscheiden, was du mit diesen Informationen machst«, sagt Grandpa und schaut mich fordernd an.

»Es sind ziemlich viele«, gestehe ich mit zu Fäusten geballten Händen.

»Ich weiß.« Mit diesen Worten steht er auf und verlässt das Zimmer. Er lässt mich einfach alleine. *Sollte es tatsächlich stimmen? Wenn ja, wie fühle ich mich dann gegenüber Mum? Sollte ich sauer auf sie sein, enttäuscht oder verletzt?*

Am nächsten Morgen verlasse ich mit der Unterstützung meiner Eltern und Myc das Krankenhaus. Mein Hals schmerzt immer noch beim Sprechen und Essen, aber er ist schon sehr gut verheilt. Die Ärzte sprechen von einem kleinen Wunder.

Mit Mum traue ich mich nicht zu reden. Ich habe Angst, dass ich beginne, ihr Fragen zu stellen. Und diese Fragen muss ich mir vorher gut zurechtlegen. Zuerst will ich mit Myc darüber beratschlagen, bevor ich Mum mit etwas belaste, das vielleicht bloß ein Hirngespinst eines alten, verwirrten Mannes ist.

Die Wunde am Hals schmerzt beim tiefen Einatmen. Und wenn ich zu ausgiebig lache oder rede, spüre ich ein hartes Stechen im Kehlkopf. Als Andenken an die Zeit im Keller ist mir die weiß vernarbte Haut am Bauch und Kragen geblieben. Ganz zu schweigen von der unpraktischen Halskrause, die ich noch tragen muss.

Dr. Ulrich hat mir einen Psychologen empfohlen. Ich beschließe, zu ihm zu gehen, bis mir auffällt, dass wir in ein paar Tagen zurück in Schwarzenfeld sind und es keinen Sinn hat, sich in Köln therapieren zu lassen.

Mum gibt ›Prefix‹ und den ›Heroes of the Prefix‹ die Schuld an meinem Unglück. Die ganze Zeit über warnt sie mich vor James. Es liege in den Genen, meint sie. Doch ich habe keine Lust, ihr James' Familienkonstellation zu erläutern, um sie vom Gegenteil zu überzeugen. Stattdessen bin ich froh, dass sie nach einer einstündigen Diskussion einwilligt, sich in Köln umzusehen und mich eine Weile alleine zu lassen. Ich scheine ihr die Angst wenigstens ein bisschen genommen zu haben.

»Bis dann!«, ruft sie, bevor sie geht.

»Bis dann, Mum, und denk daran, Myc ist da und passt auf mich auf!«

Sie nickt immer und immer wieder, bis sie von Dad aus der Tür geschoben wird. Dad ist wild darauf, mit Mum all seine alten Lieblingsplätze abzuklappern. Sie sind noch immer so verliebt ineinander. *Warum sollte ich Mum mit Fragen von früher belasten? Warum sollte ich sie überhaupt fragen? Was sie früher getrieben hat, geht mich nichts an. Die Hauptsache ist doch, dass sie mir stets eine mehr oder minder gute Mutter war.*

Während der Kölntour meiner Eltern schauen Myc und ich fern und ich erzähle ihm von meinen Matches.

»Ich konnte leider dein erstes Spiel mit dem Hammer-Manöver nicht gucken. Rosemarie war da und wir haben, na ja, Punkt 46 auf deiner Liste gemacht.«

Ich werde rot, weil er das alles gelesen hat und damit auch weiß, dass dieser Punkt für mich so wichtig ist, dass ich ihn notieren musste. Ich lache und versuche, wieder zum Thema ›Prefix‹ zurückzukehren.

»Kein Problem. Aber das Manöver lief wirklich genau so, wie wir es damals versucht haben, nur, dass es diesmal funktioniert hat.« Myc räuspert sich verlegen. »Was ist?«

»Diese Aussage von dir könnte auch auf Punkt 46 bezogen sein. Weißt du noch damals, als wir es versucht haben und du dich irgendwann übergeben musstest?« Er beginnt zu schmunzeln und ich schlage ihm mit voller Wucht auf die Schulter. »Au«, stöhnt er. »Ist das der Dank für deine erste sexuelle Interaktion?«

»Spinner!«, quietsche ich und werde wieder rot.

»Ich würde echt gerne mal mit dem Rest des Teams reden«, lenkt er nun ab und schaut für einen kurzen Moment verträumt zur Decke.

»Ich würde auch gerne nochmal mit ihnen reden«, erwidere ich sarkastisch.

Ob sie wissen, dass ich Tamara und nicht Tibor bin? Dass ich sie all die Zeit verarscht habe? Wenn ja, müssen sie furchtbar wütend sein. Und, viel schlimmer noch, was müssen sie dann wohl von mir denken wegen der Sache mit Fräulein Goodman? Ich rümpfe die Nase und ziehe meine Unterlippe zwischen meine Zahnreihen.

»Wie waren eigentlich die Entwickler von Prefix? Was haben sie euch noch so erzählt? Diese Amanda war ja wohl ätzend, oder?«

Ich muss schmunzeln. Er versucht, mich aufzuheitern. Myc hat meine niedergeschlagene Stimmung bemerkt. Ich bin glücklich, dass er trotz unseres Streits versucht hat, jedes meiner Spiele und alle meine Aktionen in Köln zu verfolgen.

»Ich hab noch was für dich«, sage ich und reiche ihm einen Briefumschlag.

»Was ist das?«

»Mach schon auf!«, befehle ich, als er ihn verwirrt anstarrt.

»Tamara, das ist nicht dein Ernst«, ruft er. »Das sind ... eintausend Euro.«

»Damit kannst du Rosemarie auf die Malediven einladen oder was weiß ich wohin. Und ich hab noch das!«, füge ich triumphierend hinzu. Während Myc noch immer den Inhalt des Umschlags anstarrt, suche ich mein Mobiltelefon. *Wo kann es nur hin sein?* Ach scheiße, Brian muss es noch immer haben. Oder jetzt wohl eher die Polizei.

»Okay, ich habe es leider doch nicht. Ich hatte ein Foto mit der Entwicklerin von SilverDrage. Sie ist eine waschechte Chinesin. Ich schwöre es dir!« Ich lache, aber Myc steigt nicht mit ein. Er wirkt bedrückt. »Was ist denn, Myc?«

Seine Augen werden feucht. »Mit Rosemarie, das ist so eine Sache.« Er druckst herum.

»Was ist mit ihr?«, frage ich ihn.

Er wird kreidebleich. »Das gehört angesichts deines Zwischenfalls nicht hier her«, sagt er diplomatisch und wendet den Blick von mir ab.

»Raus mit der Sprache, Myc!«

»Ich habe mit ihr Schluss gemacht. Also eigentlich sie mit mir. Sie hat mich tatsächlich zu sich eingeladen, um mit mir Schluss zu machen.«

»Mach dir nichts draus. Sie ist eben dumm.« Ich lache, aber Myc findet das gar nicht komisch.

»Ich habe sie wirklich geliebt«, gesteht er. Ein tiefer Schmerz zieht sich durch meine Brust. Ich weiß, wie es ist, jemanden zu verlieren, den man liebt. Ob ich James *wirklich* liebe, hätte die Zeit bewiesen.

Was ist in dich gefahren, Tamara?, höre ich meine innere Stimme fragen, als ich mich aufrichte und Myc an mich heranziehe. Mein Puls steigt höher und meine Haut errötet. Ich fasse sein Haar kurz über dem Nacken und drücke seinen Kopf leicht zu mir. Unsere Lippen berühren sich. *Ehrlich, was tust du da, Tamara?*

Es kommt einfach über mich. Wir haben beide jemanden geliebt und wurden beide enttäuscht. Myc versucht, sich erst dem Kuss zu entziehen, doch dann, als ich intensiver werde, merke ich, wie er sich darin verliert. Meine Haut fängt an zu prickeln. Es fühlt sich beinah an wie bei James. Ich bin süchtig nach diesem Gefühl geworden und will es immer und immer wieder spüren.

»Zimmerservice«, ruft jemand vor der Tür und öffnet sie. Ich erkenne Damians Stimme. Im Hintergrund höre ich Lionel kichern. Mit einem Ruck löse ich mich von Myc. *Scheiße.* Auf einmal ist mir der Kuss furchtbar unangenehm. Ich muss an James denken und habe Angst. *Warum?* Wenn das Team nichts von meiner wahren Identität weiß, habe ich seinen peinlich genau durchdachten Plan, alles zu verheimlichen, gerade zerstört. Denn ich sehe momentan nicht besonders männlich aus. Damian mustert uns einige Sekunden, lächelt und wirft einen Umschlag ins Zimmer. Dann schlägt er die Tür hinter sich zu und ich höre mehrere Personen den Flur hinunterrennen. Erleichtert atme ich aus. Wenn sie es nicht gewusst hätten, dann wäre Damian wahrscheinlich spätestens bei meinem Ausschnitt ausgerastet.

Myc steht auf und geht zur Tür, um den Umschlag aufzuheben. Auf ihm steht in einer krakeligen Handschrift *Einladung* geschrieben.

»Heute Abend, 19:00 Uhr am Heumarkt, zieh dich nicht wieder wie ein Mann an, D. Y. L.«

Ich schmunzle und freue mich über diese Geste. Ich habe sie falsch eingeschätzt. Habe gedacht, sie würden mich nach all dem im Stich lassen.

»Meinst du, ich darf mit?«, fragt Myc mit einem freudigen Funkeln in den Augen. Er greift nach meiner Hand. Ich werde wieder rot.

»Klar«, sage ich. »Warum denn auch nicht? Immerhin bist du mein bester Freund!«

Myc schaut mich an. Seine Augen schimmern, als er zaghaft nickt. »Ja, stimmt«, flüstert er, dann zieht er die Hand zurück. *Was hat er nur? Denkt er etwa ... Nein, er weiß doch, dass ich ... Und er liebt Rosemarie ... Oder?*

»Was willst du denn jetzt wegen der Sache mit deinen Großeltern unternehmen? Glaubst du deinem Grandpa?« Auch diese Geschichte habe ich ihm heute erzählt. Ich muss wissen, was ich tun soll.

»Ich finde es schon fies, dass sie Mum für den Tod ihres zweiten Sohnes verantwortlich machen. Und glauben kann ich es ihnen auch nicht.«

»Ich würde an deiner Stelle zuerst mit deiner Mum reden, bevor du noch einmal mit deinen Großeltern sprichst. Man muss immer beide Seiten der Geschichte kennenlernen.«

»Ja, da hast du recht, das werde ich aber erst wieder zuhause tun. Im Moment ist sie zu nervös wegen der Sache mit Brian. Ich glaube, James kannte wirklich alle Details über die Sache mit meinen Großeltern und hatte nicht nur oberflächlich mal etwas davon aufgeschnappt. Ich frage mich nur, weswegen er es mir nicht erzählt hat. Hätte ich es gewusst, wäre ich gar nicht erst auf die Idee gekommen, sie darauf anzusprechen.«

»Na ja, wenn er es dir gesagt hätte, wärest du bei ihnen eingezogen?«

Myc spricht wahre Worte. Ich wäre wahrscheinlich nicht nach Köln mitgekommen. Dafür ist die Anschuldigung an meine Mum zu groß.

»Das, was James getan hat, ist jetzt Nebensache. Es ist eben passiert, wie es passiert ist«, fügt Myc noch ergänzend hinzu.

Ich nicke und vertreibe mir den Gedanken an James, indem ich duschen gehe, während Myc einige Anrufe bei seiner Familie nachholt.

Was ist nur im Moment los? Das heiße Wasser entspannt mich, obgleich etwas in meinem Hals sticht. Dabei ist alles vom Kinn, bis zum Schlüsselbein mit Plastikfolie abgedeckt. Ich schaue an mir herunter. Die verbrannten Stellen kribbeln merkwürdig unter dem warmen Wasser. »Leid«, flüstere ich mir selbst zu, als ich das Zeichen betrachte. Wasser perlt über meine blanke Haut und weißer Dunst umspielt die vernarbten Stellen. *Ach, es gibt so etwas wie diesen Fluchquatsch nicht, und nur, weil da ein böses Wort auf Chinesisch auf deinem Körper steht, leidest du noch lange nicht, Tamara!*

Und selbst wenn: Gothikbräute zum Beispiel leiden gerne. Sie sind schwarz angezogen, haben tonnenweise Makeup im Gesicht und sehen aus, als heulten sie den gesamten Tag über. Also, wenn ich ab jetzt nicht mehr fröhlich bin und nur noch leide, wechsle ich halt in dieses Metier. Es gab auch mal eine Phase, in der ich unbedingt ein Tattoo wollte. Es ist an Mum und der unfassbar schwierigen Motivauswahl gescheitert. Jetzt hab ich eins in diesem neu aufkommenden Narbenlook. *Richtig cool!* Ich hab's auch noch vergleichsweise gut getroffen. Das Wort *lustlos* hätte ich nicht gerne auf meinem Körper stehen gehabt. Das wurde nämlich auf der Frau gefunden, die auf den Herdplatten geschmort wurde. *Was wäre wohl passiert, wäre Brian vor Vollendung dieses Wortes unterbrochen worden?* Dann hätte die eine Frau ewige Lust im Jenseits erwartet.

Ich muss lächeln. Es gibt einige Fragen, die ich Brian gerne noch gestellt hätte. *Weswegen hat er seinen Glauben an Gott aufgegeben? Was ist so faszinierend an diesem Teil des Buddhismus? Ich dachte, es wäre eine friedfertige Religion.*

Ich ziehe mir etwas an und berate Myc in seiner Kleiderwahl. Er ist komischerweise total nervös, die anderen zu treffen. Wenn er wüsste, wie kindisch und lustig sie sind, würde er sich nicht solche Gedanken machen. Mein Outfit ist leider nicht gerade weiblich. Ich kann ihrem Wunsch, mich *nicht* wie ein Mann zu kleiden, also kaum nachgehen. Außerdem würde James sich dann wahrscheinlich aufregen und im Dreieck springen. Er hat extra dafür gesorgt, dass niemand, seien es die Medien oder die Fans, mitbekommt, dass ich eine Frau bin. Ein Teil des Teams weiß es zwar anscheinend und auch meine Eltern wissen es natürlich, doch sonst niemand, hoffe ich inständig. Es wäre zu gefährlich. *Bitte, lass es James nicht dem ganzen Team anvertraut haben.* Ich glaube zwar nicht, dass er diesen fatalen Fehler begangen hat – dafür ist er zu penibel – doch wissen kann ich es nicht. Und ich will nicht rausfinden, was Christian alles für Geld tun, oder besser, was er verraten würde.

Wir gehen aus dem Hotel. Der Geruch von Gebackenem und Gebratenem kriecht in meine Nase. Neben dem Hotel, unweit der Bahnschienen, befindet sich ein Kiosk, an dem Myc sich Zigaretten kaufen möchte. Ich warte davor und inspiziere währenddessen die Zeitungen, die in einem Drahtgestell vor der weißen Fassade ausgelegt sind. Einige Exemplare sind bereits von Schneeflocken durchgeweicht.

Was ist das? Ich erkenne mich auf einer der Titelseiten wieder. Die Überschrift lautet: *James Jethro Farck: Millionenschwer, attraktiv, erfolgreich.* Eine Fotografie ziert den Text, auf welcher ich neben James stehe. Sie wurde kurz nach dem Fernsehinterview vor dem Studio von dem weiblichen Fan aufgenommen. *Wieso existiert dieses Bild von ihm noch? Oder eher: Wieso existiert dieses Bild von uns?* Ein dicker Kloß bildet sich in meinem Hals. Mein Atem geht unregelmäßig.

»Die hatten keine Marlboro mehr. Hab mich jetzt für Lucky Strike entschieden. Ist alles okay bei dir?« Myc zieht eine der dünnen Stangen aus dem Päckchen und steckt sie sich in den Mund.

»Ja, alles bestens«, lüge ich und wende mich von James' Foto ab, um mit dem paffenden Myc zum Treffpunkt zu gehen.

»Da bist du ja, Tamara«, ruft Damian und nimmt mich in den Schwitzkasten. Meine Wunde schmerzt unter der Krause und ich drücke ihn unsanft beiseite.

»Tut mir leid, das tat etwas weh«, entschuldige ich mich.

»Verstehe, verstehe«, sagt er zerknirscht und weicht zurück. »Sorry.«

»Was dir da passiert ist, war echt scheiße. Unsere Familien sind alle mega besorgt. Immerhin war der Diyu Mörder … Ich meine, Brian war so oft in unserer Nähe. Beängstigend!« Yoshi schüttelt sich.

Lionel bemerkt Myc. »Ist das dein guter Freund?«, fragt er interessiert.

»Guter Freund«, wiederholt Damian scherzhaft mit einem Augenzwinkern. Ich schlucke. »Ja, das ist Myc, mein *guter Freund*«, stelle ich ihn vor und schubse ihn in die Mitte. Er schaut erst zu Boden, dann versucht er ein Lächeln.

»Freut mich«, sagen alle im Chor.

»Also Tamara, wir müssen jetzt ja alle Gentlemen sein«, säuselt Lionel. »Deswegen laden wir dich, oder besser gesagt euch, auf den Weihnachtsmarkt ein. Ein Vögelchen hat uns gezwitschert, dass du ihn gerne besuchen würdest.«

Ich grinse. »Danke Jungs!«, rufe ich und umarme alle etwas zu stürmisch, aber die Schmerzen unter der dämlichen Halskrause sind es wert. Yoshi zögert bei unserer Umarmung und klopft mir bloß auf den Rücken.

»Können wir gleich noch reden?«, flüstert er in mein Ohr, während ich mich von ihm löse. Ich nicke und probiere in seinem Blick zu lesen, was er mir sagen möchte. Schon seit unserer Ankunft verhält er sich seltsam. Seine Hände hat er in den Hosentaschen vergraben, ungeduldig tritt er von einem Fuß auf den anderen.

Ich wende mich wieder zu dem Rest. Sie geben Witze zum Besten. Damian hat damit angefangen – wer auch sonst – und Myc hat einige auf Lager, die keiner von ihnen kennt.

»Auf geht's«, ruft Lionel und klatscht in die Hände. Doch bevor wir losgehen, zögere ich. »Ich will noch etwas von euch wissen.« Lionel hustet verlegen in seine Faust.

»Ja, also … Warum wir dich nicht besucht haben«, beginnt Yoshi. Er weiß genau, was ich fragen will.

»Es ist so, der Boss meinte, Ruhe wäre für dich wichtig und du solltest dir keine Gedanken um Prefix machen.«

»Er will nicht, dass ich beim Finale spiele, was?«, frage ich und lasse meine Augenbrauen in die Höhe schnellen.

»Woher weißt du das vom Finale?«, fragt Yoshi und schaut beschämt zu Boden.

»Ich bin nicht von der Außenwelt abgeschnitten, Jungs. Ich kriege schon einiges mit, auch wenn ich im Krankenhaus liege.«

»Nimm's ihm nicht krumm. Ist alles ein bisschen viel für ihn. Du willst ja auch nicht nach so einem Vorfall Prefix spielen, oder?«, sagt Lionel.

»Ja, verstehe. Aber je eher ich wieder normal leben kann, desto eher vergesse ich den *Vorfall«,* sage ich und unterdrücke die Tränen in meinen Augen.

»Wer will Reibekuchen?«, fragt Damian und zieht mich zu einem der Stände. Mit dem Essen kommt meine Freude über die Einladung zurück. Ich kann zwar nicht so gut schlucken und muss pausenlos mein Essen anpusten, bis es beinah so kalt ist wie der Schneematsch um uns herum, aber die Umstände sind trotz alledem gut genug, um es zu genießen.

Während wir alles Mögliche in uns hineinstopfen, weicht Yoshi meinen Blicken konsequent aus. *Was hat er denn?* Ich rutsche zu ihm, als Myc die Bank verlässt, um eine Toilette aufzusuchen.

»Besser, wir reden jetzt gleich«, sage ich und Yoshi nickt, den Blick auf seinen Glühwein gerichtet.

»Gebt uns eine Sekunde«, rufe ich Lionel und Damian zu, die sich köstlich über einen weiteren Witz amüsieren. Yoshi und ich stehen von der Bank auf und gehen um eine der Buden herum. Er lehnt sich gegen die schmalen, braunen Bretter. Ein dunkler Riss, aus dem es dampft, zieht sich hinter ihm durch das Holz. Für einen Moment scheint er etwas Mystisches an sich zu haben, doch die brüllende Frau, die heiße Wurst dahinter verkauft, zerstört jegliche Illusion. Ich vergrabe meine Hände in den Taschen meines Mantels. Kälte erfasst mich. Auf meinem Rücken breitet sich eine Gänsehaut aus.

»Also? Was gibt's?«, frage ich fordernd, als Yoshi wieder einen nervösen Ausdruck in den Augen bekommt.

»Weißt du noch damals, als ich dich mit zurückgenommen habe von diesem bescheuerten Teamintensivtraining, das Lionel geplant hatte?«

»Ja«, sage ich und sehe James vor mir, wie er aus dem Sportraum flieht, James mit seinem breiten Tattoo am Rücken, das ich zum ersten Mal in voller Pracht erkennen konnte.

»Während der Autofahrt habe ich zu dir etwas gesagt, was Frauen betrifft.« Er druckst verlegen herum und kratzt sich am Kopf. Plötzlich weiß ich, worum es geht.

»Du willst mich nicht dabei haben, weil auch du keine Frauen magst?«

»Nein.« Er hebt die Hände. »Nein, im Gegenteil!« Er schluckt. »Ich wollte mich dafür entschuldigen. Ich habe es noch nie mehr genossen, dich im Team zu haben, wie momentan. Ich finde, du gehörst dazu. Ich wollte nur nicht, dass diese Bemerkung irgendwann mal Probleme zwischen uns macht. Meine Vergangenheit mit den Frauen war keine leichte. Ich habe mich in diesem Moment einfach ausgekotzt über sie, wenn du verstehst.«

Ich verziehe meinen Mund zu einem Grinsen und umarme ihn ganz fest. »Danke, Yoshi! Das bedeutet mir viel!«

»Du bedeutest mir viel«, sagt Yoshi und zieht kaum merklich seine Mundwinkel nach oben. Wir gehen zurück zu den anderen.

Wir essen und trinken noch eine Menge. Yoshi ist nach unserem Gespräch wie ausgewechselt und Myc geht in der Gruppe richtig auf. Wir spaßen herum und gehen am Dom vorbei zu einer Eisbahn. Ich versuche mich als Eiskunstläufer, scheitere aber kläglich. Die anderen sind gut darin. *Vielleicht, weil es Männer sind?* Ich weiß es nicht.

Plötzlich lasse ich mich fallen.

»Was ist los, Tamara?«, ruft Damian panisch, während eine Frau gerade noch vor mir ausweicht.

»Er war es, da war er!« Mein Körper zittert.

»Wer war da?«

»Ich habe ihn gesehen. Er war auf dieser Eisbahn.« Tränen füllen wieder meine Augen. James' Abbild ist weg. Keinen Meter war er von mir entfernt. *Mein Unterbewusstsein spielt mir anscheinend böse Streiche.*

»Brian ist eingesperrt. Er kann nicht hier gewesen sein«, erklärt mir Damian, um mich zu beruhigen.

»Ich meine nicht Brian«, krächze ich. *Ich vermisse James.*

»Kommt, wir gehen zu den Waffeln!«, ruft Yoshi. Er hat meinen Ausfall nicht mitbekommen.

»Ich helfe dir hoch«, sagt Lionel und stützt mich. Ich mache mich schwer. Am liebsten würde ich hier unten sitzen bleiben. Auf einmal eilt ein fremder Mann auf mich zu.

»Bist du nicht dieses Opfer des Diyu Mörders?«

»Was geht Sie das an?«, faucht Myc.

Yoshi schiebt mich auf meinen Kufen bis zum Ausgang. »Diese Gaffer!«, beschwert er sich.

»Danke«, entgegne ich ihm und wische mir die Tränen aus den Augen.

»Entschuldigen Sie sich gefälligst! Sie können nicht einfach jemanden auf ein traumatisches Erlebnis ansprechen, nur weil Sie danach ihrer Familie erzählen wollen, wen Sie Tolles getroffen haben!«, brüllt Myc.

»Myc?« Erschrocken drehe ich mich zu ihm um. Er steht immer noch dem Mann gegenüber. Ich habe ihn noch nie so schreien hören.

Doch der Mann macht keine Anstalten, sich zu entschuldigen. »Ich wollte doch nur wissen, ob er das im Fernsehen war. Kann ich ja nicht wissen, dass man direkt angeblafft wird, wenn man sich erkundigen will.«

Myc holt aus. »Nein, Myc!«, rufe ich. Doch der Mann liegt bereits am Boden und Myc kommt zu uns geschlittert. Er zieht seine Schlittschuhe aus, wirft sie dem Verleiher zu und schlüpft in seine Stiefel. »Können wir weiter?«, fragt er.

Ich weiß nicht, was ich sagen soll.

Soll ich mich jetzt bedanken? Soll ich ihn anschreien, dass er den Mann grundlos niedergeschlagen hat? Ich entscheide mich, nichts zu sagen. Keiner sagt ein Wort. Wir gehen weiter. Der Mann hat sich wieder aufgerappelt. Er hält sich die blutende Nase und zeigt uns den Mittelfinger.

Keiner fragt Myc, weswegen er so ausgerastet ist. Und niemand fragt mich, wen ich eben gesehen habe. Oder besser: Gerne gesehen hätte. *Zum Glück.*

»Wer will noch Crêpe?«

»Wie kannst du jetzt noch an Essen denken?«, frage ich Yoshi. Nach einer Bratwurst, zwei Reibekuchen und einem Fleischspieß bin ich nämlich voll.

»Ich geh mir die Stände da hinten anschauen«, rufe ich dem Rest zu, der gierig die Crêpes anstarrt.

»Ok, denk dran, wenn du was kaufen willst, wir zahlen«, ruft Lionel. Ich nicke und lache. Ich sehe ihm an, dass er sich um mich sorgt. Auch ich würde mich um mich sorgen, wenn ich mich selbst so sehen würde. Mein Leben läuft aus den Fugen und ich tue zumindest im Moment so, als mache es mir nichts aus. *Du belügst dich selbst, Tamara.*

Hinten ist ein Stand mit Windspielen aufgebaut. Sie haben faszinierende Farben. Blaue, rote und grüne Silhouetten hängen vom Dach des Holzhäuschens und erzeugen klimpernde Klänge. Ich schließe die Augen, es wirkt wie ein Musikstück.

»Möchtest du eins haben? Ich kaufe dir eins.«

Ich zucke zusammen. James' Stimme. Mein Hals schnürt sich zu. All die ungeweinten Tränen, die sich in meinem Inneren angestaut haben, bilden einen dicken Kloß. Ich versuche, ihn hinunterzuschlucken. Es funktioniert nicht. *Ich muss wieder träumen.* Er steht neben mir und zückt sein Portemonnaie.

»Ich verstehe nicht, wieso ich dich sehe! Ich verstehe nicht, weswegen ich anfange, verrückt zu werden!« Ich werfe den Kopf in den Nacken. Die Halskrause drückt.

»Was meinst du?«, fragt er und hebt meinen Kopf wieder. Ich habe seine Hand an meinem Kopf gespürt. *Kann das sein?* Mit aufgerissenen Augen beobachte ich, wie er dem Händler fünfzig Euro in die Hand drückt. Viel zu viel für eines der Windspiele. Der Händler setzt ein freudiges Lächeln auf und nickt James mehrmals dankend zu.

James ignoriert den Mann und wendet sich direkt an mich. »Nimm dir eins.«

Ich greife nach dem Erstbesten, doch es ist scharlachrot. Mit spitzen Fingern hänge ich es beiseite und nehme mir ein blaues. Ich lasse es mir von dem Händler in eine Tüte einpacken.

»Danke«, flüstere ich.

Er nickt mir zu. »Willst du ein Stück mit mir kommen?«

Ich schaue hinüber zu den anderen. Mir fällt nochmal auf, wie gut sich Myc in die Gruppe integriert hat. Er steht dicht an dicht bei den anderen und redet mit starker Gestik. Lionel schaut zu mir herüber. Er winkt uns zu. James hält einen Finger vor seinen Mund. *Sie sollen also nicht wissen, mit wem ich gegangen bin.* Lionel nickt und wendet sich wieder der Gruppe zu. *Hat er mir gerade noch zugezwinkert?* James legt einen Arm um meine Hüfte und zieht mich an sich. Ich werde nervös. Seine Augen schauen in meine. Ich meine, der braune Farbfetzen innerhalb der Regenbogenhaut wüchse mit jedem Mal, wo ich ihn sehe.

Mein Körper füllt sich mit einem warmen Gefühl. Doch sein Blick verhärtet sich. *Will er mir sagen, dass er nie etwas für mich empfunden hat?* Er will mit mir Schluss machen. *Waren wir überhaupt zusammen?* Deswegen sollte Lionel bestimmt nichts sagen. Wir waren nie ein Paar und werden auch nie eines sein. Fluchtgedanken machen sich in mir breit.

Ich muss bescheuert aussehen mit der Halskrause. Oh nein, *alles ist furchtbar*. Die Narbe an meiner Hüfte brennt verheißungsvoll: *Leid, nichts als Leid.*

»Ist alles in Ordnung?«, fragt er mich, als ich panisch zu allen Seiten schaue. Ich suche etwas, in dem ich mich spiegeln kann. »Du siehst fantastisch aus, falls es das ist, weswegen du Sorge hast«, sagt er und lacht.

Ich bin verwirrt. »Was, wenn uns jemand zusammen sieht? Sie werden denken …«

»Es ist mir egal, was sie hier von mir denken.« Er legt bedächtig seinen Zeigefinger auf die Lippen, als ob er sich kurze

Zeit doch darüber Gedanken machen würde. »In Köln gibt es so viele schwule Paare. Wir werden nicht einmal auffallen. Und wenn doch, wer soll wissen, wer ich bin?« Er streckt mir die Zunge raus. »Und sollte uns doch jemand erkennen, darf ich nicht einen Arm um meinen Teamkameraden legen?«

Ich schaue mich um. Sie interessieren sich wirklich nicht für uns. Die wenigsten hier sind eingeschworene Computerfans, die den Live-Stream jedes Matches verfolgen würden.

»Aber was ist mit dem Foto von uns in der Zeitung?«

»Welches Foto meinst du?« Er grinst.

»Ich hab's in einem Kiosk gesehen. Hier in Köln!«

»Ich weiß von nichts.« Er zwinkert mir zu und grinst breiter. Natürlich weiß er davon. Er weiß immer, was über ihn bekannt wird. Er hat die volle Macht über sein öffentliches Leben.

James führt mich hinunter zum Rhein, setzt sich auf eine Bank am Ufer und klopft auffordernd auf den Platz neben sich. Bei jedem Schlag auf die bereits porösen Latten hebt sich eine Schicht matschiger Blätter vom seitlichen Rand und springt weiter nach außen.

»Es tut mir leid. Ich hätte es dir anders sagen sollen«, beginne ich und muss an die Verzweiflung in seinen Augen denken, als er im Krankenhaus gegangen ist.

»Es war nicht schlimm. Ich bin zu meinem Hotel gefahren. Ich habe gedacht, ich sei wütend, sauer, verzweifelt, doch ich war mit einem Mal glücklich.« James lächelt.

»Wie meinst du das? Dich macht das glücklich?«

»Ich wusste endlich, was mit meiner Mutter und meinem Stiefvater passiert ist. Ich wusste, dass ich belogen wurde. Es tut *mir* leid, dass ich so forsch reagiert habe. Ein Kriminalpsychologe hat alles bestätigt.«

»Was hat er gesagt?«

»Brian ist nach dem Tod unserer Eltern oft in fernöstlichen Ländern gewesen, um sich für seinen Beruf als Dolmetscher weiterzubilden. Nach dem Tod der Falschabbiegerin und unseren Eltern bei dem Autounfall hat er eine Erklärung gesucht, die sein Gewissen reinhalten sollte. Der Psychologe geht fest davon aus, dass in diesem Moment nicht Brian entschied, sondern ein anderes Ich, das in seinem Körper wohnt.«

»Schizophrenie?«

»Keine bestätigte, aber der Psychologe geht davon aus. Für weitere Untersuchungen wird Brian momentan vorbereitet. Er ist auf seinen Reisen auf den Mythos der Diyu gestoßen. Dieser besagt, dass Sünder durch höhere Mächte zerkleinert, verbrannt oder mit Kutschen überfahren werden können, um sie von ihren Sünden zu befreien und für eine Reinkarnation vorzubereiten. Diese Dinge sind mit meinen Eltern und der Falschfahrerin geschehen. Er dachte, er sei diese höhere Macht oder immerhin ein Teil von ihr, sodass er die Sünderinnen bestrafen muss. Es ist komisch, aber Brian war die gesamte Zeit über immer ein so zuvorkommender Mann. Er konnte keiner Fliege etwas zu Leide tun und das im wortwörtlichen Sinn.«

»Und weswegen unbedingt diese Frauen?«

James zuckt mit den Schultern. »Manche von ihnen standen gar nicht in Kontakt zu mir. Ich weiß nicht, weswegen er ausgerechnet diese Frauen umbrachte. Im Moment forschen sie nach, ob irgendwelche Verbindungen zu Brian selbst bestehen.«

»Verstehe.«

»Tut mir nur leid wegen deinem Handy. Es ist nirgends in Brians Sachen zu finden gewesen.«

»Macht nichts. Ich wollte mir sowieso ein neues kaufen.«

James nickt.

Wir sitzen da und beobachten die Schiffe. Die Menschen an Deck tanzen. Mit jeder Welle schwappt ein bisschen fröhliche Stimmung zum Ufer hinüber, doch sie endet abrupt vor unserer Bank. Eine lange Zeit, geprägt von quälender Stille, beginnt. Plötzlich räuspert er sich.

»Tamara, ich bin verwirrt«, sagt er. *Ich auch!*, möchte ich ihm zu rufen, aber ich belasse es bei einem zustimmenden Nicken.

»Immer, wenn du in meiner Nähe warst, konnte ich mich kaum konzentrieren. So war es vom ersten Augenblick an und so ist es auch heute noch. Du raubst mir meinen Verstand. Ich kann kaum klar denken.«

Er reibt sich mit der Hand über die Stirn. »Es ist so. Ich liebte Tibor. Aber Tamara muss ich erst richtig kennenlernen, um sie zu lieben.«

Ein Stich fährt durch mein Herz. »Oh«, entgegne ich.

Wieder diese furchtbare Stille.

»Möchtest du mit mir kommen? Ich verspreche dir, du wirst es nicht bereuen und ich kann dich kennenlernen«, sagt er. »Ich *will* dich besser kennenlernen. Obwohl sich meine Gefühle zu dir geändert haben könnten, obwohl ich vielleicht anders fühle. Ich will wissen, wer du bist, Tamara.«

Die Wolkendecke rumort. Leichter Schneeregen prasselt auf mein Haar. Die Flocken füllen binnen kürzester Zeit die Luft. James schaut sich um. Niemand ist zu sehen. Er rutscht näher an mich heran. Eine Gänsehaut überzieht meine Arme. Das Knistern zwischen James und mir scheint sich in ein kleines Feuerwerk zu verwandeln. Ich spüre seinen Atem. Er küsst mich. Seine warmen Lippen streifen meine Wange entlang. Seine Zähne beißen in meine Unterlippe. Er schmeckt wieder nach Rauch. Ich liebe diesen Geschmack nach James. Sanft gleitet seine Zunge durch meine Lippen.

26

Er nimmt mich bei der Hand und führt mich zurück in das Kölner Einkaufsviertel. Etwas abseits vom Rummel der Stände warten einige Taxen. James öffnet mir die Tür von einem der Autos, doch ich zögere. *Was, wenn er zu dem Entschluss kommt, dass ich nicht das bin, was er möchte?*

»Willst du nicht?«, fragt er und zieht seine Unterlippe zwischen den Zahnreihen hindurch.

Ich schüttle den Kopf und steige ein. James schließt behutsam die Tür, setzt sich auf die andere Seite und nennt dem Fahrer das Ziel. Dann lehnt er sich zu mir und setzt ein süffisantes Lächeln auf.

»Was ist?«, frage ich und versuche, seinen Blick zu deuten. Er lächelt nur noch breiter.

»Was hast du?« Ich verschränke die Arme und verziehe den Mund.

»Ich kann es einfach nicht glauben«, sagt er und führt seinen Zeigefinger über seine Bartstoppeln.

»Was kannst du nicht glauben?«

»Dass du im Moment ganz mir gehörst.«

»Du hast doch gesagt, dass du mich noch kennenlernen musst.«

»Etwas kenne ich ja schon und das gefällt mir nur zu gut.« Er zwinkert mir zu. Ich bekomme wieder eine Gänsehaut. Er streicht mit seinen Fingerkuppen über die erregten Hautstellen an meinen Armen und vergräbt seine Nase in meinem kurzen Haar. Dann küsst er mich. Ich hätte Küssen auf einer Taxibank zu meiner Liste hinzufügen sollen, es ist wahnsinnig. Ich spüre die Hitze seiner Haut und wie meine Wangen erröten. Ich verliere mich voll und ganz in seinem Kuss, bis das Taxi mit einem sanften Quietschen zum Stehen kommt. Es hält vor einem Hotel mit heller Fassade.

»Zu viele schlechte Erinnerungen an das alte«, entgegnet er meinem fragenden Blick.

Wir fahren bis nach ganz oben. Penthouse. Riesiges Zimmer, wertvolle Ausstattung, gut duftendes Himmelbett. Sobald er die

Tür geschlossen hat, wirft er mich auf das frischbezogene Bettpolster. Sorgfältig zieht er sich Hemd und Krawatte aus. Es folgt die Hose.

Er faltet alles ordentlich und legt es auf eine Kommode. Meine Haut kribbelt vor Erregung. Ich werfe meine Halskrause in eine Ecke. Er zieht augenblicklich die Augenbrauen zusammen und schaut auf meine weiß vernarbte Haut.

»Entschuldige, soll ich sie wieder anziehen?«, frage ich nervös, während er weiter prüfend meinen Hals mustert.

»Nein, ist schon in Ordnung«, sagt er, kommt auf mich zu und streift langsam meine Jacke von meinen Schultern ab. Dann zieht er meine Hose nach unten. Er zerreißt mein Hemd.

»Ich kauf dir ein neues.« Entschuldigend schaut er auf den Fetzen, wirft ihn hinter sich und beginnt, mich von meiner Brust abwärts zu küssen. Meine Füße verkrampfen sich. Er umspielt meine Oberschenkel mit seiner Zunge. *Ob er das schon öfter gemacht hat?* Gwendolyn schießt in meine Gedanken. Plötzlich hält er inne.

»Was ist?« *Sollte nicht eigentlich ich diejenige sein, die zögert?*

»Nichts ... es ist nichts«, entgegnet er. Ich weiß, dass er etwas hat. Er schiebt ein Stück der Decke über die Narbe an meiner Hüfte. Dann küsst er mich wieder. Kurz darauf stoppt er erneut und schüttelt den Kopf. Er kommt zu mir nach oben und streicht mit seiner Nase über meinen Hals. Ein leises Stöhnen entfährt mir. Langsam zieht er seine Boxershorts aus. Ich höre das Schnallen des Gummizuges und wage es nicht, nach unten zu schauen. Nervosität überkommt mich. Mit einer Hand greift er die Nachttischschublade, zieht sie mit einem leisen Knacken auf und beginnt, in ihr zu wühlen. *Oh Gott*, mein Unterleib zieht sich vor Erregung zusammen. Mein Herz rast. Doch so freudig eines meiner Körperteile auch sein mag, mein Kopf ist anderer Meinung. Du *weißt doch gar nicht, wie das geht!,* schreit mein Unterbewusstsein mir entgegen. Und es hat vollkommen recht. James reißt ein Kondompäckchen auf.

»Willst du?«, fragt er. Ich schüttle den Kopf.

Er lächelt und küsst meine Stirn, während er sich das Kondom überzieht. »Ich bin ganz vorsichtig, versprochen«, flüstert er in mein Ohr. Sein Atem zieht an meinem Hals vorbei und löst eine Gänsehaut aus.

Er setzt an. Es drückt. Er gleitet langsam in mich hinein.

»Aufhören!«, schreie ich.

Augenblicklich hört er auf. »Was ist denn?«, fragt er. »Jetzt sag bloß nicht …«

»Es kann ja nicht jeder Erfahrung mit seinem Hauspsychologen sammeln.« Ich werde auf unerklärliche Weise wütend und stehe auf, um das Badezimmer zu suchen. Nervös taumle ich durch den Wohnraum. Als ich James aufstehen höre, fängt meine Haut wieder an zu glühen. Er fängt mich ab.

»Das kriegen wir schon hin«, flüstert er. Dabei umarmt er mich von hinten. Ich versuche, mich von ihm loszureißen.

»Ich finde die Vorstellung, dass ich dein Erster bin, sehr erregend, Tamara«, fügt er hinzu. Ich beiße mir auf die Unterlippe, als er mich an meinem Gesäß packt. Ich will es und doch will ich es nicht. Er hebt mich ein Stück in die Luft. Ich halte mich mit meinen flachen Händen an der Raufasertapete. Meine Fingernägel kratzen über die Erhebungen der weißen Wand. Er lässt mich wieder tiefer sinken. Stück für Stück dringt er von hinten in meine Weiblichkeit. Ich gehe automatisch ins Hohlkreuz, sodass ich ihm mein Gesäß entgegenstrecke.

»Aua!«, rufe ich. »Hör auf, das tut weh!«

»Der Schmerz ist gleich weg, versprochen«, keucht er, während er versucht, tiefer in mich einzudringen. Ich merke, wie mein Körper sich anspannt. Meine Haut kribbelt, meine Fingernägel versuchen, sich an der Wand festzukrallen.

Die Schmerzen sind unerträglich. Das Gefühl droht, jeden Augenblick meinen Körper zu zerreißen. Ich wende meine Hüfte zu ihm, versuche, mich den qualvollen Stichen zu entziehen. Doch dann ist er es, der sich zurückzieht.

»Was ist?«, frage ich.

»Ich kann nicht«, sagt er und schaut mit einem angewiderten Blick auf das chinesische Symbol knapp über meinem Hüftknochen.

»James, ich …«, versuche ich ihn aufzuhalten, als er einige Schritte zurückgeht. Doch er hüllt sich bereits in einen Bademantel und verlässt das Zimmer.

Ich schleppe mich auf das Bett. Alles zieht und brennt fürchterlich. Das Gefühl, geliebt und begehrt zu werden, so sehr sein Eindringen auch wehtat, wandelt sich. *Leid …*

27

Ich wache in einem leeren Bett auf. Ich bin geblieben, um auf ihn zu warten. James ist nicht hier. Er ist nach gestern Abend nicht mehr zurückgekommen. Ich stehe auf und lege mir die Halskrause an. Als ich in die Nähe des Badezimmers komme, höre ich Wasser rauschen.

»James?« Meine Wangen werden rot. *Ist er hier? Wartet er auf mich, um mit mir den Tag zu verbringen? Um mir alles zu erklären?* Doch als ich das Bad betrete, läuft bloß noch schwach der Wasserhahn.

Ich hab wohl vergessen, ihn zu schließen, nachdem ich mir gestern die kalte Flüssigkeit ins Gesicht geworfen habe. Ich betrachte mein Spiegelbild. Die Halskrause, die tiefen schwarzen Augenringe unter den aufgequollenen Augen. *Ich sehe furchtbar aus.* Als ich wieder zurück zum Bett gehen will, bemerke ich einen Zettel an der Badezimmertür.

Es tut mir leid. Alles, was du brauchst, findest du in diesem Zimmer. Warte nicht auf mich, ich bin bei der Arbeit. J.

Warte nicht auf mich? Das bedeutet so viel wie: »Sei bloß weg, wenn ich wieder komme. « *Und er ist bei der Arbeit? Welche Arbeit?* Er meint zu hundert Prozent das Training für das Finale morgen. *Wie kann er mich nur im Stich lassen?* Er hätte mir wenigstens ins Gesicht sagen können, dass er mich unattraktiv findet, dass er Männer liebt und nicht mich als Frau.

Ich ziehe mir meine Klamotten an und werfe mich wieder aufs Bett. Ich schaue zur Decke und versuche, die wichtigsten Unterschiede zwischen mir und Fräulein Goodman herauszufinden. Dabei halte ich fest, dass ich nicht verrückt bin, anders als sie. Vielleicht ein wenig, wenn ich mir die Aktion mit dem Männerlook betrachte – ich bin zumindest keineswegs älteres Semester. Oder macht das eventuell den Reiz an ihr aus?

Mit einem Mal ist mir langweilig und ich fühle mich hilflos in dem riesigen Zimmer. *Tamara, du kannst dich hier von einem bisexuellen Idioten abspeisen lassen – mein Herz sticht bei dem Gedanken – oder du rappelst dich auf.* Ich erinnere mich an mein Leben vor ›Heroes of the Prefix‹. An ein Leben vor James. Tamara Carlmeyer hätte sich niemals wegen eines Mannes herunterziehen lassen!

Ich will ›Prefix‹ spielen, koste es, was es wolle. Koste es den Hass von James, den Hass von Mum, von mir aus den Hass der ganzen Welt, wenn ich … Oh nein! *Mum.* Ich stolpere zum Telefon und greife so hastig nach dem Hörer, dass er mir beinah aus der Hand fällt. Ich wähle eilig ihre Nummer und mache mich auf eine gehörige Standpauke gefasst. »Mum?«

»Tamara? Alles ok bei dir? Wo bist du mit Myc frühstücken gegangen? Dein Vater und ich suchen gerade auch nach einem guten Lokal.« Sie lacht. Es scheint ihr überhaupt nichts auszumachen, dass ich gestern nicht ins Hotel gekommen bin. Zumindest nicht in ihres.

»Ähm … Ja … Wo wir hier gerade sind, ist es grauenvoll. Ich empfehle dir, etwas anderes zu suchen.«

»Schade, aber wir finden bestimmt was. Geht es euch denn gut?«

»Ja, alles bestens. Ich muss auflegen, das Essen kommt.«

»In Ordnung. Wir reden später. Pass bitte auf dich auf und sag Myc, er soll auch weiterhin so gut auf dich Acht geben!«

»Mach ich. Ciao, Mum.«

Puh, zum Glück weiß sie nicht, dass ich bei James bin. Ich weiß, dass sie mich höchst ungern bei noch einem Farck gewusst hätte.

Mein Blick fällt auf eine Kiste unter einem Beistelltisch. *Brian Emanuel Farck* steht in großen, schwarzen Buchstaben auf ihr.

Darf ich? Was für eine Frage Tamara, natürlich darfst du! Er hat dich in sein Zimmer gelassen, dich hier zurückgelassen, da darfst du dir gut und gerne stundenlang das Inventar anschauen! Ich greife nach der Kiste und ziehe sie unter dem Abstelltisch aus Eichenholz hervor. Vorsichtig klappe ich den Deckel zurück, unter dem ich einen Stapel Papier und Fotografien vorfinde. Ich nehme mir einen Teil davon und blättere ihn durch. Kontoauszüge, *wie spannend.* Ich lasse meinen Zeigefinger unter einigen finanziellen Umbuchungen entlangstreichen. »American Airlines bedankt sich, Wallmarkt bedankt sich, Richard Farck beda… Richard Farck?« *Das ist doch James'*

Onkel. Erstaunt betrachte ich die Summe, die Brian von Richard erhalten hat, und frage mich, weswegen ich nicht auch so einen großzügigen Familienpart haben kann. Eine viertel Million lacht mir von dem gelben Papier entgegen. *Für deine guten Dienste*, steht als Verwendungszweck unter Richards Namen. Ich wette, James hat keinen Cent von ihm erhalten.

Ich lege die Kontoauszüge neben den Karton und nehme mir einen weiteren Haufen Papier, um ihn durchzublättern.

Ein echt schickes Ding, zolle ich dem Ferrari Respekt, der auf einer zwischen den Blättern steckenden Fotografie zu sehen ist. Auf der Rückseite steht in einer mir fremden Handschrift geschrieben: *Bald ist dieses Schätzchen deins!* Reich müsste man sein. Ich blättere weiter. Auf einem Papier erkenne ich James' Handschrift wieder.

»Opfer«, wiederhole ich die Überschrift und überfliege dann eine Reihe an Namen. Hinter einigen von ihnen wurden Fragezeichen eingeklammert, der letzte wurde zweimal unterstrichen.

Tamara Carlmeyer. Eine Gänsehaut überzieht meine Arme. Ich muss an Brian denken. Die Erinnerungen an die grauenvollen Stunden schießen mir durch den Kopf. *Schnell weg damit.* Als ich den Stapel wieder einsortieren möchte, fällt mir eine Zeitung ins Auge. Es ist die gleiche, die ich damals bei James schon entdeckt habe. Und zwar nicht nur die gleiche. Es ist eindeutig *dasselbe* Exemplar. Ich starre es eine Zeit über an. Grüne, blaue und orangefarbene Klebeblätter stehen aus der Zeitung heraus. *Die waren letztens noch nicht da.* Ich öffne die neu markierten Stellen.

»Die Sünder werden mit kochender Flüssigkeit übergossen und sollen sie nach Möglichkeit auch einnehmen, um für ihre Sünden zu büßen«, lese ich mir selbst den blau markierten Teil vor. So schnell ich kann, schlage ich die Zeitung wieder zu und werfe sie auf den Papierstapel. Angewidert reibe ich mir die Hände, bevor ich alles wieder zurück in die Kiste lege. Während ich den Deckel schließe, schiele ich auf ein Bild von dem kleinen James und Brian beim Angeln. *James hat in seiner Kindheit vieles durchmachen müssen. Und jetzt auch noch der Skandal um Brian.*

Ich nehme erneut das Telefon aus seiner Schale, um Mycs Handynummer zu wählen. Er geht nicht ran. Ich wähle sie wieder.

Hat er es vielleicht zuhause liegen gelassen oder habe ich die falschen Ziffern gewählt?

»Ja, Tamara?«, fragt jemand aus der anderen Leitung. *Myc, zum Glück. Er soll mich abholen und mit mir den Tag verbringen. Ich will mich ablenken.* Er scheint nervös.

»Hey, hast du meiner Mum gesagt, dass wir frühstücken sind?«, frage ich.

»Ja, ich hab ihr auch gestern Abend gesagt, dass du schon schläfst. Ich hab mir gedacht, es ist dir lieber, als dass sie weiß, dass du woanders bist.« Er betont das Wort *woanders* mit einer seltsamen Eindrücklichkeit.

»Ja, danke! Ich wollte fragen, was du machst. Wollen wir zusammen … Ist das Damian?«

Im Hintergrund höre ich jemanden fluchen. Ich bin mir sicher, es ist Damian. Yoshi lacht.

»Wo bist du, Myc?«, frage ich wütend und ziehe mir dabei meine Schuhe an.

»Sei nicht sauer. Sie haben mich gefragt, ob ich mitspielen will, weil sie einen Platz im Team frei haben.«

»Das war mein Platz, Myc!« Wütend lege ich auf.

Dieser beschissene James Farck kann mich mal. Ich bin immer noch ein guter Spieler, egal, ob ich eine Frau bin oder nicht. Der will mich nur nicht dabei haben wegen seines bescheuerten Frauenproblems. *Kann er nicht einmal professionell bleiben?* Ich beiße die Zähne zusammen. *Und Myc?* Der ist ein mieser Verräter. *Wie kann er mir nichts davon sagen?* Hat wahrscheinlich Geld gewittert. Ich stapfe in den Aufzug, fahre hinunter und lasse mir ein Taxi rufen, das mich zum Trainingsraum bringt.

»Das ist nicht euer Ernst, oder?«, rufe ich, bis ich sehe, dass niemand in dem Raum ist. Er ist wie leer gefegt. *Wo sind sie?* Ich fahre mir durch die Haare und sehe mich im leeren Zimmer um. James hat alles so arrangiert, dass ich nicht zu ihnen finde. Ich sinke zu Boden. Nie wieder James, nie wieder ›Prefix‹ mit dem Team.

»Ist alles in Ordnung bei Ihnen?« Eine kleine Frau mit lilafarbenem Federmäppchen in Händen steht vor mir und sieht mich besorgt an.

»Nein, nichts ist in Ordnung. Ich finde mein Team nicht mehr.« Ich atme tief aus. Die Frau lächelt.

»Die sind nur ein Stockwerk nach oben gezogen, weil der Raum hier für ein Seminar genutzt werden soll.«

Ich springe auf. »Vielen Dank!«, rufe ich ihr zu und verschwinde im Treppenhaus.

Ein Stockwerk höher stehe ich vor der Tür, aus der ihre Stimmen kommen. Ich habe die Klinke bereits in der Hand, aber irgendwie traue ich mich nicht, die Tür zu öffnen. *Warum drängst du dich so auf, Tamara? Sie wollen dich nicht mehr dabei haben, sie wollen Myc.* Gebückt schlurfe ich wieder zum Treppenhaus zurück und nehme die ersten Stufen nach unten.

»Tamara?« Ich schrecke auf. *Mist!* Das erste Mal, dass James beim Training in Köln dabei ist, und dann muss er mich auch noch beim Stalken erwischen.

»Was machst du hier?«, fragt er und kommt mir entgegen. Er hat einen zusammengetackerten Stoß Papier in der Hand, den er fein säuberlich auf eine Treppenstufe neben mich legt. Dann zieht er sich seine Lesebrille ab, steckt sie in ein silbern glänzendes Etui und lächelt mich sanft an.

»Warum hast du mich aussortiert? Warum bist du gestern nicht mehr zurückgekommen?«, frage ich ihn mit Tränen in den Augen. »Warum darf Tibor alles, aber Tamara nur zusehen?« Ich schlage mit meiner Hand gegen die Wand. Meine Knöchel schmerzen. Ich haue noch einmal. Blut malt sich auf dem weißen Putz ab.

»Hör auf!«, ruft James und zieht meinen Arm zurück. Er hockt sich vor mich und hält meine Hände.

»Meinst du ehrlich, ich lasse dich noch einmal dieses Spiel spielen? Selbst ich kann es nicht mehr tun nach dem, was passiert ist.« Er zeigt auf den schmalen Papierstapel, den er zuvor abgelegt hatte. *Kündigung* steht in großen Buchstaben auf der obersten Seite.

»Ich verstehe nicht …«, sage ich.

»Ich kann das alles nicht mehr. Ich muss ständig an Brian denken, ständig an deine Narben. Ich hätte es viel früher erkennen müssen. Ich bin schuld an all ihren Schicksalen.«

»Nein, du bist an gar nichts Schuld«, sage ich.

»Tamara, dieses Spiel zerstört einen. Hör damit auf, bevor es zu spät ist.« Er steht auf, nimmt die Papiere und geht weiter nach oben, bis er sich noch ein letztes Mal zu mir wendet und innehält. »Es tut mir leid, wenn ich dich gestern Abend und heute verletzt haben sollte. Ich werde mich nicht nur aus Prefix zurückziehen, sondern auch aus der gesamten Öffentlichkeit. Ich werde mich mehr auf meine Familie konzentrieren, denn sie braucht mich jetzt, wo Brian fort ist. Es tut mir wirklich aufrichtig leid, wenn ich dir falsche Hoffnungen gemacht habe.« Er spannt einmal seinen Kiefer an. »Alles tut mir leid.«

Ich bin erst verwirrt, fange mich dann aber. »James, du bist armselig, wenn du denkst, dass du schuld an dem bist, was Brian getan hat. Und Prefix ist mein Leben. Ich gebe es nicht auf, nur weil etwas Schlimmes passiert ist! Man kann nicht vor jeder Hürde einknicken!«

Er schüttelt den Kopf. Für einen Moment bleibt er vor der Tür stehen, hinter der sich an meiner Stelle Myc vergnügt, tritt zweimal gegen den braunen Türrahmen und verschwindet ein paar Türen weiter.

Auf einmal steckt Yoshi den Kopf durch den Türspalt und schaut sich um. »Ja?«

Warum hat James das getan?

»Tamara? Ich meine, ähm, Tib? Was machst du denn hier? Der Boss wollte doch nicht, dass du mitmachst.«

Lionel steckt hinter Yoshi seinen Kopf durch den Türspalt. »Wir können dich aber gut gebrauchen. Ohne James läuft es nicht mehr so wie früher.«

Jetzt verstehe ich. Myc hat nicht meinen Platz eingenommen, sondern den von James. Als ich den Raum mit den vielen Rechnern betrete, bin ich sehr angespannt. Ich setze mich an einen leeren Platz und starte ›Prefix‹. Yoshis süßlicher E-Zigarettendunst wabert im Raum umher. Die Stimmung ist bedrückt.

»Wir müssen heute alles daran setzen, uns DeathNote genauestens anzusehen«, sagt Lionel und wedelt mit einem Kugelschreiber in der Luft umher. »Es ist wichtig, uns auf das Team abzustimmen.« Er betätigt mit einer handgroßen Fernbedienung einen Beamer. Die Rollläden des Raumes fahren automatisch herunter, als ein greller Lichtschein auf die Raufasertapete fällt. Ein Video mit Ausschnitten der letzten Matches von ›DeathNote‹ läuft ab.

»Hier! Wer kann mir Amandas größtes Talent nennen?«

Wir müssen uns melden wie in der Schule. Über eine Stunde lang stellt Lionel uns Fragen zu immer neuen Szenen und kurzen Videosequenzen. Danach zocken wir endlich ein paar Matches.

Während des Spiels notiert er sich die Aufstellung für morgen. Er fragt mich mehrmals, ob ich mich wirklich bereit fühle anzutreten.

Ich nicke ihm immer und immer wieder zu. Ich bin für dieses Spiel geboren! Myc darf nicht spielen. Er hat noch nicht die Spieldynamik drauf, meint Yoshi. Anstelle von James soll Berthram spielen. Als er das erfahren hat, war er so aufgeregt, dass er sofort seine Grandma und seinen Dad angerufen hat, deren Johlen sogar für uns aus Berthrams Telefon zu hören war. Nur die roten Stressflecken in seinem Gesicht beunruhigen mich.

Nach dem Training bleibe ich noch einige Zeit im Treppenhaus stehen und hoffe, dass ich James noch einmal antreffe. Die meisten Teammitglieder ziehen an mir vorbei und verabschieden sich. Lionel bleibt noch zurück, um einiges zu klären.

»Warum darf diese Flasche Berthram spielen?«, höre ich Christians Stimme aus dem Trainingsraum hallen.

»Keine weiteren Diskussionen, Christian! Ich hab meine Entscheidung wohl überlegt getroffen.«

»Du triffst deine Entscheidungen nie wohlüberlegt, sondern weil James dir alles ins Ohr flüstert. Das ist der einzige Grund, warum auch Tibor mitspielt! Der Junge trägt eine Halskrause!«

»Dass er spielt, liegt daran, dass er Talent hat. Er hat es verdient, beim Finale dabei zu sein.«

»Er ist nicht ansatzweise so lange dabei wie ich«, faucht Christian.

»Dann weißt du jetzt immerhin, dass man es sich auch in kurzer Zeit verdienen kann, wenn man gut ist.«

»Das wirst du noch büßen!«

Ein lauter Knall lässt mich für einige Sekunden daran glauben, dass Christian Lionel geschlagen hat, doch ein metallisches Scheppern und ein Knurren von Lionel, das dem Knall folgt, lässt mich aufatmen. Christian schießt an mir vorbei. Ich meine, er fletscht die Zähne, als er mich sieht. Ich lächle bloß und beschließe dann, nicht mehr auf James zu warten. Ich gehe zu Lionel und helfe ihm, das Chaos zu beseitigen und die Scherben eines Computerbildschirms aufzulesen.

28

Von James habe ich seit gestern nichts mehr gehört. Er hat mir weder eine SMS geschrieben, noch war er im Hotel. Ich habe noch überlegt, ob ich zu ihm fahren soll, aber dann wäre ich nur eine nervige Klette. Ihn umstimmen, was ›Prefix‹ angeht, kann ich eh nicht. Was mich angeht, erst recht nicht. Lionel meint, heute sei er das letzte Mal unser Manager. Auch diesen Posten will er aufgeben. Lionel soll seine Nachfolge antreten, wovon nur die Hälfte des Teams begeistert ist. Ich hoffe, er kann die Gruppe bändigen. Ohne James ist ›Prefix‹ nur halb so schön, denke ich mir. Ohne den Gedanken, dass er jederzeit kommen kann, um mitzuspielen, ist ein Tag ›Prefix‹ nicht mehr das, was er mal war. Ich seufze. Es klopft an der Tür. Lionel steht im Türrahmen und macht mir Druck.

»Los, beeil dich! Anziehen, duschen, hopp, hopp! Und werde gefälligst wieder zum Mann.« Ich stöhne. Lionel verengt seine Augen. »Wenn die Menschen mitbekommen, dass du uns alle verarscht hast, fühlen die sich auch hintergangen. Das kostet Fans. Durch deinen Unfall haben wir einen Mitleidsbonus, den setze ich nicht aufs Spiel. Hopp, hopp«, ruft er und zeigt im Minutentakt auf seine Armbanduhr. Er ist deutlich nervöser, als James es in den vorherigen Spielen war. Ich möchte nach der Dusche zu meinem Trainingsanzug greifen, aber Lionel schüttelt den Kopf.

»Ich hab für heute etwas Besonderes anfertigen lassen.« Lachend holt er einen Jogginganzug hervor, der golden glänzt.

»Ernsthaft?«, frage ich skeptisch.

»Na los, rein da! Wir sind die goldene Zukunft!«

»Wir sind die goldene Alufolie«, entgegne ich sarkastisch, während ich mich in den knisternden Anzug presse.

»So und jetzt die Haare, die sind ja wieder ganz schön lang geworden. Das muss ab!«

Lionel holt eine Schere hervor.

»Kannst du denn sowas?«, frage ich, da beginnt er schon, meine Spitzen zu schneiden.

»Wackle nicht so. Wir wollen dir keine Glatze machen müssen!«

Ich fühle mich wie damals bei Manuel. Lionel zupft an mir herum und lässt eine Makeup-Artistin den Rest erledigen.

»Vergiss nicht deine Halskrause«, ruft Lionel mir nach, als ich mich auf den Weg nach unten machen will.

»Wieso? Wozu brauche ich die? Es geht schon viel besser. Ich kann auf keinen Fall mit einer Halskrause Prefix spielen, Lionel!«

»Mitleid! Du bist der angegriffene, schwerverletzte Tibor!«, erwidert Lionel. Ich rolle mit den Augen und lege mir die Krause widerwillig an.

»Aber zum Spiel muss ich sie ausziehen!«, rufe ich ihm hinterher.

Wir fahren mit einer Limousine zum Stadion. Jubelnde Menschenmassen erwarten uns. Sie wollen Autogramme und Bilder von mir und der Halskrause. Sie stellen zu allem Überfluss andauernd Fragen über den verhängnisvollen Abend. Ich winke diese mit einem zerknirschten Lächeln ab. Ein Mädchen will unbedingt das Schriftzeichen sehen. Zum Glück gibt es keine Möglichkeit, meinen hautengen Goldanzug an der Hüfte zu öffnen. Es wäre auch eh zu riskant, weil dann vielleicht meine Socke nach unten rutschen könnte. Ganz schön seltsam, wieder ein Mann zu sein und einen selbstkonstruierten Penis zwischen den Beinen zu tragen. Lionel hat mir fest versprochen, etwas Professionelleres dafür zu besorgen. Als Lionel uns gerade hinein scheuchen will, erblicke ich James, wie er aus dem Auto steigt. Durch die Glasscheibe sehe ich ihn lachen, Autogramme geben und unzählige Hände schütteln. *Ohne mich ist er besser dran.* Ich stolpere auf eine Rolltreppe, die mit einem leisen Surren nach oben fährt. James sieht zu mir hoch und hebt eine seiner Augenbrauen. Ich werde rot und schaue weg.

Wir betreten die Vorhalle. Sofort kommt eine Person auf uns zugerannt. Ich erkenne sie sofort wieder: Es ist die Reporterin aus dem Krankenhaus. Hektisch wedelt sie mit dem Mikrofon vor unseren Gesichtern herum.

»Entschuldigt. He, wartet! Bitte, ein kurzes Interview. Kann ich James sprechen?« Wir ignorieren sie genauso wie die Reporter zuvor. Alex hält die Frau zurück, während sie versucht, ihren Arm zu befreien, um ihr Mikrofon in unsere Richtung zu halten.

»Nur ein kurzes Statement wegen Farcks Heiratsantrag. Können Sie das bestätigen?»

James' Heiratsantrag?

»Gebt mir zwei Minuten mit ihr«, bitte ich Lionel und er nickt genervt. Ich forme, ihm zugewandt, lautlos mit meinen Lippen ein *Dankeschön*. Seine Gesichtszüge entspannen sich merklich, während er sich Notizen in seinen Planer kritzelt.

Als ich meinen Blick zu der Frau schweifen lasse, atmet sie erleichtert aus und beginnt dann, mir ihre Fragen zu stellen.

»Stimmt es, dass James Farck Mera ehelichen möchte, wenn die Heroes of the Prefix das Finalspiel gewinnen?«

»Davon weiß ich nichts, tut mir leid.« Ich zucke mit den Schultern, aber innerlich koche ich.

»Er möchte sich angeblich mit ihr in sein Anwesen in L.A. zurückziehen. Ist dies das Ende der Karriere von Herrn Farck, was die Heroes of Prefix betrifft?«

»Anwesen in L.A.? Klingt romantisch«, zische ich sarkastisch.

»Tibor? Go!«, ruft Lionel und kommt damit denkbar gelegen. Ich renne hinter ihm und dem Rest des Teams her. Die Reporterin bleibt etwas perplex zurück. *Ob das stimmt?* James spielt heute doch nicht mal. Warum sollte er dann so etwas sagen? Meinte er das mit *zurückziehen*, *sich mehr auf seine Familie konzentrieren, sich mehr auf seine PR-Frau konzentrieren, sesshaft werden*?

Ein Mitarbeiter der Veranstaltung gibt uns noch zwanzig Minuten zum Sammeln, bevor es nach draußen geht. Mit mahnenden Worten drückt er jedem von uns den Notknopf in die Hand. Ich lege ihn mit einem Lippenkräuseln beiseite.

Lionel bespricht mit uns Taktiken. Ich frage mich, was ›DeathNote‹ im Moment macht. *Ob sie in dem Raum neben uns sind?*

»Ich bitte nun um einen riesigen Applaus für das Finale der diesjährigen Season Prefix of Death!«, ruft eine Männerstimme über ein Mikrofon. Draußen hört man es johlen. Es sind so viele Menschen gekommen, wie noch nie zu einem Endspiel. Die Ereignisse um das vorherige Finale hat das ganze Spiel nochmal mehr in den Fokus der Öffentlichkeit gerückt.

Wir sollen hintereinander die Bühne betreten. Einer nach dem anderen wird angekündigt. Zuletzt fällt auch mein Name. Das Stadion ist mit einem Mal leise. Ich gehe über die Spanplatten und blinzle in die hellen Scheinwerfer. Die Menge tuschelt. Als sich meine Augen an die Helligkeit gewöhnt haben, kann ich von oben zu den Zuschauern blicken und ich glaube, eine Mischung aus Erstaunen und Anerkennung in ihren Gesichtern zu sehen. Es wird wieder lauter im Raum.

»Tibor! Du schaffst das!«, ruft uns eine Frau von den vorderen Reihen zu. Ich lächle dankend. Als ich an meinem Platz ankomme, löse ich die Halskrause. Ein Raunen geht abermals durch die Massen an Menschen. Dann applaudieren und jubeln sie. James steht wahrscheinlich hinter der Bühne und beobachtet uns. Ich weiß nicht, ob er sich noch für uns verantwortlich fühlt. Ich seufze.

Die Augen der Zuschauer sind auf ›Heroes of the Prefix‹ und ›DeathNote‹ gerichtet. Neben uns stolziert Amanda auf die Bühne, der der Trubel um mich nicht zu gefallen scheint. Mit angewidertem Gesichtsausdruck beäugt sie mich von oben bis unten, bis sie ihre eigene Show beginnt: Sie lacht und wickelt eine blonde Strähne um ihren Finger. Ich verdrehe die Augen. Zu allem Überfluss trägt sie ein hautenges Kleid in Lederoptik. Ihr restliches Team dackelt brav hinter ihr her. Wüsste man nicht, in welchem Verhältnis sie zueinander stehen, könnte Amanda wie die Mistress ihrer Kollegen wirken.

Jeden Moment wird das Spiel beginnen. Wir wählen unsere Champions. Ich nehme – wie mit Lionel besprochen – TumbleBear und das Match beginnt. Wir spielen gut, aber Amandas Team hat trotzdem die Nase vorne. Schon in den ersten Spielminuten bekommen sie den Spider und den First-Kill* durch Berthrams Unachtsamkeit. Das erste Match ist gnadenlos verloren.

»Alles in Ordnung?«, ruft Lionel über das Headset, als man von unserem Toplaner nichts mehr hört. Ich werfe einen Blick neben mich und schrecke zurück. Berthram ist von seinem Stuhl gekippt. Stressflecken ziehen sich über seine Arme und sein Gesicht. *Bitte nicht noch ein Drama um ›Heroes of the Prefix‹!*

In Amandas Team scheint es einem Jungen auch nicht gut zu gehen. Die gesamte Zeit faselt er etwas von einer Kohlsuppendiät. Entsprechend ungesund sieht er auch aus.

Eigentlich ist es innerhalb eines Matches verboten, Spieler auszuwechseln. Aber Amanda besteht darauf und wir haben natürlich auch nichts dagegen. Auch wir können jemanden Kompetentes an Berthrams Stelle gebrauchen. Es werden dreißig Minuten Pause angekündigt. Die Prefixkommission berät sich, während wir in unseren Teamraum zurück dürfen. James wartet auf dem Sofa, auf dem ich unseren Sieg im Viertelfinale gefeiert habe. Neben ihm macht sich Christian bereit. Er wittert seine Chance, doch noch am Finale teilnehmen zu können. Nach dem Aufstand, den er nach dem Training gemacht hat, schätze ich, Lionel würde eher sterben, als ihn zu nominieren.

»Alles okay bei euch?«, fragt James Lionel. Lionel schüttelt den Kopf. »Berthram war eine Fehlinvestition. Er ist dem Druck nicht gewachsen.«

»Ha«, lacht Christian auf. »Habe ich es dir ...«

Jemand klopft gegen unsere Tür und öffnet sie einen kleinen Spalt breit. Ein Mann versucht, sich hindurchzuzwängen. Yoshi öffnet ihm ganz und er fällt hinein. Er fängt sich wieder und gibt einen Bogen Papier auf einem Spannbrett ab.

»Ihr dürft jemanden auswechseln. Aber nur einen Spieler, der in den letzten Championshipmatches beteiligt war, und deswegen dem anderen Team nicht unbekannt. DeathNote wechselt Tobias Richardson ein. Ich will eure Entscheidung in spätestens fünf Minuten haben!«, sagt er.

»Das ist unfair!«, rufen James und Lionel beinah zeitgleich.

»DeathNote hatte eine Menge mehr Rotation in ihren Aufstellungen! Sie haben viel mehr Spieler ausgewechselt über die Matches hinweg!«, ergänzt Damian.

Der Mann zuckt mit den Schultern. Dann verschwindet er wieder und eine Durchsage ertönt. »Noch zehn Minuten bis zum Spielbeginn!«

»Verdammte Scheiße«, brüllt Christian und stampft wütend auf.

»Sei ruhig, Chris!«, herrscht ihn James an und Christian verstummt augenblicklich.

»Jemand, der in den anderen Matches auch gespielt hat? Dann können wir ja nur dich nehmen, James«, sagt Lionel.

Der schüttelt den Kopf.

»Das ist doch alles gequirlte Kacke«, blafft Christian und verlässt den Raum. Sobald die Tür hinter ihm ins Schloss fällt, wendet Lionel sich nochmals an James.

»Nur du kannst spielen«, wiederholt er.

»Komm schon, sonst verlieren wir unseren Titel«, ruft Damian von der Seite.

»Ich kann nicht«, sagt James.

»Du hast uns schon mal im Stich gelassen. Spring über deinen Schatten, Mensch« Damian lässt nicht locker.

»Wie bitte? Ich habe euch im Stich gelassen? Ich habe sein … ihr Leben gerettet« Mit bebenden Nasenlöchern zeigt er auf mich. *Wie ich mich fühle? Furchtbar.*

»Könnt ihr bitte alle den Raum verlassen, damit wir unter vier Augen sprechen können?«, entgegnet Lionel. Wir gehen hinaus in den offenen Backstagebereich. Doch auch von dort aus kann ich dumpf ihre Stimmen hören.

»Du weißt, weswegen, Lionel! Ich habe mit dir darüber gesprochen. Es geht nicht, alles erinnert mich an Brian und daran, wie ich sie verletzt habe.«

»Aber James, ohne dich sind Heroes of the Prefix verloren. Wir können keinen Taugenichts mehr gebrauchen, verstehst du das? Liegt dir etwas am Team? Sei ehrlich!«, beteuert Lionel.

»Ich bin schuld«, erwidert James und ich merke, dass ich wütend werde. Meine Knöchel knacken wie die Schalen einer Walnuss, als ich meine Fäuste balle. Mit einem Schwung öffne ich die Tür.

»Hast du sie eigentlich noch alle? Du sollst schuld sein?«, brülle ich. »Du bist an gar nichts schuld, ohne dich wäre ich jetzt tot!«

»Tamara, ohne mich wärst du gar nicht erst in so eine Situation gekommen! Ich bin es, der dich mit Brian bekannt gemacht hat!«

»Na und? Das war ein böser Zufall. Ohne Brian, ohne Heroes of the Prefix hätte ich dich niemals kennenlernen dürfen, du Idiot! Denk nicht an mich, denk an das Team!« Tränen steigen in meine Augen. Ich wische sie mir mit meinen Ärmeln weg.

»Ich bin raus«, sagt er. »Du hast vielleicht schon von meinem Versprechen an Mera gehört. Wenn ihr dieses Spiel gewinnt, dann werde ich sie heiraten. Und endgültig aus der Gaming-Branche aussteigen.« Sein Blick wird kühl und eindringlich.

»Also stimmt es?«

James bedeutet uns, dass wir den Raum verlassen sollen. Ich bleibe im Türrahmen stehen.

»Stimmt es, habe ich gefragt!«»

James schaut mich nicht an.»Natürlich stimmt es, ich habe es doch gerade gesagt. Es ist das einzig Richtige, was ich nach alldem tun kann. Ich will nicht ...«

»Arschloch«, zische ich und Lionel zieht mich an der Schulter zurück. Er schließt die Tür.

»Wir können nichts daran ändern, dass er nicht spielen will, Tamara. Egal, dann spielen wir eben zu viert. Und vielleicht geht es Berthram schon besser.«

Wir betreten wieder die Bühne. Unser fünfter Platz bleibt leer.

»Das zweite Match wird in wenigen Sekunden beginnen. Die Heroes of the Prefix spielen mit einem deutlichen Handicap. Sie starten zu viert in die Championauswahl!«, ruft der Moderator in sein Mikrofon. Der steife, ältere Herr im Anzug hat einen grauenvollen englischen Akzent. Ich wünschte, Lucas und Smiet würden dieses Spiel kommentieren.

Ich setze mir mein Headset auf und blende so seine prägnante Stimme aus. Abwechselnd schaue ich zu dem leeren Platz und dann auf meine Tastatur, die im Takt der Musik die Farbe wechselt. Wir können es auch so schaffen. Die Championauswahl beginnt. Ich nehme KamikazeCat, weil ich dieses Mal auf eine andere Lane wechseln muss.

Lionel wählt LimpingTaurus, Yoshi ScretchingFerret, Damian MuscleRhino. Unser letzter Spieler nimmt RisingFrog. Ich starre auf den Bildschirm und dann wieder zu dem Platz neben mir. Er ist nicht mehr leer. James sitzt auf ihm. Sein Blick ist auf die

Tastatur vor ihm gebannt. Seine Augen sind gezeichnet von Wut. Ein Lächeln breitet sich auf meinem Gesicht aus. Es wird zu einem schrillen Lachen. Ich bin einfach nur glücklich, dass er hier ist.

Wir sind ein Team! Doch in der nächsten Sekunde muss ich an Mera denken und mir wird schlecht.

Das zweite Match läuft gut, obgleich James keinerlei Ansagen gibt. Ich sterbe bloß dreimal und habe neun Kills. Mit dem vielen Gold aus den Tötungen kann ich mir starke Items kaufen, die meine Fähigkeiten noch weiter ausbauen und intensivieren. Durch Lionels Strategien haben wir einige Vorteile. Er hat die Gegner über Tage genauestens beobachtet, hat sich die vergangenen Championshipmatches angesehen und uns durch das gestrige Quiz auf ›DeathNotes‹ Stil gedrillt.

Wir gewinnen, aber freuen kann ich mich nicht, solange James nichts sagt. Ich sehe, wie er seine Nase rümpft. Er ist wütend. Er hasst ›Prefix‹, seitdem Brian das getan hat, und er will aufhören, *nicht wegen mir*, wegen Mera. Der Gedanke an sie und ihn ist wie ein Messerhieb in meinen Bauch. Wenn wir gewinnen, wird er sie heiraten.

Yoshi ruft in sein Headset »Wir schaffen das!«, und die anderen stimmen ihm jubelnd zu. Nur James und ich sagen keinen Ton.

Es mag seltsam klingen, doch trotz der Rufe der anderen höre ich James' leisen Atem durch das Mikrofon an seinem Headset.

Das dritte Match beginnt. »Mit wem soll ich suppen?«, frage ich die anderen.

»TumbleBear«, ruft Lionel und ich wähle den Bären aus. Wir starten in der Anfangsarea. James ist mein ADC, LazyCrow.

»Lasst sie uns beim Speedbuff abfangen!«, meint Damian.

Ich nicke entschlossen und laufe über die Map hin zu dem gegnerischen Jungle, in dem bereits Lionel, Damian und James hinter einem Wasserfall warten. Animiertes Plätschern mischt sich zu den röchelnden Atemgeräuschen meiner Mitspieler. Yoshi ist dabei, die Gegner in Sicherheit zu wägen, indem er auf der Midlane auf die Skeletons wartet. Amanda und Tobias bewegen sich gemeinsam auf die Midlane zu. Yoshi verteidigt dort unseren Tower und holt sich den ersten Skeletonspawn.

»Sie kommen, Achtung!«, ruft Lionel, der weitere Teammitglieder von ›DeathNote‹ durch eine seiner Fähigkeiten in unserer Nähe gesichtet hat.

Unsere Gegner wollen sich also auch den Speedbuff holen. Der Speedbuff ist ein NPC, der im Jungle seine eigene Area hat. Es handelt sich um ein Stachelschwein. Dieses kann nur von uns als Team gekillt werden. Man muss es in die Enge treiben, ansonsten hat man keine Chance. Dafür benötigt man mindestens drei Player. Wenn es tot ist, geht der Geschwindigkeitsboost des Schweines auf das Team über, das es erledigt hat.

»Zugriff!«, brüllt Damian, als die Gegner sich im Dreieck um das Schwein positionieren und beginnen, es anzugreifen. Amanda und Tobias sind immer noch bei Yoshi auf der Midlane. Wir sind also in der Überzahl, stürmen auf die Gegner zu und überraschen sie im rechten Moment.

Doch scheiße, was ist das? Die anderen beiden Teammates von ›DeathNote‹, Amanda und Tobias, kommen aus einem Busch und killen Damian von hinten. Dabei war sie eben noch bei Yoshi auf der Midlane. *Diese Schlange*. Wir hätten damit rechnen müssen, dass auch Amanda ein Ass im Ärmel hat.

»Yoshi, warum hast du nicht gepingt?«, fragt Lionel wütend.

»Sie hat sich geportet* und mit der Ult* ihren Fake und den Fake von Tobias auf der Mid gelassen.« Ein *Fake* ist ein genaues Abbild des Champions. Es sieht aus, als ob er noch da wäre, dabei ist der Spieler in Wahrheit bereits über alle Berge und für kurze Zeit unsichtbar. Ein Fake lebt nicht länger als 20 Sekunden, doch die Zeit reicht aus, um sich verdeckt ein gutes Stück über die Map zu bewegen und unachtsame Spieler zu erwischen.

»Du kennst doch FakingPig's Trugbilder!«, faucht James. Das ist das erste, das er, seitdem er sich entschlossen hat, mit uns zu kämpfen, sagt. Ein Schauer läuft mir über den Rücken.

James ist schnell genug, sich mit LazyCrow zu retten. Jetzt liegt es an mir, unseren Angriff durchzuführen.

BUMM – Gehirnfrost. Ich sehe die Gegner in Zeitlupe auf mich zukommen. Das Stachelschwein attackiert die fünf Gegner, macht Damage und nimmt mit mir zusammen die Feinde in die Zange. Ich habe alle meine Fähigkeiten zur Verfügung und ich weiß, wie ich sie der Reihe nach töten kann. *Aber will ich sie alle töten?* Ich richte meinen Blick zur Seite. Das erste Mal, dass ich den Tunnelblick des Gehirnfrosts vom Bildschirm wegrichte. Das Bild verwischt, nimmt mir kurz die Orientierung. Dann sehe ich ihn. Fast glasklar taucht er in meinem Sichtfeld auf. Die Kiefer angespannt, die Strähnen wild vom Kopf stehend, sitzt er fast bewegungslos vor dem Computer. Plötzlich weiß ich, was ich zu tun habe. Ohne auf den Schwindel zu achten, fokussiere ich wieder den Bildschirm, auf dem sich meine Gegner inzwischen ein Stück genähert haben. Ich setze meine erste Fähigkeit falsch, meine zweite ebenfalls und werde dann von FakingPig getötet.

»Was war das für ein Mist, Tibor?«, ruft Lionel. Ich schaue wie gebannt auf meinen Bildschirm. In meinem Magen rumort es. Ich spüre James' Blick von der Seite. Er lächelt, dessen bin ich mir sicher.

Noch 20 Sekunden bis zum Restart.

Noch 15 Sekunden bis zum Restart.

10 Sekunden, 9 Sekunden, jetzt noch 5, 4, 3, 2, 1. Und go! Ich laufe zu meiner Position auf die Botlane. James ist dabei, unseren Tower zu deffen*. Aus den Augenwinkeln sehe ich, wie seine Mundwinkel zucken.

»Und die Gewinner der diesjährigen Championships und somit von der achten Season Prefix of Death ... sind DeathNote!«

Wir ziehen alle unsere Headsets ab. Silbernes und goldenes Konfetti regnet von der Stadiondecke. Eine epische Musik erklingt und Amanda geht nach vorne, um im Namen ihres Teams den Pokal entgegenzunehmen. Ich applaudiere zögerlich, der Rest tut es mir gleich. ›DeathNote‹ verbeugen sich. Amanda strahlt über ihr ganzes Gesicht. Sie schüttelt den Pokal wie einen Milchshake in ihren Händen und lässt ihn wieder und wieder auf und ab sinken.

Dann werden wir nach vorne gebeten, um uns ebenfalls zu verbeugen. Wir stellen uns alle nebeneinander auf. James steht direkt neben mir. Ich schaue ihn an und beobachte ihn. Keine Spur von Traurigkeit. Kein Bedauern der Niederlage. Er zieht eine Augenbraue nach oben und wendet seinen Kopf zu mir. Ich werde rot. Der Applaus verstummt und wir gehen kurz hinter die Bühne. Von da aus schauen wir dabei zu, wie das gesamte DeathNote-Team ein zweites Mal gefeiert wird. Ich spüre wieder James' Blicke. Plötzlich fasst er seitlich an meine Hüfte und beugt sich an mein Ohr.

»Ich weiß, was du getan hast.« Dann küsst er mich auf den Mund. Vor dem gesamten Team küsst er ein als Jungen verkleidetes Mädchen. Hitze erfasst meine Wangen.

Zum Glück schauen alle nur zu ›DeathNote‹.

29

Während die Arena sich leert, gehen wir zurück in unsere Kabine. Mit einem wehmütigen Blick schaue ich über meine Schulter in die große Halle. Der ganze Zauber der letzten Stunden ist vorbei, als hätte das Finale nie stattgefunden. Das Lichtspektakel in der Arena hat aufgehört und die bunten Scheinwerferlichter weichen einer grellen Deckenbeleuchtung, damit die Putzkräfte etwas sehen können. Die Ersatzspieler von ›Heroes of the Prefix‹ haben sich bereits auf den Weg zur Aftergameparty gemacht, die im Anschluss zum Finale in einem Club in der Nähe stattfindet. *Uptown Bay* heißt der Schuppen.

Obgleich wir die Verlierer dieses Abends sind, ist unsere Stimmung gut.

»Was ist denn mit euch los?«, witzelt Yoshi, quetscht sich zwischen James und Damian und legt ihnen jeweils eine Hand auf den Rücken. Keiner der beiden antwortet, sodass Yoshi einfach mit den Schultern zuckt und breit grinsend die Tür zum Hinterzimmer öffnet. Dort läuft gerade ein amerikanischer Gamingsender im Radio. Er berichtet über das Ende der achten Season ›Prefix of Death‹. Und über mich.

»Tibor Carlmeyer ist wohl der Mann, den wir für das Versagen von den Heroes of the Prefix verantwortlich machen können. Er hat im letzten Match einige gravierende Fehlleistungen gezeigt, weswegen die DeathNote ein einfaches Spiel hatten. Liegt es an seinem traumatischen Erlebnis? Oder ist er doch nicht mehr als ein Durchschnittsspieler? Jetzt, wo die Championships vorbei sind, sieht unser Urteil zu diesem neu aufkommenden Stern am Prefixhimmel nicht mehr so rosig, wie zu …« Lionel schaltet das Radio aus. Ich bin heilfroh darüber.

»Es war eine hammer Show und wir sind für das nächste Jahr gewappnet!«, ruft Lionel, von dem ich nicht erwartet hätte, dass ihm unsere Niederlage nichts ausmacht. Damian stöhnt als Antwort und rollt mit den Augen.

»Langsam könntet ihr euch auch freuen«, sagt Yoshi zu ihm und James, bevor er sich an mich wendet.

»Jetzt kann ich mir denken, wer dieser *J.* von deiner Einladung war, Tamara.«

Ich erröte. Schnell vergewissere ich mich, dass wirklich niemand außer denen, die um meine Weiblichkeit wissen dürfen, hier ist. Yoshi hat den Kuss also doch bemerkt. Gott sei Dank sind Christian und die anderen Taugenichtse bereits in dem Club. Damian zieht James an der Schulter zurück.

»Wieso servierst du meinen Bruder für sie ab? Er liebt dich! Und Tamara liebt dich nicht! Dann noch die Nummer mit Mera in der Öffentlichkeit. Das ist einfach nur noch demütigend für Samuel!« *Hat Damian den Kuss etwa auch bemerkt? Fuck!*

Ich schlucke. »W-Was?«, stottere ich und schaue ihn hilflos an. *Er darf James nichts von Mycs und meinem Kuss sagen, nein, er darf nicht!*

»Was meinst du damit?«, erwidert James in einem emotionslosen Tonfall und durchbohrt mich mit seinem Blick.

»Sie liebt Myc. Ich habe sie ihn küssen sehen. Samuel würde dir das niemals antun und Mera ist doch ein bloßer PR-Gag deines Onkels! Mach endlich mit ihr Schluss und werde erwachsen!«

»Halt, das stimmt nicht!«, werfe ich ein. »Also, das mit Myc, er, nein, er …« *Wie soll ich mich bloß rechtfertigen?*

Du warst nicht für mich da. Ich liebte dich, doch du hast gesagt, dass du Männer liebst. Ich war verzweifelt. Du wolltest Mera heiraten. Ich wollte das Gefühl des Kusses wieder haben und habe Myc benutzt. Ja, ich habe Myc benutzt.

Doch ich brauche keinen einzigen meiner vorformulierten Sätze. James nickt nur und schaut zu Boden.

Damian stößt ihn wieder in die Seite. »Verstehst du? Samuel liebt dich! Sie liebt dich nicht! Ihn hättest du niemals vor uns so geküsst, dabei hat *er* es verdient! Und Mera? Du hast sie all die Jahre nicht mit dem kleinen Finger angerührt und auf einmal solch eine Verkündung. Dein Spiel, das du zusammen mit Brandao spielst, widert mich an! Es ist ekelhaft!«

Auf einmal packt James Damians Hand und zieht ihn mit einem Ruck gegen die Wand. Er drückt ihm einen Finger auf seine Kehle, sodass von Damian bloß noch röchelnde Geräusche kommen.

»James!«, rufe ich ihn zur Ordnung.

»Wir haben verloren, also ist mein Antrag an Mera ungültig und unnütz«, zischt er Damian zu.

»Ja, genauso wie jetzt auch Tamaras Talent. Du hast kein Stück Ehre, James!«, keucht er und versucht, sich seinem Griff zu entziehen. James lässt ihn nicht gehen. »Ich habe kein Anrecht auf Tamara! Und mit wem ich etwas anfange, wem ich was verspreche, lass das meine Sorge sein!«

»James«, rufe ich wieder und fasse nach seinem Arm. Er zieht ihn weg und erwidert: »Ich habe dir damals gesagt, dass ich schon weitaus schlimmer belogen wurde. Erinnerst du dich? Es war an meinem Geburtstag.« Ich nicke. *Worauf will er hinaus?*

»Aber jetzt bin ich mir darüber nicht mehr sicher.«

Ein Stich fährt durch meinen Magen. Ich weiß nicht weiter, mein Mund steht zwar offen, aber es kommt kein Ton heraus.

»Was für eine Überraschung«, tönt eine kräftige Bassstimme von der Tür her. »Eine gute würde ich zwar nicht behaupten, aber … Na ja, Überraschung ist Überraschung, meint ihr nicht auch?«

Ein großgewachsener Mann mit südländischen Zügen tritt durch die Tür und setzt sich wie selbstverständlich auf das Sofa im Innenraum. Gespielt motiviert klatscht er in die Hände. Sein weißer Hemdkragen steht in einem starken Kontrast zu dem schwarzen Pullover, den er trägt. Ich kenne diesen Mann. Irgendwo habe ich ihn schon einmal gesehen. Ich schaue zu James, der sich verspannt und Damian loslässt.

»Jetzt weiß ich es! Sie sind der Mann, der mich vor meinem Haus …«, rufe ich, doch Lionel rammt mir seinen Arm in die Hüfte und unterbricht mich.

»Aua!«

»Sei still«, zischt mir Damian zu, der sich seinen Hals hält.

»Ich sehe schon, woran es bei euch hapert.« Der Mann faltet in Seelenruhe die Hände vor dem Saum seines Pullovers und leckt sich über die Lippen, um sie zu befeuchten.

»Stefano, ich dachte, du wärest noch auf Geschäftsreise«, beginnt Lionel. Stefano unterbricht ihn mit einer kurzen Geste. »Ruhe!«, fügt er hinzu.

Ich starre ihn mit offenem Mund an. *Das ist Stefano Brandao?*

»Ich wurde von James herbeordert, um ihn abzuholen.«

»Abzuholen? Ich verstehe nicht ganz?« Lionel schaut zu James, aber der würdigt uns nicht mit einem Blick.

»Ich bin nicht erfreut über die Entwicklungen dieses Teams. Meint ihr, ihr hättet MitsuMotoGear behalten, wenn ich nicht gewesen wäre? Meint ihr, eure Bindung nach Korea wäre so stark, wenn ich nicht gewesen wäre? Denkt ihr, nach der Diyu-Nummer hätte irgendjemand Lust, einen Farck weiter zu unterstützen? Ihr enttäuscht mich!« Er holt ein Taschentuch aus seinem Hemd und tupft sich mit der Spitze über die Stirn.

Ich schaue erwartungsvoll zu James. Er bleibt stumm und steht mit ausdruckslosem Gesicht Brandao zugewandt. *Wohin soll er abgeholt werden? Was hat dieser Mann mit ihm vor?*

»James, gerade von dir bin ich enttäuscht. Aber über deinen Entschluss, mich zu begleiten, bin ich sehr erfreut. Ich bin sicher, dort wirst du mehr Glück haben als im Spielbusiness. Back to the roots, was?« Stefano verzieht seine Lippen zu einem Strich, dann tut er amüsiert.

»Wohin begleiten?«, frage ich entgeistert.

»Und nun zu dir, Tamara Carlmeyer. Dein Zeitvertrag wird hier und jetzt rechtsgültig aufgelöst. Du hast nur Unruhe in das Team gebracht.«

»Zeitvertrag?«

»Ja, du hast richtig gehört. Denkst du, es gibt keine Probezeit in dieser Branche?« Ich schaue zu James. Er verzieht seine Mundwinkel. *Ein Zeitvertrag. Ein Vertrag für bloß eine einzige Season?* Aber Mum ...

»Mum hätte davon unterrichtet werden müssen!«

»Das wurde sie, oder, James?« Stefano schaut erwartungsvoll rüber zum Angesprochenen, der bloß nickt. Es ist ein feiges Nicken.

Jetzt bin tatsächlich *ich* diejenige, die den Vertrag nicht gut genug gelesen hat.

»Sie hätte niemals zugestimmt, wenn es anders gewesen wäre. Nun gut, unsere kleine Erpressung hat auch geholfen«, ergänzt Stefano.

»Erpressung?«

»Wie gut, dass James sich vorher mit den Carlmeyers in Kontakt gesetzt hatte, nicht wahr?« Wut keimt in mir auf, Wut gegenüber

Mum, gegenüber James, gegenüber diesem überheblichen Mann vor mir.

»Meinst du ehrlich, ich könnte solch eine Bedrohung für unsere Fans weiterhin im Team lassen? Es wird rauskommen, dass du eine Frau bist, so gut wir dich auch in den Medien unkenntlich gemacht haben. Deine Freunde, deine Klassenkameraden, irgendwer wird Tibor Carlmeyer sehen und Tamara erkennen. Das ist zu riskant.«

»James, was hat das alles zu bedeuten?« Ich ziehe ihn am Arm. Er reißt sich von mir los und schaut weg.

»Jetzt seid ihr wenigstens im Gespräch. Ihr seid das Team, das im Moment am interessantesten ist. Und wenn jetzt auch noch James aufhört, seid ihr in aller Munde. Also keine Angst, ihr seid eine gute Investition.« Stefano applaudiert wieder. Langsam und trügerisch. Er ist der Kopf hinter ›Heroes of the Prefix‹, ein Teil des neuen Managements. James ist ihm völlig unterwürfig. Ich bekomme einen hochroten Kopf.

»Tamara, Tamara, Tamara, nun beruhige dich doch. Ich verspreche dir, nachdem du deine Schulzeit abgeschlossen hast, habe ich einen grandiosen Job für dich. Du gefällst mir. Deine Wildheit ist Wahnsinn.«

»Nein, vielen Dank, auf ihre Jobs kann ich gut und gerne verzichten!« Ich schreie so heftig, dass ich dabei spucke.

»Ich wusste, sie ist mit vollem Blut dabei.« Er grinst. »Tja, wie schade, dass es mit dir und Prefix nun vorbei ist.«

»Glauben Sie mir, es ist nicht vorbei.« Ich kneife die Augen zusammen.

»Was willst du tun? Das hier ist mein Team. Wenn ich sage, du bist draußen und hältst dich von ihnen fern, dann ist das eine beschlossene Sache.«

»James.« Wenigstens irgendeine Reaktion möchte ich von ihm sehen, aber er ignoriert mich völlig. Ich bin hilflos. Eben erst küsst er mich vor allen, jetzt lässt er mich fallen.

»An James brauchst du dich gar nicht zu wenden, ohne mich wärst du nicht in diesem Team, ohne mich gäbe es dich als Teil von Heroes of the Prefix nicht. Erinnerst du dich?« Er geht zu einer schwarzen Aktentasche. Es klackt verheißungsvoll, als er die Sicherung entriegelt. Stefano holt einen Laptop hervor und klappt ihn auf. Er war im Stand-by-Modus und gibt nun die Sicht auf eine geöffnete Software frei. ›Prefix of Death‹. Er loggt sich ein und geht in das Chatforum.

»Was ich noch sagen wollte«, liest er vor. »Du hast sehr gut gespielt, nein, fantastisch.« Er lächelt. Stefano Brandao war, nein, ist PhoenixHeaven. »Und ...«, fährt er fort. »... ohne mich hättet ihr keinerlei Gefühle füreinander entwickelt. Wie gut, dass James diese kindlichen Liebeleien nutzen konnte.« Stefano lacht.

»Was hat das zu bedeuten? James? James! Rede mit mir!«

Wieder keine Reaktion. Stefano ist der einzige, der etwas sagt.

»Können wir dann, James? Heute Nacht brechen wir auf. Die Flüge sind bereits gebucht. Lionel, du übernimmst die Führung, wir bleiben in Kontakt.«

Stefano wirft Lionel ein lilafarbenes Blackberry zu. »Ich hab dir meinen Lieblingsfarbton besorgt«, sagt er in fast väterlichem Ton, bevor Lionel das Gerät in seiner Brusttasche verstaut und nickt. Dann steht Stefano auf und legt James seine Hand auf die Schulter.

»Es war die richtige Entscheidung«, sagt er leise zu ihm. Mein Blick bleibt an Stefanos Hand hängen. Seine Fingerkuppen sind vollkommen vernarbt. Als Stefano meine Blicke bemerkt, zieht er die Hand hinunter, als habe er sich an James' Schulter verbrannt.

»James?«, ertönt es hinter mir. »James! Du hast großartig gespielt.« Mera stellt sich neben ihn und drückt ihm einen Kuss auf die Wange. Ihre braunen Locken fallen engelsgleich auf die schwarze Lederjacke. James lächelt sie an. Als ob es nur sie in seinem Leben gäbe. Elender Heuchler.

Stefano begrüßt sie mit Küssen auf die Wange. »Mera, mein Herz.«

»Pass mir bloß auf ihn auf«, quiekt sie spielerisch als Erwiderung. Stefano zieht spielerisch eine Augenbraue nach oben. Dabei sieht er beinahe so aus wie James. Mein Blick huscht zu ihm. *Was heißt, er hat meine Gefühle benutzt?*

Nun hebt auch James eine Braue, jedoch nicht spielerisch, sondern voller Scham. Bevor ich noch ein Wort mit ihm wechseln kann, weist Stefano James an, zu gehen. Er folgt der Aufforderung stumm – kein Wort des Abschieds kommt ihm über die Lippen. Tränen schießen in meine Augen. Es sind Tränen vor Wut. Ich rufe ihm nach, doch es nützt nichts.

Ich will ihm nachrennen, aber Yoshi hält mich zurück. »Bitte, lass mich zu ihm! James? Du bist ein Arschloch! Mieses, dreckiges Arschloch!«

»Glaub mir, Tamara, wenn Stefano etwas sagt, dann ist das eine Sache, die unantastbar ist«, sagt Yoshi und streicht mir über den Rücken, während ich zusammensinke wie ein nasser Sack. *Was ist dieser Stefano bloß für ein Mensch? Ich bin nicht mehr im Team. Ich werde nichts mehr von James hören.* Er geht fort. Die Wut, die in mir brodelt, zerreißt meine Brust. James ist ein feiges Arschloch!

»Hast du überhaupt Lust?«, fragt Yoshi vorsichtig, als ich mich zu ihm und Lionel auf die Rückbank der Limousine quetsche.

»Natürlich hat sie das. Es ist immerhin eine Afterworkparty, was?« Lionel kichert und zieht dabei quietschend Luft durch die Nase.

»Na ja«, gestehe ich. »Die Lust ist mir jetzt eigentlich vergangen.«

»Das ist Promotion, Tamara«, sagt Lionel lehrend und streicht seine Haare glatt nach hinten.

»Wozu muss ich noch irgendeine Art von Promotion betreiben, wenn ich nicht mehr im Team bin?«, frage ich und kann den traurigen Unterton in meiner Stimme nicht verbergen.

Lionel räuspert sich. »Entschuldige, aber es wird bestimmt lustig.«

»Danach sehe ich euch nie wieder«, sage ich und ziehe meine Unterlippe zwischen die Zahnreihen, um auf ihr herumzukauen. Lionel und Yoshi schauen nervös zu jeweils einer Seite der Limousine, um nicht auf mich eingehen zu müssen.

Wir holen zuerst Berthram und dann Damian ab, der mich weder begrüßt, noch mit mir redet. Die anderen Mitglieder von ›Heroes of the Prefix‹ sind bereits vor Ort. Es ist ein buntes Spektakel mit Neon-Reklamen, so weit das Auge reicht, einem tiefgrünen Teppich von der Straße zum Club und einigen Fans, die ein Ticket zu diesem Event erspielt oder bei einem

Preisausschreiben gewonnen haben. Der Eingang wird von zwei riesenhaften Hünen in schwarz bewacht, die über einen In-Ear-Kopfhörer Anweisungen bekommen. Als ich den Club betrete, schlägt mir süßer Dampf ins Gesicht. Einige rauchen Shisha auf einer Empore, andere sitzen auf Sitzsäcken und zocken Mario Kart auf alten Fernsehern, und wieder andere tanzen zu einer Mischung aus Techno und Pop.

Ich versuche, irgendjemanden wiederzufinden, den ich kenne, doch bis auf Damian, Yoshi und Lionel, die neben mir stehen, wird alles von dem Dampf verschlungen.

»Komm, ich geb dir einen aus, Tibor.« Yoshi zwinkert mir zu. Ab jetzt und für den Rest des Abends bin ich wieder eine Rolle. Tibor Carlmeyer, der rausgeschmissene, verarschte junge Mann.

»In Ordnung!«, rufe ich Yoshi durch den Lärm zu und folge ihm zur Bar, wo Christian mit der in einen Lederrock gepressten Amanda sitzt und lautstark lacht.

»Sieht so aus, als hätten wir bald wieder einen Seitenwechsler«, knurrt Yoshi, als auch er sie bemerkt.

»Meinst du?« Neugierig beobachte ich Christian, wie er vollkommen an Amandas Lippen hängt und mit seinen weit aufgerissenen Augen alles aufzunehmen scheint, was sie sagt.

»Wir werden sehen.« Yoshi zuckt mit den Achseln und packt einen Tequilashot, den ein Barkeeper ihm hingestellt hat. Mit einer Zitronenscheibe reibt er sich über den Handrücken, kippt Salz darauf, leckt es ab, schüttet den Alkohol in seinen Rachen und beißt zu guter Letzt in die Zitrone hinein.

»Jetzt du«, sagt er mit verzogenem Gesicht und reicht mir den Salzstreuer.

»Ah, Tibor!«, ruft Amanda, als sie mich bemerkt.

»Hi«, sage ich und greife nach einer Zitronenscheibe.

»Du hast es uns im dritten Match echt leicht gemacht. Man hätte meinen können, du bist ein Teammate von uns.« Sie kichert.

Ich drehe mich augenblicklich von ihr weg, um meinen ersten Alkoholkontakt für den Abend einzuläuten. Es bleibt nicht nur bei einem Tequilashot. Nach und nach leeren wir Bierflaschen, Shotgläser und Wodkaflaschen. Sie machen es aus Spaß, ich mache es, um James zu vergessen.

»Noch einen, Tamara … ich meine Tib.« Yoshi reicht mir einen Ouzo. Ich rieche daran und rümpfe angewidert die Nase.

»Fürs Erste nichts mehr.«

»Was? Sprich lauter!«, brüllt Yoshi.

»Nichts mehr«, rufe ich zurück, in der Hoffnung, die Musik verschluckt meine Worte nicht wieder.

Ich taumle ein Stück über die Tanzfläche, verschwinde so schnell hinter den Menschen, dass Yoshi mir mit seinem übelriechenden Getränk nicht folgen kann, und lehne mich an die Wand. Sie vibriert von den Bässen. Jede Stunde, die vergangen ist, hat den Jugendlichen hier weiter zugesetzt. Die Tänze sind intensiver, das Interesse an den Gamingstars ›DeathNote‹ nur noch gering und die Stimmung auf dem Höhepunkt. Sogar Alex ist mit unserer restlichen Security hier und amüsiert sich an der Bar. Ich schaue nach oben zur Empore, die zum Teil als VIP-Bereich abgesperrt ist. Lionel sitzt dort mit Amanda und Christian. Sie scheinen über irgendetwas zu diskutieren. Unvermittelt lösen sich hinter ihnen zwei Schatten und kommen auf sie zu. *Nein! Nicht er!* Ich dachte, seine Flüge wären gebucht und er wäre schon längst weg.

James und Stefano betreten den VIP-Bereich und setzen sich neben Amanda, die sofort ihre Hand auf James' Bein legt. Sie lehnt sich zu ihm und grinst blöde.

»Alles okay bei dir?« Yoshi kniet sich neben mich und ich schüttle den Kopf.

»Zu viel getrunken«, gebe ich zu und werfe meinen Kopf in den Nacken. Yoshi lehnt seinen Rücken an die Wand und streckt die Beine von sich.

»Ich werde dich im Team echt vermissen, Tamara«, sagt er so klar, dass ich glauben möchte, er hätte nichts getrunken.

»Warum? Ich habe euch nicht gerade viel Glück gebracht.« Ich lache und feuchte meine Lippen an.

»Ich wusste vom ersten Augenblick, dass du anders bist«, erwidert er und ich ziehe meinen Mund zu einer Spitze, durch die nur schwer Luft nach außen strömt. *Dieselben Worte wie von James.* Yoshis Arm legt sich wie ein schwerer Metallstock über meine Schultern und ich sacke ein Stück in mich zusammen.

»Yoshi, ich …«

»Ich weiß, ich sollte das Spielzeug des Boss' nicht wollen, aber er ist jetzt nicht mehr unser Boss, stimmt's?« Yoshi lächelt und kommt mir mit seinem Gesicht immer näher. Ich reiße meine Augen auf und sehe neben mir einen Schatten von der Empore springen.

»Was soll das, Tsuyoshi«, faucht James ihn an und reißt ihn an seinem Hemdkragen nach oben. Ich wedle aufgeregt und wütend mit den Händen.

»Lass ihn gefälligst wieder runter! Du hast kein Recht, das zu tun! Ich bin nicht dein Spielzeug, hörst du?«

James ignoriert mich und zieht Yoshi ein Stück beiseite. Ein paar der Gäste wenden sich erschrocken zu uns um und tuscheln. James kläfft Yoshi an, doch ich verstehe kaum ein Wort, während deutsche Schlagermusik den Raum einnimmt. Als Yoshi abzieht, wendet James sich mit glühenden Augen an mich. Unsanft packt er mich am Arm und schleift mich hinter sich her in einen Raum mit der Aufschrift *Privat*. Es handelt sich um einen Lagerraum für Getränke. Hinter einem Turm aus Bierkästen hält er inne.

»Was ist in dich gefahren?«, fragt er mich. Seine Nasenlöcher beben, als sei er einen Marathon gelaufen.

»Was in mich gefahren ist? Du bist derjenige, der von jetzt auf gleich flieht wie ein feiger Arsch, um plötzlich wieder aufzutauchen! Was machst du hier? Du wolltest doch fliegen.«

»Ich musste her. Promotion.«

»Du tust alles für Promotion, oder? Ehrlichkeit hat für dich keinen Wert mehr.«

»Hör auf, irgendwelche Racheaktionen zu starten und nimm hin, dass ich mich jetzt auf meine Familie konzentrieren muss!«

»Familie? Mera ist nicht deine Familie! Und hör du auf, dich in mein Leben einzumischen«, fauche ich und kneife meine Augen zusammen. Stille erfüllt den Vorratsraum. Er atmet laut durch seinen Mund aus, sodass mir mit seinem Atem zusammen der Geruch nach frischer Pfefferminze ins Gesicht schlägt.

»Was hat Stefano gemeint, als er gesagt hat, dass du meine Gefühle benutzt hast?«, frage ich gerade heraus.

Er antwortet nicht, wird nervös und fährt mit seinen Fingerspitzen an seinem Bart entlang.

»Sag es mir!«

»Tamara, es tut mir leid.« Gerade als er von mir ablassen will, packe ich mir seine Schultern und ziehe ihn an mich. Ich presse meine Lippen auf seine. Er stöhnt leise auf, greift in mein Haar und wühlt darin, während unsere Zungen sich in einem Kuss ergeben. Er drückt mich gegen die Wand und hebt mich ein Stück in die Höhe. Ich schlinge meine Beine um seinen Oberkörper. Er drückt seinen Unterleib gegen meinen. Ich spüre seine Erregung, als er seinen Mund von meinem löst und mit seiner Zunge an meinem Hals entlang streicht.

»Ich brauche dich«, keucht er.

»Ich dich auch.«

»Wieso muss alles so scheiße kompliziert sein. Ich tue dir nicht gut«, flüstert er in mein Ohr, setzt meine Beine wieder auf den Boden und schiebt mein Hemd ein Stück nach oben.

»Junge? Bist du hier?«

James schreckt zurück. Stefano steht im Türrahmen und begutachtet uns. Enttäuschten Blickes schüttelt er den Kopf. Augenblicklich entfernt sich James von mir.

»Es tut mir leid. Ich kann nicht«, sprechen seine Lippen, als ich ihn ungläubig mustere.

»Was für eine tolle, zutiefst enttäuschende Show, James.« Stefano applaudiert und macht einen großen Schritt auf uns zu.

Ich presse mich gegen die Wand. »Hauen Sie ab!«, zische ich.

»Wie gut, dass James dafür gesorgt hat, dass du das letzte Match verkackt hast und du im Profibusiness erst einmal keinen Fuß mehr fassen wirst. Das ist niemandem entgangen und soll ich dir was sagen? Du und ich, wir wissen, weswegen du es getan hast.« Er lacht.

»Wie bitte?« Mein fragender Blick sucht James.

»Du hast versprochen, nichts mehr darüber zu sagen!«, blafft James Stefano an, der ihn mit einer Geste seiner Hand quittiert.

»Ruhe, komm! Wir müssen los.«

»James? Das kann nicht dein Ernst sein! Du hast Mera benutzt, mich benutzt und das nur für diesen Menschen? Wie konnte ich mich nur so in dir täuschen?« Ich schlage gegen den Turm aus Bierkästen, er bleibt standhaft. Zu wenig Reaktion für meinen Geschmack, weswegen ich mit meinem Arm noch zwei leere Bierflaschen von einem angrenzenden Tisch fege. Die Flaschen fallen scheppernd zu Boden. Bier spritzt gegen die Wand. James geht mit Stefano zurück in das Gewirr aus harten Bässen und sanften Tönen. Ich bleibe zurück.

Ich spüre kaum, wie wir abheben und nach knapp einer Stunde wieder auf der Landebahn aufsetzen. Wie ein einziger Wimpernschlag von einem Ort zum nächsten. Ich schaue aus dem Fenster. Yoshi traut sich kaum mehr, ein Wort mit mir zu wechseln, Lionel versucht die gesamte Zeit flachen Smalltalk und Damian ignoriert mich noch immer. Ich habe Samuel verraten, habe meinen Freunden nicht anvertraut, was ich versucht habe zu verstecken, habe gelogen und betrogen und das ist der Dank. Ich werde sie alle nie wieder sehen, sobald ich das Terminal verlasse.

»Tammy«, begrüßt mich Myc am Flughafen. Er und meine Eltern haben bereits einen Flug früher genommen. Myc greift meine Hand. Ich nehme sie dankend an, weil sie im Moment das einzige ist, das mich hält. Das restliche Team ist bereits in einen neuen Flieger gestiegen. Yoshi wollte mich umarmen, aber er hat so lange gezögert, dass ich gegangen bin. Zum Abschied habe ich vom ganzen Team eine Schachtel Pralinen geschenkt bekommen.

Vielen Dank!, steht mit Folienstift darauf. Ihr Dank ist mir nichts wert. Er wird die Vergangenheit nicht mehr ändern. Ich hätte mich nie auf James einlassen dürfen. Es wäre am besten gewesen, ich wäre niemals zu dem Casting gegangen!

Als wir zuhause ankommen, wartet Mum auf uns. Ich versuche, die Wut über sie hinunter zu schlucken, aber ich schaffe es nicht. Sie wusste, dass ich bloß eine Season dabei bin, und hat es mir nicht gesagt.

»Wo ist der Rest?«, frage ich sie.

»Deine Schwester und Dad sind noch eben einkaufen. Wir hatten nichts mehr im Kühlschrank, kannst du dir das vorstellen? Ich habe dir übrigens einen Packen an dich adressierte Post in dein Zimmer gelegt.«

»Warum hast du mir nicht gesagt, dass ich bloß einen Zeitvertrag habe?«, schießt es aus mir heraus.

»Tamara, ich …«

»Ich musste es in der letzten Sekunde erfahren!«

»Du hättest dir deinen Vertrag ja mal durchlesen können. Hör mir jetzt auf mit diesem Computerspiel!«

»Für dich ist es bloß ein Computerspiel? Dieses Spiel war meine Zukunft!« Ich will eigentlich sagen, dass James meine Zukunft war, aber diese Ansicht teile nur ich, und nicht er.

»Dieses Spiel hat nur Unglück gebracht. Ich will nicht mehr, dass du es spielst!«

»Nenn mir einen guten Grund, weswegen ich auf dich hören sollte!«

»Tamara, ich, ich ...«

»Siehst du, du hast keinen! Langsam glaube ich Grandpa und Grandma ihre Geschichten über dich!«

»Ich musste dich mitspielen lassen, sonst ...« Tränen sammeln sich in ihren Augen und drohen, über die Grenzen der Wimpern hinweg über ihre Wangen zu quellen.

»Warte ... Dann stimmt es wirklich? Er hat dich damit erpresst? Du hast Dad betrogen?« Mum schaut schmerzlich getroffen zur Seite. Ich weiß nicht mehr, wo mir der Kopf steht.

»Ach, bleib doch da, wo der Pfeffer wächst!«, rufe ich und schlucke das Gefühl der Hilflosigkeit hinunter, bevor ich anfange zu weinen.

Ich ziehe Myc hoch in mein Zimmer und knalle in alter Manier die Tür ins Schloss. Ein kalter Luftstoß, der durch mein offenes Fenster weht, ergreift meinen Körper.

»Du musst sie verstehen, Tammy, sie ist aufgebracht, ihre Tochter wäre beinahe ermordet worden.« Myc setzt sich auf meine Bettkante.

»Ja, ich weiß. Aber ... ach, lass uns nicht über Prefix reden oder über Mum.« Ich schmeiße mich neben ihn auf meine Decke.

»Ich bin froh, dass du wieder hier bist und alles so herrlich normal wird.«

Myc setzt ein breites Grinsen auf, bevor sein Ausdruck nervöse Züge annimmt. »Ach, ja ...« Mit einem Mal druckst er herum.

»Wegen dem Kuss, ich wollte mit dir noch darüber red...«

Im selben Atemzug setze ich mich auf und presse meine Lippen auf seine. Für den Bruchteil einer Sekunde ist James vergessen.

»Tamara? Hey, Tamara!«

Ich reiße meinen Kopf von Myc weg. »Was? Clark, du hast gesagt, du würdest nicht mehr kommen, also hau ab!«

»Ist alles in Ordnung, Tammy?« Myc packt meine Schultern und schüttelt mich sanft. Clark springt durch das offene Fenster und stellt sich vor mich. Er zuckt mit den Schultern.

»Ich hatte auch nicht mehr vor, zu kommen«, entschuldigt er sich. »Aber ich musste.«

»Was heißt, du musstest? Ich habe genug von dir, Clark Wayne, such dir einen anderen Star. Ich habe nichts mehr mit Heroes of the Prefix zu tun!«

»Tamara? Bist du in Ordnung?«, fragt Myc erneut und streicht mir eine Strähne aus dem Gesicht.

»Ich will dir das hier zeigen«, sagt Clark und geht durch den Raum auf meinen Schreibtisch zu, auf dem sich ein Stapel an Papier auftürmt. Ich schweife mit meinem Blick darüber. *James Jethro Farck: Millionenschwer, attraktiv, erfolgreich,* lautet die Überschrift, unter der unser gemeinsames Bild prangt. *Es ist wahrscheinlich das einzige Abbild, das mir von ihm bleibt.* Das Wort *attraktiv* wurde mit einem Fineliner dreimal umkreist und daneben ein lachender Smiley gemalt. Ein Post-It klebt neben James' lächelndem Gesicht.

Hier ist ein Exemplar für dich. Ich hatte es schon gekauft, bevor du es erwähnt hast (und bevor es auf mysteriöse Weise vom Markt verschwunden ist). Es soll ein Andenken sein, weil ich für immer gehen werde. Es tut mir leid, was passiert ist. J.

Tränen rinnen wieder meine Wangen hinunter. *Dieser Idiot!*

»Tamara, jetzt wein doch nicht«, sagt Clark und kommt einen Schritt auf mich zu.

»Myc, schick ihn bitte weg!«

»Wen soll ich wegschicken?«

»Das ist Clark Wayne, mein Stalker. Er verfolgt mich schon die ganze Zeit und war sogar mit in Köln.« Ich schüttle wütend über seine Spontanauftritte den Kopf. »Geh, Clark«, brülle ich.

»Clark Wayne«, wiederholt Myc und schürzt die Lippen.

»Ja, kennst du ihn?«

»Ja, ich kenne sie beide.«

»Wie bitte?«

»Clark Kent und Bruce Wayne. Batman und Superman.«

Er stellt sich zwischen mich und Clark und sieht mir zweifelnd ins Gesicht. »Tammy, da …«

Ich schaue zu Clark hinüber und greife nach seiner Hand. Meine Schläfe pulsiert. BUMM – Gehirnfrost. Für einen ganz kurzen Augenblick verlangsamt sich alles, alles scheint sich zu drehen. BUMM – auf einmal ist es wieder vorbei und nur stechender Kopfschmerz bleibt zurück.

»Tamara Carlmeyer?«, ruft eine dunkle Männerstimme hinter meiner Zimmertür. Ich drehe mich erschrocken um, bevor ich Clarks Hand erreichen konnte.

»Ja?« Vorsichtig luge ich durch den Türschlitz, hinter dem ein breit gebauter Mann zum Vorschein kommt. Mit einem flüchtigen Blick über meine Schulter sehe ich Clark durch das offene Fenster verschwinden.

»Mordkommission, wir benötigen ihre Mitarbeit.«

»Wobei?«

»Es gibt einen weiteren Todesfall, der in die Reihe der Diyu Morde passt.«

»Wie kann das möglich sein?«

»Wir wissen es nicht.«

»Wer ist das Opfer?«

»Eine Psychologin aus den USA. Ihren Namen darf ich noch …«

»Gwendolyn? Gwendolyn Goodman?« Der Polizist nickt überrascht. Erschrocken fahre ich umher. Mir wird heiß und kalt. Ich weiß genau, weswegen sie dem Mörder zum Opfer fiel. Ich selbst habe sie an den Diyu Mörder verraten. Meine Annahme war falsch. Ich habe Brian für den Mörder gehalten, doch jetzt weiß ich, wer James' Eltern und die Frauen tötete. Ich weiß es zu einhundert Prozent. Brian ist unschuldig.

33

Mit einem knatternden Geräusch hält Mycs Wagen vor dem Wohngebäude. Durch die Glaseinsätze in der Tür schimmert schwaches Licht.

»Es ist viel zu gefährlich«, beteuert Myc erneut, als ich im Begriff bin, auszusteigen.

»Lass das meine Sorge sein. Ich will Gerechtigkeit«, sage ich, während ich die Autotür öffne. Ich kneife meine Augen zu Schlitzen, als ich einen Schatten hinter dem milchigen Glas sehe, der vorbeihuscht.

»Gerechtigkeit um welchen Preis? Bist du dir sicher, dass das nicht schiefgehen wird?«

»Bleib im Wagen, Myc«, befehle ich und drücke die Tür mit einem leisen Knall zu. Er verzieht sein Gesicht zu einer Grimasse.

»Bitte, Myc. Du musst mir diesen Gefallen tun. Ich habe alles unter Kontrolle«, spreche ich leise durch den offenen Fensterschlitz der Beifahrertür. Myc nickt schwach und drückt mir dann die Daumen, bevor er in die Seitenstraße einbiegt. Ich begebe mich zu der Eingangstür und klopfe.

Jemand öffnet. Ich stehe vor dem Diyu Mörder, meinem Peiniger, diesem kranken Schwein. »Tamara?«

»Wann hat die Besessenheit von James angefangen?«

»Was meinst du?«

»Als du ihn in den Zeitungen sahst? Oder schon vorher?« Meine Zunge gleitet über meine Lippen. Sie schmecken salzig von dem Schweiß, der an meinen Wangen hinuntergleitet, obgleich es kühl ist.

»Was?«

»Du hast einen Fehler begangen, als du Gwendolyn umgebracht hast. Du musstest es tun, habe ich recht? Du konntest nicht mit dem Gedanken leben, dass jemand anderes ihn angefasst hat.«

»Das ist doch absurd. Verdächtigst du mich? Du bist seit Brians Angriff nicht mehr klar im Kopf.«

»Wann hättest du mich geholt? Du wolltest warten, bis sich der Rummel um mich legt und dann hättest du mich umgebracht.«

»Denkst du, ich bin der Diyu Mörder? Brian ist im Gefängnis wegen dem Vergehen an dir und du bist trotzdem der Annahme, ich wäre es?«

Mein nervöser Blick huscht durch den Flur. Koffer stehen neben der Treppe zu den oberen Stockwerken. Sie sind der Größe nach sortiert und auf dem kleinsten Hartplastikkoffer liegt ein Strauß getrockneter, weißer Rosen, an dessen Stielen ein Schild mit der Aufschrift *Entschuldige* hängt. Die Handschrift erkenne ich sofort. Der Bogen über dem F von Farck ist deutlich hervorgehoben.

»Ich habe falsch gelegen«, zische ich und balle meine Fäuste. »Du hast James' Eltern umgebracht, du wolltest seine ganze Familie auslöschen. Nach und nach bringst du diejenigen um, die zu engen Kontakt zu ihm wollen oder ihn haben.«

Er lacht und schließt hinter mir die Wohnungstür.

»Die Medikamentendosis im Krankenhaus war wohl etwas zu hoch für dich, Tamara.«

Ich krame aus meiner Hosentasche das alte Mobiltelefon von Myc hervor und wähle eine Nummer. Das Klingeln in der Leitung wird durch das leise Vibrieren aus dem Nebenraum ergänzt.

»Weißt du, welche Nummer ich gerade gewählt habe?«

Sein Gesicht bekommt einen blassgelben Teint.

»Meine eigene, Samuel Theis«, fauche ich und beiße meine Zähne aufeinander. Dabei taste ich an meinem Rücken, ob ich den Messergriff noch spüren kann. Das lange Küchenmesser steckt eingewickelt in Packpapier in meinem Hosenbund. Es ist meine Absicherung, falls mein Plan schiefgehen sollte.

»Damian hat dein Telefon vielleicht aus Versehen eingesteckt. Das hat überhaupt nichts zu bedeuten. Das kann passieren«, stammelt Samuel.

Er taumelt einige Schritte rückwärts und fasst hinter die Dielenkommode. Mein Atem stockt. Ein leises Klacken ertönt, doch nichts passiert. Dann öffnet er die Tür zum Wohnzimmer. »Warte, ich gebe es dir gleich wieder.«

»Du warst zusammen mit Brian der einzige, der nicht um meine panische Flugangst wusste. Du hast mit James Nachrichten in meinem Namen ausgetauscht, hab ich recht?«

Samuel kommt aus dem Wohnzimmer zurück. »Du redest wirr«, sagt er und hält mir das Telefon hin.

»Du warst der Tramper, der damals im Auto der Falschfahrerin saß!«

Mit einem Mal verändert sich Samuels Blick. Er reagiert viel zu schnell, als dass ich etwas unternehmen könnte. Mit Schwung packt er die Vase im Flur und schlägt sie mir gegen meine Schläfe. Die vertrockneten Pflanzenreste wirbeln durch die Luft. Dröhnender Schmerz zuckt durch meinen Kopf. Die Wucht des Aufpralls wirft mich gegen die Wand. Meine Arme gehorchen mir nicht. Ich rutsche an der rauen, staubigen Wand nach unten. Alles wird dunkel und dumpf. Das letzte, was ich wahrnehme, ist der würzige Geruch nach Vergissmeinnicht, der schwer in der Luft hängt.

Als ich aufwache, blinzle ich gegen das Licht einer Glühbirne, die über meinem Kopf hin und her schwankt. Sie gibt nur einen schwachen Lichtschein ab, der es nicht bis auf den Boden des Raumes schafft. Ich bin gefesselt. Meine Arme sind dicht an meinen Körper gebunden und um meine Beine ist ein dicker Knoten geschnürt, sodass ich mich nicht mehr bewegen kann. Ich kann mich nicht mehr wehren. Das Messer ist weg. Der Raum, in dem ich mich befinde, ist eng und klein. Es riecht nach billigem Kloreiniger und Seife.

»Samuel?«, rufe ich und versuche mich von dem Seil, das spiralförmig meinen gesamten Körper umhüllt, zu befreien. *Hat er etwa?* Panisch versuche ich, mit meinen Händen meine Jeans abzufahren. Die Hosentaschen sind leer. *Fuck.* Zum Glück konnte ich meinen rettenden Plan schon vorher umsetzen.

»Sieh mal einer an, wer da wach geworden ist.« Samuels Stimme lacht mir hinter der Tür entgegen. Er kann sich kaum halten. Ein Lichtschein bewegt sich unter dem Türspalt. Samuels hysterisches Kichern wächst zu einem kreischenden Geräusch an. Er öffnet die Tür. Das grelle Licht einer handgroßen Neonlampe beleuchtet mit einem Mal die Wände meines Gefängnisses.

Hinter Samuel tut sich ein Raum auf, in dessen Mitte ein riesiger, vergoldeter Buddha sitzt. Seine Beine sind verschränkt und seine Arme zu beiden Seiten ausgestreckt. Der Bauch quillt aus dem Körper hervor und glänzt wie ein poliertes 50 Cent Stück. Samuels Adern treten an seinem Hals hervor. Gierig und konzentriert starren seine Augen zu mir. Der gelbliche Schein der Glühbirne, vermischt mit dem weißen Licht der länglichen Lampe, die Samuel in seinen zu Klauen gebogenen Händen hält, geht nicht besonders freundlich mit seinem Teint um. Seine Haut hat eine käsige Farbe und wirkt wie eine dicke Masse aus Kaugummi.

»Dachtest du, ich wüsste nicht, dass du ein Geständnis aus mir rauskriegen willst?«

Ich presse meine Lippen aufeinander und verenge meine Augen zu Schlitzen. Ich wusste es. Er war der Tramper.

»Ich wurde durch Brian damals bei meinem Werk gestört«, sagt er, als ob er wüsste, worüber ich nachdenke. »Ich hätte nicht gedacht, dass der Mistkerl alles übersteht.«

»Deswegen hast du ihm dafür die Schuld gegeben. Du hast ihn zu dem Monster der Medien gemacht, obwohl du es warst. Du hast mich gelenkt. Du wusstest, ich würde Brian für den Mörder all der Unschuldigen halten«, sage ich angewidert. Unmerklich zuckt mein Augenlid. Ich fühle nur Hass und Abscheu diesem Menschen gegenüber.

»Ja, Brian hatte nichts Besseres verdient. Er musste beseitigt werden.«

»Warum bestand schon bei dem Unfall von James' Eltern die Brücke zur Diyu? Brian konvertierte erst danach zu dieser Glaubensrichtung. Was wolltest du also damit bezwecken?«

»Du weißt, ich selbst bin Buddhist«, sagt er mit einem stolzen Unterton. »Brian ist zwar zum Buddhismus konvertiert, aber er hat die wahre Macht dieses Glaubens nicht verstanden.«

»Und du verstehst sie?«

»Sie liegt in der Unterwelt, nicht in der Liebe zu Tieren oder dem Verzicht auf Fleisch. Sie ist beherbergt in der Diyu, in der die Sünder dieser Welt gequält werden für das, was sie getan haben. Der rechtschaffende Mensch erzeugt diese Hölle und gibt denen, die gesündigt haben, was sie verdienen.«

Er reißt theatralisch die Augen auf und zieht die Augenbrauen nach oben.

»Das ist bestimmt nicht der Sinn hinter dem Buddhismus«, zische ich und spucke zu Boden.

»Was verstehst du schon davon? Ich habe in der Nacht des Unfalls die Erleuchtung erhalten. Ich habe Buddhas Zeichen erkannt, dass ich sein Werk verrichten soll. Ich bin der Yama, verstehst du?«

»Du bist ein Niemand, Samuel Theis!«

»Sag das nicht! Ich bin der Yama! Der leibhaftige Gott!«

»Wenn du James liebst, hättest du ihm das niemals angetan. Er gibt sich und seiner Bisexualität die Schuld an dem Unfall.«

»Er dachte wirklich, dass sein Vater aus Wut über ihn beschleunigt hat. Dabei wollte sein Vater doch bloß ausweichen.« Samuel lacht und leckt sich über die beige-braunen Zähne, die bereits den einen oder anderen Kaffee an sich haben vorbeiziehen lassen.

»Wie hast du es geschafft, Brian zu dem Hotel zu bringen? Woher wusste er, wo ich bin?«

»Ich hab ihm ein paar Momente zuvor sein Smartphone entwendet. Ein glücklicher Zufall, dass er wegen eines Meetings sowieso an das Hotel gefesselt war. Ich musste ihm nur einen Zettel hinterlassen, wo er seinen *ach so wichtigen* kleinen Freund wiederfinden kann. Und siehe da, auf einmal waren überall im Keller seine Fingerabdrücke und du hast den naheliegenden Verdacht bestätigt.« Seine Pupillen vergrößern sich und starren gierig.

»Dann war das alles geplant? Du wolltest mich nicht ganz umbringen? Du wolltest, dass ich gegen Brian aussage?«

»Erfasst. Mit der Zeit bekommt man Erfahrung dafür, wann man aufhören muss, damit sie noch leben. Ich hatte nur nicht damit gerechnet, dass James, nachdem ich ihn mit einer Nachricht von Brians Smartphone aus beglückt hatte, so schnell aufkreuzen würde. Beinah wäre mein Timing dahin …« Samuel schüttelt den Kopf und macht schmatzende Geräusche.

»James hätte die Nachricht bei dem Finale auch überhaupt nicht lesen brauchen. Dein Plan war von vorne bis hinten undurchdacht!«

»Ruhe! Es war ein perfekter Plan! Ich kenne James besser als jeden Menschen sonst. Er hat nach einer Nachricht von dir gelechzt. Widerlich, ich weiß. Er wollte so dringend etwas von dir hören, weswegen er sein Smartphone mit auf die Hauptbühne genommen hat. Wenigstens konnte ich so Brian ausschalten. Brian ist passé.« Er bleckt die Zähne, sodass das Zahnfleisch darüber zum Vorschein kommt.

»Warum hast du es in seiner Familie nur auf seinen Dad, seine Mum und Brian abgesehen? Was ist mit seinem Onkel und seinen anderen Cousinen, Tanten, Großtanten? Warum hasst du sie nicht? Oder werden sie noch von dir umgebracht?«

»Meinst du ehrlich, dass seine restliche Familie von ihm Liebe erhält? Mera bekommt auch keine Liebe von ihm. Aber die anderen, die bekamen sie.«

»Aber manche Opfer kannte er nicht mal.«

»Oh doch, er kannte sie alle. Er hat mit ihnen telefoniert, wenn er einsam war. Fans, die mit ihrem Idol sprechen wollten. Diese Frauen haben ihn geliebt und er hat sie begehrt. Er hat sie zum Sex benutzt.« Samuel verzieht sein Gesicht und ballt eine Faust. »Alles ist Leiden! Der Ursprung alles Leidens ist das Begehren! Brian und du, ihr wart die einzigen, die noch gegen mich und James gearbeitet haben. Sünder, die sich gegen die wahre Liebe stellen. Die meinen Mann begehren. Heute Nacht wird das alles vorbei sein.«

»Nicht unbedingt«, keuche ich. »Ich hab der Polizei über das Handy einen Notruf gesendet, als wir im Flur standen!« Ein triumphierendes Lächeln huscht über meine Lippen, doch es wird augenblicklich von Samuels herzhaftem Lachen quittiert.

»Einen Notruf gesendet?« Er prustet und hält sich den Bauch. »Einen Notruf kann man nicht senden, wenn man inmitten von Störsignalen steht, meine Liebe.« Sein Lachen wird noch lauter. Es hallt in der Kammer nach. Eine Gänsehaut überzieht meine Arme.

»Aber ich konnte mich doch selbst anrufen!«

»Ich habe es danach angeschaltet. Ich war ja leider nicht vorbereitet auf deinen törichten Besuch.« Ich erinnere mich an das leise Klacken, als er hinter die Kommode gefasst hat. Sein Lachen wird schrill und hallt kaum merklich an den metallischen

Eimern in der Besenkammer nach. Er hat vorgesorgt, natürlich hat er das.

»Hallo? Ist jemand zuhause?«

»Wer ist das?«, knurrt Samuel und fährt umher.

»Myc!«, rufe ich panisch. Samuel schmunzelt, nimmt eine Rolle Paketband und reißt mit einer Handbewegung einen Streifen ab.

»Entschuldige, Tamara«, sagt er sarkastisch und klebt mir den Streifen über die Mundpartie.

Ich wehre mich, versuche, nach seinen Fingern zu schnappen, aber er drückt meinen Kiefer mit einer ungeheuren Wucht zusammen. Seine Hand ist so unerbittlich wie eine Eisenzange. *Nein*, eher wie ein Schraubstock, der sich immer fester zieht. Nachdem er sich vergewissert hat, dass der Streifen jegliche Geräusche meinerseits unterdrückt, schlägt er die Tür der Kammer zu und geht dem Besucher entgegen.

»My...!«, versuche ich zu rufen. Doch es kommen nur röchelnde Geräusche unter dem klebenden Streifen hervor. »My..., ha... a...!«

Keine Chance. Meine Stimme erstickt, bloße quietschende Luftströme stoßen unter dem Klebeband hervor. Ich höre leises Gemurmel.

»Was kann ich für Sie tun?«

»Sind Sie Samuel? Meine Freundin Tamara Carlmeyer müsste hier sein.«

»Tamara? Lass mich überlegen, vielleicht weiß mein Zwillingsbruder etwas von ihr. Ich meine, er hätte eben noch mit jemandem geredet. Ich bin übrigens Damian, freut mich.«

»Ist er nicht!«, rufe ich panisch und versuche hektisch, mich aus den Fesseln zu winden. Ohne Erfolg. »Myc, pass auf!« Tränen rinnen über mein Gesicht. *Scheiße.* Ich versuche, meine Zunge durch meine Lippen zu pressen, um den Streifen zu lockern. Es funktioniert nicht, sondern schmeckt bloß beschissen.

»Wollen Sie, während Sie warten müssen, einen Schluck trinken? Ich habe den besten Wein der Stadt da, Herr ...?«

»McLanchester, Mycroft McLanchester.«

»Ein stolzer Name. Habe ich es etwa mit einem Iren zu tun?«

»Nein, zumindest nicht, dass ich wüsste.«

»Ich bin gleich zurück, Herr McLanchester.«

Ich höre die Unruhe aus Mycs Stimme heraus, während er redet. Er kann sich nicht so leicht von Samuel trügen lassen. Er darf nicht! *Warum habe ich ihm nicht alles erzählt?* Das einzige, was er weiß, ist, dass ich hier Gwendolyns Mörder vermute, dass ich Samuel verdächtige und ich mich durch den Notrufknopf in Sicherheit befinde. Natürlich musste ich dazu zigmal erwähnen, dass er sich keinerlei Sorgen zu machen braucht.

Jemand geht im Flur umher und steigt eine Treppe in die oberen Stockwerke hinauf. Dann höre ich wieder Schritte. Sie eilen den Flur entlang und durch die Flügeltür ins Wohnzimmer. Dann kommen sie zurück und betreten die Küche.

»Myc!« Ich versuche es mit stöhnenden Geräuschen und winde mich hin und her. Neben mir steht ein Besen an der Wand. Die Glühbirne flackert bedrohlich und strahlt unbarmherzig auf mich nieder, deren Kopf kurz unter ihr versucht, Hilfe zu rufen. Wenn ich den Besen bekomme, kann ich Myc auf mich aufmerksam machen. Ich bewege mich wie eine Schlange aus ihrer abgestorbenen Haut. Mit Schwung versuche ich, meinen Kopf nach vorne zu bewegen und den Besenstiel zu treffen. Es gelingt nicht. Nächster Versuch. Kein Erfolg. Jetzt, jetzt habe ich den Schwung. Ich werde es schaffen, ich ...

Mit einem lauten Scheppern und voller Wucht komme ich auf dem Boden auf. Der Besen kippt auf mich. Reflexartig schließe ich meine Augen, aber der Besenstiel berührt mich nicht, sondern bleibt im gegenüberliegenden Regal hängen. Dabei stößt er eine Glasflasche um. Sie rollt ein kurzes Stück. Es läuft eine bräunliche Flüssigkeit aus dem Flaschenhals. Mir kommt eine Idee. Ich versuche, mit meinen zusammengeschnürten Beinen gegen das Regal zu treten. Beim zweiten Mal schaffe ich es, so viel Vibration in den Regalbrettern zu erzeugen, dass die Flasche hinunterfällt und neben mir zerbirst. Sie teilt sich in einige dicke Glassplitter. Ich wälze mich herum, sodass ich meine Arme neben die Splitter positioniere. Dann ziehe ich Stück für Stück einen der Splitter unter das dicke Seil und beginne, daran zu schaben. Es dauert einen Moment, doch es wird porös. Es löst sich. Ich bin frei.

Adrenalin durchströmt meinen Körper. Ich bekomme einen Tunnelblick. *Myc.* Ich muss zu ihm, bevor Samuel ihm etwas antut. Ich eile ins Wohnzimmer. Drinnen sehe ich Samuel Myc ein Glas Wein reichen. *Dieser Bastard!*

»MYC! Pass auf!« Ich renne zu ihm und schlage ihm das halbvolle Glas aus der Hand. Es fällt klirrend zu Boden, die dunkelrote Flüssigkeit verteilt sich auf dem gelben Teppichboden und tränkt ihn in Sekunden, sodass es beinahe nach künstlerischer Absicht aussieht.

»Ist alles okay bei dir, Tammy?«, fragt Myc und mustert mich hektisch von oben bis unten. Er bleibt an meinen Händen hängen.

»Alles in Ordnung.« Ich sehe mich um. Samuel ist verschwunden. »Wo ist er?«, keuche ich. »Wo ist Samuel?«

»Samuel? Der kommt noch, Damian hat mir geöffnet. Er …«

»Er ist nicht Damian. Wie dumm bist du eigentlich?«, rufe ich wütend und schaue mich im Zimmer um. Irgendwo hier lauert er auf uns, wie ein Löwe auf ein paar dumme Bergziegen, die sich genau in dem gefährlichen, unbekannten Gebiet des Räubers aufhalten.

»Wir müssen hier raus!«, sage ich und packe Mycs Hand. Ich ziehe ihn durch den Raum, als plötzlich das Licht ausgeht. Mit einem Mal ist es stockfinster. Durch einige Schlitze in den alten Gardinen fällt Mondlicht. Eine Wolke schiebt sich vor die einzige Lichtquelle und verdunkelt den Raum nun bis zur Unkenntlichkeit. »Myc, wir müssen hier raus«, sage ich erneut und drücke seine Hand fester. Sie beginnt zu zucken. Myc hustet und röchelt.

»Was hast du?«, frage ich und sehe schemenhaft, wie er sich den Hals hält.

»Ich habe … Ich habe ein Stechen im Hals«, sagt er und streicht sich über seine Kehle. »Es brennt! Mach, dass es aufhört. Bitte, mach, dass es aufhört, Tammy!«

»Du hast etwas von dem Wein geschluckt, oder?« Ich wende mich zu ihm und packe seine Schultern. »Oder?«

Ich fasse um seinen Kopf, streiche über seine Wangen. Wir müssen hier raus. Wir müssen zu einem Krankenhaus.

»Hör mir zu, Myc. Ich muss mich auf dich verlassen. Bleib immer hinter mir, hörst du? Wir finden einen Weg hier raus. Ich verspreche es dir!«

Myc antwortet nicht, sondern hustet nur.

Ein Knistern ertönt von rechts. Ich wende mich mit einem heftigen Schwung um, niemand ist zu sehen. Ein Knacken von links, abermals bloß Schwärze.

Ich suche an der Wand einen brauchbaren Gegenstand, um mich zu verteidigen und finde einen Kohlehaken. Die Wolke vorm Mond zieht in dem kühlen Winterwind weiter. Ich kann wieder Umrisse erkennen.

»Myc!« Ich sehe hinter ihm den Schatten auftauchen. Myc bricht zusammen und windet sich am Boden. Er atmet schnell, beginnt zu zittern. Ich atme hysterisch ein und aus. Das Gift breitet sich schnell aus. Der Schatten tritt näher an ihn heran. Er holt aus. Ein Messer blitzt im schwachen Licht auf.

»Nein!« BUMM – Gehirnfrost.

Samuels Arme senken sich in Zeitlupe nieder.

Ich setze mich in Bewegung. Jeder Muskel meines Körpers fühlt sich an wie zäher Honig. Ich beschleunige viel zu langsam. Wie Donnerschläge spüre ich die Vibration meiner Schritte auf dem Boden, aber ich höre nichts. Das Messer wandert immer weiter auf den am Boden liegenden Myc zu. Noch einen Schritt, eine Armlänge. Samuels Gesicht ist verzerrt und im Schattenspiel des Mondes zu einer Fratze entstellt. Die Waffe ist nur mehr eine Handbreit über Mycs schmächtigen Körper, als ich ihn erreiche. Mit letzter Kraft packe ich Samuel am Handgelenk und verwende meine gesamte Energie darauf, das Messer wegzudrücken. Ein Schrei ertönt und signalisiert mir das Ende des Gehirnfrosts.

Alles beschleunigt sich und ich werde von der Wucht meiner Bewegung zu Boden geschleudert. In meiner Hand, die Samuels Handgelenk noch immer umklammert hält, spüre ich ein Knacken in seinem Knochen.

Als ich falle, reiße ich Samuel mit mir. Zusammen donnern unsere Körper auf den Boden.

Er bricht in markerschütterndes Geheul aus, hält sich den verdrehten Arm und windet sich neben Myc. Ich rapple mich auf, trete das Messer weg und stürze mich dann auf Myc.

»Komm schon!«, rufe ich und packe ihn bei der Hand. Doch er kann nicht mehr aufstehen. Seine Augen verdrehen sich.

»Geh ohne mich«, stöhnt er.

»Nein. Das werde ich bestimmt nicht, du verdammter Idiot«, rufe ich und zerre an seinem Ärmel. Er hustet und spuckt Blut neben sich. »Tamara, du musst gehen. Ich will auch beschützen, was ich liebe, und ich will es auf eine anständige Weise machen, hörst du?«

»Ich kann das Haus nicht ohne dich verlassen!«

»Bitte ... Tamara, du musst!« Auf seinen Augen liegt ein glasiger Film, der sie schimmern lässt. Mir war nie bewusst, was für wunderschöne Augen er hat. In diesem Moment huscht eine Erinnerung in meinen Gedanken vorbei.

»Weißt du was, Tamara?«, hatte Myc damals gefragt. Ich war unwissend und zuckte deshalb bloß mit den Schultern, während ich mir eine Käsetortilla in den Mund schob und ein Teil der Füllung auf den Schreibtisch fiel.

»Ich glaube, du bist die eine große Liebe, die man nur ein einziges Mal im Leben findet.«

»Wie meinst du das?«, hatte ich mit vollem Mund entgegnet. »Wenn ich dich ansehe. Deine roten Wangen, wenn du einen Film mit mir schaust und mitfieberst. Deine Augen, die immer gierig die Schokolade anstarren, die ich mitbringe, und wie du mir dann gütig ein Stück übrig lässt. Wie du lachst, wenn du einen Gegner bei Prefix besiegt hast. Wenn ich sehe, wie du die Enchiladas isst und sie immer noch für Tortillas hältst, dann weiß ich es einfach. Du bist die eine Frau, die ich vom ersten Augenblick an geliebt habe.«

Nach diesen Worten waren wir einige Zeit ein Paar gewesen.

Die Dinge, die wir dann unternommen hatten, unterschieden sich nicht unbedingt von alldem, was wir vorher zusammen gemacht haben, aber es fühlte sich unbeschwerter an. Wir spielten zusammen ›Prefix‹ und Myc wurde nicht müde darin, flamenden* Kids zu schreiben, dass er und ich Premades sind und ich noch dazu seine feste Freundin. Wir gingen ins Kino und sein Arm zog mich zu sich heran, sodass ich den ganzen Film über seinen rhythmischen Herzschlag hören konnte. Langweilige Sonntage waren durch die Tatsache, dass wir ein Paar waren, auch nicht spektakulärer, aber sie füllten sich mit Zukunftsplanungen und Hirngespinsten. Das Ganze lief solange, bis ich es beendet habe. *Warum?* Das weiß ich in diesem Moment nicht mehr.

»Ich liebe dich, Mycroft McLanchester«, rufe ich und Tränen rinnen über mein Gesicht. Meine Knie werden weich und ich sacke neben seinem Kopf zu Boden. Verzweiflung. Ein Gefühl, dass ich bis zu diesem Zeitpunkt dachte zu kennen, doch wahre Verzweiflung übertrifft all meine Vorstellungen.

Erst in diesem Moment fällt mit auf, dass Myc derjenige ist, der mich immer mit allem nahm, was ich war, was ich heute bin. Der, der mich zu jedem Zeitpunkt bis an das Ende der Welt bringen würde und, wenn er kein Auto zum Fahren hätte, radeln würde und mich auf dem Gepäckträger mitnähme. Meine vielen Schwächen hat er stets mit einem Lächeln hingenommen und meine Stärken hob er immer wieder hervor. Für ihn war ich besonders, auch wenn ich mich selbst nie so gesehen habe.

Mit letzter Kraft zieht er mich zu sich, lehnt sich an mein Ohr und spricht mit bebenden Lippen: »Ich habe dich immer geliebt, Tamara Carlmeyer. Du glaubst gar nicht, wie sehr ich dich geliebt habe und es heute noch tue.« Dann drückt er mich weg. Samuel erholt sich langsam von meiner Attacke und bäumt sich auf. Sein Gesicht ist schmerzverzerrt und sein rechter Arm hängt schlaff am Körper herab.

Ich werde nicht gehen, Mycroft. Ich werde dich nicht alleine lassen. Meine Hände zittern, mein Atem rast. Ich packe den Kohlehaken und sammle all meinen Hass, all meine Wut und suche Samuel, der in der Dunkelheit Zuflucht gesucht hat.

»Zeig dich!«, brülle ich. »Zeig dich, du Feigling. Heute Nacht werde nicht ich das Opfer sein, sondern du!«

Ein letztes Mal schaue ich zu Myc. Verkrampft hält er sich den Bauch. Speichel quillt aus seinem Mund. Er zuckt und sackt dann reglos in sich zusammen. Der Hass, der in mir kocht, droht meinen Körper zu zerreißen.

»Jetzt ist es wenigstens fair«, lacht Samuel. Seine Stimme kann ich nicht orten. »Du gegen mich. Ich hätte nicht erwartet, dass du dich *so* gut schlägst, aber ich wusste schon, dass es bei dir nicht leicht wird. Du warst von Anfang an anders als alle zuvor. Du hast nicht um dein Leben gefleht, sondern wolltest Antworten. Du bist wie James' Mutter.«

»Wie meinst du das?« Samuels Schatten taucht an der Tür zur Küche auf, die mit dem Wohnzimmer und dem Flur verbunden ist. In seiner linken Hand hält er das Messer.

»Sie war nicht direkt tot, musst du wissen. Sie hat mich gesehen. Ich wollte ihr das Zeichen auf den Hüftknochen ritzen, während sie bei Bewusstsein ist. Sie hat tatsächlich angefangen zu fragen. *Wer bist du? Und was willst du von uns?* So eine dumme Schlampe. In dem Moment ist Brian wach geworden. Ich hab dann einfach einmal gegen ihren Kopf getreten. Das hat ausgereicht, um sie für alle Zeit zum Schweigen zu bringen. Und dann bin ich abgehauen.« Samuel lacht. Ich umfasse den Kohlehaken fester. Meine Hände schwitzen. Mein Körper glüht. »Es war ein gutes Gefühl, auf sie einzutreten. Sie war es nicht wert zu leben, ohne für ihre Sünden in der Diyu gebüßt zu haben.« Mein Puls rast.

»Das hättest du besser nicht gesagt«, rufe ich und beginne zu lächeln, als ich hinter Samuel ein leises Geräusch höre.

»Wieso nicht?«, fragt Samuel und verengt seine Augen.

Ein lauter Knall erschüttert den Raum. Samuels Gesicht wird starr und sein Körper sackt kraftlos zusammen. Samuel Theis tut vor meinen Füßen seinen letzten Atemzug.

Im Türrahmen erscheint eine Gestalt. Ein bärtiger junger Mann mit Huskeyaugen, der endlich Genugtuung für den Tod seiner Eltern erlangen konnte.

Noobikon

Die ausschließliche Verwendung der maskulinen Form soll geschlechtsunabhängig verstanden werden.

ADC	auch AD-Carry genannt; ausgeschrieben *AttackDamage-Carry*; Charakter, der niemals alleine eine Lane bespielen sollte; er kann viel Schaden anrichten, aber wenig aushalten; je höher das Level des ADC steigt, desto stärker wird seine Angriffskraft
Anfangsarea	auch Base genannt; Bereich der Basis, in dem das Team startet und in welchem das Leben der Champions automatisch aufgefüllt wird, wenn sie ihn betreten
Anonymer User	Benutzer, der keine persönlichen Daten auf der Website angegeben hat und so auch keinen Username erhält; dadurch kann er aber zumeist nicht alle Funktionen der Website ausschöpfen
baiten	jemanden ködern; eine Falle initiieren
Boost	Bonus, der für eine bestimmte, meist kurze, Zeit gilt. Boosts können sich unter anderem positiv auf die Geschwindigkeit der Bewegung oder des Angriffes sowie auf die Stärke der Angriffe oder die Ausdauer bzw. die Verteidigung des Charakters auswirken
Botlane	Abk. Bot; Pfad, der im unteren Bereich der Spielkarte die Basen der beiden Teams verbindet und für beide Parteien sichtbar ist
Bug	Fehler im Spiel

Bugfix; bugfixen	Fehler im Spiel, der behoben wurde; einen Fehler im Spiel beheben
Carry	Charaktere, die anfangs schwach sind, mit steigendem Level aber an Stärke gewinnen; sie sind die wichtigsten und tragenden Charaktere im Spiel
Charakter	auch Champion genannt; spielbare Figur mit je individuellen Fähigkeiten und Fertigkeiten
Counterpick	Auswahl eines Charakters, der auf Grund seiner Fähigkeiten besonders gut gegen einen anderen bestimmten Charakter im Spiel agieren kann
Damage	Schaden
Damagedealer	Charakter, der viel Schaden an gegnerischen Champions, gegnerischen NPC's oder Towern anrichtet
deffen	verteidigen
down	etwas ist down; etwas funktioniert nicht richtig
Failpick	Failpicks kommen zustande, wenn man vor Ablauf der Auswahlzeit keinen Charakter wählt; man bekommt dann per Zufallsgenerator einen beliebigen Spielcharakter zugewiesen
faken	fälschen
First-Kill	erste Tötung eines feindlichen Spielcharakters

First-Person	oder Egoperspektive; durch die Augen des Spielcharakters die Spielwelt wahrnehmen
flamen	sich übermäßig beschweren
Frostattacken	Eiszauber und Attacken, um Gegner zu verlangsamen oder ihnen Schaden zuzufügen
Heal; healen	Heilfertigkeit, um bei sich oder anderen befreundeten Charakteren Leben zu erneuern; heilen
HothP	Heroes of the Prefix
Icon	Symbol, das eine Software repräsentiert
Item	Gegenstand
Jungle	Bereich der Spielkarte, der für die Spieler – außer mit speziellen Items – nicht sichtbar ist. Er wird erst aufgedeckt, wenn die Spieler den Bereich betreten, wobei bloß ein geringer Radius um den Spieler herum für ihn und sein Team sichtbar wird. Im Jungle können sich sowohl NPC's als auch Spieler beider Teams aufhalten
jungeln	im Jungle NPC's töten, um von ihnen Erfahrungspunkte und Boosts zu erhalten, die den eigenen Charakter, aber auch das gesamte Team stärken können
lame	langweilig
LAN	auch LAN-Party genannt; Zusammenkunft von Spielern an einem physischen Ort, die meistens die gesamte Nacht hindurch gemeinsam Spiele über ein LAN-Kabel an Computern spielen

Lasthit	der letzte benötigte Schaden, um jemanden ingame zu töten
leveln	Abk. lvln; Level aufsteigen; sich darauf konzentrieren, ein höheres Level zu erhalten; ein neues Level wird erreicht, wenn genügend Erfahrungspunkte – durch Tötungen von Gegnern jeglicher Art und Zerstörung von Türmen – gesammelt wurden
Mana	Energie, die für Fähigkeiten und Zauber genutzt werden muss; das Mana regeneriert sich mit der Zeit wieder
Map	Spielkarte
Midlane	Abk. Mid; Pfad im mittleren Bereich der Spielkarte, der die Basen der Teams miteinander verbindet
muten; gemutet	etwas oder jemanden stumm schalten; etwas oder jemanden stumm geschaltet haben
Noob	Neuling; Nichtskönner
Noobikon	Neologismus aus Noob und Lexikon; ein Lexikon für Menschen, die sich nicht im Bereich des Computerspielens auskennen
NPC	Non-Player-Charakter; ein vom Computer gesteuerter Charakter
Ping	Signal zur schnellen Verständigung; Signal innerhalb eines Matches, welches sowohl auditiv als auch visuell ist

porten	auch teleportieren genannt; mithilfe einer speziellen Fähigkeit schnell zurück in die Base gelangen
pushen	stark offensiv spielen
random	zufällig; per Zufall
Regulargame	Spiel ohne offiziellen Wettbewerbscharakter
scrollen	mit dem Mouserad eine Internetseite, ein Dokument oder Textabschnitt von oben nach unten oder von unten nach oben schieben
Season	Saison
Skill	Fertigkeit, die in einem Spiel erworben werden kann
Skill haben	besonders gut in etwas sein
Skin	Aussehen eines Charakters
Skype; skypen	ein Internettelefon; über ein Internettelefon namens *Skype* reden
Smurf	Zweitaccounts, die man anlegt, damit man auch auf niedrigem Level spielen kann, und nicht nur, wenn man gut in dem Spiel ist, mit Profis gematched wird
Software	alle ausführbaren Programme und dazugehörigen Daten eines Computersystems
Spawn	etwas Erzeugtes; eine kleine Gruppe von NPC's oder einzelne NPC's, die irgendwo auftauchen
switchen	wechseln; schneller Wechsel

Supporter	Abk. Supp; supporten; Unterstützer; jemanden unterstützen
Tank; tanken	Charakter mit viel Rüstung bzw. Verteidigung und/oder Leben; den Schaden auf sich nehmen
Teammate	Teammitglied
Third-Person	der Spielcharakter ist im Bildausschnitt des Spielers zu sehen; man schaut von außen auf seinen Spielcharakter
Toplane	Abk. Top; Pfad im oberen Bereich der Spielkarte, der die Basen der Teams miteinander verbindet
Tower	computergesteuerter Turm, der automatisch Gegner angreift, die sich in einem zu engen Radius um ihn bewegen
Ultimate	Abk. Ult; Fähigkeit eines jeden Charakters mit dem größten Effekt, meistens einhergehend mit der besten Schadensbilanz am Gegner
User	Nutzer
Ward	enttarnt den unsichtbaren Kartenbereich und ggf. unsichtbare Gegner für das Team, welches den Ward gesetzt hat
Zocker; zocken	intensiver Computerspieler; intensives Computerspielen

Nachwort & Danksagung

Den wildesten Träumereien können Taten folgen, wenn man nur beginnt, sie in die Tat umzusetzen. Doch jeglicher mühsam verwirklichte Traum ist sinnlos ohne den Liebenden, mit dem wir ihn teilen können.

Die Sucht nach Abenteuer, der Wunsch nach Neuem, Andersartigem, Geheimnis- und Gefahrvollem sowie der Wille nach Veränderung prägen den Menschen von jeher. Dieser Wunsch mündet nicht selten in wilder Träumerei, oftmals geschmückt mit fantastischen Elementen.

Die meisten belächeln einen um diese eigens geschaffenen Illusionen. Und der Pfad, den man zur Verwirklichung seiner Wunschvorstellung gehen muss, ist leider zusätzlich mehr als schmal und man rutscht immer wieder ab, taumelt, fällt unsanft.

Trotz alledem begann auch der Pfad dieser Geschichte mit einem Traum ...

... Dieser wurde in Kindestagen von meinem Vater Bernd entfacht. Er schuf in mir durch seine wundersamen Geschichten und seine liebevollen Erzählungen das Verlangen nach verwunschenen Welten und dem Zauber, der im Alltag verloren geht, sobald man älter wird. Zweifelsohne ist er der Grund, weshalb in mir die Passion *Literatur* heranwuchs.

Zu Schulzeiten schürte meine Deutschlehrerin Frau Klewer-Best diese Begeisterung weiter, indem sie in mir das Gefühl weckte, eine Gabe zu haben. Eine mehr als willkommene Unterstützung boten mir in dieser Zeit des emotionalen Chaos' meine unglaublich taffe und stets authentische Freundin Nicole, deren tiefe Freundschaft für mich unentbehrlich geworden ist, sowie meine großartige Familie. Angefangen mit meiner fürsorglichen Mutter Brigitte, meiner cleveren und zugleich innovativen Schwester Sabine, meinem weltgewandten Schwager Dino, meinem charismatischen Opa Reiner bis hin zu meinen herzensguten Schwiegereltern und ihren erfrischend selbstlosen Kindern.

Seither wurde der Traum einer eigenen Welt von Fantasie ausmodelliert und immer wieder neu gestaltet. Wahrlich könnt ihr euch meine Begeisterung kaum vorstellen, als mich eine E-Mail von einem gewissen Paul Lung erreichte. Einem Lektor, der mich mit viel Witz und Verständnis auf dem Weg vom Papierstapel zum Buch begleitet hat.

Doch ganz und gar unmöglich wäre die Verwirklichung meines Wunsches geworden, wenn es ihn nicht gäbe. Ihn, diesen einen ganz besonderen Mann, der mir durch seine unbeschwerte Art das Gefühl gibt, alles schaffen zu können. Du begeisterst mich jeden Tag aufs Neue.

Franziskus, du lässt meine Träume wahr werden!

Jill H. Heinrichs

Jill H. Heinrichs wurde am 13.02.1995 in Köln geboren. Im Jahr 2009 gewann sie den Wortwahlwettbewerb des Deutschen Bundestages.

Darüber hinaus nahm sie an einem Programm für hochbegabte Schüler/-innen teil, wodurch sie für das Unterrichtsfach Deutsch drei Klassenstufen übersprang. Nach ihrem Abitur im Jahr 2013 begann sie mit einem Grundschullehramtsstudium, mit Spezialisierung auf Germanistik, welches sie im Jahr 2018 mit dem Master of Education abschloss.

Seit ihrer Kindheit ist sie passionierte Zockerin und steht auch heute noch im engen Kontakt zum E-Sport. Um es treffend zu formulieren: Sie scheut kein Match.

Hybrid Verlag ...

für Weltenwanderer und Zeilentänzer

X: FARNHAMS LEGENDE (Helge T. Kautz) - *Das Buch zu den X-Games von EGOSOFT*

Als Captain Kyle-William Brennans Raumschiff auf einem Testflug spurlos verschwindet, scheint sich die alte Vorhersage zu bewahrheiten. Doch Elena Kho, Brennans Kollegin und beste Freundin, lässt sich nicht abschrecken. Auf eigene Faust macht sie sich auf die Suche – und entdeckt dabei die wahre Bedeutung von Farnhams Legende.

ISBN: 978-3-946-82060-4

WELTENWACHT
(Alexander Drews)

Katjas Geburtstagsparty gerät aus den Fugen, als ein Trupp römischer Legionäre die Treppen ihres alten Elternhauses herunterstürmt. Auf der Suche nach ihrer Schwester muss sie in die Parallelwelt Argen reisen, in der das Römische Reich nie untergegangen ist.

ISBN: 978-3-946-82033-8

Hybrid Verlag ...

für Weltenwanderer und Zeilentänzer

MYZEL (Stefan Lochner)

Die Exkursion auf die Schwäbische Alb ist für den Studenten Boris Zeitverschwendung. Die Idee seines Professors, dass sich dort eine bislang unbekannte Lebensform verbirgt, ein Hirngespinst.
Doch in dem kleinen Bauerndorf scheint mehr vor sich zu gehen als erwartet. Als vermummte Polizisten die Region abriegeln, zählt nur mehr eines: Überleben.

ISBN: 978-3-946-82049-9

REMOMENT (Daniel Tappeiner)

Die Welt steht kurz vor ihrer Vernichtung und der Soldat Dominic Burg ist als einziger Mensch dazu in der Lage, dies zu verhindern. Ein waghalsiges Experiment könnte den Lauf der Geschichte ändern. Dominic muss in die Vergangenheit reisen und die Zeugung des Diktators Hong Sung verhindern.
Dort kreuzt die lebensfrohe Viola seinen Weg und Dominic muss sich zwischen dem Schicksal der Welt und seiner großen Liebe entscheiden.

ISBN: 978-3-946-82056-7